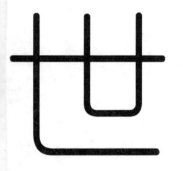

未知世界

时间罅隙的轮回

米高猫 著

时代文艺出版社
SHIDAI WENYI CHUBANSHE

图书在版编目（CIP）数据

未知世界：时间罅隙的轮回／米高猫著. -- 长春：
时代文艺出版社，2023.7
ISBN 978-7-5387-7217-3

Ⅰ.①未… Ⅱ.①米… Ⅲ.①长篇小说—中国—当代
Ⅳ.①I247.5

中国国家版本馆CIP数据核字（2023）第105492号

未知世界：时间罅隙的轮回
WEIZHI SHIJIE：SHIJIAN XIAXI DE LUNHUI

米高猫　著

出 品 人： 吴　刚
责任编辑： 李荣崟
装帧设计： YOOLI尧丽
排版制作： 人文在线

出版发行： 时代文艺出版社
地　　址： 长春市福祉大路5788号　龙腾国际大厦A座15层（130118）
电　　话： 0431-81629751（总编办）　0431-81629758（发行部）
官方微博： weibo.com/tlapress
开　　本： 710mm×1000mm　1/16
字　　数： 638千字
印　　张： 35.5
印　　刷： 三河市龙大印装有限公司
版　　次： 2023年9月第1版
印　　次： 2023年9月第1次印刷
定　　价： 98.00元

图书如有印装错误　请寄回印厂调换

目 录

未知世界： 时间罅隙的轮回

第一章

港口的上空犹如炫目的电脑屏幕，有些刺眼。

半空之中，刺眼的电子设备发出的蓝光弥散在天空中，将整个城市的上空映照得如同几千瓦的探照灯般。但那蓝幽幽的强光折射到被黑暗笼罩的地面时，却只剩下几颗细微的灰尘，被冷雨浇得荡然无存。

是的，那无处不在的、该死的雨，将远处冰冷、阴暗的城市蒙上更加冷酷的、几乎是深不见底的情绪。极目望去，除了大楼的巨大屏幕上闪烁着的电子广告，便是几个最新的电子女郎在卖力地走来走去，用甜美的音质重复着程序设定的挑逗言语，见缝插针地向往来路人兜售着新款的科技伴侣。

半空中常年飞翔着十几辆磁悬浮玩具车，如栖鸟一样挂在它们的运行轨道上。白天它们在商家的遥控下，繁忙地在城市里来回穿梭，播放着各式各样的广告标语，炒作着未来将要面世的悬浮车，声称自己早已进入了科技新领域。那些公司用这种方式霸占了这座城市最好的广告位，想用这些小玩意儿来让人相信他们真能造出让人飞上天的汽车。

地面上一辆高档汽车开足马力疾驰而过，留下冷冰冰的背影。开得起这种品牌车的，都是那些人面兽心、道貌岸然的"东西"。他们像蛇一样阴毒，奴役着这座城市。

这些家伙和炒作悬浮车概念的人一样，只不过他们坏得各有千秋罢了，凯斯在心中咒骂着。

凯斯心中清楚得很，在这座城市的罅隙里，藏着多少见不得人的阴暗交易。

是的，夜城就像是社会达尔文主义的疯狂实验场，是那些永远将拇指按在快进键上的乌合之众设计出来的。如果你不诈取钱财，在这个世界就会被其他骗子、杀人犯、行凶作恶者以及那些道貌岸然的体面人倾轧得渣都不剩。可是，你动得稍微快点儿，便会破坏市场极其脆弱的表面张力。不管怎么说，你最终都会消失，被这座城市消化掉。

当然，你的心脏、肺或肾脏会有人买下来，泡在诊所的玻璃缸里，等待着在黑市上卖个好价钱。

这里的生意就是一种没完没了的下意识的欺骗，而死亡则是对懒惰、粗心、没有风度，以及不守道上规矩的惩罚。

路边有人冲他吹了一声口哨，凯斯转头，见几个化着妖冶浓妆的、套着网状丝袜的妓女正在冲他抛媚眼，向他展示娇俏的身材。

"不是想要这样，而是我的身体天然如此……"凯斯这才发现，那几名妓女之中有个自己的老熟人，她低声笑着，站在霓虹灯闪烁的广告牌下，倒显得比路人矜持些。

"天然……"嘿嘿，凯斯笑了一声，明白这个词真正的意思的人恐怕在四个世纪之前就已经全死了。

凯斯知道自己是什么德行，一旦他敢回应这几个妓女的呼唤，今晚的这该死的事儿，他就不用再干了。

如果明天一大早，当城市安全网络监管系统扫描到自己欠了三个月房租时，嘿，不用说，十分钟之后就会将他列为全境诚信异常分子。届时，等待他的将是妨害治安的拘留惩罚了。那见鬼的电子警告已经被安全网络系统传过来三次了，一次比一次措辞严厉。

说起来——他一边想着今天的境况，一边咣咣地摇了两下车门，好不容易将这辆破车的车门推开——这才撑着电子雨伞站在路上。

老旧的电子遮雨屏一时没有反应过来。

凯斯用力甩了甩手，大概是电子能源底座接触不良导致的。

透明如虚空的遮雨屏砰的一声猛弹了出来，吓了凯斯一跳，惹来妓女们低低的轻笑。

路上的水几乎已经漫到凯斯的脚踝处，这座城市的排水系统一直都如此糟糕。

"嘿嘿，姑娘们，你们一边儿去！我今天够惨的了。"凯斯将那几名妓女拉开。

旧楼的巷道之中，处处都是镶嵌着霓虹灯的广告牌，错落堆叠着——仅从拥挤程度便可想象旧楼之中有多少罪恶勾当。

"该死的！"有人骑着改装后的飞行摩托疾驰而过，凯斯的电子雨伞感应到了身侧溅起的水花，立刻将遮雨屏开到了身侧，凯斯被淋了一头雨。

那骑着摩托的小青年得意地吹了一声长哨。

凯斯今晚没有时间和对方计较。就在今天下午，他刚进办公室，办公桌就自动切换了玻璃电子屏幕模式，屏幕上的电子管家礼貌而又冰冷地通知他，如果他再不交租赁家具的租金，这台办公桌将自动返回出租公司。

"该死的、善变的 MYHOME 公司。"凯斯愤愤不平地咒骂出声，前几天和那个女管家接洽时，她明明答应他再宽限十天的。

凯斯伸手划动屏幕，强行关闭了系统。

但没过多久，电子屏幕又重新启动——据凯斯推算应该是 MYHOME 公司对办公桌的电子系统的出厂装置进行了强行恢复，可能会与自己对话。

但这一次他却预料错了，恢复了出厂设置的办公桌并没有与他对话的意思，而是直接启动了折叠程序和滑轮装置，预备冲出门去。

"你这该死的二手垃圾！"凯斯扑向办公桌，强行将办公桌摁在原地。

办公桌的电子屏幕跳动了数下，虚拟管家终于又跳了出来，看来它是启动了粗口模式，破口大声咒骂凯斯是这片区域最肮脏的黑侦探，竟然采取这样的流氓手段来阻碍物品正常回收。

凯斯一边按压着欲逃回去的办公桌，一边大声嚷嚷着让办公桌走之前把自己的东西留下。

就在这一人一桌僵持不下之际，那狡猾的家具电子管理设备表面上和凯斯谈判，却背地里将凯斯信用破产的消息散布给所有的家具租赁公司。趁着办公桌抖落凯斯个人物品的间隙，凯斯喘着粗气，精疲力竭地瘫倒在沙发上。

他倒在沙发上的瞬间，沙发的电子管理系统却已收到了刚才 MYHOME 公司的警告，于是它也冷冷地通知凯斯，如果他不能按时缴纳租赁费，自己也会启动强制回收系统。

"嘿！嘿！你这冷冰冰的电子机器，竟敢威胁主人，我今天要打断你那该死的腿，让你永远也不能跑出去。"凯斯拔出枪，对着沙发扣动了扳机。

子弹呼啸着穿过沙发中老旧的人造棉，将沙发表层的电子装置系统的程序也破坏了。

被电子系统控制的沙发本来正要折叠起来，瞬间又恢复了原有的形态。只有因电路故障而不时跳出的管家，虚弱地警告着凯斯。

这时凯斯看见了从办公桌中抖落的一堆杂物之中，放着一张招募人类宠物的电子宣传单页。单页上用动态视频详细地演示了如何通过基因改造的方式，将人类短暂地变成宠物的模样，如仓鼠、猫、狗等。在扮演宠物期间，甲方会将降低智商的脑芯片植入人脑，待合同到期，再用技术将一切恢复原样。

　　这招聘人类宠物的宣传广告单，大概是上周那个傻乎乎的胖大个儿送过来的。凯斯皱着眉头回忆着。大概只有傻子才会相信"一切恢复原样"这种说辞。

　　他一边看着宣传单页，一边向门外走去。岂料他前脚刚跨出办公室的大门，办公室的预警装置便启动，哐的一声将他关在门外。

　　"噢！！"凯斯一边急速回头，一边用右手猛烈地砸门，然而并没有起到任何作用，眼睁睁看着办公室的玻璃门以最快的速度启动了安全防护装置，降下来的铁栅栏差点儿把他的手切断。

　　他只能去住最便宜的棺材旅馆了。这些旅馆靠近港口。

　　从旅馆房间里根本无法看到港口幽微的灯光，只有高耸大楼黝黑的暗影。从他这个角度，甚至看不到高高耸立的电子公司的全息图标识；所谓的海湾只是一片黑色的广阔区域，漂浮于海面上的成片白色聚苯乙烯泡沫正拍打着海岸。

　　港口后面是工业区，工厂厂房的圆顶几乎被联合生态建筑的巨大立方体挡住了。港口和工业区被老街组成的狭长地带分开，这一地带连个正式的名字也没有，只是被唤作"黑毛虫"。它以工业区为中心，因为没有白天、黑夜之分，这里的酒吧从不会关门闭户，每日供应着无甚滋味的红色泡沫啤酒。

　　时针指向了零点，霓虹灯灭了，全息图了无生气，都伫立在被污染了的银灰色天空下。而一到这个时候，这座城市就如同绽放的罂粟花一般，散发出诱人的罪恶腥气。

　　凯斯重新掏出了那张宣传单页，用皱巴巴的单页擦了擦手。如今的境况，如果他今晚再搞不到钱，明天就真的要喝西北风了。

　　将刚才揉成一团的宣传单页拉开重新瞧了几眼，凯斯心中不禁缓缓升起了一个可怕的想法——自己难道真的要去有钱人的家中做宠物？像那些自己在黑市中见到的穿着鼻环的牛头人或者长着鼠尾巴的人一样？

　　凯斯心中一慌，懊恼地揉了揉太阳穴，却不小心碰到上衣口袋里的手机。

　　凯斯打开手机，想寻出那么一两个能求助的人——尽管自己之前已经找过很多遍——也不抱太多希望，但总觉得应该做点儿什么——他验证身份，通信设备立刻在眼前投屏。

屏幕上的一个 App 系统引起了凯斯的注意。

这个 App 系统是凯斯的朋友——一个号称"嘎吱船长"组织中的某个家伙设计出来的赌博病毒。靠这个病毒，凯斯不久前在赌场上小小地赚了一笔。当然，凯斯也懂得见好就收的道理，这类病毒介入赌博公司的虚拟世界小打小闹没问题，若是贪心不足，就要引起赌博公司的怀疑了。

瞧，凯斯总是记得这些古训。

说起来，这个赌博公司的头奖竟然是一磅牛肉，二等奖是一千万元。虽然赌博公司信誓旦旦地说，他们提供的这些牛肉是如假包换的来自远古时代的真牛肉，绝非如市面上流言所说的那般——其实是化学合成物，但凯斯总觉得这些宣传语中，唯一的如假包换、货真价实的，是赌博公司广告语中那一行小得看不清的那一段法律上要求必须加上的话——"注意！赌博有害。"

但话说回来，不管是牛肉还是这一千万元，反正广告语中的这些东西，从来都没有人真正赢到过。也不知道那见鬼的肉到底是真牛肉还是化学合成物，或者是那些非法的——尽管现在 M 国已经有很多议员呼吁让其合法化养殖的——肉人的肉。

想到这里，凯斯敲了敲手机的金属盖，脑海中忽然闪过一个绝妙的念头。他把自己在暗网之中存储的最后一笔钱取了出来，从容不迫地离开了棺材酒店。

第二章

临近酒吧门口，各种五彩斑斓的炫目灯光晃得凯斯睁不开眼。

他掏出打火机，点了一支仿制的"路易老爷"牌电子烟。这烟是黑市中的那些鬼佬按照很久以前烟草的形态模拟出来的，属于目前市场中流通的中级货。更高级的还有人造雪茄，也不知那些家伙从哪里鼓捣出来的材料。香烟的淡蓝色烟雾漫过双眼，笼罩着酒吧门口那些明亮的全息影像：巫师城堡、达斯·维德的黑色雕像、涂满油彩的自由女神……

一个口红斜飞到脸颊的女小丑走上前，看上去就像一边嘴角上打了一个对勾。她热情地邀约凯斯，半透明的红色衣料裹着她裸露的身体，若隐若现的乳房和空荡荡的裙摆，有意无意地从凯斯身上扫过。

她看见烟雾后凯斯的脸，变戏法似的从手腕上的口袋里掏出一支廉价的电子烟，就着凯斯烟头的火星点燃。

在她谋划着要将双手伸进凯斯胸膛的那一刻，凯斯却转身躲开了她的挑逗，从门口快步走进了酒吧。

"死灵危机"过后，这座城市食物仍紧缺，人们动用一切手段争取着各自的存活空间，这一切他早已司空见惯。

手机上显示的时间是凌晨一点半。如果凯斯没记错，这家赌博公司通常是在凌晨两点的时候开始下注，凌晨三点准时公布赢家名单。

这该死的体系一定是某个深谙人性的邪恶者策划出来的。在这一个小时里，你可以随便做着这些罪恶的勾当，释放自己内心深处的种种邪恶，但趋近于高潮时，却又被无情地切断，让人不禁回味这与生俱来的兽性。

这是酝酿着为下一次开启赌局做准备的。

没有什么能逃脱他们这些黑侦探的双眼。他们是这座城市罪恶的共生者，小心翼翼地在生态边缘试探，从黑暗之中汲取营养，再偷偷享受一点儿尘世的末日狂欢。

NANA 站在吧台后面，各种机械手臂不断抖动，她额角上的人造皮肤已经磨破，露出一块儿金属来。她正在往一托盘的酒杯里斟上泛着红色泡沫的人造生啤。她看见凯斯，笑了起来，露出一口钢牙，机械地嘟嚷着"欢迎"。这些机器人和那些公司说的悬浮车一样，距离他们广告上的质量有天壤之别，各个机器人公司广告上的那些机器人都能陪你从人生理想聊到你是不是喜欢抠脚丫子，但现实里的机器人除了固定的话语之外，其他什么也不会说，除非花钱进行系统升级后，有可能会多说几句吧。这也说不准。

说起来，汤匙酒吧平时也并没有什么特别的。但是今天是周末，这里涌进来大量的赌徒，众所周知，汤匙酒吧是为数不多接入地下暗网的酒吧之一。

凯斯脱下外套，在吧台前找到一个位置，几个好的位置上早已挤满了人——一边是黑胡子罗伯·奈特的手下，他正搂着一个妓女，浑身上下的文身在虬结的肌肉上显得格外突出，臂上缠着标识着奈特组织的金属环；另一边是穿着西装戴着一枚硕大金戒指的白人。虽然并没有直接标明身份的东西，但是凯斯判断他是来自湾区的某个名流，因为他如同那些影像资料中的大佬一样叼着一根人造雪茄，雪茄上刻了一个小写的"B"，是湾区几个名声显赫的姓氏之一。

混乱暧昧的氛围中，众人正调试着眼前陈旧的电子投屏，期待一个小时后自己能成为赌博公司开奖的幸运儿。

凯斯点开自己眼前的虚拟投屏，他在赌博公司的进入界面已被调整到第一位。趁着没人注意自己，他悄悄地将手机网络中的作弊系统接入赌博公司的运行系统中。

这见鬼的作弊系统如果说有什么缺点，那就是一定要手动操作才行——放任机器运行的结果就是：这套系统会见缝插针地收割赌博公司的每个系统漏洞，然后帮凯斯成为今夜最大的赢家。一旦如此，等待凯斯的结果就是被赌博公司找上门的打手卸下身上的某个重要器官。

酒吧驻场皮条客杰森和他的手下们正在汤匙酒吧中来回巡场，放任着酒吧的妓女们去勾搭那些看起来像雏的年轻赌客。凯斯亲眼看见妓女们将一个眼神呆滞迷离的年轻人口袋中的闪闪发亮的东西掏了出来，并握着他的手在酒吧昂贵的订单上签字——他应该吸入了催眠烟雾。有点儿见识的人都能看出来。

凯斯又看了看时间，显示屏上显示着 1：57。作弊系统读条成功，他只需要静心等待即可。

他听着舞台上几名女郎挑逗地宣告着赌局开始，用开局剩下的最后一点儿钱点了一杯啤酒。

从某种诡异的角度看，这里似乎变成了电子海洋里的一次狂欢。屏幕上跳动的数据就是某种催化剂，酒吧里不断地有人尖叫昏厥，众人似乎对此早就司空见惯了。

凯斯的作弊系统分化出了一套自主运行的计算和收集系统，可以将网络看成好似人类体内蛋白质环环相扣而组成的各种细胞机能，高效地在屏幕上飞跃跳动，搞得凯斯不得不时时地截断手机中系统的运转节奏，再小心翼翼地放出来。目前看来，这套系统不过是将赌博公司庞大的数据库看作一片那种类似于凯斯在历史影像资料中才看到过的麦田，而它正是收割稗子的镰刀。

时间跳跃到 2：59，凯斯将作弊系统投入高速的漂移滑动中，既入世又疏离，身边是飞舞的交易、交汇的信息，还有黑市迷宫里的数据组成的各种女体幻影……

屏幕上跳动的数据终于在一个虚拟裸体女郎的飞吻及"欢迎下次光临"的字幕之中慢慢变成一道道如同人造啤酒淌过的流痕，最终被这一道道红色的流痕完全吞没。

"该死的！"

"真该死！"

砰的一声，所有人的虚拟投屏在一瞬间被撤销。

凯斯听见有人大声地咒骂着赌博公司，有人不停地锤打着桌上的虚拟键盘的位置，那些是没有来得及的交易者和操作失误者的懊恼。

同时，酒吧四面八方的虚拟投屏却缓缓升起，无数的名字在虚拟屏幕上跳动，这一招仿佛有魔力一般吸引了众人的目光，凯斯也睁大眼睛在上面艰难地寻找着自己的名字。

赌博公司每期公布一百名获奖名单，现场兑奖。

前五十名已经欢天喜地地点开自己的电子账户了。目前屏幕播放到第七十八位，屏幕上跳动着一个"C"开头的名字，凯斯也忍不住屏气凝神，等待着后续几个字母出现。

"哦！""C"后面的字母终于缓缓显现出来，正是凯斯名称的全拼"Case Smith"。

虽然是预料之中的结果，凯斯仍然激动地挥出了一个上勾拳。

十分钟后，凯斯低头，滑动手机点开自己的账户，赌博公司已经将他赢到的这笔小钱如数地汇了过来。现在酒吧的人已经缓缓离去，只留下了杰森和他那帮蠢兮兮的打手，还有几个醉得东倒西歪的人，正穿着卡其布衣服，蜷缩在吧椅脚下。

凯斯恶狠狠地将转账过来的钱划入了租赁公司的账户，听到叮的一声转账成功通知的同时，租赁公司的电子管家跳了出来，这次管家换了一副面孔，满脸堆笑地对着凯斯频频飞吻，外加一些感激之词。凯斯点开上午威胁过自己的那两个头像，语音输入了一句咒骂的言语后，才将这个界面关闭。

"婊子。"凯斯套上大衣，顺便摸了摸藏在怀中的手枪。他走出酒吧，仰望着微露银白的天空。街上的霓虹灯早已熄灭，全息影像也都鬼魅般淡去。看样子天空上方已经是黎明时分了。但是从几百米的高空往下依然黑漆漆的，永远被笼罩在暗夜里。这种不管是黑夜还是白天，大地都永远是黑夜的状态已经不知道维持了多久，人们也早就习惯了。自从"塔那托斯"[1]时代来临，这里就一直如此了。

凯斯耸耸肩，他是出生在"塔那托斯"之后的人，这见鬼的城市以前是什么样的，他只是在爷爷的嘴里听到过而已。现在这样的城市只适合想下地狱的人。

凯斯走向他那辆租来的破车，伸手拉开了车门——从昨天下午到现在，除了那杯啤酒，他还没有吃过任何东西。现在他要去食物发放机处领取这周的食物。

伴随着破车启动的叮叮当当声，汤匙酒吧被他甩在身后，车灯穿过迷雾。凯斯花了点儿小钱，从虚拟屏幕上的预定系统里买了一个靠前的食物序号，双手握着方向盘，向电视屏幕般的天空尽头驰去，那里是一个叫普利赛尔的地方，安装着离这里最近的食物发放机。

因为这些食物发放机安装在普利赛尔，夏天的普利赛尔依旧人潮汹涌，远远看，如风吹草动。那片人头组成的河溪偶尔因争抢食物激起漩涡，又在维持

---

[1] 塔那托斯，源于希腊文（英语发源）中对死神的称呼。

秩序者的压迫下安静下去。

凯斯好不容易在一片废墟后找到一处可以停车的地方。他那辆破旧的老爷车看着与废墟之中报废的汽车差不多。一排长长的镁光灯照着街区，管理者为了省电，这些镁光灯只在人走近的时候才舍得亮一会儿，走过之后，便马上熄灭。

从凯斯的视线望过去，这条路黑漆漆的，远看像野兽噬人的巨口。他冒雨按了按老旧的教堂的密码，沿着台阶向地心深处走去。这里是食物发放机的所在。

虽然外面看起来如同废墟一般湿漉荒凉，但内里却别有洞天——沿着教堂的金属内壁尽头，有几条短短的轻轨，呼啸着将前来领取食物的人向食物发放机所在的广场运送过去。

食物发放机伫立在广场中央，黑漆漆的金属机身镶嵌在干涸的混凝土喷泉池边，无穷无尽的一张张脸庞在机身前晃过，焦灼地等待着机器吐出食物。凯斯向维持秩序者出示了自己的电子号码牌，在几个肌肉暴起的护送者带领下，预备乘坐电动传送椅去自己序号所在的位置。

在他们身后，一个孩子跟了过来，眼巴巴地望着凯斯。这个孩子的肩头搭了一个不知从哪里捡来的旧窗帘，好似一件斗篷。他整个人好像从风洞里捞出来的，小耳朵紧贴狭长的脑袋，似笑非笑地露出严重内勾的大门牙。

在他身边，是一个穿着一件粗呢旧夹克的女人，脏得看不出原来的脸色。女人搂着孩子，眼巴巴地望着凯斯，低声向凯斯祈求道："先生，行行好，能不能把序号让给我们……"

"滚开！"护送者不耐烦地将女人扒开，带着凯斯继续向传送带的椅子走过去。

"该死！"趁着护送者不注意，那个女人小跑着绕到凯斯眼前，"我自己是没关系的，先生，您知道，只是孩子已经很多天没有吃过东西了，就是为了孩子求求您……"女人的眼泪冲糊了脸上的几道黑痕。

凯斯看见护送者掏出手枪，低声咒骂一声，将手中领到的电子序号牌扔向女人，女人发出一声如野兽般欢欣的尖叫，扑上前将序号牌一把抢在手中。

要认真说起来，这个世界原本并不是这样的。虽然凯斯也没有亲眼见过原来的世界是什么样的，但凭借现在遗留下来的资料，还是能够有效地拼凑出当时的种种情境的。

"灾难几乎是一夜降临的，所有人都不知道发生了什么，一觉醒来，外面的世界就已经是另一副模样了……"这本描述这个世界变化的书 Disaster（《灾难》），在凯斯参加这场战争之前，几乎是人手一本。

这个世界的生物——当然得把人类排除在外——几乎是一夜之间消失的。谁也不知道到底发生了什么，大家只能通过现在的状况去猜测这件事儿的真相。当然，政府在最初的时候，应该也紧急组织专家研究过一番；但短期内也找不出什么具体的原因，无奈之下只能启动预案。联合国在这个时候多少发挥了点儿作用，在联合国帮助下，几个主要大国政府都召开了响应的发布会：他们几乎立刻联络了所有研究未知文明、生物学（包含植物学和动物学）、微生物学的一些专家，召开紧急会议，拨款让他们弄明白这件事儿的真相，同时统计了现存食物的保质期，制订了一系列的资源分配方案等。

当然，起初他们还想把这件事儿当成一场意外处理——人类总是对未来的东西过于期待。但当他们发现所有的计划执行超过了一个月却没有任何改变时，连政府部门的人员也开始恐慌了。那些边缘化的工作者开始担心自己是否有足够充足的食物支撑到能把这项研究做完，毕竟政府部门给出的奖励暂时还只是一张空头支票，而饥饿却能在不久后就要了他们的命。

那些被政府部门收集起来的食物，优先供给自己，其次是研究人员，再次是维持秩序的警察等人；但不久之后它们因为缺乏部分微生物维系慢慢变成了像石头一样硬邦邦的东西，只能勉强果腹而已。

这件事儿很快就被上层弹压下来，上层还是采用了一贯的安抚政策——诸如别担心，那些问题他们正在解决——不管是哪方面的，总而言之，暂时先稳住所有人再说。

当然，Disaster 的作者说，其实在这件事儿发生的前几天，已经有过一次预警：一个自称是死神的家伙突然降临到了这个世界，并向全世界宣布了自己降临的事情。

那天的情景十分诡异，如梦似幻，让人分不清这件事儿到底是真实还是虚妄的，但凯斯却认为，作者的描述并不假，因为几乎留下的每段资料里都曾提到过这件事儿。资料声称，那一瞬间，他们脑海中都不约而同地浮现出了死神降临的情景，就像随之而来的那场"大消失"一样，全世界的人类绞尽脑汁，也不知道具体发生了什么事儿。

脑海中的脑电波突然短路，就像是午睡小憩醒来之后的瞬间空白一般。紧接着，脑海里忽然闪过了一段记忆之中没有的画面，有点儿像有人强行占领自己的大脑，将我带入另一个世界。黑压压的云层上闪过了一道道耀眼的白光，但是整个云层却像化不开的浓墨一样翻滚着，似乎要向整个城市压下来。

狂风吹过，这座城市的汽车和行人艰难地前行着，但是在那一道道白光像闪电一样照亮云层上空的时候，他们突然陷入某种不安的静谧之中，后来我才知道，他们之所以会呈现出这样的表情，原因是他们的脑海中闪现着和我一样的画面：一个自称是死神的家伙，正用着九百六十万种语言（当然这有些夸张，是我根据后来脑海中闪现过这个影像的人类所提供的资料统计和编撰出来的）向整个世界宣告自己的降临。

当然，我脑海中呈现的，当然就是他降临那一瞬间的景象。就像我曾经在很多地方看到过的那样，这个自称是死神的家伙身披黑袍，手持黑镰。我努力地昂着头，想要进一步看清楚他的脸时，却什么也看不见，只能看到两道黑洞洞的目光扫视过来。这道目光似乎能穿透人心，吓得我一个激灵。

紧接着，这个自称是死神的家伙向全世界宣告了自己的降临。我也听到了他用英语在我脑海中广播这件事儿的信息。当你看到这里的时候，千万不要以为我是用错了语法，不是那样的，我之所以这样写，是为了尽可能准确地描述这件事儿发生时的情景。我不知道这个自称是死神的家伙是用什么样的方法把他降临的消息植入我脑海深处的，总而言之，似乎是一阵电波闪过之后，我的大脑竟然自动读懂了死神想要传递出来的信息。但是，我似乎分辨不出来他用的是什么样的声音，这段声音似乎已经用美式英语的思维方式自动转化了我要阅读的那段信息，并强制推送进我的大脑让我理解。

当然，事后我也采访过很多人，询问过他们关于死神降临的这段记忆，他们中大多数人的描述，和我前面说得差不多，只有语言这个部分是有所区别的。他们告诉我说，死神通过自己的本体强行向全世界通知了自己降临的信息，并且转化为多国语言，同时直接通过电信号转化语言信息，让全世界的人都知道了自己降临世间的这件事儿。

起初我并不相信这个世界上会有这么神奇的事情，尽管死神降临人间之后这个世界发生了一系列的变化。后来我采访过很多人，我也学习了一段时间盲文，用盲文和那些盲人交流，用英语尝试翻译全世界记录死神降临的资料之后，我发现，聋哑人，甚至盲人都在脑内"听"到或者"看"到过死神降临的场景。

但是，对不同的人而言，他们所看到死神降临的场景却又不同。为了研究死神降临人间背后的真相，我在政府的支持下，用我有限的生命，采访了尽可能多的人，请他们向我描述他们在"脑波"内看到死神降临时的情景，以便我能更加充分地了解影响了我们这个世界的主宰者。

据说，死神降临那天，不同的人看到的景象完全不一样。他脚踏大地，身高高过云层，宣告自己降临的那一瞬间，亚非地区的人，大部分看到的景象都像是埃及神话里的阿努比斯；欧洲南部的人，多数看到的是希腊神话里的冥王哈迪斯，那些北部人看到的则是墨尔斯的样子；亚洲地带的人，脑海中闪现的形象则有点儿像是中国神话里的阎王爷。而我所统计的，百分之八九十的欧美人，他们看到的是骷髅死神的形象。

我原以为能依照某种规律来研究这次的事件，但是我在询问之后，发现也有例外，这无疑给我的研究和探索增加了某些难度。比如说，并非所有欧美人看到的都是我脑海中闪过的那个身披黑袍、手持镰刀的形象，也并非所有的欧洲人看到的都是冥王哈迪斯的形象。为此，我还专门采访了一些奉行小众文明的族群，因为他们对死亡之神的描绘和称呼同我们这些纯正的 M 国人不尽相同，他们告诉我，他们看到的是类似于壁画之中的撒旦形象，而北欧的那些遗民们，看到的则是那个上半身继承了洛基的人形，下半身继承腐烂丑陋巨人的一个虚影。

我还问过日本人，大概是因为我找到他们的时候，他们就已经全然接受了现在的大主宰，并信誓旦旦地告诉我，他们当日看到的，就是黄泉国之主伊耶那美。还有一小部分中国人，在得知我要写这本书时，他们写信告诉我，他们看到的是壁画上的酆都大帝，并打算把这个影像画下来，印成书发给他的信众。

我想，他们一定是用了某种特殊的办法，才造成了这种情形。

凯斯看着眼前乱糟糟的场景，回忆起了 *Disaster* 中所描述的关于死神降临时的内容。

这本书后面的部分他也很熟悉，因为他上学的时候，这本该死的书已经成了他的必修课之一。政府规定，所有的人都必须充分了解他们现在生活的这个世界，至于了解到什么程度，当然是由那些资本家和政府代言人共同规定的。

剩下的那些普罗大众，诸如凯斯这样的人，只需要每天按时来市中心领取食物发放机里的食物就行。

Disaster 将死神降临之后的时代称为莫斯特伯阿米克时代。凯斯抬头看了看天空，整个城市都像是被幽暗的光芒笼罩和包裹着一般，一旦关上路灯，就只能看见浓云密布的世界和头顶上的黑云，以及黑云上方那带着闪电炽光、将整个黑云上空照得如同白昼的光亮。

说起来，*Disaster* 中还写过一些关于死神声明的内容，严格地说，就是这份死神的宣告让凯斯这样的人们不得不来这座城市的食物发放机前领取这些看起来粉嫩可口、但吃多了十分倒胃口的粉色食物。

这份死神声明的内容主要是死神对这个世界的人类的审判，声明内容规定：人类没有资格决定其他所有物种的生存权，因此死神在降临的那一瞬间，就已经收走了大部分的生物，使得这个世界上除了人类和部分微生物外没有其他的生物。

当然，死神也用每个人类都能理解的语言告诉整个人类：这个世界上的病毒还在。

这项声明，改变了整个世界的状态。因为这项规定，政府不得不联合生物学家共同发表声明，向所有人解释这个世界仍然会按照某种规则继续下去：所有的病毒都能和人体的免疫细胞共生，但是人类若要战胜这种病毒，需要看自身的免疫系统和进化程度。

因为这项规定，这个世界立刻陷入了一场前所未有的混乱之中，大概是死神也没想过要灭绝整个人类，所以在那些大的中心城市，安上了这样一些食物发放机。

凯斯他们这样的人类，就靠着这些食物来维系生存的基本运转。

第三章

"这个婆娘可是个货真价实的骗子,每个人来领食物她都要表演这一套。"护送者可怜地望着凯斯。

"你们刚才怎么不说?!"凯斯望着女人离去的背影,愤愤地说。

"我们也想测试一下,看有多少傻子被她骗。喏,刚才那个披着破布的孩子,其实是个侏儒,我查过他的档案。他和那女人假扮成母子,专门骗别人的序号牌。"护送者耸耸肩,像看傻子一样望着凯斯。

"打开瞧瞧,"一个矮胖的护送者递给凯斯一个电子查询器,"说起来,我还得感谢你,早上我下了十元的注,赌今天他们行骗会成功。"

虚拟电子交易屏上,凯斯的食物领取序号已经被挂在交易名单上。旁边还有各式各样的二手交易物品,比如十几张成人碟片,一架旧的食物搅拌机,几个老式的留声机,还有其他领取食物的序号。

凯斯一拳打倒了那个正在嗤笑自己的家伙,伸手在怀中掏出枪,他可不是吃素的,他要让这两个骗子付出代价,这被人当傻子的感觉是他凯斯最不能忍受的。

他向着那女人闪身逃跑的小摊飞奔过去,女人和侏儒已经躲进暗影之中。凯斯对着女人躲藏之处开了一枪,女人惊恐地低下头,以为会看见那尖利的子弹从自己胸口穿出;但是,没有。

子弹只是擦过她的脸颊,将身后的一根柱子打得飞石四溅。

凯斯冲上去抓住了她。她倒在混凝土柱子脚下,双目紧闭。一只空的易拉罐咕噜噜地滚到了凯斯脚边。人群欢呼着瞧着这场闹剧;也有其他围观者,一边紧紧抱着他们已经领到的食物袋,一边哄笑着观望。空气中混合着各种复杂的味道。

"先生,饶了我吧……我有东西补偿……"女人身后的暗影里有哀鸣声,有碎裂声。

她呜咽着解开自己的领口，露出白花花的乳房。围观人群里响起一声嘹亮的口哨。

"滚！"凯斯恼羞成怒地收起手中的枪，将女人赶走。

他可没有兴趣在大庭广众之下做这种事。女人连滚带爬地跑开。凯斯将手枪收进怀里，触碰到上衣口袋里的手机，就掏出手机点开屏幕，看见账户中仍有一些余钱，无论如何，再买个食物发放机的序号也是够的。

"嗯哼。"将虚拟屏幕关掉，预备把手机收进怀中的前一刻，凯斯脑中灵光一现，蓦地想起刚才在矮胖护送者的通信屏幕上看到的交易信息。

这应该是个非法交易的 App。凯斯轻轻地点了一下电子屏幕，没费太多工夫就找到了那个 App，在搜索栏里嵌入关键字，几分钟就用低廉的价格买到了一个靠前的序号。

他将电子交易信息出示给那几个看管食物发放机的护送者，这次护送者将他带到序列中的电动传送椅上时，人们对他视而不见。细如发丝的红色光线一闪，凯斯在传送带上像倒垃圾一般被丢到了他应该去的位置。

他前面排着的是一个瘦瘦的男孩儿，竖起的金发上一片彩色光晕。男孩儿斜着眼睛瞧了凯斯一眼，从夹克口袋里掏出一粒八角药片，伸到凯斯眼前："来一粒？"

凯斯摇摇头。药片上泛着诡异的红色，凯斯怀疑是用食物发放机里发霉的食物做成的。男孩儿又向周围其他几个看起来同样年轻瘦弱的人兜售他的药丸。

"滚开。"有人将男孩儿重重推开。

"战争可以带来巨大的市场。在那些地下掩体里，有些事儿全是超级丑闻。买一份电子报纸，就能告诉你所有的秘密。"男孩儿用背熟的广告词向另一群人宣传自己口袋的其他产品。

"闭嘴。你敢再说一句话，我马上剪下你那该死的舌头。"被男孩儿打扰的人低声恐吓道。

男孩儿并没有被吓到，反而露出不知道该说是像鬣狗还是巨齿鲨般的笑容，镇定地走向下一个目标。那男孩儿对一直站在防护屏外围观望的人说："这个排队的序列号，想要吗？要的话八十元给你。"

凯斯想起自己在 App 上看到的价格标示，男孩儿这个序列号位置，绝对值不了这个价。

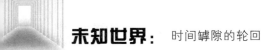

那人冲着男孩儿嘿嘿一笑，露出口中的大金牙，不怀好意地问道："你刚才说什么？位置送给我？"

男孩儿也不再浪费时间，继续向下一个人询问去了。

凯斯已经看出来，这男孩儿看起来人畜无害，其实是个老手。他不再理会这个男孩儿，拉起外衣衣领——和广场人行道一样是不深不浅的灰色，还有着同样斑驳的污渍，他的眼睛里反射出食物发放机吐出食物时的红光。

直到凯斯领走食物时，那个金发男孩儿仍然没有售出去一样东西。他懊恼地转身，重新去占领新的位置，大概是想明天继续碰碰运气吧。

凯斯拎着属于自己的两大袋食物，在废墟旁找到了他的那辆老爷车，启动时简直像个凯旋的英雄。

真是不容易的一天啊。

他办公的旧楼坐落在夜城的东部——佛理森特[1]。这里又被小偷、妓女、强盗称为"自由之都"。大楼钢筋混凝土的根基底下，有一列火车顶着陈腐的空气，从大楼"心脏"处开出的一条隧道中前进。在冷雨的黑夜里，火车悄无声息地滑过枕木轨道，推动着空气在隧道中鸣唱，频率从低音一直衰减到次声波。

凯斯每天躺在房间时，只要火车的震动传过来，干燥的人工拼接地板的缝隙中，烟尘便会适时飞扬起来。

"又回到'陋居'了，老伙计。"凯斯拍拍自己的旧车。

"这可是当初繁荣的 M 帝国的核心地带。"旧车中的人工智能念道。

"和我这种人屁关系都没有，伙计。"凯斯砰的一声关上车门，从老式的电梯返回自己的办公室。

"欢迎回来，主人。"办公室的租赁管理公司应该是已经收到凯斯的电子转账了，将门口的电子管家投影换成了两名日本女优。凯斯刚走到门口，女优就向他鞠了一个九十度的躬。

凯斯故意不看它们。

他走进办公室，沙发上是昨天他留下的弹孔，因为支付了租赁费用，AI 已启动了自动缝纫装置，正在一点儿一点儿地修复。看见凯斯进门，几个电子管家立刻悄悄隐身。

---

[1] 佛理森特，英文 free-center 的音译，也是"自由之都"或是"自由中心"的意思。

凯斯躺在办公桌前的沙发上，总算是勉强吞进去了自己领来的食物——一种暗红色的味道微甜的糕点，其实不算难吃，但是让你一年三百六十五天都吃这个，任谁也都只能勉强往肚子里吞。从他这个角度向外看去，对面大厦的玻璃管上，死气沉沉的霓虹灯拼出大大的"都市之光"，上面有几处已经坏了，但勉强还能辨认。

他刚坐下，便有人敲门。

凯斯转头，一个金发碧眼的美女站在玻璃门门口，嚼着口香糖，面对满墙能映射出自己倒影的玻璃屏，好似沉醉于自己的模样之中。除了用来遮挡植入反光镜片的巨大墨镜之外，她的打扮和这里很搭调，像个妩媚天真的女游客。她穿着一件粉红色塑料雨衣，一件白色网衫，前几年流行的蓝色破烂热裤，茫然微笑着，吹破一个泡泡。

说实在的，凯斯常常和女人打交道，但是这样的女人可不常见。

"我可以进来吗？"女人的嗓音悦耳，话语客气。凯斯忍不住皱了皱眉，来找他的，除了那些做了黑勾当的女人，就是妓女，有这种修养的，倒还是第一个。

凯斯迟疑着点了点头，将办公室的门朝里打开，带着她走了进来，里面的家具胡乱摆放着，桌上胡乱堆着一堆旧资料的档案。

"我早就说过，人工智能们不能100%地信任，我才出差一两天，这里就搞成这个样子。"凯斯故意低声抱怨，试图把这堆乱糟糟的场景嫁祸给他根本不存在的实体电子管家而不是现在用的便宜的投影版。

美人脸上却是更加抱歉的表情，似乎她才是真正的闯入者，打扰了主人家的宁静。

"噢，幸好这里还有一点儿食物。"凯斯心虚地从另一个袋子里找出自己上午刚刚从食物发放机中领出来的一点儿东西，用刀切下两块，放在金属碟中，小心翼翼地端到女郎面前。

女郎穿着尖细的高跟鞋，但行动仍然同舞蹈一般，没有任何一个多余的动作。她谢绝了凯斯好不容易找出来的一点儿快要变质的人造啤酒。

"这地方糟透了。"凯斯摊手。

"我倒觉得很不错。"女郎的一只手有意无意地搭上凯斯的肩膀，顺手接过他装着"食物"的金属碟放在了昨天差点儿被回收的那张办公桌上。

"无所谓了，你来找我有什么事情？"凯斯竖起夹克领子说，"愿意为您效劳。"

金发女郎咬了一口"食物",轻轻笑了。

窗口十米处透出一束黄色灯光,洒在湿漉漉的露台上。

她的手轻轻地放到凯斯的胸膛上,凯斯下意识地颤抖了一下。

"看来你还是老样子!"女郎轻笑道。

凯斯疑惑她话里的意思,他可不知道自己在什么地方见过她,是思普罗赛尔还是赛尔达?或者是那见鬼的普罗利达?

她是那些妓女中的一个?见鬼!他可真想不起来。

金发女郎拍了拍他的肩膀,手指拂过他的脖颈:"转身。我'按摩'手艺很不错的。"

凯斯当然知道她说的"按摩"是指什么。

第四章

　　凯斯吸了一口冷气，被这美女的主动惊得下意识后退了一步，现在满街的骗子比蟑螂还多，有好事上门，他本能地会有抵触心理。

　　这个下意识后退的动作很容易引起女人的误会，但这个性感尤物看起来却并不在意。

　　凯斯没有控制好力度，碰倒了窗台边一只缺口的玻璃瓶——那是他爷爷传下来的，据说在他爷爷那个时代，这玻璃瓶是插花用的——好吧，反正他也没见过什么真花。这只幸存的玻璃瓶从窗台跌落，发出一声脆响。

　　楼上的人还在睡觉，听见玻璃瓶破碎的声音，探出头向楼下大声咒骂了一句，便又悄无声息了。

　　美女并没有被凯斯的拒绝动作吓退，反而迎上前来，暧昧地瞧着他。她的双手却若有若无地在凯斯的腰间游移，直到慢慢地滑向凯斯身体的某个关键部位。

　　凯斯闭上眼，心中却挨个念着自由彼岸上的街道名字，而他的鼻子、脸颊和下巴，甚至脸上的每一寸皮肤，都能感觉到身畔美女鼻息之间传递过来的挑逗气息。

　　他刚想开口说话，美女却伸出手指压住了他的双唇。

　　此刻美女一条腿搭在他身旁的沙发上，另一条腿却攀上了凯斯的大腿。凯斯糊里糊涂地靠在窗户那里，感觉到全身绷得紧紧的。

　　该死的，他身体里腾起一股骚动难耐的欲火。

　　下一刻，他脑海中忽然莫名其妙地闪过早上在食物发放机的广场上看到的那个女人的胴体和她晃动的乳房。

　　他也不知道为什么会在这个时候联想到那该死的画面。

　　白花花的乳房占满了凯斯的大脑。

按理说，对这个送上门来的性感尤物，他应该好好享用才对。或许这个美女还不用像自己在酒吧门口遇到的那些妓女一样需要他付出大价钱，弄不好自己的春天真的来了呢。他想起唐尼说的那句话："那些堵在酒吧门口向男人抛媚眼的婊子，完事的下一秒就会像讨债鬼一样催促着嫖客向她们的账户转账。"

就在美女即将把手伸进凯斯的衣服里时，凯斯忽然伸手握住了她的手腕，阻挡了她后面的动作。

"这里最好别动。"凯斯转过身，推开了身畔的性感尤物。

"怎么……"

凯斯注意到，美女眼中错愕的神色一闪而过。

他当然不是哑炮。他只是联想起早上那个衣着肮脏破烂的女人和那个侏儒伪装的孩子罢了。

这个美女全身上下都顺滑得令人难以置信，凯斯发誓，他已经很多年没有遇到过这么姣好的女人了。这简直就是做梦才会有的场景。凯斯转头，仍然能看见对面霓虹上闪烁着的灯光，但常年混街头的常识告诉他，这事好过头了，反而激活了属于他侦探的嗅觉。

"就是你了，老兄。"在凯斯推开美人的下一刻，一个锡林[1]人的声音传来，"骷髅帮的兄弟们管我叫'刀锋'。俺叫阿姆塔奇，这是我妹妹，你刚刚是在骚扰我妹妹吧？"锡林人扯着刚才像小猫一样乖顺地靠在凯斯身边的金发女郎，现在她已经被阿姆塔奇从凯斯身边拉开，看向凯斯的眼神冰冷而空洞。

"我和兄弟们想跟你聊聊，朋友。你知道上一个敢对我妹妹做这种事的人，现在怎么样了吗？"阿姆塔奇拍了拍凯斯的肩膀，一副不好惹的样子。

"那你知道我眨眼就能干了你吗，朋友？"趁着两人不注意，凯斯的手伸向怀里，那里放着他的勃朗宁手枪。

"你最好待着别动。性骚扰又不是什么严重的大罪，但是我发誓你不想进监狱，别把事情搞得太大。"阿姆塔奇警告凯斯。

说话间，又有两人闯进屋子。其中一个是黑人，黑黝黝的身体上肌肉暴起，看不出年纪，看起来就不好惹。他满头钢丝般的小辫纠结在一起，不怀好意地盯着凯斯。

他伸出右手，刀刃在烟雾中闪闪发亮。他用手指弹了弹手上的刀，那刀发

---

[1] 凯斯所处时代的一种类似于蛮人的少数族裔的代称。

出当的一声脆响。

"这是我的兄弟，马克西姆。"阿姆塔奇自豪地吹了一声口哨。

"他们管他叫'刀锋'，是吗？"

"没错。"马克西姆没有听出凯斯话中的讽刺意味。

"继续。"凯斯那种懒洋洋的样子又恢复了，"你们两个联手应该无坚不摧，对不对？"

"算你说准了。"阿姆塔奇得意扬扬，"看在这句话的份上，你骚扰我妹妹米雪儿的赔偿金，可以给你稍微减一减。对了，一共是多少？"

阿姆塔奇转向随着马克西姆一同进来的那人，这时凯斯才注意到他。

那人衣服破旧，戴着一副同样破旧的金丝眼镜，看上去眼镜也有些年头了，用细丝修补了许多圈，大概是因为经常使用的缘故，眼镜边缘的细丝已经脱落了。

"我叫兰德，是他们的法律顾问。"金丝眼镜终于有机会开口介绍一下自己。

他飞快地掏出一个老旧的投屏迷你电脑，调出档案，计算着现行法律下赔偿金的数额。

"你明白我们的意思，"米雪儿趁兰德计算的当口，转向凯斯，"装傻只会对你不利。你想被当成骚扰女性的危险分子被拘留，交给那些冷冰冰的智能警察看管，还是坐下来谈谈？我想聪明人都知道该怎么做。"

"我有个问题，"凯斯喷出一口烟，"你们在这里有执法权吗？我是说，这套不是应该让自由彼岸的智能警官来玩儿吗？这是他们的地盘，对不对？"

米雪儿微微一笑，她没有被凯斯的话吓到："皮埃尔，我知道你不害怕治安拘留，但是你一直在做的事情，我们早就查清楚了。我想，只要那些警局的蠢蛋动动手指，他们也会查出来你干了些什么。"

"如果你被治安拘留，那些网络警察只要录入你的数据，就会发现你不但参与过数据侵入和定点盗窃，还在黑市进行以肉人冒充人类进行器官交易，是危害公众的危险分子。"米雪儿点了一支电子烟，用纤细的手指夹着，朝着凯斯的方向缓缓地吐出一个烟圈，一副胸有成竹的样子。

"什么？皮埃尔？"凯斯那属于侦探的敏锐嗅觉都不用发挥了，"如果你们找的是皮尔埃，那我想你们大概认错人了，我是凯斯·史密斯。"凯斯终于回过神来，翻箱倒柜地将自己混在一堆杂物中的身份证件找了出来。

"看清楚点儿疯子们，我可不是什么皮埃尔，我是这个街区有名的侦探凯斯·史密斯"，凯斯敲击着证件，愤愤不平地说道，"如果你们真的要找一个叫皮埃尔的家伙，应该往楼上去才对。"凯斯用手指了指天花板。

阿姆塔奇与米雪儿听了这几句话，飞快地对视一眼。阿姆塔奇飞快地跑上楼看了一眼，又飞奔下来，拉着米雪儿在一边低语了几句。身旁的两人诧异地看着他们的表情神态，知道他们果然弄错了。

凯斯紧盯着他们，这几个人的表情神态已说明了一切。他们向凯斯轻轻道歉，随即浩浩荡荡地向楼上去了。金丝眼镜匆忙地收起了他的投屏电脑，他刚才一直在计算。凯斯注意到金丝眼镜路过铁架时，衣服被刮了一下，腐臭的毛呢后面，落下一片尘灰。

他听到楼上的动静，似乎可以想象到，米雪儿正握住皮埃尔大门口恶龙雕塑的一根前腿，然后门轻轻被打开。

那个家伙要倒霉了。凯斯耸耸肩。他想，这几个人大概要把刚才发生在自己身上的那一幕在皮埃尔身上故技重施。

说起来，这个皮埃尔也是自己的邻居。如果自己现在给他发个提醒信息，他是不是就不会放这伙人进房间了。

凯斯在心中暗想。

他拿起手机，想要给皮尔埃发信息。他们这栋大楼有内网。不过，他在投影屏幕上点开程序，刚想要连接皮尔埃房间的通信，米雪儿刚才所说的那段话又跳到了他脑子当中。

他们为什么对皮尔埃的事情这么清楚？

米雪儿这帮人看起来像诈骗团伙。他感觉这帮人或者不仅是敲诈这么简单。在他没搞清楚这些人之间的事情之前，还是少管闲事为妙。

凯斯将想要提醒皮埃尔的想法收了回来，转向了手机中的一个 App，这是个游戏中心，他从里面随意打开了一个玩儿了起来。

跟着游戏中那只虚拟的自动探测仪，凯斯在众多钢柱组成的世界之间自由穿行，清理着每一个想要纠缠他虚拟电子角色的怪物。

第五章
///////////////////

　　头顶上传来十分嘈杂的交谈声，吱嘎的尖锐的声响忽然呼啸着划过凯斯的耳膜，把他吓了一大跳。

　　他还以为是游戏里士官长的声音，但他凝神分辨，发现这该死的刺耳声响是音响靠近信号源时的声音。显然楼上有人在调试音响。

　　随着尖锐的响声慢慢消失，楼上传来了音乐混响。

　　紧接着又是一阵噼里啪啦的声音，像金属容器跌在地上的混响，间或夹杂着打斗声和皮埃尔带着哭腔的求饶声。

　　凯斯一惊，从沙发上跳起来。

　　原来他刚才竟然躺在沙发上睡着了。

　　凯斯点开黑屏的手机，游戏角色已经死在水下冒险的环节，弹出来的信息提示游戏任务失败。

　　凯斯低声咒骂了一句，退出游戏，刺耳的吱嘎声却再次响起。

　　细高跟踩在楼道上的橐橐声再次响起，有人从楼上下来，敲开了凯斯的房门。

　　"我可别伤害了你的小心灵，这是给你的精神损失费。"那人塞给凯斯一叠钱，正是先前那个认错人的米雪儿。

　　凯斯拒绝了她递过来的钱。

　　米雪儿不以为意地笑了笑，将这些钱放在了桌子上："不要误会，我给你这些，只是希望你能学会闭嘴，不管看到什么，听到什么，最好都当作没有发生过。"

　　她吐出一个烟圈："或许你也想看看你那可怜的老邻居现在是一副什么样的倒霉相。"

　　"那可不关我的事儿。"

"皮埃尔是我们的老相识了，他主要负责收售赃货，楼上的办公室只是他掩人耳目用的，不过我们已经制服了他。你就当这件事儿没有发生过，明白？"

"听着，从一开始我就不想搅和到你们和任何人的争端里去。我不知道你们和皮埃尔有什么过节，当然也不想知道——除非你们请我帮你们侦查一番——不过我可不会因为你就免费。"凯斯一边回答米雪儿，一边收拾自己七零八落的私人物品。

米雪儿倚靠在门框上，全神贯注地注视着凯斯的动作，想要观察他说这些话时的表情。

"也好。不过，从现在开始，我们就是你的新邻居了。"米雪儿打了一个漂亮的响指，又噔噔噔地跑回楼上。

片刻工夫，凯斯听见楼上音响中一阵刺耳的朋克音乐震天般响起。

"好了。"凯斯喃喃自语。刚才他已经将自己的那堆杂物扫到了一个铁箱子里，使整个房间看起来空旷了不少。

他有些懊恼地打了个呵欠，这才想起自己昨天一夜未眠。

"反正这里收不收拾都是这么脏，不如再睡一觉。"凯斯皱了皱眉，将铁箱推到角落，仍旧躺在沙发上。

"该死。"楼上的音响将室内的灰尘震下来不少，现在凯斯刚收拾完毕的房间，马上又蒙上了一层灰尘。

凯斯从沙发上坐了起来，想起了米雪儿刚才说过的话。

他想，自己的确应该去楼上瞧瞧，哪怕警告这些混蛋一声也是应该的。

凯斯噔噔地上了楼。

皮埃尔家的房间装修得像一个货仓。只不过现在这间屋子已经不像皮埃尔当初居住时那样白天黑夜都紧紧关闭着，而是大门敞开。凯斯抬眼望去，里面的装修风格十分诡异，室内的四个墙面上贴着灰色的墙布，其中两面墙的墙面上还安装着许多细密的铁丝条。天花板是石灰石材质，间次装着荧光灯环，多数都已坏掉。

空气里充满了血腥与汗液混合的味道。

皮埃尔不知道被他们弄到什么地方去了，看样子应该已经被处理掉了。屋内只剩下地板上一道道已经氧化的暗红色血迹和桌椅挪动的痕迹。

现在皮埃尔当初办公的场所已经被他们围成一个舞台，舞台没有灯，只有几人手机上的光在上方闪耀变换。室内香烟的烟雾悬浮在空中，令人看起来有一种甜腻而朦胧的迷幻感。

不知道他们从哪里弄来一箱人造啤酒——大概是皮埃尔以前私藏的——现在已经所剩无几，空空如也的金属易拉罐在他们脚边滚动着。

他们都在音乐的鼓点声中如同嗑药一般摇头晃脑，只有那个带着破旧金色眼镜的兰德坐在旁边，皱着眉正看着电脑计算着什么。不知道这么大的音乐响声中他还能计算出什么来。

米雪儿看见凯斯，一边舞动身体，一边滑到凯斯身边。

"我们的庆祝舞会。"米雪儿看见凯斯，吹了一声口哨，指了指阿姆塔奇和马克西姆两人。

"看样子你们已经得手了。"凯斯云淡风轻地说了一句，接过米雪儿递过来的一罐啤酒。

"没错。智能警察在一刻钟之前已经把那个家伙带走了。"她把啤酒递给凯斯，双手叉在臀部，站在室内的达利钟下面，见凯斯伸手去大衣口袋里摸那包已经快要干瘪的廉价烟，便从他的指间顺了一支过来。

"一起玩儿玩儿？"米雪儿对着音乐中央的"舞台"努努嘴。

米雪儿的话令凯斯想起自己在半梦半醒时听到的那片嘈杂声，应该是他们和皮埃尔交涉弄出来的。

"去把货运电梯里的箱子搬进来。"阿姆塔奇手机响了。他接了一个电话，将一把磁性钥匙递给马克西姆。

"早上的事情我很抱歉，哥们儿。"马克西姆冲凯斯咧了咧嘴。

凯斯没有回答，只是挪动身子，让高壮的马克西姆得以推着箱子通过，那箱子在地上拖动时发出吱嘎声响。

"和你说过多少次了，马克西姆！别拖着货箱走！小心把东西震碎了！"阿姆塔奇看见了马克西姆的动作，连忙发声阻止。

马克西姆看了他一眼，一声不吭地将货箱扛在肩膀上。

"就放在这里。"阿姆塔奇指着"舞台"旁边的一小块空地说道。

"你们继续，我先回去了。不过，如果可以的话，希望你们能小点儿声，我昨天一晚上没睡觉。我想你们应该也不希望搬来的第一天就跟邻居发生冲突吧。"凯斯对着几人摊了摊手。

"很抱歉打扰到你，凯斯·史密斯。"阿姆塔奇点了点头，一直像木头人一样坐在旁边的兰德接到他的信号，在键盘上操控了一阵，音响的声音立刻小了很多。

"多谢理解。"凯斯夹着烟，点了点头，沿着楼梯向自己的办公室走去。

临走前他朝着米雪儿头顶上的达利钟扫了一眼，发现现在已经是下午五点了。他睡了几个小时，但现在仍然很困。他打算回自己的办公室继续补觉。

下午六点楼下的街区就如同一条荒凉的死胡同一般，不过这里白天也是一片漆黑，见不到什么亮光，但是白天好歹路上会有一些聚光灯，还有零星往来的人群。

凯斯竖着耳朵，听见一块废铁被车子碾过，从路口滚了过去。大概因为那些穹顶建筑的重叠和空气对流，呼啸着穿行的火车汽笛声听起来也有些诡异。

楼上的音乐声虽然已经小了不少，但却还是零零星星地漏出一丝重金属的撞击声。

凯斯躺在沙发上，虽然极力地想让大脑平静下来，但是却忍不住胡思乱想。经过刚才楼上楼下那番莫名其妙的折腾，他现在已经睡不着了。

凯斯索性站了起来，透过窗户，凝视着那块死气沉沉的、掉了漆的全息影招牌。这块招牌现在又亮了起来。凯斯以往就是这样，通过这招牌的开关来判断现在是白天还是夜晚。

第六章

从对面的老旧的居民楼里传来一声咔嗒声，整个世界凝固了。

在没有颜色的天空底下，一幢幢居民楼就是一片片隆起的波浪一般的废墟，废墟的波峰之上是城市高楼那褪色的、半熔化的残骸。废墟的质地像是一张网，锈蚀的钢条扭曲成细细的网线，中间还挂着大块的混凝土。

凯斯虽然见惯了这样的情景，但还是忍不住叹了口气。

他站在黑暗中抽了根烟，淡淡的仿尼古丁气味儿冲上大脑，让他略微清醒了些。卫生间里传来滴滴答答的轻响，让凯斯觉得身侧有一种诡异的寂静。滴滴答答的声音持续了一小会儿。就是这样的氛围，总令凯斯觉得有什么事情不对劲儿，但是他却想不起来这不对劲儿的原因。

按理说，他现在比穷光蛋略好点儿，眼下也不至于饿肚子，实在没什么好为明天担忧的理由。

只是，侦探的灵敏嗅觉总让他觉得这诡异的平静中透着一丝不安。这样的焦虑驱使他不由自主地打开手机，想看看有没有什么新的消息。

他用手指滑动解锁手机屏幕，手机上面显示着现在的时间已经是凌晨三点多。他两手按着窗台，下意识地避开着窗台以前放置那个旧花瓶的位置，但他挥手时却扑了空。

凯斯这才想起来，那个花瓶已经从窗台跌落，在楼下摔得尸骨无存。

对面褪色的霓虹灯依然闪着刺眼的光芒。

不对，一定有什么事情不对。凯斯想起了昨天早上的事情，便不受控制地想起了闯进来的那伙人。他们赶走了楼上那家伙——接着焊接音响——叫自己一同参加舞会，但是现在楼上却已经悄无声息了。

这种诡秘的安静，正是凯斯觉得奇怪的源头。

想到这里，凯斯的心突然猛地下沉，他在大衣口袋放好了那支勃朗宁手枪，快步向楼上跑去，在楼梯上猛然地被绊了一下，这才恍然想起，自己应该先打开手机上的手电筒。

他走到那金色雕像的门把手旁边，借着手机幽暗的灯光，看到阿姆塔奇的身体向一侧的沙发边缘歪倒，地上有一摊暗红的血迹。

再往里走，他看见了马克西姆。马克西姆的脖子被一条细钢丝捆在一条小躺椅的背上。钢丝深深陷进椅子靠枕的记忆棉里，也同样深深陷入他的喉咙。一团深色的血凝结在那里，像是一颗奇异的宝石，又像一颗红黑色的珍珠。绞索两端的粗糙木柄在空中飞舞，好像陈旧的扫帚柄一般。

眼前的景象映照在幽暗的手机亮光中，让凯斯忍不住要作呕。

"凯斯——"他忽然听见有人在呼唤他。他被吓了一跳，但是他能分辨出来，这是活人的声音。凯斯打开手机上的手电筒，举着手机，眼睛变得如同探测仪一般，四下搜寻着声音的来源。"对，你说过的，你叫凯斯·史密斯……"米雪儿喘着气，看得出来她在强忍着疼痛。

"凯斯，"她说，"帮我个忙。"米雪儿僵硬地靠坐在一块人造塑料板上，正在扶着塑料板上面的一个塑料凸起，拇指和食指上的刀片滑了出来，"我的腿不行了，你能不能扶我一把？"

地面的花地毯上有一摊凝固的血液，闪着厚重的透明光泽。自从人类开始领取食物发放机里的食物后，血液就变成了这种胶水般的透明黏糊状。血泊中堆着一床很大的被子。米雪儿的左腿被人切开一个十厘米左右的口子，一把三角形的刮刀在她身旁的血泊里闪亮。凯斯跪下来，小心地躲开了那摊黏稠的透明血液，自从这个世界的人开始食用食物发放机里的食物后，他们的血液也开始慢慢转成了透明色。

"一群该下地狱的混蛋！"凯斯恼怒地扶起了米雪儿，眼前的惨状让他有些不忍直视。

"需要我帮你报警吗？"凯斯晃动着手机，关切地问了米雪儿一句。

"不……千万别……"米雪儿平静地阻止了凯斯。她眼中闪动着仇恨的光芒，泪水从她那双蓝色的眼睛里流下。

"我们……你知道的，不能惊动警察。"米雪儿平静地说道，"我哥哥阿姆塔奇，几年前因为抢劫留下了案底。"她用右腿支撑住身体，说，"马克西姆那边大概也有麻烦，他在服兵役期间，杀过一个人。对，他失手杀了一个战友，被军事法庭审判，后来被开除军籍了，然后他就一直跟着我们。"她低头看了看地面上蜿蜒的透明痕迹——这是另外两个人的血。

"你昨天说，你在这个街区干侦探？"米雪儿的余光瞥见凯斯悄悄从大衣口袋里掏出枪，忽然想起了两人昨天上午的对话。

"是的。"凯斯扶着她勉强站起来，看得出来，米雪儿有处理伤口的经验。早上那件衣服已经被她撕成布条，她的伤口被勒得紧紧的，暂时止住了向外冒着的黏稠血液。这些血液无色无味，很容易被人忽视。

"我那还有点儿医用酒精，如果你不介意的话……"凯斯摊摊手，尽量让自己的话听起来有安慰的意味。

要知道，现在这个年代，酒精也是稀罕物。如果不是凯斯有一点儿手腕的话，这些酒精也不会保存到现在。

"谢谢……"米雪儿大半个身子都靠在凯斯身上，她的外衣已经撕开裹伤了，现在就剩下了性感的胸衣。凯斯扶着米雪儿坚实的腰部，感觉米雪儿的身子有些微微发烫，似乎是因为伤口的原因，发起了低烧。

该死的！这触感和他昨天早上躺在沙发上想象得差不多，只是现在这个场景却不太对。凯斯自问不是什么正人君子，但是也不至于乘人之危。

"你昨天说，你是侦探？"米雪儿显然更关心这件事儿，刚才提问被凯斯打断，她瞬间又想了起来，接着追问了一句。

"是的。"凯斯小心翼翼地搀扶着米雪儿，尽量不去触碰她那条受伤的腿。

"帮我查查我哥哥他们的死因，我要给他们报仇。"米雪儿语气坚定。

凯斯看了米雪儿一眼，这双湛蓝的大眼睛里有一丝哀求的意味。但是他看得出来，米雪儿态度坚定。

他在心中咒骂了一句，想起了昨天自己因为心软失掉了号码牌的事情，心肠马上就硬了起来。

"那个，你知道的，我从不会免费接活儿。你知道，我帮人查一个案子至少要三千元的……更何况，是这样的凶杀案……"凯斯尽量让自己的语气听起来强硬一些。

"这个没问题。我有钱。三千元是吧？"米雪儿明显地松了一口气，"麻烦你扶我到那边。"

凯斯搀着米雪儿走到一个保险箱旁边。

米雪儿熟练地按动保险箱的密码，从里面取出一沓钱递给凯斯。

凯斯接过钱，有点儿懊恼，早知道刚才自己就应该多要点儿才是。

"这是三千五百元，你先拿着，不够我这里还有。我们接手了皮埃尔的银行账户，他所有的钱都还在，这保险箱里只是一小部分现金。"米雪儿擦了擦手。

"好吧。"凯斯一边观察着米雪儿的动作，一边推断着案情的可能性，"保险箱里的钱都还在，应该不是为了钱杀人。"凯斯低声嘀咕着。

"你先靠在这里。"凯斯将米雪儿扶到床垫旁边，低声说，"案发现场应该保护起来，我先看看线索。"

米雪儿温顺地点了点头。从见到米雪儿到现在，这是她唯一一次露出温顺的姿态。

凯斯取出自己的手套，想要洗干净双手，再将室内细致地搜索一遍。可他刚打开洗手间的门，就看见兰德的尸体直直地向他扑了过来。

"哦，真该死。"凯斯勉强将兰德扶回原位，这才看见，兰德的血流了一地，顺着墙的缝隙，正在一点儿点儿地往楼下渗透。

自己抽烟时听到的滴答声原来是兰德的血混合着卫生间的水渍向下流淌的声音。

凯斯皱了皱眉头，看样子自己待会儿得清洗卫生间的墙面了。

他将兰德的尸体小心翼翼地靠在墙上，戴上了手套，查验着兰德的伤口。兰德应该死了有一阵子了，他伤口的血液都凝固成一摊透明的块状糊在身上，剩下的几乎都流尽了。

凯斯放开兰德，又小心翼翼地查验了马克西姆和阿姆塔奇的伤口。他现在唯一能确定的事情就是，阿姆塔奇应该是几个人中最后死的，凯斯判断，自己推门进来的时候，凶手应该刚逃离不久。

现在，米雪儿是唯一的幸存者。

凯斯追问米雪儿当时的情景，希望能从米雪儿的话语中找到一点儿凶手的线索。死了三个人，自己在楼下却没有听到一点儿动静。

尤其是马克西姆，看情形他在死之前应该被折磨了好一阵子，不可能不发出一点儿声音。

凯斯在手机的记事本上记下所有可疑的线索。

米雪儿一声不吭地看着凯斯的动作。

"你真的没有看见凶手？"凯斯一边梳理疑点，一边询问米雪儿。

"我发誓，我真的没有看见。"米雪儿坚定地摇摇头，"我只记得音乐不知道被谁关了，阿姆塔奇出去检查线路，然后我就人事不知了。"

　　"好吧。"凯斯耸肩。他看得出来，米雪儿因为腿上的伤口失血过多，随时有昏倒的危险，他也不愿意在这个时候再追问她。凯斯找到针线，为米雪缝合了伤口，他当过兵，这方面很有经验。

第七章

对面的 3D 全息影广告女郎一遍遍地播放着某个照明灯的广告。

这个分辨不了日夜的黑暗城市里，藏着许多凯斯不知道的勾当。如今他这个乱糟糟的房间里多了一个人，之前所有的计划都被打乱了。现在他需要去食物发放机处取回更多的食物。

好在之前那个该死的侏儒虽然骗走了他的序号，但却也让他从矮胖的护送者那知晓了二手网站的信息。凯斯滑动着手机，找出那个 App，依样买了一个号码牌。

这个号码不算靠后，但也要等段时间，不过这已经是凯斯现在能弄到的最靠前的位置了。他准备一大早就过去看看。

黑暗中，米雪儿呻吟了一声。

凯斯皱着眉头走近米雪儿时，她已经站起身来，按住了凯斯手机上的荧光。她用舌头紧紧抵住凯斯的门牙。凯斯心中微微一动，她身旁粗糙的混凝土墙开始泛出幽幽的白光。但接着她以迅雷不及掩耳之势掏出了凯斯大衣口袋的那支勃朗宁，枪口抵住凯斯的腰："好了，亲爱的。咱们出去玩儿玩儿。"

"混蛋，保险栓是开着的！"凯斯怒吼一声。

"我当然知道。"米雪儿若无其事地应声，一点儿也看不出来她刚才受过那么重的伤。

"如果没开，你又怎么会乖乖听我的？！"米雪儿眯缝着双眼对凯斯命令，"举起双手，转过身去。"

"你这个诡计多端的臭婊子！"凯斯咒骂了一句，但还是乖乖地将双手放在脑后。

"我必须为我哥哥报仇。现在，送我去马普尔。"米雪儿的手微微颤抖。

她借着沙发的力量站了起来。她的腿上缠着一条止血的旧带子，那还是他给她包上的。

"难道你有线索？"凯斯问她。

"我不知道，但是马普尔有我们共同的敌人。"米雪儿冷冷地回应他，像是在极力掩饰着自己因紧张带来的颤抖。

"放下枪。"凯斯趁机猛然转身，将米雪儿手中的枪按下。

"砰！"米雪儿一惊，毫不犹豫地扣动了扳机，沙发上顿时又被射穿了一个小洞。子弹透过沙发嵌入地板，震动得屋顶扑簌地落下不少灰尘来。

"该死的，看样子我又得在智能家具的网站上赔一笔了。"凯斯一边收好枪，一边将食物发放机中发放的红色泡沫咖啡用电茶壶煮上。

"听我说，你需要冷静一下。"

凯斯一边说，一边翻箱倒柜地寻找着装咖啡的杯子。

"你哥哥他们被折磨了很久，但是我却只听到了卫生间的滴答声。这不是一般的凶杀案。"

米雪儿接过凯斯递给她的那杯咖啡，怔怔地听着。

凯斯看得出来，她的思绪有点儿飘忽，或许还没有接受她哥哥被杀的现实。

"这个世界上没有完美的谋杀，所有的谋杀都会有痕迹，哪怕杀人者掩藏得再好也不行。世界上所有的能量都是平衡的，如果有谁打破了它，肯定会留下印记：这就是我个人的理解。"

"你的意思是说，每个人都好像是这个世界的一种能量，删除这些能量的时候，就会产生波动……"米雪儿重复着凯斯的话，像是在理解他的叙述。

"是的。这个世界的谋杀，如果逆向来看，可以从两个方向入手。"凯斯关掉了电茶壶，避免它的嘟嘟声打扰到自己和米雪儿的交谈。

"哪两个方向？"米雪儿疑惑地问了凯斯一句。

"杀人者的动机和他们的手段。我不是警探，你可以放心告诉我。第一，你们和什么人结过仇；第二，我需要一些仪器设备，才能检测出杀死你哥哥他们的凶器是什么材质。"

"我刚才说过了，我要去马普尔。"米雪儿皱了皱眉头。

"但你并没有告诉我，那里有什么人。"凯斯摊手。

"我现在还不能说。"米雪儿显然并不希望继续这个话题。

直觉告诉凯斯，或许米雪儿口中的这个"马普尔"和今晚这起凶杀案有关，但是她却守口如瓶。

"听着，现在就送我走。刚才自鸣钟响的时候，我看了手机上的时间，现在是凌晨四点，加上叫车的时间。这里到机场需要四十分钟。我到的时候，正好可以赶上五点去马普尔的那班飞机。"

"这不行。早上，警察的电子巡航机应该就会监测到楼上的尸体，你是必要的人证。如果我送你走了，我和你都有谋杀的嫌疑。"

"该死的，可是我现在必须去马普尔，不然的话，就永远洗刷不了杀人的嫌疑了！"米雪儿几乎是在怒吼。

"嘿！嘿！放轻松些。听着，如果不告诉我原因，我是不会帮你这个忙的。我们不过刚认识而已。"这会儿轮到凯斯好整以暇地望着米雪儿了。

"好吧，好吧。"米雪儿懊丧地点了点头。

"我和我哥哥，并不是真人。我的意思是……"米雪儿说到这里，无奈地咬了咬嘴唇，十分难为情的样子。

凯斯皱着眉，显然他已经想到了，米雪儿未完的言语后，绝不是什么好话。

"肉人？"凯斯已经做了最坏的打算。

"不，我们也不是肉人。"米雪儿连忙摇头。

"我们是马普尔的一个富商用他的女儿和儿子的细胞克隆出来的。他的女儿和儿子已经死了很久了，他还保存着他们的尸体，希望有一天能复活他们。"米雪儿断断续续地将这件事儿描述出来，像是在说别人的故事。

"塔那托斯降临之后，他的这些技术终于实验成功了。然后，他造出了我和阿姆塔奇。十九岁之前，他整天都将我们关在屋子里，我们从来没有见过外人，后来我和阿姆塔奇趁着他不注意的时候，想办法一起逃走了。"

"然后你们就在世界各地漂泊？"凯斯有些难以置信地望着米雪儿。

"可以这么说吧，"米雪儿点了点头，"和阿姆塔奇一起逃出来后，我们过得也并不算差。"

"那是当然。"凯斯能想象，像米雪儿这样的尤物，即便她什么也不做，只是勾勾手指头，也会有男人愿意自动送上门的。

"那你现在为什么又要去马普尔？"凯斯不解。

"听着。凯斯，你并不知道他的脾气秉性。我们逃走的时候，他没有毁掉克隆基因。"米雪儿的声音冷得可怕。

"所以，你怀疑是他派人下的手？"凯斯一边问，一边留神观察着米雪儿的神情。

"如果他只想要我们的命，那还好办。可是万一有另外一个米雪儿和阿姆塔奇，我就会被永远销毁了。"米雪儿说出了这句话，凯斯从她的神情可以看出来，米雪儿已经做了最坏的打算。

"你在撒谎。"凯斯从旧办公桌上的烟盒之中取出了一支烟。他现在需要一点儿尼古丁——哪怕是人造的也行。他需要理清思路，好判断米雪儿所说的话到底是真的还是假的。他不会就这么轻易地被这个女人的一面之词骗了。

叮的一声，米雪儿竟然被凯斯的话震得退后一步。她上前抓住了凯斯的衣襟，用哀怨的眼神凝视着凯斯："我发誓，我说的每一句话都是真的。"

"好吧！即使马普尔的富豪是真的，但是你和阿姆塔奇之间的事情，你也在撒谎。"凯斯目光灼灼，盯着米雪儿，"如果你们是克隆人，十九岁以前又从来没有接触过别人，又是怎么弄到现在这个假身份的？"

"好吧。我可以把真实的情况告诉你，但是你要答应帮我保守秘密。"米雪儿叹了一口气，"我的确不是什么富豪的女儿，阿姆塔奇也不是我哥哥，虽然我们对外宣称是兄妹，但那也不过是为了掩人耳目罢了。"

米雪儿将淡红色的咖啡放在桌上，里面的咖啡她不过浅啜了一口而已。

"我们来自某个秘密基地，打我们有记忆开始，我们就在那了。我们的身份……好吧，我们的身份都是假的。我们几个人一起从那里逃出来之后，就以兄妹相称了。我不知道对方有没有找过我们……我现在得去马普尔。"

"去那里干什么？"

"因为……那是我之前在秘密基地听到过的唯一一个地名，或许那里能找到什么线索！"

凯斯掐灭了烟，他知道没有身份庇护意味着什么：在这个罪恶之城，失去身份简直寸步难行。

"凯斯，你接了我这个案子，我可以再给你一些钱；可是一旦那个人把我现在的身份注销了，或是把这个身份给了另外一个人，我就死定了。"

"我很奇怪，如果是他干的，为什么没杀了你？你死了，不就一了百了了。"

"我这里有个芯片。"米雪儿拍了拍自己的右腿，"可以读出他储存过的所有东西，然后去整他以前的客户。我负责诱骗那些人，阿姆塔奇和马克西姆他们去做讨债的打手。我们一起做事。我们是同伙。我遇见他的时候，刚离开那傀偏屋八个星期……"她停住了，脸上露出了祈求的神情。

"我得马上离开这里，凯斯。你要帮我。"米雪儿十分焦灼。

第八章

米雪儿的这句话让凯斯沉默了片刻。

凯斯看向窗外，对面的屏幕上的霓虹灯已经断断续续地亮了起来。一条由红点组成的广告语，围绕着自由彼岸组成了一个断断续续的红圈。那些密密麻麻的红灯忽明忽暗地闪烁，看得久了，便会生出一种陌生感。

"如果一定要赶五点的那班飞机的话，最好马上就出发。"凯斯开口打破了沉默，"上次那家租车公司的 App 里随时都可以预约，该死的，我得看看他们附近的提车地点在哪里……"

"好了。"凯斯的手指滑过 App，预约好一辆大街上常见的车。

"不能太张扬。最好约一辆能自动驾驶的车，到了机场再把车还给他们。还有，你确定你要去的话，最好准备一个大点儿的行李箱，一个要出远门的单身女性没有行李箱很容易引起别人的怀疑……对了，行李箱中不要放液体，检查起来会耽误时间，如果真的要赶五点的那场飞机，我想你得在十分钟内收拾好。"

卫生间的滴答声终于消失了。

八分钟后，米雪儿便收拾好行装下楼了，手中还提着一个行李箱。看得出来，腿上的伤还是影响到了她的行动，虽然只提了一个小箱子，她行走起来还是有些吃力。

两人下楼时，凯斯约好的车已经停在楼下，自动驾驶系统设置了一个小时的使用时间。

凯斯取消了汽车自动驾驶的设置，随即关掉了手机。

"你最好也把手机关了。"凯斯指示米雪儿，看着米雪儿关掉了手机。

"你确定你一个人能行？"他有些难以置信地望着米雪儿。

"是的。"米雪儿挺直脊背，尽量让自己的声音听起来显得正常一些。她戴着墨镜，大概是为了遮住自己红肿的双眼，以免被路人看见后心生疑惑。

连凯斯也不禁有些佩服起她的细心。

"听着，"凯斯一边打开后备厢一边对米雪儿说道，"明天早上警察肯定会发现其他人的尸体，你一直和他们在一起，这种明显的线索他们那些混蛋是不会遗漏的，但现在，只有你一个人活下来了，你知道这意味着你是嫌疑最大的那个人。而你现在急匆匆地跑到马普尔那种荒凉到鸟不拉屎的地方，很难让人不联想到这是一桩有预谋的畏罪潜逃，但是我还是选择了帮你，现在，我得想想该怎么和警察说这件事儿……"

凯斯的语速飞快，将米雪儿的行李箱塞进了那辆车之中。

"该死的，他们应该派一辆更好的车来的。"米雪儿的行李箱里不知道塞了什么东西，提在手中有些沉。

"我们现在对好说辞，我是你的邻居，我们今天才第一次见面。你的哥哥和朋友们被谋杀了，而你一点儿线索也没有，现在除了那个该死的富豪之外，没有人有这种杀人动机。好吧，如果明天我这样告诉警察，他们一定怀疑我脑袋是被牛顶过才会想出这样一套谎言。"凯斯无奈地坐在驾驶的前座上，车子的自动驾驶设定刚刚已经被他解除了，现在他得手动操作。

"我想你应该知道，这个世界上的谎言常常听起来像真的，而你说真话时，人们常常会觉得你在撒谎。"米雪儿坐在副驾驶的座位上，系安全带时，不小心碰到了腿上的伤口，疼得她向后缩了一下。

"我想是的。"凯斯掐灭烟头，将烟蒂扔出了窗外。

"食物得带上。"凯斯发动汽车，使劲踩了一脚油门，汽车发出低啸，冲破罩在幽暗的雾色光芒，飞一般向前弛去。

"这些食物真难吃。"米雪儿扬了扬手中的红色食物，那是凯斯昨天从食物发放机中领回来的。

"拒绝它们的人才是病得不轻。"凯斯撇撇嘴，现在可不是抱怨食物的时候。

"富豪在马普尔的什么地方？"凯斯问米雪儿。

"他在马普尔的一个偏远的小镇上建了一座庄园。"米雪儿回忆起自己记忆中那座庄园的样子，"那地方在雪山脚下，火车只能到市里，再从市里开车两个小时才能到他住的地方。"

"都是些奇怪的癖好。"凯斯拍了拍方向盘，"好吧，你自己小心点儿。如果发现情况不对，就赶紧从那离开。别让他发现了你的行踪。"

"我知道。"米雪儿点了点头。

两人一路再没有说话。米雪儿安静得像换了一个人似的。

凯斯一路驾车飞驰到机场，停好车后，看了看时间，发现马上就要到五点了。米雪儿已经在手机上订好了去马普尔的机票，凯斯建议她选择靠窗的位置，这样不容易被人打扰。

凯斯停好车，米雪儿拖着行李箱，她的腿已经不流血了，但走起路来还是略有些跛。

"也许你更应该选择报警。"米雪儿冲着凯斯笑了笑。这个时候她眼神中带着一丝忧虑，不再是昨天那副风情万种的样子了。

她这副表情让凯斯愣了几秒，"让警察们见鬼去吧！"凯斯顺手接过米雪儿手中的行李箱，"他们的效率实在太低了，有时候我都怀疑那帮混蛋的脑袋除了玩儿手机再也干不了别的了。你知道，好多时候，我刚找到了案子的线索，他们就来和我谈判了，那帮家伙做事不行，呵，邀功倒是一把好手……"

凯斯看着米雪儿换了登机牌。

"我给你的钱只是订金，如果你真的能找到谋杀我哥哥的线索，我会给你一笔丰厚的酬金。"米雪儿抬起头，在登机之前，又郑重地对凯斯说一句。

凯斯点了点头，他可不是那种和钱过不去的人。

"快走吧。我知道你没杀他们，所以我才没有报警。"凯斯努力让自己的声音听起来真诚一些。

机场里的人不算太多，米雪儿不用排队就进了安检口。莫斯特伯阿米克降临这个世界之后，人们都不太爱出行了。就拿凯斯自己来说，恐怕他除了领取食物和去酒吧赌博之外，其余的时间还是觉得在家躺着才舒服。

凯斯看见一个穿蓝衣服、提着塑胶箱的男子匆匆跑到了米雪儿身后。从凯斯的视线望去，他正在和机场的安检人员争执着什么，两人说了一阵，安检员终于让那个男子过去了。

前面米雪儿的背影被男子遮挡着，凯斯的视线差点儿捕捉不到。

还好男子很快就从米雪儿身边匆匆走过，凯斯从她的背影里看到了恐惧和不安，但是她还是义无反顾地拖着箱子进入人群。

凯斯看见米雪儿的背影消失在长长的登机通道里，有一瞬间的恍惚。他等到飞机起飞才离开。

并没有任何意外。飞机消失在泛着蓝光的天幕之中。

天幕之中是刺眼的亮色，这亮色渐渐蔓延下来。到半空中时，和各种路灯的光芒交接，铺成一片暖融融的黄色。

再过两个小时就又是白天了。凯斯从租车的 App 上呼叫了一辆车，这家租车公司在机场附近就有服务站，汽车很快就到了。

凯斯坐车回到家中，家里空空如也，如果不是沙发上丢着米雪儿那件带血的衣服，他简直要怀疑刚才的事情是不是自己在做梦。

"好吧。"他摊摊手，反正现在也睡不着，他干脆拿出手机来，继续玩儿着上午断档的那个游戏。

还是那个美女。这一次，凯斯领了任务，需要和美女一起潜到水下去偷一样东西。这个东西是任务必需品，但是如果他愿意充值的话，也可以直接从商店购买。

"这些黑心的商家，总是想各种方法从消费者手中套钱。"凯斯想到了炒作悬磁浮车的人，暗自在心中咒骂了一句。

这一次他顺利地完成了任务，交任务时才发现，领下一个任务需要金币，而获得这些金币又需要充值。

"该死！"凯斯退出游戏，双手别在脑后，呆呆望着天花板上的黑斑。他在脑子里整理着米雪儿告诉自己的那些信息，希望从中找出一条线索来。

在米雪儿昏倒的那段时间里，阿姆塔奇应该被折磨过一阵，但是她却没有听到任何声音，也没有醒过来。

兰德应该是被一刀毙命，切断了动脉，血喷涌出来，顺着管道流下……

凯斯在头脑中慢慢思考着这些线索，脑袋越来越沉，渐渐进入了梦乡。

他是被敲门声吵醒的。

急促的敲门声打断了凯斯正在做着的一个梦，梦里他重新回到了战场上。

耳边无线电通信里不时传来女播报员冷冰冰的声音，告知着每个人边境的战况。

身边都是些断肢残臂，分不清哪些是 M 国人的，哪些是敌方人的。地上的土已经被炸弹炸得焦黑。凯斯借着堡垒的掩护慢慢向前爬着，他手指缓缓移动，生怕惊动了头顶上带监控系统的无人机。

这些战斗机上带有热能系统，正地毯式地扫描着这个区域的装甲部队。据可靠的情报，这里聚集着 M 军的坦克集团，所以敌方联军决定在此处投放战术核弹。凯斯感觉自己伏在地上，意识有些模糊。他周围已经没什么活人了。他缩在泥土里，祈祷队友能收到自己刚才发出的求救信号。

漫漫烟尘中，凯斯终于看见战友驾驶着最新式的坦克过来了。在他奔向战友的那一刻，敌方联军的战术核弹已经扔下来，随着一声巨大的轰鸣，凯斯感觉到自己意识飘摇，似乎灵魂已经飘到半空，远观着来不及进坦克的自己瞬间蒸发。

巨大的轰鸣声将凯斯从浅眠中惊醒，额头上已经冷汗涔涔，他伸手抹了一把。现实里，凯斯并没有被炸死，炸弹爆炸前他已经钻进了坦克中。这种新型坦克的装甲有抵御敌方联军战术核弹的防核爆能力。

事情已经过去了十多年，他还是会梦到自己站在爆炸的中心。

凯斯缓缓地从沙发上爬了起来，打开门之前，瞥了一眼丢在沙发上的手机，发现已经是上午十点了。

"你好，请问您是不是凯斯·史密斯先生？"来人语气十分客气，他亮出了自己的警员证，凯斯只能先请他进来再说。

"我们打交道的时间也不短了。"警察们拿出了扫描仪，很快扫描了凯斯屋子中的所有物品。

"当然。"凯斯滑动智能座椅，请前来的警员坐下。他已经知道了他们为什么会来找自己。

第九章

楼上的案发现场已经被警戒线保护起来了。凯斯脑袋中回放着门把手后面的场景，他几个小时前已经见过了，只不过，现在那个地方多了一道警戒线而已。

警察已经找上门来，凯斯知道，短时间内他不可能再上去查看什么线索了。但如果这些警探们以为他会乖乖地被这些警戒线限制，那就大错特错了。只不过眼下凯斯得先和他们周旋一阵子。

借着各种光源混合的亮色，凯斯向窗外瞥了一眼，楼下有几个人正在装置监控设备，人群也开始活动起来。在大厦一楼的几个不起眼的角落里，停放着几辆废旧的面包车，面包车的车窗已经被摇了上来，看样子应该是便衣警探们在车里蹲守。这种架势凯斯见过很多次。

敲门找他的这两个人是一老一少。其中，年纪大点儿的是凯斯的熟人，名叫琼恩。他管理凯斯居住的自由彼岸街区已经有十多年了。他的年龄五十岁上下，蓄着两撇小胡子，棕色的毛发带着一点儿卷曲，块头很大，头脑不怎么好使。身边年轻点儿的，凯斯觉得有些面熟，却想不起名字，大概原来没怎么见过，应该是自由彼岸街区新来的警员。

他们两人麻利地把一个扁的蟑螂似的智能测谎仪接入网络，放了凯斯的手边，那个年轻点儿的警员对琼恩使了个眼色，就示意凯斯可以开始讲话。

"我们想找你谈点儿事情。"年轻警员对凯斯说道。他眼中带着一点儿厌世的神情，这种神情使得他整个人看上去病恹恹的，显得没什么精神的样子。他穿着人造丝麻编制的警服，浆得笔挺的制服比他大一号，一眼望过去有种莫名的滑稽感。

"这位是托比警员，刑事侦查科的技术人员，专门研究高科技犯罪的。他能从蛛丝马迹中分辨出很多有用的信息。"琼恩向凯斯介绍着自己身边站着那个年轻警员。

"你好。"凯斯伸出右手，礼节性地和这名叫托比的警员握了一下。

"是这样的，"托比的声音有些嘶哑，"请问您知道您的楼上昨天发生了一起凶杀案吗？"

"我也是今天早上才知道的。"凯斯答道。

"大概几点钟呢？"托比紧追不舍。

"大概是凌晨三点左右吧。那该死的血从楼上淌了下来，把我的卫生间都弄脏了。当然，也搅坏了我的美梦。所以，我不得不上去给他们一点儿警告。然后我上去了一趟，就看见了凶杀案现场。"凯斯耸耸肩。

"楼上死的这三个人你都认识吗？"托比拿出他们几个人的照片。

"昨天早上的时候，他们到我这里来过。"凯斯坦言。

"来干什么？"琼斯也加入了问话的行列。

"大概是把我认成是别的什么人了吧。"凯斯摊手，一副无奈的样子。

他一边说，托比一边用手指在电脑上飞快地记录着两人的谈话。

"你确定你之前不认识他们？昨天是你和他们第一次见面？"说到这里，托比那瞧着像没睡醒的眼睛突然来了几分精神，手指也从键盘上挪开，轻轻叩击着桌面。

"当然。关于他们被杀的事儿，我知道的并不比你们多。"凯斯又点燃一支烟，猛地吸了一口。

"我们问你这些，是公事公办，并没指望从你这里查到什么凶手的信息。"托比的语气突然变得严肃起来，"今天早上的时候我们电子眼侦查到这里的凶案信息，现在已经排查了周围的住户。监控显示，这幢楼里在凌晨四点左右出去的人只有你和一个女人"，托比顿了顿，接着说道，"而那个女人，之前一直和楼上的三个死者在一起——我想，你应该可以向我们解释一下，你为什么会主动送一个和凶杀案有关的陌生女人离开。"

凯斯在心中盘算了片刻，他没想到他们的监控系统如此灵敏。但这个叫托比的警员所透露出的信息也并不全都是坏的，至少他听出来了一点——他们仍然把米雪儿当成一个有身份信息的公民在对待，这说明，米雪儿一直忧心忡忡的事情还没有变成现实。

"你最好老老实实地回答我们的问题。"琼恩对着凯斯使了个眼色，显然这个托比并不怎么好应付。

"你问我到底是怎么回事，我也想知道。"凯斯的语调里似乎有点儿微微恼火。寻常时候，这座城市死一两个人，不会值得他们如此大动干戈。

"你不需要知道。你只要明白现在是刑侦科的高级长官在向你问话就够了。"

"别发火，伙计。让他组织一下语言。"琼恩在中间打了个圆场。凯斯则在大脑里飞快地思索着应对托比问话的理由。

"按照常理推测，凯斯，你知道的，那个女人的嫌疑最大，其次……"琼恩望着凯斯，眼神有些无奈。

凯斯看了琼恩一眼，明白了琼恩的意思。凯斯知道，从常理上很难理解他的行为。但是他了解这些穿着警服的混蛋。米雪儿并没有撒谎，她绝对不会是杀死其他三个人的凶手，这是凯斯的直觉。他愿意相信自己的直觉。

而且凯斯还知道另外一件事儿——一旦米雪儿被他们抓住，这件事儿就更麻烦了。一旦他们找到了米雪儿，米雪儿的身份也曝光了……然后，等待米雪儿的是和没有信息记录的肉人一样的庭审和宰杀宣判。

即使要找凶杀案的线索，也要等到米雪儿从马普尔回来才能进行。

在此之前，他不得不和这些人周旋，这是他早就想到的。或许运气更好一点儿，他还能从这些人嘴里套出某些和案件有关的其他有用的信息来……毕竟，哪怕这些警察都是混蛋，但是他们的设备仪器都是最先进的。

"别耍花招。"托比的耐心快要耗尽，他对凯斯发出了警告，"关于这个案子，我们已经掌握了很多信息，撒谎对你没有任何好处。"

"我的确送那个和他们在一起的女人去了机场。"凯斯点了点头，并不否认，"我想，没有哪个绅士能拒绝一名女士在绝境下的请求。更何况，如果严格按照法律条文来判断的话，我送她去机场的时候，她并不是凶杀案的犯罪嫌疑人。相反，如果她还留在这里，还有被凶手谋杀的危险。"凯斯语调平静地叙述着，"根据《联邦安全管理法案》第九条，在怀疑对象没有被正式通缉之前，你们并没有权力限制她的自由。而我只是恰好喜欢助人为乐而已。我想，每个 M 国公民都有助人为乐的权利。"凯斯一边说着，一边从手机中调出了《联邦安全管理法案》的条文。

"听着，我们现在没工夫跟你玩儿文字游戏。这三个人现在已经死了，但是他们在死之前，我们查到曾经有人从他们的电脑里转移了湾区坎贝尔先生的一大笔钱。现在我们怀疑凶手或许和黑市的毒贩有关，明白吗？而那个女人的嫌疑，恰恰是最大的。可我们到现在还追查不到那个女人身份信息下的任何账户。"托比终于按捺不住，怒气冲冲地将这些话说了出来。

他提到坎贝尔的时候，凯斯有些走神，他想起了自己在酒吧赌博的时候遇到的那个抽雪茄的家伙。那个家伙好像也是湾区的有钱人。

"难道你们就没有核对过电脑上的指纹吗？"刚才的念头转瞬即逝，凯斯忍不住问了一句。

"指纹被擦得干干净净。电脑扔在水池中，线路已经烧坏了，无法追溯转账的账号。"琼恩逮到机会，终于插了一句话。

"好吧。"现在这件事儿的复杂程度显然已经超过了凯斯当初的预料。转账的事情，米雪儿并没有提过，显然米雪儿也并不知情。大概是她昏迷期间发生的事情。只是，如果这件事儿沾上了黑帮，就会变得麻烦许多——

想到这里，凯斯忍不住皱了皱眉头。

"现在不仅这四个人的身份非常可疑，杀他们的人也不简单。但显然这是一起熟人作案，知道他们账户里有钱……"托比还在絮絮叨叨地说着，琼恩对他使了个颜色，他显然知道自己说得太多了，便马上打住了话头。

"在过去的几个小时里，你是唯一见过他们的人。而且你还送走了他们中间唯一一个活着的，虽然我们并不知道你是出于什么动机这么做，但是我们希望你能跟我们回警察局一趟，我们需要检查你手机里的导航路线和通话记录。"琼恩例行公事地说道。

"我想，在有正式的搜捕令之前，你们没有权力这么做。米雪儿没有杀她几个同伴的动机，她没有理由这么做。如果她要杀了他们，不需要等到这么久才动手，明白吗？"

"可是那笔转账上午才到，晚上又被转走了……听着，凯斯，现在不是她有没有动机的问题，而是你——你明白吗？凯斯·史密斯，你已经被列入了合谋的犯罪嫌疑人行列。你和米雪儿，合谋杀害了其他几个人，然后你帮助她逃走了，留下自己来迷惑我们。"托比终于不耐烦了，不再兜圈子。琼恩的脸色瞬间也变得十分难看。

"如果不是琼恩和你一起过来，我简直要怀疑警察局刚被湾区的某位大佬收购了。"凯斯眯着眼睛，掐灭了烟头，手悄悄按到了衣服里的那支勃朗宁手枪上。

第十章

"要说按我的理解，一个聪明人应该懂得识时务才对。"凯斯的手刚摸到那支勃朗宁的枪柄上，托比已经站了起来。下一秒，托比已经掏出了枪，凯斯只觉得一个黑黝黝的枪口已经顶上了自己的脑袋。

"可恶！"凯斯在心中咒骂了托比一句，他刚才忘了，警察进屋的时候都会用红外扫描系统进行热扫描。

"放下枪，转过身去。"托比指挥着凯斯。

"嘿！嘿！听我说伙计们，别冲动。"琼恩还在试图调解两人之间剑拔弩张的氛围。

"蹲下，把枪慢慢放在地上。快点儿！"托比完全不理会琼恩的感受，只是恶狠狠地盯着凯斯。

凯斯把放在口袋里的手枪慢慢掏了出来，在托比的眼前缓缓地做出了半蹲的姿势，又在他的监视下把手枪扔在了房间的地板上。

"现在，转过身去。"托比继续命令凯斯。

凯斯全程都没有说话，配合着托比的命令转身。但在凯斯转身的一瞬间，他却抬起手肘，向身后重重撞去。

托比被凯斯击中，一个趔趄摔倒在地上。凯斯把托比撞倒在地上的刹那，已经抓住了他的右臂，将他整个提了起来——随即一个转身——等托比回过神来的时候，凯斯已经扭住了他的右臂。

"混蛋！"托比疼得龇牙咧嘴。在他还没反应过来之前，他握在手中的手枪已经被凯斯抢了过去。下一秒，只听见咔嚓一声脆响，托比的手臂已经被凯斯拧脱臼了。

"看样子，M 国的警校并没有教会一个人应该怎样随机应变。建议他们加上这一课。"凯斯在瞬息之间，已经反客为主。他把托比右臂扭脱臼的同时已经放开了托比，因为他已经将托比手中的那支手枪夺了过来，这个时候已经变成了他用黑黝黝的枪口对准托比的后脑勺了。

"嘿，别动，伙计。"凯斯向前一步，警告着托比。

"别动。"下一秒，琼恩也拔出了枪，对准了凯斯，他的脸色十分难看，显然刚才的事情令他十分恼火。

"听着，伙计，"琼恩气呼呼地说，"不管你是谁，都不能玩儿得太过火，明白吗？你有伸张正义的权利，但不是现在。现在你得跟我们回去，配合警察局对这个案子的调查。在那个女人和你联系之前，你都得待在警察局里。"

"我所有的通信设备都得监控？"凯斯恼火地问了一句。他没有放下手枪，但他知道，自己需要给琼恩这个面子。他在自由彼岸的时间并不短了，他明白琼恩不像表面上看到的那么简单。自由彼岸街区人员复杂程度超出常人想象。不光是黑市交易的问题，还有其他很多见不得人的勾当。即使在死神接管这个世界以后，凯斯偶尔在街头也能看见一些抽人造大麻的人。在地狱里打滚的人是不会上天堂的——但是也需要人能维护那些想正常生活的人——琼恩就是这样的警察。

他有办法在一堆烂鬼里干十年，不是没有原因的。凯斯在心中斟酌了一下——这个面子——他必须得给琼恩。他已经接了米雪儿的委托，他需要侦破这个案件，他不能在一开始就得罪警方。

"好吧。"凯斯点了点头，慢慢将手中的枪放下，"我理解你们的立场，但是，我仍然要强调的是，我有保护我隐私的权利。我知道，米雪儿现在是最大的嫌疑人，她连夜离开了案发现场，而她的同伴都死了，在他们活着的某个时间点里，不知道谁还用他们的电脑转走了湾区某个混蛋大人物的一笔黑钱，或许还有比这些更糟糕的前提。对，从正常的角度来看，谁不喜欢钱呢？至于分钱的人，当然是越少越好。我完全能理解你们的怀疑，但是如果你们真的用心查验，你会知道，米雪儿一直和他们在一起。是的，他们以前是犯了一些案子，但不过也是些无伤大雅的恶作剧而已，他们没胆子做这样的凶案。这是显而易见的事实。如果你们真的查验过，就知道，米雪儿和他们在一起有一阵了，他们关系很好。死者里有一个人是她的哥哥，她没有理由杀了他，反正无论如何他们也有了一辈子都花不完的钱了。如果你们有了充足的理由，能够监控我和米雪儿的通信，好吧，那你们应该带着法庭的文书过来。但是现在，这个小混蛋，穿着一身不合身的警服就想拿枪威胁我，想要监控我所有的隐私，琼恩，不是我不愿意，而是你们没有权利这么做。"

"给我两分钟。"琼恩对着凯斯比了一个手势，慢慢把手枪放了下来。

凯斯看了托比一眼，将手中的枪扔在桌上。

托比用眼睛偷偷斜觑了一眼桌上的枪，悄悄向枪的方向移动着。凯斯用怜悯的眼神看了他一眼，又将枪重新捡了起来，往另一个方向推了过去。

琼恩已经打完电话了。他是在屋外打的，凯斯猜他是在向上级请示。

"抱歉，兄弟，我想这次谁都帮不了你了。我刚刚收到了消息，你的逮捕令上面已经通过了。"琼恩一边向凯斯投过来一个万分抱歉的眼神，一边走到托比身边，趁着托比不注意的时候，猛一用力，将托比脱臼的胳膊咔嚓一声又接了回去。

"啊……"托比痛得大叫一声，再回过神儿来的时候，他的胳膊已经接好了。他甩动了两下右臂，快速走到桌边，继续操作起自己的电脑来，整个过程中他都没有再看凯斯一眼。

"你现在必须得跟我们走一趟了。"琼恩抱歉地掏出了电子手铐，并将手机里刚刚接收的电子公文调了出来。

凯斯确认了公文的真实性。他以前见过几次，这东西琼恩伪造不了，他也没必要伪造，不过是一通电话的事情。

"好吧。或许黑帮的效率一直都比警察局高。"凯斯讽刺了他们一句，将手伸了出去，任由琼恩把电子手铐给他戴上。

琼恩在手铐里输了两遍密码，并将密码的口令代码传输到警察局的 AI 监控系统里。

琼恩缴获了凯斯的手机。他把手机递给托比，托比恶狠狠地将手机接入了他电脑内部的一个监控系统里。

电脑里的 AI 监控系统将凯斯的手机扫描了一遍。手机里并没有什么有价值的信息，这是凯斯早就知道的。

凯斯的手机里没有和米雪儿的任何通话记录。他甚至都不知道米雪儿说的那个庄园在马普尔的什么地方，只知道下了火车之后还有两个小时的车程。富豪的庄园在一座雪山里。他只是米雪儿的委托人而已。

按凯斯的推测，如果他们现在没有追踪到米雪儿的任何消息，除了当初富豪为米雪儿伪造身份时动用了许多特殊手段之外，另一个原因就是——米雪儿现在应该在飞机上——他们追踪不到她的信号，所以他们才会以为她失踪了。

或许，他们最坏的推测就是，凯斯杀了米雪儿，然后和同伙转走了那笔钱。按他们的设想，凯斯早上送米雪儿离开，只是为了掩人耳目。

不过，不管他们往哪个方向上怀疑，他们唯一认定的就是凯斯和这起谋杀案有莫大的关系。按这些混蛋警官们的想法，只要控制了凯斯，就能追踪到所有有用的线索。这是他们从黑帮学来的惯常的做法，或者有时候就交给黑帮去干。刑讯逼供，用各种电影里都想不到的手段弄到嫌疑人坚持不住为止。但是他们不会杀了他。杀了他，这件事儿的线索就会永远石沉大海了。这似乎是警察与黑势力之间的某种默契，他们各自负责一部分，一起构成了这个世界的完整治安生态。

托比望着琼恩，摇了摇头。AI 系统将凯斯近一年的信息都扫描了一遍，没有一条对他们有用。根据 AI 的数据分析，凯斯的确属于危险分子，但是也不到犯罪的程度。

琼恩点了点头，他也不想把事情做得太难看。凯斯并不是什么善茬。

托比继续在电脑上操作，已经完全没有了刚才的嚣张气焰。

琼恩看着他将凯斯手机中的信息记录备份好，又看了一眼 AI 系统对凯斯的人物分析。

"好吧。这家伙还真的是把你看透了。走吧凯斯，别做无谓的抵抗了，在那个叫米雪儿的女人和你联系之前，恐怕你都得待在警察局里了。"

琼恩把配枪捡了起来，交还给托比。

"年轻人冲动一点儿在所难免。"琼恩拍了拍托比的肩膀，那里正好镶嵌着一枚警徽。

"我拿点儿东西。"凯斯走向窗边，又扫视了一眼停在路边的几辆旧车。

"他们早就把什么都准备好了。"凯斯在心中暗想，"真是一帮阴险狡诈的混蛋。"

"不用。你单独住在一个屋子里，那里所有的东西都准备妥当了。"琼恩走到凯斯身旁，将凯斯大衣口袋里的那支勃朗宁收缴了。

托比和琼恩各自把东西收拾停当，一起把凯斯押进了路边一辆破旧的汽车里，司机应该也是他们的人，没问任何事情就发动了汽车。托比和琼恩把凯斯夹在汽车人造皮坐垫的中间，凯斯听见汽车发出难听的哐哐声，一路向警察局的方向飞驰而去。

凯斯坐在警车里，心中计算着到警察局的距离。

这段路他走过很多遍，闭着眼睛也知道有四个红绿灯，经过两个十字路口，中间要拐过六条巷道，才能到警察局门口。

现在警车已经走了一段，凯斯在心中计算着面包车的行程，预计还有半个小时才能抵达。

还有托比和琼恩这两个家伙……凯斯在脑海中拼命地计算着，要甩脱这两个家伙，自己到底有多少胜算……

凯斯一边想着，一边透过玻璃窗望着从窗外掠过的各式各样的景色。道路两旁的建筑上安装的霓虹灯，在朦胧的天光中闪动着五彩缤纷的光影，纷纷从车窗上掠过。他们路过了主宰者安放在城区的食物发放机。尽管现在时间尚早，但是食物发放机两侧依然挤满了人。顺着凯斯的目光望过去，可以看见人群之中有几个人正在为了顺序的先后互相撕扯着。大概过不了多久就会有人来维持治安了，凯斯想。

"人类是一群永远也没有餍足的生物，不管给他们多少，他们总觉得不够，只要一有机会，就会侵占得更多，甚至为了自己的欲望不惜同类相残。这个物种没有资格决定其他所有物种的生存权，所以，我要将这个世界其他的生物收走，让人类自生自灭。"

凯斯想起了主宰这个世界的死神降临时所说的那句话，不得不说，这句话他很认同，尽管他也是人类中的一员，但是凯斯同样认为，这个世界上有些人不配活下去。虽然主宰者最终还是对人类网开一面，在这座城市中心安放了食物发放机等，给了生活在这个世界的人类生活必需品，让他们不至于挨饿、受冻，以及被病毒摧残，但是人类的欲望也并没有因此而消弭。只要一有机会，他们总会想着看看能不能整点儿新鲜玩意儿，以便将那些有钱人和底层人区别开。

当然，凯斯知道，那些有钱人也试图寻找过被主宰者——死神偷偷藏起来的生物。他们把这种对普通人而言是劫难的事情看作是某种机会。他们认为，一旦找到了，他们就能把控某种稀缺资源，并利用这些稀缺资源赚取更多的利润。想到这里，凯斯忍不住扯了扯嘴角，露出一抹嘲讽的笑容。很多年过去了，这些有钱人投资的资金算是打水漂了，他们并没有找到除了人和某些微生物之外的其他生物的踪迹，甚至连替代品也没有找到。

没人知道主宰者——掌管这个世界的死神将那些生物藏在哪里。尽管那些

有钱人花了大气力，出动了无数的科学家和生物学家——凯斯怀疑他们提出的所谓的太空计划或者也跟生物有关，但是那也无济于事。总而言之，这些人都失败了，所有的人还是只能从城市中心的食物发放机里面领取食物。从这个角度来说，凯斯倒还真的有些感激死神大人，至少他实现了这个世界某种程度上的公平。

当然，那些有钱人在费尽气力也没有找到被死神收起来的生物之后，又开始打起了某些新主意。

就在有钱人开始寻找生物计划不久之后，凯斯听说，黑市之中突然冒出了一种叫作肉人的东西，他们请了最优秀的广告策划师来对这种新食物的口味儿进行吹嘘，成功地引起了某些人的食欲。但是只要凯斯用他的侦探技艺对这件事儿稍加推理，他就能看出这件事儿背后的某些猫腻。

肉人的饲养权不是那么容易获得的——这背后一定有着某种见不得光的交易，凯斯甚至怀疑，黑市那帮卖肉人的家伙不过是某个利益集团的执行者罢了——虽然肉人的肉他也只是听说跟莫斯特伯阿米克时代没有降临之前的那种叫"牛肉"的肉类味道差不多，但是他却没有真正品尝过。

"黑市！"凯斯想到了这里，忽然觉得自己脑袋之中冒出了一丝灵感。这两个家伙要把警车开到警察局的话，要路过黑市的一个入口。只要自己能进入黑市，找地方打个电话，把这件事儿对外界公布一下，或许这件事情就能有所转机。

当务之急，是他得知道米雪儿到底得罪了什么人，背后还牵扯着什么样的势力。

虽然他有点儿后悔自己不该一时冲动答应帮她忙，但是现在后悔也来不及了。住在他楼上的那个家伙——皮埃尔，虽然他不认识，但是他知道，那家伙背地里罪恶的勾当并没有少干。

也许是此人蓄意报复，也许是什么别的缘故……总而言之，凯斯现在要想办法把这件事儿散布出去，如果让警方得到了优先的解释权，那他很有可能会在监狱里待上一年半载。现在他并没有多余的钱请律师，当然，他的那些朋友应该也没有。

凯斯皱了皱眉头，扫了一眼前方开车的人。"得想个办法，让他把车停下来。"凯斯心中转过了一个念头，"但是，现在想让这个家伙把车停下来，不是件容易的事情……"

"是这样的，我想请你们帮个小忙，当然，不是免费的……"凯斯一边胡诌，一边飞快地转动着自己的大脑。他知道这两人没那么容易被打动，但是对付这种低级的小混混，他有的是办法。

"说说看，什么样的忙？要是说得不好，小心挨揍。那种满嘴跑火车，想要蒙混过关的家伙我们见多了。"托比玩味地盯着凯斯。

"是这样的，你们也知道，我是一个私家侦探。我知道你们平时挣不了几个钱。如果你们能让我打个电话的话……"凯斯伸出了五个手指，在托比面前晃了晃。

"五百？"托比皱着眉头打量着凯斯，似乎在思考着这件事儿的可行性。

"没错。"凯斯不紧不慢地回答，尽可能用气定神闲的表情面对托比的审视。他知道，自己这个时候尤其不能慌乱，要装出一副高深莫测的样子。

"你从哪来的这些钱？"托比的话语之中仍然流露出不信任的语气。

"你们也知道，我楼上住的那个家伙——皮埃尔，他有点儿小钱，他们赶走了他，得到了他所有的钱，当然也不会亏待我。"凯斯故意拉长了声调。

"省省吧凯斯，别要诈，我知道，你一直是个穷鬼。"琼恩似乎不为所动。凯斯忍住了想要揍他一顿的冲动，他知道，琼恩一向脑袋有些凝滞，这种事情，他转不过弯来。

"不管你们信不信，总而言之，我帮助的那个女人，给了我一笔丰厚的报酬，只要你们愿意，我就可以把这些钱分点儿给你们。前提是，你们让我打个电话。"凯斯故意慢条斯理地说，"你们也知道，即使你们把我当成嫌疑人扣押，最终也还是得向法庭提起诉讼，而那时候法庭会分派给我一个靠谱的律师。所以，我想早做准备，反正这件事儿也不会给你们带来什么损失，对吧，而且，你们还能额外赚上五百元。"

凯斯一边尝试说服两人，一边观察着两人的表情。

琼恩终于露出了一丝动容的神态，忍不住看了托比一眼。

"我们两人一起看着他，让他现在就去打电话。"托比意味深长地看了凯斯一眼，"五分钟的时间，多一分钟，加一百，你现在就把钱给我们。"

"当然。"凯斯冷冷地看了两人一眼，心中庆幸米雪儿给了自己三千五百元的现钱。虽然这点儿钱远远不够请一个好律师来打这场官司，但是这笔钱在关键的时刻也能发挥一点儿作用。

"把车停在路边。"托比对司机说。

司机看了托比一眼，依言拐进了一个巷道，将车停靠在巷子中。

"就五分钟。"托比冷冷地看了一眼凯斯，"先转账。"

托比一边说，一边将手中的手机扔到了凯斯手里。

凯斯接过手机，打开自己的账户，将五百元转到了托比的账户里。

伴随着叮的一声，托比的账户里果然增加了五百元的余额。"你们自己分钱去，司机也是你们的人。我习惯了打电话的时候没有旁人在场。"凯斯滑动自己的手机，直接找到了赛洛的名字。赛洛是一名天才黑客，之前凯斯曾靠着他发明的程序在赌博中赢了一些钱。

"兰德、阿姆塔奇、马克西姆、米雪儿，昨天在自由彼岸大楼十一层三〇六室遇袭，死亡人数共三人，一人受伤。"凯斯快速地编好信息，将这条信息传输给赛洛，末了，凯斯又补充了几句，"帮我把这条信息散布到网上，如果需要照片，可以出动你的专属设备去拍摄，相信他们鉴定死者死亡信息的法医还没有这么快能到现场。"

凯斯发完了这几句话，迅速将这条信息删掉。他相信，只要赛洛看到，就一定会知道该怎么办。他转过头，看见托比正在向自己的方向张望着，凯斯立刻拿起手机，拨通了赛洛的电话，假装成正在打电话的样子。

听见赛洛那边接通的响声，凯斯迅速将电话挂断。

第十一章

凯斯从面包车的咖啡色的玻璃车窗之中瞥了一眼路边的建筑。这种警用面包车的玻璃是特制的，他能清晰地看清外围的景物，但是外面的人却一点儿也不能窥见车内的情景。

司机离开自由彼岸街区的时候，就已经在面包车上升起了电子 3D 全息影像警报标志，一路向前方疾驰，凯斯只记得自己路过了许多高楼大厦，看到了大约二十块镶嵌着广告的 LED 屏。

以前的时代广场现在已经没有什么人了，广场上的地砖已经变得残破不堪。一架飞机残骸被做成雕塑，停在广场中央，伸出的抓臂暴露在黯淡的光泽底下，斑驳的外壳被面包车的前大灯照射，显得清晰异常。一条浅色的波纹状舷梯从机舱内伸出，绕过飞机的引擎，盖住了后气密门。这场景看起来颇为猥亵。只不过这个造型令凯斯想起自己在电子信息档案的图画中所看到的那些捕食的昆虫，从他这个角度看去，这个巨大模型就像一只他在画上看到的名字叫蜘蛛的动物。

面包车绕过了中央广场的建筑物，拐进了一片建筑群。建筑群后面有一栋风格奇异的钢铁大楼，面包车沿着路边一个戴着警徽标识的警员所指定的特定路线行驶。凯斯抬头，他们已经离一个工厂式的厅式建筑很近了。这栋建筑物的墙面上被涂成了白色与黑金相间的颜色，一面星条旗插在大门门楣上，在路灯混合天光的照射下，也被镀上了一层淡金色。

"跟我走。"琼恩打开了车门，率先走了下去。坐在凯斯身边的托比推了凯斯一把，凯斯也从车上下来了。

司机看了他们一眼，戴上墨镜，将车开向地库。

琼恩在前面引路，凯斯跟在他身后，托比则夹着电脑走在最后。琼恩进了大厅，坐电梯上了二楼，二楼是办公区域，聚集着许多警员。众警员的目光都落在凯斯身上，托比瞪了凯斯一眼，径直回到了自己的办公室。只剩下琼恩和凯斯了。琼恩一路上和迎面走来的同事打着招呼，最终领着凯斯走到犯罪心理分析的咨询室门口。从里面走出来一个头发灰白的高个子男人，看起来约莫五十岁上下，正从一个电子阅览器里面翻阅着什么。

他用法语和琼恩打了一声招呼。

凯斯从高个子男人的电子阅览器里看到了几张自己楼上死者的照片，照片下面对应着分析员对伤口的分析解读。他们之间的交谈完全不避讳凯斯，或许是以为他听不懂法语，或许是故意说给他听。他听到了烟雾迷药这类名称，又听到了科技犯罪相关的一些专业名词。凶器、杀人动机这些词更是在话语中不时出现。

这些都是凯斯以前经常接触的专业词汇，他翻阅过许多国家的犯罪案例——在职业素养上，凯斯自认为超过这个街区的许多侦探，以前在部队服役时的一些格斗技巧现在也能用得上。也不知道是侦探这个职业选择了他，还是以他的能耐，没有比侦探这个职业更好的选择。

琼恩大概是在向灰白头发的男人咨询这个案件的基本信息。凯斯知道，琼恩算是在警察中也比较吃得开的那种人——不太邀功请赏，能理解一些常识，一个人只要具备了这两条基本素质，不管在哪种人群里，都会比那些高高在上的大佬们有人缘得多。

"好的，我知道了。"琼恩听了一阵，冲灰白头发警员点了点头，继续带着凯斯向前走。

凯斯跟琼恩来到一个合金门门口，琼恩输入密码，领着凯斯进了一个侧门。这里是一间更衣室。凯斯被紫外消毒灯照扫射了一番，便被人勒令将身上的衣服换下来。

更衣室里有专门为他们换衣服的工作人员。凯斯换好了衣服，用手轻轻摸了摸，这是人造乳胶制成的，里面加了一些特殊的智能记忆装置，能根据穿着者的身材收紧或拉伸。

衣服穿起来很轻便，衣服的内侧被植入了警报系统，一旦碰到，就会发出特殊的鸣叫。

琼恩也换好了防护服。他被这身紧身的衣物包裹，显得更胖了些。

凯斯跟在他身后，两人穿过了一条长长的金属通道，通道两侧镶嵌着各种闪烁的壁灯，灯火通明。通道里纤尘不染，两侧都是某种凯斯叫不出名字的高科技金属，反射着明亮的壁灯，却泛着柔和的光泽。

琼恩将凯斯领到一个电梯前，两人坐电梯下了十层。

电梯门开了。凯斯看见一个硕大的广场，广场上放置了许多像笼子一样的乳白色房间，每个房间里都有一张简易的人造塑胶床。凯斯从房间玻璃上反射的色泽判断，这玻璃应该也是用人造材料合成的。

广场的一角有一个房间，这个房间是钢制的，和那些玻璃房子不同。

里面有一个穿警服的职员。这个职员是个女人，胖胖的，面前的座位上摆了一堆零碎的办公用品，留出来的一块儿地方摆放了一台电脑显示器，电脑显示器后连接着密密麻麻的小块 LED 显示屏。凯斯瞥了一眼，这个显示屏里显示的应该是从针孔摄像机里传导过来的，监视着关押在塑胶房间里那些犯罪嫌疑人的一举一动。

除了这些之外，屋子里唯一的摆设就是一台光滑的长杆机器。

"你叫凯斯·史密斯，嗯哼。"胖女人几乎是从鼻子里哼出来了一句。她讲话带着南方口音，她背出他的出生年月和地点，以及他的个人身份代码上一连串的数字。

"我是警局里记忆力最好的人，所有的犯罪嫌疑人数据都会过我的眼睛。"胖女人对凯斯说了句。

"不用记住我的，大概过不了两天我就得和您说再见了。"凯斯戏谑地说了句。

胖女人用询问的眼神看了琼恩一眼，凯斯捕捉到她疑惑的目光，心中揣测大概胖女人是在问琼恩关于凯斯的羁押时间。

"涉嫌谋杀的共犯，暂时会在我们这里待两天。"琼恩面无表情地吐出这句话。

"Ok，119 号房间。"胖女人点了点头，从电脑中调出来一份电子信息，身旁伫立的那个长杆机器里面立刻吐出了一张塑胶卡片。

琼恩接过卡片，招呼凯斯："过来吧。"两人转到一个没有电子监控的角落，凯斯听见琼恩小声说："不瞒你说，你的案子现在在风口上，刑侦科的警员们压力太大，谁也没办法为你说话。听着，这里多少比外面安全点儿。"

凯斯点了点头。不排除警局里也有很多坏蛋，但是论手段的残酷性，他们总也比不上黑市里那些不法分子。他明白琼恩的意思，但是却故意装作无所谓的样子。有时候就是这样，在一帮混蛋里突然遇到一个能体谅自己处境的人，反而会令凯斯手足无措。一直以来，凯斯就是一个给别人提供帮助的人，现在琼恩的态度让他有些不习惯。

"明天警署的调查团应该会问你一些问题。今天见到的那个灰白头发男人应该会对你做一些心理分析。"琼恩一边快步走，一边说着，凯斯跟在他身后，两人一前一后，看起来像正常的羁押，并没有引起任何人的注意。

"他叫奥莱尔，法国人，职位是特派专员。擅长犯罪心理分析和微表情观察。小心一些，如果他们问不出什么有用的信息，或许会对你进行催眠。"琼恩一边小心地透露这些消息，一边用塑胶卡对准门口，小心翼翼地开了门。

塑胶门框被涂成了乳白色，内缘镶嵌了一层蓝色的软胶边框。琼恩把卡片贴在门把手上方的卡片识别器上，识别器闪烁了三次蓝幽幽的光芒，便叮的一声将门弹开了。

里面收拾得很干净，看得出来，所有的东西都是标准化的。离开了自己杂乱无章的居所，他竟然不用思考明天的生活问题，凯斯心里觉得有点儿讽刺，他可不是来旅游的。

房间只有三平方米，放下一单人床后，剩下的地方就显得更加拥挤了。

"你今晚需要在这里过夜。"琼恩对着床比了个手势。

"嗯？"凯斯比了一个打电话的姿势，他知道琼恩一定能看懂。

"监控到那个女人的信息，我会想办法通知你——在此之前，你得先在这里待几天。"

琼恩对凯斯使了个眼色，凯斯领会了他的意思，知道他准备离开。凯斯想，或许在琼恩的心里，确实愿意相信自己，琼恩认为自己是无辜的，这个杀人事件，是米雪儿主导策划的，所以，他会建议他们把监控的重心转移到米雪儿身上——而这一点正是凯斯所担心的。

凯斯泄气地坐在床上。米雪儿现在面临着双重危险，他需要想办法和她联络。他知道自己的手机将要被大卸八块，里面所有的信息都会被破译出来，但这不是他担心的。

如果有可能，他要想办法通知米雪儿一声。

他也想不明白自己为什么会笃定米雪儿是无辜的，或者是因为她也受伤了，或者是因为她蓝色眼睛中偶尔闪过的无辜神情，或者是因为她不像他以前遇到的那些女人总想通过做爱把男人口袋里的钱掏出来。总而言之，他觉得他自己可能是着魔了，才会如此笃定一个只见过两三次的人没有骗他。

第十二章

凯斯双手叠在脑后，躺在塑胶监室的简易床铺上。塑胶监室大概用的是特殊的材料，从凯斯所处的角度，一点儿也看不见隔壁塑胶监室的情景。这里隔音的效果很好，凯斯只能零零星星地听见一点儿隔壁传来的水流声，剩下的时间里，他就如同与世隔绝了一般。

但他随即想起一件事儿——琼恩带他来的地方，应该是临时的拘留场所，目前这个凶杀案并没有任何直接证据能证明他就是这个案子的犯罪嫌疑人。他们只是临时控制他而已。这里很干净，没有那些大型监狱中常见的穷凶极恶的罪犯老大威胁新进人员的情形，一切都有条不紊地安静运转着。

这个临时拘留场所里的床铺使用的是中档的人造材质，外观被漆成了凯斯在画面中看到的木质色泽，床的做工比外门要粗糙得多。室内应该有暖气，所以床上垫了一床薄薄的毯子，此外，床铺上还配给了一床薄棉被。

他们应该有特殊的吸尘设备，凯斯心想，他之所以如此判断，是因为他发现床上的棉被不算脏，却有一股陈旧的味道。所以他猜想这棉被应该没有被清洁人员用消毒水浸洗过，只是将脏东西擦拭掉了而已。塑胶监室里还开辟了一个卫生间，琼恩走后，凯斯去过卫生间一次，里面老旧的抽水马桶散发着难闻的味道。床边摆放着一些简单粗糙的生活用品，诸如未开封的一次性牙刷和两条劣质毛巾等必需的日用品。

凯斯听见外面零零星星地传来一阵吸尘器的声音，猜想这里清洁的活儿应该是那些奇形怪状的清扫机器人在做。

头顶上的报时器闪烁了几下，然后熄灭了。凯斯听到几声缓慢的铃声从房顶安放的麦克风中传来，听节奏就知道是看管的警员在通知到了睡觉的时间。

一分钟过后，整个塑胶房间里所有亮着的灯都熄灭了。

凯斯眼前瞬间一黑，但片刻之后，他借着塑胶监室之中那一点儿反射的微光又能稍微看到一点儿周围的情形。

现在他什么也做不了，只能等待明天的传唤。

凯斯闭上眼，蜷缩在床铺上，在脑海中幻想着明天面对那几个混蛋时的情景。他想把腿伸直一些，但是刚一抬脚，就撞到了另一侧的床栏上。

该死的，他都忘了，以他的身高，只能将腿稍微弯一下才能躺在这张床上。

说起来，监室里关押的这些人凯斯很熟悉。他和真正的犯罪分子们打过不止一次交道。他见过一些身材矮小的家伙可以用猥亵至极的手法连杀数十人，也见过表面看起来人畜无害，却一受刺激就伤人泄愤的懦夫。这些混蛋们永远就只能欺负比他们更弱小的人群。凯斯清楚地记得自己以前办过一起妓女被杀害的连环凶案，最后这个案子被侦破，是一个路边的清洁工所为，而他做这些事情的动机就是为了抢走她们的钱包，为自己的家庭买一个新的抽水马桶。

"真见鬼。"凯斯嘟囔了一句，感觉到一阵空虚。他想转移自己的注意力，所以开始继续在脑海中模拟着明天被审讯的情景。只是，他刚想到琼恩如何来带自己出去的场景时，脑子中就混沌沉重了起来。他觉得意识有些迷糊时，猛然耳中似乎又传来战斗机的轰鸣声，吓得他猛然一颤，从床上坐了起来。

此后凯斯一直迷迷糊糊地处在半梦半醒之间，辗转难眠。看守所的起床铃响了，他听见狱警在关押囚犯的那些塑胶监室里挨个敲门，轮到凯斯住的这间时，他们却并没有像对待别人那样凶神恶煞，只是通知凯斯，上午会有人带他去审讯室。

凯斯简单收拾了一下，无所事事地玩弄起手指。他昨晚没怎么睡过，此刻也没有烟提神，非常疲倦。他呆坐在床上，等待着被传唤。

好在不久就有狱警过来了。四个穿着警司制服的狱警，将凯斯从塑胶监室中带了出去。凯斯这才看见，连通着"广场"区域的墙壁边还有另一部电梯，四个人押着凯斯往那部电梯的方向走去，为首的那名狱警将自己的指纹贴上了电梯控制面板触摸屏，又输入了认证密码。凯斯听见密码器上方的麦克风中传来一个严肃的电子女声，播报着申请通过，现在可以进入审讯室的信息。

电梯门自动打开，凯斯跟着他们进了电梯，电梯也是由特殊的塑胶材质制成，只是和他居住的塑胶监室不同，电梯的材质可以让人从里面看清大厅中的"广场"。

独出心裁的设计，凯斯在心中冷笑。他随着四名狱警一起上了二楼，出了电梯左转第三个房间就是审讯室。只是这部电梯除了传唤"广场"上犯人的狱警之外，其他人并没有权限启用而已；所以这部电梯被设计得十分隐蔽，如果不是刻意去寻找，很难发现这里还有一部电梯。

"报告，凯斯·史密斯已带到。"为首的那名狱警向着头顶上方的一个摄像头敬礼，随后他随身携带的通信设备传来"收到，请进"的声音，凯斯见自己面前的一扇铁门弹开，便跟着几人走了进去。

面前摆放了一把座椅，座椅前方是一个大理石工作台，工作台上方镶嵌了一面防弹玻璃。站在身旁的狱警示意凯斯坐下，凯斯走到椅子旁，坐了下来。

防弹玻璃后面坐着六个人。其中有两个是凯斯的熟人——自由彼岸警署的长官莫顿和女警长奥利维亚。剩下的四人中有一个就是他昨天见过的那个名叫奥莱尔的法国人——犯罪心理学和微表情分析专家，其他三个凯斯没见过。

对面的六个人，每个人面前都放置了一个通信器，电脑屏幕镶嵌在他们面前的办公台上，被接上了录像装置。

狱警拿起手上的通信器，听见通信器内传出可以开始审讯的通知。狱警将凯斯面前的通信设备设置好，同时启动了录音装置。

其他三名狱警默默退出了审讯室，只留下为首的那名狱警在室内站着。

凯斯听见身后的铁门发出叮的一声脆响，知道是他们三个人退出时铁门锁上了。

"年龄四十五岁，身高一米八三，体重八十五公斤，目前的职业是私家侦探？"对面奥莱尔的声音透过通信器，清晰地传来。

"是的，先生。"凯斯回答得比较简洁。他对这些心理专家没有什么好感，他们总是断章取义或者小题大做。他们能从别人的零星的信息里解读出很多根本就不存在的东西，再用他们诡异的逻辑去论证这些东西的合理性。

"根据警方目前取得的证据，怀疑你涉嫌谋杀三名男子，并私吞了坎贝尔·布莱克先生的一笔钱。当然，你现在可以否认这项指控，之后你也可以请求你的辩护律师在法庭上为你辩护，但是在刑事侦查的阶段，我们必须向你询问一些关于案件的细节问题。"

"说吧。"凯斯可以猜到他们要问自己什么，无非是怎样遇到米雪儿，什么时候发现死者，为什么没有第一时间报案这些老生常谈的问题。

事实果然和他猜测的一样，在莫顿和奥利维亚反复就这些问题向他发问时，奥莱尔一直没有说话，而是仔细观察着凯斯。

当然就这些问题而言，凯斯并没有什么好交代的——或者也可以这样说，他能交代的也都交代过了。剩下的那些事情，他们即使询问，凯斯也无法给他们提供更多的信息。

"好了，我要问的都问完了。你自己还有什么想说的？"奥利维亚和凯斯周旋了几个回合，并没有得到什么更多有价值的细节。

"我的律师是谁？是法庭指派的公诉法律援助人员，还是我需要通过你们去帮我联络？"

奥利维亚听见这句话，和莫顿警长对视了一眼，脸上露出了一丝疑惑的表情。

凯斯捕捉到他们两人的表情，有些不明就里。

"你不知道吗，凯斯？你的老朋友琼恩把你涉案的消息发布之后，泽维尔决定为你辩护。"

"你是说泽维尔·赫克？拥有这十年来最高的不败战绩、在律师排行榜上常年占据第一名的那个家伙？"凯斯的声音充满了疑惑。

"是的，凯斯·史密斯先生。"奥利维亚确定地点了点头。

"我哪有钱去支付他的律师费用啊？！"凯斯自己也觉得十分意外。

"据我所知，泽维尔律师决定免费为你辩护。"奥莱尔说完这句话，便继续观察着凯斯脸上的表情。

凯斯被这句话惊得呆了一秒。他也算是个见多识广的侦探，这样的事情却是头一次遇到。不管怎么说，今天这帮混蛋如此彬彬有礼，应该也是托了泽维尔律师要帮自己辩护的福。

想到这里，凯斯的脑袋里冒出一句话：这鬼地方的每一桩案件，都是一场可以明码标价的交易。

第十三章

电梯急速下坠，凯斯双眼紧闭，有点儿眩晕的感觉。

狱警对凯斯十分客气，他们询问凯斯，要不要下午就和泽维尔律师先打个视频电话交流一下案件的基本信息——不过是在他们的监控之下——泽维尔律师已经申请了，不过主要还是看凯斯的意愿。凯斯拒绝了，他知道这个世界上没有免费的午餐。在他想清楚泽维尔为什么会做这件事儿之前，他不会轻举妄动。

回到塑胶监室后，凯斯的早餐已经被看守所的监管人员配送过来，看得出来，也是在食物发放机处申领的淡粉色食物。只是看守所里的食物似乎看起来更糟糕一些，应该已经放置很久了，弄不好与死神来的时间差不了多少。

凯斯打算在卫生间冲个澡再吃早餐，昨天一夜也不知是清醒还是睡着了，总之，不管怎么样，现在事情总算有了一丝转机。他开了淋浴，感觉到冷水从头上淋下来，忍不住深吸了一口气。本来他已经感觉好多了，一低头，却看见灰色的地砖上有一道道粉色的水流过，看起来像是被化开的血迹。凯斯联想到自己梦里战场上的种种惨状，顿时没有了胃口。

"好吧。"他耸了耸肩，开始在脑袋里分析现在的状况。看来泽维尔已经联系过警察局了，只是他不知道，为什么泽维尔急切地要见到自己。如果是为了那被转走的巨款，倒也说得通。如此看来，湾区的大佬坎贝尔先生应该是想要采取怀柔政策，但恐怕这一次他们的如意算盘打错了，因为凯斯怀疑米雪儿本人也不知道这笔钱的事情。

这样看来，他们在米雪儿这件事儿上没有什么突破。但令凯斯想不通的是，警察局里的这套智能系统既然连凯斯租车送米雪儿去机场都能监控到，为什么却追踪不到米雪儿的信息呢？

真是反常。

按理说，每一班航班信息都应该接入了图灵牌智能监控系统，米雪儿即使去了马普尔，只要有一个身份编码，他们就能知道她的方向。更何况米雪儿还要租车去雪山庄园，租车的时候，必须进行身份编码登记才能把车提走。

凯斯想不通，摇了摇头，他决定先休息一下再思考这个问题。按照他现在掌握的信息，他根本无法猜透这些东西。他还是勉强自己吃了几口早餐。他不认为坎贝尔和泽维尔这类人是沉得住气的家伙，说不定下午就会找上门来。在此之前，他多少也得补充一点儿体力，这样才能有体力应付这些混球们。

吃过早餐他躺了一会儿，头顶上的时钟传来十二点准点报时的响声，午餐也送来了。

在这个塑胶监室里显得格外无聊。凯斯眯着眼休息了一小会儿，但没有睡着。待他再次睁开眼时，发现不过才过去了十五分钟而已。

反正入睡对他而言是件困难的事情，不如就这样吧。凯斯将双手支在脑后，然后在脑海中编造着各种各样奇怪的故事。有的是他小时候听来的，有的是他自己在侦探所时遇到的，他把这些故事在脑海中按照奇异的想法组合到一起混时间。

下午两点的时候，狱警又来敲了一次门，然后他们输入密码，把塑胶监室的门打开了。

"你的律师需要见你。"这两名狱警显得彬彬有礼，和他们那凶神恶煞的长相形成了一种奇异的反差。

凯斯起身，跟着狱警走向了警局的高档会客室。这里只有有身份的人才有资格使用。凯斯想，自己能到这里洽谈，应该也是沾了泽维尔的光。

两名狱警将凯斯引进室内，泽维尔还没到。

凯斯无聊地坐在沙发上，打量着整间屋子。室内被装饰成简洁的北欧风，干净的玻璃反射着室外淡黄色的微光。墙面被粉刷得很白，在黄光的反射下被笼上了一层奇异的暖色。凯斯被引到一个茶水桌旁坐下，抬眼就能看见面前的玻璃罩子中放置着一架用畸形头盖骨做成的中型雕塑，凯斯对着的那个头盖骨上有着黑洞洞的孔洞。头骨上有些许暗灰色，好几枚漆黑的铁钉穿过整个头盖骨，使得这个雕塑看上去就令人不自觉升起一阵疼痛感和诡异的扭曲感。房间里每隔几步就布置了一个类似这样的头骨装饰，只是这些头骨的姿势各自不同。跟其他那些雕塑比起来，凯斯面前那个头骨雕塑还算是审美正常的了，并且凯斯越看越觉得这些雕塑用的头骨好像都是真的骷髅头。

他同时也隐隐觉得房间里还尚未散尽的熏香味道，闻起来时有时无，感觉像某些神秘教派举行仪式前的那些烟雾缭绕中的混合味道。

带凯斯进来的两名狱警站在雕塑旁边，看得出来，他们也有些无聊。

凯斯听见他们在窃窃私语。这两人说话的声音极小，以为凯斯听不见。事实上，他们谈论的内容还是断断续续地传到了凯斯的耳中。

"这只是小道消息……我也不确定……"大胡子狱警正在和另一个光头狱警嘀嘀咕咕。

"西蒙局长是索婆阿腾纳斯（Sopor Aeternus）[1]的资深崇拜者了……当然了，他是聪明人……他总是能从很多渠道得到信息，所以他早就已经信奉索婆阿腾纳斯了……"凯斯用眼角的余光瞥见，光头狱警正在专心致志地聆听着这条小道消息。

大胡子狱警看他听得用心，显然受到了鼓舞似的，又小声说道："听着，莫斯特伯阿米克之后，接管这个世界的死神希望能复活一些暴君来约束那些喜欢制造事端的混蛋。有一次西蒙局长喝醉了，他说，死神现在已经复活了东方几个有名的、传说中的暴君，当然还有西方的那些有名的暴君，比如亨利八世、血腥玛丽……"大胡子狱警顿了顿，似乎在努力地回忆着他听到的那些名字，"还有那个挖过人心肝的什么东方的纣王……太多了……对了，近一点儿的还有那些拉美的独裁者们，那些也都是些货真价实的恶棍……'相信我'，西蒙局长说，'只有信奉索婆阿腾纳斯的，以后才能成为上等人……'"

室内很安静，只有两人窸窸窣窣的谈话声。尽管他们一直压低声音，凯斯还是听了个大概，但是他对两人说的事情却有些不屑。说起来，虽然凯斯每个月领着死神制造的食物发放机里的红色食品，但这不过是一种惯性模式。凯斯怀疑复活这些暴君来控制世界的事情，只不过是他们臆想出来的而已。西蒙局长是个彻头彻尾的蠢蛋。凯斯想到那些黑市养肉人赚钱的家伙们要是知道有复活死人这样的生财之道，还不如先请死神把迈克尔·杰克逊复活了——有他创作新单曲来赚钱的话，他们也不至于冒这种风险。

此时几个五大三粗的狱警陆续进入室内，打断了先前这两名狱警的谈话。他们和领着凯斯进来的狱警站在一起，并向凯斯礼貌地点头示意。

---

[1] 索婆阿腾纳斯（Sopor Aeternus），死神或者说是死亡教派的崇拜者，拉丁文意为"永恒沉睡"。

泽维尔跟在他们身后，提着一个黑色的商务包走了进来。他对凯斯礼貌地笑了笑。他身上的黑色毛大衣看起来像全新的，似乎每一个褶皱都被细心熨烫过，显得很有档次；里面穿了一件灰色的毛衣和一件白色的衬衫，裤子烫得笔挺，标准的成功人士打扮。

　　凯斯估计他还请了专门的形象设计，因为他的头发打理得十分整齐，抹过发胶，显得很精神，完全符合大众对精英人士的定位。更重要的是，他整个人看起来亲切而不失严肃，不像凯斯日常在手机 App 里看到的那些纯粹是各种流行帅哥外形的混合的娘娘腔。大概是他常年从事法务的原因，他的前额高挺光洁，平静的灰色眼睛有种距离感。他的鼻子长得有些太过完美，似乎被打断后又被人精心地接上。这种暴力的痕迹和他精致的下巴，以及自信的微笑构成了一种平衡。他齿如编贝，洁白亮眼。凯斯看着他用白皙的手指拉开自己的公文包，从里面拿出了一台笔记本电脑，大概是要开始工作了。

　　"不好意思，我想单独和我的当事人谈谈。"泽维尔看着站在室内的几名狱警。

　　他说话的语气礼貌而疏离，但话里表达的意思却是十分坚决的。

　　那三名狱警向为首的那人看了一眼，彼此交换了一下眼神，为首的那名狱警迅速点了点头。

　　"祝您谈得顺利，先生。"为首的那名狱警将几名狱警领了出去。

　　"好了，这些讨厌的混球们总是想伺机窥探我当事人的秘密，我敢说，他们私下里和那些舞池里八卦的婊子们没有任何分别。"泽维尔对凯斯笑了笑。

　　凯斯不动声色地听着泽维尔说话的语调，他感觉泽维尔在刻意地拉近他们之间距离。

　　狱警们离开有几分钟了。

　　泽维尔打开电脑，将屏幕转向凯斯："你听说过泰西尔－埃西普尔公司吗？"

　　凯斯迟疑了片刻，这个公司很有名，经常出现在他手机新闻类 App 的各大头条上。

　　他没有答话，泽维尔则在观察着凯斯的表情。

　　"这是它们的核心数据。瞧瞧，利润很高，报表漂亮，现金流也很棒。但是他们的盈利模式很难有人能模仿。核心机密守得够紧的。这算是全 M 国特别厉害的几个公司之一了。你知道他们每年盈利多少亿美金吗？"

　　凯斯摇了摇头，他不明白泽维尔葫芦里卖的什么药，但是这个阶段他应该先听听他想说什么，然后再判断自己下一步应该如何行动。

"这堵冰墙是他们公司那些所谓的专家造出来的，我瞅着和军方水平差不多。真是顶级的冰墙啊！暗无天日，还滑不溜手，只要瞧你一眼，就能把你脑子都冻硬。普通人只要敢靠近一步，就会把追踪器从咱屁股塞进去再从耳朵冒出来，给你进行全身扫描后，跟泰玛董事会报告你的鞋码多大，手指多长。"

泽维尔孜孜不倦地介绍着冰墙的功效。在模拟冰墙的阻断下，显示出了几个虚拟的人物被红外线捕捉后进行全身扫描的图景模拟。

"这真不太妙，对吧？我是说，不管怎么说，惹上这些人，总是会给自己带来一些麻烦的。"

"我想，这不是一个专业律师应该关心的问题。"凯斯冷冷地回应着泽维尔的试探。

"是这样的，我告知你，现在有多少人正盯着你。换言之，是你并不知道你现在惹下了多大的麻烦。"泽维尔的语气稍微冷淡了些。

"只要我确定自己没有杀人，剩下的就不算是麻烦。"凯斯的语气缓和了一些。他想到那些家伙应该没有这么好说话，如果他猜得没错，这个房间里应该是有监控的——按照那些大人物的脾性——他们不可能这么好说话，只是放泽维尔一个人来对付他。

"现在警察局收押你的理由是怀疑你是伙同米雪儿杀害同伙的犯罪嫌疑人，这是我们在这里交谈的前提。"泽维尔终于像律师的样子了，"但是，显然你现在并不清楚，这个凶杀案件背后牵扯到多大的利害关系。"他优雅地转过身去，回到了电脑前。

"警察现在抓你，只是因为你把米雪儿送走了。他们怀疑她是畏罪潜逃，转走了坎贝尔先生的钱。事实上，坎贝尔先生并不在乎那点儿小钱，而是有人通过追踪坎贝尔先生的账户，窃取了坎贝尔先生锁定账户的基因加密信息。你大概不知道这样会有什么后果——"泽维尔故意卖了个关子，想要借此威吓凯斯。

"这和米雪儿、阿姆塔奇他们有什么关系？"凯斯的脑海中闪现过刚见到米雪儿和阿姆塔奇时的情形。他敢说，以他们的智商，绝对做不了这计划周详的事儿。

"你还记得我刚才说过的泰西尔－埃西普尔公司吗？"泽维尔终于流露出一丝失去耐心的样子。

"我知道这家公司，可是我不认为这样的大人物会注意到我这种一文不名的小喽啰。"凯斯自嘲地撇撇嘴。

"你们的生活确实没有交集。埃西普尔股份公司的人的变态程度超乎你的想象，更重要的是，从来没有人真正见过这个公司的幕后大佬。有人说，马普尔的雪地里的那片庄园就是他的。是的，他喜欢下雪，所以就把公司的技术命名为'冰墙'，还在马普尔造了一座安置在冰天雪地里的庄园。"维泽尔说完这番话，礼貌而疏离的微笑又挂在脸上，似乎是在欣赏着凯斯的表情。

第十四章

　　"这么说，我现在同时被两个大人物关注着。"凯斯笑了笑，自打从战场上下来之后，凯斯觉得这该死的战争除了给他留下了创伤后应激障碍后遗症之外，也让他拥有了另外一些脾性，比如，在他这种经历过生死的人的眼里，很多事情并不是那么值得在意。

　　泽维尔没有接话，大概是在等待凯斯的回答。

　　屋子里的冷气开得有点儿大。正对着凯斯座位方向的墙上挂饰上，画着一个中世纪的神秘符号，精细的彩色格子玻璃填充着它那些扭曲缝隙之间的背景空间，黑蓝相间的泼墨带着某种诡异而扭曲的姿势，在微光的映照下显示出一种幽暗细碎的狰狞感。

　　"你的费用应该不低。据我所知，应该是每小时八千元吧。我们说了这么久，或许监听的人都该着急了。我想知道，你为我辩护，到底是谁来付费？是坎贝尔，还是警察局长西蒙·尼罗？我想，你大概没有闲心做慈善吧。"凯斯在问话时，刻意把尼罗这两个字念成了重音。

　　"你不必知道。反正我既然来到这里，费用的事情就不用你担心了。有些东西，知道得太多了反而是坏事。"泽维尔在室内优雅地踱步，左手拿着一支笔，白皙的右手手指则不停地在笔盖上绕着圈子，"不过，我很好奇的是，你为什么会觉得西蒙局长会是委托人？"

　　"如果他不是委托人，就不会在这里安置这么多智能监控，更不会一秒不停地盯着了。"凯斯抬头望了一眼伪装在灯管之中的监视器，语气中充满了讽刺。

　　"有烟吗？我想我需要烟提提神。"他知道泽维尔并不抽烟，但是他敢肯定泽维尔来这里之前已经把他所有的生活习惯摸得一清二楚。

　　"当然。"泽维尔对凯斯的态度很友好。他从他那件看起来档次很高的毛呢大衣口袋中掏出了一包上好的烟，从中间抽出了一根递给凯斯。

"借个火。"凯斯将烟凑近了泽维尔，"我的打火机在来这里之前被没收了。"

凯斯就着泽维尔的打火机将烟点燃，缓缓吸了一口，泽维尔的烟比自己日常抽的那种要高级很多，焦油和尼古丁的模拟含量都恰到好处，抽起来口感很好。

"我猜你们还没有找到米雪儿吧，如果你们找到了她，就不会在我这里下功夫了。"凯斯弹了弹烟灰。

"您肯定知道她去了哪吧，咱们之间也用不着兜圈子。您刚才已经看到了埃西普尔公司的冰雪庄园。老实说，昨天警察局里的人就已开始追踪她了，不瞒你说，西蒙局长还发了悬赏。但事情怪就怪在这里，自从她靠近了马普尔之后，所有信号追踪就丢失了，具体原因今天还没有找到。"泽维尔望着凯斯，道出了事情的始末。

凯斯的心猛地一沉。在他见到泽维尔的那一刻，他就已经设想过米雪儿或许逃脱了他们的追捕。只是连凯斯也没有料到的是，米雪儿竟然失踪了。如果是这样，之前凯斯所担心的，关于米雪儿身份信息登记的事情，暂时还不足以对她构成任何威胁。

"西蒙局长启动了天眼系统，扫描了从马普尔车站到冰雪庄园的所有汽车GPS信号，但是大概在这个路段，米雪儿的信号就消失了。"泽维尔指着电脑上的某个位置，对凯斯耐心地讲解着。

"所以呢？"听到这里，凯斯也忍不住有些疑惑问。

"米雪儿失踪，现在你的嫌疑暂时没有那么大了。因为……"泽维尔顿了顿，他说这句话的时候，也一直在观察着凯斯的表情。

凯斯吃惊的神情看起来并不像是假装的，虽然他极力掩饰。

"昨天米雪儿信号消失的时候，你还在看守所，所以，你和她合谋的嫌疑，暂时也可以摆脱了。"泽维尔对有些错愕的凯斯宣布这个消息，似乎到这个时候，他才扳回了一点儿主动权。

"我想您大概是弄错了，先生。"尽管泽维尔这样说，凯斯仍旧小心翼翼地隐藏着自己的疑虑，只是略带讽刺意味地回敬泽维尔，"我一开始就说过，我是无辜的，但是这些混蛋警察还是关着我不放，恐怕他们不是需要对纳税人有所交代，是需要对幕后的操纵者交代吧。"

"不管怎么看，你的行为很反常，这种反常让你有和她同谋的嫌疑。"泽维尔不理会凯斯话里的讽刺，盯着凯斯的眼睛说道，"西蒙局长很忙，但不管怎样，他重视这个案子，所以我们才有在这里交谈的机会。他们已经检视完你的手机了，手机里有一条你和米雪儿·兰达·佛伦的信息，还有在酒吧赌博时靠接入作弊系统赢得的一笔小钱。"

"如果我没猜错，我想你们已经知道我是干什么的了，那笔钱，不过是她给我的侦探费用。她委托我帮她查明她哥哥的死因，而我也有权保护我的当事人，避免她受到一些无谓的伤害。你知道我们这行的规矩，不需要什么纸质契约，对我这样的人而言，收了钱，这个契约就已经建立了。我们靠口碑，不靠那张虚拟的公文书。"凯斯喷出了最后一口烟雾。

泽维尔刚取出平板电脑，听完凯斯这句话，倒像是故意针对自己似的。

很明显，现在也不是在意这件事儿的时候。泽维尔将公文递给凯斯。"公文有时候也不是一无是处。我申请让你可以取保候审，只要你愿意在这个协议书上签个字就可以了。我想，你的确没有谋杀他们的动机，最多也只能算是知情不报的共犯而已。"泽维尔看了一眼手上的石英表，皱了皱眉头，显然他和凯斯谈话的时间有些长了，这一点令他十分不满，语气也变得生硬了一些。

凯斯在桌子上的烟灰缸里摁灭了烟头，接过了泽维尔递过来的平板。那里面有一个电子公文，里面的内容和泽维尔说的一样，他确实可以取保候审，今天就能离开这里。只不过凯斯必须戴上警局特制的脚环，以方便他们监控他的去向。

对此，泽维尔的解释是，警局也有压力，他们害怕凯斯会趁机逃跑。一般取保候审的嫌犯都会这样。

凯斯眼睛扫视公文，心里想的却是另外的事情——他熟悉相关法律，定罪之前，他们没有资格限定他的自由，最多就是浪费这些混蛋一点儿警力——在他家楼下盯着他，防止他逃跑而已，现在他们居然要他戴上脚环。

头顶上监控器的红光仍然在闪烁着，显然另一帮人仍然在监视着这里的一举一动。凯斯在大脑中飞速地分析着他们这么做的动机。

泽维尔显然没有给他思考的时间，他出声打断凯斯，这声音听起来简直就像是在引诱凯斯了："你今天就可以拿回你的手机。但作为这件事儿的关键证人，我想你最好不要离开本州。在他们找到米雪儿之前，有什么新的发现，可能还会通知你过来。"泽维尔神情淡定，但他仍然一直盯着凯斯，像是害怕错漏凯斯的任何一个表情。

"对了，顺便说一下，你的手机和其他物品今天也可以还给你。但是脚环的事情，应该很难再有商量的余地了。"泽维尔看着凯斯阅读完那篇电子公文。

"在这里签完字，我发给他们，你下午就可以离开这里了。"泽维尔将手中的电子笔递给凯斯，指了指公文的左下角，示意他在公文左下角的空格里签上自己的名字。

凯斯想到了一种可能性，但是现在的情势，他不能轻举妄动，只能走一步看一步。凯斯犹豫了几秒，接过泽维尔递过来的电子签字笔，在公文的左下角签完自己的名字，将平板递给了泽维尔。

泽维尔将电子公文上传到了审查系统里，剩下的事情就只有等待。但他显得很焦躁似的，掏出手机在室内拨通了一个电话，电话接通之后连声催促，似乎有些等不及。

凯斯头顶上的红灯又闪烁了几下，然后彻底熄灭了。

泽维尔挂断电话不久，室外的四个警察就依次走了进来。为首的那人让凯斯跟他走。泽维尔冲着凯斯点了点头，凯斯跟在那名警察身后，二人穿过长廊，又上了电梯，凯斯发现自己回到了来时那条金属通道的入口。

警察带着凯斯穿过那条金属通道，两人一直走到金属通道的尽头，警察示意凯斯可以回到房间内换上自己的衣服。他的旧大衣被折叠着放在了一个消过毒的塑胶袋子里，手机和其他随身物品密封在另一个小的塑胶袋子里。袋子上贴着标签，上面写着他的名字和编号。

凯斯将那件贴身的防护服换了下来，推门出去的时候，已经有警察等在外面，他们将领着凯斯去戴监禁脚环。

第十五章

凯斯第一时间走向他租住的大楼，想拿到之前在赛洛手里购买的可以短时间干扰追踪设备信号的装置。他可不想一直处在警察的监控中。

室外还是一点儿淡青混着暖黄的幽光，间或闪耀着一点儿 LED 电子屏上的广告提醒。再往前走就是那座破烂的广场。凯斯把手机打开，跳出来一个未接来电的提醒消息，不是熟悉的号码。凯斯看时间好像是昨天下午打来的，那时候他还在警局看守场所的塑胶监室里。

他回拨了过去。

手机里传来接通的嘟嘟声，这一刻，凯斯竟然有些紧张。他在想，自己会不会太冒失了。万一电话是米雪儿通过某种手段转接过来的，只不过警局的图灵系统没有破译出来，自己现在回拨过去不正是自投罗网吗？

他应该先去赛洛那边，检查一下自己的手机里有没有监听器，然后再决定回不回这个电话的。

"您好。"电话那边传来一阵不耐烦的招呼声，紧接着便换成了甜美的女中音，"这里是 TAO 家具中心，请问有什么能为您服务？"

凯斯没有回答便挂断电话。他点开自己手上的那款家具出租的 App，果然，里面显示自己租住的公寓沙发已经被家具公司回收了。App 上显示了清洗费用加修补费用一共一百五十元，其中包含一项不爱护家具的罚金，因为凯斯账户上有足够的费用，所以这次只是发信息通知了他一声，所有的费用，都已经在凯斯的账户上自动扣除了。

"该死！"凯斯咒骂了一句，关上了这个 App。

从租住的大楼走出后，他又点开了手机，他想，现在应该租一辆汽车。他的确应该去赛洛那里一趟，看看他有没有什么黑科技的方法，能把自己现在戴着的脚环和手机里的信息扫描一遍，看看警察是不是在里面接入了监听系统。

当然，如果米雪儿真的想办法跟自己联系过，也只有赛洛能破译了。

凯斯一边想，一边在租车公司寻找着符合自己需要的汽车。赛洛住的地方很隐蔽，在黑市里面的一个不起眼的小角落里，去那里有一段崎岖的泥巴路，他得选一辆越野车才行。但是他也不能租太好的车，那些该死的、智能化的汽车都装有行车记录仪，会记录和反馈他所有的行车路线，然后把这些信息反馈给警察。

是的，他一点儿也不相信那些该死的警察。他不相信他们会这么轻易就放过自己，这帮狡猾的混蛋，一定在他的什么物品里面动了手脚。在他出发去找米雪儿之前，他得先找到赛洛，对这些警察还回来的物品做个全面的排查。

车半个小时就到了。凯斯租的是一辆手动的、破旧的军用越野车。这种型号的车现在已经不生产了，凯斯还是战时见过。这种越野车是利用装甲车的某些配备改造的，在屏蔽信号和热能方面，比普通的越野车要强很多，凯斯熟悉这种车的性能。

他在微光之中穿过一片崎岖的山路。莫斯特伯阿米克降临之后，天际上空还是日出日落自然运行，而他们这些活在地面的人，却永远要在非自然光里过日子。

路上几乎没有什么行人，现在只要不是领取食物的时间，人们大多数时候都窝在家里。虽然吃了食物发放机发放的食物之后不会再生怪病——即使出门也不会怎样——但是人们却总觉得现在连空气似乎也有毒似的，如果没有大事，他们都不出门。

现在凯斯必须把车开到另一个城市，路上行人稀少对他而言倒是一件好事。

他缓缓摇下车窗，点了一支烟，发动汽车，从车窗望去，两旁的建筑物在飞快地倒退。

出了城，凯斯在高速公路上奔驰，一个小时之后，他来到了孟莱。

进城时费了一点儿工夫。凯斯没有往市中心走，他穿过了几个山体隧道，把车停在了一栋空旷的废旧大楼外面。

楼体残破不堪，地上砖瓦斑驳，也不知被风蚀了多久。墙体倒还算结实，主体还在，只有一部分房间塌了，露出了里面的钢筋构架。其中有些钢架已经被铁锈蚀黑了，断裂成几块，零零碎碎地落在地上。

从大楼的侧面进去是一条小路，路旁有许多酒吧，酒吧外墙上画满了各种涂鸦。

凯斯走到一个挂着"今日歇业"的酒吧门口，轻轻叩门。

门开了，一个蓬松着头发、睡眼惺忪的胖妇人从里面探出头来，看了凯斯一眼。

她只穿了一件旧睡袍，从凯斯的角度看，可以看见她白花花的前胸如同两个水桶挂在身上晃荡。

"干什么的？"胖妇人懒懒地问了一句。

那扇门是瓦楞板做的，做成了日式推拉门的样子。但是凯斯很清楚，那里面有一整套遥控系统。

凯斯在门口做了一连串手势，这是一个大拇指扫过食指尖的动作，是"现金"的意思。

胖妇人点了点头，把门朝里打开，带着他走进去。里面也是一间酒吧的装扮，只是这里弥漫着一股子尘土味儿。这个酒吧并没有营业，不，应该是一直以来都没有营业，所有的布置都是为了掩人耳目罢了。

两边都是乱七八糟的废品，一直堆到墙边。靠墙的书架上放着一些皱皱巴巴的简装书。废品堆像是金属和塑料扭结而成的真菌，从地里长出来，有时能从中分辨出些零散物件，但很快又变得模糊：一台插满断头真空管的破旧电视机内胆、一段破碎的卫星天线、一只塞满锈蚀合金管的棕色纤维罐子。大堆过期杂志一直散落到他们面前，封面上满是旧年月夏日里的肉体，茫然注视着天空。

这里的场景凯斯很熟悉，他不是第一次来。他跟着这名胖妇人一直向前走，穿过众多废品之间一条窄窄的通道时，听见身后门关上的声音。

胖妇人领着凯斯一直走到了通道的尽头，那里有一个小个子男人。他坐在一个破旧的屋子里，只在眼前开了一个小窗。他从小窗里看了凯斯一眼，狭长的眼角闪过一丝打量的光，他整个人看起来好像从风洞里捞出来的，小耳朵紧贴狭长的脑袋，似笑非笑地露出严重内勾的大门牙。

"暗号。"小个子男人头也不抬地说了一句。

"现金。"凯斯从钱包里抽出两张现金交给了小个子男人。

小个子男人收起钱，拿起对讲机不知道说了一句什么土语。

片刻之后，有一个人走过来，打量了凯斯和胖妇人一眼，示意凯斯可以跟他走。他穿着一件粗呢旧夹克，左手拿着把手枪，向凯斯指指门边的一块白色塑料板。那是块近一厘米厚的致密电路板，他帮着那人抬起板子堵住门，那十只焦黄的手指灵巧地飞舞，扣上板子边上的白色搭扣。一台排风扇不知在哪里嗡嗡作响。

那人对着这块电路板掀了三次，一扇老旧的铁门在凯斯眼前弹开。铁门外是一条窄窄的、不知道通向何方的旧楼梯。

他冲凯斯点了点头，拿枪指了指那湿漉漉的旧楼梯，示意凯斯可以下去了。

凯斯将手插在大衣口袋，戴上帽子，从楼梯口走了下去。在他下去后，那扇铁门又哐的一声在他身后锁上了。

凯斯一直走到楼梯的拐角处才停下来。

他穿过一条窄窄的巷子，眼前突然豁然开朗——这条街像是一条由金属打造的杂物街，整条巷子上挂满了各种老旧的装饰物，间或有一些 LED 灯，上面用各种文字拼凑出店铺名称，有些名字的字母还拼错了。

凯斯戴上帽子，向街心走去。街上铺着大块的地砖，砖上有些坑坑洼洼的地方还积着水。许多店铺的墙面都很脏，有些好事者就着这些墙面上的黑斑画了一些涂鸦。

凯斯走到一个挂着红帘的店铺门口。他敲了敲门，一个缺了一条手臂的智能机器狗将门拉开了。

"网络源自古老的电子游戏，最早期的图形程序和军方试验的颅骨接入口。"电子狗的程序自动播放出一个妖娆的女声。

"臭毛病。"凯斯白了机器狗一眼。

他走进了一个通往地下的电梯，电梯里被赛洛接上了某种不知名品牌的电子显示器，显示器上空间战的二维画面渐渐消失，生长出一片数学函数生成的蕨类植物，展示对数螺旋的各种三维形态；蓝色调的军方录像片段闪过，有被接入测试系统的实验动物，还有接入坦克和战机火力控制回路的头盔。

"哈哈，凯斯，原来是你这个混蛋！我刚才在想，到底是谁对我的甜心这么粗鲁。"赛洛的声音从凯斯头顶上方的扬声器中传来。

"这是对莫斯特伯阿米克降临之前的世界模拟，感觉怎么样？当然，这是我在这个世界收集的信息，通过整合后呈现的，电脑数据抽象集合之后产生的图形表现。它有着人类无法想象的复杂度，是排列在无限思维空间中的光线，是密集丛生的数据，如同万家灯火，正在退却……"

"停。"凯斯掏出枪，对准了那只电子狗，"不准啰唆，否则我打爆它。"

电子狗识趣地举起了自己那只残破的机械手臂，两只眼睛组合出了泪汪汪的电子表情。

"愚蠢的人类，不懂得尊重科学的人类，所以才会受到莫斯特伯阿米克降临的惩罚。"赛洛没好气地说了一句。

第十六章

电梯弹开了。凯斯熟悉的场景终于又回来了一点儿。赛洛是个喜欢拆散重装的狂人,凯斯每次到赛洛住的地方,房间的装修风格都不一样。

低矮的穹顶天花板,两侧排放着几十个不同的金属台,每个上面都放置着各种不同的显示屏,分别展示着赛洛的各种科技模拟出来的 3D 效果。这些金属展柜与那弧形的墙壁格格不入,但是很明显,赛洛从来不会在意这些细节。

走廊里每隔十米装着已经生锈的黄铜灯具,投下白色的光晕。地面起伏不平,凯斯随着电子狗一路走下去,才发现地下乱七八糟地铺着几百张小地毯,交错堆叠,将地面变成一片手工羊毛织造的柔软表面。

"找我有何贵干?"赛洛戴着眼镜。凯斯看得出来——这个眼镜的镜片用的是特殊的防强光的材质——赛洛总是有办法搞到这些乱七八糟东西。当然,他也喜欢生活在黑市,因为黑市才能有这些材料。

"你自己随便找地方坐,等我弄好这个再来招呼你。"赛洛身上永远都是一股子机油味儿,手套上也染满了黑色的脏污。

凯斯低头看了一眼,几乎找不到地方下脚,更别提坐的事情了。赛洛的房间里永远都扔着各种密集的线路电板和各式各样未完成的科技怪物的残骸。

"你现在的装修风格真够丑的。"凯斯鄙视地说了一句。

"没办法,铺上地毯才方便我用磁体找电板上那些细小的零件。你瞧,就像这样。"赛洛指挥着电子狗用残缺的机械臂中的磁铁吸起了一个个落在地毯缝隙里的小小零件。

"好吧。"凯斯点了点头。

他的脚环突然嘟嘟地闪烁了起来。原来脚环里面有磁铁感应芯片,是警局专门设计出来的防止暴力拆除的感应器。

感应器的嘟声极大,吸引了赛洛的注意力。

"ER 型的。"他一口就报出了凯斯脚环上的感应器型号，"要拆除这个东西，就是小意思而已，十分钟也用不了。"

"光拆除可不行，还要更改这破玩意儿的定位设置，警察局的沃克考特系统每小时要扫描一次，看看我有没有到处乱跑。当然，还要检查一下这里面有没有其他监听设备。不要破坏这些监听设备，但是，我想，你可以给他们听点儿别的什么东西。"凯斯从赛洛的橱柜顶上拿下酒瓶倒了一杯酒，对着赛洛笑了笑。

"午夜女郎的性感呻吟，还是恐怖片里的惊声尖叫？"赛洛接住了凯斯的玩笑。

"电波的刺啦声就行，得让他们以为这玩意儿是自己坏掉了，不然他们还会想别的办法，但是我也不需要太久的时间。所以，等他们检修排查的时间就够了。"凯斯晃了晃酒杯，他终于找到了一个下脚的地方，坐了下来。

赛洛按了一下机械狗身上的某个按钮，机械狗的机械臂立刻缩了回去，变成了一个支架。

"让我瞧瞧这个设备。不错，不错，我正好缺一点儿钛合金，光脚环里这一点儿可不够。你应该戴着两个脚环来的，那样就太好了。"赛洛利用支架上的热能扫描系统扫描了脚环的内部结构，脚环瞬间被转换成 3D 蓝图，在赛洛操作的那台电脑上显示得清清楚楚，包括内部结构中的每一款零部件。

"好了。等我五分钟。"赛洛操作着鼠标，指挥着机械臂操作。

机械臂伸缩着，转换成针形，插入到脚环里。凯斯听见几声螺丝的咔嚓声，脚环忽然被撑开，轻而易举就脱了下来。

"搞定。"赛洛满意地看见机械狗滑动着将脚环托到自己眼前。

"谢谢。"凯斯真诚地对赛洛说了一句。有个赛洛这样的朋友，的确在某些时候会令他感到幸运，尽管赛洛希望他再戴一次脚环，但是他相信他是无心的。

检视脚环里的监听设备倒是花了半个多小时。

"现在警局的监听设备做得很隐秘，他们有钱钻研这样的技术，搞材料也比我们容易得多。"赛洛一边仔细用热能扫描拆除下来的每一块脚环零部件一边对凯斯抱怨。

"黑市的大佬也不会少的。"凯斯接道，"幸好软件方面你也精通。"凯斯这句话明显令赛洛十分开心。凯斯很清楚，赛洛就是喜欢别人这样夸他。警局的那些混蛋里的确也有一两个高手。因为资本的介入，他们研究技术的材料和设备都很容易搞到，但是也正因为这样，才能显现出赛洛的厉害之处来。这是凯斯的潜台词，也是赛洛喜欢听到的话。提到自己的长处，赛洛的话也多了起来。

"对了，刚才说到哪里了？"赛洛顿了顿，似乎在脚环的一个零部件里发现了监视器的蛛丝马迹，遂放慢了扫描的速度。

"软件方面你也很精通。"凯斯抿了一口酒，提醒着赛洛。

"对，是这样的。"赛洛十分开心，他总觉得凯斯能懂得他做这些东西的内在乐趣，也开始滔滔不绝起来，"要知道这些零碎的东西收集有多难，每次在黑市的网站上竞拍，我都要靠自己改造的那些'黑科技系统'才能抢到……嘿，你还不知道我这里有多少宝贝。"

"你弄完了再介绍也不迟。"凯斯都有点儿后悔自己为什么刚才忽然要提起黑科技的话题了。

"好吧。"赛洛悻悻地转过头，接着用扫描系统仔细检查脚环的各个零部件。凯斯从 3D 蓝图里，看见赛洛用操作台上的工具，同步把一根细针塞进锁孔，悄无声息地试探着。

"就是这里了，没错，我找到了。出来，小宝贝……"赛洛在显示器里用鼠标放大了脚环零部件里的一片阴影区，指着一个细小的芯片对凯斯说，"就是它，这里，看到了吗？一个小型的追踪器。不是监听器。监听器做不到这么小。"

凯斯走近赛洛的工作台，果然看见脚环的锁扣里被安放了一个小型的追踪器。

"你这里有屏蔽信号的设备吧？"凯斯有点儿担心地问道。

"当然，"赛洛用毫针小心翼翼地将那枚小型追踪器取了出来，放在机械臂构建的微型工作台上，"我可不喜欢工作的时候被人打扰。你要知道，我这个工作需要全神贯注才能做好。"

"好吧。"凯斯点了点头。他虽然要解决米雪儿的问题，但是他不想连累赛洛。

"追踪器需要处理一下，现在还没激活链接。"赛洛又一次放大了 3D 蓝图，仔细观察着这枚追踪器的内部结构。

"可能他们想不到我会马上出门。"凯斯回了一句。"追踪器还没激活，他们应该是不想打草惊蛇……"凯斯在心中默默推断着这帮警察的真实目的。

说不定，马普尔有他们想秘密得到的什么东西，而米雪儿就是解开这个东西的关键线索。

到底是什么呢？凯斯在脑海中回忆着泽维尔展示给自己的每一条信息。

"好了。这个追踪器送给我吧？"赛洛向凯斯确认着，打断了凯斯的思考。

"当然，你想要就拿走好了。帮我设定好一个追踪路线，日常的，不要过于引起他们怀疑的路线。"凯斯感激地望着赛洛。

"包在我身上。上午九点到下午两点，在家里睡觉。两点以后，去食物发放机所在的广场领取食物。晚八点以后在酒吧。这样就可以了。"赛洛飞快地设定好了凯斯一天的生活。

"很好。"凯斯点了点头，"只设定一天就够了。他们肯定知道我会走，但是不是今天。他们会怀疑我在故布疑阵。所以，他们明天会加大对我扫视密度，我要去一趟马普尔，明天帮我设置正常路线。我今天就出发。我要比他们早到一天，这样我才能没有干扰地找线索。"

"没问题。"赛洛一边听凯斯说一边飞快地将凯斯所说的这些信息输入到他的设定系统里。

"谢谢你。"凯斯看着赛洛操作完毕。

"没什么。这脚环应该是他们目前最先进的设计了，用的是三代系统。有很多零部件正是我需要的。"赛洛明显对这个脚环更感兴趣。

"帮我搜索一下马普尔的 dormer 庄园[1]，当然，如果你搜到的话。我也不知道他们的防火墙厉不厉害，如果不行就算了……"凯斯欲言又止。

"没有的事儿。"赛洛信心满满地打开电脑，把凯斯所说的几个关键字输了进去。

凯斯就着微光，站在赛洛身后扫视着屏幕上的内容。

基本信息和泽维尔说的那些差不多。网上有人猜测这是泰西尔－埃西普尔公司的前执行董事维尔·多莫的庄园。猜测的依据是——这座庄园是建在冰天

---

[1] polar 这个单词源自法语，意思是极地的，因为这座庄园在冰天雪地里，环境类似于极地的极昼天气，刚好这个单词又和维尔·多莫的名字有些谐音，所以网友给这座庄园取名"dormer 庄园"。

雪地里，外围有一座像冰雕的水晶墙，大家纷纷揣测，这是不是在隐约暗示着泰西尔－埃西普尔公司的"冰墙"技术。

"你和这个地方还真有缘分。"赛洛一边浏览网上的信息一边说。

"这些人总是喜欢玩儿一些新花样。"凯斯看着眼前的网页，忍不住皱了皱眉头。

庄园有些像未来城的样子，应该是这些有钱人的新品味。自从莫斯特伯阿米克降临之后，这些有钱人一直在宣传和星空未来有关的东西，凯斯怀疑他们的最终目的也不过是想把公司的股票价格炒高点儿而已。

"地址在哪？"凯斯挑了挑眉，"你能帮忙查到吗？"

"当然。"赛洛故意用不以为意的语气回答着，"要查到这些有钱人的地址，找赛洛就对了……当然，要干这种违法的事情，总是需要冒一点儿风险的。"赛洛耸了耸肩，故意停下了手上的动作。

"少废话，你这个趁火打劫的混蛋，想要多少报酬，直说就是。"凯斯无奈地看了赛洛一眼。

"据说上次你让我帮你发布那条信息时，是被两名警员带去问话了？"赛洛故意开着凯斯的玩笑，"他们没有把你怎么样吧？"

"我今天可是带着我的勃朗宁来的，小心你那该死的舌头。"凯斯狠狠地瞪了赛洛一眼。

"好吧！我相信你不是拿枪口对准朋友的人。"赛洛冲凯斯微微一笑，露出了满嘴的黄牙。

"当然，只要我确定那个人的确是我的朋友。"凯斯掏出烟，轻轻吸了一口。这种用化学物质拟合出来的尼古丁味道，让人们以为自己在吸烟，事实上只不过是对神经感官的一种刺激。但饶是如此，凯斯和赛洛依旧对此上瘾。

凯斯将手中的香烟扔了一支给赛洛。

赛洛伸手接过。

"两个警员，我给了他们五百。三百，你帮我找到那个该死的庄园地址。"凯斯吐出了一口烟圈。

"你也说了，我们是朋友。"赛洛点燃烟，猛吸了一口，表情也变得迷离起来，"用不着这么麻烦，你请我吃个午饭，就当是报酬了。"

"一顿午餐而已，至于兜这么多圈子吗？"凯斯咧开嘴嘿嘿一笑。

"当然不是普通的午餐——"赛洛故意卖个关子，压低声音对凯斯说道，"我知道黑市有一家卖肉人餐的店铺，要价虽然高，但是性价比也还算不错——"

"得了得了，我知道了。"凯斯皱了皱眉，"穿衣服出发。"

"我只要一小块就行，我想尝尝味道。你知道，我这个人一向对新鲜的东西比较好奇，不然我也不会选择干这行，是吧，哥们！"赛洛收拾东西，站起身来，拍了拍凯斯的肩膀，"上次尝他们家的菜式，已经是一年前了，我真怀念那个味道啊……还有他们家的妞儿，身材火辣，性感迷人，你真该去见识见识。"

赛洛一边说，一边套上外套，戴上自己的帽子和金戒指，拉开门向外走去。

凯斯跟在赛洛身后，赛洛刚一推开门，门外的电子狗又迎了上来，眼巴巴地望着两人。

"这回可没办法带你出去。"赛洛绕开了电子狗的纠缠，按了一下手机上的某个按键，电子狗立刻安静了下来。

"终于清静了。"凯斯瞥了一眼电子狗，裹紧了大衣，跟在赛洛身后向黑市的街心走去。

从赛洛的住处去往黑市要经过一条封闭的地下通道。通道的地面上全是着各种各样的臭水，墙面上有各式各样的涂鸦。通道的顶端安着各式各样的路灯，黑色电线牵着的灯泡已经坏了一大半儿，凯斯数了一下，只有三盏灯还能发光，其中一盏灯还忽明忽暗地闪烁着，看样子也离彻底坏掉不远了。

凯斯看见其中一个涂鸦上写着男性生殖器的简称。

他跟在赛洛身后，穿过这道长长的通道，来到了破旧的黑市街道。

黑市街面上挂着各种各样的霓虹灯，刺眼的红灯上写着各种各样店铺的名称；当然，这些名称都是政府允许销售的那些旧东西。赛洛曾经告诉凯斯，只要他愿意，在黑市里可以找到任何自己想要找到的东西。

几个化着大浓妆的妓女迎面走了过来，向凯斯的方向抛了一个媚眼。

"别理她们。"赛洛压低声音对凯斯说，"她们是'夜鹰'的人。"

凯斯吃了一惊。"夜鹰"是黑市中最大的一个地下组织，据说那个为首的人叫莫比·迪克。

凯斯很久之前就听说过这个人的名头，因为这个人的名字过于奇怪，凯斯特意还从网上查了一番，发现这个组织用的名字和代号都源于某个古老的 M 国故事。当然，凯斯在调查这个人的时候，还听过一些关于这个组织的传言，有些信息上说，这个叫莫比·迪克的家伙的某些举动和人类并不相似，因此怀疑他并不是人类。此外，这个人似乎总是喜欢把脸涂成瘀青色，因此，没有人见过他真正的相貌。

当然，关于这个人的信息，网上说什么的都有。凭借侦探敏锐的直觉和逻辑推理能力，凯斯也不能判断哪些内容是真，哪些内容是假的。不过他对莫比·迪克喜欢把脸涂成瘀青色这件事儿却有些警觉，因为他翻遍了网上的资料，也找不到关于这个家伙的任何一张照片——按理说，除非有人在背后操作着网络系统，否则一个人是不可能抹除自己所有信息资料的。

引起凯斯注意的还有另外一点。凯斯曾调查过一起金融案件，委托律师带他去见那个人时，凯斯发现委托自己的那名金融大鳄也喜欢将面部装饰成瘀青色，虽然他面见凯斯的时候仍然是普通人的模样，但是凯斯在他家的别墅中曾看到过他面色瘀青的模样。

这帮家伙总把自己当成是某种街头文化的捍卫者，他们崇拜野性力量，当然，他们崇拜的方式就是用拳头和暴力解决问题。凯斯一边在大脑中回忆着"夜鹰"组织的信息，一边向旁边让了让，他现在刚从警察局出来，可不想再招惹这些家伙。

"这几个妞儿又是'夜鹰'组织搞的什么新名堂？"凯斯看着几名妓女骂骂咧咧地走远，压低声询问自己身边的赛洛。

"这些黑市的妓女是专门骗男人的——"赛洛向凯斯解释道，"她们会把男人带到她们的房间里，躲在她们背后的那些打手们会根据情况向那个男人收费。如果你不想一丝不挂地从房间里走出来的话，就得乖乖地把自己钱包里的钱全部掏出来。当然，他们也不是对谁都这样，他们只是吓唬吓唬那些娘炮，有人愿意把钱掏出来，当然就皆大欢喜了。"赛洛似乎对这些事情很清楚。

"原来是这样。"凯斯忍不住扭头望望那几个已经走远的妓女，忽然想起了自己初见米雪儿的场景。

"虽然平时跟她们玩儿也是一件不错的事，但是我现在还有事，我也不想惹麻烦。"

"嗯。"凯斯点了点头，他相信赛洛说的是实话，这家伙一向对电脑的兴趣要比女人大。

"就在前面。"赛洛指着一家挂着广告牌，闪烁着霓虹灯的店铺，对凯斯说着。

凯斯抬头，看见了店铺的玻璃门和厚厚的门帘。

门帘将店铺的一切遮挡着，顺着凯斯的目光望去，里面什么也看不清。

凯斯看着门帘，跟着赛洛走了进去。

"这里是专门接待有色人种的地方。"赛洛一边沿着一段阴暗逼仄的楼梯上楼，一边对凯斯解释。

凯斯抬头，看见两名黑人从楼上的一间小门里面走了出来。

门虚掩着，门把手看起来有些陈旧，从门上的玻璃窗望去，可以看见里面闪烁的霓虹灯和来来回回闪动着的人头。

凯斯跟在赛洛身后，两人推门走了进去。

酒吧之中灯光有些暗，一个老旧的留声机里，正放着 20 世纪的民谣。一名黑人吧员正在吧台前忙碌着，黑人吧员看见凯斯和赛洛走上前来，连忙对他们露出了一个标准的微笑。

赛洛走上前去，低声对黑人吧员说了一句："要一份威士忌，加冰。"

"明白。"黑人吧员冲着赛洛点了点头，"一共是三百块，两位谁付款？"

凯斯看着黑人吧员，从钱包中掏出了三张钞票递给黑人吧员。

"多谢。"黑人吧员接过钱，对着凯斯露出了一个标准的微笑，向后台走去。

"威士忌，加冰，是要肉人套餐的暗号？"凯斯一边点烟一边询问着赛洛。

"嗯。"赛洛对了对手指，也在吧台前的椅子上坐下，"当然，还远不止这些。"

"还有什么？"凯斯有些疑惑地望着赛洛。

"一会儿你就知道了。"赛洛也抽出了一支烟，就着凯斯烟上的火星点燃。

凯斯一边吐出烟圈，一边转过头，只见酒吧的人正在低声交头接耳，似乎没有人注意到他们俩。酒吧之中有几个人还戴着 VR 眼镜，表情迷离，正在摇头晃脑，沉浸在游戏世界中无法自拔。自从莫斯特伯阿米克降临之后，有些人就变成这样了，他们除了领取食物发放机的食物之外，剩下的事全部都沉浸在游戏世界里。当然，凯斯怀疑这可能也是当局的某种策略——为了防止一部分人无聊闹事，所以才设计出这些沉浸式体验的 VR 游戏来。

"请慢用。"黑人吧员将东西放在两人面前，特意看了赛洛一眼，转身又去忙自己的了。凯斯看见自己面前的盘子中有一块黑中透红的东西，忍不住皱了皱眉头，这个东西让他想起了食物发放机那些红色的食物，所以他忍不住开始怀疑，这个所谓的酒吧不过是打着肉人的噱头卖着某些合成物罢了。

"到那边去吃。"赛洛看着凯斯，轻轻说了一句。

凯斯端着自己的餐盘，跟着赛洛来到角落的一个桌边。

赛洛拿起餐盘中的刀叉，轻轻划开了自己眼前的这块黑红相间的"烤肉"。在凯斯的注视中，赛洛飞快地将放在烤肉中的一张数据储存卡拿了起来。

"味道不错。"赛洛一边将储存卡收起来，一边假装品尝着自己盘中的"烤肉"。"那是什么东西？"凯斯假装一边用刀叉切着眼前这盘黑红相间的"烤肉"，一边询问着赛洛。

"找到 dormer 庄园的网络路径。"赛洛一边压低声音告诉凯斯，一边飞快地将盘子之中的烤肉塞进口中。

第十七章

"都是一些正常信息，没有我想要的东西。"凯斯皱着眉头。

"你想知道哪些？"赛洛皱了皱眉头，"这庄园的占地面积太大……要像扫描脚环那样扫描的话，估计得花一个月。"赛洛报出了时间。

"这里面一定也有网络系统，试试看吧兄弟，如果能入侵就最好了。"凯斯盯着网页上的信息，双眼就像扫描仪一样，每个信息都不放过。

"我试试吧。"赛洛打开了几个后台的软件，"如果这里真的如他们所说的那样是泰西尔－埃西普尔公司的资产话，那防火墙系统应该也建立得很完善，我也不一定有办法。"

"还有能难倒你的加密系统？"凯斯皱了皱眉。他知道赛洛的软肋在哪儿。

果然，凯斯刚说完，赛洛便忍不住自满起来："当然没有！"

说完他又开了几个后台的软件，凯斯看见他用这些软件入侵了警察的信息登记系统。

"莫斯特伯阿米克降临后，他们把每一座庄园都做了登记。"赛洛一边监控屏幕上跳跃的数字信息，一边跟凯斯说。

"这种侵犯隐私权的登记，为什么能通过？"凯斯有些不解。

"当时事态比较紧急。你也知道，莫斯特伯阿米克降临后，一瞬间收走了很多生物，有些人在混乱中死去了，留下了不少空房子。我想他们最开始应该是排查还有多少幸存人口。"

"这些网络系统都加密过。"凯斯对着屏幕上跳跃的信息感叹道。

"当然。这份资料不能漏出来。你不知道这些混蛋们偷偷贪污了多少东西，当然，就是你知道了也没有用，法院都是他们的人。他们用钱买通了那些混蛋。"赛洛的语气中带着一点儿愤愤不平。

凯斯想起和米雪儿在一起的那个叫兰德的矮个子，联想到了他被奥利维亚和莫顿他们审讯时所听到的那句"私吞了坎贝尔·布莱克先生的一笔钱"，脑海中忽然灵光一现，忍不住向赛洛询问道："你的这些黑科技软件里，有没有能入侵别人账户的设计？"

"当然有了……"赛洛一边盯着屏幕一边回答凯斯，所以他的话听起来就像是在喃喃自语一样。"像那种基因编码一样的加密设计呢？你也能有办法入侵吗？"凯斯急切地问道。

"基因加密？"赛洛皱了皱眉头，"这种技术我听过，但没见过。话说回来，只有黑色交易里才会有这样的技术，据我所知，解锁基因信息技术的人都去生产肉人去了。肉人这种边缘地带又能赚钱又不犯法，这些黑市的人最喜欢做了。"

"肉人才会使用这项技术吗？"凯斯追问道。

"是的。目前好像只有肉人才会使用，但是对基因密码的模拟能不能用来锁定账户我也不知道。要知道，一个正常的人类，至少有五十多亿条神经网络，要全部模拟计算出来，这一台计算机可不够，至少要一个占地六万多平方米的机房。就算有一个这样的机房，还需要几百个像我这样的人来操作。即使这两个条件都满足，光排查各种错误的组合都需要二十年的时间。"赛洛平静地回答道。

"计算机的计算系统是模拟人脑的，二进制的输入始终比不上人类的意念。除非把计算机芯片和运算系统接入人脑——还要保证被接入者的头脑能正常运转，可以用意念来控制计算机的运算速度，这样的话，时间上会快上大概两倍吧。"赛洛继续向凯斯解释着。

"但是这些条件都满足，也还不行。五十亿条神经网络的排列组合不能出错，我这种假设并没有算上试错的时间。"赛洛补上了一句话。

他的话让凯斯陷入了沉默。

他敢肯定——虽然他并没有观察太久——但兰德的技术肯定不如赛洛，如果真的是有人破解过基因加密的技术，那个人一定不是兰德。

这是一个明显的破绽，他不相信警察局的那些混蛋们不知道。但是，现在他们还是盯着他。他们肯定觉得，破解这个技术的人是某个"冰墙"的人做的。或者干脆就是泰西尔－埃西普尔公司的技术团队破解了这项技术。

如果真的是那样，这就太可怕了。

这才是这帮家伙们最担心的。他们怀疑到了这一层，所以想从 dormer 庄园开始调查。

米雪儿就是最好的诱饵。

至此，凯斯敢肯定的是，阿姆塔奇和兰德他们的死绝对不是个意外。但是他没有更多的线索，其他的东西，或许还要等他到了马普尔才能知道。

"所以，要破解基因加密的编码，首先必须把神经网络系统的运作规则和所有的可能性都建立好，然后才能根据对方的行为习惯来提取和模拟他在这一刻的想法。要知道，每个人每一刻的意念都是转瞬即逝的，而基因密码是靠人脑里随机产生的想法去匹配密码，匹配上了才能解开。"赛洛解释得十分详尽。

"我明白了。"听完赛洛的话，凯斯终于知道为什么他们会这么害怕泰西尔－埃西普尔公司的技术了。

用坎贝尔的想法实时匹配密码并不难，难的是这个破译密码的人，用机器语言模拟出了一个具备真实想法的坎贝尔。

难怪他们会这么害怕。现在这些人追踪不到米雪儿的行踪，大概也是害怕dormer庄园里有什么他们不了解的新型屏蔽器。

如果泰西尔－埃西普尔公司真的有这么厉害的技术，那不管他们的多少人追踪过去，都等于是自投罗网。

只有凯斯，只有凯斯去找米雪儿才不会惹人注意。而且，他们现在已经认定，米雪儿一定和这个泰西尔－埃西普尔公司有什么关联。

这帮混蛋找来泽维尔，寻找理由放掉凯斯，都是因为这个原因。

凯斯不知道坎贝尔到底给了西蒙多少钱，应该是一大笔。他有点儿想让赛洛帮忙入侵一下西蒙的账户，或者监察一下西蒙的行踪。他想看看，西蒙是不是真的像那两个狱警说的一样，是索婆阿腾纳斯的崇拜者。不过他没有这样做，如果那两个狱警所说的是真的，那现在赛洛应该也能帮他监察到亨利八世和血腥玛丽的账户了。

"信息量很大，全部排查比对的话需要一点儿时间。"赛洛低声说道。

"没关系，不用太着急。"凯斯心中有些焦躁，不过他也知道，现在催促赛洛没有什么用。赛洛已经尽力了。

"找到了！这个应该就是dormer庄园。"赛洛点了点鼠标，在其中的一条信息上停下，停止了搜索工作。

他点开了信息，尝试用黑客软件入侵当地的监控系统。

"我的软件只能入侵那些有摄像监控的地方，如果这个地方人迹罕至又没有网络系统的话，那我也没办法了。"赛洛有些抱歉地对凯斯说道。

"没事，尽量试试吧。实在不行等我到了再说。"凯斯冲他点了点头。

"好吧。"赛洛点开了这条信息，尝试接入。

系统加载的时间有点儿长，加载到 90% 的时候，进度条并没有再向前推进，赛洛输入了几条指令，两分钟过后，赛洛的电脑突然黑屏了。

凯斯眼睁睁地看着屏幕上的雪花跳跃了数下，然后连接赛洛电脑和 dormer 庄园的入侵网络就彻底断开了。

"不行，dormer 庄园的网络加密技术很高，有一整套的反黑客系统。"赛洛看着信息崩溃的画面，不得不重启了自己的电脑。

"也就是说，他们真的可能研发出了基因加密技术？"凯斯有些难以置信。

"伟大的造物主才能完全支配人的意识。"赛洛虔诚地说道。

凯斯看着赛洛狂热的神情，明白他对这种技术的憧憬。赛洛是一个科技狂人，对于一切复杂的技术都有一种变态的爱好。

"好吧。"凯斯不想和赛洛扯这些黑科技上的话题，他掏出手机看了看时间，"我该走了。这里开车到马普尔需要四个小时。马普尔是风雪天气，我还得抽时间去加一些防冻液。"

"等等。"赛洛看了一眼凯斯的手机，"把你的手机给我。"

凯斯毫不犹豫地将手机递给他。

赛洛将手机接入了重启的电脑里，打开了一个软件，将凯斯手机中的信息复制到了另外一个手机里。

做完这一切，赛洛将自己刚刚复制好信息的手机递给凯斯。

"你经常用的 App 这个手机里面全部都有。这个手机里有一个信号屏蔽软件，如果你启动这个软件，就能屏蔽所有的网络搜索，或许这个会对你有用。"

赛洛打开他给凯斯的那个手机，又向凯斯演示了一遍操作的方法。

"紧急情况的时候可以按这里。我可以远程帮你解决一些问题。"赛洛指着上面一个新的 App。

"谢谢你。"凯斯接过赛洛给自己的手机，装在衣服口袋里。这个手机看上去十分老旧，像是赛洛重新拆装过的，但凯斯知道，这个手机绝不是外面能买到的普通货。

第十八章

"庄园很大，里面有一栋带一点儿哥特风格的建筑，应该有三百年的历史了……以前当地人谈过好几次，想把这栋别墅用作教堂，但是莫斯特伯阿米克降临之后，就没有人再提起这件事儿了。整座庄园占地面积很大，室外有一座喷泉——以前应该是引的温泉水，现在也被冻住了。"

凯斯一边开车，一边阅读赛洛时不时给自己发过来的信息。

看样子，赛洛还在检索 dormer 庄园的信息，这些应该是赛洛新搜到的。他还真是个执着的人。

不过，凯斯也很感激，自己能有一个这样的朋友。虽然赛洛并不知道凯斯要干什么，但是只要凯斯有需要，赛洛就愿意不遗余力地帮他。当然，这中间需要凯斯用一点儿激发赛洛热情的技巧。但总体而言，赛洛的确是一个热心肠的人。

凯斯心想，赛洛的确是个技术能手，他常常会生出很多奇怪的想法，甚至不熟悉他的人，会觉得他没有基础的善恶观。但是凯斯相信他不是个坏人，至少他觉得，赛洛并没有用这种技术能力来害人，这就够了。偶尔在黑市上做一些非法的技术材料交易，这并不是什么了不起的罪。凯斯敢打赌，每天穿着笔挺的西装坐在镁光灯前发表演讲的那些家伙们，暗地里和黑市的交易比他能想到的还要多得多。

"这里是 M 国新音，这里是 M 国新音……"凯斯打开了车里的广播，想听听电台里的新闻播报，私家侦探做久了，随时随地都会收集一些信息。

新闻里总会稍微透露一些普通人注意不到的隐藏信息……凯斯扭动着电台上的按钮。哪里发生爆炸案、哪里发生枪击案、哪里有人抢劫，这些的背后对应着哪些利益集团，凯斯都会在自己的信息收录簿里一一标注出来，以备不时之需。

每个国家都会有一些这样的大财阀，这些混蛋控制资源，影响政府，即使在莫斯特伯阿米克时代也不例外。凯斯听说，甚至在那些经济落后的国家，这些财阀和军阀还会联合起来控制全国局势，普通人只有挣扎求生存。

没办法，这种相互倾轧的病根是烙印在人类骨子里的。凯斯忽然想到，或许正是因为有人犯罪，所以才会需要侦探这种职业。他和这些罪恶相互依存。

车向前疾驰，发出低沉的轰鸣声，凯斯留神听着广播里的信息。

如果泰西尔－埃西普尔公司背后有什么凯斯并不了解的势力，那总会有一些零星的东西会在现实里产生一点儿化学反应。他相信自己的判断。

随着凯斯渐渐靠近北区的马普尔，他感觉温度越来越低。那个地方终年积雪，在这里修建一座冰雪庄园，花费的成本比其他地方要低——但是即使是这样，总共算下来也是一笔巨额费用。

全 M 国能投资这种庄园的人屈指可数。只是这些所谓的大佬常常会在发迹之后把自己的信息隐藏起来，推出几个傀儡在公司做着挂名股东，自己只在背后遥控操纵。

想要挖出这背后的人，凯斯也没有这么大的能力。

他调试了几个电台，终于收到了马普尔本地的广播，可惜这个广播里只有一段马普尔天气的预报信息。

凯斯放弃了从公共频道寻找信息的可能。

叮的一声，手机又来信息了。凯斯低头看了看，是赛洛发过来的。他找到了一段关于泰西尔－埃西普尔公司创始人维尔·多莫的一段演讲。这段演讲应该有些年头了。虽然屏花得很严重，但好在配有字幕，集中精力的话，也能听清楚他到底说了些什么。

"按我们的标准而论，我们对这片土地的守护和喜爱，比你们所想象的还要更多。"图像里年轻的维尔·多莫说道，"我们的家族十分古老，这个家庭里，家族成员的身份错综复杂，正体现了我们的悠久历史，但却也还有别的含义。从符号学上讲，雪地里的庄园别墅证明了一种内在的追求，但是这也是对于麦田信息壁之外的信息入侵的抗拒。"

这应该是莫斯特伯阿米克时代降临之前录制的视频：黑白图像，不但演讲者穿着得体的新衣服，下面围观的众人也是如此。

赛洛可能认为凯斯能够从这段视频里解读出一些关键信息来，虽然现在凯斯还不知道到底关键信息是什么。他唯一能肯定的就是维尔·多莫并不像他表面上看到的那样友好、得体。

心中只有民众的人不会像他这样有这么膨胀的欲望，不会造出一个泰西尔-埃西普尔公司，更无法令这个公司在政府的夹缝中生存下来。

这段视频应该是在一个大厅里录的。

大厅内有一个平淡无奇的玻璃台，玻璃台中放着一个精美的半身像，以白金和景泰蓝制成，上面还点缀着天青石和珍珠。它明亮的眼珠是从一扇红宝石舷窗切割下来的，而这扇舷窗则来自带着第一位泰西尔飞出重力井，又接出第一位埃西普尔的那艘飞船。

关于这段泰西尔-埃西普尔公司的发家史，凯斯在很多新闻网页上都看到过——虽然是前几年看到的，但是他现在还有印象。这两年这个公司低调了很多，不知道出于什么原因。

维尔·多莫演讲的大厅顶上方是人造的夜色，华丽的星座闪烁在全息影像的天空之中，如同一张张纸牌，印着骰子、礼帽、酒杯……庄园内部的设计结构被科技全息影像所构建出的图景完美地展现在人们眼前。

虚拟的庄园内部，那些悬崖居所的阳台层层叠叠，一直延伸到外部的人造冰湖面上。凯斯看到一架轻型无人驾驶飞机借着上升气流，优雅地滑过那冰湖的边缘，沐浴在那所庄园所建造隐蔽的地下赌场前庭柔和的灯光之中。这种飞机是蛛丝聚合物制成，丝质的两翼仿佛一只巨大的蝴蝶，有隐身的效果。在激光的镜片或塔楼之上，标识着泰西尔-埃西普尔公司的霓虹灯的倒影闪过。这些飞机属于庄园，专门用来接送来庄园内部豪赌的上流精英，控制它们的是庄园内部的一台电脑主机。

如果按照维尔·多莫最初的构想，这座庄园不应该完全是被冰封在冰天雪地里，而是呈现出一幅四季分明的图景。只是可能维尔·多莫自己也没有预料到，后来莫斯特德阿米克会降临地球，目前看来，他的这些构想只不过完成了三分之一。

凯斯看完了这段录像后关掉了手机。他已经进入了马普尔境内。

尽管他相信赛洛的技术，但是战场上的锻炼让他习惯了随时保持警惕。他要去庄园里寻找米雪儿。自己有很多事情需要问她，不能这么快就让那些混蛋警察把自己想做的事情打断。

不过在下车之前，凯斯已经联系了 App 上的租车公司，说他把汽车停在了一个加油站。市区附近也有这家公司的服务站，他们应该会自己过来把车开走。租车公司很奇怪为什么凯斯宁可走路也不继续开车了，他们以为是汽车的性能或是自己的服务出了什么问题，拼命挽留了凯斯一阵，说了很多客气话。不过这一切都在凯斯干脆利落地把钱付给他们之后就结束了。

米雪儿对他说过，这里离市区还需要乘坐两个小时的公共交通工具——如果不是自己开车的话。

凯斯花了点儿钱，请人帮忙代购了一张火车票，并躲过了各种检查。

这列火车会穿越白雪皑皑的山路轨道，然后到马普尔边境的卡多小镇上。凯斯向周围的人打听了一下，一个穿得破破烂烂的路人告诉凯斯说，这个小镇现在已经没有什么人居住了——大家都搬到了市区，因为在那种荒无人烟的镇子里没有什么工作机会。虽然食物可以从死神在每个城市的中央区设定的食物发放机里领取，但说真的只要有可能，他们还想活得更好些。

凯斯给了路人一笔小费以示感谢。他看得出来，这个流浪汉应该很高兴，大概是他没有想到凯斯会这么慷慨吧。

检完车票，凯斯随着零零星星的乘客上了车。车内很空旷，拉上车门，四座的位置里只有凯斯一个人。

他从上衣口袋里拿出了一本破旧的笔记本，把一些关键信息都写了上去。说起来，这个笔记本还是他在爷爷留下来的旧杂物间找到的，现在早就已经不生产了。他爷爷罗素·史密斯曾告诫他说，这样的东西常常会比那些电子信息保存的时间更长久些，他还活着的时候，坚持让凯斯保持用纸笔记录信息的习惯。虽然对凯斯来说，这样会有些不方便，但他还是坚持这样做了。

他在本子上写下了"冰墙""多莫""碎片""神经网络"等字眼，这是目前他得到的关于泰西尔－埃西普尔公司的所有信息。

凯斯在这些信息上一一标注了时间。

做完这些事儿后，凯斯拦住一个经过的乘务员，向他打听了一下火车抵达小镇的时间。火车哐哐地前行着，凯斯望着外面白雪皑皑的世界，从口袋里掏出了最后一根烟来。

"不好意思，先生。"刚刚预备离开的乘务员看见了凯斯的动作，又转身回来制止凯斯，"车厢里禁止抽烟。"

第十九章

　　火车在隧道和山间来回穿行。极目眺去，远处高山连绵，每座山上都覆盖着皑皑的白雪。山腰上有一些低矮的房子，看样子应该是附近的住户。这个边陲小镇里的人造光并不像凯斯居住的佛理森特那样的中心城市那样多，只有铁轨两旁每隔几米的路灯发出的暖黄。

　　这种暖黄投射到雪地里，竟然有几分温柔的美感。

　　白雪蔓延到视线尽头，就只剩下与天相接的一大片墨蓝色。不过即使没有这样的寒冷天气，这里也不会有别的生物。凯斯下午上火车，一直到傍晚时分才到卡多。轨道上每隔一段距离都有设置的路标和指示牌，不过凯斯在中途停车的时候看过几眼，这列列车路过的几个小站站台上都只有一个站台管理员，只有临近卡多的那个站台上，坐着一位神情呆滞的老人，也不知道在等谁。不过这列火车在那个站并没有停。

　　播音室里终于传来下一站就是卡多镇的信息。凯斯站了起来。他是少有的不带行李的乘客。

　　在他看来，莫斯特伯阿米克降临之后，资源已经短缺到极限，只要食物能继续从中心食物发放机里领，其他的随身物品都不重要。

　　虽是如此，凯斯还是把手伸进大衣的口袋里，习惯性去摸他那支勃朗宁手枪，但是这次他却摸了一个空。事实上打从一开始那些混蛋就没有真心想要放他离开的意思——所以他们并没有把枪还给凯斯。那天琼恩把枪拿走后，上缴警察局的物品管理处，后来他们把东西还给凯斯的时候，物品管理处的混蛋特意漏还了这支枪。

　　说起来，这支枪跟了凯斯很久了。这把老式手枪本来归凯斯的太祖父所有。他的太祖父用这把枪参加过第二次世界大战，还用这把枪击毙过两三个敌人。后来他离开人世的时候，把这把枪交给了凯斯的爷爷，然后辗转到凯斯手上。凯斯并没有用这把枪杀过人，他只是用它来威慑罪犯。

他慢慢跟随人群从车厢里出去，四周并没有什么可疑人员。他需要找个隐蔽的地方，还要给米雪儿留下记号，这样米雪儿才知道怎么能找到他。凯斯一边把车票递给检票员，一边飞快地在脑海里思忖着对策。

卡多果然和那个流浪汉说得差不多，这里很安静，并没有什么人。

现在已经是莫斯特伯阿米克时代的冬令时，这个镇子在北区，应该已经是傍晚时分了。

凯斯向车站里大挂钟的方向瞥了一眼，时钟上显示现在已经是傍晚六点半了。不远处有几个铲雪的铁道工人，应该是这里的工作人员。

凯斯慢慢平静下来，他看着人群慢慢离去，自己却没有动。

乘客慢慢走光了。凯斯藏身在暗影里，列车员没有注意到他。他刚才抬头时，看见出站的路口有一个监控用的摄像头。他必须掌控好时机再出去，他不希望被任何摄像头拍到。

米雪儿应该也很熟悉这座小镇上的装置，凯斯很欣慰她并不像一般的女人那样只会哭哭啼啼地求人保护。

透过火车的玻璃窗，凯斯看见列车员正在最后一遍确认着，看看是否所有的乘客都已经下车了。

凯斯看见车厢里的灯熄了。

他买的是今天到卡多的最后一列火车的车票。当然，米雪儿说过，到卡多也是可以开车的，但是要连续开好几个小时，还都是山路，有可能会在路上遭遇暴风雪，这样做风险太大。不过，就凯斯对这件事儿的判断而言，其实危险还不是最重要的——最重要的是，到卡多的人太少，如果凯斯开车的话，只要上空有监视，很容易就暴露目标了。

列车员下车，向凯斯藏身的方向走过来，凯斯压低帽檐，闪身躲进了阴影里。

车站的工作人员确认了一下列车信息，签好字，用广播招呼那些铲雪的工人，原来已经到了拉开电闸锁门离开的时间了。

凯斯看见工人走了过来，连忙闪进那群工人里。乘着工人们换衣服的间隙，凯斯拉开电闸后，悄悄地从工人中溜了出去。他想象着列车员走到电闸前的情形，大概会嘟囔一句，自己明明还没有拉开电闸，为什么闸刀会断开呢。

车站外风雪肆虐，凯斯一出站口，就被卷着雪花的狂风吹得双眼模糊。他慌忙中裹紧了大衣。

　　卡多的积雪很厚，一脚下去，积雪直接没到膝盖，得费力才能拔出脚来。

　　凯斯艰难地在雪地里跋涉，大概走了二十分钟，就到镇中心了。凯斯看见镇中心写着"喷泉广场"四个字，暗暗揣测大概这个镇在很早之前应该是一个旅游度假的休闲地。

　　现在广场上的镇标已经残破不堪，广场中心修建的温泉雕塑也已经老旧破烂，呼啸的狂风夹杂着雪花不时拍打过来，扫起地上一层白雪。

　　在离广场不远的地方，凯斯看见一片低矮灰暗的建筑。建筑上挂着一些腐朽、老旧的木板标识，应该是当地的商店。看样子，这些商店在莫斯特伯阿米克降临之前就已经在这里了。

　　天色已经完全暗了下来，只有雪地映出的一点儿微光。

　　凯斯在这点儿雪光之中向这些建筑走去，他决定打开赛洛给自己的手机——这里没有手机不行。他点开了赛洛给自己装在手机里的 App，搜索着这里可以落脚的地方。

　　他现在终于明白赛洛为什么非要自己带着这个手机不可了。在卡多这样的边陲小镇上，手机信号十分微弱，但是不知道赛洛用什么办法，增强了这台手机的信号装置，凯斯在这里也能搜索到一些地图上的信息。

　　他沿着手机指示的路线前进，如果赛洛的信息没有错，这座小镇上应该还有一家温泉旅馆开放着。

　　有那么一阵子，凯斯觉得这里根本不是一座小镇，而是一座死城，也许还是座废墟。如果不是和那些人一起坐火车抵达，他实在看不出它有什么活着的生物。雪面上的光晕是暗淡的银白色，建筑都是又旧又破，有很多屋子都已经荒废了，即使没有荒废的那些，也是屋门紧闭。四周静得可怕，好像在暗影深处隐藏着什么不知道的危险。

　　镇子中心有一座旧教堂。教堂很小，只有两三栋建筑。凯斯低头看了一眼手机，在最北面，就像手机里地图显示得那样，是 dormer 庄园的地址。这座庄园很长很大，面积几乎占了这座镇子的三分之二。

　　这座庄园的华丽似乎和这座小镇其他破旧的建筑形成了某种鲜明的对比。但是眼下风雪肆虐，容不得凯斯仔细思考，他先要找到一个地方落脚才行。

凯斯按照指示走到了温泉旅馆，旅馆的门紧闭着。凯斯敲了敲门，没有人答应。

台阶前的积雪被人清理过，但是屋子里面却没有人。凯斯在旅馆前后绕了一圈，除了台阶前的积雪被人清扫过，整个旅馆都看不出有人的迹象。风雪将旅馆的标识牌吹得嘎吱作响。

凯斯顺着那个指示牌看了一眼，只见指示牌被风吹得左右摇晃，牌子上积雪飘落，左侧露出一点儿鲜艳的红色来。凯斯抽了一口气，要不是他就着手机上的微光，根本就不会注意到这点儿差别。他走近细看，原来这个指示牌的左上角的铁丝上，被人拴上了一根细细的红布条。这个红布条看样子是从衣服上撕下来的，凯斯见过那件衣服——那是米雪儿的衣服。

布条被打了个结，其中一段已经被冰雪冻硬了，凯斯伸手拨了拨，这个布条的方向，指向最中间的那个字母。

他掏出打火机，将布条上的坚冰融掉后，悄悄将布条拿了下来。

米雪儿的意思应该是她在卡多镇的中心区。凯斯揣测着这个指示信息给自己留下的谜语。

她一个人应该也进不了 dormer 庄园，她在等待，看看自己会不会来。凯斯在心中暗暗揣测。

他将拿下来的布条扔在了温泉旅馆的屋后，向卡多镇中心走去。根据赛洛给他的手机上的显示，那里是一座旧教堂。

回头的路比刚才走得要顺利得多。有了米雪儿的信息，他不用像刚才那样四处乱窜。"在这样的风雪天气里寻找线索真不是人干的事情！"凯斯在心中暗暗咒骂。

他走到了教堂门口，教堂门口有许多台阶。这座教堂很空旷，平时几乎没有什么人来，莫斯特伯阿米克之后，信奉上帝的人越来越少了，这座教堂几近荒芜。

正厅门没锁，凯斯轻轻一推门就进去了。教堂内摆着一些陈旧的座椅，正对面是一尊耶稣的雕像，只是雕像背后的十字架因为年久失修已经缺了一块。

那些桌椅上落了厚厚的一层灰尘。凯斯仔细寻找米雪儿给自己留下的线索，果然，在教堂中央的一把椅子脚上，米雪儿又系了一个指向地底的红绳。

第二十章

　　凯斯往教堂深处走去，发现这个教堂四周有着被几个世纪的岁月将基础磨损了的石柱。这些石柱撑起了教堂的拱顶。拱顶上破了一些小洞，有一些零碎的雪花随着洞口纷纷扬扬地洒下来，在教堂里几处角落积下了一片雪堆。

　　四周散发着那种坟墓似的、腐败的、硝石的气味儿。

　　石柱的两侧都安放着烛台，烛台里都已经积满了灰尘。凯斯从烛台上的灰尘可以判断出这里已经很久没有人来过了。一尊小的圣母玛利亚的雕像被安放在教堂的另一边，在雕像的底座上刻着一行字：微弱的火焰消失在那些穹隆的薄明的空虚中，但火焰的光芒会永远存在。

　　四周静谧得可怕，偶尔教堂外寒风呼啸呜咽的声响是这里唯一的响动。

　　凯斯穿过一道颓圮了的拱门，凸窗上的五彩玻璃已经破了一块儿，剩下部分也摇摇欲坠。

　　他拐过一道门，在走廊上前行了一段，前面是一段通往地下室的黑黝黝的楼梯。他又沿着黑黝黝的阶梯小心翼翼下了一层之后，终于发现了前方透出一点儿光亮。凯斯沿着光亮的方向前行，就着手机的光亮走了一段，眼前忽然出现了两只火把，火把架在路的尽头，刚才自己看到的，应该就是火把的光亮。

　　这道路的尽头没有门，只有一幅巨大的挂画。这幅挂画上的色调和构图阴暗扭曲，画面上的人物、色泽和线条，无不传递给凯斯一种疼痛感，这幅挂画让凯斯很容易就联想到自己在警局的高档会客室里看到的那些装置在玻璃里的雕塑。

　　仔细一看这两样东西并不太一样，这幅挂画的风格要隐晦一些，甚至还隐隐有一种神圣感。但是凯斯认为这幅画和那些雕塑之间有一种隐秘的联系。具体的情况他也不知道，但是他相信自己的直觉。

　　他相信米雪儿留下这些记号是有目的的，她有些东西需要和自己交流。凯斯一边想着，一边用力推了推那幅挂画。果然，挂画上有一个活动板，只是这个活动板隐藏得有些隐蔽，当他用力掀动时，木板纹丝不动，而他轻推时，那木板马上向左侧滑去，露出一个只容一人通过的过道儿来。

他也害怕自己判断失误，如果这通道背后不是米雪儿，那他也不知道下一步该如何进行。

凯斯钻进过道，轻轻地拉上了那幅挂画。过道只能爬行。他爬到了过道口，那里有一架梯子，凯斯刚从梯子上爬下去，就听到了一个熟悉的声音："不错，比我想象的还要聪明。那三千五百元真的没有白给。谢谢你来得这么快。如果你不来，再等下去，我真害怕自己会疯掉。"

凯斯不用回头也能听出来说话的人是米雪儿。

"在风雪中冻了两个小时的人可没有心情开玩笑。"凯斯尽量用轻松的语气回敬米雪儿，同时搓了搓快要被冻僵的双手，"告诉我哪里有食物，我今天到现在为止可还没有吃到过一口面包。"

"从昨天开始我就在准备食物，但的确没想过你这么快就能过来。"米雪儿递给凯斯一件旧的毛呢大衣。

"这么说，这件事儿是你一开始就计划好的。"凯斯披上大衣，语气中有些不快，"三千五百元办这么大的案子可不行。"他半开玩笑半认真地说。

"我不可能计划杀掉阿姆塔奇的……当然不管你相不相信我，但我说过只要你帮我办这个案子，我可以给你加钱。你相信我，我有足够的钱付给你……只要我的身份信息不被取消就会有。"米雪儿急忙向凯斯解释。

"好吧。也该说点儿真话了。"凯斯注意到在地下室的桌子边上有个壁炉，壁炉前是个小型的餐桌，桌子旁摆了两把椅子。这些家具都不是凯斯办公室里的那种智能家具，而是一些木制家具，看成色应该有些年头了。不用细看也知道这样的家具，百分之百是莫斯特伯阿米克降临之前的做工。

桌子上摆了一个塑料罐子，里面装的液体里浮着一层红色泡沫，看样子应该是从食物发放机里领的啤酒，只是看起来已经有一段日子了，味道肯定不怎么样。凯斯想象着自己喝下啤酒的滋味。

靠近墙边是米雪儿搭建的床铺，被窝旁边的墙头放着一个廉价的红色打火机、一把绿色手柄已破裂的海员刀，还有米雪儿的围巾。围巾上还打着结，上面满是汗水和尘土，硬邦邦的。

看情形米雪儿这两天应该也出去过几趟。

凯斯注视着米雪儿熟练地切开从死神的食物发放机里领取的一个冷硬的面包，并把面包切碎之后倒进火炉边一个生锈的空罐头里，又从塑料罐里倒出水来，用手指搅匀捣碎后，用打火机点燃了蜡烛，就着蜡烛微弱的火焰加热了一下，然后将这罐面包糊糊递给凯斯。

"这些瓶瓶罐罐都是我在上面找到的。"米雪儿对凯斯说。

凯斯接过这罐面包，从这罐食物里，他隐约能尝出一点儿发霉的味道。但是他饿得太久了，没办法细究，只是三下五除二地将罐头盒里的食物吃完。吃完之后，他把空罐头盒重新放在桌上，在米雪儿对面端坐下来。

"说吧，案子和'冰墙'之间的联系。"凯斯语气平静地问。

"更多的信息我也不清楚，你知道的，我从那个庄园逃出来之后，关于庄园里的记忆好像都缺失了。我不知道自己到底是谁，马克西姆带我去信息登记处刷脸识别后，身份登记系统里有我的信息。我叫米雪儿，可是我总觉得这个名字也是编造的，但是你问我到底叫什么，我自己也答不上来。我觉得所有的秘密都藏在那座冰冷罪恶的庄园里。我知道自己终究有一天要回到这里的，只是没想到会这么快。"

凯斯听得出来，米雪儿正在极力克制自己的情绪，但是在说起"冰墙"的事情时，她的声音还是忍不住有些颤抖。

"从那个时候起，我就会在这里存一些食物。这里算是我的一个秘密基地，我想，如果我到这里来办某件事儿——你知道的——我总是需要一些水和食物，所以我会固定给温泉旅馆的老板一些钱，让他帮我从食物发放机里多领一些食物，存在一个只有我和他知道的地方。"

"有哪些是你记得的，关于'冰墙'？"凯斯尽量用柔和的语气询问米雪儿，"我看过一段视频——关于多莫发表演讲的视频——我想你应该也知道这段视频，如果你对这里的信息总是又关注又害怕的话，希望我的揣测没有冒犯你。"

"你说的是，他在大厅里的那段演讲？"米雪儿睁大眼睛，显然她的确看过这段视频。

"我记得……而且我也看过。"米雪儿的双眼突然被某种东西点亮，她回答凯斯说，"那个大厅里，就在那儿，那里有一个从飞船上切下来的碎片。维尔·多莫一开始是希望把这个庄园变成一个研究所，他引进了很多科技，包括那些违背伦理的科技，他也无所谓，他是个疯子，也是个天才。他最开始造了一个飞船。"米雪儿一边说，一边端起桌子上的装满红色啤酒的罐子，喝了一口红色啤酒，定了定神。

"按照维尔·多莫的构想，那座船坞里伸出的舷梯是埴轮号舷梯的华丽版，适用于纺锤体自转造成的重力环境。波浪形的通道以内置的水压机分割，每个接口都有高强度防滑塑料圈，也兼作阶梯。舷梯绕过埴轮号进入加维号气密门，刚开始是水平的，随即急转向左上方，需要垂直向上爬过埴轮号游艇的外壳。这样可以抵御极寒天气，也能尽可能地避免失重环境带来的影响。他花了很多钱造这艘飞船，你想象不到的是，据说当初他把庄园的地址选在这里，就是为了最大限度地模拟太空里寒冷的环境，他想测试飞船的性能，看看是否像一开始设想得那么好。"

"这些是你亲眼见到的，还是只是听说的？"凯斯知道泰西尔－埃西普尔公司的科技报道并不少，但是在凯斯看来，很多所谓的科技产品无非就像自己在街上看到的悬磁浮玩具车一样，只是一种概念的炒作，离真正实现还差着十万八千里的距离呢。

"我也不知道这是真的还是假的。说真的。"米雪儿的样子不像是在撒谎，"因为我不确定我自己的记忆哪些是真的，哪些是别人给我装载的……"米雪儿指了指自己的大脑。

"好吧。"凯斯也有些无奈，"为什么要甩开那些警察，如果和他们合作，或许你的事情办起来更顺利些。"

"不行。这件事儿，我靠的是直觉。警察局里面混蛋的比例比外面人的更高，他们里面有些人，对 dormer 庄园的事情早就惦记着，他们巴不得有个机会能搜查多莫庄园呢，但是，一旦'冰墙'装置真的启动了，我们就再也进不去了。"米雪儿对凯斯说。

第二十一章

"如果要进去的话，需要准备些什么东西？"凯斯有点儿迷惑地叩了叩桌子。

"不介意跟我来一下吧。当然如果你困了的话，就明天再说。"米雪儿站起身来，理了理衣服。

凯斯这才注意到，她穿了一条旧的棉布长裙，和自己在老照片中看到的那些修女一样，应该是她在教堂里找到的衣服。

"衣服不错。"凯斯冲她点了点头。

"这样比较容易给腿上的伤口换药。"米雪儿指了指放在床角的一个小的药箱。

"看来她的确准备得很充分。"凯斯想。

"往这里走，那些东西都在另外一个房间里。"米雪儿拉了拉手柄，壁炉轻轻转动，露出了一扇门来。

凯斯从门口往内瞧了瞧，里面黑洞洞的，但是隐约可以看见一些影子影影绰绰的，以及一条黑黝黝的长廊。米雪儿从桌子上拿起那个打火机，就着室内的微光快步走到长廊门口，取下了挂在墙壁上的火把。她按下打火机，腾的一声便将那支火把点燃了。

"这应该都是以前留下的，还能用。我昨天检查过的。"米雪儿对凯斯解释着。

凯斯张眼望去，只见墙上还挂着许多碧色的火把，每支火把旁边都镶嵌着一盏青铜鲸灯，只是灯油已经凝固，上面落满了灰尘。就着火光看去，走廊上也铺满了一层厚厚的灰尘。回廊很宽，两侧有一些古罗马、古希腊的铁像，只是因为年代久远，有些铁像手中的武器掉在地上，有些铁像的头已从身体上掉了下来。回廊每个拐角处都安置了一个巨大的铜鼎，古拙的巨大鼎身上铸刻着狞厉的怪兽，每三只旋绕在一只鼎上面，将沉重的鼎身高高支起。

"这座教堂应该有些年头了吧，我觉得有三五百年了似的？"凯斯轻声问米雪儿。

"具体多久我也不是太清楚。但是以前这里是一个举行仪式的地方，后来这里的神父说，耶和华是我们唯一的真身，所以就在上面修建了一座教堂，就是你看到的那栋建筑。"米雪儿答道。

"原来如此。看来只有深入其中才会了解，原来教堂的秘密都在地底。"凯斯讥诮地说，"很多宗教背后都有些阴暗的勾当。"

"大概是吧。"米雪儿在前方举着火把小心翼翼地在前面带路，脚下都是一些零碎的物件，她可不希望一不留神被绊一跤。

两人顺着这条宽阔的回廊一直走到了一个大厅内。这座大厅是典型的哥特风格。吊顶很高，凯斯估摸着大概有平常的两层楼那样高。

大厅十分宽敞，二十四根大理石柱撑起巨大的穹顶。青色巨龙沿着石柱盘旋而上，最后在交汇处，形成一方极具中世纪欧洲宫廷特色的穹顶。大厅一头描绘着古老的壁画，凯斯看着像是北欧神话里"诸神黄昏"的图景，这幅壁画占据了整面墙壁。顶座垮塌了，地上落着一面徽旗的旗杆，旗杆上装饰着龙纹。

"这里正上方是祈祷室。以前唱诗班用的。"米雪儿一边把火把悬挂在墙上，一边指了指两人的头顶。"这里可以听见上面的声音，但是上面的人看不见下面的人在干什么。"米雪儿转向凯斯说道。

"这里是个偷窥室。"凯斯回道。

"别说得那么难听，平时不会有人在这里偷窥什么。"米雪儿对他揶揄的口气有些不满。

"事实上不管有没有人那样做，也改变不了这里的性质。"凯斯笑了笑。

米雪儿不再说话，细碎的白光从两人头顶上的祈祷室穿了过来，落在灰暗的室内，令人感到一种阴沉的清冷。

大厅的正中央是一座水晶台，罩子之中放置着一袭黄金战甲，在火把的映照下，显得十分璀璨夺目。精细的花枝镂刻在盔甲表面，金丝织成的天女在铠甲的每个角落中飞翔着，祥云构成了甲身那精致的线条，看上去是那么华丽、飘逸。一副黄金面具安放在战甲正中。面具被制作得狰狞而扭曲，头部两侧穿着一根长长的金棒，看起来像是有人透过面具将这根金棒穿进了主人头中一样。

米雪儿小心翼翼地绕过了那座水晶台。

"小心一些过来，尽量别碰到这东西。"米雪儿叮嘱凯斯。

不知道为什么，凯斯看见这些东西，脑中忍不住想起了索婆阿腾纳斯这几个字，他立刻回忆起来，这个名词应该是他那天在警察局从两名狱警口中听到的。那是他们议论警察局的那个混蛋局长西蒙时所说的一个名词。但是很明显，这些东西从成色上看应该有上百年了，几十年前西蒙这混蛋杂种还是一个受精卵。但是从眼前的这东西上，凯斯能隐隐察觉出它们之间有某种神秘的相似性，只是一时不敢肯定。

"来吧。"米雪儿见凯斯盯着那副战甲，连忙出声催促，"我不敢确定这个东西上有没有什么神秘的机关，但最好别碰。看见底座上刻的字了吗？"米雪儿冲着安放黄金战甲的底座努了努嘴。

凯斯这才注意到，底座上刻着一句古老的谶言——邪恶事件起因于邪恶。如果恶完全变成不堪忍受的，它也将自灭。

"好吧。"凯斯学着米雪儿的样子，小心翼翼地绕过了那个底座。

米雪儿推开大厅左侧的一个暗门，看见凯斯进来，米雪儿又小心翼翼地将暗门关上。

"顺着这里爬上去。"米雪儿指着一个悬梯对凯斯说。

凯斯这才看见，悬梯从一个敞口的板房上垂下来，从他的角度看去，只能看见板房的玄铁底托着一些陈旧的木板，至于板房里有什么东西，从下面一点儿也瞧不见。

"这里是座旧阁楼，这架木梯可以收起来。"

凯斯托着米雪儿上了那架老旧的木质悬梯，米雪儿很轻，并不太费劲。

"谢谢你。"米雪儿顺着敞口爬上了阁楼的板房，趴在木板的边缘将凯斯拉了上来。

"这里看起来就像一个储藏室。"凯斯站在板房边缘，帮米雪儿收起悬梯。

"这里是马克西姆他们发现的，后来就成了我们的秘密基地。从这个玻璃窗里面可以看见外面。"米雪儿站在玻璃窗边招呼着凯斯。

凯斯走到米雪儿身边，从米雪儿的角度望过去，果然看见一片白茫茫的雪地，以及空中飘舞着的雪花。

"这里是个阁楼，以前我和哥哥在这里储藏了很多东西。"凯斯看着米雪儿向自己逐一介绍一堆旧磁带、老式的电子游戏机和一些碟片。

"你叫我来这里应该不仅是给我看你以前的回忆吧。"凯斯扫过那一堆旧物，这些应该都是在网上淘的，有很多古老的音乐碟片和影视碟片，其中有几张音乐碟片在莫斯特伯阿米克降临之前应该就已经停产了。

"当然不是为了这些。你看看这个。"米雪儿一边回答凯斯一边飞快地在地上一堆碟片里翻拣着。

凯斯这才注意到，原来这里还有一台旧的电视机，电视机上接着游戏操作的手柄，下方连着一个老式的录像播放机。

"就是这个。"米雪儿从一堆旧碟片里找出了一个蓝色盒子装的录像带，并将那盘录像带插进了录像播放机之中。

她打开了那台老式的彩色电视机。一片雪花过后，电视机中跳闪着几道白色的波光，看样子这录像带和电视机都已经十分老旧。

播放录像带的机器在读带时发出了一声尖锐刺耳的噪音，与此同时，凯斯听见窗外的风不知道吹翻了什么，发出了哐当一声脆响。

米雪儿拍了拍破旧的电视机，抱歉地对凯斯笑了笑："抱歉，可能稍微有点儿故障，放心，我一会儿就能修好。"凯斯见她从电视机背后拖出了一个铁盒子，里面放着各种检修器具。

"还是我来吧。"凯斯认真地调试了一下录像播放机的接口和几个插孔，又用过期的清洗剂清洗了一番播放机上的灰尘，这才将录像带重新放进去读取信息。

"应该庆幸这种老式的机器我以前见过。"凯斯一边维修，一边开着玩笑。

这一次读带比较顺利，并没有卡带。

"这方面男人总是会稍微利落点儿。"凯斯对米雪儿摊摊手。

"那我姑且把这举动看成是一种绅士行为，谢谢你。"米雪儿对凯斯温柔地笑了笑。

她笑起来两只眼睛呈月牙状，在这种静谧的环境里，突然泛起一股暧昧的氛围。

那台老旧的彩色电视突然出现了画面，凯斯看着碟片中的画面，这才发现原来这张碟片是一个关于某次发生在马普尔镇附近的新闻事故的报道。

看画面，应该是莫斯特伯阿米克降临之前的景象，因为凯斯清晰地看见画面里除了山顶积了一层薄雪之外，整个山体都是苍翠的。他根据画面推测，事故发生的时间应该是冬天，因为车辆附近那些树木的枝杈上都落满了积雪，湖面上也已经结冰了。

从晃动的画面上，凯斯看见了一辆老牌的汽车。车子里应该有人，下一秒，车子里的人好像听见了响动，刚刚摇下车窗时，车子忽然发动了。

紧接着车里传来一声惨叫，那辆车便向着瀑布下的冰湖冲了进去。

第二十二章

"倒回去再看一遍。"凯斯盯着画面里那辆冲入冰湖的汽车。

"好的。"米雪儿熟练地操作着录像播放机。

"这盘录像带是从哪里来的？"凯斯一边紧盯着屏幕中的画面，一边询问米雪儿。

"马克西姆给我的，他告诉我，这盘带子是他从 dormer 庄园偷出来的。有一次他闯进了 dormer 庄园的地下档案库，然后……绕过了那里的摄像镜头和管理人员——他说这盘带子被单独锁在一个地方，所以他想着里面可能有什么重要的内容，就偷偷把这盘带子拿了出来。"

"听你这么说，庄园的档案库管理也太松懈了。"凯斯又一次掏出了他的纸和笔，飞快地记录着画面的信息。

米雪儿看见了凯斯的动作，停下来望着凯斯记录这些信息。

"快进一下。"凯斯指挥米雪儿继续操作录像播放机。

"对，就是这里，停。"凯斯急速地吩咐米雪儿，"倒回去一点点。"

米雪儿不明就里地望着凯斯，但是还是操作着录像播放机，将画面向后倒去。本来就已视效模糊的电视机在她的这套操作下又开始闪屏了。

"好了，就是这里，别动。"

凯斯让米雪儿按下暂停键，电视机的画面停留在那辆汽车向湖面冲过去的那一瞬间。

凯斯走上前，用笔指着玻璃窗边的一个淡金色的虚影对米雪儿说："看到了吗？！这里，有一条淡淡的金色虚线，如果不是迎着光照，根本就发现不了。"

米雪儿被凯斯的话吓了一跳，她定神在画面中仔细分辨时，发现果然和凯斯说的一样，一条淡淡的金色虚线似乎穿过了汽车玻璃。在这条虚线穿过玻璃窗之后，司机才开始慌乱，正是因为这样，他才在惊恐之中踩下了汽车油门，将汽车开进了冰湖之中。

"这是怎么回事儿？"米雪儿似乎也被眼前的景象吓了一跳，但是她很快就平静下来，认真地咨询凯斯。

"我也不知道，得查过之后才能明白。这个世界上本来就有很多未知的东西，莫斯特伯阿米克为什么会降临，为什么所有的动物植物在它降临后就一瞬间消失不见，这些……也没有人能说得清。"

"这么说，这盘录像带应该是 dormer 庄园的缘起？"米雪儿有些恍然大悟。

"我现在也不确定，如果录像带里发生事故的这个冰湖是 dormer 庄园的那个冰湖的话，那当初维尔·多莫买下这片地的动机也并不像他自己描绘的那么单纯。"

米雪儿显然并没有像凯斯那样能快速地把这两件事儿联系起来，她紧皱着眉头，在脑海中梳理着这两件事儿的关联性。

她对很多事情的判断并没有凯斯那样的直觉。那是多年的侦探生涯带来的生理性经验，她当然理解不了。

凯斯想的则是另外一件事儿。他想起了赛洛所说的，关于神经网络计算模拟难度的那番言论。

如果有一个特殊的……能激发人潜能的空间磁场，或许赛洛所说的场景就能够实现了。

凯斯用笔敲打着自己的旧笔记本。他找到了维尔·多莫当初买下这片地的一点儿线索，但是他也并不能推测现在的泰西尔-埃西普尔公司的科技已经发展到什么程度了。

凯斯想起了自己看过的那些科幻片，结合在电视机视频里看到的那辆冲入湖水的汽车，觉得不管 dormer 庄园里是什么情况，都不是自己能轻易应付的。

他抬起头，电视机里的那段视频已经放完了，这些画面似乎都是摄像头拍到的。凯斯掏出了赛洛给他的手机，输入了自己刚才在视频中听到的几个关键字，终于在一家小网站上看到了后续的报道。

米雪儿来到凯斯身边，盯着凯斯搜索出来的新闻页面。

她被眼前新闻页面里显示的图像吓了一跳。新闻里显示的应该是救援的画面：一辆重型吊机架着几条钢梁，正在将那辆车吊起来。从他们的着装上，凯斯能辨识出来，这个庞大的救援队里应该有一些医护人员和救援人员，正在紧张地将车内的人抬出来。一个穿着蓝色防水连身服的人从一辆圆滚滚的医护车里走出来，站在车子的一只抓臂旁边，抓臂以活塞驱动，却采用拟人外形，样子看起来很古怪。在机械臂的关节处有一些滑轮，大概是因为承重需要才安装的。在画面里，外围还有一些人在围观。

凯斯查看手机显示屏下方的信息，对米雪儿说："这场打捞行动应该是一周后展开的。"

米雪儿点了点头，核对了一下录像带里新闻页面上的时间，果然一周后打捞队才赶过来。

画面里一切看起来很正常，如果不是米雪儿给自己看了这盘事故录像带，这就是一个简单的疲劳驾驶的车祸而已。但现在看来，这件事儿并没有那么简单。

录像带播完了，录像播放机跳出了自动关机的界面。

"赶紧回去吧。这里不是久留之地。"凯斯对米雪儿说。

两人正要下楼之际，忽然听见了头顶上传来一阵细细的嗡嗡声。

"小心！"凯斯的反应速度很快，他拉着米雪儿闪身躲到了旧电视机后面。顺着眼角的余光望去，一样东西带着嗡嗡的轻响，从暗处冒出来，附在那扇透明玻璃窗上。

这东西长得像凯斯在画册中看到的一个以前叫作"蜘蛛"的生物。一样又弯又长的细腿上，球形的脑袋正在左摇右摆，发送出漫射热能扫描，随后停住不动。

那是一台博特朗牌自动探测仪。凯斯见过一台同一型号的，是克利夫兰的一个销赃客打包送给赛洛的，后来被赛洛改装后安装在了那台电子狗身上。这东西整个看起来就像只长着黑色长腿的大型蜘蛛，当然球形身体还没一个棒球大，球体上挂着两盏微型的红色探视灯，一旦启动监视设置，这两盏红灯就开始闪烁。

现在，这东西正往凯斯和米雪儿刚刚坐过的地方扫视。

凯斯的旧本子和笔落在地上。他似乎看见那道看不见的红光正穿过玻璃，扫射着自己在本子上记下的每一个字。

"该死的！"凯斯暗暗在心中咒骂了一句。

这些混蛋这么快就追过来，这一点令凯斯有些吃惊。看样子，dormer 庄园真的有一些要紧的东西。

红色的探照灯扫过凯斯的旧本子和笔，又转着圈向凯斯和米雪儿藏身之处扫射过来。米雪儿悄悄地站起身，用右腿支撑身体的重量，和凯斯一起缓缓向暗影退去。

红色的扫描仪光芒从两人刚才的藏身之处掠过，凯斯和米雪儿看着那台小小的自动探测仪朝后退去，巧妙地绕过一条大梁，回到暗处，又对整个敞口的板房扫描了一圈这才嗡嗡地向后退去。

如果不是雪地里太寂静，能听见一点儿嗡嗡的声响，刚才那台扫描仪退后之后贴在暗处的时候，他们几乎要以为这台无人监视器已经飞走了。

"狡猾至极的小混蛋。如果被我抓住，一定撕烂这东西的腿。看样子这里也不能待太久了，收拾一下东西，我们赶快离开，我知道去 dormer 庄园的一条小路，但是……"米雪儿皱了皱眉头。

"不行。你得休息一阵。听我说，dormer 庄园的东西不会消失的。但是你的伤口不能再恶化了。"凯斯阻止了米雪儿的动作，"听我说，我知道什么时候该做什么，今天他们已经检查过了，这里暂时反而是安全的。"

"好吧。谢谢你，凯斯。"米雪儿望着凯斯的眼睛，真诚道谢。

"今晚就在这间板房里过夜。"凯斯扫视了一眼四周，电视机背后的阴影处还有那么一点儿宽敞的地方，"我去取药箱，顺便把食物发放机里的食物也拿点儿过来，不管怎么说，这些东西吃了对你的伤还是有些作用的。"凯斯吩咐着米雪儿，他就着赛洛给自己的手机看了看时间，离天亮应该还有五个小时的样子。

"嗯。"米雪儿接受了凯斯的提议，她用右腿支撑住身体靠在墙板上，双手去取悬梯，凯斯帮助她把悬梯放下。在凯斯离开之前，米雪儿对凯斯说了句："那你自己也小心一些。"

凯斯点了点头。米雪儿看着凯斯顺着悬梯慢慢下去。

下了楼，凯斯冲着米雪儿点了点头，示意她把悬梯收好。他自己则打开了手机上的手电，重新绕回了那个大厅中。他们过来时点燃的火把，仍然挂在墙壁上，凯斯一边在心中责备自己的粗心大意，一边沿着来路向米雪儿那间有壁炉和床铺的房间走去。

第二十三章

凯斯重新绕过那个摆着金色战甲的大厅时，吹灭了火把，就着手机的光亮前行。

刚才两人过来的通道里仍然是空旷死寂，只传来风渗进来的呜咽的回响。

快要走到壁橱的时候，凯斯警觉地贴着墙壁，放轻了脚步。他想他们来的时候米雪儿应该关上了壁橱的通道门，而现在整个屋子静得可怕，每当外面刮风时，在这个站满雕像的回廊里就能听见阵阵呜咽。

手机的手电光将那些黑铁雕塑的影子拉得很长。凯斯关上了手机的手电筒，贴着老式壁橱的背面听了一阵，确定屋子里没有人进来过，这才轻轻转动了壁橱背后的扭台。

老式壁橱发出低沉的旋转声，慢慢转出了一个可以容一个人闪身通过的出口。凯斯从出口中闪身而过，迅速收拾了米雪儿的药箱和衣服，又把通向这间屋子的通风口用铁片暂时钉死，这才又顺着通道跑到了米雪儿所在的阁楼。

米雪儿还没睡。凯斯顺着悬梯爬到了阁楼上，他刚准备说话，听见吱嘎一声，头顶上忽然传来了窸窸窣窣的响声。

包着深灰色仿麂皮的教堂门竟然被人轻轻推开。米雪儿对着凯斯做了个噤声的手势。两人听着头顶上传来一阵脚步声，似乎有人走进了教堂祈祷室的那扇窄门。

"很好，这里还有一堆烂木头，可以把它们烧掉。对了，你这里有没有打火机？唉，莫斯特伯阿米克降临后，生活一点儿都不方便，据说以前住在这里的人都能烧一种叫作'树'的东西来取暖。"头顶上一个粗暴的声音嚷嚷着。

凯斯听到一阵椅子挪动的声音。

"听说托卡组织办的那种赌博比赛，第一名可以赢一块儿真正的牛肉。你信吗？我总觉得那是肉人的肉冒充的牛肉，我不相信这个年代还有牛肉。"那个粗暴声音又像是在跟人对话，又像是在喃喃自语。

从他来回走路的脚步声里，凯斯判断他应该是一个大块头。

"当然，当然，我相信，对于生意人来说，噱头是最重要的。是什么肉有什么要紧的呢？反正我们这个年代里也没人吃过牛肉，你想把那块肉当成牛肉也不是不行。"一个尖细的声音回应着那个大块头的抱怨。

原来还有一个人，凯斯竖着耳朵听着，这个尖细的声音听起来年纪不算大，但是从这个人说话的语气里，凯斯都能闻出一股狡猾的味道。他和这种家伙打交道打得太多了，这种混蛋通常都是想要坐收渔利的谋划者。

"好吧。我也是这么想的，不管是什么肉，能让我尝一口就行。"那个粗暴的声音听起来充满了对那块肉艳羡的感觉。

真是个头脑简单的家伙，凯斯在心中暗想。

"别告诉我你是因为想要赢得那块肉才输了个倾家荡产的。告诉我，托马斯，你杀过人吗？"尖细的声音询问着头顶上的那个大块头。

"当然杀过。你还记得那个小娘儿们吗？说是来马普尔看雪景的，她请我帮她拉行李，我把她拉到了荒野，然后就处理了她。嘿嘿，不过她身上没有什么值钱的东西，我卖了她的手机和衣服，现在这点儿钱早就输光了。格尔，你说那个躲在教堂里的妞儿有很多钱，不知道够不够买一个肉人？"凯斯和米雪儿躲在阁楼里，听着头顶上这个叫托马斯的人说起自己的杀人经历，竟然一点儿也不含糊。

"好吧。原来如此。我看见过她和我爸爸的交易，她告诉过他，她不缺钱，只要能给她足够的食物和衣服，另外，还要帮她保密。"

凯斯听到这里，忍不住与米雪儿对视了一眼。

米雪儿早已经把凯斯落在地上的旧笔记本捡了起来，就着外面的余光，凯斯看见她在笔记本的空白页上写了几个字，细细辨认便知道，米雪儿写的是"温泉旅馆——格尔"。

一瞬间凯斯就明白了米雪儿的意思。他结合前因后果想了想，立刻就知道了事情的缘由。

"要我说，如果真的说有钱，维尔·多莫那个老家伙造的庄园里，应该有一大笔财富。他以前想过造飞船，还做过改造人体的实验，这些都是我爸爸亲耳听到过的，听说这里可以开采某种稀有元素，所以这个老家伙才把庄园的地址选在了这里。"那个叫格尔的人说，语气中掩盖不住对 dormer 庄园的向往。

"这种稀有元素，难道比牛肉更好吗？我还没尝过肉人的味道，据说肉人的味道比真人要好，而牛肉的味道比肉人要好……"托马斯舔了舔嘴唇，似乎在畅想着这几种肉类的味道。

头顶上传来噼里啪啦的火星飞溅的声音，凯斯心想，楼上的那两个混蛋应该已经把火生起来了。

米雪儿紧抿着嘴唇。凯斯知道，当她发现他们打劫的目标是她时，她就有足够的理由杀了这两个混蛋。米雪儿的内心绝对比她表面上看起来要坚强。在凯斯看来，她对自己对别人都足够狠。凯斯能感觉到那种架势，就像他看到的老电影里面那些西部牛仔和敌人拼命的架势。她像一只潜伏在暗处的野狼，伺机报复每一个伤害她的人，但是从凯斯这几天对米雪儿的观察来看，他认为这个女人有足够的勇气和头脑，哪怕忍着腿部剧痛，依然带着这样的底气和姿态。

她忍着对那两个家伙的恶心听着他们话里的信息，凯斯知道，现在每一点关于 dormer 庄园的信息，都会对他们明天的行动有所帮助。

"据说那个叫维尔·多莫的老家伙以前研究发现，"格尔的声音再次从头顶上传来，打断了凯斯的遐想，"有些地方会有丰富的稀有金属元素，这些稀有金属元素对人体有害，有的有放射性，但是却是建造飞船的必需品。所以他偷偷在这里建了一座庄园，事实上，他搞的是黑暗物质的研究。庄园里有一座地下城，就和他们那些人说的黑市一样。"

"你是说，这座地下城里也有肉人的肉出售吗？"托马斯三句话离不开吃肉的消息。

凯斯听到这句话，忍不住在心中骂了一句。他想，他现在的心情和米雪儿一样，恨不得让那个叫托马斯的家伙马上闭嘴。

格尔对 dormer 庄园的描述，让凯斯想起传闻里那些充满秘密的军事基地。

战时 M 军建立过很多这类基地。凯斯参观过一次，那里面罗列着各种先进的设备，有很多难以想象的东西。后来凯斯退役了，做侦探的时候，在佛理森特，他常常因为战争留下的后遗症难以入眠。在那些低密度区的凌晨会有短暂的寂静，成群蚊虫在黑洞洞的商店门口绕着那些 LED 灯光飞舞，凯斯凝神站在窗边时，会有一种麻木的期望带来的一种张力。

通常这个时候他会选择玩儿一阵电子游戏来麻痹自己的神经。如果不这样，他就很难把注意力转移到另一件事情上去。

在那个时刻，凯斯会感觉到周围都是沉睡的居民，那些无聊的生意都被暂时搁置，那些徒劳和重复即将再次苏醒，而他却对这个将要苏醒的世界毫无兴趣。

"这两个混蛋是我的。"米雪儿在凯斯的旧日记本上写下了一行凌乱的大字。

她从药箱里取出了一根针筒，针筒里吸满了凯斯叫不出名字的药剂。米雪儿脸上痛苦的表情透过注射的药力慢慢渗出来。她并没有发出一丝声响，只是紧紧咬着牙，控制自己的呼吸。

凯斯这才想起来，他们在这里说话，上面并不会听见，只是两人的精神太过紧张，一时间都忘记了这件事儿。即使现在两人想起了这一点，还是不想大声说话，因为他们并不确定这里的隔音效果是不是像米雪儿说的那样好。

在米雪儿翻检药箱的时候，凯斯看到了一把枪。不知道米雪儿从哪里弄来的，但不得不说，有一把枪，对凯斯而言，确实是个好消息。他的枪在警察局被那帮混蛋没收以后，每次把手伸进大衣口袋的时候，他都失掉了那种熟悉的安全感。

米雪儿把枪递给了凯斯，她告诉凯斯，等她杀了头顶上那两个混蛋之后，这把枪就由凯斯保管。她相信凯斯的射击技术比她强，更何况现在她腿上还有伤。

"这堆旧木头烧掉后就再也没有啦。"头顶上的托马斯扬扬得意地说了一句。

"那当然，莫斯特伯阿米克时代，除了人类，没有任何活物。"格尔回了一句。

"所以，如果烧这堆木头的时候，没有烤肉，那就是暴殄天物。"托马斯不满地嘟囔了一句。

凯斯和米雪儿听在耳中，心想如果自己是那个叫格尔的家伙，听到这句话时应该早就抓狂了吧。

"谁？"格尔惊觉的声音从头顶上方传来。

缩在暗影中的凯斯和米雪儿刚才听见的那种嗡嗡声再次从头顶上传来。

第二十四章

这是一座人迹罕至的岛屿。

一座现代化建筑依山而建，远望过去，建筑的外观被设计成了岩石的模样，连墙也被漆成了与岩石同样的颜色，只有进入建筑内部的人才会知道，这栋古旧的建筑物内部现在正装备着全世界最先进的科技研发体系，在建筑的地下二层，是面积三千多平方米的实验室，正在研发着代号为"克劳斯特"的一种新型能量源。矗立在群岛深处的现代核心，与这个古老的、残留了许多中世纪建筑旧迹的岛屿之间形成一种奇异的反差。洛曼抬眼看了看天色，又低头瞧了一眼自己那款现代化的手机，确定了是在岛屿边缘水天相接的明暗交汇处，一道飞行的痕迹划过天际，天幕边缘有一道裂痕和伤口。

在岛屿的灯光中，可以清晰地看见两尊十二尺高的石像屹立于岛屿的入口处。这两尊石像看起来年代有些久远，有许多地方已经因风蚀剥落。

带着坎贝尔家族标识的直升机缓缓降落在岛屿前的石台上，飞机舱门打开，舷梯从舱门口放了下来，几个身穿黑色西装的保镖率先在前面开路，身后跟着的，正是军工大鳄坎贝尔。

"这边请。"洛曼毕恭毕敬地在前方引路。今年是他为坎贝尔家族服务的第十九年了。坎贝尔家族为他提供了实验室、实验材料和数不尽的人手，但是目前卡在瓶颈期已经三年多了，始终没有办法突破。目前"克劳斯特"已经推进到最后一步了，但是因为欠缺了"神谕"这种神秘物质，所以始终无法完成最后一步。

洛曼与坎贝尔乘坐电梯缓缓下行。在电梯的下方，是坎贝尔家族科技研发中心最豪华的中央操纵室。

众人来到中央操纵室时，西蒙已经带着一批人坐在这里等着了。中央操纵室里，洛曼调出了马普尔的数据交换的图形界面。这个图形界面目前已高度简化。在他的操作下，这个图形一分钟内就被传导到了围坐在圆桌上的各个大人物的平板电脑界面上。

"这是这两个月监测'冰墙'之后得到的新数据。"洛曼一边往众人手中的平板电脑发着各种数据，一边解释各种数据波段的含义。

"从上次测试到现在，已经过了多久了？"坎贝尔敲了敲桌子，站在他身侧的助手马上从手边的一个铁盒子中取出了一根高级的人造雪茄，并用剪刀帮他修理好，递到了他手中。

坎贝尔接过雪茄，意味深长地吸了一口，同时扫视了一眼平板电脑上的数据。现在在座的这些人是不可能彻底了解 dormer 庄园的。他很小的时候就听过关于这个地方的一些传说，是关于这里奇异的地下磁场的，但那已经是很久远的事情了。仅凭现在的新闻报道的确很难了解这个地方，新闻里对 dormer 庄园的介绍和现在泰西尔－埃西普尔公司是两件事儿。

说起来，当初 dormer 庄园最繁华的时候，可以算得上是色情业和金融业的枢纽，简直可以称得上是另一个拉斯维加斯，是一座巴比伦的空中花园，是地球轨道上的日内瓦。更有人说，那里是一个工业皇室，因为据说泰西尔－埃西普尔公司的那些高层管理一向和皇室一样崇尚近亲联姻，以此来保持血统的纯正性。

"dormer 庄园。"洛曼碰了碰操纵板又开始操作，桌面上的全息投影仪放出的影像逐渐聚焦，画面上逐渐显示出 dormer 庄园的骨架，图像全长接近三米。"这里是赌场。"他指出，"这一带是酒店、私人公寓和大商店。"他指着另一个地方，"蓝色区域是湖泊。"他走到模型一头，指着一片黑暗的区域说，"根据测试显示，'冰墙'对这里的保护最严密谨慎，如果是这样的话，初步预计，泰西尔－埃西普尔公司真正的核心机密应该就在这块区域。"

"嗯，继续监视。"坎贝尔翻看着数据，转头向西蒙询问道，"有没有那两个人的消息？"

"暂时还没有。"西蒙关掉了电脑，漫不经心地答了一句。

"上次答应过你的投资，这两天会继续追加。"坎贝尔看着西蒙，轻轻敲了敲桌子。

"嗯。"西蒙点了点头，"泽维尔律师的话已经成功诱骗了那个叫凯斯·史密斯的混蛋，现在只要盯着他们俩就行了。"

"无人机修理的费用刚刚已经到账了。"西蒙身后，一个五大三粗的狱警附在他耳边说了一句，很显然坎贝尔也听到了这句话。

西蒙点了点头："放心，我会继续追加人手的，但是你要相信，以前有一句古话是怎么说来着……在猫抓住耗子之前，总是会先玩儿一阵的。"

坎贝尔意味深长地看了西蒙一眼，他有理由怀疑这句话应该是西蒙临时背下来的套词。但这本来就是一笔交易，区别只是，到底是明面上还是暗地里的交易。

"我听说'冰墙'的时候，我是说，那会儿它还只是个构思。"西蒙若有所思地看着洛曼放出来的那个立体结构图。

"现在坎贝尔公司研究出来的隐形病毒是渗透性的，这种病毒不会强行地攻击'冰墙'的数据的，它会和冰墙慢慢交互，慢到'冰墙'本身自带的修复系统都毫无知觉。渗透性病毒的逻辑内核就是这样，它可以偷偷摸摸进目标，一路产生突变，变得和'冰墙'结构一模一样。然后就咬住对方，主程序切入，围绕着'冰墙'的逻辑不断交流，在对方察觉到不对劲的时候，早就已经和它融为一体了。"洛曼不遗余力地向几个各怀心思的人展示着自己最新的研究成果。

"恐怕用不了那么久。我认为，只要盯紧这个叫米雪儿的女人，一定会有重大发现。"西蒙眯着双眼，不以为意地看着眼前的这些数据模型。

"我真希望你能一直这么乐观，但是或许你也可以考虑一下其他路径看看。"洛曼看西蒙走近，在他预备用手触碰显示屏之前将模型关掉了。

"那就试试看吧。有时候，你们这些人就喜欢把简单的问题复杂化。照我看，还是简单粗暴的方式解决问题最有效。"西蒙一边走一边说，触摸着眼前这堆金属，掌沿从光滑的切面上滑过，似乎是在仔细查探着什么。

"dormer 庄园里的那样东西有什么价值，我相信你和我们一样清楚。西蒙，有了这个东西，我想，我们俩想要的东西都会实现。所以，如果你能对这件事儿上点儿心的话，问题可能会解决得快点儿。"抽完雪茄的坎贝尔终于发话了，他的声音里并没有太多情绪。

他对身边的人使了个眼色，其他人陆陆续续地走了出去，只剩下西蒙、洛曼和他身边那个帮他剪雪茄的人。

他看了洛曼一眼。洛曼立刻重启了显示屏，看着全息影像中基座上一件镶满珠宝的东西用婉转的声音说道："dormer 庄园的建筑师们费尽心血，想要掩盖一个事实：'神谕'磁场里控制这些电流主脑的关键就在于这个金属片。在

dormer庄园里，众多的结构覆盖住纺锤体内壁，不断流动，相互联结，共同指向上方那个微型电路构成的坚硬内核。他们管这个金属片叫'神谕'磁场，据我了解，这才是泰西尔－埃西普尔公司的核心，其中贯穿许多狭小的虚拟维修通道，但是只有'神谕'磁场才能承受这种海量数据，同时检索机械老化或被破坏的种种痕迹。"

"当初选择这片群岛，其实也是希望能找到另一片'神谕'磁场。据说，莫斯特伯阿米克降临之后，有五片'神谕'磁场，每个磁场里都会有一个金属片，掌握了这个，技术上就能突飞猛进。"洛曼看了坎贝尔一眼，见他默许，便接着说道，"坎贝尔的家族当初和多莫家族一样古老，这里面的错综复杂的关系就不用我详述了。"

"多莫家族的泰西尔·多莫和埃西普尔·多莫算是第一代，但是他们当时只是勘测出了能量场，如果没有维尔·多莫，这件事情恐怕永远也无法完成。只能说，这个人是个天才，也是个疯子，当初他们利用泰西尔的技术爬出重力井后，便发现他们需要空间。他们建立起dormer庄园来攫取这些新兴的财富。他们越来越富有，也越来越自我，他们在庄园里修建的是自我躯体的延伸。我们将自己锁在自己的财富后面，向内生长，制造出一个毫无缺口的私人宇宙。"

洛曼飞快地叙述着这番话，显然他已经背过无数遍了。他注意到，在自己提到莫斯特伯阿米克的时候西蒙的眼神闪烁了一下，但是并没有什么特别的表示。

"这样东西，是绝对不能用双手触碰的。这里面的辐射能量能令人马上雾化，所以尽量不要打草惊蛇。如果那个米雪儿的记忆残骸之中真的有关于这些东西的记忆，或者说，他们能够凭借米雪儿的记忆，找到了这个东西的位置，到时候才是我们出动的时候。"洛曼不忘追加对几个人警告。

"现在无人机还没有侦察到他们俩的具体位置，但是我想，他们这两天应该也会行动了。"西蒙眯着双眼，阴森森地说出了这句话。

第二十五章

　　一座空旷而衰败的大楼里，有一个堆着旧杂物的网络公司总部，这里的东西七零八落地被草草分类。有几个人正在飞快地打包，而另外一些人则坐在电脑前兜售着一些旧物件。

　　说起来，这片废墟在莫斯特伯阿米克降临之前曾经也充满人气，有许多人对其进行维护照料。这里曾经是郊区，交通情况运转良好的时候，单轨列车十几分钟就能到达城区。整座半岛曾经是那样的生机勃勃，就像图画里曾经落满小鸟的大树，沐浴在阳光下枝繁叶茂，这座半岛可以称得上是人们理想的度假胜地，在这里有美酒，有阳光，有海滩，还有身穿比基尼的热辣女郎。

　　当然，这些都是久远的回忆了。现在整座岛上的人已经跑光了，据说莫斯特伯阿米克降临时，那些从天上照射下来的黑线对准了除了人类以外所有的动植物，甚至包括部分微生物，当然，笼罩在微生物上面的黑线人肉眼看不到就是了——在一瞬间，这些生物就全部消失了。但是这些也只是听说而已，现在的人类谁也没有亲眼见到。而且当时也没有视频资料留下来，只是大家都这样描述，所以很多人也这样认为。此后便进入漫长的莫斯特伯阿米克时代，这个半岛上的那些商户没有办法做生意，所以纷纷选择了关门，曾经人声鼎沸的半岛在几年之内就变成了现在的样子。只有那些没有钱或者没有能力离开的人还赖在这里。有钱人不会受这个罪，他们都搬到离死神的食物发放机很近的地方，并很快在那些食物发放机附近建立了新的商业帝国。

　　如今不会有人记得，这栋废弃的大楼里曾经有一个名叫米德兰的公司，这个公司的科研机构曾扬名世界。自从这个机构被泰西尔－埃西普尔公司重金收购之后，几年时间便销声匿迹了，没有人知道泰西尔－埃西普尔公司将这个机构的人隐匿在何处，也没有人再听到过这个名字。

　　又过了这么多年，大家似乎早就已经适应了莫斯特伯阿米克降临之后的

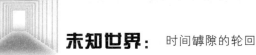

生活。现在人们能居住的地方，空气中都弥漫着一层指数较低的雾霾，抬眼望时，四周都是人造光带来的光晕，而再往上去，天空之中明亮的阳光又亮得刺眼。所有人只能靠死神食物发放机里的食物活下去，但即便是这样，人类也很快就适应了这样的生活，新的社会秩序开始建立了，又有人从稀缺的资源中重新找到了发财机会。而且，自从死神的食物发放机里能领取食物后，那些好吃懒做的人更是找到了偷懒的理由。唯一遗憾是，这些食物的味道不怎么样，他们没办法像以前一样发胖。

大概是太过无聊，没过多久，便又有各种各样的组织成立，有说如今的状况是天罚的，也有鼓动人们发动战争去侵占资源的。总而言之，人总得给自己找出各种各样的事情做。

这些组织也是各式各样的：有宗教组织，也有科技组织。而米德兰研究所就是典型的科学教派，他们提出了一个移民计划，决定为人类寻找新的、适合人类生存的星球。当然，这个计划他们并没有在公开场合提及，毕竟，如今的地球再怎么样，也还是人类熟悉的家园，有不少人还是不愿意去一个新的地方生活的。

他们在暗网上散布了这个消息，于是有些有钱人便蠢蠢欲动。但是他们也怀疑米德兰研究所并没有真正突破这项技术，只是放出这个噱头，好为他们的研究所吸引更多的投资而已。毕竟大家心里都明白，广告宣传一向大于实质效用。

这个移民计划在民众中引发一阵不小的骚乱和恐慌，闹到后来，政府也不得不介入这件事儿。民众们觉得，这种举动完全是有钱人的福利，不关他们什么事情，但是如果那些有钱人想自己跑掉，把他们丢在这个肮脏的废墟里，他们也绝对不会允许。

那段时间里，几乎每天都有人上街游行，也有许多人在街头发表演讲，宣传着富人们种种丑恶的罪行。还有一些人属于冷眼旁观者，比如约翰·克卢格曼。

说起他投机倒把的天赋，怕是连他自己也要扬扬自得。在莫斯特伯阿米克刚降临之际，他就预感到这件事儿没有那么容易解决。彼时在众人都恐慌的时候，他囤积了不少旧物件。后来事态的发展果然验证了他的猜想，大部分生物都消失不久后，食品工厂当然就停产了。其他倒还好说，没有食物这一点实在是令人难以忍受。他先是靠囤积下来的食物发了一笔横财，后来死神在很多中心城市摆上了食物发放机之后，他又开始靠着倒卖食物领取的号牌做起了投机倒把的生意。此外，懂得未雨绸缪的他也囤积了不少衣物，现在生产衣服的工厂都因为缺乏植物纤维和动物皮毛停产了，他还能靠着自己当时囤积的衣服发财。

当然，他这里的旧物件可不止这么些，还有那些乱七八糟的怀旧纪念品，他也收集了很多。有些是他花钱收来的，有些则是他在骚乱时直接顺手牵羊牵过来的。他就是靠着这种狡诈的智慧积累了不少财富，并且还在很多地方给自己开了户头，把这些钱分散在各处。正是因为如此，他也不敢让太多人知道自己在干什么，所以他这里通常只有三五个人帮忙，在应用程序上兜售着各种旧物件。至于那些打包分类的流水线工作，他出钱请一个名叫赛洛的黑客帮他组装过几个废旧机器人，目前看来，还算好用。

在轰鸣的噪音中，约翰·克卢格曼在办公桌前打开了染满黑乎乎机油的那个记账本。他还是习惯用这种老旧的方式记账，他知道自己是如何发财的，所以，他永远也不会相信任何电子软件，这些东西在背后都有系统后门，他可不想把自己所有的秘密都暴露在别人的眼皮底下。西方有句俗语叫"再怎么小心也不为过（You can't be too careful）"，约翰·克卢格曼一直把这句话践行得很好。

他看了看手机上的时间，已经是晚上七点了。在工作区域，约翰·克卢格曼不允许员工带手机。他的理由是，他赚钱的方式必须保密。当然他这种公司也请不到什么好人，混不下去的人总是来他这里混一票就走了，所以这些规定有没有，他们也不会在乎。他总是怀疑他们总会在自己不注意的时候偷懒，但他也不可能一天九个小时都盯着监控设备。

"可以下班了，你们。"约翰·克卢格曼吩咐着那几个打包的人。他自己通常是最后一个走，他每天都要清点核对一下这里的东西。

约翰·克卢格曼按照分类的账本核对着清单上的货物，又通过监控仔细检查了一遍自己每个仓库里的东西，确认了数量之后，才安心地把账本收起来。

这时，突然传来推门声。约翰·克卢格曼有点儿疑惑地抬头向外面望了望，都这个时间了，还会有什么人能找到自己这里来？尤其是他把自己的办公区域设置在这栋大楼的地下仓库后，更是十天半个月都看不到一个鬼影。约翰·克卢格曼并不喜欢被人打扰，特别是关于发财这件事儿，越少人参与越好。但是，现在他居然听见有人在推门。

这么晚了，到底有谁会过来？约翰·克卢格曼随意在衣服上擦了擦手，径直从座位上站了起来。他想，大概是哪个员工忘了东西，所以这个时间跑回来取。他用恶毒的语言骂了对方一句，因为他感觉照着对方这个推法，简直快要把他那扇门推倒了。

"你这该死的混蛋、蠢猪，明天就给老子收拾东西滚！"约翰·克卢格曼对着门外大吼了一声。他一边不满地抱怨，一边骂骂咧咧地向大门处走去。他得马上把门打开，如果再晚一点儿，这扇门估计要被推得散架了。

"你太胆大包天了，这个月别想再从我手中拿到一分钱。"约翰·克卢格曼在心中打定了主意，猛地拉开了门。

门外站着一个高个子，约翰·克卢格曼走近他的时候，就能感觉到一股冷冰冰的机械味儿。这个人应该是驾船过来的，他身上带着一点儿潮湿的气息，有一点儿海浪的咸腥味儿。外面披着的大衣，看起来像捡来的，上面竟然还挂着一些咸湿的布条，也不知道多久没有洗过。

这个人，约翰·克卢格曼并不认识。

他需要仰着头才能看到这个人的下颚。来人的脸上蒙了两块黑布，只露出两只射出寒光的眼睛在外面。

"你……你，你要干什……"约翰·克卢格曼最后一个字还没问出来，已经被来人一把提了起来，下一秒便被他扭断了脖颈。

第二十六章

"莫斯特伯阿米克时代，您需要全新辐射防护服才能通过那些危险区域，只要二百元就能带回家……"来人把扭断了脖子的约翰·克卢格曼扔到了一旁，约翰的手机掉到地上，触动了什么程序，居然开始播放起广告来。

来人绕过了约翰·克卢格曼的尸体，开始在货仓内翻找着某样东西。那些约翰·克卢格曼生前十分爱惜的宝贝被他扔得到处都是，他看起来十分烦躁，但是却仍然没有放弃。

"这就是你最新研发出来的？"在坎贝尔的私人办公室里，洛曼正在遥控操纵着这个生化人。

"是的。目前看来，它是这一批里面比较成功的。但是没有'神谕'，始终不能进化到下一步。如果可以的话，能再帮我引进一批肉人就更好了。上次的那一批里面有很多失败的试验品。"洛曼一边回应坎贝尔的话，一边盯着屏幕上的操作，双眼里闪动着近乎疯狂的光芒，紧紧盯着那名正在翻拣东西的生化人。

"问题主要出在哪里？"坎贝尔盯着洛曼的操作，不疾不徐地问了一句话。

"这些肉人并没有人类的情感，不然怎么会甘心被吃。他们的智商也始终达不到普通人的水准，如果要靠生物科技的手段来激活他们的大脑，他们根本没有足够的意志力去承受这种痛苦。所以以前有些搞科研的家伙们才会说，人脑开发的程度远远没有达到应有的水准，这种自适应的能力，需要在正常的情感条件下才能训练出来。不知道泰西尔－埃西普尔公司是怎么办到的，当然，或者这一切都和他们找到了'神谕'碎片有关。有了这个东西，或许就突破了基因编程的界限，也许泰西尔－埃西普尔公司依靠这个东西秘密培养出了拥有一万名计算机天才的特种部队。"

"不排除这种可能性。"坎贝尔点了点头，转头询问自己身边站着的打手，

"送走西蒙了吗？"

那人点了点头。

"注意监控西蒙账户的资金流向。"坎贝尔冷冷一笑，他很清楚西蒙在打什么主意。他对西蒙所说的一切东西都是有所保留的，他当然不能把所有的事情都告诉西蒙。就如现在这件事儿——他们已经知道储存"神谕"残片的东西是什么，但是他却并不希望西蒙也了解这件事儿。

对他而言，只需要西蒙在前方做一个打手就够了，他可以为此花一些钱，他们坎贝尔家族最不缺的就是钱，他们现在缺的是另外一些东西。

坎贝尔吸了一口助理递过来的雪茄，通过屏幕看了正在翻找东西的生化人一眼。这个生化人身上被洛曼安装上了高清的监视器，在监视器的镜头下，生化人寻找这些东西的实时数据被传回来了。也正是因此，室内所有的东西都在监控屏幕上看得一清二楚。

"奇怪，这个该死的老守财奴到底把盒子藏在什么地方？怎么这么久还没有找到。"洛曼操纵着手上的遥控器，有些奇怪地盯着屏幕。

他已经找了太久太久了，终于确定了"潘多拉魔盒"的具体位置，就在这个半岛上，不会错的。

在他身后的书架上，放着好几本厚厚的书，这些都是花高价淘回来的古董。书里有几页纸被撕掉，用玻璃装裱后端正地挂在墙上。如果再细心一点儿，就能看到，在洛曼身后的墙上，满满当当地挂着各种关于"神谕"的资料和"潘多拉魔盒"的信息。

坎贝尔只是瞥了一眼生化人的行动，并没有特别在意，他相信洛曼对这件事儿的热心程度要比他自己大得多。

他很欣赏洛曼这一点——洛曼是一个能为了科学实验罔顾伦理道德的人，这种疯狂正是坎贝尔家族所需要的；并且，洛曼只忠于他一个人。拥有这两点之一的人或许从坎贝尔家族中能找出几个来，但是这两点同时具备的人只有洛曼一个人。

正是因为如此，坎贝尔决定满足他的要求。

"这些东西都需要严格保密。你需要的肉人，我过两天会想办法。"坎贝尔对着洛曼下达指令。

"明白。"洛曼仍然聚精会神地遥控着这名生化肉人，没看坎贝尔一眼。大概在他心里，没有什么比自己的试验品更重要。

坎贝尔显然也习惯了他这副样子，没有多言，只是对着身后的保镖做了个手势。保镖会意后，上前将装载着洛曼实验信息数据的平板电脑取了过来，递到了坎贝尔手中。

约翰·克卢格曼的尸体被扔在仓库角落，脸上还带着一丝错愕的表情，现在看来竟然有些滑稽。

洛曼是一个只要实验结果不需要审美的家伙，他不会在乎这些生化人的外表。对他而言，只要他们能干活儿就行了，其他的任何东西，都不在他考虑的范畴。

坎贝尔关掉了生化人找东西的那一页，继续往后翻了翻。洛曼在网页之中将生化人的信息描述得十分详细，他甚至将这个东西做成了和操纵室里看到的 dormer 庄园一样的三维动画，这些动画的场景里传递的信息足够令每一个人看懂。

在动态的画面里，是一个三维的虚拟金属盒，这个盒子是中空的，一眼透视过去，核心里有某种黑色的东西正在成形。那里的信息密度远远超越了网络空间的数据层，万花筒般的模糊图案汇聚到一个银黑色的焦点之上，令人眩晕。坎贝尔看着这个潘多拉魔盒上的数据变幻，感觉到远古时代各种代表邪恶与厄运的符号沿着透明的数据层飞出：纳粹党徽、闪着蛇眼的骷髅图案骰子……他凝神直视，那焦点是虚空的，仿佛并无边缘。这些粒子闪着黑曜石的光泽，每一粒都在来回运动，时不时地组成一个盒子的形态。但是仔细看，这个魔盒却令人头晕目眩，黑色表面反射出亮光，像要变成一个鲜活的生命。

就在坎贝尔盯着黑盒子看的时候，洛曼嘟囔低语，似乎看到了什么令人讶异的事情。

这个生化人竟然有些迟疑，洛曼的操纵杆突然有些失灵，似乎生化人忽然踏进了一个神经干扰场，耳中传来阵阵尖锐的呼啸，好像中枪的声音一般从大脑之中穿过。正在翻检东西的生化人突然愣在原地，接着便朝前跌倒，从屏幕之中洛曼只能看到他浑身肌肉都松弛下来。

"该死，为什么会在这个时候出故障？"洛曼连忙按着操纵台上的各种按钮，希望能重新将这个生化人激活。但是不知道是磁场问题还是生化人本身的故障，不管洛曼如何驱动重启，这个生化人始终也没有站起来过。

一分钟之后，从系统的中心传来一声咔嗒声，似乎屏幕中的整个画面都凝固了。刚才还在四处翻找东西的生化人突然变成一帧静止的图像，它的手指还放在刚才的位置上。静止三秒之后，屏幕突然黑了。

坎贝尔的平板电脑的屏幕和洛曼共用一套系统，洛曼的屏幕黑屏了，他这里也同样自动黑屏。

"怎么回事？"坎贝尔放下了平板电脑，抬头问了一句。

"不知道，我正在调试。坎贝尔先生，请给我一点儿时间，先暂且不要发问。"洛曼脸色变了，细细检查着操控台上的每一个零件。

他一点点仔细排查着系统故障，确定没有什么机械故障之后，他面色凝重地说，"应该是生化人的核心系统受到了某些不知名的磁场的干扰，或者是一直有人在跟踪我们。他们人为地破坏了生化人的核心系统，因为不希望我们找到'潘多拉魔盒'。"

"启动另一套监视系统，看看谁进入了约翰·克卢格曼的货仓。"坎贝尔下了另一条指令。

"约翰·克卢格曼居住的地方十分偏僻，没有多少人知道他的垃圾回收站在什么地方，当初他收购那个盒子的时候，也并不知道这个盒子的用途。他不过是个有眼无珠的老守财奴而已。"提到约翰·克卢格曼，洛曼毫不掩饰自己眼中的鄙夷。

"如果你确定你的保密工作一直做得很到位的话，那这就是一场有预谋的行动。"坎贝尔倒是很快就冷静下来，如果说"神谕"真的有其致命的吸引力的话，那寻找"神谕"之盒的人肯定也不止一波，现在会发生这样的事情，也不奇怪了。

"打开监控，看看是否有人进入了货仓，如果有，那就不止我们在寻找盒子了。"坎贝尔指挥着洛曼。

第二十七章

砰！在无人机射出子弹的前一秒钟，米雪儿爬到了玻璃窗的边缘，用手中的枪精准命中了那架嗡嗡作响的无人机。

她还是决定放过那两个混蛋，甚至，她刚才救了他们。

"一天二十四小时里，有人在逃跑，有人在追捕。罪恶的黑夜里，有人垂死，也有人伤残。人们被殴打、抢劫和谋杀。城市仍然是那个城市，有人觉得它富裕、繁荣、充满自尊，有人觉得它失落、挫败、充满空虚。这一切，都取决于这个人所处的位置和他的个人成就。"凯斯的脑海中闪过这样一句话，但是现在，他觉得这句话也可以稍微改一改，有时候，罪恶和肮脏并不仅仅是外部压迫，有时候，还取决于一个人的选择。

米雪儿绕过架子，爬出了板房。凯斯紧随其后。

"把双手举起来，放在脑后。"她低声命令托马斯和格尔。

格尔显然被刚才那一幕吓傻了，杵在原地一动不动。托马斯呆呆将双手举在脑后，一双无神的小眼睛却在米雪儿身上来回转悠。

"老实点儿！"凯斯抬腿重重踢了一下托马斯的膝弯，托马斯笨重的身躯重重摔倒在地上。

"咱们现在可以出发了，让这两个家伙在前面探路。"凯斯扭住了托马斯的手臂，将他固定在原地。

"格斗术学得不错。"米雪儿用枪指着格尔，"现在的确不能放他们走。也许他们知道的东西比我们想象得还要多。"米雪儿皱着眉头，将枪口向前挪了几寸。"你偷偷溜进过 dormer 庄园吗？不要脸的混蛋！"米雪儿冷冷地发问。

"我发誓……我发誓我没有进去过，那里守备森严，我是绝对不可能溜进去的，我发誓，发誓我真的没有进去偷过东西，真的……"面对米雪儿黑黝黝的枪口，格尔声音有些发颤。

"你从哪里知道的关于稀有元素的事情？你还知道些什么？说。"米雪儿用匕首划了格尔一刀，他的手臂立刻汩汩往外渗血。格尔马上哀号起来，凄厉的声音听起来似乎像他马上就要死掉一样。

"有一个人……有一个人曾经在温泉旅馆住过，我那时候偷听到他说话……他自己说，他以前是米德兰实验室的研究人员。他受伤了……从 dormer 庄园逃了出来。泰西尔－埃西普尔公司的人在追捕他，我听到了他说的话，他说，这个东西的名字叫'神谕'，可以卖个好价钱，他已经谈好下家了……但是他没有偷出来……"格尔断断续续地说着。

米雪儿与凯斯对视了一眼，泰西尔－埃西普尔公司收购米兰德公司的事情已经很久远了，但是这确实不是什么新闻。米兰德研究所里的那些研究人员的身价很高，凯斯清楚地记得，在他还是个孩子的时候，曾经从他爷爷的收音机里听过这个公司。某一段时间里米兰德公司提出的"移民计划"曾经被宣传得沸沸扬扬，对外他们只是宣称自己研发出了可以激活飞船全部性能的特殊材料，但是究竟内部情况怎样，恐怕只有他们自己才知道。

不管怎样，凯斯都觉得，这些操纵民意的家伙没有一个是好东西。他们都是外表看起来彬彬有礼、内心却有着一副铁石心肠的混蛋。

"凯斯，你大概不知道，米兰德公司的前身有政府参与。"米雪儿说，"政府研究机构。"

也就是说，这个公司的研究所，曾经是这个国家的科学成果中心，按任何标准来看，即使按技术先进的二十三世纪的标准来看，都是十分庞大、令人生畏的。

在泰西尔－埃西普尔公司崛起之前，米兰德公司是最顶尖的科研机构，没有人知道它是怎么被收购的，那时候坎贝尔公司还像个土石搭建的花架子。

然而这种激进的研究机构，容易遭到各方面的抨击。来自各方怀有敌意的人曾经仔细查探过它的情况。此后，米兰德公司就变得很不安全了，但是即使如此，以米兰德的背景，泰西尔－埃西普尔公司如何收购它的，也是一个巨大的谜团。

格尔的包和其他物品七零八落地被丢在地上，凯斯从里面翻出了一些东西，其中有一台笔记本电脑。

这是一台老式的笔记本电脑，现在已经没有多少人用了。凯斯打开它，让他诧异的是，这台笔记本竟然是军用加密的设备。

电脑桌面上有一个叫"多莫"的文件夹，凯斯看了格尔一眼，点了进去，里面分类十分细致，凯斯点开其中一个文件，是关于"冰墙"的描述——他疑惑地将其中的文字念了出来：

"冰墙"高出地面约十五米的样子，深入地下二十五米左右，这样的建筑模式十分坚固。墙壁的厚度十尺，由大块的花岗石建成，用含矾土的光滑水泥填塞，并涂于表面。所有的监控系统在建造之时就已经植入。

墙上没有任何立足点，据说连莫斯特伯阿米克降临之前的那种苍蝇也很难立足。墙基下面，他们植入了一套灵敏度很高的传声系统，为的是不让任何人在地下打洞穿入。

凯斯一边阅读关于"冰墙"的介绍一边想，大概设计这种墙壁的人坚信，狂热的人是什么事儿都干得出来的，因此采取任何对策都是理所当然的。

在这些关于"冰墙"的介绍文字旁边，还有许多详细的绘图，应该是"冰墙"里面 dormer 庄园的内部结构：

长长的四方形研究室位于庄园的核心区域。

写这段介绍"冰墙"文字的人，把"核心区域"四个字特意标红了，并在文字说明旁边绘制了详细的三维图画。

凯斯又打开另外一个文件夹，里面写的是关于泰西尔-埃西普尔的研究所的一些介绍，只是前面的部分似乎被删掉了。

这个区域只有两个入口。前面一个狭窄的门是供工作人员进出的，后面的一个较宽阔的门，供卡车运进物资或送出产品之用。两道门上都装着三重用淬火钢铸成的门，门重约四十吨，厚实而又坚固。

门的开启是用机械操作的，每次不能同时开启两重门。每重门都有专门的警卫队看守，他们都长得高大、结实、面如铁板。和他们打过交道的人一致认为，他们简直就是按照当年盖世太保的标准选出来的。

进入那个地方更困难。出去的人一律都持有出门许可证。他们所遇到的麻烦只是要耽搁一下，等身后的一重门关上后，前面的一重门才能开启。而进入门内，才真正麻烦。如果某雇员是警卫熟悉的，他只要不厌其烦地等待着三重门相继开启，让警卫检查一下他的出入证——随时不定期更换——是否是当时通用的式样，随后就可以过去了。

而这还只是第一阶段。第二队警卫是善于编造第一队警卫所没有想起的不准进入的理由的。他们甚至不惜贬低第一队警卫的搜身技巧而坚持要再次搜身。这一次搜身甚至可能包括把假牙摘取下来，然后检查那一览无余的口腔。之所以采取这种做法，是因为知道已经有了一种只有半支香烟大小的照相机。

第三队警卫是由顽固不化的怀疑论者组成的。它的队员有一种令人气恼的习惯，那就是：在把任何企图进去的陌生人挡在门外的同时，同第一队和第二队的警卫核对，是否提过这个或那个问题，如果提过，他是怎样回答的。他们喜欢怀疑某些回答的真实性，而对另一些听来似乎有理的回答则不屑一顾。他们还会要求彻底的搜身，而在前面两次搜身中如果有任何遗漏之处，那么在此时此地都会得到补充。他们甚至不惜迫使被检查人不得不第三次把全身衣服脱光。第三队警卫还备有（但不常使用）一台 X 光机、一架测谎器、一架立体照相机、一套鉴定指纹设备，以及另外一些可恶的仪器。

四周的巨大保护墙和墙内的情况是一致的。办公室、部门、车间和实验室都用钢门严格地分隔开，从一个区到另一个区的通道都由脾气执拗的警卫把守着。每一个独立的组都由走廊和门上的颜色明确表示出来。颜色在光谱上排列的次序越高，该区所要求的保密程度就越高，安全措施也就越严格。

研究所整体可以分为两个区域：一个叫作"德尤斯 C 区"，一个叫作"德尤斯 A 区"。在 C 区干活儿的人是不准通过蓝门的。在 A 区工作的人可以进入 C 区，他们冠冕堂皇地将这种行为称之为"访问同事"，但这仅仅是一种单向行为，C 区的人是不允许轻易进入 A 区的，哪怕只是看一眼也得经过重重审批。

即使是担任保卫工作的警卫也不准越过黑色门，除非有正式邀请证。只有黑色门里面的人、泰西尔－埃西普尔的总经理以及全能的上帝才能随意在其他各区走动并视察整个工厂。

整个公司中都装有复杂的神经系统，那是一些埋放在墙壁、天花板，有时还安置在地板中的电线。

这些电线与所有的警铃和警报器，乃至门锁装置、精密传声筒或电视扫描器相连接。所有的监视或窃听当然都是由黑门组的监控者掌握的。在那里工作的人长期以来一直接受了这一事实，即必须不断受到窃听或监视，甚至在盥洗室的时候——因为，有什么地方比这个小房间更适宜于记住、抄写或拍摄分类资料呢？

这些劳民伤财的措施和精巧的装置，在不懂的人看来是一无用处的。事实上，这个地方很容易受到来自一个未被察觉和未曾预料到的地方的攻击。

尽管有过暗示和事先的警告，有个显而易见的事情还是被他们忽视了。身为该研究中心所属工厂最高职位的领导人，都是本行业中高度称职的专家，然而他们对其他领域一窍不通……所以，这个设计中，有一个致命缺点……

这段介绍文字，到这里就完结了。凯斯想要往后翻，发现剩下的全部都是省略号。

"这不是你的电脑。"凯斯合上笔记本，转向格尔说，他的语气十分笃定。

第二十八章

"你怎么知道？"格尔瞪大了眼睛。

"他大概不知道你的老本行。"米雪儿笑了笑，和凯斯交换了一个眼神。凯斯有种错觉，他俩似乎越来越默契了。

"可惜资料到这里就中断了，如果能写得清楚一点儿，或许我们便知道该怎么办了。"凯斯叹了一口气，"现在看来，米兰德研究所里并不是所有人都认同泰西尔－埃西普尔公司的这次收购，显然这是某个良心未泯的科学家留下的重要手记，只可惜，关键的部分被删掉了。"

凯斯接过米雪儿手中的枪，继续指着格尔："这个电脑是你偷窃来的，小混蛋，我说的对不对？你们两个，站起来！"

凯斯用枪指着格尔和托马斯，勒令他们俩站起来。他不像米雪儿那么温和，更何况他在军中有格斗术的底子，所以他一手扭着托马斯，勒令托马斯蹲在地上，一手则端枪指着格尔。

托马斯被凯斯打倒后有点儿后怕，蹲在地上一动也不敢动。这种人的个性，凯斯了解得很清楚，他们是典型的欺善怕恶者，制服他们最好的办法就是毫不留情地把他们揍一顿。

头顶上嗡嗡声又响了起来。

"真该死，没完没了。我们得走了，凯斯。"米雪儿皱了皱眉头，望向凯斯。雪地的微光透过窗户映进来，将凯斯的头发照成了灰白色。

无人机感应到热源，精准地射了一梭子子弹过来，凯斯闪身躲在了柱子后面。趴在地上的托马斯却没有那么好运，有颗子弹正巧打到了他的大腿上，痛得他龇牙咧嘴地哀号起来。

无人机停顿在空中的那一刻，凯斯从柱子背后伸出枪来，精准地击中了那架无人机。

那架小型无人机被子弹打坏了内部系统，发出刺耳的嗡嗡声，跌落在地上。因为惯性，这架无人机还旋转了几圈才停下来。

"我真想说一句'活该'，这叫罪有应得。"米雪儿看了一眼被子弹打中的托马斯，很显然，她仍然对托马斯讲过的那件凶杀案耿耿于怀。

这个女人在听到同类受伤害时总是显得义愤填膺。凯斯同情地看了看在地上挣扎的托马斯一眼。

无人机射出来的子弹穿透力很强，是子弹打穿了托马斯的动脉。一开始他还躺在地上哼哼唧唧，但是没过多久，他连哼出声的力气也没有了。

米雪儿和凯斯对望一眼，此前他们对这些无人机的杀伤力也不甚了解。

"据我所知，政府不会舍得投入这么多钱来研究这些高科技玩意儿，这肯定是那些科技财阀们改造过的。我们得立刻离开这个地方，他们应该把这里锁定了，目前我们还不确定他们到底出动了多少这玩意儿来追踪我们！"凯斯冷静地分析着当前局势。

"这两个人怎么办？"米雪儿看了格尔和地上的托马斯一眼。

"这个人应该是活不成了，死之前给他一个痛快吧。至于另一个，"凯斯看了格尔一眼，"我想，也不能让他落在警察局那帮混蛋手中，先带在身边，然后我们边走边看。"凯斯用商议的口气询问着米雪儿。

米雪儿对着凯斯轻轻地点了点头："跟我来。"

凯斯押着格尔跟着她来到了教堂的一间屋子里，米雪儿取出一个药箱，里面有一支麻醉剂。

她把麻醉剂注射到了托马斯的腿部，托马斯的呻吟声停止了，瞪大着眼睛看着他们的动作。

"嘿，嘿，我知道有一条近路通往庄园，但是能不能穿过'冰墙'，我也不知道。"格尔看到两人的动作，急切地哀求起来。

"要不要相信他？"米雪儿望着凯斯。

凯斯看了看外面的天色，外面的雪已经停了，雪色和薄薄的微光交织成了一片蛋清一样的颜色。看样子，天应该快亮了。

"能早点儿离开这个鬼地方，不会有什么坏处。现在他也要不了什么花样。"凯斯晃了晃手中的枪。

"在真正看到你射出子弹之前，我总是莫名其妙地相信你不会用它来打人。"米雪儿叹了一口气。

"对付有些混蛋，是不能心慈手软的，但是这个格尔还不够当一个混蛋的资格。"凯斯将枪收到了怀中。

"跟我来。"格尔哆哆嗦嗦地在前面带路，教堂的地上有些结冰的水坑，他一脚踩上去时险些滑倒。

两人跟着他，一步一步地来到了市中心废旧建筑标识所在。

好在这个地方和教堂离得并不算远。

"从这里下去，有一个地下室。"格尔指着那个建筑标识的侧面说。

凯斯看了那个废旧的标识一眼，那个标识已经遮挡了入口，如果格尔不说，他百分百发现不了。

三个人费了很大的气力才将那些杂物搬开。在那个城市标识的底座上果然发现了一个秘密通道。

"地下室里有一部滑索电梯，可以通往一个隐秘的地方。我也是偶然发现的。"格尔低声说了一句。

凯斯与米雪儿对望一眼，他们并不相信格尔说的话，他甚至有理由怀疑，这些秘密路线都是他从那个米兰德科学家的电脑里看到的。

他们押着格尔，让他先下去，格尔并没有反抗。电梯终于打开，他们走了进去。这部电梯和一般的升降梯不一样，似乎用了特殊的动能，因为它是向前推进的。

三个人挤进电梯之后，电梯的门便关上了。凯斯注意到，电梯的刻度盘上只有一个按钮，显示着"开"或者"关"的字样。这说明电梯到什么地方已经预先被人设定好了。

这部电梯先进得跟周遭的一切都格格不入。

"我得事先说明……"格尔结结巴巴地抽了一口气，"这个电梯是单向的，我们可以从这里过去，但是不能坐电梯回来，这是被设定好的……"

"你怎么知道？"凯斯怀疑地打量着格尔。

在他把枪掏出来之前，格尔带着哭腔说："这是我在那个人电脑里看到的。他说过，这个电梯是单向的，是为那些想要进入'伊甸园'观光的人准备的。在他们的设计里，进入'伊甸园'是一件光荣无比的事情，进来了就不会再走了。"

电梯运行的时间比凯斯想象的要长，不过最终电梯的门还是打开了，从另一面打开的。

三个人下了电梯，这里有一个空旷的峡谷。呈现在三人面前的是一座硕大的金属平台，平台的四周都被特殊的透明材料包裹起来。打开门时，从凯斯的角度可以看到，平台内部摆放了许多栩栩如生的人造植物，这些植物的颜色和墙壁相映生辉，植物和金属混合的挂饰从天花板上悬垂下来，如瀑布一般。不知从什么地方传来喷水池溅起的水声。

这里是被精心设计过的。凯斯心想。

滑索电梯在平台的入口处停了下来。

凯斯率先跳到了平台上，他把枪掏了出来。

"这里没有其他人。"格尔急忙叫了一声，紧随在凯斯身后跳了下来。

凯斯看了他一眼，把枪收起来，又帮助米雪儿跳下来。

电梯门咔嚓一声自动关上，急速向后退缩，果然，这部电梯只能前行不能用来返程。

这个深谷里的金属台比凯斯想象的要大。

往平台最深处走去，从地板到天花板，全是黑柚木，这未免奢华得有些过分。深处有一架宽大的木门，门上没有任何标记。这是一个很大的双扇门，门上镶嵌着青铜和金子饰钉，门的颜色也很鲜艳、亮丽。凯斯走近一些，才看出色彩所组成的是一个图案：两个长着翅膀的男人，分别据守在两扇门边，他们脸对着脸，分别向对方伸出自己的胳膊：一只举过肩膀，一只举过头顶。他们的头发很长，被束成一股垂在身后，身上的长袍或者说是礼服在微微飘动，好像他们正站在风中。长袍上是用红色、蓝色、紫罗兰和金色组成的螺旋形的图案和符号。

"在我捡到的那台笔记本电脑里，管这个地方叫'伊甸园'，当然了，这里是人造的'伊甸园'。那个米兰德的研究员说，他们坚信科学的潜力是无穷的，只要找到合适的技术，可以不用去领取死神食物发放机的食物也能活下来……"格尔生怕凯斯发怒，急忙解释这里没有人。

"结果呢？"凯斯并没有生气的意思，他在仔细观察着那些人造植物。但很显然，这些植物除了外形和他以往在画册和网上看到的一样，剩下的几乎全部都是假的，除了能提供一点儿观赏性之外，其他任何价值都没有。

"结果就和你现在看到的一样，他们都生病了，有的病死了，有的消失了。"谈到自己熟悉的东西时，格尔似乎忘记了凯斯的威胁，耐心地解释起来。

"那他们为什么不去领取发放机的食物？"米雪儿觉得有些不可思议。

"进入泰西尔－埃西普尔公司研究所的人，是不允许中途离开的。"格尔有些惋惜地说，"他们不能像普通人一样生活，据说这样是为了逼出他们的潜能，让他们为了活下去而研究莫斯特伯阿米克降临之后的生物成长科技。如果有科学家敢逃走，会遭到公司的追捕……"格尔僵硬地吐出这段话，凯斯听见他用了几个文雅的措辞，应该是直接背诵了那个米兰德的研究员电脑里面的原稿。

米雪儿愣在原地。她对 dormer 庄园虽然有些零星的记忆，但还是第一次接触这套严苛残忍的系统。

凯斯则在打量着那扇紧闭着的大门。雕塑的翅膀是金色的，羽毛很长，几乎可以覆盖他们的整个身子。他们的脸侧对着凯斯，但仍能看到他们挺直而有棱角的脸上那大大的、深色的眼睛。他们的胸口挂着紫铜色的链条式护身符，护身符的形状好像是什么标识，又好像是什么古老的咒符。两个雕塑男人的头顶是一轮圆圆的、玫瑰色的太阳，太阳洒下的金色的光像一些扭动的条纹。不过太阳还是公平的，一扇门一半，也算是不偏不倚了。

第二十九章

"这扇门能开吗？"凯斯站在那扇木门的雕塑前，轻轻敲了敲。

触手时他感觉很结实，有金属的沉重感。凯斯这才发现，这个门只有外表是木制的，内里应该是厚重的金属。他早就应该想到，像泰西尔－埃西普尔这样的公司，他们的那些"地下建筑"应该早就全部机械化了。

"这些透明材料应该也是特殊制剂生产的。当初他们想要模仿光合作用效果制造出可自行合成能量的材料，可惜最后失败了。"格尔望着那个平台上透明的"墙壁"感叹着。

"别碰。这些材料里都被植入了警报系统。"米雪儿出声喝止了格尔的动作。

"你怎么知道？"格尔有些诧异，他反复查看过米兰德研究员笔记本电脑里的资料，里面并没有提到这一条。虽然他并不是太相信，但是还是收回了手。

米雪儿也不知道该如何解释自己这突然冒出来的记忆，但是她也用不着向格尔解释这些。

凯斯有些担忧地看了米雪儿一眼。

木门旁有一座石雕，石雕显得古老，但是石雕上刻着的花纹，却让凯斯又忍不住想起了在警局的高档会客室里看到的那些雕塑。"索婆阿腾纳斯"这几个字刹那间又闯入了凯斯的脑里。

米雪儿则在凝神观察那些人造植物。这些植物看起来和真的没有什么两样，唯一的区别就是，它们并不是真的。或许听着有些拗口，但事实上就是这样。那些人应该想过很多办法，但是最后也只搞出了这些东西，还白送了性命，她不知道是一种什么样的执念支撑着这些研究者。

她想起了那个叫"神谕"的金属碎片。

"人类总是想要窥见'神谕'，但事实证明，这不过是一种自大和愚蠢而已。真正的'神谕'，是让人类学会谨慎和谦卑的古老聆训。想要借助一个金属片就领悟和激活'神谕'，只能更加证明人类的愚蠢。"

这句话在她脑海中闪过，似乎自己以前听到过。只是，她不确定是在哪里听到这句话的。似乎自己模糊了真实与虚幻的边界，这样的感觉令她十分头疼。她强烈地想要找到真相，但是越接近此处，她的内心深处似乎越觉得有点儿隐隐的担忧。

"从这扇门里面进去，应该就是米兰德研究员笔记本那些资料里提到过的'德尤斯 A 区'。"米雪儿忽然说了一句。

"你又知道？"格尔又适时地表达着自己的疑惑。

"我不知道，也不确定，但是这里让我有一种熟悉的感觉。所以，我猜，背后应该就是'德尤斯 A 区'。"米雪儿站在原地，既像是对格尔和凯斯说话，又像是在喃喃自语。

凯斯脑子想的则是另外一件事儿——最近总是看到这些病态扭曲的雕塑。他不知道是不是那天在警局的高档会客室里看到的雕塑令自己印象太过深刻，以至于自己看到什么东西都像那些病态扭曲的黑色雕塑。

说到底，还是凯斯发自内心地不愿意相信死神真的复活过那些人，他认为这不过是索婆阿腾纳斯的宣传和鼓吹。但凡宣扬某种思想的家伙们都希望自己的受众越多越好，然后他们好借助这些人去敛财，或者借助这些人的力量干点儿别的什么事儿，或许这些假装是神使的家伙也做过那么一两件好事儿——但是凯斯绝对相信，大部分时间里，这些人都是和西蒙一样的混蛋。他们鼓吹的那些话，也许他们自己都不相信。

在凯斯看来，生活在莫斯特伯阿米克降临时代的人，带着某种自甘的堕落，他们可以从死神的食物发放机里领取日常生活需要的一切。所以那些只有基本欲望的人，可以勉强苟活着。但是那些天生就喜欢多多占据资源的人，还是一样会投机倒把，想尽各种方法来敛财。他和那些罪犯打过交道，底层的那些犯罪人员，每个人都有一肚子无奈，有的人甚至除了犯罪之外别无选择。只有被夜晚、人造酒精、罪恶和自我麻痹之后，这些人才能"超脱"。当这个世界无法正常运转的时候，罪恶只会更加凸显——这是他作为私家侦探的觉悟。

"等一会儿……"格尔打断了凯斯的遐想，"我想起来了，这台电脑里有个隐秘的文件夹……对，就在文件夹里，还有一个二级文件夹，我破解不了。这里面有一个路线图，我就是在这个路线图里面看到这条密道的。但说实在的，我一个人真的不敢过来……也许你找找看，能找到开门的密码。"格尔在门边转悠了很久，忍不住对凯斯说出了一大段话。

"这个文件在哪里？"凯斯把格尔的那个旧背包打开，拿出了那台老式的笔记本电脑。

"在这里……"格尔操控着电脑，找到了那个文件夹。

凯斯尝试破译了几次，都没有成功。

这个文件夹用的是第二次世界大战时期的摩斯密码。凯斯服役的时候曾经学过破译摩斯密码的相关知识，但是这个米兰德研究员的设置和一般的摩斯密码还有些不同。这些密码里，掺杂着一些奇怪的符号，凯斯仔细核对了一下，发现这些符号有点儿类似于门上绘制的那些字母。

"有办法吗？"米雪儿看到了他们的动作，也凑了过来。

"我的朋友或许有办法。"凯斯想到了赛洛，如果说这个世界上还有谁能搞定这些密码的话，那一定非赛洛莫属。凯斯想到了赛洛之前给自己的那部手机，便将手伸进大衣口袋，把手机掏了出来，摁下了开机键。

手机很快就开机了。这台手机看着老旧，性能却优良无比。

"你的手机在这里竟然还有信号？"格尔伸长了脖子看，瞥了一眼凯斯的手机。

凯斯转头看了他一眼，他立刻把脖子缩了回去。凯斯的格斗术给他留下了不小的心理阴影，即使对方没有枪，也不是自己能打得过的人。

凯斯翻出了这部手机里的紧急联系人，果然赛洛把这部手机里的紧急联系人设置成了自己。

他拨通了赛洛的电话，那边很快就接通了。

"这么快就需要我，果然给你这部手机没错。"赛洛嘟囔的声音从电话那端传来，凯斯听得出来，他的抱怨里还带着一丝兴奋的意味，显然已经摩拳擦掌准备帮凯斯解决问题了。

"有点儿麻烦，对，很多人都搞不定……不知道你能不能行。需要破译一个加密文件，试过很多方法都不行。"凯斯故意说得云淡风轻。

"什么叫不知道我能不能行？传过来让我试试。这部手机的热点能提供网络，里面我做了信号加强，一般的屏蔽设施不能完全屏蔽掉。"赛洛的声音明显带着一丝被看轻的愠怒。

"没问题。"凯斯果断地挂断了电话，将电脑接到赛洛给他的手机上，给赛洛发送了远程信息。

赛洛打开了视频，屏上现出了赛洛乱蓬蓬的头发和胡子拉碴的脸。赛洛没想到凯斯身边还有别人，尴尬地笑了笑，算是打过招呼了。

赛洛很快就介入了电脑程序，甚至都没有问过凯斯身边两个人的姓名，他对软件和网络系统永远都比对人有兴趣。凯斯也不知道他用远程系统在这台电脑上安装了一个什么软件，二十分钟过去之后，软件已经安装完毕。赛洛用这个软件飞快地扫描着硬盘，很快就找到了凯斯所说的那个文件夹。凯斯看见赛洛鼠标的光标停在那个文件夹上方。

"是这个吗？"视频里赛洛皱着眉头问凯斯。

"没错，就是这个文件夹。"凯斯回复赛洛。

"我看看。"赛洛用鼠标轻轻点了点这个文件夹，很快就看到了那个密码。他试着研究了一阵，然后抬头对凯斯说道："这不是用摩斯密码加密的，这是另一种二进制的加密方式，很多人把它们当成了摩斯密码而已。你找到我，算是运气，这种密码我刚好破译过。"赛洛的语气中带着一种肯定的自信。

格尔有些崇拜地看着赛洛的操作。他私下里尝试过很多次破译这个文件夹，但是每一次都失败了。他瞪大着眼睛望着赛洛的动作，脸上的神情闪烁不定，老实说，他实在无法相信，这个世界上竟然有人二十分钟就解决了一个困扰了他三四年的问题。

"好了。"赛洛完成了对文件夹的破译，鼠标仍然停在原来的位置。

"不想看看这里面是什么东西吗？"凯斯语气幽默。

"我对那些寻宝的事情没有兴趣。"赛洛打了个呵欠，一副意兴阑珊的样子。

凯斯早就预料到他的反应，对赛洛来说，除了看到机械和软件会两眼放光之外，别的东西对他而言都是毫无差别的。连米雪儿这样的大美女站在凯斯身后他都视若无睹。

"好吧，谢谢你。"凯斯对着他真诚地道了一声谢，轻点鼠标，打开了那个文件夹。

第三十章

文件夹里面存着一个叫作研发日记的文档。

凯斯推测，这里面应该是关于泰西尔－埃西普尔公司的研究记录。

"老实说，来到这个山谷之前，我已经猜想出这家公司肯定在进行许多不为人知的秘密勾当，但是其中种种复杂的细节，恐怕只有内部人员才能知晓。这些混球惯常用资本绑架一切，操纵民意，从而赚取更多的钱，以便更方便地奴役他们。以我的认知，猜不出他们赚到的这些钱有多肮脏，或者说，这些人背后网络了多么庞大的一个组织体系，但是我绝对有理由相信，咱们现在看到的这些不过才是冰山一角罢了。"凯斯点开了那个文件夹。

"我记不起来多少关于这个庄园内部的情况了，如果他们的计划不是转移人口，而是在这里造出一座'伊甸园'的话，那实在就太可笑了。现在我的脑子里有一些碎片，关于这个庄园的信息，时不时就会冒出来一点儿，我也不知道还有多少是我不知道的。总而言之，这是个让我感觉很不舒服的地方。"米雪儿忧心忡忡地说。

"不不不，'移民计划'也是有的。曾经有个来马普尔的客人遭受过电信诈骗，对方打着'移民计划'的幌子，骗了他不少钱。按理说我不应该把客户的愚蠢四处传播，但是这会儿既然情势特殊，我稍微透露一点儿也无妨……"格尔适时地插话，带着一点儿讨好的意味。

"泰西尔－埃西普尔公司，就是这座 dormer 庄园的领主造出了一艘飞船……"

凯斯与米雪儿对视了一眼，想起了两人看到的那个关于演讲的影像视频。在那个演讲的大厅里，确实有一艘飞船的一部分模块。泰西尔－埃西普尔公司曾数次尝试解决动力问题，但是在解决这个问题之前，他们像病毒一样在民众中宣传。这种宣传会引发一定的恐慌，人在恐慌面前就会失去判断能力——他们正是利用了这一点又赚取了大把大把的钞票，这些钞票可以供他们继续做研究。瞧瞧，这些伶俐鬼只是随意颠倒了一下次序，勾了勾手指头，利用了一番媒体资源，就能重新聚集大批财富。不管你是恐惧的、狂热的、激进的、矜持的，还是别的什么流派的，他们都能无孔不入，操纵你的情绪。最后的目的，就是为了从这些人口袋里抠钱掏出来，汇聚到这些混球的手里。他们造出一些东西，发明一些概念，就能让人乖乖地掏钱，就像他在佛理森特的大街上看到的那些磁悬浮玩具车一样。

"这里面的东西，或许能给我们提供一部分信息。"米雪儿盯着破旧的电脑屏幕，带着一点儿期待和热切。

三个人找了一个地方坐下来，凯斯架起了电脑，以便他们俩也能阅读到文档里的内容信息。

令他惊讶的是，文档里有一套非常详细的关于工作进程的记录表，部分文件旁还用 3D 技术绘制了详细的器械剖面图。可惜的是，这些仅仅限于他们研究所研究的那个板块。但即便如此，也算是帮了凯斯的大忙了。

文档里第一段话写着：

> 这个公司现在在研究一些可怕的东西，我不确定已经被狂热的资本、疯狂的思想和自以为是的观念绑架的维尔·多莫现在是否正在做着只有魔鬼才会去干的勾当。我想，只要得知真相，稍微有些良知的人都会选择反对他——只要那个人不是个纯种的畜生的话。这个表面上像维多利亚贵族、内心却堪比纳粹恶棍的老家伙，自以为进行着一项伟大的实验——他把这个实验项目叫作"新世界"，把这个地方称作"伊甸园"，但是在我看来，他连人类最后一点儿良知也泯灭掉了。

凯斯读到这里，和米雪儿对视了一眼，接着往下看。

> 在差不多两个月的时间里，他们整个公司都在墨西哥的城镇和一些暗网上四处搜猎，收集有关莫斯特伯阿米克的各种证据，其反响不绝于耳。米兰德研究所、泰西尔-埃尔普西公司算是最早几个接受现实的地方。米兰德研究所和政府合作，因此方便接收第一手的政府信息和某些不适合公开的资料。以我有限的知识也能想到，

坎贝尔和泰西尔－埃尔普西公司那些赚着赃钱的公司，肯定也和政客们有着各种各样不为人知的交易。

　　"移民计划"最早是米兰德研究所提出来的。那时还没有食物发放机，众人也并不知道能去领取食物。庸众们最擅长的事情就是对所有的东西都有所怀疑，总觉得那些东西一旦被公布出来，就是来骗取他们口袋里那点儿可怜巴巴的钞票的。另一些人大胆尝试了食物发放机里的食物，但是结果尚未验证。有些人——可能是拒绝领取食物的那些人——陆陆续续地死去，在人群中引起了更大的恐慌。当然，这也要得益于人群的愚蠢。在灾难面前，他们有时候自己也会编造出各种各样的谣言。这些谣言相互交织，让愚蠢的乌合之众们越来越恐慌，也让商人和宗教分子发了一笔横财。

　　一开始，我以为"移民计划"只是一场虚假的商业广告，泰西尔－埃西普尔公司只是为了收一笔智商税，采用这种虚拟现实吸引千百万人的生存欲望。当然，更理想的状态是，这种人类的等级秩序最好在火星上也能延续下去。自从我来到了米兰德研究所之后，近二十年中，全球网络变成了一个伪造遗址和循环欺诈的垃圾场。以前的在线电影数量非常庞大，比真正的数据库更为精密，连贯性也更强。这种扩张过程将一直持续到多年后电影版权保护期结束为止。运用网络最困难的问题就是分清什么是事实、什么是电影幻想。有一段经典笑话说，如果真有什么"太空异形"光顾地球的话，它们只消看一眼网络上记载的那些可怕的事件，准保会被吓得大声尖叫，头也不回地逃回它们自己的星球。

　　但是，在"德尤斯A区"里看到的一些东西，改变了我的想法。我只能说，如果爱因斯坦是因为他是一个特立独行且带点儿癫狂劲儿的人，才研究出了相对论，那维尔·多莫就是一个特立独行且带着癫狂劲儿的魔鬼。

关于他自己的一些想法，写到这里就没有了。后面是一连串的省略号。凯斯看完了这些，转向格尔问道："你以前一直住在马普尔吗？"
格尔点了点头，顺便下意识地将身体向后缩了几寸。凯斯的下勾拳给他留下了深刻的印象，不知道为什么，只要凯斯一看向他，他就会有一种下一秒凯斯就会揍他的错觉。

"这么说，这个移民计划一直都有过。但既然有了这个移民计划，为什么又要造出这样一座'伊甸园'呢？"凯斯有点儿纠结，但是他只是一瞬间就想通了。

对于那些富人而言，他们关心的只有自己，不会倾向弱势群体。法律也好，广告也好，科技也好，这些东西都不是给穷人玩儿的。穷人适合在这个"伊甸园"的美梦里给他们提供养分。在这一点上，不管是坎贝尔家族，还是泰西尔－埃西普尔公司抑或是 M 国政府都没有什么差别。

"洛萨科技（Losta Tech），就是很多很多的意思，这句话的意思是这个公司的科技构想有很多。"米雪儿注意到米兰德研究员的那页文档的右下角标注着的单词。在念出这个单词的时候，她脑海中一闪而过的就是这句话，所以她当场就把它说了出来。

虽然她不知道自己的这些灵感到底从哪里来的，但是她相信她说的没错。

随着这句广告语而来的，还有所有和这个单词有关的记忆。那些关于"德尤斯 A 区"的记忆，一瞬间似乎涌上了心头。

这个区域有加工生产车间、组装场所和研究室，占地面积比足球场还大。如果从高空俯瞰的话，这里应该是一座拥有数不清的办公小隔间的房子。

她的头脑里还冒出了一个号码：4009。这似乎是一个编号，但是她想不出这个编号背后代表着什么意义。她回忆起这个建筑里有很多小隔间，中央区是一座高耸的玻璃建筑物，她的记忆里有一个高档的大办公室，四面全是透明玻璃，可以看到远处连绵起伏的雪山山脉，俯瞰地面花园的全景。

"在这里，你就会明白 Losta Tech 的含义，我说的不仅仅是字面意义上的，技术来源于需求，有了需求，人们才会有解决需求的构想。而泰西尔－埃西普尔公司能解决无数种需求，因为我们有……"

米雪儿脑海中闪动着关于"德尤斯 A 区"时断时续的回忆，但是仍旧是碎片化的，就像划花的碟片一样，有些地方很难播放出来。

凯斯注意到她的脸色，低声说了句："你应该休息一下，以保持头脑清醒。"

米雪儿摇了摇头，她很坚强。她知道，如果头脑里出现未知记忆，换成任何人都会觉得可怕，但是她已经在这里了，她觉得这是她必须面对的东西。

"建筑的外面，可能有很多网球场和一个游泳池，很多样子差不多的建筑分散在附近的山腰上，一个高尔夫球场占了旁边一整座山丘，高尔夫球场旁边是泰西尔－埃西普尔公司买下的'冰湖'。"

米雪儿用僵硬的声音播报般地说着自己脑海中的信息。格尔惊诧地盯着屏幕，震惊得下巴都要掉下来了。他发现，米雪儿说的建筑物和这个米兰德研究员绘制的 3D 图示分毫不差。如果不是看到了米雪儿和凯斯的表情，他简直要怀疑这两个家伙是专程来耍他的。

第三十一章

"关键是要从这台电脑里找到打开这扇门的方式。"凯斯说,"如果文件里标注的没错的话,我们现在应该是在峡谷里,只是这些混蛋把峡谷用拙劣的科学手段改造了一番。如果想要深入了解情况,我们必须打开这扇门,让我看看,这些混蛋们到底用了什么方法,把门锁得这么严实。"

格尔收回了自己诧异的目光,低声对凯斯说:"在这个米兰德研究员逃出来的时候,我听到过一个传闻……关于泰西尔－埃西普尔公司的……"

"什么传闻?"凯斯挑了挑眉,"希望能有点儿有用的信息。"

"传闻说维尔·多莫把自己的大脑植入了计算机当中,现在泰西尔－埃西普尔公司,连同整个庄园事实上都是由他意识形成的主程序控制的。而他的两个儿子泰西尔和埃西普尔是他的代理人。这么做只是为了让 dormer 庄园和这个公司看起来正常一点儿。"格尔小声嘀咕着。

凯斯凝神听完,在到达这个鬼地方之前,他当然不相信这个世界上会有这么离奇的事情,但是现在他却有点儿动摇了。米雪儿大脑之中存留的那些记忆很难解释,但是从很多方面来说,米雪儿又的确是一个正常人,他不能从科技怪物的角度去怀疑这样的一个人间尤物。

他们又往下翻了翻文档,想从里面得到更多的信息。果然,这个米兰德研究员并没有让他们失望。他在文档里叙述了 dormer 庄园选址的理由,虽然前面有些文件损毁了,但是凯斯还是从中提取了一些关键信息,在这个文件里,这个研究员终于提到了自己的名字。

这个米兰德研究员的名字叫奥勃塔夫斯基,是个北境王国人,生于1948 年。

他应该和维尔·多莫是同一个时代的人,和凯斯的爷爷差不多同辈,凯斯心想。在第二份文档下面,清楚地写着这个人的履历。

那时候第二次世界大战刚结束不久，米兰德研究员的父亲是个老科学家，他从小就对地质学产生了强烈的兴趣。他毕业之后，就一直从事地质考察工作，还研究稀有金属。从他的履历上，凯斯可以清楚地看见，他参加过横贯土库曼通往里海的铁路建设工作，沿途考察了卡拉库姆沙漠，阿姆－达瓦河两岸和尤兹鲍爱司老河床，他穿越阿富汗边境的沙漠和山地，深入布哈拉，然后与铁路建筑人员一起进入撒马尔罕，由此到达阿拉依山。

　　进入米兰德研究所之前，他已经随着父亲移民 M 国——他们是为了躲避第二次世界大战移民的，他在 M 国接收了高等教育，然后在米兰德研究所里工作。

　　文档里面有一张他的照片，应该是科考的时候拍摄的，凯斯看见他背着登山包，浑身裹得严严实实，手上拿着一根登山用的手杖。笑容很灿烂，看起来应该三十多岁。

　　"你最后一次见到这个人的时候，他是什么样子的？"凯斯有些疑惑，如果这个人的履历没有错的话，以格尔的年龄，他应该见到的是一个老态龙钟的老头才对，但是凯斯清楚地记得，在格尔的描述中，他见到的米兰德研究员奥勃塔夫斯基似乎是一个四十多岁的中年人，正在逃避着什么人的追捕。

　　"他那时候从泰西尔－埃西普尔公司跑了出来……对，没错，住进了温泉旅馆。精神紧张，看起来有点儿鬼鬼祟祟的，我想他应该是害怕吧。"格尔吞吞吐吐地回答着凯斯的问话。

　　"然后你就偷走了他的电脑？"凯斯挑了挑眉。

　　"算是吧。"格尔连忙解释，"他们说，泰西尔－埃西普尔公司的员工有很多钱，但是必须服从封闭式的军事化管理，当地传言他们拉的屎都是金子做的。相信我，我一开始只是想从他的电脑里找一点儿账户的信息，反正他也用不上了。"

　　"这句话是什么意思？"凯斯停下了手上的动作。

　　"意思就是……他在温泉旅馆的时候，其实就已经病得很重了，他快要死了。泰西尔－埃西普尔的人在找他，他是偷偷跑出来的，他们随便找几个黑帮的亡命之徒就能做掉他。在他离开之前我偷走了这台电脑，现在想想，也许他是故意让我偷走的……"

　　"混蛋。"米雪儿不知道格尔的话里隐瞒了多少信息，如果不是在现在这种场景下，他叙述的这件事儿足以让米雪儿揍他一顿。

格尔低下头不敢看她。他也不知道自己这种莫名其妙的畏惧感到底从何而来。也许应该说，他以前从来都没有见过米雪儿这类女人。他和托马斯欺负女人的时候，那些女人只会哭哭啼啼地求饶，从来都不敢还手。这样的次数太多了，以至于他以为每个女人除了哭之外就只会给男人找麻烦。

凯斯看了格尔一眼，眼神中并没有同情。他见过很多这样的人，游走在灰色地带的边缘，没什么道德是非观，只要能钻一点儿法律的空子，他们就绝对不会放过。这些人算不上穷凶极恶的大奸大恶之人，只是胆小的鼠辈，跟在坏人身后助纣为虐，趁机发点儿小财。

只不过，这个米兰德研究员奥勃塔夫斯基的死，确实和格尔关系不大。格尔一看就没有杀人的胆量，他最多只敢偷窃而已。凯斯接待过很多客户，以前也和格尔这类人打过交道，他们很懦弱，绝对没有杀人的勇气。

"还有什么有用的信息？"米雪儿望着文档，"如果能再看到什么标志性的东西，也许能再激活一些我大脑里的碎片记忆。"

"后面还有一张地图。"凯斯一边说着一边手动拖动着电脑光标将这些图片放大，以便米雪儿能将地图上的信息看得更清楚一些。

只见屏幕上展开着一大张北极地区地图，醒目的彩色线条，标记着最近五十年来，各考察队行进的路线。

太梅尔半岛以北的一块地方被奥勃塔夫斯基在地图上做了特别的标记。这块地是维里齐茨克在一九一三年发现的。

地图上另外四个地方，也被奥勃塔夫斯基做了标注，但是坐标范围并不像太梅尔半岛以北的那块地方那样精准清晰。在凯斯看来，如果是抓捕罪犯或者是找什么东西的话，给出这样的范围实在是太大了。

地图下面还附有一些图片，这些图片并不是3D绘制的，倒像是从一本旧书或者是旧的笔记本里面扫描下来的一样。

在这些扫描件下面，附着一些文字说明。

这张地图已经画得很清楚了，在西伯利亚、北欧、格陵兰、北美之间的北极地区有五块区域。前不久WJ意外发现的那个地方或许已经可以说明，在这个区域还有可能取得科学上巨大成果。只要付出适当努力，并吸取前人的经验和教训，就能有更大进展。

当前西伯利亚区域的具体位置还不能确定，目前暂时决定由XB

和 LN 率领的考察队对喀拉什海和巴伦支海进行考察。十七世纪、十八世纪，多个著名的考察队已经对这些区域进行了详细的考察和分析，目前还不能确定"神谕"所在的具体位置，但是 WJ 已深入了西伯利亚的这两个地区。他所受到的不明伤害，或者恰好证明了我们对这个地方的猜想。

看到这里，凯斯停了下来，他本能地觉得，这里所说的这些东西，应该是问题的关键。他需要把这些关键字都记下来。

西伯利亚的喀拉什海和巴伦支海……这两个地方，凯斯在服兵役的时候都专门了解过。那时候，M 国预备对俄罗斯发动突袭，凯斯正好是选中的突袭行动士兵之一。有一个专门的俄罗斯间谍来给他们讲解西伯利亚的地形。

他到现在还记得那个间谍用不太标准的英语描述这里地形的情景：西伯利亚的喀拉什海和巴伦支海里有一个名叫楚科奇半岛的地方，阿拉斯加以北一带，一片空白，没有一条彩色的线条穿过这个地区。

但是现在凯斯看到的西伯利亚的喀拉什海和巴伦支海里面，却标注了另一个群岛——一个据凯斯所知，并不存在的群岛，他们把这里叫作克鲁克尔——当然他们想叫什么都行。

凯斯知道，在那种极寒之地，一定有尚未发现的陆地。没人愿意在那种地方待上好几个月做仔细的考察研究，发现每一块不毛之地并给它们命名。这里有许多漏网之鱼。

他们把这个名字写在空白区域里，证明他们应该发现过这个地方。但是对于凯斯他们而言，这个空白区域太大了，如果从比例尺来说，他们现在在图上圈出来的这块地方，面积几乎为格陵兰岛的一半。凯斯甚至不确定，这里是不是一个群岛，如果是一个群岛的话，要在这些岛上找什么东西就更麻烦了。

第三十二章

寂静的仓库里，隐隐约约地可以听到远处呼啸的风声和海浪拍岸的潮水声。

这个半岛的空气中常年混杂着咸湿的味道。或许在莫斯特伯阿米克降临之前，这种咸湿里还带着鱼腥味儿，但也只是在各类资料网站和上个时代流传下来的旧读物里才有关于这些东西的记载。现在生活在这个半岛的人，只能通过各种旧时代的资料了解什么是鱼类，但是他们多半没有什么兴趣。对于这个时代已经不存在的东西，谁也不会有太大兴趣的。

一向紧闭着的仓库厚重推拉门板此刻却敞开着，一阵冷风夹杂着几点雨丝，吹进了仓库，混合着仓库中那些堆积如山陈旧的物品经年累月混合出来的味道，酿成了一股说不出的怪味儿。但是仔细闻，还是能感觉出这种怪味儿里那种带着湿润感的咸腥味儿来，不得不说，有时候大自然要比人类长情得多。

曾经的米兰德研究所现在已经成为一座废弃的大楼，唯一有价值的，大概就是半岛上的这个米兰德研究所曾经使用过的地下仓库。这个仓库占地约两千多平方米，隔离区间十分完善，曾经储藏过米兰德研究所的档案，各种新型实验器材，以及某些神秘的研究成果。

是的，在米兰德研究所尚未倒闭之前，这个地下仓库里有一个专门的房间，存放着一些在外人看来的所谓神秘物品。乌合之众一向如此，但凡在他们眼中无法理解的东西，最终都会向神秘主义靠拢。当然也会有人从神秘主义的角度给出种种解释，只是这中间有多少可信度就得靠他们自己判断了。

仓库内冷得让人直打哆嗦。说起来，这是约翰·克卢格曼特意选定的地址。米兰德研究所看准的地方，总归不会太差。但是除此之外，他心中还有一番自己的算计，从环境和地理位置来看，这里是一个适合劳动的好地方。这里属于温带海洋性气候，适合一年四季劳作。当然，偶尔下雨的时候会很冷，比如此刻。

室外风很大，约翰·克卢格曼一贯视若珍宝的记账本此刻被风吹得四处飘散，当然他本人已经永远也没有机会心疼了。他的尸体被扔在仓库里，血沿着隔板的缝隙滴滴答答了好一阵子，现在已经凝固成大块的糊状。如果凯斯在这里，根据他一贯的侦探经验，或许可以判断出约翰·克卢格曼的遇害时间。

他不能想象的是另一件事儿。

从体形上看，约翰·克卢格曼也算是个大个子了，但是有人能一只手将他提起来，拧断他的脖子。从常理上来说，这一点很难办到。虽然黑市上有些黑心的商人为了某种邪恶勾当也会养一些打手，但是这些打手的拳头至多不过用来对付三五个在街头小偷小摸的营养不良的混混而已。

"这个叫约翰·克卢格曼的家伙死得很快，200秒之内就已经去另一个世界了。"仓库里，有人用沙哑的声音冷冷地说了一句。

"阴沟里的老鼠，倒是便宜他了。总有人喜欢把这些光有蛮力没有头脑的家伙放出来丢人现眼，以为设置一个程序就能一了百了。这些蠢货总是喜欢相信机器和程序，结果却总是事与愿违。"

他的话音刚落，旁边便有个人咯咯地笑了起来，笑声听起来带着一点儿神经质，但说话的人却似乎习以为常。

"利兹，说过多少次了，别这么笑。"沙哑声音里带着一点儿斥责的语气。

"你这种专门研究机器和程序的人，又怎么会懂得电影的乐趣？"这个叫利兹的人回应他，又不以为意地笑了几声。

"这种被上帝放弃的地方，早就应该由罪恶来统领。我说，坎贝尔和西蒙这帮混蛋，虽然屁股坐着不同的位置，但是都是一样的低级。一个整天都是钱钱钱，活得像守财奴一样；另一个就是想着权力，还能不能有点儿别的追求？这些人，表面上打扮得像个贵族，但是内心却比刽子手还要邪恶。不管是商界还是政界，都要学会表演。对的，他们每天都在表演，像是正义和社会责任担当的化身，抹上头油，穿上西装，发表各种演讲，展示着他们对这个世界的公德心，啧啧啧。"

这个叫利兹的说完这番话，又尖厉地笑了起来，他的笑声中带着一丝滑稽，似乎是在表演某种夸张的舞台剧一般。

"我早就说过，你应该少看一些电影，生活不是艺术。"沙哑声音对他的夸张的笑声越来越不满。

“弗里曼，你太严肃了。要知道，犯罪是一门艺术。”利兹终于停下了他夸张的笑声。原来刚才他一直在折腾着那个已经被放倒的生化人。

“啧啧啧。”利兹捏了捏那个生化人的鼻子，又撑开了他的眼皮，似乎是在进行某项科研活动一样。

不知道弗里曼用了什么方法，反正这个生化人现在一动也不动了。

利兹盯着生化人牙齿和眼眶里那些厚厚的脏污，如果生化人也有感觉，大概现在已经羞愧至死了。

“真不好玩儿，现在他又不会动了。”利兹恶作剧一般扯了扯生化人的眼皮，“做工太差了，我喜欢纯机械的手感。这种合成品，总会令人感觉恶心。”利兹观察了许久，终于得出了这个结论。

“纯机械的行动起来没有那么利落。”弗里曼还是耐心地解释了一句。

“钢铁侠行动非常敏捷，黑豹也是。这些都是上个时代电影中的人物，这种技术现在竟然都还没有实现。噢，真的是人类的悲哀。”利兹感叹了一句，“你知道我刚才模仿的是谁的笑声吗？”利兹眨了眨眼睛。

“不知道。”弗里曼答得干脆利落，“这个生化人的技术已经算是先进了，他们应该给他打了不少肾上腺激素。不然的话，无法完成人体的机械移植。这个机器人已经算是排异比较小的了，还能保留一点儿残存的意识，这样才方便操纵。”

弗里曼一边耐心解释，一边蹲下身子，捡起了约翰·克卢格曼扔在地上的账本。

账本中记录着约翰·克卢格曼仓库中货物进进出出的详细记录。

“实在是太没意思了，你连《蝙蝠侠》也没有看过，我模仿的是小丑。”利兹噘着嘴，显得有点儿不高兴。

“我一出生就被逼着学物理，后来又学机器制造和研究神经网络。我没有什么时间看电影。你知道我的生活环境，利兹，我们得快点儿找到‘潘多拉之盒’，时间来不及了。如果不是我熟悉米兰德研究所的环境，我们不会这么快就制服这个生化人。我怕再晚一点儿，待会儿如果雨下得太大了，我的信号屏蔽器会被淋湿，屏蔽不了这个生化人的信号，到时候他醒过来就麻烦了。”

“你是米兰德研究所的合法继承人，这片地方谁能比你更熟悉？”利兹总算说了一句正经话。

“曾经是。现在米兰德研究所已经不存在了。”弗里曼的声音有些黯然，

"我父亲在米兰德研究所被收购之前就已经通过董事会把我开除了——说真的，那时候我不太理解他的决定。但是现在看来，不得不佩服他，他还是有些先见之明。"弗里曼感叹了一句，"我犯的错误其实不至于被开除。"

"我当然知道，我是和你一起走的。"利兹应了一声，终于放开了那个生化人。

"他的眼睛是改造过的，刚才扫描过这片区域，我查看了里面的记录，在我们来之前，他应该没有找到'潘多拉之盒'。"

"嗯，存放神秘物品的是十号仓库，我小时候是在这个半岛上长大的，米兰德研究所被收购之前的记忆，我这个大脑里应该还残存着一些，只是现在不知道十号仓库里的东西被这个投机倒把的胖混蛋扔到了什么地方。"弗里曼有些痛心疾首地感叹。

"十号仓库？不，你应该是记错了。弗里曼，在我的记忆里，米兰德研究所从来都没有什么十号仓库。你知道的，我有超忆症，我的记忆从来都不会出错。"利兹摊了摊手。

"那我们两个人，一定有一个人弄错了。"弗里曼有些迷惑地挠了挠头，他倒不是怀疑利兹的记忆力，而是怀疑自己是不是弄错了。

"不对。"弗里曼突然像想起了什么似的，"我小的时候，父亲带我来参观米兰德研究所的时候，曾经说过，米兰德最珍贵的两样东西：一样是我，另一样东西锁在十号仓库里。"

"这么说，米兰德研究所曾经真的有个十号仓库？"利兹的语气里充满了疑问。

"如果米兰德研究所被收购是泰西尔－埃西普尔公司的一场阴谋的话，那我父亲有所保留，也没什么好奇怪的了。"弗里曼耸耸肩。

"我认为这是你对泰西尔－埃西普尔公司不满和对你父亲期望值太高才会生出的某种臆想——你要知道，虽然我很不情愿提这件事儿，但是我还是不得不说，是他做出了开除你的决定。"利兹的语气里充满了遗憾。

与此同时，半岛上乌云翻滚，雨点毫无征兆地落了下来。

第三十三章

"这该死的天气。"利兹撇撇嘴。

两人听见大雨砸在仓库活动板房上噼里啪啦的声响。

"雨越来越大了。"弗里曼忧心忡忡地说。

"莫斯特伯阿米克降临之后，这个世界的天气什么时候正常过？！"利兹不在意地撇撇嘴。

"不止天气，什么都没有正常过。"利兹看见弗里曼扭动自己的信号屏蔽器，将干扰功能开到最大，不以为意地说道，"你以为我们这些人，现在在这个世界还能存活就是正常的吗？"他一边说，一边翻看着镶嵌在这个生化人中枢神经中的信号传导器。

"把探照灯拿过来一点儿——"利兹招呼弗里曼，"这个生化人是靠这个中枢神经信号传导器接收指令的。他眼睛里镶嵌的是一种高科技的微型扫描仪，类似于隐形眼镜的机制。但是我想，拆掉这个中枢神经传导器应该就能解决问题了。"利兹拨了拨那个生化人的脑袋，指着他耳后的一个黑色小金属圈肯定地说。

弗里曼看着生化人在利兹的动作下，机械地转过头，在耳后果然有一个黑色的小金属圈，大概只有尾戒大小。

"这些肉人都是在'真空'里培养出来的，这种暗箱操作，只能培养出这些低智商的小混蛋，这些肉人从来没有和人正常交流过，所以，他们也不可能拥有真正的智力。西蒙他们那些混蛋一直在从科技激活的方向想办法突破，这就是这些混蛋真正愚蠢的地方，其实他们最需要的是一个生物老师；因为他们只知道从科技水平上突破，却完全无视人类的基本法则。"利兹终于检查完毕这个生化人全身所有的构造，现在他已经确定，他算是基本上弄懂了这个生化人的运作机制。

"把工具箱给我。"利兹招呼着弗里曼。

弗里曼将随身带着的一个工具箱扔给利兹，利兹接过来，他决定将生化人接收指令的信号传导器拆卸下来。这个信号传导器自从出生时就镶嵌在这个生化人身上，几乎已经和他们的血肉连成一体。洛曼日常发出的指令，都靠着这个中枢神经信号传导器传导到这些生化人的神经末梢里，每个生化人都会戴着这样的微型传导器，用来激活他们感官，让他们有超出常人的身体机能。当然，也有那些因此承受不了的生化人，不过没有人会把他们的生死当回事。利兹忽然想起那些黑市上流出的"牛肉"也可能是肉人身上来的，又看了看眼前这个生化人，忍不住一阵反胃。

他从工具箱里取出来一把小刀，小心翼翼地切开肉人耳后的皮肤，肉人黏糊的透明血液一下子冒出来。

利兹擦掉那些黏稠的透明血液，一边像一个拆卸专家一样小心翼翼地在生化人身上作业，一边想象着洛曼用食物发放机里的那些红色食物喂养这个生化人的场景。

弗里曼专心致志地看着利兹的动作，外面呼啸的冷雨令温度骤降，两人带着的探照灯上蒙上一层朦胧的雾气。在对待这些事情上，弗里曼相信，只要利兹手握他的拆卸工具面对这些东西时，他的双手就变得灵巧无比。他对待眼前的这个生化人也就会像对待情人一样小心翼翼，在拆卸和组装这些神经网络的硬件方面，利兹有着艺术家般的狂热。

"好了，我的小伙计。"利兹专心致志地用虚拟的激光针慢慢撬着这个生化人中枢神经信号传导器上连接着的每一根神经，并把已经取出来的那个部分分门别类地归拢在一处——这样的精细活儿万万不能使用蛮力，任何一个失误都有可能毁掉这个生化人或者唤醒他，不管是哪种结果，都是他们不希望看见的。

"真的是太棒了，你的这双手实在是太巧了。"弗里曼看着虚拟的激光针交错在一起、一根根连接着生化人中枢神经信号传导器的奇观，忍不住发出赞叹。虽然他认识利兹很久，也知道从米兰德研究所出来的人几乎每个人都身怀绝技，但是每次亲眼看到利兹在实操中展露技艺，还是忍不住会为他叫好。

利兹欣然接口道："你知道，科学的背后是艺术。唉，你真应该多看点儿电影。虽然我是机器人学专家，但我可以肯定告诉你，机器人的思考是完全直接演绎宇宙实存的一切，艺术也是一样。如果你能把这些小伙计看成情人，就会了解为什么我会这么精细地对待它们了。不过只是好好看待它们也没有用，自从认识你父亲之后，我就在演练这两门艺术……"

两人说话间，室外大雨如注，砸在板房上发出砰砰的声响。海风将约翰·克卢格曼安在仓库门外的招牌吹得哐哐作响，似乎马上就要掀翻一样。

"真怀念米兰德研究所还在的日子，那时候这里几乎会聚了所有顶级的专家，每个人都有自己擅长的领域——"利兹叹了口气。弗里曼知道，利兹在某些方面还保持着孩童般的天真和热情，他一向是个感性的人。

"这个生化人的中枢神经信号传导器每一根细线都和他的神经末梢连接——它们彼此融合得很好。看起来，这个生化人应该算是洛曼那个蠢材的得意之作了。"利兹一边拆卸一边向弗里曼说道，"不过我还是维持我原来的看法，我喜欢纯机械的手感，这种合成品让我恶心，如果《钢铁侠》里的纳米技术能真正实现，那就什么问题也没有了。"

"真不敢相信这种话是从一个科学家嘴里说出来。"弗里曼摇了摇头，他对那些不知多久以前的电影一向嗤之以鼻。

"小伙计，科学的前提是大胆的假设，你就是缺乏一点儿浪漫的细胞。"利兹打趣着弗里曼，但是手上的动作却没有停。

"好吧，姑且认为你说得对，但是如果别人听见这句话，会觉得你应该和维尔·多莫为伍。"弗里曼观赏着利兹的每一个动作，眼神就像欣赏情人的胴体一样温柔。这个时候，不管弗里曼说什么，利兹都会认为他是对的。

"老实说，这个人身上有让我欣赏的地方，但是不能排除从整体上看，他是个混蛋的事实。自然给人类文明和科学的启发，不是为了让人去反抗和亵渎他们的。维尔·多莫正好是个自不量力的混蛋。"

"如果一切都是自然而然的行为，那你对莫斯特伯阿米克的降临怎么看呢？"弗里曼递给利兹一把激光起子。

"一切无差别的灾难都是对人类的天启。愚蠢无知者总是想赋予某些自然现象一些情感或意义，但事实上这只不过是人类的一厢情愿罢了。对于无法更改的自然现象，我们能做的只有接受。在原始时代，人口密集中心事实上是自给自足的，他们靠邻近的农业产品维生。除非因为水灾、瘟疫或者收成不好，否则没有什么事情能对他们造成伤害。后来人口密集中心逐渐扩大，科技也逐渐进步了，地方上的灾害便可以靠远处另一个人口密集中心的援助而加以克服。不过他们也付出了代价，那就是扩大了互相依赖的范围。在中古时期，那些还没有包藏在钢穴之内的开放城市包括最大的城市在内，可以靠它们自己粮食店里的存货及各种紧急存粮维持至少一个星期。当谭城刚成为城市时，它可以依赖本身的粮食维持一天。但现在，它连一个小时也维持不了。假如有某种灾祸发生，当它发生在一万年前时只会叫人觉得不舒服，发生在一千年前会让人觉得事态严重，发生在一百年前会令人感到痛苦，发生在今天呢，则会叫人没命。但是现在你也看见了，我们还是活蹦乱跳的，因为我们领取着食物发放机里的东西，吃着那些红色的面包，喝着没什么味道只能解渴的啤酒，这些才是真正的神迹。"

"也流着这种黏糊糊的透明血液。"弗里曼不失时机地接了一句。

"没办法，除非有一天我们弄懂了这个新世界的机制。当然，我们原来也没有弄明白过，连'神谕'之谜都还没有解开呢。"利兹略带讥诮地说着。

弗里曼看着他像最细心的脑科医生一样，将附着在信号器上被激光照射着的、纵横交错的不同的神经元缠绕在一起，慢慢地将那黑色的中枢神经信号传导器从生化人耳后取了出来。

"把装着洗涤溶液的盒子拿过来，对，就放在这里，小心一点儿。"利兹用镊子将这个神经元信号传感器夹起来，上面还带着黏稠的糊状血液。他将带着生化人血迹的信号传感器扔到了盒子里，盒子里顿时传来一阵呲呲的溶解声。

"一想到自己和这个恶心的家伙流着同样颜色的血，我就想把吃下去的晚饭吐出来。我敢说，自从这个家伙出生后从来没有洗过澡刷过牙。"利兹强忍着恶心感，撑开了生化人的眼皮，又将装有微型扫描仪的隐形眼镜取了出来。

"好吧，这个家伙基本上已经没什么用了。"利兹摘下手套，将所有的东西归位。

"让这个家伙自生自灭，也好过让他回到洛曼的黑工厂。"利兹用容器取了一点儿雨水，就着雨水洗了一下手，"那些猎奇的新闻总是管我叫'生化人猎手'，我可不这么认为，"利兹一边甩手一边看着弗里曼说，"我明明是个网络系统维修专家。"

第三十四章

在凯斯念出那段关于群岛的描述的同时，米雪儿却盯着坐标上的那串数字，她把这串数字连起来念的时候，觉得有些耳熟。

"211306……"她轻声在心里默念。让她惊奇的是，在她默念出声的时候，大脑中似乎出现了另外一个声音，这个声音帮她补全了其他数字。和往常一样，她已经习惯了，她知道这是她丢失的记忆中的一部分。

"我和利兹已经拿到了一些考察数据，这个不知名的群岛与马普尔一样，也藏有'神谕'金属。但是这些发现令维尔·多莫变得像魔鬼撒旦一样疯狂，他已经偏离了科研的初衷，现在他期待找到的不仅仅是'神谕'碎片，还有研究这些碎片效应后如何打破自然规律。当然，他还萌发了要利用打破自然规律的手段来把控这个世界的疯狂念头，我和利兹一致认为，维尔·多莫的这些想法，比史书上记载的盖世太保还要疯狂。好在当初'德尤斯 A 区'建设的时候，我们已经保留了一些暗道。虽然我们并不清楚为什么要这样做，但是我们相信总有一天会派上用场。"

凯斯念着这段文字，但是他现在来不及搜索这篇日记中提到的某些信息，因为这台旧电脑已经对他发出了电量低的警告提醒。

凯斯压动鼠标，飞快地往下拉去，他想要在电量消耗完之前找到那些和密码相关的文字记载，但是显然电脑的电池存量比他想象的要少得多。随着凯斯的动作，电脑屏幕的光亮慢慢暗了下去。只见屏幕闪动了几下，凯斯听见电脑发出的声音戛然而止，四周重新陷入一片死寂之中。

凯斯看了米雪儿一眼，低声道："没有电了。"他关上了电脑盖子。

突然有一阵细微而孤独的震动声自远而近，达到小小的高峰，然后逐渐消失。那是"德尤斯 A 区"开工的声音，泰西尔－埃西普尔公司的秘密生产基地现在已经启动了。

"也就是说，刚看到关键的地方就没有电了。"凯斯默默地把电脑收起来，重新装进格尔的包里。这个电脑里面所传达的信息远超他们的想象，看样子，米雪儿遇到的问题远不像他们想得那么简单。

"凯斯，这里面是不是提到过'暗道'？"米雪儿突然插了一句。

"是的。"凯斯点了点头，他神情疲倦的时候一向不喜欢说太多话，但是他想米雪儿应该不会介意。

他们根据外面蒙蒙的天色无法判断现在的时间，但是应该不会早于七点。三个人都有些神色疲倦。

凯斯想要从大衣的口袋里掏出一根电子烟来抽，但是摸口袋时才发现，自己的电子烟已经抽完了，凯斯只能抽开手。格尔似乎看出了凯斯的意图，竟然从自己的背包中拿出了一根电子烟，递到凯斯手中。

"这些都是温泉旅馆的客人落下的，我都收在我的包里。"格尔整理着自己的背包，"虽然不知道有什么用，但是好在我一向喜欢收拾。"

"谢谢，现在不用了。"凯斯回绝了格尔的好意。他怀疑这些电子烟是格尔从客人那里偷来的。

"暗道"这个词，似乎激活了米雪儿脑中的某些记忆碎片。米雪儿站在原地，蹙着眉头苦苦思索，现在凯斯和格尔似乎已经习惯她这种状态了。

"一会儿'德尤斯 A 区'的所有警卫组织启动后，我们就没办法进去了。要想办法打开这扇门。"米雪儿有点儿难受，她感觉自己脑海中关于泰西尔 - 埃西普尔这座古老庄园和秘密工厂里的东西就像一个被封口的盒子一样，只是这个盒子现在破了一个口子，里面的东西会时不时地抖搂出来。而这个盒子最核心的部分，自己却始终窥探不到。她相信这个核心领域里有深层的秘密，就像一层薄纱马上要被揭开前一样，既有一种憋屈的难受，又有一种隐秘的期待，这种感觉令她十分烦躁。

电脑的屏幕熄灭让米雪儿的脑中突然闪现出一个念头，她已经把那串数字在心中默念出来了。

"我们得想办法进去。"凯斯望着那扇紧闭的大门。那对金翅膀的守门员岿然不动，尽管这里已经被废弃了，但是在这种缺乏生物微生物的环境中，金翅膀的守门员一点儿生锈和残破的迹象都没有。凯斯凝视着它们挺直而有棱角的脸上那大大的、深色的眼睛。

米雪儿走上前来，对凯斯说："或许我可以试试这个密码。"

凯斯知道她又想起了什么，她一向不是那种矫情的人，相比于别的女人来说，米雪儿有种当机立断的气魄。

"对，凯斯，不管结果怎样，让我试试。"米雪儿犹豫了片刻之后，语气变得笃定了一些。

"或许也会拉响警报。"凯斯看她凝重的表情，摊了摊手。

"但愿不会。"

米雪儿走到门禁处，看了一眼紫铜色的链条式护身符，又看了一眼左右两扇门上两个男人的头顶上的那一轮圆圆的、玫瑰色的太阳，太阳洒下的金色的光像一些扭动的蛇。这是古老神话的隐喻，这样的装饰令她感觉到多莫内心的混乱。多莫表面身份是科学家，但是在内心深处却期待神启。或者，他认为只有他自己才是真正得到了神启的那个人，否则为何只有他找到了"神谕"呢？大概正是因为如此，多莫才会呈现出这样的狂热姿态。

米雪儿仔细观察着那个一扇门一半的太阳浮雕，这个太阳浮雕的金色阳光连接处，有一个凸起的古铜色环盖。

米雪儿拨动了浮雕的手指，这个古铜色的环盖自动弹到两边，露出了里面的密码器。

"211306……"米雪儿一边默念，一边输入自己脑中想象的那串数字。

"德尤斯Ａ区"的作业已经启动，在米雪儿输入这串数字的时候，凯斯突然想起了自己看到过的一个关于"暗道"的故事。

这故事与洛金某处的车道有关，以一桩谋杀案开始，谋杀案的凶手欲逃往事先安排好的藏匿处，地点就在一条车道的某个角落。凶手奔跑于车道中，踏过百年来从未受到骚扰的积尘。只要找到那个废弃的洞，他就可以百分之百安全地躲着，等待搜索行动结束。

但是他转错了方向。在凄凉、弯曲的通道里，他发了一个亵渎神明的疯狂誓言。他说，就算没有上帝和众圣徒的保佑，他也能找到他的避难所。从这个时候开始，他不管怎么转都转错方向。从一个街区转到另一个街区，从菲格罗亚转到日落大道，再从日落大道转回菲格罗亚，他就在这些地区间的无尽迷宫中转来转去，他不眠不休地从这一头钻到那一头。他的衣服碎成一片片，鞋子裂成一条条，他已经筋疲力尽，只剩最后一点儿力气。他非常疲惫，但却不能停下来。他继续地走，不停地走，前面什么都没有，只有一个又一个错误的转弯处。

偶尔，他也能听到有车经过，他想要呼叫，但总是在下一条车道。无论他跑得有多快（他这时已经很想自动投案了），追过去时却永远只是面对另一条空空如也的大街和一个空旷的车道。偶尔，他看见前面远处有个出口，一个通向城市的生命与呼吸的出口。但等他走过去时，出口却又在更远的远方微微发光。他再度向出口走去，但一个转弯出口又消失了。

执行公务的警员驾车通过地下车道时，偶尔会看见一个模糊的人影静悄悄地一跛一跛地向他们走来。他举起一只半透明的手臂做哀求状，他张嘴嗫动，但却没有声音。等警员接近时，人影会摇摇晃晃跌倒，然后消失。

如今，这故事已经从普通的小说变成民间传说。"迷途的杀人凶手"已成为凯斯这种私家侦探们所熟悉的一个"典故"，他们总是用这个故事来恫吓那些想要逃走的罪犯，告诉他们在法律之外还有上帝的窥视。

就在米雪儿郑重地按下那几个数字后，那扇装饰满浮雕的门却没有丝毫动静。就在一丝莫名的绝望感爬上米雪儿心头的时候，那扇门隆隆作响，缓缓地向两侧拉开了。

随着这扇门的开启，山谷之中连通几个人所处的玻璃房子里所有的灯光都熄灭了，三个人陷入了一片漆黑之中。

几分钟之后，这道门拉开了一道宽阔的缝隙，在这条缝隙之间，有一个圆形的空洞。洞里黑黝黝的，不知道通向何处。

在大门打开的一瞬间，米雪儿回忆起仿佛在很久以前，也看到有人关掉了整个区域的防控设备。这个庄园已经存在数百年了，比泰西尔－埃西普尔公司创办的历史还要更久一些。在这期间，这里存在过各种各样的人，仿佛一个庞然大物被挂上了各式挂件，到后来这些挂件都变成了这个庞然大物的一部分，而头部的东西已经无暇顾及这个东西的所有部分了。当然，这个庄园后来也被扩建过数次，不知道是不是还有人知道 dormer 庄园生产区域里这些转来转去的"暗道"，更不知道这些暗道是否还是当初米兰德研究员认识的样子。

第三十五章

　　黑黝黝的洞口暴露在凯斯面前时，他恍惚闻到了一股潮湿发霉的味道。老实说，他也不知道发霉的味道到底应该是什么样的。自从莫斯特伯阿米克降临之后，这种自然现象已经从他们所处的这个世界消失了。他从网络上看到的信息里说，科学家们通过检测发现，这个世界有部分微生物消失了，所以没人知道发霉的味道到底是什么味儿。也可能就是因为和人类共存的某些微生物消失了，人只能吃死神食物发放机里的食物活命，血液变成了黏稠的鼻涕状液体吧。

　　凯斯想，不管怎么说，他们活下来了，现在他们还站在 dormer 庄园的地下通道门口。这里曾经也有人寻欢作乐，所以被命名为"伊甸园"，但是现在只剩下一条恶臭的暗道和一些人造的精致植物。在"伊甸园"里永生的人都已经死去。

　　凯斯闻着通道里令人作呕的气味儿，记起了他爷爷曾经在日记里描述过自己从一个发霉潮湿的地下管道里抓住某个小偷的情景。他对那种恶心的味道进行了详细的描述，以至于令凯斯差不多忘记了他关于抓小偷的那一段，唯独对这段关于腥臭发霉的味道的描写印象深刻。

　　暗道壁上附着的凝胶做的保温层已经脱落了不少，整块的碎屑掉落在通道的底部。凯斯捡起一块仔细地瞧了瞧，这种凝胶的质量非常好，捏在手中仍然能感觉出一点儿残存的弹性。通道的底部是焊接的铁架子，上面铺着一些减震用的地板，地板应该也是用特殊材料制成的，看起来并没有朽坏，只不过有些陈旧。莫斯特伯阿米克时代的东西应该很难自然风化，看样子这些暗道应该是久远的产物。

　　此刻通道里空荡荡的，整个"德尤斯 A 区"正在管道的斜上方静静伏卧着，在马普尔某个阴暗的、不为人注意的角落。这里面的每一个零件、每一个螺母都即将被唤醒。

米雪儿率先走了进去，她比其他两个人都迫切地想要找到关于整件事儿的答案。尤其是她这种时不时就会冒出来的记忆碎片，她需要将它们拼凑完整，需要找到一个合理的解答。

格尔自觉地背上了背包，这里面装着许多东西，有很多都是他以前偷偷存储的，他可不想丢在这里。当然，也有米兰德研究员的电脑，这里面储存了太多重要的信息。

凯斯跟在米雪儿身后走进了暗道，在暗道焊接架下面，沤着一汪汪的黑水，阵阵臭气从黑水中散发出来。

"注意，把门关上。"凯斯看了一眼洞开的大门，多说了一句，"不要让别人发现我们已经进来了，暂且把这扇门恢复成原样。"

米雪儿点了点头，伸手按下了内室里的一个开关。只听见和开门声一样，一阵隆隆作响的声音后，这扇价值不菲的大门又缓缓合上了。

凯斯退了一步，又确定了一次。这扇大门的内里材质的确和凯斯想的一样，是金属制成的。

三人站在黑暗中，一阵恶臭的气味儿扑鼻而来。凯斯难以形容这是一种什么样的气味儿。如果按照米兰德研究员的年龄来看，这个通道应该是在莫斯特伯阿米克降临之前建成的，那时候有动植物。或许这些东西和凯斯他们一样，不小心闯入此地，有的就死在这条暗道中，变成了一堆腐烂物。

凯斯可以想到在维尔·多莫的庄园的核心区的办公别墅有多么富丽堂皇。但即便是拥有豪华的办公区域，庄园的阴暗处仍然会有暗道这样的区域存在，不得不说，这真是一种讽刺。

"仆人眼中无伟人。"凯斯想到了这句古老的话。一想到像维尔·多莫这样的大人物也需要和普通人一样吃喝拉撒，凯斯就觉得他没有那么可怕了。在他刚进入私人侦探这个行当的时候，每当凯斯需要和一些危险分子打交道时，他就会这样给自己打气。

三个人慢慢地在暗道之中前行。好在这条通道足够宽敞，以前应该是用作运输通道的，所以他们只要一直往前走就行。

"有没有关于'德尤斯A区'的记忆？"凯斯打破了黑暗中的沉默，他觉得这种时候自己有必要说几句话，否则这条该死的暗道简直就像是无边无际一样。如果不说点儿什么，他怀疑他们得像那个洛金幽灵一样在这里转到老死。

当然他心里清楚地明白这不过是个传说，现实中不会有这么离奇的事情——如果真的有某种神秘力量存在，或者说上帝真的能窥视到人间的善恶，首先应该担心的不是他。在他的定义里，他不过是生活在城市钢筋水泥瓦之间的某种夜行动物，而西蒙和坎贝尔甚至包括泽维尔那样的人，才是十足的恶棍和真正意义上的混蛋。

在凯斯生活的那座城市，最富裕的区域有自然日光室。那些富翁们在莫斯特伯阿米克降临之后，确定了永远陷入黑暗的大地和有着强光直射的天空再也不会改变之后，就开始自己合成阳光。这种来自本能的需求倒并没有维尔·多莫合成植物和粮食的实验那么难。这种日光浴室使用石英隔板，隔板上设有活动的金属装置将空气隔绝，虚拟合成的自然阳光和相近的温度进来。谭城市政府官员和高级官员的太太女儿们，可以在那儿把皮肤晒得黑黢黢的。据说每天晚上，那儿都会发生一件稀奇的事情。

会有"黑夜"。

除了那儿，城市的其他部分则根本没有白昼或黑夜的分别，甚至大众人造日光室也一样。是的，凯斯生活的地方也有大众人造日光室，这种便宜的人造日光室没有那么精细的技术，只是使用廉价的人工紫外线，数以百万计的人按照严格排定的时段，偶尔可以进去晒一晒。

只要他们愿意，城市里的各个机关大可轻易地以每天三班、每班八小时，或每天四班、每班六小时的方式持续营业。反正上"日班"或"夜班"都一样。照明无休无止，工作持续不断。

差不多每隔一段时间，市政改革者便会以促进经济效益为由而提出很多建议。为了所谓的经济效益，社会上已经放弃许多早期的生活习惯，包括个人隐私，还有更多的各种以前的人们才能享用的各种自由活动。凯斯觉得对自己而言，最好的就是自从食物发放机安放在市中心之后，他不需要考虑每天吃什么，只需要赚到足够的费用将那些食物换回来就行。

这种日复一日的单调生活当然也并不是完全没有后遗症的，最直接的结果就是这样的生存状态使得无聊赋闲的人大大增加，人们完全丧失了对任何事情的期待，只能依靠各种非法行为来刺激人生，导致佛理森特在某个时段内犯罪率大幅度激增。

他在服役的时候曾因为精神紧张很难入睡，从事这个工作之后，他的睡眠质量变得更差了。以前喜欢过夜生活的那些人在不分白天黑夜之后反而不习惯了，因为夜间入眠这种习惯跟人类的存在一样——晚上睡觉这习惯已经延续了上百万年，是很不容易改变的。即使看不见夜晚，但公寓的照明到了晚上会变暗，整个城市的脉搏也慢下来。在封闭的城市里，虽然无法根据自然天象的变化来判断日夜，但人类却仍能依照时间之手默默无声地指挥，遵循昼起夜眠的习惯。

三个人又向前走了长长的一段路。好在通道里并没有其他杂物，总体而言他们的暗道旅行还算顺利。虽然这条暗道有点儿长，起初还有从缝隙之中透出来的一些微光，拐了几次弯之后，暗道越来越暗，几乎快要看不清脚下的路了。即便如此，凯斯也舍不得把手机拿出来照明。米兰德研究员的电脑电量已经耗尽，如果他手机的电也耗尽，他连找人求助的工具也没有了。

"不介意的话，我想点个灯。"黑暗之中，格尔哆哆嗦嗦地说了一句。

"开吧。"凯斯有点儿意外。

一束微弱的亮光从格尔手上照了过来，凯斯看见格尔正在扣好他背包上的扣子。这是一个手电筒，而且是老式的，就像一个世纪之前人们常常使用的那种探照手电筒的样式。现在就连米雪儿也确定了格尔不过是一个想发点儿小财的小喽啰了——正常想做坏事的亡命之徒不会像他那样背着这些乱七八糟的东西。

不过幸好他的这只手电筒，不然的话，米雪儿就撞到门板了，在手电筒的照射下，凯斯能清晰地看见米雪儿离那钢铁门板至多还有两厘米的距离。

根据那扇门板的造型，凯斯推测这是一扇电梯门。米雪儿用手擦了擦电梯门旁的电子密码器，无奈地摊摊手，对凯斯和格尔说道："又需要该死的密码，维尔·多莫真是一个十足的老混蛋，这些恶心人的设计，一定是他想出来的。"

第三十六章

"我来试试。有时候简单粗暴的方法比任何花里胡哨的东西都管用。"凯斯听到里面机器的轰鸣声,知道他们已经没有太多的时间在这里磨蹭了。

他退后了一步,从口袋里掏出了米雪儿给他的那把枪,如果他没有记错,这把枪里应该还有三颗子弹。假如必须在这里浪费掉一颗的话,也只好这样了。凯斯瞄准了那个电子密码器,扣动了扳机,子弹呼啸着从枪口射了出去,正好击中了电子密码器。

砰的一声,随着一股强大的气流冲击,那扇厚厚的金属门从内向外弹开了。

"也许应该早点儿用这个方法。"凯斯耸了耸肩。或许吧,这声枪声也许会惊动什么人,但是眼下凯斯也顾不了许多了。他们进行的是一种前途未卜的活动,有时候必须冒一点儿险才行。

"目标在哪里?"凯斯问米雪儿,他们的时间不多,必须依赖米雪儿那种时断时续的记忆。

"如果必须靠直觉的话,我选那个演讲厅。"米雪儿冷静地思考了一下,给出了答案,"维尔·多莫是个老恶棍,他相信自己是天选者,他所有的成果都必须在众人瞩目下才会发布。如果他真的死了,我相信他也是一样的,还认为自己是世界的核心——他需要占有所有的东西才会有安全感。凯斯,或许他把'神谕'带进了自己的坟墓也说不定。"

不得不说,在识别恶棍这项天赋上,女人比男人的嗅觉要敏锐。男人们很容易宽容同类不好的品质,只要这个人够义气就行。叛逆的人无论有什么人格缺失,对渴望冒险的人却总是充满魅力。更何况这个人还善于在公众面前洗白自己的形象,把自己的狂热和偏执塑造成一个天才应有的品质。

这是一个滑轮电梯,从上面垂吊下来的长长的缆绳就可以判断出来。

但是电梯很旧了。看得出来，这里已经很久没有人来过，如果不是看了米兰德研究员的笔记，他们也不会知道这条近路。

"从这里爬上去应该就是'德尤斯 A 区'的边缘。那个演讲厅在 dormer 庄园的正中心，我们要绕过'德尤斯 A 区'的重重防卫才行。"

"我……有点儿想回家，我想，我恐怕不能……爬这么高……"格尔犹豫着望着几乎三层楼高的距离，哆哆嗦嗦地吐出几个字。

"你现在想家也来不及了，伙计。沿途返回也没有用了。山谷是封闭式的，只进不出，你知道的。"格尔煞白的脸色令凯斯有点儿不忍心再讽刺他了。他亲手抓住过很多恶棍，但是他始终坚持一点，自己没有权力决定任何人的生死。这是神明的工作，一个人该受到惩罚的时候，无论如何也躲不过。很难想象一个像他这样职业的人会相信命运的安排，但是自从凯斯从战场上幸存下来的时候他就已经笃定了这一点。

米雪儿把棉布裙子上的一块碎布条撕下来缠绕在手上，形成了一个简易的手套。她又检查了一下自己腿伤的绷带，已经准备顺着这个电梯爬上去。要爬三层楼的话，需要用许多力气。

"'德尤斯 A 区'有一个发电厂，我们可以偷偷溜进去，然后你们掩护我把电源切断。整个区域电源重新恢复需要五分钟的时间，这个时间足够我们从'德尤斯 A 区'穿越过去了。"米雪儿简短地说。

"这些也是你的记忆？"格尔追问了一句，他现在需要靠说话来转移自己的注意力。刚才他向来路张望了一眼，确定在来路和爬电梯缆线之间，他更愿意爬电梯缆线之后，他还是学着米雪儿的样子也做了一副简易的手套。

"这是米兰德研究员在电脑里留下来的信息。"米雪儿答道。她脑海里的确残存一些掉电闸又重新启动的记忆，她记不清到底是谁做了这件事儿，接近"神谕"所在的地方，或许能将这些东西全部激活。届时可能会有更多关于她自己的信息，或许能从其中推断出杀害马克西姆他们的凶手。凯斯知道，她现在表现得越淡定，内心就越紧张。他也有过这种感受，只是男人对此都羞于启齿，不像女人那样会直接在脸上露出来。

三个人顺着电梯的缆线爬了上去，中途格尔的背包差点儿掉下去，幸好凯斯坚持让自己殿后给接住了。发电厂在"德尤斯 A 区"的外围，凯斯听见了电机运转时发出来的嗡嗡声响。发电厂对他而言并不陌生，但许多电机并排运作的场景，仍然令人叹为观止。凯斯的父亲曾在类似的发电厂担任要职，他对发电厂的各种设备和模样印象深刻。想当初，父亲强烈希望凯斯能像自己一样成为一名电机维修工人。当然，凯斯的性格有点儿不合适，比起机器，他更愿意和人打交道。

越接近"德尤斯A区"，这种嗡嗡的声响就越大。这声音令格尔双腿发颤，如果不是惧怕凯斯，他简直就要跪倒在地上了。现在他哭丧着一张脸，勉强拖着双腿跟在凯斯和米雪儿身后。隐在中央护墙里的巨型发电机隆隆作响，巨响回荡在四周，空气里隐约有股刺鼻的臭氧味儿。限制区前的警告红线带着严肃而沉默的威胁意味，禁止任何未穿防护服的人越过。

泰西尔－埃西普尔公司的发电厂的某处每天要消耗八千多千焦核原料。所谓的"热灰"放射性分裂产物借由空气压力经铅管被送到十六千米外的海洋，埋进海面下九百千米深的洞穴里。

"停下，前面有放射性射线！"米雪儿郑重地警告着蔫头耷脑地向前挪动的格尔。

"放射性物质人眼看不见。"凯斯看了一眼，接着米雪儿的话道。

"对。"米雪儿有点儿欣慰凯斯的敏锐。如果她知道凯斯在上战场时受到过什么样的培训，或许就不会这么诧异了。

"伽马射线会在不知不觉中给人体造成绝大的伤害。所以，这个发电厂每天到定点的时间才会有人过来，而且他们会穿着厚厚的防护服。"

"但是我们现在必须有一个人穿越里，跑到电机启动室里将电机关掉。"凯斯心中盘算着自己用几秒的时间可以到达那些嗡嗡作响的机器前面。

"从这个方向跑过去，应该要不了太久。把枪给我，凯斯。"米雪儿看出凯斯的疑虑，"从我们站的这个地方穿过去，大概有一百五十米的距离，我可以快速跑过去。万一大门紧闭的话，我也会用你刚才的方法把门打开。"米雪儿尽量让自己的语气听起来轻松一些。

"我脑袋里，有关于拉开电闸的部分记忆，凯斯。所以我是最合适的人选。我比你们更知道那东西在什么地方。"米雪儿笃定地说着。她在脑海里努力回忆着那个当初拉开电闸的场景。

陡然间，她忽然记起这个场景了。当初也是在工厂的某个实验室里，一队穿着泰西尔－埃西普尔公司工作服的人被赶进了一间研究室里，然后厚厚的闸门被无情地拉了下来。那个声音对她说："现在，我要拉下这里的电闸了。这些人是为科学献身的人，我要记录他们在放射性金属下面存活的时间，以便筛选出最有潜力的那个。"

米雪儿仿佛回到了当初的场景，她往下看了一眼，那里似乎安装着某些特殊的透明材料，跟刚才在山谷里看到的如出一辙。透过这些透明的材料，室内的场景一览无遗，但是里面的人却看不见他们。

他们此时还不知道自己未来的命运，在这个由特殊材料构建的琉璃世界里自顾自地生活着。

"这是第三批了，前面两批的人都死光了。你知道吗？米雪儿，我其实也觉得这种方式太过简单粗暴了。我应该让他们每天被辐射一点儿，然后再一点点加大剂量。那些侥幸不死的人，我甚至可以让他们和另外的人结婚，如果他们有那个福气能生一个小孩儿的话，我保证那孩子会受到最高级的礼遇。来，加大能量！"

米雪儿的脑袋里又出现了那个声音。

她被自己脑海深处的这个声音吓了一跳。她望着那个被分隔的世界，知道有人在操纵这些门墙的开关。她隐隐约约感觉到身后有一双手将自己推了一把，栏顶上的玻璃突然向左右两边分开，仿佛自己正坠入核能电厂的分裂槽中。她往下坠落，坠落……她向他伸出手，尖叫着，但他只能僵立在一条深红色的线外，眼睁睁地看着她坠落的身躯在扭曲打转，越来越小，最后变成一个点。

"拉开电闸，今天的辐射训练到此为止。"随着一声闸刀被拉下来的咔嚓声，米雪儿听见记忆里那嗡嗡响的机器像一头臣服的兽类一般安静下来，她自己却被吓得出了一头冷汗。

"中途这个射线会被关掉一会儿。"米雪儿从自己的记忆中筛选出了这个关键信息，"我们可以等待，凯斯。这个辐射区域里有一种特殊的透明材料做的房间，将这些人关在里面。但是这些射线不是一天到晚照射的。等他们关掉射线的时候，我可以混在人群里跑到电厂的控制室里拉下电闸。你们先走，然后我们一会儿在演讲厅里集合。"

"你确定要留下来断后？"凯斯有点儿忧心，但是语气还是一贯的淡然。

"一个人总比三个人的目标小一点儿。"米雪儿像是在给自己打气。

凯斯有点儿明白自己为什么会相信她，相信一个陌生女人了。正是因为她那英雄主义的坚定的眼神，凯斯心想。

第三十七章

"先找找看，我想，我们应该换上'德尤斯 A 区'工人的衣服，这样看起来不那么扎眼。"

"这个主意听起来不错，但是我们得先知道更衣室在哪。"就在两人说话的当口，"德尤斯 A 区"的大门已经轰然打开，一群穿着防护服的人鱼贯而入。

凯斯看见他们全身都包裹着一层厚厚的防护服，衣服的背后烫上了数字编码。在看见人群的一瞬间，凯斯已经和米雪儿躲在一台机器的暗影里。千钧一发的时刻，米雪儿将杵在原地呆站着的格尔也拉了进来。

凯斯与米雪儿对视了一眼，两人都读懂了对方眼中的意思。这样的防护服很利于他们掩藏。

一阵隆隆作响后，从地面升起了无数的特殊透明材料组建的房间，这些房间又长又窄，看样子只能容下一两个人。透过那些透明材料，凯斯看见房间里有一个半躺的椅子，工作的时候是他们的座椅，一旦累了，这些椅子也可以延展出来，供工人躺下来休息。

地面的水磨石被擦得纤尘不染，又用吸尘器吸了一遍。这里应该是无菌车间。

室内的播报器反复播放着工作中的注意事项，警告的意味溢于言表。凯斯与米雪儿交换了一个眼神，在那些细长的透明工作间打开的一瞬间，他们两人已各自钻进了一个房间。

格尔呆呆地杵在原地，看着两个人的动作不知所措。他也想要学着凯斯他们的样子，但是却迟了一步，现在想要退回机器的阴影里也不可能了。

"德尤斯 A 区"里的巡视人员迅速开着巡逻车过来，将格尔抓了起来，并缴获了格尔的背包。

凯斯透过房门看到了这一切，但是眼下他也顾不上格尔了，他和米雪儿都是知道轻重的人。一般来说，正常人都不会相信格尔能靠自己潜入"德尤斯Ａ区"，只要格尔没有供出他的同党，他就还有存活的机会。

凯斯迅速扫了一眼这个透明房间的操作台，操作台上指示针上方显示凯斯所在的区域是第二区ＣＧ部门。凯斯不知道这在工厂的术语中代表什么，他也不需要知道。这个指示台看起来像个精密复杂的仪表，凯斯尝试拨弄了几下，发现当指针前端对准所设定的方向时，它会热起来，移开则很快就会冷却。只不过在发热的时候这个透明房子会变得更加透明，几乎只剩下了薄薄的一层，而当指向其他方向的时候，这个房子的墙面厚度会增加。有一个标语凯斯还是认识的，这是设定操作区域不可见的意思，凯斯迅速按下了这个按钮，就在他进行这项工作的时候，原本属于这个房间的"德尤斯Ａ区"工人进来了，看见凯斯的瞬间他护目镜下的眼神闪过一丝惊诧，但是不到两秒钟他就被凯斯放倒了。

凯斯迅速将他的衣服除下来套在了自己的外套上，又戴上了护目镜。防护服下的人，是个脸色苍白的金发男人。凯斯把他藏在了操作台背后。他不确定这个房间里是否有摄像头，但是他可以确定像泰西尔－埃西普尔公司这样的工厂不会让工人过得太舒服。尽管凯斯现在还找不到摄像头，但是他坚信他们一定有什么方式在控制着这些工人，现在格尔制造出来的这种骚乱是凯斯最好的掩护，他又从那座透明狭长的房间中跑了出来。

厂区内有人拉响了尖锐的哨声，召集众工人向核心区聚拢。

他假意像其他人一样往格尔的方向跑去，站定之后，凯斯注意到有人回头看了一眼，他几乎凭借本能就能确定那是米雪儿。米雪儿比他想象的要伶俐，身手也不错。

凯斯一边想，一边将手插进了防护服的口袋里，他的指尖摸到了一样硬邦邦的东西，应该是他们进入工厂时的标牌。

十分钟后，所有的人都聚集在了前厅，有几个人站在了前厅的高台上，几名身材强壮的保安将格尔押到了台上。

看得出来，格尔已经吓得快要尿裤子了，但是他还是强撑着不让自己晕倒。那台装在格尔包里的旧电脑被这些人缴获了，有人在专门破译这台电脑里的密码，应该用不了太久，他们就能看见这台电脑里的所有信息了。

"现在你有十分钟的时间可以指认你的同伙。十分钟之后，我不敢保证你身上的哪些部位还是完整的。"站在台上的那个人蓄着长发，眼神看起来冰冷

第三十七章 ⑴⑺⑴

凌厉，像探照灯一样扫过众人，似乎要隔着防护服把藏在人群中的伪装者揪出来。

凯斯看了看周围乌泱泱一片都是人，暗自镇定下来。

"所有人都站在原地不许动。"凯斯听见台上的金发男人下了命令，远处传来了大门缓缓合上的摩擦声。

"检查每个房间。"金发男人似乎看穿了凯斯他们的伪装，直接对身边的几个大汉发出指令。凯斯在心里盘算着，如果真的动手自己能有几分把握脱身。当然，只是他自己脱身也没有用，米雪儿还混在人群里，他不能丢下她不管。如果可以的话，他甚至连格尔也想救走，他知道自己有些不自量力，但是他一向如此。

"这里有人。"金发男人组织的搜捕效率很高，他们从那个透明材料造出的房间里抓出了一个男人。凯斯看了一眼，这个男人并不是自己打倒的那个金发男人，他的头发是褐色的，个子不算高，正被两个大汉拖着。

他们把昏过去的男人像扔垃圾一样扔在了台子上后，又附在金发男人耳畔说了一句话。

金发男人脸色冷酷地听完后，重新将目光转到了台下。

"编号一八九六，是谁，站出来。"他望着台下的众人，想制造出一种冷酷凝重的恐怖威压来，剩下的人还在继续搜寻，更加重了人群中的那种紧张的气氛。

在米兰德研究员的笔记中，凯斯读到过，泰西尔－埃西普尔公司的"德尤斯A区"和"德尤斯C区"实行的是军事化管理。但是从凯斯有限的经验来看，这些人并不是军事管制，而是恐怖管制。凯斯注意到，在"德尤斯A区"辐射线外围，所有的巡逻人员都配枪，尽管他们穿着厚厚的防护服，凯斯还是看见他们时不时地将手伸向腰间，全副武装的人都会有这种不经意的习惯。在这些人的旁边，是一些肌肉虬结的大汉，通过肉眼的巡视，抓出那些偷懒的人。不过现在他们都聚集在金发男人的身畔。

"编号一八九六，自己站出来。如果让我的人把你找出来，我想你会后悔出生在这个世界上的。"金发男人又喊了两次，一次比一次疾言厉色。凯斯从这个家伙的面相可以判断出来，这个人的掌控欲很强，喜欢用威胁和折磨别人的方式来树立自己的威信。

凯斯抬头，看见有人拨开了安静又密集的人群向台上走去。他从身形可以判断出那个人是米雪儿。他在一瞬间读懂了她的意思，米雪儿应该是已经猜到了凯斯也混迹在人群里，她不希望他们把凯斯找出来，所以她自己宁可铤而走险。

她走得有些慢，一直站在金发男人身边的两个大汉似乎有些等不及了，走上前去将米雪儿推推搡搡地押到了台上。

"把他头罩和眼罩摘下来。"金发男人对两个大汉发出命令。

两个大汉想要伸手的时候，米雪儿后退了一步，躲避了他们的动作。"我自己有手。"她一边说，一边将自己的护目镜和防护罩摘了下来，凯斯只能看见米雪儿的侧影和她的那头金色的长发。

虽然距离隔得有些远，但是凯斯还是能注意到，台上的那个金发男人在看清楚米雪儿的时候，眼睛微微眯了一下。

格尔看见米雪儿的脸时，眼中终于恢复了一点儿活人的气息，嘴唇动了几下，似乎激动得快要哭出来了。他想要向米雪儿的方向走去，想和她站在一起，这样就能稍微减轻一点儿他的恐惧。但是迫于周遭的压力，还是呆呆地杵在原地，一动也不敢动。

"把这个女人带到我的办公室里去。其余的人，各归各位继续干活儿。"金发男人又多看了米雪儿几眼才收回目光。站在他身边的两个大汉听见了这句话，马上将米雪儿羁押起来。金发男人向站在下面的众人又扫视了一眼，迈步向大厅中的一部豪华电梯走去，这应该是泰西尔－埃西普尔公司高层的专属电梯。

从米雪儿上台开始，凯斯就紧盯着那个金发男人，他总感觉，金发男子邀请米雪儿去他办公室的事情并没有表面上看见的那么简单。甚至他怀疑这个金发男人认识米雪儿，否则为什么这个金发男人放弃了继续寻找而要急匆匆地赶回办公室呢？冷静下来后，凯斯开始分析因果——如果米雪儿真的认识这个金发男人的话，那他更要尽快想办法脱身。他要先想办法去金色大厅还是先救米雪儿呢？凯斯犹豫了片刻，他决定还是先去金色大厅，如果那里真的有坎贝尔家族觊觎的东西的话，他也可以适时地向这些蠢货透出一点点信息，他不需要他们的帮助，只要给他们双方制造出足够的麻烦就行。

第三十八章

　　格陵兰岛常年被雪线覆盖的山脊道，已成了本郡有史以来最凄凉的风景区。这里看起来十分冷清。虽然这个世界常常难以分辨白昼黑夜，但是在这个悠久的童话国度，绵延的雪山在穹顶漏下来的朦胧清光之中还是能令人心生几分浪漫的感觉，但是现在这点儿浪漫的感觉已经被冷雨浇湿了。

　　渔港的渔船早已经残破不堪，也没有什么人去修理，住在渔港中那零星的几户人家已经很多年没有出过海了。山上有一两户人家居住，剩下的居民都聚集在格兰陵岛海岸的小渔村里，尽管现在他们已经不再以捕鱼为生，但是这种数百年绵延下来的捕鱼旧器具有些仍旧还存在着。

　　这是格陵兰岛里一个不起眼的小渔村。

　　这里早已人迹罕至，如果不是偶尔有一两个运货车来送食物，人们几乎已经要忘了还有这块地方了。

　　透过租赁来的小货车车窗，利兹能清晰地看见渔村东面的海岸线光辉尽展：左边是戴伦斯湾的森冷峭壁，右边是波特兰角的绝美悬崖，前方则是丹麦湾海峡里的黑水。

　　虽然现在下着冷雨，但是利兹还是能看出一点儿以前那个童话王国里的轮廓——只不过是暗黑童话而已——利兹想到了这一点，忍不住又笑了笑。他和弗里曼这次行驶的目的地就是格兰陵岛的一个不起眼的海港渔村，这是他从弗里曼父亲的遗言中推断出来的，他想，如果这个世界上还有一个地方藏着"神谕"，那一定就是在这附近了。尽管现在他还是对能否在这里发现新的"神谕"一筹莫展，但是他坚持相信自己的直觉没有错。他曾经也是米兰德研究所的首席科学家之一，但是他坚持相信这一点：在某些方面，直觉有时候比科学更可靠——他曾经靠着直觉激活了很多灵感。

　　除此之外，他常常会在脑海中构建黑线收走所有除人类和部分微生物以外生物的情景，也许黑线收走的生物里还包括那些潜藏在黑水波涛里能唱歌引诱众人的美人鱼。利兹想起了曾经流传在这里的关于美人鱼的传说，心头忍不住蒙上了一层淡淡的忧伤。他向来就是一个感性的人。他觉得，自己的联想能力足够丰富，否则他不会从只言片语中找出一些蛛丝马迹。他的父亲曾经和另外一个科考队一起参加过米兰德研究所展开的"神谕"的搜索活动，也留下过一些笔记和探索成果，只是后来被一个北境王国人窃取了。据说这个北境王国人是泰西尔－埃西普尔公司派出来的间谍，当然他父亲也留下来了一部分资料，虽然不是核心资料，但是他从卷帙浩繁的笔记研究中推测出了十号仓库的大概位置。他相信这是一句暗语，"1"和"0"是二进制中的两个基础符号，派生出了一切机器语言。他也由此联想到两个地方：一个是书上所说的所有人类的发源地非洲，另一个是阿拉伯数字。他想，"1"和"0"或许是某个坐标标识里的一和零，综合对比了这些材料之后，他觉得应该先按坐标来找比较靠谱。

他和弗里曼一路走来多次改名换姓，在换了好几次假护照买机票后，两人终于到达格陵兰岛。之后，他从旧的资料库里又锁定了这个小渔村。从这里出发离坐标点最近，而且不容易引人注目。

当然，利兹还了解到，自从莫斯特伯阿米克降临之后，这里的人早就不以捕鱼为生了，但是有些人因为拒绝食用食物发放机里的食物而死。利兹问起那个帮他们开车的司机，他是这辆租赁汽车附带的，因为他执意要跟着利兹他们，好赚点儿小费。利兹问渔村中的这些人是不是因为坚守旧职业而饿死的。开车的司机告诉他，这里的人并没有他们想象中的高尚品格，莫斯特伯阿米克降临之后，因为这里交通没有那么便利，离死神食物发放机之处太远，所以那些没有车子去市中心的人，还没有领取食物发放机里的食物，就染上了怪病死掉了。

那些侥幸领到食物的人活了下来。利兹听了他的介绍，不禁想到，这个世界上总是有各种边缘区域，也许这样的地方还有很多。这些人就这样自顾自地活着，哪管外界翻天覆地的变化呢。司机告诉利兹，因为这个渔村本来人就不多，这样一来人就更少了。或许一开始这些人外边还有一些亲戚，但是这些年过去了，大概都死了，如今这个小渔村已经两三年没有陌生人造访过了。他平时开车只是为了去领取一些食物，顺便帮渔村的其他住户带一点儿东西，这样才能勉强维持生计。他一边说，一边启动了断了一根的雨刷器，刷着挡风玻璃上冰冷的雨水。

利兹听见刮风的呼啸声，看着渔港里几条残破不堪的渔船。海风掀起的巨浪冲击出雪白的浮沫，又被戴伦斯湾的森冷峭壁阻挡回来。

　　司机一路上尽可能地向两人介绍着这个贫穷渔村的一切，直到再也没有什么可说的了。虽然他和弗里曼也没有给这个司机多少钱，但是对这个司机而言，他们已经是大主顾了。利兹向他询问了租船的事儿。他告诉利兹，这个渔村现在只有一艘旧船，如果想要从这里出发，去他们地图上标识的那个坐标，需要破冰船才行。自从莫斯特伯阿米克降临之后，破冰船一年才会绕到这个渔港的港湾一次。

　　这艘破冰船属于公主航运公司，长约十米。这艘船会在夏季时分单独地驶进入口的水域，它的锚链滑过低速空转的引擎时发出的嘎啦声清晰可辨。后方不远处，顺风船队的一艘船正疾驰过圣阿尔班岬驶向海湾，与那些在微风中晃荡的游艇相隔甚远。这是一年中最热的星期日，时间是上午十点十五分，它会停泊在爱格蒙岬另一侧。他们需要开半个小时的车才能绕过去，如果能划船的话，或许会快一点儿，但是利兹早上检视过渔港里的几艘船后，还是决定放弃划船的计划，在这样的天气坐渔港里的破船，绝不是什么明智之举。

　　司机将他和弗里曼送到了爱格蒙岬，利兹看到了这艘破冰船和它身后的船队。现在这些船都被改造成了观光游轮，在渔业没落之后，只有少数的几个大公司撑了过来，他们花了巨大的代价，将这些船改造成了观光游轮之后继续赚钱。利兹可以想象出，因为莫斯特伯阿米克降临的原因，这些人日常中显得十分无聊，他们急需什么东西消遣。坐船环绕世界或许是个好办法，反正这些人有的是时间浪费，只是精神过于空虚而已。

　　也有少部分人致力于改造这个世界，想要通过各种手段开辟一点儿新的生存空间，比如他自己。利兹看着冷雨中陆续上船的人，有点儿怜悯他们。

　　司机把他和弗里曼放在岸边就离开了。利兹又多给了司机一笔小费，司机显得十分高兴，他生活的地方民风淳朴，还没有学会那些不动声色的狡猾伎俩，所以总是喜怒形于色。利兹喜欢跟这样的人打交道，所以也不觉得吃亏。他要弄钱有很多办法，不至于像这个司机这样惶恐。他们俩各自用自己拥有的资源置换了对方的帮助，这笔生意做得十分愉悦，这就让利兹觉得很值。

　　他和弗里曼在队伍的最后，这个港口上船的人只有稀稀拉拉的十多个。也有人开车上去，公主航运公司的游轮里有供给VIP客户的专属套间，里面有私人车库，靠港三五天的时候，他们可以开车下船去其他的地方游玩儿。到格陵兰岛的时候，这一次远航已经快要接近尾声了，排在利兹前面的那些人是预备新一轮环游的，利兹他们中途就会下船。

大雨仍旧下着，利兹和弗里曼没有打伞，看起来他们很落魄。按照他们俩的标准，在这些身外之物上没有必要费太多心思，这一点上，他们倒是惊人的一致。

虽然以前的那些日用品在莫斯特伯阿米克时代都变成了奢侈品，但是奢侈品也是分等级的。也有收购旧物，提取纤维合成翻新的公司。日用品的消耗速度远远没有食物那么快，而且能再次利用，所以那些上等人仍然可以借此把自己打扮得光鲜体面。

当然随之而来的就是这些雨水、雪水，甚至海水也变得纯净了许多，里面没有杂质，淋淋雨也不会生病。

大概是下雨的缘故，队伍前进的速度很快，轮到利兹和弗里曼的时候，检票的那个船员有些轻慢。利兹清楚地知道，船员轻慢的原因是因为从穿着打扮上，他们看起来不像是上等人。利兹觉得有点儿可笑，所以在上船的时候，他并没有像其他人那样给他一笔辛苦费。这个举动，加剧了船员对他们两人的不满，船员接过票，撕掉了票根，对着利兹努努嘴，翻了个白眼说了声"二楼"，就再也不理他们了。

利兹和弗里曼上了二楼，室内温度很好，视野也不错。他们是最后上来的，广播播报了行程和靠港时间，不一会儿，破冰船拉响汽笛，开始向新的目的地出发了。

第三十九章

从米雪儿的角度看去，只能看见金发男人的后脑勺。他大步向前走着，路上穿过了一个喷泉和一座广场。在马普尔这种冰天雪地的天气里，喷泉竟然没有被冻住，下面应该使用着菲洛力克公司开发的热能技术。

几个人穿过喷泉时，米雪儿闻到了一股淡淡的酒味儿。如果不是格尔抽抽噎噎的哭声太大，她几乎能听见汩汩的流水声。这种酒池喷泉的做派，不禁让她想到历史上某个有名的暴君。

她原来也看过一些电子书，只是忘记那是在什么时候了。反正她的记忆都是碎片化的，时不时会冒出来一些信息，这些东西以前就存在于她的记忆里，只是要在特定的场景下才能被激活。

金发男人的办公室在十楼，几个彪形大汉押着米雪儿穿过一个立着罗马柱的金色大厅，来到电梯前。

大厅装饰得很豪华，有一些裹着袍子的侍女走来走去，侍女手中端着镀金的托盘。如果不是米雪儿知道现在是莫斯特伯阿米克时代，她简直要怀疑自己是不是穿越回了罗马帝国。

身后的两人将米雪儿推进电梯。米雪儿闭上双眼，想用这种冥想的方式想起点儿什么，但她的大脑里却始终捕捉不到关于这栋大楼的任何信息。

叮的一声，电梯门开了。

金发男人转过身来，对几个彪形大汉吩咐："你们先下去。"他扫了几人一眼，"一会儿不要吓到皮帕。"

"是。"几个彪形大汉对着金发男人点了点头。

"先把这个哭哭啼啼的小子关在地下室。"金发男人看了格尔一眼。

"是。"

"坐，当然，你愿意站着也行，我一向不强迫宠物人。我一直坚持，人造人也应该有一些自己的思想和必要的权利。"米雪儿进了办公室，金发男人以后仰的姿势坐在沙发上，点燃了一支烟，他吸了一口，才直起身子，将烟灰抖落在面前的一个玻璃烟灰缸里。

烟味儿很浓，米雪儿闻得出来，这烟应该价值不菲。莫斯特伯阿米克降临之后，越是日常的食物越是匮乏，因此，这些东西的造价都很高。

这个烟的味道很浓，大概也没有受潮……凯斯抽的那些烟里面，总是带着一丝丝潮气，烟味儿也很淡。凯斯说这是因为莫斯特伯阿米克降临之后，没有了部分微生物，所以水分流失特别快。为了维持这个世界的湿度，所以常常不是雨天就是雪天。

凯斯说，这个世界的那些有钱人，总把模仿以前的时代当成他们主流审美，越接近旧时代的东西越是值钱。米雪儿有时候会想，人类就是这样，有时候把垃圾当宝贝，有时候又把宝贝当作垃圾，这种轮回似乎是对人类智慧的诅咒一样。她和凯斯待的时间久了，不知不觉竟然学会了凯斯那种随时随地嘲弄这个世界的语气和习惯。

该死的，他们不过刚刚分开，但是她总是会想起凯斯。

在米雪儿冥思苦想的时候，金发男人一直在打量着她。

米雪儿注意到，他看她的眼神很奇怪。

金发男人见米雪儿抬头，似乎看出了他眼神中打量的意思。金发男人并没有回避，他只是眯着眼，猛地吸了一口烟，又看了米雪儿一眼。但他看她的眼神和一般看她的那些男人不一样，那些男人看到她时，都是色眯眯的，但是他不一样。当然，这个金发男人的眼神里也有那种研究猎物的神情，却没有色情的感觉，倒像是在……发掘她身上的某种东西。

"把皮帕牵过来。"金发男人按响了办公桌前的一个按钮，吩咐了一句。

"好的，经理。"女助理的声音从另一头响起。

米雪儿注意到，金发男人用了"牵"这个字，这是个带有侮辱性的字眼。米雪儿在电子书上阅读过这个词，她对这个词印象很深，一般人只会用来形容动物。但是她很确定，自从莫斯特伯阿米克降临之后，这个世界上除了人类和部分微生物以外的生物已经全部在瞬间消失了。不过如果这个金发男人养了一只电子狗做宠物的话，也不是不可能。

但是，直觉告诉米雪儿，事情并没有那么简单。以她有限的经验判断，这个金发男人这么急着把她带到办公室来，绝不只是为了看电子狗那么简单。

办公室里的气氛凝滞了片刻。

米雪儿听见室外传来一阵敲门声，金发男人抖了抖烟灰，将还剩下一半的烟按灭在烟灰缸中后才说了一句："进来。"

他的语气里没有威严，就是那种普通的语气，和他对待那些彪形大汉的不耐烦截然不同。

"好的，米勒先生。"助理推门进来，这才发现米勒的办公室里还有一个人站在那里，而且这个人竟然还是个女人。这令她觉得有点儿不满，在她的印象里，米勒先生绝对不会让任何女人在他的办公室里停留超过三分钟。

米雪儿并没有注意到她嫉妒的眼神，在她进来的一瞬间，米雪儿就看见了她身后用绳子牵着的那个人。确切点儿说，这不能被称为是人，因为在看见他的时候，从他苍白的皮肤和充满了白翳的眼睛里，米雪儿就判断出他是一个肉人。而且这个肉人应该没有打过催化剂，他身上的肌肉和骨骼看起来就和他们差不多，看起来并没有打太多催化剂。

"皮帕留在这里，你可以走了。"米勒接过助理手中牵着皮帕的绳子，拍了拍自己身边的空位，示意皮帕可以坐在自己身边。

皮帕乖顺地坐了下来。

米雪儿现在已经可以完全确定，皮帕是一个肉人了。

可是，皮帕和一般的肉人不一样。米雪儿听见过黑市有人提取人类细胞克隆肉人，然后再将这些肉人养大之后用来售卖。但是这些肉人的成熟期非常长，养殖他们的人通常都是些黑心商人，他们不耐烦等待肉人漫长的成熟期，都会使劲儿给肉人注射催化剂。这些催化剂会减损肉人的智商，使得这些肉人的智商不会超过三岁。当然，米雪儿也听说，有人会把肉人当成宠物来养，但是在此之前，她也只是听说，并没有亲眼见过。

毕竟，法律已经明令禁止买卖肉人。不过现在，米雪儿已经确定了，法律对这些有钱人来说，就是摆设。

"我养皮帕养得很用心——完全把他当成一个普通人来看待的，你看，"米勒捏了捏皮帕的脸庞，"没有用催化剂的肉人，看起来和人类没有太大区别，他的智力差不多等于一个十岁的孩子。"米勒说完，又围绕着皮帕转了两圈，就像匠人在欣赏自己的某一幅杰作。

"对了，皮帕，去给客人倒一杯啤酒。"米勒用眼神示意桌子上的啤酒杯。

皮帕看到了米勒的眼神，立刻垂首站起来，倒了一杯啤酒，递给了米雪儿。

"看，我说得没错吧。皮帕的理解能力很强，但是这一两年，不管我怎么训练他，他却始终还是十岁左右的智力，很难往前再进一步。"

"这些和我又有什么关系？"米雪儿冷冷地说了一句。

"当然有。"米勒似乎并没有注意到米雪儿冷淡的语气，"宝贝，你知道吗？你是我见过的最成功的人造人。我不知道是谁制造了你，用了什么技术，但是肯定不是肉人的这种。"米勒近乎崇拜地围绕着米雪儿欣赏着。

"你不是自然诞生的，我敢肯定你不是——啧啧啧，你实在是太完美了。所有的人造人都有专门的标记，就像肉人一样。"米勒招了招手，那个被他养的皮帕就乖乖地走了过来，米勒将皮帕翻转过来，只见皮帕的左耳根处有一道若隐若现的银丝。

米雪儿看着皮帕的标记，不由自主地伸手摸了摸自己左耳根处。这里光滑如新，但是右耳根处却有一点儿凸起。米雪儿记得自己右耳根那里原来有过一处伤疤，现在已经淡得只剩下一道淡淡的凸起，但是仔细感觉的话，还是能感觉到这处伤口的长度和宽度。

"不用找了，亲爱的甜心，你这里肯定会有一条伤口的——男性的银丝在左边，女性的在右边；因为这里是曾经给你传输记忆的地方，我不知道他们用的是什么黑科技，但是肯定是我从来没有见过的……这个疯子把你造得如此完美，一定花了很大的价钱。他已经把一切都想到了。啧啧啧，你实在是太完美了，简直令人难以置信。"米勒兴奋地围着米雪儿转圈，一边转圈一边欣赏着米雪儿曲线玲珑的身体。米雪儿怀疑，如果不是因为他害怕自己踢他一脚，他随时都会上手。

砰！

就在米勒准备上手时，一声尖锐的轰炸声响传来，办公室厚厚的玻璃窗碎了一地。

"该死的，明天我一定要把那些负责安保的家伙都撤职了。还有这些做军火实验的，能不能长点儿眼睛！"米勒大声咆哮着，又恢复了他那种恶狠狠的神态，肉人皮帕被吓得缩在沙发角落上。

米雪儿乘势一脚踢在米勒的命根子上，在米勒捂住自己的关键部位时，米雪儿拼命地向电梯的方向跑了过去。

第四十章

"该死的，快点儿！"米雪儿一边飞快地按着电梯上的各个数字键，一边在脑海里运转着自己的逃生路线。她原本想要从电梯里下到一楼，但是透过电梯里的透明玻璃，她看到那个名叫皮帕的肉人竟然像壁虎一样趴在玻璃上，正在急速地从十楼的玻璃窗上向下滑。

说实话，她很清楚这些科技公司会对肉人进行一些生化改造，因为这些肉人不像人类那样拥有人权，对肉人的食物供应也远远不如供应人类食物那样充分——正是因为食物短缺，所以这些肉人或多或少地都有一些智力问题。

当然，米雪儿还听到一种说法，那些饲养肉人的财阀，会采用克扣食物的方式让肉人生病，并以此来观察肉人的生理变化——据说那些因为食物短缺而生病的人，大部分都死了，但也有少数挺了过来。只是挺过来的那些人，身体机能产生了一些变异——那种为了适应严苛环境而产生的变异。有的肉人眼睛能在夜间视物，有的肉人则是长出了类似两栖动物一样的蹼脚，还有生出利爪的，也有类似于猛兽一般长出獠牙的……这些肉人都是在严苛和残酷的环境中优胜劣汰的物种——以大量的死亡为基础。

电梯不停下行，米雪儿看见皮帕伸出手来抓电梯的玻璃外框，那里包着一块铁皮。皮帕的利爪碰到了铁皮，竟然把铁皮撕下来一块儿，这个举动让米雪儿吓了一跳。这个肉人皮帕竟然有两处变异！电梯框被他抓得摇摇晃晃，就在他将要把电梯弄坏的瞬间，电梯门叮的一声弹开了。

米雪儿看了一眼女侍往来的大厅，只见皮帕已经绕道厅门口。

她一咬牙，头也不回地向地下室跑去，她感觉皮帕向自己的方向掠了过来，一路上撞翻了好几个端着金杯的侍女。

在皮帕的利爪要抓到米雪儿的那一瞬间，米雪儿感觉自己突然被人猛力地拖入室内，米雪儿向前猛扑过去，随着一声重响，地下室的铁栅栏门在千钧一发的时刻被关上了。

皮帕不甘心地撞击着铁栅栏，对着米雪儿龇牙咧嘴地吼叫着。

"用铁棒把门别住，快！"凯斯的声音从身后传来。

米雪儿从地上抓起一根铁棒扔给凯斯，凯斯飞速地把门别上，米雪儿已经从地上爬了起来。

"你怎么找到这里的？"米雪儿有点儿惊喜。铁门外，皮帕的吼声仍然断断续续地传过来。

"说来话长。总而言之，我们都得感谢赛洛给了我这个手机。"凯斯简短地回答了米雪儿。

两人又向前走了一段，米雪儿才看见缩在角落阴影里的格尔，格尔还在抽抽噎噎地哭着。但是一看见凯斯和米雪儿过来，他马上停止了哭泣，紧紧跟随在凯斯身后。

"从这里过去，就是议事厅。"凯斯一边打开手机导航，一边带着他们向前走。

借着手机的微光，米雪儿看见路上用玻璃罩着的一些奇怪的装饰和雕塑。这些雕塑大部分是黑、白、灰色，面孔之中带着一种痛苦的扭曲感。更让米雪儿觉得奇怪的是，有些雕塑身上竟然披挂着中世纪的铠甲，看久了只觉得古怪而又诡异。

"凯斯，你有没有觉得，这里的雕塑和教堂那边的有点儿像？"米雪儿有点儿惴惴不安地说。

她走在最后，只能看见凯斯和格尔的后脑勺。凯斯的个子很高，她只能看到他的肩膀，格尔的头有点儿扁，但是头发还算密集。

米雪儿看着他们俩的背影，忍不住又摸了摸自己右耳根的那条伤疤。不管怎么样，那个金发男人米勒的话还是令她心中有点儿不快。

"我也注意到了。"凯斯打断了米雪儿的遐思，"我在警局的高档会客室也见到，虽然我不懂什么该死的艺术，但是凭侦探的直觉，我觉得这些东西都是一个风格的。当时那两个该死的混蛋在小声讨论着，说这是什么索婆阿腾纳斯教派的装饰物。当然我只是听了个大概，我并不关心那两个混蛋说了什么，但是他们的话还是时不时会钻进我的耳朵里。后来他们提到了一件事儿，说是西蒙有一次喝醉酒的时候说漏嘴了，说是死神复活了一些有名的暴君来帮助他管理这个世界的人类，其中有一些是我们历史书上提到过的，有一些听都没听说过。总而言之，我就把这当成是这两个混蛋的昏话，但是我想你也知道，那些宗教分子总是最能忽悠人的，你要是听他们的瞎话，大概得相信明天就是世界末日了。不过，话说回来，西蒙也不是一点儿用也没有的……"凯斯自顾自地说了一长串，大概是刚才逃出来的过程中一直屏气凝神，现在紧张的神经突然松弛下来的缘故。

"对了凯斯，你是怎么逃出来，又是怎么找到我的？刚才一直没顾得上问你。"米雪儿听着凯斯一长串的喃喃自语，突然想起自己还没有问凯斯这件事儿。

"说起来这件事儿也得'感谢'西蒙。"凯斯故意把"感谢"两个字的音调拉得很长，让米雪儿和格尔能更清楚地听见他语气里讽刺的意思。

"我想反正我们的行踪已经暴露了，索性就更彻底一点儿。"凯斯抬了抬手机，以便几人看路看得更清晰一些，"我在那个透明的生产房间里联系了赛洛，让他帮我用最快的速度把我的位置发给西蒙他们。这样的话，他们就能通过追踪着我们进来的无人机来发射几枚子弹。当然，有没有打中什么人无所谓，只要制造足够的混乱就可以了。"

"西蒙派来的无人机跟着我们进来了？我怎么不知道？"米雪儿充满了讶异。

"当然，据我所知，他不是那么容易放弃的人。"凯斯顿了顿，"这么多年，他也花了坎贝尔家族不少钱，应该也早就研究出一点儿东西来了。只是西蒙是个狡猾的混蛋，轻易不会露出任何狐狸尾巴，他在外面放出无人机，是为了催促我们赶紧进庄园来找东西。"

"催促我们进庄园找'神谕'碎片？"米雪儿一下子就猜到了西蒙的意图。

"是的。"凯斯答道，"西蒙想要'神谕'碎片，但是又不想让坎贝尔家族捷足先登；所以他还偷偷派出了两架隐形的无人机，跟着我们一起过来了。"

"原来是这样，看样子我们得提高警惕才是。"米雪儿警觉地看了看四周。

"刚才有一架已经被毁了，"凯斯说，"另一架隐藏起来，不跟着我们到议事厅，西蒙是不会善罢甘休的。所以我们也不用找了，等我们到了议事厅，它自己就会出现的。"

"有一架已经被毁了？"米雪儿有些诧异。

"对，撞碎金发男人办公室里的玻璃的那一架。"凯斯解开了米雪儿的疑惑。

"我明白了。"米雪儿恍然大悟地点了点头，"只是，我去米勒的办公室一共也不到二十分钟，竟然发生了这么多事情。"

"人生不就是像刮彩票似的那么难以预料吗？我在那个透明的工作间开了

手机和赛洛联系，让他把我的信息接通给了西蒙，然后，我和西蒙通了话。"凯斯陈述着二十分钟前的一切。

"你和西蒙通话？"米雪儿一惊，猜想到了凯斯的办法，但是她确实没有想到，凯斯竟然会这么大胆子。

"是的，你被抓进去之后，我分析这样做是最快的，我帮西蒙拿到'神谕'，他帮我搜索你的坐标定位，然后负责找到你，最后我和你一起去'议事厅'帮他取回'神谕'。就这样。这一切都进行得很顺利，我和他联系只花了五分钟，而我从混乱中跑到大楼花了十分钟。谢天谢地，最后五分钟，你自己决定往地下室跑，不然我还要花五分钟去一楼把你带回来。"凯斯一边说着，一边把手伸向口袋，但这次他却掏了个空。

米雪儿看见凯斯的动作，知道凯斯是想要掏烟，但是他忘记自己的烟已经抽完了。她想到了米勒的烟，又想起了米勒说的话，但是现在并不是为此烦恼的时候，她还有很多问题没有问凯斯呢。

"西蒙为什么这么想要'神谕'？这只是一个激活潜能的能量块而已，最多就是有点儿科技功效，西蒙他难道想开公司？"米雪儿捕捉到了凯斯话中的信息，又追问了几句。

"我想，这一切或许和那个该死的索婆阿腾纳斯教派有关，我有感觉，但是目前还不敢肯定。"凯斯看了一眼周围的装饰物。

"警局的高档会客室的装饰物和这里的风格很像。我猜想他和这个 dormer 庄园的泰西尔－埃西普尔公司之间有点儿什么联系。或许他们之间唯一的联系就是他们服务于同样的主人，哈哈。但是有一点不得不承认，哪怕是西蒙这种蠢笨如猪的人，也会拿宗教恐吓的那一套去控制下属。"凯斯用他一贯略带讥诮的口吻讽刺着西蒙。

"你不相信索婆阿腾纳斯教派所说的，死神复活了那些有名的暴君？"不知道为什么，米雪儿总觉得有些惴惴不安。

"对，是的，我才不相信那两个混蛋所说的——死神复活了那些暴君，用来管理我们这些人。但是西蒙那种猪脑子或许就信了，没准儿他现在正在某个暴君的脚下帮人家舔鞋呢。"

米雪儿笑了起来。

格尔已经停止了哭泣，听着两人的谈话。他一见凯斯他们快步向前走，马上就快步跟了上去。

第四十一章

"说起来，你是怎么找到格尔的？"米雪儿回头看了一下跟在身后的格尔一眼，似乎现在才注意到他。

"赛洛接通电脑的时候已经把电脑里的信号接收器标记了。这个大楼里有不少路由器，所以他很容易就找到了格尔的定位。他把格尔的定位通过手机发给了我。我猜想，你们是一起被抓走的，所以，关押你们的地方应该也隔得不太远，二十分钟不足以把你送到太远的地方。而推理这些，花不了太长时间。"凯斯将这件事儿从头至尾解释得非常清晰。

"干得漂亮。我现在终于觉得，给你三千五百元很值。"铁栅栏外皮帕的声音已经越来越远，几乎快要听不到了，米雪儿也终于有了开玩笑的心情。

"别高兴得太早，这里不会只有这么一个怪物的。"凯斯提醒着米雪儿。

"怪物"这个词有点儿刺痛米雪儿的神经，她又想起了米勒说的话。老实说，自己脑海里存储的记忆并不是最让她担心的，她已经习惯了和这些东西相处，真正令她担心的是她的身份。

但是她转念又想到另外一些事儿，目前她有登记信息。这个世界所有有登记信息的人，都是母胎出生的。和克隆培养出来的肉人完全不同，这些母胎出生的人，他们拥有人权，哪怕这个人是个混蛋也一样。人类最底层的乞丐也比肉人的地位高得多，他们只要拥有一个身份登记信息，就有资格去网站抽签，能领取中心区域食物发放机里的食物。这些都是身为一个肉人或人造人不可能具备的条件。当然，有些人也把自己抽到的食物出售给别人，换一点儿赌博的本钱，自己生病也在所不惜，但是这样的人毕竟是少数，哪个时代都有这样的人。

"我开始有点儿怀疑自己的判断了。"凯斯适时的话语打破了米雪儿的遐想。

"什么判断？"米雪儿关切地问。这段时间相处下来，她已经渐渐习惯了凯斯的存在。

"没什么，可能是我在中心城市住得太久了，对外面的变化一无所知。"凯斯耸了耸肩。

"好吧。希望你没事儿。"米雪儿由衷地说了一句。

"在我看到了那个追你的肉人之后，我想，也许这个世界真的隐藏着不少西蒙他们说的怪物。他们这些混蛋看到过这些怪物，没准儿他们还正在偷偷培养着这些东西呢。但是他们却对民众隐瞒这些消息，这些混蛋们，都是一些十足的恶棍；表面上装出绅士的做派，在媒体面前慷慨陈词，内心却比婊子们还要肮脏。"凯斯不停咒骂着西蒙。

"大部分政府用的还不都是同一套愚民政策嘛。"米雪儿总结了一句。

说话间已经走进长廊，透过长廊两侧的透明玻璃，米雪儿看见，他们现在是在水下穿行，确切点儿说，这条透明的通道是修建在水中的。

"这些都是什么东西？"米雪儿指着水中那些漂浮的物体。

"应该是模拟水中的生物吧。莫斯特伯阿米克降临之后，水里就没有任何东西了，但是总是有人怀旧，在里面安放各种人造玩意儿，假装那些生物还在似的。"凯斯借着手机的灯光向外看了一眼，确认了一下，然后才开口回答米雪儿的问题。

他们的话音刚落，格尔也向外看了一眼，一个做成鲨鱼状的漂浮物猛地向玻璃舱门撞过来，吓得格尔慌忙向后退。

"这些鬼东西里面有机关，凑得太近它们就会动。看样子，做这些东西应该花了不少钱。"凯斯看见格尔煞白的脸色，冷冷地开口解释了一句。

"前面就是议事厅。"凯斯在门口停了下来。

米雪儿抬头，只见议事厅的大门却敞开着，不需要密码，不需要破译，甚至连守卫都没有。

议事厅和他们在视频中看到的一样，除了那架飞船的残片似乎被挪走以外，整个议事厅一点儿也没有变。

米雪儿抬头，一眼就望见议事厅里高耸的穹顶。

穹顶上描绘着一些古希腊和古罗马时期的神灵，还有逼真的背景，看起来烦琐而又富丽。这些画作的色彩十分华丽，充满生气，看样子这些作品都应该画了很久才完成。米雪儿注意到中间的那一幅图所画的内容，似乎和正在进行着的某种秘密献祭有关。深红色的背景上，祭祀的场面一步步展开，画面中所有人都笼罩在一种肃穆、神秘和紧张的氛围中。

叮！米雪儿一边注视着穹顶上的画，一边向前走着，不小心撞到了大厅中的一个摆件。

清脆的声响，打破了厅中的沉寂。

"视频里没有这些。"米雪儿转过头，对凯斯解释道。

"我知道，"凯斯点了点头，"视频里只拍了维尔·多莫的演讲，而且还是黑白色的。"

"你们来得——比我想象得要快，这就证明，你们还是有点儿本事的。"一个深沉的声音从议事厅高处传来。

凯斯、米雪儿和格尔听见有人说话，同时转过身去。

一个坐着轮椅的中年男人出现在厅中，让米雪儿和凯斯感到诧异的是，这个人身后，跟着几个中世纪打扮的侍卫。他们身上穿着黑色和铜色铠甲，让凯斯不由自主地联想到了自己和米雪儿在教堂里看到的那些中世纪雕塑，他还想起了底座上刻着的那个古希腊箴言。

中年男人从椅子上站了起来，看向凯斯三人，他向前迈步，身后的几人连忙也跟了过来。

"他不是残疾人吗？"格尔看见中年男人起身走路，有些惊诧地问了一句，连害怕也忘记了。

"大概这样做显得比较有派头吧。"凯斯答了一句。

"这个议事厅现在已经没有之前那么热闹了。没办法，一是现在人太少了，二是现在的人没有什么追求，每个人都只知道存钱。这个世界已经这样了，存钱还有什么乐趣？！人生最重要的乐趣，在于挥霍。"中年男人看了凯斯一眼，眼神中透着不屑与傲慢，仿佛凯斯就是他嘴里所说的无趣之人。

"也许你说得对，但是抱歉，你的境界可能我们理解不了。我记得这里之前有一个玻璃罩，在罩子里面有一片飞船的残骸，如果方便的话，你可以告诉我们这片残骸去哪里了吗？"凯斯努力忍住了想揍他一拳的冲动，克制而礼貌地询问，他从来都没有习惯过这种说话方式。米雪儿和格尔听在耳中，觉得他说这话极其别扭。

凯斯自己也不知道自己怎么了，大概是被这个中年男人那种傲慢又别扭的语法节奏所影响，不知不觉间竟然学起他奇特的说话方式来了。

"那不是飞船的残骸。当然了，演讲的时候，我会告诉他们说，这就是飞船残片，只是因为——演讲的时候需要煽动民众的情绪，要让他们看到希望，看到具象的东西，然后用浅显的语言告诉他们，我们正在做一件对他们有用的事情——这样他们就会感动得痛哭流涕，会对我们做的事情充满信心，然后会继续买我们的股票，或者是买我们的产品来支持我们。当然，如果那个演讲者长得文质彬彬，看起来像个贵族，那才是真的完美。"中年男人用慷慨激昂的语气发表了一长串的说辞，看得出来，他经常当众讲话，所以就连和凯斯他们说话时，语调也是起伏得当、抑扬顿挫。

"那不是飞船残片，那是什么东西？"米雪儿追问了一句。其实她心中已经可以猜想出来那个东西是什么，但她似乎仍然有点儿不甘心，想要从这个中年男人的口中得到确认。

"这个玻璃罩子里罩着的那个东西嘛……我想想，普通人和新闻上常常会称呼它为'神谕'。所以，你们想叫它'神谕'也行。当然，开采的时候它就在那里。我让那些开采的人保存了它的坐标，然后以这个坐标为核心修建了这座议事厅。你们觉得怎么样？"中年男人语调平静地询问着，就像询问他们几个人有没有吃早餐那样稀松平常。

"你是说，这个议事厅是你修的？"不光是米雪儿，就连凯斯也觉得有些不可思议。他仔细观察着这个中年男人的表情，想从他的语调神态里找出他拿他们几个人开玩笑的证据，一旦让他觉察到他是像猫抓耗子一样拿他们寻开心，凯斯会毫不留情地给他一拳。但可惜的是，这个中年人说话的声调很平静，一点儿也不像是开玩笑的样子。

"是的。"中年男人语气平静地说。

"那你是谁？"米雪儿惊诧地问道。

"外面的人喜欢叫我给自己取的那个名字维尔·多莫，因为这个名字对他们来说，比较容易接受。但事实上，只有亲近的几个人才知道，我的真名叫尼禄。你们能亲口听到我说出自己的名字，不得不说，这是一种无上的荣耀。"中年男人平静地说。

"你说，你是尼禄？你真的是尼禄，还是你拿我们这几个人寻开心？"凯斯实在是有点儿不相信，在他漫长的侦探生涯里，他所确定的都是有理有据的东西，然后顺着这些东西找到线索。而现在站在他面前的人却告诉他竟然是那个死去了几千年的暴君。

凯斯看了看头上的穹顶，又看了看眼前站着的这个人。

他想起自己在教堂中看到的那些有着索婆阿腾纳斯痕迹的装饰品和雕塑，又回想起自己在警局的高档会客室里听到的那两个混蛋警察的谈话，忽然觉得眼前的一切都不像真实发生的事儿。

　　"把手举起来。"几名侍卫命令着凯斯和米雪儿。凯斯一边和侍卫们周旋，一边偷偷按下了手机的快捷键，拨打了赛洛的电话。一个侍卫不满地威胁了凯斯一句："快点！"凯斯只得将手慢慢举了起来。

第四十二章

"人，"尼禄说，"并不是多么高贵的物种。"

尼禄拍了拍手。

凯斯感觉到来自他的压力，本能地抬头仰视。尼禄黄色的眼球便从他那悬崖般的眼眶骨底下显露出来。他身边的两名侍卫一直在悄无声息地走来走去，在大屏幕的投屏上监视着整个泰西尔－埃西普尔公司的运作。

凯斯现在才注意到，大厅那明净的圆屋顶周围及其上方一片黑暗，只有屋顶的一根根横杆上还泛着这个世界不分昼夜开着的人造灯互相交织在一起的惨淡银光。

尼禄睁开他那双硕大的琥珀色眼睛，环视了一下众人。

凯斯看了尼禄一眼，努力想把西装革履的他和罗马帝国的那个暴君联系起来——但是每当他试图这样做的时候，他的思绪总是会回到现实中来。到现在为止，他还是不相信眼前所看到的一切。

凯斯注意到，投屏上显示是密密麻麻的透明材料所制成的恒温箱，和早上自己在"德尤斯 A 区"看到的工作箱应该用的是同样的材质。

尼禄的侍卫拉大了影像之中的画面，屏幕中显现出来的画面变得更清晰。凯斯睁大眼睛才看清楚，原来躺在这些恒温箱里的是一个个活人。只是从画面上可以看出来，这些人应该是被进行了深度麻醉。

"这些是肉人吗？"凯斯突兀地问了一句。

"当然不是。"尼禄的脸上闪过一丝傲然的神色。他这种漠视人命的神情终于让凯斯能把他和那个所谓的暴君联系起来了。

"肉人的智力有限，远远达不到他们这种天才大脑的活跃度。这些是我从米兰德研究所那些科学家的身体里提炼出来的基因，然后用他们的基因克隆出来的生命体。这些人可比肉人金贵多了。像肉人这种低智商的生物，最多也就拿来做个宠物而已。当然，这些人里面也有一些残次品，能用的，大概也就是百分之七十左右吧。"尼禄叹着气，颇有点儿扼腕叹息的意味。

"那些米兰德研究员呢？当初泰西尔－埃西普尔公司的维尔·多莫收购了他们研究所，后来就再也没有他们的消息了，他们都去了哪里？"米雪儿突然像想起什么似的，插话进来问了一句。

尼禄听到维尔·多莫的名字，皱了皱眉头，流露出一副很不喜欢这个名字的样子。

"对我而言，所有没用的东西，当然都要清除了。我不会让任何垃圾占据我的地盘。"说话间尼禄整理了一下他的袖口，就像告诉几个人他午餐吃了什么一样随意。

如果忽略了岁月长河里遗留下来的那些历史距离感，凯斯觉得自己听见这句话时，内心深处实在是很想照着尼禄的脸来一拳的。他觉得长期的侦探生涯里他已经接触了足够多的社会阴暗面和暴力史，但是直面这些东西的时候他还是会同情那些一个个真实的个体。尼禄现在说的这些话，让他真实感觉到了一种脊背发凉的冷意。

"对了，这就是我要展示给你们的'神谕'。发现这个能量块的时候，就像我自己被复活了一样高兴。神对我的命运做了这么好的安排，那就证明我的做法一点儿问题也没有。那些咒骂我的书我统统地看过一遍，我发现，哪怕是莫斯特伯阿米克降临了，人类也并没有一点儿长进，所以我才说他们不是多么高贵的物种。当然，这个世界上，总会有那么一两个人是和他们不同的。只有这样的人才配得到永生。很显然，我就是这样的人。"

"这是'神谕'？'神谕'在哪？"格尔站在一旁，听几个人的谈话听得有些忘神，忍不住随口问了一句。

在来这个鬼地方之前，格尔在自己心里模拟的"神谕"一直就像自己在视频里看到的能量块一样。按他的设想，找到"神谕"的那一刻，就能把"神谕"装在一个匣子里，然后神不知鬼不觉地取走，卖一个他几生几世也用不完的大价钱。这个过程在他的心里模拟了好几百遍，以至于他听众人谈论"神谕"时，马上就形成了相应的条件反射。

尼禄看了格尔一眼，就像在藐视一粒尘埃。他没有回答格尔的提问，在他看来，格尔这么愚蠢的人，不配有和他说话的机会，和格尔说任何一句话都会令他折寿。

凯斯看到了尼禄的眼神，他怀疑如果不是尼禄现在存着一种戏弄和显摆的游戏心态，他是不会搭理他们几个人的——凯斯很明白这些人的心理，他和所有的大人物一样，做成了一番事业之后觉得无人理解，他们需要万千的人来崇拜他们的成就，却又打心眼儿里瞧不起这些崇拜他们、讨好他们的人。当然，也有另外一种可能性，他觉得凯斯他们是没有办法离开这个庄园的，所以，他想说什么就说什么，可以无任何顾忌。

"这就是'神谕'。"尼禄身旁的侍卫接收到了尼禄的不屑，他明白尼禄的兴致尚未完结，但是尼禄却并不想和格尔说话，所以他才开口接了一句。他是在尼禄身边待得最久的侍卫，因为他善于猜测尼禄的心思。他意识到了他的话所引起的效应，随便说点儿什么，只要能消除这份单调和无聊便可。

"什么？"格尔又疑惑地问了一句，"我没有看见'神谕'在哪里，你别想骗我。"

尼禄的侍卫也不再理会他了。

凯斯怒气冲冲地对着尼禄，就像一辆瞄准了目标的坦克："你到底是怎么样把'神谕'的力量发散到这些人身上的？"

尼禄给了凯斯一个玩味的眼神。

"这个道理再简单不过了。在我醒来以后，我看了很多书，我尤其喜欢达尔文和希特勒的作品。物种在竞争的环境下才能被激活潜力，我就是这样训练他们的，当然中间不可避免地会遭受到一定的损失。"

凯斯当然知道他所说的损失是什么。

尼禄对凯斯愤慨的神情十分不以为意。在他看来，他的复活就是一种天选的神迹。他在被复活的瞬间见到过死神本人，并接受了死神的安置。此后的一百多年内，他创造了泰西尔－埃西普尔这个商业帝国，靠着科技和商业再次把人类玩弄于股掌之上。当然，他甚至觉得现在的日子比以前还要好，因为靠着现代技术，他把自己保养得十分得当。死神给他的日子比他在古罗马帝国自然生长的时间要长得多，他可以放开手脚来干一番事业。

"大概是五十年前，米兰德研究所提出了'外星移民计划'之后，我就注意到这个计划了。当然，我不是注意到这个计划背后的科学意义，我在意的是，民众对这个计划的狂热态度。那个时候我就收购了米兰德研究所，并通过媒体告诉人类我要加大对这个'外星移民计划'的投资力度，而因为食物消失变得恐慌无比的人类就会倾囊支持这个项目。"

"所以说，收购米兰德研究所的计划，一开始就是一个阴谋？"凯斯冷漠地撇撇嘴。

"当然，我对科学研究没有太大兴趣。我只对奴役民众的思维感兴趣。可笑的是，你只有奴役了那些愚蠢的人，才能获得足够的资金；只有等你有了足够的资金，你才能更好地拉开你和这些蠢货的距离，让他们更加信奉你，这样才能更好地奴役他们。这一切是不是很可笑？"尼禄陶醉地说出这些话，十分得意地看了凯斯一眼。

"你真的是个不折不扣的暴君！"凯斯怒气冲冲地说，"告诉我那些骂你的书叫什么名字，如果我出去了，马上买上几本来看看。"

"过奖。"尼禄似乎已经习惯了别人对他的不满，"你知道我最大的烦恼是什么吗？"

"什么？"凯斯怒不可遏地问道。

"那些庸人永远也理解不了我。但是他们又确实需要我。当然，死神大人对这一点看得很清楚。我插手和经历的所有时代都有类似胡扯的故事。当你觉得很荒诞的时候，它们却在切切实实地发生着。"尼禄用傲慢又带着古音韵的语调说着这些话。

"如果死神真的复活了几位暴君，那他真的是个不折不扣的混蛋。"尽管眼见为实，但是凯斯还是显得怒气冲冲，"你开采了'神谕'的金属，却把它用在人体上做实验，还是在你明知道这种金属会对人体造成巨大危害的前提下。"

尼禄随意地笑笑，似乎他已经听见很多这类说辞，早已经不以此为意了。

尼禄身边的侍卫看了尼禄一眼，像是用眼神请示尼禄的意见。

"死神大人的意思再明显不过了——要管好莫斯特伯阿米克时代的人，让他们在食物和资源危机下仍能有序运转，不靠尼禄大人这样的人是不行的。难道你没有听过勒庞那句名言吗？群体向来只对强权俯首帖耳，却很少为仁慈心肠所动，他们认为那不过是软弱可欺的另一种形式。他们的同情心从不听命于作风温和的主子，而是只向严厉欺压他们的暴君低头。"尼禄的侍卫骄傲地说。

"不过，我们也没有完全欺骗他们。当然，我们需要做出一些真正的成就，这中间有人牺牲也就在所难免了。"侍卫说完，看了尼禄一眼。

尼禄赞许地点了点头。

"'神谕'还能用在人身上吗？"格尔听着众人的谈话似懂非懂。

"闭嘴。"尼禄的侍卫终于忍不住吼了他一句。

第四十三章

"这么说，你已经把'神谕'的能量用完了？全部用在激活这些人的潜能上？"米雪儿不像凯斯那样需要从道德上遣责尼禄，她一下子就抓住了事情的重点。

"当然。你以为我真的像你们在历史书上看到的那样，除了杀人、喝酒、淫荡就一无是处？虽然我根本不在乎你们怎么看。不过，当那些愚民反对暴君的时候，也会找到一些理由，以洗刷他们崇拜当权者时的那种蠢相给他们内心所带来的耻辱。"尼禄傲慢地说了一句。

"这么说，以前放在这里的'神谕'能量块已经没有了？"米雪儿几乎是近乎绝望地问出了这句话。

"当然没有了，如果有的话，尼禄先生为什么还要致力于科技研发？他就是希望能找到一种途径，开采出更多的金属，来激活人的脑能量。"尼禄身旁的侍卫说了一句。

他一边说，一边把投影屏幕里的图像放大了许多，让凯斯他们看得更清楚一些。

透过那些透明材料，凯斯可以清晰地看见这些装在盒子里的人看起来就像睡着了一样，面容十分平静。

"我采用了量子传输技术，所以他们可以在深度催眠下为我工作。不要相信他们就像你们表面上看到的那样，事实上他们每个人的大脑都在高速运转着，深度催眠不过是为了将他们的身体耗能降低到最低。"侍卫带着尼禄式的傲慢，介绍着泰西尔－埃西普尔公司的研究成果。

"就是这些用于激活的能量块，让我们泰西尔－埃西普尔公司研发出了'冰墙'技术。莫斯特伯阿米克时代最先进的网络技术比基因识别密码还要更高级，因为'冰墙'不仅有预防功能，还有预测功能。"侍卫不厌其烦地向凯斯三个人吹嘘着这个东西。

"我明白坎贝尔家族为什么会输给你了。"凯斯冷冷地扫了一眼一望无际的正在深度睡眠的人群，冷不丁说了一句。

"你说说看，到底是什么原因？"尼禄听见凯斯的话，顿时来了兴致。

"他输在并不像你这样残忍得这么彻底，你完全漠视人的生命。当然，这可能也和他跟着西蒙混有关。再怎么样，西蒙还是 M 国的警察，表面功夫他们也是要做的。"凯斯一口气将自己的嘲讽全部说了出来。

"不错。这就是我当初选址在马普尔的原因。这里人烟稀少，没有多少人会管我在做什么。我也不需要把精力花在那些虚伪的、矫情的掩饰工作上。我曾经还想在这里重造一座罗马的宫殿呢。"尼禄不无遗憾地叹气。

"那到底是什么让你放弃了你这个愚蠢的想法呢？"凯斯冷冷地问道。他的脑海里同时闪过了教堂里那些盔甲和喷泉下的那部电梯，还有那个荒废掉长满了不能使用的人造植物的"伊甸园"。这一切都让他联想到罗马时代尼禄的荒淫，深深觉得自己快要吐了。

他相信尼禄在造这座供别人旅游的'伊甸园'时，一定抱着某种荒淫的目的。他仅有的那点儿关于罗马历史的知识令他对尼禄的荒淫有一定的了解——尼禄深信，没有哪一个人是贞洁的，甚或他身体的哪一部分是洁白无瑕的，人们只是在掩饰自己的恶行，狡猾地给它们盖上遮羞布。因此，凡向他供认自己淫荡的人，他连同他们的其他恶行都饶恕了。

"这就是我为什么要放你们进来的原因。"尼禄打破了凯斯的沉默。

"你想把我们变成你的狗，也没有那么容易。"凯斯摸了摸自己口袋里的那把手枪，忽然想起最后一颗子弹在开那个通道门的时候已经打掉了。虽然如此，但是凯斯还是说了一句："在那之前，我会开枪自杀。"

"你以为我会把你当玩具？不，不，不，我有更重要的事情让你去做。你对我的印象仅仅停留在那种简单粗暴的叙事里。小伙计，你缺乏一点儿耐心。如果你能像你的女朋友一样，大部分时间都在倾听，你就会拥有一个不一样的人生。"尼禄慢条斯理地说着。他的语言里有许多古罗马时代的音韵，落在众人耳中，始终有一些吐字不清的感觉。

"我最后没能将这个宫殿修建成功，根本的原因还是因为这里的变异人太多了。有的人跑了，但是大部分人我都把他们关在了'德尤斯 A 区'里，让他们能在那里安居乐业。"

"安居乐业？"米雪儿听到这个词，想起了她早上脑海中闪过的画面，那个突然打开的玻璃罩子和突如其来的能量辐射，这些画面的细节都清晰无比。她有理由相信，这些画面并不是假的，而是真实发生过的。

"是的。"尼禄又重新坐回到他的那把高级轮椅上。凯斯和米雪儿对视了一眼。

凯斯确信自己刚才清晰地看见尼禄向前迈步的情景，他根本就不需要靠轮椅行动，他只是需要这个轮椅的高级材质和这种做派来彰显他的身份而已。

"难怪他们能承受'神谕'能量的冲击……原来他们都是变异过的人。"米雪儿喃喃自语。

"聪明。"尼禄丝毫没有被人鄙视的恼怒，反而是欣赏地看了米雪儿一眼。

凯斯想起尼禄的嗜好，马上走到了米雪儿身边，恶狠狠地看着尼禄。

"放心，我对你的小女朋友没有兴趣，我一点儿也不喜欢这种看起来单纯无害的女人。我要的是那个杀人如麻的玛丽，只有她才能和我配对。"尼禄用他一贯缓慢的腔调说着，脸上带着某种神往的神情。

"那你就去找她吧，如果你对我们没兴趣，我们就告辞了。"凯斯简短有力地回答他。

"这么着急干什么。我才刚开始欣赏你呢。这么久以来，你是第一个不害怕我的人。我刚才都说了，我需要你们帮我办点儿事儿。你们要知道，要同时催眠这么多变异的人类，实在是太不容易了。每天都要消耗大量的'神谕'能量。"尼禄看了一眼投影屏幕上的画面，忍不住皱了皱眉头。

"那也和我们无关。"凯斯毫不留情地用言语回击着他。

"在你们帮我找到下一块'神谕'之前，这件事儿就肯定和你们有关。"尼禄冷冷地笑了笑，从他这个似笑非笑的动作里，凯斯终于解读出了一点儿暴君的意味。

"你已经拥有一块'神谕'了，还再要一块'神谕'干什么？你要倒卖吗？"格尔听到这里，终于有点儿弄懂几个人的意思了，忍不住又插了一句话。

"闭嘴！"侍卫又冲着格尔吼了一句，"维尔·多莫先生是为数不多的、这个世界上能买得起'神谕'碎片的几个人之一，懂吗小子？"

格尔被他的怒吼吓了一大跳，委屈地站在了一边，忍不住抽抽鼻子。如果不是人太多，他又要哭出来了。

"你的意思是，这些人是因为变异，所以他们的大脑才能承受'神谕'能量的高速催动？"米雪儿并没有被尼禄刚才的眼神吓倒，她顺着屏幕上的画面，看到了汇聚在这些人头顶上的那些虚拟的量子形态云。

"不错。我那个时候没有遇到过你这么聪明的女人。如果我复活了血腥玛丽，我是说，我的王后宝座一定会给她，但是如果我高兴，说不定我也会考虑把你带在身边做个侍女什么的。"尼禄投给米雪儿一个欣赏的眼神。

"谢谢了，实在受不起。"米雪儿想到自己之前有可能就是从这里逃出去的，忍不住有些作呕。但是现在他们还需要知道更多的信息，才能确认到底是谁杀了阿姆塔奇他们。直觉告诉她有可能不是尼禄做的，可是和"神谕""人造人"这些名词似有若无的联系，又让她有些迷惑。

"你也是索婆阿腾纳斯教派的人？"凯斯想起了教堂里那些古怪的盔甲和警局的高档会客室里那些暗黑风格的装饰。

"小伙计，有时候我会怀疑，你到底有没有常识？不过话说回来，比起暴君，宗教也确实是一个非常完美的愚民组织。可以为那些蠢货们创造一个虚拟的、遥远的天堂，反正谁也没有见过，却要为了这件事儿奉献一切。索婆阿腾纳斯教派？那不过是我们管辖的二级下属而已。我唯一崇拜的就是死神大人。"

凯斯听了这几句话，心中有一些隐隐的不安，如果说像西蒙那种身份的人在索婆阿腾纳斯教派里也不过是某人的二级下属的话，那西蒙的上面，肯定还有一个更厉害的人存在。凯斯看了看尼禄，联想到自己在警局的高档会客室中无意听到的话，脑海中忍不住冒出了一个念头：难道西蒙崇拜的那个人也是一个复活的暴君？他之前真的不相信这些，所以，也就没有在意。

"我的条件怎么样？"尼禄望着沉思的凯斯，倨傲地问了一句。

"帮你找下一块'神谕'，让你能更好地奴役这些变异的人？"凯斯冷冷地回敬。

"也不用说得这么直白。要知道，统治那些蠢货是要艺术的，他们只在乎自己听到的，没有耐心分辨你干了什么，所以，所有的语言都需要经过适当的包装才能说出来。"看得出来，尼禄在尽量克制自己，显得自己能耐心地与凯斯对话。

第四十四章

"不好意思，如果非得让我说得这么直白你才能听懂的话，那我只能很遗憾地告诉你，你的条件我们真的没什么兴趣。虽然我爱钱，但是我也还没有爱到能拿我的命去换钱的地步。"凯斯用他那种一贯嘲弄的语调回应着尼禄。

"把他们关起来。"尼禄彻底失去了和凯斯对话的耐心，简短有力地对身边的四名侍卫下命令。

"只要你愿意，你可以花大价钱请人去帮你找，没必要死盯着我们不放。"凯斯鄙夷地看了尼禄一眼。

"你们该不会以为只有我一个人会盯着'神谕'吧？我的确有触碰那些人的钱，但是我也要考虑法律和媒体的影响。当然，我找你们，还有更重要的原因……不过暂时你没有资格知道。"尼禄看了米雪儿一眼，"还有，我告诉你们这些，不是在和你们商量，而是在下达命令。不管你们愿不愿意，你们都要执行我的命令。"尼禄终于失去了最后一点儿耐心，用简洁明了的眼神看了侍卫一眼。

侍卫没有说话，走上前去，掏出枪指着凯斯和米雪儿两人。凯斯后退了一步，却并没有挣扎。侍卫的古罗马服饰和他们手中的现代武器形成了一种奇异的反差，在凯斯看来，这两者搭配在一起非常滑稽。但当枪口逼近他的时候，他却笑不出来。

眼前的这个尼禄，并不是媒体宣传的那个慈祥老人维尔·多莫，那只是他在媒体上营造出来的表象。凯斯深深地明白，在这间暗室里，只要尼禄愿意，他可以随时要了他们三人的命。并且，尼禄会做得不留痕迹，不会有人怀疑到他。

"走。"侍卫们用枪逼着凯斯几个人，命令他们向前方走去。

"右边。"凯斯三人走到了议事厅的转角处，侍卫们用枪逼着他们向右边的一扇自动金属门的方向转过去。

凯斯刚走到门口，那扇金属门就自动打开了。

"进去。"侍卫们用枪指着凯斯他们的脑门，将他们逼进了门内。门背后是和凯斯进这里时走过的一样的长廊，凯斯只看了一眼，就判断出这个长廊是用贵重的纳米金属材料制成的。这些材料有两个好处：一是非常结实，二是浸泡在水中也不容易被腐蚀坏。这些纳米金属还有一定的防弹作用，西蒙开的车就用了纳米合金——但是像尼禄或者说维尔·多莫这样用这么多纳米金属材料来修建整条通道的，却从未曾见过。

这四个侍卫用枪逼着凯斯三人走了很长一段路。凯斯听见金属的撞击声，心中想的却是另外一件事儿。因为尼禄的特殊癖好，这些人每天要穿着几十斤重的铁盔甲晃来晃去，真的是滑稽透顶。但是一个如此幼稚可笑又混乱无比的人，却掌控着这个国家三分之一的科技命脉。仔细想想，这又实在像是对这个世界的一种莫大反讽。

"停！"

四名侍卫出声喝止了凯斯等人。凯斯向外看了一眼，他们似乎走到了长廊的尽头。长廊的两侧仍然和来的时候一样，是冰层下的涌动的海水暗流，唯一的区别就是这一端的海水并不像来的时候那样还装饰着各式各样的海洋生物模型。透过透明材料的长廊，只能看见浮冰和海水泛起的一些泡沫，隔着透明材料，凯斯都能感觉到其中的冷寂。

说起来，凯斯想起自己之前居住在佛理森特的时候，感觉到最多的就是空气中带着某种重金属味儿的冷雨。dormer 庄园所在的马普尔地区靠近极北地带，并不像佛理森特那样属于工业区，这里的水污染比凯斯居住的地带要好很多，至少他能透过这些透明材料看到那些浮沫。不过自从莫斯特伯阿米克降临之后，下雨成了他们这里的常态，有专家解释说，可能这是死神为了维持这个世界的运转而制造出来的天气系统。因为除了人类和部分微生物以外的所有生物消失后，土地里的水分也急剧流失，如果没有这种雨雪天气，这个世界很快就会崩塌，变成一无所有的荒漠。凯斯出生在佛理森特，他的父亲不过是工业区里的一个机电工人而已，他并没有到过死神辖区以外地方，也不知道那里是否真的就像他们所说的，现在已经变成了一片荒漠。

一名侍卫已经输入了门上的密码。凯斯和米雪儿对视了一眼，自从他们来到该死的 dormer 庄园后，几乎每扇门都需要密码，这是唯一一次不需要他们自己破译密码或者是不需要他们想办法开门的时候，但是眼下这个情境却一点儿也不值得他们开心。

"走。"侍卫们用枪逼着他们向门内走了进去。

门背后是一艘小型潜艇。这艘小型潜艇也是用纳米金属制作的，潜艇外的材质十分特殊，虽然凯斯认不来是什么，但是肯定价值不菲。他在军队服役的时候，学会了辨识各种潜艇，也了解过一些潜艇的基本构造。但是这艘潜艇他无法完全辨识，应该是他退役之后出现的新技术。

潜艇内部空间很小，目测可以容纳大概十多个人的样子。凯斯他们三个人加上这四个侍卫，并不显得很拥挤。

凯斯看见其中一名侍卫冲着另外三名侍卫点了点头，那三名侍卫将凯斯他们逼上座位，看着他们系好安全带。趁着系安全带的瞬间，凯斯偷偷地将自己的右手伸到了口袋里，他想给赛洛发个信息。不管发什么，哪怕是乱码也行，他相信只要赛洛能收到这串符号，凭借他俩多年的默契，赛洛应该能自行领会他的意思。

"你们要带我们去哪里？"格尔这个时候才反应过来，惊恐地问了一句。

"少废话！"那个吼了格尔三次的侍卫，一听见格尔的声音，就开始咆哮。他觉得自己已经忍这个蠢货太久了，这种怒吼简直就像是一种条件反射式的报复。

格尔被他的怒吼声吓了一跳，瑟缩在椅子上不敢再多说一句话，只是抽抽噎噎地哭了起来。

米雪儿看了他一眼，现在她已经觉得格尔没有那么讨厌了。相反，因为格尔一直被人呼来喝去，她竟然开始有点儿同情他了。

四名侍卫拿枪指着凯斯三个人的头，给他们戴上了手铐。格尔抽抽噎噎地哭了一阵，见没有人理会自己，吸了吸鼻子，看了凯斯和米雪儿一眼，收住了眼泪。

"你们要带我们去哪里？"凯斯冷静地问侍卫。他必须想办法把自己的坐标点告诉赛洛，只要赛洛知道了他的具体位置，他就会想办法搅局。只要有机会，凯斯相信自己就能跑掉。

"一会儿到了你们自然就会知道，在我们到那里之前，你最好闭上你的鸟嘴。否则的话，一会儿你吃的苦头会让你后悔来到这个世界上。"其中一名侍卫看了凯斯一眼。

凯斯注意到，他是四名侍卫中一直没有说话的一个。但是他腰间的装饰与其他三名侍卫不同。同样是穿着盔甲，他的腰间却镶嵌着一颗红宝石，其他的三名侍卫用的都是蓝宝石装饰。

他应该是几名侍卫中的首领，凯斯想。

"如果我没猜错的话，他们应该是想带我们去'德尤斯C区'。"几名侍卫还没有回答，米雪儿已经抢先说了出来。

"你怎么知道？"一名侍卫疑惑地看了米雪儿一眼。

那名侍卫话音未落，穿镶嵌红宝石盔甲的侍卫已经重重地扇了他一个耳光。问米雪儿的那名侍卫猝不及防地挨了这一巴掌，一个趔趄差点儿跌倒。

格尔见这个场景，吓得哆嗦了一下，身子往凯斯旁边靠了靠。

那名被打的侍卫什么也不敢说，闭上嘴一言不发地站到了一旁。

这些人果然像是尼禄训练出来的。凯斯心想，虽然这名侍卫只是简单地反问了一句，但是有这一句话就够了。凯斯心想，他祈祷赛洛已经听见了这句话，这样的话，赛洛就能靠着手机追踪他们的坐标点，然后想到解救他们的办法。

"我也想知道我为什么会知道。"米雪儿用一句绕口令式的话回答了他。只有凯斯和格尔知道她话里的意思，她似乎和这个地方有着千丝万缕的关联。这些关联现在就像碎片一样遗失在她的脑海深处，要一点儿一点儿激活才行。

开潜艇的侍卫加大了马力，潜艇发出巨大的轰鸣声向前奔驰而去。

"当然，我不但知道这个潜艇是开往'德尤斯C区'的，我还知道，在'德尤斯C区'里关着的全部都是被辐射过的变异人。"米雪儿平静地说出了这句话。

这一次，不光是那个被打的侍卫感到惊奇，就连那个穿着镶嵌着红宝石盔甲的侍卫也感到有点儿诧异了——凯斯注意到，那名侍卫也忍不住看了米雪儿一眼。

第四十五章

海上常年很静，莫斯特伯阿米克时代这个不分昼夜的世界里，船舱内冰面反射的亮光掩映着马灯上暗色的黄光，交织出一片温暖的色泽来。破冰船缓缓开动，透过厚厚的防冻玻璃，利兹可以看见远处海面上的几座冰山。

"照我说，这下面应该还有近三英尺的厚度。"利兹透过船上的防冻玻璃，看着远处的冰山，低声叹息着。

舢板下发出一声轻微的震动。暗夜之中，他能清晰地听见弗里曼均匀的呼吸声，他睡得很沉。利兹睡不着，他也不知道自己的短睡症是从什么时候开始的，可能是在米兰德研究所的时候就已经显现出这种迹象了，只是最近几年越发明显。他在原始的电子资料里看过，很多科研工作者都有类似的毛病，包括大名鼎鼎的冯·诺依曼。自从利兹确定自己也患上了短睡症之后，他常常会在凌晨四点左右醒来，然后看一部旧电影。等电影播完的时候，弗里曼也差不多会醒来，那时候他们会一起看看最新的科技论文，或者在电脑上钻研练习最新的电子产品的三维拆装技术。

今天他醒的时候，比平时还要早一个多小时。利兹以为是自己在船上的缘故。但是等他坐起来的时候，却发现并非如此。

海面上十分静谧。利兹竖着耳朵听，舢板下面又传来一阵轻微的撞击声。这一次，利兹几乎可以确定是有什么东西在舢板下面了。但他随即又想起另外一件事儿——莫斯特伯阿米克降临之后，人类能活动的区域已经没有任何可以生存的动物或是植物了——唯一可见能活动的生物，就是人类自己。

利兹看了一眼还在沉睡之中的弗里曼，悄悄起床。他对一切冒险的事儿似乎有着天然的兴趣，兴许这是他看过太多电影产生的后遗症。虽然他在现实中最多也就见过坎贝尔集团造出来的生化人，但是自从他看过莫斯特伯阿米克降临之后，他就始终相信，这个世界上有着许多自己无法用科学解释的东西。在这方面，利兹一向比较谦卑。

利兹打开门，一阵凉风灌了进来。他在心中暗暗咒骂了一句。他们虽然能从中心城市领取食物发放机里的食物，但是这一点并没有改变他们的生物感官，利兹仍然会感觉到冷热——就像现在这样。

失去部分微生物之后，海水调节温度的作用也失去了——现在仅仅是保湿而已。利兹一边缓缓向船舱内部走去，一边想着这件事儿。

现在对利兹而言，运用科学思维来考虑一切事情已经成为本能，这是他长期从事这种工作带来的后遗症。甚至有时候他去领取食物发放机里的食物时，他也会觉得这些事儿看起来不像真的，虽然他也只有吃着食物发放机里的红色食物才能安全地存活下去。但是一想到自己因为吃这些食物血液就变得和那些生化人一样黏糊糊的，他就感到一阵恶心。他觉得，自己还是有那么一点儿浪漫主义色彩的，对生活的品质也有一些追求。但是在莫斯特伯阿米克时代，似乎一切都成了奢望。

利兹打开了甲板旁边的一个盖子，往船舱底走去。这艘破冰船是用金属和木头混合制成的——仅有的木地板，还是莫斯特伯阿米克时代降临之前的船体自带的部分，现在都变成珍稀材料了——他一边想着一边往舱底走去。

舱底很大，有将近一千平方米的样子。里面很黑，只有从顶上漏下来的一点儿灯光可以照到仓板附近打开的四周，再往里面走时，只能看到黑洞洞的一片。

咚！

利兹又听到了一声清响，比之前在二楼房间里听到的要清晰很多。他有点儿后悔自己的莽撞。舱底的区域太黑了，他如果早想到这一点，应该从上面带一盏马灯下来的。利兹深深闭上了眼睛，隔一会儿再睁开，总算适应了这黑暗的空间。如果硬要说莫斯特伯阿米克降临之后还剩下什么好处的话，那就是他的眼睛在这种光线对比之下算是有了一点儿自我调适的功能。

他慢慢向那个声源靠拢。

咚咚咚的声音越来越大。利兹走近了那个发出声响的东西。那个东西被装在一个铁栅栏的笼子里，竟然还会动。模模糊糊之中，他似乎听到了这个东西发出暗哑的呻吟声。

利兹又往前走了几步，脚底发出吧唧的声音，像是踩到什么黏糊糊的东西。他蹲下身，用手轻轻沾了一些黏液，放在鼻子下面闻了闻，刺鼻的血腥味儿提醒他这应该是血迹。利兹轻轻捻了捻手指，这个关在笼子里的生物，血液似乎比普通人要稀一点儿。

笼子突然被重重撞击了一下，发出了咚咚两声巨响，吓了利兹一大跳。利兹一边后退一边在心中嘀咕。他初步断定这个笼子里装的应该只是一个肉人，至于有没有被生化改进过，他倒是还看不出来。

利兹知道，虽然M国律法严令人工培育与人类相近或是类似人类的物种，但是地下黑市里培养肉人这件事儿在民间已经算是公开的秘密了。黑市商人们给出的理由是长期食用食物发放机里的食物太过单一，虽然能维持基本的生存需要，但是人类毕竟是一个需要新鲜感的物种，几百万年遗留下来的食肉欲望也会时时提醒人类。所以，那些黑市商人认为，适当的肉人养殖和肉人的肉食供应，能缓解一定的社会矛盾。甚至部分黑市商人曾经还组织起来，通过议员提出了允许肉人供应的法案。虽然法案到现在也没有通过，但肉人交易这事，众人私下里也算是心知肚明了。有许多有钱人甚至养肉人当宠物，对此当局也是睁一只眼闭一只眼——不过有钱人不管干什么，当局都是睁一只眼闭一只眼，这一点利兹心里是十分清楚的。

"该死的，这狗东西平时没这么折腾的。你昨天给他进行过电击催眠的时间设置到底够不够？"一阵粗鲁的抱怨声向利兹的方向传来。

利兹听见脚步声，慌忙缩到舱内的一个阴影处。

一束光柱向着利兹所在的方向射了过来。利兹看见一个穿着绿胶雨衣的彪形大汉和一个矮墩墩的看起来似乎像是墨西哥人的男人走了过来。

他们径直朝笼子中关着的那个东西走了过去，路过利兹所在的方向时，连看都没有看一眼。

利兹缓缓转过头，顺着两人手中的亮光，他看见笼子中关着的，是一个类似于人形的怪物。这头怪物长着巨大的蹼脚，看起来就像利兹在电脑上看到的那些远古两栖动物的爪子一样——手上也是类似的状态，这样的形态，导致这个怪物行动有些迟缓。他的身体几乎比常人要大一倍，虽然被关在大一号的笼子里，但这个怪物也只能蜷着身子。从利兹的角度看过去，怪物几乎占了笼子的三分之二，笼子只剩下一点儿腾挪的余地，怪物在这仅有的空间里左冲右撞，将整个笼子撞得发出了哐哐巨响。

"该死的，摩卡！这讨人厌的蠢货到底要怎么样才能安静下来？再这样闹下去，一会儿他得吵醒别人了。"穿绿胶雨衣的彪形大汉一边用手电筒向笼子的方向晃荡，一边喋喋不休地抱怨。

"我昨天晚上给他增大过注射剂量，为什么今天会提前醒过来？说起来，这件事儿也不能完全怨我，船上变异细胞增量的监测机器实在是太过老旧了，照我看，这破玩意儿早就应该淘汰掉了。"

利兹缩在墙角，听着这个叫摩卡的似乎是墨西哥人的人回应着穿绿胶雨衣的彪形大汉的抱怨。摩卡话语里带着明显的墨西哥口音，利兹听起来十分费力。

顺着手电筒的灯光，利兹看见摩卡从口袋里掏出了一串金属钥匙，从中选出了一把插进笼子上的金属锁里。金属笼子靠近金属锁的地方，已被里面的怪物撞得略微有些变形，利兹思忖着，大概锁环上也有一些变形，所以摩卡开锁的时候，将整个金属锁抖动得哗啦啦作响。利兹看着他大概用了五分钟才将锁打开。

"该死的，竟然流了这么多血。"利兹看见摩卡甩了甩手，将手上的黏液甩掉，应该是那怪物的血。自己刚才踩到的，应该也是这个怪物流出来的血，只是不知道为什么会比普通人类的血迹要稀得多。

打开笼子的一瞬间，怪物怒吼一声，吓了摩卡一跳。

"拉莫尔，你帮我按住这个蠢货的头！快点儿！这该死的蠢东西力气实在太大了。"摩卡一边用力顶住门，一边出声叫着那个穿着绿胶雨衣的彪形大汉。

利兹看见这个怪物在笼子中扭来扭去，将笼子撞得哗啦啦直响。

"快点儿，别让它吵醒别人！"摩卡几乎是压低声音对拉莫尔怒吼着。

第四十六章

利兹缩在黑暗中，看着两人的动作，心中暗暗揣测着这个变异怪物的身份。老实说，一开始他怀疑这是个肉人，但是很快他又将自己这个揣测推翻了。在利兹的认识里，肉人因为缺乏食物，所以大部分发育得不是很充分。像这个笼子里这样身强力壮的怪物，他还是头一次见。

拉莫尔笨拙地按住笼子中怪物的头，利兹看见摩卡掏出一根针，用力往怪物的头上扎了进去。怪物发出了噉的一声怪叫，几乎要别弯摩卡手上的针头。摩卡在那一瞬间将手中的药剂推进了怪物的身体。

"该死的，这些抑制剂已经快要用完了。你今天问过了吗？到极地还需要多久，拉莫尔？"摩卡用力地拔出了怪物头上的针头。

"还有一周左右。真该死，他们那些大佬自己捕捞来这些实验品，失败了却要我们来处理。"利兹听见拉莫尔一直喋喋不休地抱怨着。

"算了，反正他们也付过钱的，如果不是这样，我们哪有这么多外快。说起来，很多人根本不知道这件事儿。他们根本就不知道，莫斯特伯阿米克时代里，死神领域之外的那些变异生物是什么样子的，一旦政府公开了这个信息，我敢打赌，或许 M 国明天就要陷入新的一轮大恐慌中。"摩卡一边弹着手中的针头，一边和拉莫尔说。

"想想也是。我敢说，现在的人，百分之九十都只知道中心区域的位置。除了自己明天要吃什么，他们压根儿就不会关心除自己房间以外的任何东西。"拉莫尔的话里面充满了讽刺的意味，他一边关上笼子，一边有意无意地向利兹所在的方向瞟了一眼。

他的动作让利兹吓了一跳，利兹差点儿以为他们发现了自己了。好在拉莫尔不过是往这个方向瞥了一眼，马上又被怪物的叫声和摩卡的招呼声吸引了注意力，重新望向了笼子。

"把他塞进去，对，就这样，小心一点儿。不要吵醒船上的其他人，让他们知道，咱们就麻烦大了。"虽然摩卡压低声音，但是利兹还是听到了。

"照我说，我们就不该接这种生意，太危险了。"拉莫尔又嘟囔了一句。

"你拿着钱去赌博、去夜店玩儿女人的时候可不是这么说的，拉莫尔，干活儿的时候你就嫌麻烦了。"摩卡看了拉莫尔一眼。

"好吧，好吧……"拉莫尔重新走近笼子，帮助摩卡将里面逐渐放弃挣扎的怪物装了回去。

大概是药剂生效，怪物逐渐安静下来，呆滞地趴在笼子之中。

"这玩意儿就不能更有效点儿吗？"拉莫尔看着摩卡拧下针管上那个几乎被别弯的针头，忍不住说了一句。

"这些抑制剂都是从食物发放机的食物里提纯出来的，效果很难说，这些怪物并不像我们这些一直生活在死神的管辖区域，他们是从'区域外'被捕捞过来的。这些提纯的抑制剂对这些成年的怪物来说，有多少效果还不知道呢……反正也没有人做过这方面的实验。"摩卡一边将手中的针收回到自己的药物箱中一边说道。

利兹竖着耳朵，仔细听着两人的谈话。这两个人大概也没有想到利兹缩在墙角，将他们所说的事情都听了去，还在自顾自地说着。

"这一票干完了，下次还是别冒险了，我说真的。"拉莫尔看了笼子中的怪物一眼，"他们那些人送过来的那些'区域外'的怪物形态越来越怪，我也不知道他们是打算组织一队生化大军还是什么的。总而言之，下一次真的不是我们能搞定的，我想还是算了吧。"拉莫尔一口气说了许多话，利兹看见他一只手举着明晃晃的手电筒，另一只手擦拭着地上蔓延的那些黏稠的透明血液。

他现在大概可以推测出为什么这个怪物的血液会比一般人稀了，大概应该是这个怪物一直使用食物发放机里的食物中提取的药剂，只是使用的时间不长，所以这个怪物的那些变异基因还没有被完全抑制。当然，他也不知道抑制剂的提纯浓度有多高，毕竟他手边现在也没有什么检验仪器。只是，这个叫摩卡的墨西哥人和这个叫拉莫尔的对话引起他的注意，他从米兰德研究所遗留下来的那些资料里，只是找到了一些关于"神谕"的材料，从目前的研究成果来看，他只知道"神谕"金属有很强的辐射功效。当然其他的功效他也不知道，因为从米兰德研究所仅有的资料里，他暂时研究不出那么多的信息。而且，最重要的原因是，虽然他和弗里曼每天都在接触和"神谕"有关的资料，但事实上他们从来都没有见到过一块真正的"神谕"。从目前他掌握的有限的资料中，他只是知道，在极地的那个坐标点上，可能会有一块"神谕"金属的存在。至于"神谕"金属到底能干什么，恐怕只有死神大人自己知道了。

利兹站在黑暗之中，脑袋里飞快地分析着目前得到的各种信息。从这两个人的谈话之中，利兹知道，他们将会把这个怪物运往极地。而这个怪物本来是生活在他们所说的"区域外"，只是被某些组织秘密地从区域外运往了他们的地下实验室，那里似乎正在进行着某些不为人知的实验。

当然，说是实验有点儿高估那些人了。就利兹了解，除了泰西尔－埃西普尔公司之外，剩下的这些人，从来都没有谁真正拥有过"神谕"，就更别提开发了解"神谕"的某些隐藏功能了。

虽然如此，但是把这些驯化失败的怪物偷偷运往极地，还是引起了利兹的注意。他可以肯定"神谕"或许和这抑制这些怪物的变异有什么莫名其妙的关联。只是从泰西尔－埃西普尔公司目前的开发成果来看，"神谕"似乎还可以激发某些人体的潜在功能。这些东西都令利兹有些疑惑，看样子，一切要自己到了极地才能解开了。

说起来，今晚他来到舱底，意外得到了很多信息。从这两人的谈话可以知道，摩卡和拉莫尔不是第一次干这种事儿了，他们此前应该干过很多次。虽然他们没有说他们到底是在为哪个大佬服务，但是利兹至少可以肯定的一点是，在他们生活的中心城市以外，还有一些地方并没有被死神接管。有人正在秘密地捕捉"区域外"的变异人，想要驯化他们，为自己所用。他知道泰西尔－埃西普尔公司用"神谕"激活出来的那些变异人种，这些都记载在曾经在米兰德研究所供职的父亲的手稿之中——这里面也有很多失败的实验品，他一度认为那已经是变异的极限了。但是今晚他才知道，原来在"区域外"还有许多变异人，而且，那些大佬把捕捉来、不能驯化的变异人都扔到了极地。

利兹一边想，一边看着他们两人锁好笼子向着自己的方向走了过来。利兹踮起脚，向着更深的黑影里悄悄地移动过去，以免被拉莫尔手中晃动的手电筒照到而暴露自己。

"总感觉好像有人在后背盯着我们似的。"拉莫尔一边说一边将手电筒收回来，向着前面晃了晃，前面空空如也。

利兹松了一口气。

拉莫尔又将手电筒向笼子的方向照过去，这一照差点儿将他吓了一大跳。

刚才已经安安静静趴在笼子里的怪物不知道什么时候又爬了起来，正恶狠狠地盯着摩卡和拉莫尔离去的背影。怪物的眼睛瞪得和铜铃一样，里面充满了红色的血丝，还有一些黑黄相间的部分。

拉莫尔骤然对上这样一双眼睛，吓了一大跳，手里的手电筒差点儿扔了出去。

"小点儿声！"摩卡出声提醒拉莫尔，"难道你想把别人都引过来吗？再忍几天，还有一周时间，我们就可以到极地了。船会在那个地方停靠十天，到时候我们随便找个地方把这个笼子扔出去，这件事儿就算完了。如果下次还让我们干这种事儿，一定要涨价，实在太让人担惊受怕了，好在现在还没有人发现这事儿。"摩卡也开始抱怨起来。

利兹看着两人举着手电筒从自己的身边走过，慢慢地回到了一楼的甲板上，又小心翼翼地盖上了船舱底部的盖子。

利兹用耳根贴着墙壁，听见两人走远的声响，长长地舒了一口气。他没有立即从阴影里出来。相反，他对这个变异怪物产生了浓厚的兴趣，他想要知道，这个怪物到底和"神谕"刺激下的那些变异物有什么区别。

想到这里，利兹蹑手蹑脚地移向笼子。对于利兹而言，一切可以了解"神谕"，以及和"神谕"有关的东西他都不会错过。

好在船舱底部并非全黑，从一楼透漏下来的一点儿光已经足够利兹看清楚这个变异怪物的外形了。

利兹小心翼翼地蹲在笼子外面，仔细观察着这个变异怪物的形态。这个变异怪物比他看到的变异人要高大许多。从利兹的角度望去，可以看见变异怪物脚掌上长着厚厚的毛发，或许这和他的生活环境有关——利兹心里这样想着——变异怪物的手掌构造和他的腿脚构造差不多，似乎这个变异怪物日常就是爬行状态。变异怪物的头上并没有任何毛发，只有几道裂痕，应该是被笼子上尖锐的铁器划伤的。利兹看到的这个变异怪物双眼的样子，觉得这个变异怪物的模样有点儿像曾经在电子书中看到的某些动物的形态，虽然他没有亲眼见过真正的动物，但却还是忍不住会产生这样感觉。

第四十七章

凯斯趁侍卫没注意他的一瞬间，果断地挂断了电话。他相信赛洛已经准确地接收到了他们的位置，剩下的事情，只能听凭赛洛的机智果敢了——如果他有的话，凯斯在心里暗暗祈祷着。他也不知道自己到底是在对谁祈祷，在祈祷着什么，这不过是习惯性动作而已。

手机的另一头，赛洛疑惑地皱了皱眉头。老实说，凯斯打来这通电话的目的，不用详细告知，他也可以通过他和周围那些人的对话清晰地揣测出凯斯的目的，但是自己要怎么帮他呢？

赛洛皱了皱眉，说真的，一时之间他还真的想不到有什么方法能把凯斯弄出来，他还需要更多的信息，比如凯斯的坐标点什么的，才能确定他应该如何帮助凯斯。赛洛放下手机，凭借记忆，把凯斯在 dormer 庄园里一连串的遭遇及凯斯发给自己的关键信息一一记录了下来：潜艇、dormer 庄园、尼禄、复活等。这个习惯是他在凯斯那儿学到的。凯斯总是随身带着纸笔，把那些和案件有关的关键信息都记录在册，方便自己组合这些关键字的时候，能从偶尔闪现的灵光之中找到某些新的线索。他以前嘲笑过凯斯的这个习惯，说真的，若是按照他的方式，只要将这些东西输入电脑，电脑会在五分钟之内就给你组合出所有的排列组合方式来，比人脑的计算快多了。但凯斯对此却持不一样的态度，凯斯说，电脑永远只能计算出设置好的程序，计算不了设置以外的程序，就像赛洛说的那样，电脑不能模拟出人脑五十多亿对神经元的排列组合方式，更不能像人类一样，创造出这个世界上本来就没有的东西。程序的排列组合永远只能组合出这个世界上现在已经存在的范式，很难有什么超越性的建树。但是罪犯恰恰就是那些让你想象不到的人，所以，用灵感来推测有时候比技术推测要靠谱得多。

当然，对赛洛这样的计算机狂人而言，他对凯斯这些类似于玄学的说法一贯嗤之以鼻。他总觉得，人的认知也必须是一种科学的、线性的升级模式，这个世界上，不可能有脱离现存事物体例存在的那些事物，无非是样本够不够大的问题，倒是从中筛选出最有可能性的组合需要花费一定的时间。在这一点上，凯斯和赛洛倒是一致的，只不过他们俩认识了这么多年，不管是凯斯还是赛洛，多多少少都沾染了一些对方的习惯，现在赛洛也学会了将关键词和关键信息写在本子上。他感觉自己的思考习惯都在向凯斯靠拢，要知道，放在以前，他不会相信任何程序以外的东西，更不用说这些感觉上的东西了。但是，莫斯特伯阿米克降临之后，赛洛发现，在这个世界之外，还有许多自己不了解的神秘事物，譬如死神的存在，还有中心城市食物发放机里领取的那些具体的食物。

他依靠着这些具体的食物活了下来——这就是他亲身经历的魔幻现实。这一切也开始动摇赛洛心中的科学观，他因此开始有点儿相信凯斯所说的"感觉"的存在了。他相信，这个世界上还有一些宇宙法则或者某些神秘事物是人类目前无法了解的领域，就像现在掌控他们这个世界的死神一样。从电话里得到的信息是凯斯他们见到了被死神复活的尼禄，而维尔·多莫正是尼禄的化名，是他控制了整个 dormer 庄园和泰西尔－埃西普尔公司，并且他还开采出一块"神谕"金属。

赛洛一边在大脑中飞快地分析这些信息一边想着对策。在凯斯进入大厅的时候，他已经偷偷地将 dormer 庄园的照片拍下来发送给了赛洛，并让赛洛帮他联系了西蒙。

说真的，虽然赛洛并不知道凯斯联系西蒙做什么，但是他唯一能确定的一点就是，凯斯比他更了解西蒙，因为他们工作上有交集，哪怕是互相讨厌，凯斯的这些工作还是不可避免地会和警察们打交道。他和西蒙之间，肯定有些自己不了解的东西。

赛洛一边这样想着，一边把这条线索记下来。从他接到凯斯在潜艇之中的第二次电话开始，他就在思考，自己是不是要给西蒙打电话。

赛洛瞥了放在旁边的手机一眼，多少有些犹豫。他想，如果凯斯在这里就好了——那样的话，他所有的疑惑，都可以从凯斯那里得到解答。这样比自己在这里犹豫着乱猜要好得多。像他这类技术人员，实在是不擅长应付这种复杂状况，他这个时候才体会到凯斯所说的直觉有时候比计算更靠谱是什么意思。的确，有时候在面对这种未知无解的状况时，根本不会留什么时间给他反复地推敲计算，当然计算机或许会给出好几种选择的办法，但是在每一条都有危险且不确定的情况下，他真的不知道该怎么做出最好的选择。

赛洛抓起手机，他知道，凯斯等不起。他没有多少的时间来计算他有多少种方法救出凯斯，这些方法的危险系数有多高，他现在唯一能做的就是赶紧在凯斯被送往"德尤斯C区"之前就想到办法。另外，他相信凯斯会随机应变的。在凯斯打算硬闯dormer庄园十楼之前，他曾经指示赛洛这样做过一次。凯斯说，他感觉到西蒙似乎在为什么人办事，他敢肯定，西蒙的背后，还有一个更高的权力系统。虽然西蒙是联邦调查局的局长，但他凭他的直觉，西蒙并不是那个派系的最高领导者，甚至连给西蒙输送资金和财产的坎贝尔家族，都未必是这个体系背后真正的大佬。虽然赛洛不知道凯斯到底是通过什么信息得出了这个结论，但是他相信凯斯所说的是真的。

赛洛并不知道的是，凯斯正是靠着他接通了西蒙的电话，又说服西蒙毁掉了一架无人机，才和米雪儿一起逃脱了变异肉人的抓捕。

嘟嘟……赛洛犹豫再三，还是拨通了西蒙的电话，他相信凯斯的判断，有时候就应该冒险。只要西蒙背后的那个掌权的大佬对"神谕"还有浓厚的兴趣，凯斯他们就可以利用这一点来拉拢西蒙，让西蒙成为他们强大的外援。

赛洛一边在心里这样安慰自己，一边焦灼地等待西蒙接听电话。从电话里得知，西蒙背后的那个大佬，也许也是死神复活的暴君……这些被复活的暴君身上，多多少少带着一点儿他们的原来的性格特质，或者是他们的喜好。赛洛想起自己那贫乏得可怜的一点儿历史知识，觉得自己从来都没有哪一刻像现在这样懊悔没有学好历史带来的信息缺失。

要是他知道西蒙背后的那个暴君是谁就好了……这样他至少还可以上网搜索，看看怎样投其所好，而不是像现在这样听天由命。

"喂？"西蒙略带不耐烦的语气从电话的那头传来。

"喂喂……"赛洛有些手足无措地回应着西蒙的电话。像他这样整天面对电脑，整天埋头研究程序的人实在不擅长应付这些事儿。

"如果你还需要'神谕'的消息的话，凯斯·史密斯让我告诉你，他现在有线索了。尼禄，不，维尔·多莫现在正在威胁凯斯·史密斯帮他寻找'神谕'，但是他拒绝了，所以维尔·多莫现在打算把他关到'德尤斯C区'去。如果你还需要'神谕'金属，我想，你现在可以出手了。"赛洛像背书一样机械地对着手机听筒说完这段话时，他的手心都已经汗湿了，他几乎从来都没有跟一个像西蒙这样的陌生人一次性说这么多话。

"我知道你给我打这个电话的目的，你不是要告诉我'神谕'的消息，你是想利用我，让我帮你救出你的朋友？"西蒙话里那种讽刺的意味更浓了。

　　"反正'神谕'也是你需要的，你不会专门去救我的朋友，但坎贝尔家族不是一向就和泰西尔－埃西普尔家族不对付吗？既然你们都想要'神谕'，我朋友给你提供了这样的消息，不正好适合你动手吗？"西蒙略带揶揄嘲讽的语气一下子令赛洛感到有些愤怒，紧张的情绪一点儿也没有了。

　　"你怎么知道我需要'神谕'？我对'神谕'没有兴趣，对'神谕'有兴趣的是坎贝尔家族，你应该给他们打电话才对。"电话里，西蒙一副不以为意的语气。

　　"你有的，"这一次，赛洛的语气倒是十分肯定，"即使你没有，你背后的那个人，对'神谕'也是有兴趣的。"

第四十八章

"小子，注意你说话的语气和措辞方式，明白吗？我只要稍微动点儿脑筋，就马上能以威胁罪对你进行逮捕拘留，至于拘留的时候会发生什么事，你只能自求多福了。"西蒙话里充满了冷意。

"随你便。我这个人也不喜欢兜圈子，你就直接告诉我，你到底要不要'神谕'吧，如果你想要的话，我朋友就可以给你提供详细线索。"赛洛也忘了害怕这回事，直接与西蒙针锋相对起来。

"嘿嘿，小子，你朋友可比你狡猾多了。即使我需要'神谕'，我也有办法查到'神谕'的线索，根本不在乎你那倒霉蛋朋友给不给我提供线索。"西蒙嘿嘿冷笑着。

赛洛听着他笑声之中嘲弄的意味，又开始手足无措起来——他不知道凯斯是如何跟西蒙这种看起来道貌岸然实则流氓气十足的人打交道的，像他这样每天都坐在电脑前研究技术的人，在西蒙面前，被耍弄得就像一个失智的小学生。不得不承认，凯斯在应对这些人方面确实有一定的天赋。

西蒙听到电话那头的赛洛沉默下来，冷笑着说："小子，你知道那架被打下来的无人机多少钱吗？你以为，我救你的朋友，就这么轻松？"

"说吧，你还需要什么条件？"这一次，西蒙话里的意思赛洛倒是听懂了。

"把你在网络上做的追踪系统代码交出来，这是我去救你朋友的代价。"西蒙简短地开出了条件。

"你没有资格得到这东西，我也不可能把它给你。"赛洛恨恨地说了一句。他明白，只要西蒙得到了这个东西，也不知道会有多少人会因此遭殃。

"看样子，你对你的朋友，也并非像你说的那么关心。"西蒙冷冷地嘲弄着赛洛，做出一副马上将要挂断电话的架势。

"等一等。"赛洛出声制止了西蒙，"我给你这个代码，但是你要马上报给你背后的那个人，凯斯他们等不了那么久。"

"没问题，小子。下次跟人谈条件之前，先想好自己手上有多少筹码再说。"西蒙冷冷地挂断了电话。

赛洛听见电话那头传来嘟嘟声，愤愤地将手机扔到一边，恼怒地坐到了电脑前。他刚坐下，手机上便闪出一条消息。

赛洛拿起手机看了一眼，是西蒙发过来的邮箱。

赛洛犹豫了片刻，将复制下来的代码发到了西蒙提供的邮箱里。

房间内安静了片刻。一阵嗡嗡声从赛洛脚下传来。赛洛低下头，看见电子狗正在自己脚下蹭来蹭去。

"走开，亲爱的，我现在正忙着呢。"赛洛没好气地将机器狗挪到一边，任由它发出不满的吱吱声。这声音让他想起了凯斯上次到这里来的情景。

赛洛伸手握上鼠标，不管什么时候，只要他拿着鼠标，对着电脑，他就会有一种莫名其妙的安全感。

赛洛握着鼠标，也不知道点到什么地方，屏幕上弹出了一个网页。

"暴君，暴君……"赛洛想起了这个词，在嘴里喃喃重复着。

"暴君，暴君！"电子狗听到赛洛口中说的话，也跟着重复起来。

"拜托，现在别吵我。"赛洛没好气地说了一句。他从来都不会毁坏电子产品，也不会对它们有脾气。当然，在赛洛看来，拆卸这种事儿，从来都不算是毁坏，他是为了更了解这些电子产品，才会做出这种举动。

"暴君，暴君！"电子狗并没有接收到赛洛的情绪，只是在口中不停地重复着这两个字。

赛洛拉过键盘，敲出"暴君"两个字，用搜索引擎搜索了一下，下面竟然出现了一长串名字。

赛洛点开了尼禄的名字，下面有一连串关于尼禄的介绍。

他轻轻念着："尼禄，全名尼禄·克劳狄乌斯·恺撒·奥古斯都·日耳曼尼库斯，原名路奇乌斯·多米提乌斯·阿赫诺巴尔布斯或尼禄·克劳狄乌斯·恺撒·德鲁苏斯·日耳曼尼库斯……"

电子狗听见赛洛的话，也跟着念了起来："尼禄，全名尼禄·克劳狄乌斯·恺撒·奥古斯都·日耳曼尼库斯……~%？…，#*'☆＆℃＄⌒★？"

赛洛被电子狗发出来的奇怪声音逗笑了。这个电子狗现在只装了初级程序，顶多也只是一个会移动的简单程序狗。虽然赛洛为这只机器狗设定了程序，让它努力模仿人类，但是这么复杂的中间名对它的设定程序而言，要一口气念出来有很大的难度。电子狗念到一半，后面的几乎都含混不清了。

赛洛往下滑动着鼠标，仔细阅读着尼禄的生平介绍。从这些介绍里，他大概了解了尼禄是个什么样的人。虽然现在这个尼禄被复活在莫斯特伯阿米克的世界里，但是赛洛相信，人的性情没有那么容易改变，现在的这个尼禄，一定还带着以前那个尼禄的某些特质。

赛洛仔细地把尼禄的介绍阅读完了。其间他的电子狗再次滑动到了赛洛脚边，发出了电子产品特有的吱吱叫声，刚才模仿赛洛那一长串的阅读卡住了它的阅读系统，令它的发声系统产生了故障。电子狗安全系统扫描到了故障后，马上发出了红色警报，驱动电子狗再一次滑动到了赛洛脚边。

赛洛看了脚边打转的电子狗一眼，伸手将电子狗身上的发声器关掉了。

"知道了，一会儿我再来处理你的事情。别着急，亲爱的，等我先做完我手上的这东西。你凯斯叔叔等着我救他呢。"赛洛对着电子狗说了一句，也不管电子狗有没有听懂就又转头对着他的电脑了。

拉动鼠标的时候，赛洛的手碰到了刚才放在旁边的纸和笔。他想了想，将网页上形容尼禄个性的词都写在了纸上。

"好吧，就是这个人了。"赛洛对着这张纸，尼禄的形象顿时清晰了许多。回忆起之前维尔·多莫的种种表现，确实有许多可以和现在这个形象重合的蛛丝马迹。

想到了这一点，赛洛赶紧将坎贝尔家族和西蒙的名字输入搜索引擎里。

如果可以从维尔·多莫和泰西尔－埃西普尔公司之前的所作所为里找出背后的控制者是尼禄的迹象，那他也可以把坎贝尔家族和西蒙的那些事输入搜索引擎里，再通过他们的所作所为，推测出到底和哪个暴君的个性比较接近。只要他找到了这个暴君的名字，再把这个暴君的名字发给凯斯他们，他应该就能从中找出对策来。

"我真是个天才！"赛洛拍了拍脑袋，他都为自己的这个想法感动。不过他随即想到，如果是凯斯，可能早就想到这个办法了。

"好吧，毕竟他才是干侦探的，但是我有工具。"赛洛嘿嘿地笑了两声，刚才被西蒙戏要的羞耻感和郁闷感一扫而空。此刻他想起了自己做出来的那套搜索引擎能够追踪很多私人信息——当然也包括坎贝尔家族和西蒙自己的。只要他追踪到西蒙的私人信息，他想要怎么报复西蒙都行。

赛洛微微一笑。将关键字输入搜索引擎之中。他要优先看西蒙的信息。联邦调查局的局长，一个表面衣冠楚楚的禽兽，他马上就要看到他那些不为人知的部分了。

搜索引擎加载了几秒钟，西蒙的信息从页面上跳了出来。赛洛瞪大眼睛，紧盯着电脑上的信息，从字面上来看，西蒙的信息倒是挺普通的，并没有任何破绽，不管是家庭住址、日常活动，还是日常开销，都在均值范围内，搜索引擎之中并没有比对出多少异常信息来。

"嘿嘿，以为这样就想瞒过我？"赛洛启动了二级搜索系统，这套系统能比对出细致的异常来。只要西蒙有不为人知的东西，多少会留下一些蛛丝马迹。凯斯以前做侦探的时候经常会这样说。赛洛一边紧张兴奋地等待着搜索引擎的读条，一边回忆着凯斯说过的这句话。

叮！搜索引擎加载完毕，赛洛看着电脑上加载出来的结果，发现西蒙日常的生活仍然是绿色标识，但在西蒙的行动轨迹上，却有几个被标红的异常之处。

"果然被我找到了。"赛洛点开那几个异常的地方，启动了追踪系统的按键，不一会儿，西蒙的行动路线赛洛就已一览无余。

他随意点开了一处，追踪系统显示，西蒙到这个地方，似乎是为了见什么人。赛洛点开了那个人的资料，将姓名和关键词记录下来。他又点开了第二个被标红的异常，发现西蒙到这里也是为了见什么人，赛洛又依照前法，将这个人的姓名记录了下来。

他把这些标红的异常之处全部都整理出来，输入搜索引擎中，等待着比对分析的结果。

"索婆阿腾纳斯"这几个字突然从网页上弹了出来。

第四十九章

"索婆阿腾纳斯？"赛洛琢磨着这几个字背后的意思。这是软件综合比对出来的结果，他暂时也不知道这几个字到底代表着什么意思，但是他相信这个软件的精准度，如果不是经过了测试和比较，这个软件应该也不会随意推送这几个字给他。

赛洛复制了"索婆阿腾纳斯"这几个字，将这几个字输入电脑中，翻译软件上弹出了几个字：拉丁语，类似死神崇拜。

"原来如此。"看到这几个字的一瞬间，赛洛已经从中解读出自己想要的关键信息。

想到这里，赛洛打开了坎贝尔集团的那些新闻。在他看到这些新闻的那一刻，赛洛的脸立刻黑了起来。

"该死的！"赛洛捶了捶桌子，他没有想到，关于坎贝尔家族的这些新闻竟然这么长，每一篇报道都跟一部短篇小说差不多，看样子，这坎贝尔家族在自我吹嘘这件事儿上真是不遗余力。

他又不甘心地点开了关于西蒙的介绍，看到的是一篇同样又臭又长的报道。

"真是一群自恋狂。"赛洛嘟囔了一句。按照这种篇幅，他输入进去等待比对结果，那真的是大海捞针。更何况，他的软件肯定没办法从这么多信息中比对出精准的近似值来，这简直就相当于从整个街区找出一个毫无特点的抢包贼一样。

怎么办，怎么办？赛洛苦恼地敲了敲桌子。

"~%？…，#*'☆＆℃＄⌒★？……"电子狗听到了赛洛的发音，想要模仿，但苦于发声程序被赛洛关闭，只能在两只红色的电子屏大眼睛上显示出一段乱码来。

赛洛焦躁地抓起桌子上的笔，敲击着自己的电脑桌面。他闭上眼睛想着，如果凯斯遇到同样的情况该怎么办？老实说，凯斯很擅长从毫无关联的蛛丝马迹之中找到他自己需要的线索。但按照赛洛的这种科学思维来理解的话，凯斯能做一名侦探的前因，是因为他服役的时候曾经在部队学过侦察。不存在毫无破绽的案件，因为人类的爱恨情仇是相通的，总跑不过那些东西去，凯斯只是在他的领域把这类判断方法内化了。当然了，这也和凯斯个人的性格有关，他对这个世界一直是冷漠的、略带讥讽的，这是他上战场后的转变，这种性格有利于他的工作，让他对这个世界上的很多事儿多了一些洞察力。但是赛洛并不是这样的人，他只钟情于技术，就像凯斯钟情于破案那样，他擅长和机器打交道；而凯斯擅长和人打交道，他总是能精准地抓住那些人背后的目的和动机，按他的话说，从心理学角度，这可称为侧写分析，只要不带任何感情，就不会轻而易举地被那些蛊惑的话语蒙蔽双眼。

赛洛曾想过自己为什么会和凯斯这样的人交朋友，有一点是可以肯定的，他和凯斯一样，都对这个世界有一种深深的疏离感，他是沉迷于技术，嫌跟人打交道太麻烦；凯斯则是另一种——一种看透一切的疏离。他们彼此交往常常也是点到即止，不用解释太多，也不像和其他人交往那样会多出很多不必要麻烦。当然，还有更隐秘的一点就是，赛洛开发的某些东西，凯斯能用得上——这一点让赛洛很有成就感。凯斯常常和赛洛说，那些侦探小说都是胡扯的，一个真正的侦探要比小说中写的要艰难得多，毕竟像赛洛这样的技术狂人不多，而西蒙这种混蛋却比比皆是。

闪过的这个念头，让赛洛脑中突然灵光一现。对了！他之前怎么没有想到，他应该问问那些写三流小说的人。这些人总是会编出一些可笑的黄色故事，然后把他们安插到名人的身上。虽然这是不入流的做法，但是他们应该对这些名人和这个世界上那些臭名昭著的混蛋有一些基本的了解——至少比他了解得多，而且，找到一个这种三流作者的聚集地，对赛洛而言实在是太轻而易举了。

想到这里，赛洛再次打开电脑，飞快地找到了几个类似的网址。

赛洛在这些网址上面翻寻着，看到网址之中各种夹带的色情文章，心领神会地笑了笑，从上面滑过。很快选定一个网址，在赛洛看来，这个网站的商业运营思路也相当精巧，竟然还有定向服务。在网站的论坛上有一个提问的专栏，诸如你最希望看到哪个名人的小说等。

赛洛简短地浏览了一下这个网站的规则，思考了片刻，在网站上输入了几行字：如果将现在 M 国的几大财阀比拟成这个世界上存在过的暴君的话，你们觉得坎贝尔家族目前的掌权者和哪个暴君最相似？

输入完这几行字，赛洛凝神思考了片刻，觉得这样写未免有些太露骨。他想了想，又在下面加了几行字：我想看以坎贝尔家族幕后掌权者为原型的故事，最好能和历史上那些有名的暴君挂钩，如果有人愿意写的话，我愿意付费观看。

打完最后一行字，赛洛满意地拍了拍手，按照网站上的提示充值了十元后，在问题后面发布了十条悬赏。做完这一切，赛洛又在手机上下载了这个网站的应用，将自己的账号同步到了手机应用上，等待着有人来接单。

"现在我来解决你的问题。"赛洛开通了这个 App 上的信息提醒，转向了电子狗。

他从工具箱里拿出了一些工具，把装置着电子狗发声系统的面板拆卸下来，面板上这些电线并没有短路的迹象，看样子应该不是硬件问题。赛洛将电子狗用数据线连接到电脑上，扫描自己给电子狗装置的 AI 拟狗系统，修复了电子狗的声音模拟器。

"好了。"赛洛拍了拍电子狗，将装置着发声系统的面板重新安回电子狗身上，重新打开了电子狗的声音开关。

"好了，好了……"这一次，电子狗发出的竟然是一个女声模拟声，把赛洛逗得哈哈大笑。

"干脆以后就叫你爱丽丝得了，哈哈。"赛洛拍了拍电子狗的头。电子狗在赛洛脚边转了两圈，也说了一句："干脆以后就叫你爱丽丝得了！"

"好吧，爱丽丝，就这么决定了。"赛洛吹了一声口哨，完全忘记了自己要报复西蒙的事儿。

"爱丽丝，爱丽丝……"电子狗叫着这个名字，从赛洛的脚边滑开。赛洛听见手机叮地响了一声，他抓起手机看了一眼，从手机界面上显示着的，正是刚才那个应用上弹出来的信息，原来有人接了自己的提问单。

赛洛点开手机，看到了那个接单者给自己发送了一条私人信息，申请添加提问者为好友。

赛洛犹豫了片刻，最终还是选择了"接受申请"这个按键。其实按他的设想，这个人只需要提供给自己答案就行了。赛洛清楚地知道，像这类暗网所有人的身份都是假的，这一点每个登录进来的人都心知肚明，像这种还要添加好友的，纯属多此一举。只是他现在急着要答案，不想错过任何一条有用的线索，不然的话，像这种添加好友的他都不会理会，没有人会这么无聊，广告除外。

"你好。"

在赛洛通过他好友申请的瞬间，他就给赛洛发来了一条短信。

"你好。"赛洛疑惑地回复着他。

"关于你想知道的那个答案，我可以告诉你。你不必问我到底是谁，也不需要隐藏你的想法，我敢向你保证，我不会把这件事儿告诉别人。"

那人似乎用的是语音打字，在确定赛洛回复自己之后，马上又发过来一长串的信息。

赛洛犹豫了片刻，在两人的聊天界面上输入了一个简短的"？"字符。

"你想要的答案很简单，死神大主宰选中的暴君是伊凡大帝，他现在的名字叫理查德。你放心……你放心，我并没有打算用这个消息来卖钱。只要你告诉我你朋友的具体的坐标位置就可以了。"

回消息的那人似乎有某种洞察人心的魔力，从一个简短的问号之中就看出了赛洛心里的所思所想。赛洛看着他发在屏幕上的那段话，陷入了沉思。他不知道自己到底该不该相信他，但是如果说要从他的第六感出发的话，他本能地觉得，这个人提供给自己的、关于坎贝尔家族背后的那个人是伊凡大帝这件事儿，很可能是正确的。

那个人发过来这句话之后，屏幕上他的头像就暗了下去。他没有接着打字，也没再给赛洛任何信息，似乎他已经洞察了赛洛的一切，连赛洛需要思考这一点也想到了，同时把这个时间留给了赛洛。

这无声无息地等待反而更让赛洛感到焦虑——如果这个人能这么迅捷地了解自己的信息，并且看穿自己想要问的问题，那他知道的东西一定比自己想象的还要多。

这个人要凯斯的坐标。自己到底要不要发给他？赛洛犹豫地将手机的屏幕一下点开，一下关闭。他不确定这个人是敌是友。但是他想到这个人给他提供的暴君姓名，倒是觉得坎贝尔家族的行事确实有点像那些历史上暴君们的做派：譬如家族中人总是派头十足，喜欢监视竞争对手，还建了某些秘密的实验基地。这个人这几年侵占了不少资源，这点赛洛还是知道的。

叮！赛洛的手机又响了起来，吓了赛洛一跳。

他慌乱地点开手机，本来以为是神秘人发来的催促消息，没想到竟然是西蒙的邮件。他简短地阅读了一下西蒙发过来的邮件，西蒙告诉他，他们已经派出了一架战斗直升机，正在前往赛洛提供的坐标点。

　　这封邮件总算是让赛洛松了一口气。凯斯他们是坐潜艇走的，如果没有手机定位的坐标点，就算西蒙有直升机也没有那么容易找到。想到这里，赛洛有些庆幸，幸好自己一开始就把手机给了凯斯。

第五十章

"都给我闭嘴，如果你们不想死的话。"盔甲腰间镶嵌着红宝石的那名侍卫眼神冷冷扫过，看了众人一眼，从腰间掏出了一把枪。

凯斯看到这名侍卫的眼神，向米雪儿使个眼色。他见过很多犯罪分子，也看过他们的眼神，他明白，这名侍卫和尼禄一样。只不过尼禄是 dormer 庄园和泰西尔－埃西普尔公司的独裁者，而这名侍卫是这架潜艇上的独裁者。

格尔被他的眼神吓坏了，连哼都不敢再哼一声，凯斯与米雪儿也不再说话，一时间潜艇舱中只有各种机器发出的嗡嗡声。

众人安静了大概半个小时。几名侍卫在潜艇中走来走去，时不时用冷冷的目光扫视着凯斯他们几个。凯斯想，如果不是尼禄下了命令要将他们送到"德尤斯 C 区"的话，应该会在潜艇上把他们折磨死。

潜艇的螺旋桨发出嘟嘟的排水声。

"怎么走了这么长时间？"凯斯看了米雪儿一眼。他和米雪儿不一样，他没有任何关于"德尤斯 C 区"的记忆碎片，也不知道这个地方到底在哪里，所以他对这个地方的危险性也无从想象。不过话又说回来，对凯斯这种上过战场的人而言，也没有什么东西能吓到他。说实话，他看恐怖片的时候从来都没有觉得那些东西有什么吓人的。

米雪儿轻轻地摇了摇头，用眼神回应着凯斯，虽然她没有说话，但是她的眼神凯斯却看懂了。

盔甲镶嵌红宝石的侍卫转过头，正好看见米雪儿和凯斯相互交换的眼神，警觉地问了一句："你们干什么？"

凯斯闭上眼，索性不理他。他现在已经基本确定这个侍卫只敢虚张声势，或许恼羞成怒的情况下还会将自己恶揍一顿，但是肯定不敢真的把自己怎么样，不然他绝对忍不了这么久。

凯斯刚闭上眼睛不久，侍卫腕上的信号接收器就响了起来。几声滴滴声令凯斯不由自主地睁开了眼睛，他能够清晰地识别这些信号所代表的意思，他以前服役的时候，学过这种军用摩斯代码，因为他们这类军事行动常常会在野外进行，那些地方的信息传输都比较麻烦——所以只能用军用摩斯代码来传令。凯斯的教官们逼着他们将这些代码背得烂熟，就像他们每天都要吃饭、喝水那样熟悉，甚至将接收这些东西变成了本能才放过他们。所以，凯斯听到这几声滴答声，立刻就竖起耳朵，仔细聆听着这滴答声中传达出来的指令。

　　"到了之后，先不要把他们放到 C 区。"凯斯竖着耳朵，听到了这条指令。他想，这几个愚蠢的侍卫大概没有想到，凯斯竟然有分辨军用摩斯代码的能力。当然，凯斯觉得，以他们这几名侍卫的智商，也不会考虑这么多，他们只是执行尼禄命令的工具人而已。

　　"收到。"盔甲镶嵌着红宝石的那名侍卫接收到这条信息后，简短地回复了两个字。

　　凯斯听到尼禄给侍卫的指令后，用眼神再一次暗示了一下米雪儿。米雪儿并不能像凯斯那样听得懂摩斯代码，她只能从凯斯的眼神中得知他们似乎已经快要到达目的地了。

　　米雪儿接收到了凯斯用眼神发过来的信息，冷冷地问了那个盔甲镶嵌红宝石的侍卫一句："如果快到了的话，麻烦你告诉我们一声，我们应该怎么做，不然的话，怎么帮你们拿到'神谕'？"

　　盔甲镶嵌红宝石的侍卫看了米雪儿一眼，他没有想到米雪儿竟然连这个也知道。但是令他感到讶异的并非是米雪儿如何猜测到他们的目的地是"德尤斯 C 区"的，也不是米雪儿为什么知道他们快到了，他对那些东西才不感兴趣，他真正讶异的是自己的领导者尼禄为什么一开始就知道这两个人能完成开采"神谕"的神圣使命，这令他对尼禄的崇拜又多了一层。在他看来，尼禄的复活已经是神迹了，尼禄将他训练成今天这个样子同样是神迹，而尼禄竟然知道米雪儿和凯斯能够取回"神谕"，更像是一种神的旨意。领悟到这一点简直令他疯狂，他几乎想要跪在尼禄的脚下表达自己对他的崇拜之情。

　　当然，他那种被尼禄的言论深深洗过的脑里，并不会考虑这不过是尼禄预设或者只是某种巧合的可能性。他只是单纯地疯狂地崇拜尼禄而已，并且将这种崇拜引以为人生最大的骄傲。

　　"有人在跟踪我们，我不希望他们发现 C 区的位置。"盔甲镶嵌红宝石的侍卫腕上的信号接收器又一次滴滴响了起来。凯斯看见他按下接收信号，马上分辨出了这句话。

凯斯看了米雪儿一眼，趁着这个盔甲镶嵌红宝石的侍卫不注意，悄悄用手向后指了指，示意有人在跟踪他们。

米雪儿用极快的速度点了点头。凯斯看见米雪儿的动作，又一次闭上了眼睛，假装什么事情也没有发生过。

凯斯聆听着盔甲镶嵌红宝石的侍卫发送信号的声音，从这些声音的代码之中，他分析这个盔甲镶嵌红宝石的侍卫发送的两个字应该是"明白"。

凯斯听到这两个字，嘴角扯出一丝不易觉察的微笑，他想，应该是赛洛接收到了自己发送的坐标点，想到了搭救自己的办法。他几乎可以肯定来搅局的人是西蒙。如果西蒙背后真的是被复活的另一个暴君的话，他不会对眼前的这个事情坐视不理的。当然，凯斯心里很清楚，那个暴君才不会把凯斯这种人的性命看在眼里，哪怕再加上这个谜一样的米雪儿也不行，但是从他有限的经验来判断，这些暴君们有一点却是共通的——每个暴君都希望能积极地扩张和占有更多的资源，巩固自己的势力。这个东西是此消彼长的，如果尼禄手中的"神谕"多一块，另外一个暴君手中的"神谕"就会少一块。那些担任过一国领主的暴君，不会爱惜任何人类的生命，但是他们绝对不会允许别人手中有自己没有的东西。

其实到现在凯斯也并不知道"神谕"该如何使用，凯斯想，尼禄应该也不知道这个东西怎么使用，他现在还在开发研究这个东西的能量。尼禄只知道，这个东西能激活人的体能，让人变异——而且这种变异几乎全部都是好的，拥有更聪明更敏锐的大脑还能抵消这些东西带来的负面影响——更重要的是失败率还低，能让人类的聪明才智更好地为自己服务等，这和那种因为没有及时吃上食物发放机里的食物所带来的病理变异是不可同日而语的。不排除那种自然变异的情况下也会偶尔出现一两个极品，但是失败的数量则更多，而且这些失败的变异人还会带来巨大的危险。相比之下，"神谕"金属带来的变异，副作用要小得多，不但可控，稍加引导的话，基本上都是正面向的——当然，还有一点是凯斯不知道的，为什么尼禄非得要让他和米雪儿去取第二块"神谕"。

潜艇渐渐地慢了下来，凯斯感到一阵剧烈的晃动，应该是潜艇向某个区域停靠时产生的惯性。

"起来。极地到了。"几名侍卫命令这凯斯三人。

"极地？不是'德尤斯 C 区'吗？"凯斯故意用嘲讽的语调问几名侍卫。

"少废话。赶紧下来。"一名侍卫拿枪指着凯斯。

第五十一章

凯斯、米雪儿和格尔三人被侍卫用枪从潜艇上赶了下来。一行人穿过一条黑洞洞的长廊，凯斯骤然觉得周围的空气有些冷冽起来——虽然长期吃食物发放机里的食物令他们这些人类的生理机能多多少少进化了一些——至少变得不那么容易生病了，但他们的肉体对于冷热的感知仍然还是存在的。凯斯忍不住扯了扯大衣。

这里似乎是一个老旧的军事基地。

当然，对于泰西尔－埃西普尔家族有这种地方，凯斯真的一点儿也不会感到奇怪。那些 M 国的大财阀从来都不会放弃对资源的掠夺和侵占，这一点从他上战场的那一刻就明白了，他们会用谎言、金钱、许诺来包装自己的这些欲望，但这些就是有人相信——凯斯有时候忍不住会想，如果死神在中心城市安放的食物发放机里的食物吃下去后能进化一下这些乌合之众的大脑，那才是真正地为这个世界做了贡献。

"走。"侍卫推搡了凯斯一把，将凯斯的思考打断。凯斯抬起头，开始观察周围的环境。

侍卫将凯斯他们从潜艇的顶部押了出来。几人爬上了一段悬梯，悬梯的尽头是一个军用的圆门。盔甲镶嵌红宝石的侍卫输入密码，将凯斯他们几个人先押送进去。

几个人又坐了一段长长的升降梯。凯斯判断他们应该是从海里向地面升去。越靠近地面，他皮肤上那种冷冽的感觉就越清晰。

从他有限的经验来判断，这个军事基地应该废弃了一阵子了。他听见了升降梯里那种因为空气流动带起的哐啷声，这些器械应该很久没有润滑过，只是靠着电力强行驱动，但是这些设施建造的时候应该也花过大价钱，所以目前大都还可以使用。

几人坐了一阵电梯才到地面的大厅。几名侍卫将他们赶到了一个中央大厅里，那里有一个监控台，可以监控到地面的状况。

"你们看着他们三个，我看看地面的状况再说。"盔甲镶嵌红宝石的侍卫对着他的几个手下发号施令。

"是。"其他侍卫将凯斯三人赶到了一旁，将他们绑在旋转座椅上。

盔甲镶嵌红宝石的侍卫启动了地面监控器。咔嚓的声响之中，那些头顶上的炽灯次第亮了。这里应该也是泰西尔－埃西普尔公司的私产，只不过现在应该很少使用。凯斯回忆着自己听到的那些军用摩斯代码的声音，判断出这几名侍卫应该是把他们带到了一个临时的基地里。大概是发现有人跟踪他们，这个突然状况令他们有些始料未及，所以才将潜艇临时停到了这里。从那些密密麻麻的显示器里，凯斯可以看见地面的状况。地面覆盖着皑皑白雪，看上去十分平静，并没有任何异样。凯斯通过画面判断，他们应该已经来到极地了。

凯斯盯着那些皑皑白雪，感觉这片空间似乎在那些显示屏之中凝住了，全部的永恒好似浓缩进了这短暂的一刻，毫无变化，也似乎无可变化。然后——一辆军用直升机忽然闯入了画面，发出巨大的轰鸣声在雪地上落了下来……

"做好战斗准备。"盔甲镶嵌红宝石的侍卫抬起手腕，对着其他几名侍卫发出了简短的指令。

"是。"另外几名侍卫分别踏上了自己的军事操作台。

一小队士兵从军用直升机中跳下来，每个人手中都端着枪，四下警觉地巡视着。

同时，扩音器中传出大声命令，语调坚定，充满威势，除了将几个人待着的地方震动得嗡嗡直响以外，凯斯还听出了其中的俄罗斯腔调。

命令发得迅速而又准确。除了卫兵之外其余人一律不得移动。卫兵带着勘探器，寻找地下热源的位置。

"开不开火，长官？"几名侍卫向盔甲镶嵌红宝石的侍卫请示。

"先看看，等待尼禄先生的指令传过来再做决定。"盔甲镶嵌红宝石的侍卫看了几个人一眼。

从监视器里，凯斯能清晰地看见战斗直升机中跳下来几人，从镜头中望过去，这些人小如蚂蚁，但是凯斯明白，这些人战斗力并不弱。这些士兵跳下来后，都在附近用一些军用设备探测着，似乎在寻找凯斯等人的位置。

凯斯的头顶上突然传来一阵极大的嗡嗡声，几块破碎的瓦砾夹杂着一些尘土，被震动得掉落下来。

几个人避开沙尘，军用直升机里传来一阵嘈杂的刺啦声。片刻之后，凯斯听见有人从军用直升机中对着整个空白的雪地喊话。他那些兼具威胁性和煽动性的话语不禁让凯斯又一次想起了尼禄身边那名侍卫所说的话——反正现在他们的身体都包裹在同样的盔甲里，凯斯也分不清到底谁是谁——但是他记得勒庞所说的那句话就是了，"群体向来只对强权俯首帖耳，却很少为仁慈心肠所动，他们认为那不过是软弱可欺的另一种形式。他们的同情心从不听命于作风温和的主子，而是只向严厉欺压他们的暴君低头"。

这些暴君们有的是蛊惑人心的手段，尤其是那些经过战争锤炼的。从这种种的蛛丝马迹和行事风格来看，这个背后的控制者，很有可能是个被复活的暴君，只是一时间还不知道叫什么名字。

虽然凯斯读书也不是很多，但是他了解这个世界和人的本质需求。从尼禄身上他能够清楚地看见，精神方面的控制因素对于那些帝国的暴君来说，几乎和他们所能调集的舰队和装备的火力一样重要。和谁发动战争，发动什么样规模的战争，以什么样的理由发动战争，这些都是不重要的，因为这不是他们考虑的问题。他们唯一需要了解的就是，他们能不能打赢这场仗，如果打赢了，他们能从中获得什么好处。

每个暴君都是极度自恋的，长期的统治者身份强化了他们这种概念，让他们相信自己是无所不能的。如若不然，帝国怎么可能统治那么多人呢？这其中不光是正派人士，也不乏各种杀人犯、强奸犯、抢劫犯和偷盗分子，对于他们自己的能力，他们绝对不会怀疑。

人类的可笑之处往往在此——凯斯心想。不管是暴君还是蝼蚁，在人性卑劣的层面上似乎并没有多大区别。

他们这次要争夺的不是自己和米雪儿。凯斯和米雪儿只是其中的一点儿小的奖赏，就像蛋糕上的糖那样。他们不喜欢别人持有自己没有的东西，不管是出于一时的狂怒，还是作为经过仔细筹划的策略，他们都必须将这个世界上所有的宝物都占有——可能他们在莫斯特伯阿米克时代唯一不敢比肩的就是死神了。或许他们内心深处连死神的权威也想挑衅，毕竟凯斯也不知道，这些暴君内心深处到底是如何疯狂的。

凯斯舔了舔嘴唇。他的胸膛起伏着，把空气深深地吸进肺里。极地除了这些废旧的军事基地之外，并没有其他污染，他第一次感觉到空气闻来是那样甜美。他想起自己的爷爷曾经在日记本里写过莫斯特伯阿米克降临时代之前的事情，那个时候还不像现在不分昼夜，据说白天会有阳光，阳光照在身上是暖融融的。凯斯不知道，阳光是不是会和外面的雪光有点儿类似，他没见过，也不确定。

几人所待的这座军事指挥厅猛然一震。凯斯被晃得趴在地上。如果他判断的没错，应该是那架战斗直升机向他们所在的方向投掷了一枚炸弹。他们想要把他们轰炸出来，盔甲镶嵌红宝石的侍卫手忙脚乱地启用拦截设备，等待尼禄指示的习惯已经让他失去了这场战斗的先机。

"趴下！"凯斯指示米雪儿和格尔。在头顶上几盏炽灯爆掉之前，凯斯用眼角的余光看见米雪儿与格尔连同他们的座椅一起扑倒在地上。

在一片巨大的皲裂声中，几个人头顶上的建筑正在以肉眼可见的速度被撕开一道道裂痕。凯斯倒抽了一口凉气，因为他深深地明白，这建筑顶上不知道还压着多厚的积雪呢。

第五十二章

最后的几秒钟里，凯斯听见了冰面裂开的声音，整个中央大厅似乎都已经被炸弹炸裂了，正在急速坍塌。在座椅向地面倒塌的一瞬间，凯斯迅速从那个捆住自己的卡扣里挣脱开了，事实上，从侍卫绑住他的那一刻起他就悄悄摸着这个安全带的卡扣研究着。在椅子倒地的瞬间，他同时拽开了绑住米雪儿的卡扣。他暗自庆幸幸好这几个侍卫用的是活结，大概因为这里是极地的缘故，而他们相信在手中枪支的威胁下，凯斯他们也无法跑远，所以才将他们用安全带束缚着。凯斯想，大概他们本来也没有想到中途会在这里停留，更没有想到战斗直升机说扔炸弹就扔炸弹，连一点儿犹豫的余地也不给他们，竟然就这样打了他们一个措手不及。

"我们得想办法跑到地面去。"凯斯命令着米雪儿和格尔，"一会儿这里塌了我们就永远变成极地游魂了。"

"明白。"米雪儿简短有力地回应着凯斯。说实话，有时候凯斯也有些欣赏这个女人的利落劲儿。至少在这种突然状况下，她从来不会像其他女人一样哭哭啼啼，她能应对很多情况。想到这一点儿，凯斯也有点儿怀疑米雪儿的来历，老实说，这个女人身上的确有很多令他想不通的地方。

"我们先得从这里出去，我还记得来的时候的入口，这个大厅是地下三层，我们得去地下一层，至少那里离地面近一点儿。"凯斯一边躲避大厅之中掉下来的各种石块瓦砾和钢筋混凝土块，一边飞快地向米雪儿和格尔说着自己的计划。这个军事基地大概从规划的时候就考虑过冰层的影响，所以有很多墙面与顶部的结构都考虑了对冰层的利用，所以肉眼可见各种冰块从顶上掉落，刚才那几名站在操作台前的侍卫有一个被头顶上掉落的砖块砸中了，脸上白乎乎地一片，应该是流血了。

有几块瓦砾掉落在操作台上，那几名侍卫也纷纷躲避，只有盔甲镶嵌红宝石的侍卫还盯着地面的战斗直升机，等待着尼禄的指示。

"开火。"凯斯听到了他手腕上带着的通信器终于发出来这两个字的字符指示。虽然是在轰隆隆的断裂声中，凯斯也能清晰地听见这个通信器中摩斯密码的嗒嗒声。

几名侍卫松了一口气一般看着那个盔甲镶嵌红宝石的侍卫对着那架战斗直升机发出了一枚炮弹。大概是感受到了热能，那架战斗直升机开始急速地转动螺旋桨，想飞出炮弹的轰炸范围；但是这架战斗直升机启动稍微慢了一点儿，这枚炮弹已经精准地击中了战斗直升机的螺旋桨。

凯斯看见战斗直升机的螺旋桨冒出一连串的火花，本来已飞升到半空中的直升机哐当一声栽倒在雪地里，大概是受到了余势的影响，直升机的螺旋桨还在呜呜地转动着，扇起了一大片雪花，然后才缓缓停滞下来，发出吱嘎吱嘎的声音。

凯斯看了一眼，无力地摇了摇头。虽然危险迫近，但是他却有一种很不真实的感觉，两个暴君的对决竟然像小孩子的把戏一样可笑，领悟到这一点让凯斯觉得一切更加滑稽了。他从眼角的余光中看到了几个士兵装扮的人奔向那架被打中螺旋桨后栽倒在雪地里的直升机，知道他们还有一阵子要忙，现在正是自己和米雪儿逃走的大好时机。

凯斯趁着盔甲镶嵌红宝石的侍卫发射炮弹的间隙，扯开了格尔腰间束缚的卡扣。一块大石头落下来的瞬间，凯斯低声喊了一声："往门边跑！"

米雪儿率先站起来，拉着格尔向门的方向跑去。这个时候格尔倒像突然领悟过来一样，也不像之前那样不紧不慢，而是跟着米雪儿跑得飞快。

"他们要逃走！"一名侍卫转过头，从顶上不断落下的砂石之中看见了向大门奔跑的米雪儿和凯斯。

盔甲镶嵌红宝石的侍卫看见米雪儿和凯斯的动作，对身边的一名侍卫下指令："你去把他们抓回来。"

"是。"盔甲镶嵌着蓝宝石的侍卫端着枪，向他们的方向跑过来。

米雪儿已经跑到了门边，她用力拉着门，只要把门打开，他们就能逃出去，到时候从电梯逃到地下一层，他们就能找机会爬到地面去。

凯斯一回头，看见端着枪跑过来的一名侍卫。

"别动，再动我就先打断你一条腿。"那名侍卫看着回头张望的凯斯，举起手中的枪，指着凯斯。

凯斯听见自己头顶上的开裂声，与那名侍卫同时抬起头。在两人的头顶上，一大块黏着冰块的混凝土摇摇欲坠，马上就要落下来。

"再见！"在那混凝土块落下来之前，凯斯已经向大门的方向跑了过去，那名侍卫向凯斯连开三枪，打得凯斯脚下土石飞溅，但都被凯斯用灵活的步伐躲了过去。当然，还得感谢这些不断下坠的石块，如果不是这些障碍物，也许他就被打中了。

这名侍卫看见凯斯向大门的方向跑去，端起枪向大门的方向射去。

"赶紧躲开！"凯斯大声命令米雪儿和格尔。子弹裹挟着风势向凯斯和米雪儿的方向呼啸而来，打中了大门。

大门被枪击中，冒出了一缕烟雾，凯斯闻到一股烧焦的电火花味儿，紧接着就看见大门闪烁着红光，拉响呜啦呜啦的警报声，缓缓向两边拉开。

"快跑。"凯斯看见大门打开了一道一人宽的缝隙时，大声命令米雪儿。米雪儿看了一眼缓缓拉开的大门，也明白了凯斯的用意，拉着吓得瑟瑟发抖的格尔，闪身从门缝之中快速穿行过去。

"走开。"盔甲镶嵌红宝石的侍卫看见凯斯一边躲避着头顶上落下来的砂石瓦砾，一边向着大门的方向狂奔过去，一把推开了挡在自己面前、举着枪的那名侍卫。

那名侍卫被他推倒在地上，手中的枪飞出去老远。就在那把枪落地瞬间，凯斯飞身过去，将枪捡了起来，飞快地向门边跑去。

在凯斯身后，盔甲镶嵌红宝石的侍卫取出自己的枪，向着凯斯的方向射了过去。

凯斯看了一眼盔甲镶嵌红宝石的侍卫的动作，向另一侧闪身。他用捡来的枪向盔甲镶嵌红宝石的侍卫开了一枪，但是他低估了盔甲镶嵌红宝石的侍卫对人命漠视的程度，更没有想到他竟然拿自己的性命不当回事。盔甲镶嵌红宝石的侍卫并没有躲避凯斯射去的子弹，那枚子弹擦过他的铠甲，却并没有击穿，而是向外飞了过去。大概尼禄的侍卫也沾染了尼禄的习性，他们骨子里都有一股疯狂劲儿，越是疯狂遵守命令的人，在关键时候反而越是表现出一种超乎常人想象的疯癫。

侍卫射向凯斯的那枚子弹呼啸而来，从凯斯的腿边擦了过去。凯斯感到裤管被打破了，腿侧也传来一阵火辣辣的疼痛感。但是他并没有回头，在盔甲镶嵌红宝石的侍卫发射第二枚子弹时，凯斯已经跑到了门边，子弹擦着大门的边缘而过，并没有射中凯斯。

"该死的。"盔甲镶嵌红宝石的侍卫看着凯斯跑向门外，将手中的枪扔到地上，端起一门火炮，预备向凯斯三人逃奔的方向发射。

嘀嗒嗒，嘀嗒……千钧一发的时刻，他戴着的手环再一次响了起来，看样子是尼禄又一次给他来了指令。

"从现在开始，地面上的那些人是你的玩具了。"在跑出大门的一瞬间，凯斯模模糊糊地听见了"玩具"两个字。

"收到。"盔甲镶嵌红宝石的侍卫放下了手中的火炮，眼睛又露出那种对尼禄恭敬又狂热的神情，似乎他接收到了这个世界上最美好的嘉奖。

当然，凯斯并没有看到他这种神情。如果他看到的话，他会觉得，仅仅从犯罪心理学上已经解释不了这个人的行为了，大概这个人已经在尼禄的影响下失去了人类的本性，完全变成了一个嗜血的工具。

在他们三人逃离这个地方之前，他听见室内轰隆一声巨响，一块和冰块混杂的混凝土从顶上掉了下来，彻底将门堵住了。这样一来，大概里面的几个侍卫也凶多吉少了。但是凯斯却感觉到这些侍卫完全不在意自己的生死，相比于自己的生死，他们对轰炸地面上的那些人要更有兴趣得多。

凯斯三人回身穿过人造柏树枝撤进了一个隐蔽的隧道口。格尔对这些东西有点儿好奇。凯斯早就知道，尼禄有造这些假植物的癖好，在"伊甸园"里他们就看到过。在他转身走进黑暗中时，他把手枪别到了肩头的皮带上。朝黑暗中走了几百步之后，格尔低声说："我这里有手电。"黑暗中传来细碎的声响，应该是格尔伸出手来摸索着找回了手电。片刻之后，手电发出了亮光。

三个人顺着长长的斜坡跑进了无限的黑暗之中。他们进了来时的电梯，电梯在黑暗中向上升着，电梯内的灯光随着格尔的哆嗦在黑暗中飞舞跳跃，又迅即被黑暗吞没。

"我们要快点儿，这里快塌了。"凯斯看着缓缓上升的电梯，有些焦躁。

"电梯已经加速到最快了。"米雪儿看着电梯，她已经将加速器推到了尽头。电梯中，狂喘的三个人，逐渐平息了下来。凯斯的神智略微清醒了一点儿。

大概是地面晃动得厉害，电梯越走越慢，发出金属碰撞的吱嘎声。电梯又走了一阵，凯斯终于感到有一缕空气吹向他因为紧张而紧绷的脸上。同时，电梯也吱嘎一声，被卡在某个地方，停了下来。

"前面肯定有一片空间。"凯斯对着米雪儿和格尔说，"只不过，我们现在要向上爬了。"

格尔按亮了手电。

"一会儿上去了就把手电关掉。"凯斯命令格尔，"我们现在已经被他们带到了极地，还不知道会发生什么，所有的能源都要节约一点儿。"

"好的。"格尔点了点头，看起来仍旧是一副唯唯诺诺的样子。他做梦也不会想到，因为自己的一点儿贪恋，竟然会被抓到这种地方来。

第五十三章

伴随着警报声，升降梯中数字按键处闪动着几丝电火花，电梯里的灯光闪动了几下后，彻底熄灭。安装电梯的深井之中透出了一丝微弱的光，三个人适应了一会儿，大概能从微光之中看到一点儿影影绰绰的轮廓。

"糟糕，怎么出去？"在电梯灯光熄灭的一瞬间，米雪儿焦急地伸手去按电梯上的按钮，却仍然没能来得及将电梯门打开。

"我来吧。"凯斯掏出了自己刚才在地上捡到的枪。

砰的一声枪响，凯斯将升降梯的门打穿了。这把枪的火力很猛，后坐力几乎将他倒推到墙上，看样子泰西尔－埃西普尔公司的掌权者尼禄在配备武器上确实很舍得花钱。这一枪将电梯厚厚的钢板打穿了一个洞，凯斯将枪杆伸进孔洞，将升降梯的门用力撬开了。

三个人从被撬开的门缝之中爬了出来，站在了电梯的顶部。

"这里应该离地面不远了，这些雪光应该是地面上漏下来的。"凯斯抬头看了看，接着说了一句，"我先上去。"

他拽了拽悬挂在电梯上空的缆绳，试了试这个缆绳的结实程度，然后才慢慢向上爬去。

就在他准备攀爬的那一刹那，电梯忽然喀啷一声，向下坠了几米，吓得米雪儿和格尔赶紧紧紧抓住缆绳。

格尔打开手电筒，向下探照了几下，电梯下建筑物裂开坍塌的状态吓得他差点儿把手中的手电筒扔掉。

"赶紧爬上去！"凯斯将枪别在腰带上，率先向天井口爬了上去。米雪儿和格尔紧随其后，三个人在左摇右晃的缆绳上迅速攀爬着。

"快点儿！这里整个都要塌了。"凯斯一边急切地指挥两人，一边迅速向上爬着。好在这个地方的确离地面不太远，凯斯很快便爬到了洞口。他用力推了推木板，好在上面只覆盖了一层薄雪，凯斯伸手推了两下，就将那块木板推开了。

凯斯撑在雪地上，率先从洞口爬了出来，又将米雪儿和格尔拉了上来。

透着雪光，凯斯清晰地看见电缆绳早已扯到了一边，电梯被吊在半空，下面是挤压在一起的各种断壁残垣，最下面竟然是浮着许多冰块的水面。

格尔站在雪地上，顺着凯斯的目光向下望去，拍了拍胸脯叹了口气说："好险。幸好刚才没往下看，如果我知道下面是这种状况，我肯定吓死了。"

凯斯站在雪地上，极目远望，周围十分平静。似乎地下的那一场坍塌没有完全波及地面。他分析应该是这些冰层和雪面足够厚的缘故，那些冰墙已经联结成一个大的板块了，所以无论下面怎么坍塌，上面的冰层仍然是厚实的，足够冻住顶部的那些瓦石钢筋。

"我们还是得赶紧离开这里，我也不想被另一个暴君的人找到。"凯斯吩咐米雪儿和格尔，他已经领教过尼禄的高招了，真的不想把同样的戏码再来一遍。他敢打赌，从本质上来说，这两个人的需求应该没有太大区别，如果他和米雪儿被另一个暴君的人抓住，无非是将同样的戏码再玩儿上一遍，只是，那时候就不知道他们有没有现在的运气——利用两个暴君的争斗的间隙来逃跑了。

"往反方向走。"米雪儿看了一下他们刚才上来的地方，指着另一个区域方位说道。

"好。"凯斯看了一眼四周茫茫的雪域，点了点头。顺着米雪儿手指的方向，他看到那里有一些星星点点的黑影。说实话，虽然他不知道这是幻影还是真的有人在那里居住，但是现在也不知道该往哪个方向去，如果能找到落脚处补给一下当然更好。

他又抬头看了一眼那些星星点点的黑影，拾掇拾掇手上的东西，向前方走去。话说自从莫斯特伯阿米克时代降临之后，整个人类世界的昼夜消失，地面是交织着人造光的暗沉，而天空却又如炽灯一样总是发出耀眼的白光。但是唯有极地因为有雪色掩映又少有人造光源，所以总是一副清光淡影的样子。说起来有时候他不知道是不是该感谢自己的失眠症，自从他染上这个病之后，越是众人昏聩的时间，他就越清醒，所以当凯斯和米雪儿、格尔走到刚才刚看到的方山映衬出的黯淡光亮处时，他耸了耸肩，并没有在意，还以为是自己太想见到光亮，而疲劳的眼睛在骗他呢。

临近这个地方时，凯斯、米雪儿和格尔才看清，原来这里真的是一个小村落。

"太好了！"格尔欢呼道，"我真的是又累又饿。"

"难道你没有吃过食物发放机里的食物？如果你没有吃，你是怎么活到现在的？"米雪儿看了格尔一眼。

格尔看了米雪儿一眼，不好意思地低下头。老实说，经过了这些事儿和这几次逃亡，他已经没有办法简单地把米雪儿看成是一个敌人了，但是他也知道他们并非朋友。

凯斯虽然走在前面，但也听见了米雪儿和格尔的谈话。他明白米雪儿话里的意思。说起来，死神降临之后，通过食物发放机向这些存活的人类发放食物——虽然这些食物味道不怎么样，但却极大地增强了人类的免疫力和抵抗能力，大概是因为缺少部分微生物和有了这些吃食的缘故，人类现在生病的概率大大降低了。虽然肉体还是一样脆弱，但是免疫力和抵抗力上升了，日常也没有那么容易觉得疲倦。

格尔大概是心理缘故，凯斯想，大概这个人从来都没有面对过这类突然状况，更何况他还那么懦弱。

"对了，他们有没有告诉过你啊，这该死的怪物扔到哪里？"

凯斯正要往前走，雪地里忽然传来一阵人声。这句话在四周静谧的环境中显得特别清晰。

凯斯与米雪儿飞快地交换了一个眼神，闪身躲在了一个雪堆后面。他悄悄探出头，看到两个人正拉着一个铁笼子从另一个方向走到村落的外围。其中一个是穿着绿色深胶雨衣的大个子，另一个一眼看上去就知道他是个墨西哥人。

凯斯和米雪儿当然不知道，这两个人正是破冰船上的拉莫尔和摩卡。昨天晚上，他们的破冰船在极地靠岸，他们着急将船上这个怪物处理好，所以趁着夜深人静的当口，两个人用雪地车拉着装着怪物的笼子跑到这里来了。

"我来看看，看看那个人给我们的坐标点是不是这里。"摩卡掏出自己的手机，借着手机上微弱的光亮查找着坐标点。

拉莫尔一边伸头去看摩卡的手机，一边询问摩卡："你确定是不是就在这附近，可别害得我们白跑路。"

凯斯听见笼子里的怪物发出了一阵轻轻的吼叫声，身子扭动了一下。

拉莫尔显然也听见了怪物发出的声音，犹疑地看了怪物一眼，向摩卡问了一句："对了，你下船的时候有没有给它打针？"

"当然打过，难道我能放任它醒着，把所有人都吵醒吗？我可没有那么愚蠢。"摩卡一边在手机上翻寻这次扔怪物的坐标点，一边飞快地回应拉莫尔的问题。

拉莫尔看见怪物只是嘟囔了一声，又翻身睡了过去，这才松了一口气。

"就是这附近，这里就是坐标点。"摩卡看了笼子一眼，从手机中看到了指示的坐标点和自己现在的定位。

"那些人到底怎么指示的，是把笼子放在这里就不用管了？"拉莫尔惊疑不定地看了看摩卡一眼。

"是的，只要我们把笼子放在这里就不用管了，到时候里面就有人来接收。"摩卡用他浓重的墨西哥腔调回答着拉莫尔。

凯斯和米雪儿对视了一眼，虽然他们现在还看不见笼子里到底是什么东西，但是通过这两人的对话，他们大概可以猜出来一定不是什么好事儿。凯斯不知道自己现在是应该出去盘问两人，还是在原地继续等待，但是他本能地觉得自己应该听听再说。

尽管他现在也十分着急，他和米雪儿不但要躲开这些人的追捕，还要想办法找到"神谕"，这个东西似乎关系到米雪儿的来历，也关系到杀害她哥哥的凶案。或许有了"神谕"，能完全激活米雪儿的大脑，让她想起是什么人伤害过她，她又和什么人结过怨等。

凯斯听见他们两个人在雪地上嗖嗖地拉着笼子，他的手指已经搭在了手枪上。他将在他们毫无防备时冲出去，然后将他们两个家伙控制起来，再盘问这里的一切，而不是像刚才那样准备贸贸然地冲进这个村子。

"把这个东西点亮。"摩卡和拉莫尔将笼子拉到了精准的坐标点后，摩卡将手里的一个东西递给了拉莫尔。

凯斯听到一阵金属拧动的声响。

不一会儿，凯斯感觉眼前出现了一片红光，这片红光在摇曳着，将周遭的一切都映得红彤彤的。红光勾勒出了暗红的身形和在雪地上舞动的影子。

凯斯举起枪，和米雪儿在红光所及边缘的雪堆后面悄没声息地匍匐着。他刚想冲出去，突然一声枪响，让他停了下来。

静谧的雪地里，有人开枪了。

一个男人用手枪顶着拉莫尔和摩卡的头问："你们在干什么？"

"嘿嘿，看他们的样子就知道了，他们在处理区域外的怪物。"这个声音又尖又高，隐约像是女人的声音。女人？在这儿？凯斯疑惑地皱了皱眉头，看见米雪儿眼中也同样惊异。

米雪儿对着凯斯摇摇头，示意两人接着听。

"你们是谁？"拉莫尔和摩卡没想到这个时候这里竟然还会有人来。大概是因为来人手中有枪，躲在雪堆后的凯斯，清楚地听见拉莫尔和摩卡两人的声音里充满了惊恐和疑虑。

第五十四章

"看样子，今晚也不能算是一无所获嘛。我还以为，我们找不到那个该死的侦探和那个叫米雪儿的小美人，就要空手而归呢，没想到在这里还能钓到两条大鱼。看样子，出来这一趟，也不算是一无所获。"刚才说话的那个女声又一次响起来。

凯斯听到她嘲弄的声音中似乎有一种调戏猎物的快感，有些不寒而栗。

"别在这里耽误时间，凯莉。"男人嘟囔了一句，"我们得找到那个叫凯斯·史密斯的家伙，还有那个叫米雪儿的娘儿们。至于这两个人，也不要浪费掉，干掉他们，把他们的肉风干，还能吃上一阵。"

躲在雪堆后面的凯斯与米雪儿两人听见自己的名字，疑惑地对视一眼。单从他听到的声音来说，雪地里的那两个人，他应该并不认识，但是这两个人似乎对他和米雪儿很熟悉。

"好啦，我知道了。"女声说道，"吃，吃，你就记得吃。据说你那个王后以前会把人血掺杂在葡萄酒中养颜美容，不知道那是个什么滋味？"凯斯听见这个叫凯莉的女人回应着这个男人。不知道为什么，虽然她是在开玩笑，但是凯斯听见她的声音时，仍然能感觉到一丝凛冽的冷意。

"你们要吃的，干什么要抓我们？如果你们只是想要吃的，我们……我们船上有的是吃的……我可以带你们去找。"拉莫尔看了两人一眼，虽然他也不知道该不该把这两人带到船上去，但是对他而言，当务之急是活命。他一向谨慎，把自己的性命看得比一切都重要。

"你疯了吗，拉莫尔？怎么能把他们带到船上去！"摩卡焦急地阻止了拉莫尔，他可不敢冒这种风险，这两个家伙手上有枪，如果真的把他们带到破冰船上去，天知道会发生什么事情。但是，有一点摩卡可以肯定，虽然这两个人在谈论吃的，但是他们想要的绝对不是吃的那么简单。

凯斯躲在雪堆之后，虽然看不清几个人的表情，但他却一直凝神注视雪地上几人跳动着的影子。其中一个比较清楚一点儿的影子慢慢变得实在、真切起来。从影子的形状他可以看得出来，这个人应该是刚才说话的那个男人——这个人应该是凯莉的上司，虽然凯莉说话语气中充满了揶揄，但是显然是在为他办事。另外的一道影子又长又纤细，更像是投射在地面的一道幻影。从影子上可以看出来，这个人手上拿着枪，这把枪枪杆很长，应该火力十足，看上去像一个的黑色魔鬼。另外两个身影，一个又胖又壮，看起来圆圆的，没什么特征，应该就是那个拉莫尔；另一个矮一点儿的，显得气势逼人，应该就是那个墨西哥人摩卡。

凯斯移开了目光，和米雪儿对视一眼，弓着腰向另一个方向看了一眼。米雪儿知道凯斯在等待机会，便冲着凯斯点了点头。从这两人的话中她也听出了一点儿端倪，这两个人在这里抓住摩卡和拉莫尔，应该只是个意外。他们的本意应该是来抓凯斯和她自己的。

凯斯闪身向雪堆后绕了过去，他尽量控制自己的脚步不发出任何响动，幸好拉莫尔和摩卡争执的声音有点儿大，所以并没有人注意到他。每走几步，凯斯就停下来听一听。雪地之中没有传来令他警觉的声响，他们几个人也没有注意到他。当他爬完半个圆圈，来到这几个人身后之后，他确定这周围除了这个三个男人和那个叫凯莉的女人之外，就再也没有别人了。

凯斯伏在一个雪堆后，掏出了手中的枪。他已经打定主意，只要这个男人敢开枪，自己就会开枪击中他。摩卡和拉莫尔这两人显然并不想惹事，他们不会成为自己的敌人，他们来这里应该只是为了扔这个笼子，可能是受人指派想要赚点儿钱而已。

几个人的谈话声突然中断，一阵低沉的咆哮声传来。

从凯斯的角度，他看见摩卡向笼子中看了一眼。"不好了，这个变异怪物醒过来了。我现在手上可没有抑制剂，如果我们再不离开这里，一旦它力气恢复了，它会把这个笼子撕烂的。"摩卡焦急的声音并不是装出来的，他看见变异怪物醒过来，本能地想要去笼子旁边查看。

"是谁安排你们把这个变异怪物放在这里的？"和凯莉一起来的男人看见摩卡的动作，立刻举枪上膛对准了摩卡。

摩卡被枪上膛的声响吓了一跳，马上就不敢再动了。

凯斯小心翼翼地抬起头来，通过两人之间的缝隙，向笼子里看去。

笼子里，一个硕大的变异怪物被关押其中。这个变异怪物硕大的光头下面是一张布满皱纹的黄色脸庞。两眼半开半闭着，眼角是斜的。短短的脖子上系着一条脏兮兮的黄色手帕，和破旧的绿色闪光人造丝衬衫下露出的皮肤是同样的颜色。一条大口袋一样的太空裤只剩一根背带吊着。他的双脚双手上生着绒毛，身上满是透明的、黏糊糊的血迹，污秽不堪；他似乎只有一只眼可以视物，就在凯斯抬头的瞬间，这只眼睛也看向了凯斯，眼球之中的凶光和一道道黄丝把凯斯吓了一跳。

这个怪物的表情，令凯斯想起了自己在电子书上看到的化外的野兽的眼神：凶悍绝伦、嗜血，没有任何人性可言。他虽然没有见过真正的动物，但是在看到这个变异怪物的一刹那，他觉得自己就应该这样描述他。

怪物的吼叫声显然引起了那个拿着枪的男人的注意，他疑惑地向凯斯所在的方向转头的瞬间，凯斯赶紧又躲到了雪堆后面。

"出来吧，我可没有他那种耐心和你们兜圈子。"凯莉的声音冷冷地从米雪儿和格尔头顶上传来。

下一秒，凯莉已经用枪顶着米雪儿和格尔，将他们从雪堆后面逼了出来。米雪儿终于看清了这几个人和笼子中关押着的那个变异怪物。

摩卡看几个人都注意到了这个变异怪物，觉得有些欣慰，开口说道："这个变异怪物是身体变异的品种。你们不要小看怪物，这种能存活下来的区域外变异怪物，不管是爆发力还是速度，都不是你们能想象的。我今天没有给他打抑制剂，一会儿他会把笼子撕开的，到时候我们不一定有胜算……"他的声音越来越小，可能是看到了几个人手中的重型武器，觉得这些武器的危险性也不输给变异怪物。

"你应该有办法安抚这个变异怪物吧，墨西哥人？"米雪儿看了摩卡一眼，冷冷地说了一句。

"你怎么知道？"摩卡惊异地倒抽了一口凉气。说真的，他没想到米雪儿竟然会知道这些。老实说，变异怪物在这个当口醒过来的时候，他本来觉得可以利用这个机会让这两个人放了他，哪知道米雪儿竟然一眼看穿了他的心思。

"很简单，如果你不能安抚这个变异怪物，当初没打抑制剂的时候，是怎么把它关进笼子的？"米雪儿挑了挑眉。

凯斯听见这句话，几乎要忍不住笑出来。这是显而易见的问题，但是不管是眼前的这个凯莉还是端着枪一脸严肃的男人都没有想到这个问题。

"那些猎手可顾不了这么多，他们会毫不犹豫地杀了你的。"米雪儿用漫不经心的口吻说道，"何况这个怪物还关在笼子里……所以，如果我们能一起想办法对付他们或者一起的话……"米雪儿用眼神打量了那个用枪逼着她和格尔的凯莉一番，故意把话只说了一半。

"如果我没猜错，你就是那个米雪儿吧？那个凯斯·史密斯说不定就在附近，看样子，我要好好搜索一番才行。"凯斯藏在雪堆之后，听见凯莉冷冷的语调传来，看样子，她虽然听完了米雪儿这番挑拨离间的话语，却丝毫不为所动。

"我为什么要告诉你？"米雪儿毫不客气地回应着凯莉。

"面对着一把枪，没人能好好说话。"格尔插嘴道，他努力地想要表现出跟凯斯还有米雪儿是朋友的样子。大概是他已经看出来了，这两个人不会抛弃自己。

格尔的话成功地令那个拿枪的男人突然笑了，但是众人从笑声中听不出开心来。他把枪放回到枪套里，套子上的皮带把它拉得紧贴在胸口上，手一伸就能够到。

"你是个当弄臣的好材料。"那个男人看了格尔一眼说道。

"谢谢了。如果你不是某位被复活的暴君，我真的不敢相信你会用这样的修辞来说话。"格尔努力应付着眼前的状况，想要表现出勇敢的姿态来。

"啊哈。看样子我们真的找对人了。我相信除了凯斯·史密斯和他们身边的伙伴，大概没有人敢这么确定有复活的暴君这件事儿吧。"凯莉那种调戏猎物一般的嘲弄语调又一次在众人耳畔响起。

"我可不认识什么凯斯·史密斯。"米雪儿故意用那种冷漠的语气提起凯斯的名字。

"是吗？那你知道暴君们统治这个世界的原则吗？"凯莉看着米雪儿，脸上带着玩味的表情。

"还是我来告诉你吧，弱者被杀死，强者才能生存。"凯莉冷冷地说。

躲在雪堆后的凯斯听见几个人的对答，心中有些疑惑。听这几个人说话的语气，难道又是一个被复活的暴君吗？只是这个暴君似乎并不像尼禄那样有权有势，竟然还要自己亲自出来找人。但他转念想到尼禄的种种癖好，又有些怀疑起来，或许历史上某些暴君就喜欢凡事亲力亲为也未可知。总而言之，这些精神变态们的行为准则即使让他这个侦探从心理分析学的角度来评估，也是难以表述。

第五十五章

"够了凯莉。别耽误正事。"端着枪的高个子男人听了凯莉嘲讽的语调，不耐烦地皱了皱眉头。

米雪儿这才注意到这个拿枪的男人。他长着一副深沉忧郁的面孔，深眉高目、鹰钩鼻子、金色的头发，乍一看还以为是欧洲的某个贵族呢。

"听候您的吩咐，尊贵的国王陛下。我当然知道要办正事，但是作为一个男人，你肯定没有我那么了解女人。凯斯·史密斯是为这个女人服务的。只要我们抓住了这个女人，他就会自动现身的。"凯莉用涂满黑色指甲油的双手举着枪，轻轻地在枪筒处吹了一口气，看起来又性感又撩人。但只有了解她的人才清楚，她高贵冷艳的面孔下，是怎样一副疯狂的蛇蝎心肠。

"如果这个女人是米雪儿的话，你不能现在就杀了她。她是找到'神谕'的关键线索。"高个子男人蹙着眉头说了一句。

"我当然知道这个小美人不能动。"凯莉用手掐了掐米雪儿的脸，米雪儿愤愤地将她的手甩脱。这个女人的手冷冰冰的，就像她的心肝一样，米雪儿心想。

"不过，这个人看起来似乎没有什么太大的用处，杀掉他应该问题不大吧？"凯莉打量了格尔一眼，眼神之中射出了兴奋的光芒。

"随你的便。"高个子男人看了格尔一眼，随口答了一句，语气平淡而又随便。

"那太好了。"凯莉兴奋地吹了一声口哨，看了格尔一眼。

格尔被她的眼神盯得有些发毛，因为她打量他的眼神，就像看到某个可口的食物一样。

躲在雪堆后的凯斯听见几人的对话和这口哨声，也忍不住觉得有些恶心。这个名叫凯莉的女人虽然不像盔甲镶嵌红宝石侍卫那样已经完全沦为尼禄的私人工具，但是她这种完全来自自我爱好的嗜杀和冷血，让人更觉得恶心和难以接受。

凯莉一步步走近格尔，吓得格尔汗毛倒竖。

"先从哪里开始呢，不如我先挖掉他一颗眼珠再看看？"凯莉一边说着，一边将冰冷的手指搭上了格尔的眼皮。

格尔吓得牙齿打战，但是这一次，他忍住了没哭，大概他明白在这种境况下哭也没有什么用处。他能做的，只有努力给凯斯和米雪儿减少麻烦，这样或许他们能够想出带他出去的办法。

嗖的一声，凯莉已经从腰间拔出了匕首。她拿着匕首，在格尔脸上比画了一番，似乎在思考从哪里下刀比较好。

"我就是你们要找的人。"凯斯从凯莉啧啧的声音里判断出她可能会真的下刀，稍微犹豫了一下，便从雪堆后走了出来。

凯莉看了凯斯一眼，眼神之中闪出一丝狡黠的光芒，对着高个子男人啧啧了两声："怎么样，国王陛下，我早就说过，我这个办法一定有意想不到的效果的。"

"你是凯斯·史密斯？"凯斯的出现似乎终于令这个高个子男人对这个世界有了一点儿兴趣，他看了凯斯一眼，不经意地问了一句。

"没错。"凯斯一边回答一边打量着他，不知道为什么，这个高个子男人身上也有一种令人熟悉的感觉。

米雪儿看了凯斯一眼，眼神中有点儿无奈的意味。凯斯心中清楚，米雪儿并不是那种哭哭啼啼的女人，她更不需要他跟她同生共死。刚才看见凯斯离开，米雪儿马上就明白了凯斯的意思——他应该是想更好地侦察周围的情况，然后看看有没有什么办法能让所有人逃出去。凯斯忽然想到，如果以他有限的经验来判断，在这一点上，米雪儿的确冷静得不像个女人。

米雪儿心中却是另外一番想法。在她看到凯斯的一瞬间，她也产生了一种复杂的感觉。如果说将这个男人和其他所有她见过的人比较的话，这个人似乎是最简单又最复杂的。凯斯身上有一种虚无主义，不知道是不是因为他上过战场看惯了人类生死的缘故。总而言之，他似乎已经剥离了畏惧、痛苦和热情，他对这个世界有一种深深的虚无感，总是感觉一切都没有意义，却又本能地做着自己认为对的事情。这一点和站在他们身边的这个高个子男人有很大的区别，这个高个子男人看起来虽然懒散，但是却是一种漠视的懒散，从他的神情和他的种种表现来看，他应该是养尊处优惯了，所以对别人和这个世界上除自己以外的一切都有一种满不在乎的感觉。当然，他肯定在意他自己，这一点，米雪儿从他光鲜亮丽的打扮中就可以看出来。但是，反观凯斯这个家伙，他不光是不在乎这个世界，他似乎连自己本身也毫不在意。

"如果你真的像你表现出来的那么高贵，就没必要鬼鬼祟祟的。朋友，告诉我们你的名字和目的，或许我们还可以谈谈。"凯斯缓缓蹲下，将手中的枪从雪地上扔了过去。

"不错，不错。"高个子男人吝啬地将一瞥目光投向凯斯，"你的确没有令我失望，但是，我认为在你达成我的目的之前，你不配听到我高贵的名字，你只能用我的尊号称呼我。像你们这样的平民，在我的时代里，根本没有和我谈话的资格。你来告诉他我的规矩，凯莉。"高个子男人看了自己的女下属一眼。

凯莉已经走向凯斯刚才扔枪的地方，她将凯斯扔掉的那把枪迅速捡起来，看了一眼，对着凯斯眨眼一笑："武器不错。"

她的笑容让凯斯感觉到某种致命毒药一样的特质，但是偏偏她却要做出一副天真的姿态。

"我向来不喜欢长篇大论，我的国王。这是你给我定下来的规矩。还是让他的朋友告诉他吧。反正这里有信号。"凯莉举着枪，重新将黑黝黝的枪口对准了站在这里的那几个人。

这下轮到凯斯疑惑了，他的朋友？老实说，他的朋友并不多，知道他行踪的朋友就更少了，所以，他在听到凯莉话语的那一瞬间，想到了赛洛。

"打个电话不会怎么样的。"凯莉捕捉到凯斯脸上的表情，不怀好意地看了凯斯一眼。

凯斯从口袋里拿出赛洛给自己的那部手机。老实说，即便是凯莉不说，他也知道赛洛给自己的手机即使在极地也能捕捉到微弱的信号，哪怕只有一点儿信号，也足够凯斯给他打完这个电话了。

凯斯按了开机键，手机屏幕上的欢迎信息慢慢浮现出来。几乎是在手机开机的那一瞬间，赛洛的电话就已经打了进来。

"喂？"凯斯一边接通赛洛的电话，一边看了一眼站在原处的几个人。

高个子男人和凯莉似乎存心让凯斯打完这个电话，他们只是玩味地站在原地等待着凯斯打完电话，同时用枪口指着拉莫尔、摩卡、米雪儿和格尔。

"在一个网站上，有人问你的信息，他给我很多我需要的制造材料，我告诉他了。凯斯，你要原谅我，有些软件，有些材料，黑市上也买不到，但是他那里都有。我再三叮嘱过他，一定一定不能伤害你。他说，他不会把你怎么样的，因为你和你身边的那个女人是找到'神谕'的关键线索。他说他不但不会伤害你，还会帮助你。凯斯，他知道你的很多信息，我也不知道他是怎么找到的，也知道我的很多信息。我发誓这些都不是我自己告诉他的，是他自己查找到的。所以，我就把你们所在的位置通过手机追踪定位查找后告诉给他了，我不知道他现在有没有找到你……"

　　"他现在站在我旁边。"凯斯无奈地叹了一口气，都不知道自己应该怎么说赛洛了。

　　当然，他明白，赛洛有他的难处，至少他还在竭尽全力地营救自己，有这一点就够了。

　　"凯斯，你听我说，"赛洛的声音又一次从电话那一头传来，"这个人，还有西蒙，他们应该都和一个叫索婆阿腾纳斯的教派有关，我怀疑是我在追踪西蒙的个人信息时被人反追踪了。不过这不重要，重要的是我现在知道了，这个教派和'复活的暴君们'有很大的关联……"

　　凯斯听到这里，忍不住抬头看了高个子男人一眼。他现在已经有百分之八十可以确定，这个高个子男人，应该也是某个被复活的暴君。只是这个暴君似乎并没有尼禄那样的雄厚的财力，他似乎不像他们控制了那么多打手和响当当的财阀机构来为自己服务，竟然还要亲自上阵。他本来以为这是某个暴君的某种特殊癖好，但是现在听到赛洛说索婆阿腾纳斯的那些信众，他又明显感觉到不是。或许在索婆阿腾纳斯内部也是分派别的，从尼禄和另一个暴君的身上，他已经见识到暴君和暴君之间也是有区别的。这些人，单独某一个拎出来都是响当当的人物，但是他们之间却未必能够合作，非但不能合作，或许在这些暴君和暴君之间，冲突比一般人还要更大呢。至少那些普通人没有他们那么大的欲望。凯斯看着这个高个子男人，似乎陷入了某种沉思之中。

　　赛洛的电话到这里突然断线了。凯斯喂了几声，只听见嘟嘟的忙音，他再想打过去，却发现手机竟然一点儿信号也没有了。

　　"别费劲了，你该知道的也都知道了。我想，你也听得差不多了，我们的目的很清楚，你们几个该干活儿了。"凯莉用枪杆戳了戳格尔。

　　"既然你们要找的人是他们，那抓我们两个人干什么？"摩卡看了看众人，终于忍不住问了一句。

"对！我们不过就是受人所托，想要赚点儿小钱花花，根本就不会妨碍你们办事儿。"拉莫尔用他那一贯抱怨的语调说道。

"我不喜欢跟人解释什么。如果你们继续这么烦人，那我只好把你们就地处决掉了。"高个子男人冷冷地说了一句。

众人说话的当口，笼子里的变异怪物突然又低吼了一声，这一声吼叫中气十足，把众人都吓得后退了一步。

第五十六章

利兹看了看手机上的时间，极地的黎明已经悄然来临。

自从他在破冰船的舱底见到了那个区域外的变异怪物之后，他对变异怪物这件事儿产生了浓烈的好奇。据他所示，莫斯特伯阿米克降临之后，这个世界的人靠着死神安放在中心城市里的食物发放机维持生活——而这个世界因为缺乏生物，一开始也出现了一些变化，后来不知道死神大人用了什么样的方法来维持了这个世界正常的气候运转。只不过从那以后，这个世界的天气就只剩下雨雪天气了。但因为受到之前生物缺失、冰川融化的影响，极地的雪线这几年只是恢复了常态，并没有什么其他变化。

除此以外，就是极地里人造光并不像 M 国其他大的中心城市那样多。不过这里空气冷冽，还有一些雪面上的反光，装备齐全的话，倒也不难行走。

破冰船靠岸的当天，利兹凌晨四点就醒来了。不同以往的是，这次他叫醒了弗里曼，并且早在几天前就把变异怪物的事情告诉了他，虽然他们的目标是要去极地寻找"神谕"，但是听见他们要将这个变异怪物扔掉的事情，利兹不自觉地认为或许这两件事儿有某种隐秘的关联。当然，即使没有什么关联，像这样的冒险，对于爱看电影的利兹来说，也是一件令人非常兴奋的事情。因此，在破冰船靠岸的一大早，利兹就叫醒了弗里曼，两人在二楼听见了货仓里的动静后，就悄悄尾随着拉莫尔和摩卡下了船。

当然，他们也不敢离这两个人太近，他们并不想惊动这两个人。幸好在此之前，利兹就已经在变异怪物的笼子上装置了一个窃听器。

据米兰德研究所科考队传回来的那些消息里说，极地现在还生活着一些聚集群落。但是对这些群落的特点，却并没有详述。利兹也不确定这些群落到底是靠什么生存下来的，尤其是当他看见这个变异怪物之后，他甚至怀疑这些群落里是不是聚集着一些变异人。虽然他并没有亲眼看见，但是通过他此前了解到的信息，他十分清楚，人类世界里那些没有领取食物发放机里食物的人到底是什么下场。以前在米兰德研究所的实验室里，他看见过一些因为食物缺乏而慢慢变异的人，这些变异人有些被捕捉来用作实验品种——他们有各种各样的变异形态，有的进化出类似于野兽般的形态，还有的则仍然和人一样，只是保持着聪明的大脑。但是这些变异人无疑都有着同样的特点——他们的变异形态并不是十分完备，只能维持两到三年的样子——随后他们就会慢慢地生病死去。现在他在舱底见到了变异怪物——"区域外"的变异人，不管是变异形态还是进化程度，都比之前他见的要完备得多。所以，利兹心想，或许这是因为死神使用了某种东西——或许和他维系这个世界生态系统的东西有关——利兹猜想，这个东西，也许正是"神谕"。

他将自己所有推测都告诉了弗里曼后，两人决定尾随摩卡和拉莫尔，去看个究竟。

他们一直远远地跟着这两个人，直到他们两个人来到目的地。利兹建议不要离得太近，他凭直觉，他们这次"送货"不会像往常那么顺利。弗里曼问利兹为什么知道他们不会顺利，利兹说，这是他看了很多电影之后的直觉。弗里曼呸了一声之后，仍然选择了相信利兹。

但当他看见凯莉和高个子男人拿枪顶着摩卡和拉莫尔的头时，他不得不佩服起利兹的先见之明来。两人尾随着摩卡到达这个群落附近就找到了一个隐蔽物，幸好利兹出门前有所准备，他们已经将他们日常需要的所有设备都准备好了——他们几乎每次出门都会把全部家当带齐——用利兹的话说，这是为了应对随时有可能出现的风险。除此之外，利兹竟然还拿了一台望远镜来。弗里曼和他两人轮换着使用这台望远镜。他们尾随着摩卡和拉莫尔来到了一个隐蔽的地方，就架起了这台望远镜，同时将所有的窃听设备都装置好，两人装上耳机后，只等待幕后的主使者出现。

清晨的寒气和贴近地面的潮湿雾气消散，使这片辽阔而又宁静的世界露出本来面目。这里是一个莽莽苍苍、横无际涯、由银白色的雪和浮冰组成的世界——虽然对于大多数人来说是个陌生的、无法生活的世界，但是这里居然还有一个小的群落聚集着，这一点不得不引起利兹的注意。他始终觉得，这个世界上的事情不能像弗里曼那样，全部都用科学道理来解释，他越了解这个世界，就越能感觉到自己的无知。

现在望远镜又一次传到了弗里曼手里，利兹把手放在一边，舒展了一下已经僵直的肌肉。他身上裹着一个用以防潮但又根本起不到防潮作用的大防水雨布。离他不远的地方是他们的通联设备：银灰色的碟型天线和黑色的发射机箱，地上的一根同轴电缆迤逦通向活动三脚架上的便携式摄像机。他和弗里曼始终把寻找"神谕"当成是人生中最重要的事情，因此他们总是随身带着各种科学设备，况且，他们已经到了极地，在找到"神谕"之前，他们压根儿就没打算回到船上去。至于找到"神谕"之后再怎么办，他们也没有想过。

利兹想起了他们在格陵兰岛雇佣过的那个向导，他开着那辆小货车的，既懂得当地的风土人情，又会说班图语和斯瓦希里语，还会说一点儿巴金狄语。现在他们看到了这个群落，不自觉又想起了这件事儿——或许他们也可以在这里请一个向导，虽然很快就证明了利兹的这种想法不过是天方夜谭罢了，但是此刻他真的觉得自己应该找一个向导。

两人交替着看了一阵，他们先看到高个子男人和凯莉拿枪指着拉莫尔和摩卡，接着又看到凯斯等人出现。

他们通过窃听器听到了这些人所有的谈话。幸运的是，这些人竟然真的和"神谕"有关；不幸的是，这些人一个也不是他们要找的那个"背后大佬"。

当然，现在他们俩也通过他们的装置和安放在耳朵里的接听设备，听见了那个变异人的怒吼声。

利兹也被怒吼声吓了一跳，猛一甩手，差点儿打翻了自己和弗里曼刚才架在地上的设备。

"不好！"弗里曼用望远镜看了一眼前方的景象，忍不住说了一句。

"怎么了？"看不到发生了什么事情的利兹有些着急，忍不住将望远镜从弗里曼手中一把抢了过来，举着望远镜向摩卡和拉莫尔所在的方向看了过去。

一看之下，利兹也大惊失色。刚才还被关在笼子里的变异人已经醒了过来，不但醒了过来，这个变异人似乎还恢复了不少体力。现在这个变异人正猛烈地撞着笼子，想要冲破这个束缚着自己的铁栏杆。

同时，远处的雪堆之中发出了此起彼伏的长啸声，似乎在呼应着这个变异人的嘶吼。

"难道这个群落是变异聚集的地方。如果真是这样，那我们得赶快走，该死的，我现在总算是明白什么叫作'好奇害死猫了'。"利兹急急忙忙地收起望远镜，招呼着弗里曼去收拾地上的银灰色的碟型天线和黑色的发射机箱，以及三脚架上的便携式摄像机。

"你以前在电影里没有看见过这种情景？"弗里曼用诙谐的语调调侃了利兹一句。

"我这个时候可没有什么心情开玩笑，弗里曼。赶快收拾东西，我还得保障你的安全呢。"利兹一边焦急地打开自己下船时带的一个陈旧的便携登山包，一边对弗里曼说。

两人的声音在空旷的雪地里显得有些大，虽然中间夹杂着变异人的怒吼声，但利兹突然提高的分贝还是传得老远，至少已经足够惊动另外几个人了。

"现在情况看起来更糟糕了。"弗里曼从遮蔽两人的雪堆之中站了起来，看着眼前的情景，接着补了一句，"我想咱们现在也没有必要着急了，反正跑不跑都一样。"

利兹用缠绕银灰色的碟型天线的间隙，举着望远镜向前方望了一眼，不禁也吓了一跳，原来刚才他声音太大，引起了对面几个人的注意。这一下不但变异人是威胁，高个子男人和凯莉也举起枪对准了两人的方向。

"什么人？"伴随着凯莉冰冷的话语，一颗子弹向着利兹和弗里曼所在的方向射了过来。

"不是吧？"利兹抬起头，看见高个子男人和凯莉举起枪，连忙招呼弗里曼，"赶紧趴下！"

弗里曼向雪地卧倒，躲过了凯莉的这发子弹。子弹穿过了两人躲藏的雪堆，将一堆雪打得四处飞溅。

"我投降，我投降……"蹲在地上收拾东西的弗里曼连忙将双手举了起来，也不顾地上四下散落的各种东西，慌忙从雪堆后面跑了出来。

"这位高贵冷艳的美女，把你黑洞洞的枪口收起来，我们只是路过旅游的。你看，你如果不相信，我可以把破冰船上的船票给你看。"利兹一边和凯莉胡扯，一边寻找逃走的机会。他有点儿后悔自己为什么要跟着过来了，现在这个情景，真是复杂。

两人对峙的瞬间，凯斯听见铁笼子咔嚓一声，里面的一根钢筋似乎被这个变异人掰折了。

"不是吧，今天是什么好日子？"利兹显然也看见了正在从笼子里爬出来的变异人。

从笼子中脱困的变异人又是一声怒吼，远处的雪地里也传来了几声怒吼，这些吼声似乎离几个人站着的地方越来越近。

第五十七章

"不会吧，这里竟然有这么多怪物？"这些吼叫声让利兹头皮发麻，他见到这个变异人的那一刻起就有种感觉。那时候他想，这样的怪物，有一个就够受的了，没想到这里竟然还有这么多。

弗里曼和其他人一样，显然也听到了这些变异人的嘶吼声，众人脸色都变得十分难看。利兹一边飞快地将那些散落在地上的设备收进自己的背包里，一边对弗里曼叫道："赶紧离开这个地方！"虽然他现在还不知道这些变异人到底有什么危害，但是人类残存的那种对危险的本能感知仍然在他的基因里，看到这个变异人的那一瞬间，他就觉得自己应该离这些家伙远一点儿。

"现在往外围跑可不是明智之举。"凯斯一边和众人一起后退，一边向村落所在的方向看了一眼，"看起来这些变异人似乎不敢进入这个村落，不如我们暂时在这里面躲避一下。"

高个子男人像是没有听见凯斯的话，镇定地将手中长枪推上膛，对准了正在从笼子里钻出来的变异人。

摩卡看见高个子男人的动作，连忙摆摆手，大声提醒高个儿男人："别别别，千万别开枪！"

凯莉听见摩卡的话，掉转枪头对准摩卡，冷冷地说了一句："你竟然敢命令国王，胆子可真大。"

虽然被凯莉手中的枪胁迫着，但是摩卡现在显然已经忘记了害怕，他深深地吸了一口气，对高个子男人说："就当是我求您了，请您千万千万不要开枪，让这个变异人去他的同伙那里就行了，我会安抚他，尽量让他不要伤害我们。"

"没有人能命令我。"高个子男人懒懒地说了一句，"必须把这个怪物打死，不然它会把那些东西都引过来。我可不想我的子弹下面尽是这些东西的血。"高个子男人说完，对准变异人的后心就是一枪。

变异人被枪击中，子弹嵌进了肉里，却并不像普通人类那样穿胸而过。变异人在笼子中停顿了一下，用力向前抻着身体，将子弹头从身体中缓缓挤了出来，然后在他被击中的地方才喷涌出透明黏状的鲜血来。这个变异人透明黏状的血迹并不像人类那样浓稠。

"这下全完了。"摩卡看见变异人的样子，无奈地跌坐在地上。

同时，变异人发出一声凄厉的嘶吼，四面八方回应这个变异人的声音越来越多。

"我们被包围了。"凯斯听见这些吼叫，冷静地向四周扫了一眼，低声吩咐了米雪儿和格尔一句，"别管他们，我们往这个群落聚集地走。"凯斯一边后退一边招呼着米雪儿和格尔。

"谁也别动。把手举起来。"凯莉看见变异人不怕子弹，也吓了一跳，但是转头看见凯斯和米雪儿的动作，又掉转枪口对准他们。

说话间，受伤的变异人已经从笼子中挤了出来。变异人看了离自己最近的拉莫尔一眼，猛地向拉莫尔扑了过去，一口将拉莫尔的脖子咬住。

格尔站得离拉莫尔最近，他看见变异人尖利的牙齿插进拉莫尔的脖颈，吓得脸色煞白。

拉莫尔猝不及防地被变异人咬了一口，脖子之中浓稠透明的鲜血喷涌而出，他被这个变异人扑倒在地上。这个变异人又嘶吼一声，从雪地之中爬出来几个和他形态类似的变异人，一起围着拉莫尔，像吮吸骨髓一样吮吸着拉莫尔透明黏稠的血液。

利兹看见这个场景，差点儿恶心得吐了出来，但更多的却是害怕。他和弗里曼对视了一眼，也学着凯斯的样子，缓缓地向群落聚集处退了过去。但他的动作幅度有些大，惊动了一个躲在雪堆后的变异人，变异人看清楚了利兹的动向，猛地向利兹的方向扑来。

"快跑！"利兹向凯斯一行人站着的方向飞奔了过去，但是他们刚才把东西架得太远，在深雪堆积的地里跑又太吃力，虽然两人用力向几个人的方向飞奔，但身后的变异人还是离他们越来越近，眼看变异人的爪子就要抓住两人的后背了。

利兹拔腿，一步步向前猛冲，身后的登山包却被变异人拽住。

千钧一发的时机，凯莉举起枪，向着利兹的方向开了一枪。

"你这个蛇蝎心肠的女人！"利兹看见凯莉的动作，恶狠狠地骂了一句，下一秒，他却发现自己和弗里曼并没有中弹，原来凯莉手中的枪打中了他们身后的那个变异人。虽然这个变异人并不害怕子弹，但是他们似乎也会受伤，凯莉的子弹阻碍了这个变异人前行。

利兹和弗里曼趁着这个间隙，挣脱了变异人的束缚。变异人被凯莉的子弹击中，用力挥舞着爪子，撕破了利兹的登山包。利兹也顾不得往回看，拉着弗里曼飞快地奔向了凯斯等人。两人进入人群的瞬间，凯斯抬头，只见周边瞬间聚集了许多和笼子中变异人差不多的怪物，向着众人的方向奔了过来，大概都是被浓稠的血液吸引过来的。凯斯仔细扫了几眼这些变异人，发现只是这些变异人的形态各不一样，但是综合来看，都有一些他曾经在电子书上看到过的类似野兽的特性。

格尔被拉莫尔的事情吓得不轻，待在原地一步也不敢动，这时看了一眼包围过来的变异人，大叫了一声："我的天呀！"

"快进这个群落聚集地。"凯斯冷静地看了看众人，顺便拉了一把瘫在地上的摩卡。

摩卡这才回过神来，和凯斯一起退进了群落聚集地。凯斯看了一眼，这个极地群落聚集地旁边插着一个标识，似乎是这个部落的边界线。

变异人已经将拉莫尔的尸体啃得一点儿也不剩，转眼间只剩下一副骨架，众人看得毛骨悚然。

那些变异人将拉莫尔撕扯完，开始盯着凯斯一行人。凯斯用手拉着众人，一起缓缓向后退着。

众变异人有的站着，有的四肢着地，目露凶光地望着众人。凯斯发现，众人退过了群落聚集地的边界之后，众变异人虽然仍然将他们围在核心，但是谁也没有先扑上来。

这个群落里似乎有什么东西令这些变异人感到畏惧。

高个子男人退到了群落界线以后，端着枪冷冷地和变异人对视着。格尔更可笑，直接躲在了众人身后。

"他们似乎不敢进来。"凯斯强迫自己冷静地分析眼前的情景，"这里有让他们害怕的东西。"

"那不正好吗！我们躲在这里，等他们走了我们就离开这个鬼地方。"利兹听见了凯斯的话，马上接了一句。

"也许会有更大的危险，危险到令这些变异人都感到害怕。"凯斯看了利兹一眼。自从上了战场之后，他从来都不会把这个世界上的任何事情往好的方面设想，当了侦探之后更是如此，长期和犯罪分子打交道，令他习惯把一件事情往最坏的方向设想。他看待所有的事情都是悲观的，从来都没有利兹这种侥幸心态。当然，他并不知道利兹是个浪漫主义者，总觉得这个世界上的事情都有某种浪漫特质。

"你们有信号增强器？"凯斯用怀疑的眼神看了一眼利兹被怪物利爪抓烂的背包，一眼就看见他背包里的信号架和小型摄像机，当然还有那些奇奇怪怪的器械设备。

"是的。"利兹卸下背包，刚才背着这些东西，差点儿没有把他的腰压断。

"或许咱们可以用点儿高科技的法子。"凯斯看了利兹和弗里曼一眼，"如果你们不介意把你们的信号增强器打开的话。"

"当然，朋友。"利兹看了凯斯和米雪儿一眼，虽然他不知道他们是什么人，但是看起来总比凯莉和高个子男子像好人。

"我觉得，你应该先向我道歉，不然的话，我也会给你来上一颗枪子的。"凯莉看了利兹一眼。

"当然，当然，对向美女道歉这种事情，我一向没有什么心理负担。"利兹看了凯莉一眼，不好意思地说了一句。

弗里曼已经将信号接收器从登山包里取了出来，架在了雪地上。

"需要帮忙吗？"米雪儿走到弗里曼身边。

"不用不用……"弗里曼看了米雪儿一眼，大概是他之前从来都没有跟美女说过话，脸竟然腾地一下红了。

"定位到这里，我来搜索。"凯斯掏出了赛洛给他的手机，有了信号增强器，他应该能搜索到这里是个什么地方。

"白骨之地……"凯斯皱了皱眉头，"网上说这个地方叫作'白骨之地'。"

"这是谁上传的？"利兹凑过头来问了一句。

"不知道是谁，上面没有写。"凯斯一边滑动手机一边说，"也许是这个部落里的人自己上传的。或许他们并不欢迎外来者。"

利兹看着凯斯的手机问道："这里住的是什么部落？"

"上面没有写。"凯斯一边回答利兹的提问，一边从上到下翻寻着这个地方的信息，但是始终没有找到什么有价值的信息。

"看样子，我们只能自求多福了。"凯斯看了一眼在外围龇牙咧嘴的变异人，心中忽然升腾起一股腹背受敌的凉意。

"也许这里面也是变异人呢，而且是比外面那些更强大的变异人呢？不然为什么叫'白骨之地'……"格尔哆哆嗦嗦地接了一句。

"除了变异人，我也想不出来，还有谁会住在这种鬼地方。"摩卡看着静悄悄的群落说了一句。

凯斯看着手机上的信息没有言语，老实说外面发出这么大的声音，这个群落里竟然没有一个人出来瞧瞧，已经令他有些不安了。

"难道我们就这么倒霉？"利兹哀号一声，猛烈地捶打起自己的头来。

第五十八章

"这些变异人动了。"正在架设信号增强器的弗里曼抬头看了一眼，冷静地说了一句。

凯斯抬起头，看见这些变异人在群落外围着众人打转，一直龇牙咧嘴地盯着众人却始终不敢跨过群落的界碑闯进来。

格尔看了摩卡一眼，只见他呆呆地坐在地上，眼睛直勾勾地盯着地上拉莫尔的一堆枯骨，似乎不敢相信拉莫尔就这么死了。老实说，虽然摩卡一直都尝试从暗网上找一些和变异人相关的资料来看，但是他得承认一点，就是他对这些区域外变异人的了解，始终都是有限的。或许，这些东西原本就没有多少人知道，即便是委托他处理这些变异人的那个组织，也未必真正深入了解过区域外的东西。截至目前，摩卡只听说过，区域外人类是很难存活的。在区域外的那些人，要不就发生了彻底的变异，变异出了各种能适应这种环境的形态——而另外那些变异不成功的，就只能死掉了。但是，在摩卡的心里，始终还是把这些变异人看成是人类一样的生物，他给他们下的定义是"有问题的人类"，他从来都没想过这些变异人竟然会有这么强的攻击性，像拉莫尔这样的大个子，在这些变异人的攻击下也没有任何还手的余地。

"我们最好和他们站在一起。"格尔看见摩卡过于靠近群落界限的那个标识，忍不住好心提醒了一句。当然，他算是这群人中胆子最小的一个，如果可以，他真的不愿再看见变异人攻击他们中某个人就像刚才攻击拉莫尔那样。

同时，弗里曼听见信号增强器里传来刺啦的声响。

"该死的，今天也不是什么雨雪天气，怎么这个东西竟然也会受到干扰吗？"弗里曼疑惑地看了信号增强器一眼。

摩卡被格尔打断了痛苦的沉思，似乎像是刚从梦里醒来一样，他看了一眼外面稀稀拉拉的变异人，猛然间觉得这些变异人的数量似乎比刚才少了很多。

"有没有觉得围着我们的变异人少了很多？"摩卡看着外围冲着众人龇牙咧嘴的变异人，疑惑地问了一句。

"剩下的那些变异人去哪里了？"格尔看了那些变异人一眼，他也不知道这些变异人到底有没有变少，因为如果不是必要，他不会主动看这些变异人一眼。毕竟大部分时间里，他都低头看着自己脚面，连抬头看这些变异人一眼都不敢。

听到摩卡这样说，格尔赶紧又向凯斯和米雪儿靠近了一些，似乎从物理距离上跟他们两个人拉近能给他提供一点儿安全感似的。毕竟除了他之外，这里所有人似乎都有自保能力或者是精通某方面的技能，而自己除了是他们的累赘之外，几乎想不到还有什么长处。

"这些变异人在搬运群落外围的石块！"利兹听见摩卡和格尔的话，好奇地向群落的另一个方向走去，他绕了一圈，发现有几个变异人正绕到群落的另外一角，悄悄地搬运着群落外围用来阻挡什么东西的石块。

"你的天线是不是架在那些石块上面？"利兹看了弗里曼一眼，忍不住问了一句。

"你怎么知道？"弗里曼有点儿没有反应过来的讶异。

"从这些刺啦声里知道的。"利兹摊手说了一句，"我想咱们必须得找个藏身之处了，不然一会儿想走也来不及了。"

"这些东西竟然还有这么高的智商，跟肉人真的不一样。"凯莉一直全神贯注地盯着几个人的动作，听见他们谈话，忍不住也发表了一句感慨。

"说得好像你养过肉人一样。"摩卡不怀好意地撇撇嘴，现在他已经回过神来，语气里对凯莉和高个子男人充满了敌意。老实说，他觉得他们俩要为拉莫尔的死负主要责任，如果不是他们俩一直用枪指着拉莫尔的话，拉莫尔原本可以找到机会跑掉，如果拉莫尔能跑的话，就不会死。

"等一等。"弗里曼收拾东西的间隙，凯斯突然出声叫住他。

"这里有人说，他来过这个名叫'白骨之地'的群落，如果有人需要了解这个群落的消息，可以和他联系，收费是每小时两百美元。"

"那你应该回复他，他还不如直接去抢劫好了，这样更直接、更快。"利兹听完凯斯的话，忍不住没好气地回复了一句。

"跟他说，如果他能毫无保留地把他知道的东西全部告诉我们，我可以奖赏他，每小时三百美元。"一直沉默观察众人的高个子男人直到这个时候，才悠悠地开口说了一句话。

"给他三百美元？你很有钱吗？"利兹惊得眼珠子差点儿掉了下来。他原本以为自己只有在电影里才能看见这种傻子，没想到现实中竟然真的有人会这么做。

高个子男人用极其鄙视的眼神看了利兹一眼，似乎不屑与他对话。

凯莉看见了高个子男人的眼神，瞬间明白了高个子男人的意图。凯莉一边将手中的匕首重新插回刀鞘之中，一边笑着对利兹说："你很喜欢钱吗？"

利兹看见凯莉的笑容，也回应了她一个笑容："当然，这里的每一个正常的人类，都是喜欢钱的。有了钱，就能驱使别人为你办事，如果你有足够的钱，你可以驱使别人为你送死，甚至把别人玩弄于股掌之上。是不是很可笑？美金本来是人类创造出来的，现在却反过来伤害人类的性命，真是一种悖论。"

"说得很好。但是很不幸，我是个只在意当下的人，看现在的情形，美金再好，也得我们能活着回去。留着性命去享用这些美金带来的价值，所以，我现在要站在我的主君这边。"凯莉笑了笑。

"主君？"利兹听见凯莉的话，也忍不住笑了起来，"老板就是老板，我们听得懂，你竟然还叫他主君，他平时剥削你很多吗？像你这样身手敏捷的美女，不应该对他感到如此畏惧。"不知道为什么，自从凯莉救了他的性命之后，利兹总想和她闲扯。

凯莉看了利兹一眼，并没有回答他，只是端起了自己手中的枪，对准利兹说了一句："我的枪有时候放起来也很准，尤其是对着那些话多的人。"

"你确定你可以给他每小时三百美金？"凯斯看了高个子男人一眼，又看了看外围的变异人，"如果是开玩笑的话，我们就自己进去算了。这个当口，我没有多少时间和不相干的人闲扯，但是我不可能自己垫付这个钱。当然，我不是不舍得这笔钱，而是觉得没有这个必要。"凯斯的话语带着一种质疑的漠然，他本来就是一个一无所有的穷侦探，他连办公桌椅都是租借的，更别提什么额外花销了。当然，更重要的一点是，他长期和那些罪犯们打交道，对他而言，总是习惯性对这些想要和他做什么交易的人持一种怀疑态度。

"我可以代我的君主做这个决定，他不喜欢说话。"凯莉答道，"把你的账号给我，剩下的你照着他的意思办就行了。"

凯斯点了点头，将手机交给了凯莉。一秒钟之后，凯斯发现自己的账户上多了两千美金。

"现在你有钱了。可以和他联系到明天早上。"

"好吧。"凯斯点了点头，"那我跟他联系。"他一边说，一边拨通了那个人留在网页下的电话号码。电话接通后凯斯在众目睽睽之下简短地说明了自己的来意，又申请和这个人视频通话。令众人感到欣慰的是，这个人似乎像是在专程等着凯斯添加他一样。在凯斯发起联系电话申请的时候，他马上就接通了凯斯的电话，又通过了凯斯的好友申请，愿意给他们做极地的向导，指引他们走出这个该死的地方。

格尔和摩卡对视了一眼，都有一种如释重负的感觉。

在众人的注视下，凯斯接通了视频。这位自愿做向导的人，看起来有点儿像印第安原住民，凯斯跟他进行了漫长且无聊的谈判。最后凯斯答应给他二百五十美金一小时的报酬，但是这个人看见了凯斯身后的凯莉和高个儿男人，又不怀好意地提出让他们给他一些武器的要求。高个儿男人想都没想就答应等他们回到中心城市的时候再给他提供一些武器，这一切都谈妥之后，这个印第安人才同意做凯斯他们的视频向导。

凯斯和这个印第安人对话期间，弗里曼已经将东西完全收拾好了。印第安人让众人向前走去。

利兹一行人听了他的话，互相对视一眼，彼此点了点头，预备一起向群落深处走去。前行前，摩卡看了一眼身后那些变异人，这些变异人仍然围在群落的界限标识之外，一个看起来很高大的变异人走到了众变异人前面，看见凯斯一行人向群落深处走去时，脸上竟然露出了一丝诡异的笑容。这丝笑容令摩卡十分不安，当然，摩卡也希望是自己看错了，但是他分明又看见这个变异人似乎有一些幸灾乐祸的表情。

因为凯斯接着通话视频，弗里曼则换了一个小型的信号增强器。这个信号增强器能插在登山包上方。摩卡和利兹还有格尔则低着头，紧紧地跟在众人身边。

众人走在雪地中，因为踩踏，会时不时地翻出来一些碎骨。格尔显得非常害怕，凯莉和高个子男人却根本不当一回事儿。凯斯在视频电话中询问那个印第安人这些碎骨是什么。那人并没有回答凯斯，凯斯想起他的习惯，如果自己再追问下去，大概他又要加钱了。

凯斯索性也不问他了，自己蹲下身子捡起一块儿碎骨看了看。他仔细观察后才发现，这些碎骨头看着像人类，但又不是人的骨头。这些骨头上有很多黑白相间的花纹，格尔也不知道这些骨头是被什么东西砸烂的。

第五十九章

利兹也蹲下去，学着凯斯的模样捡起一块儿碎骨，拈在手中看了看。

"照我说，这里不应该叫'白骨之地'，"利兹看了视频里的那个人一眼，"应该叫'碎骨之地'。你们对这个地方调查得不够详尽，还敢要价这么贵。"利兹阴阳怪气地讽刺了那个印第安人一句。

"你们这些白人就是喜欢抠字眼儿。纠结这个字也不会让你多安全一点儿，总而言之，你们想要从这里全身而退就得听我的。"印第安人似乎经常和人讨价还价，一点儿也不在乎利兹说了什么，立刻反唇相讥。

"我的父母都不喜欢白人，白人就是一群装腔作势、不劳而获的家伙。比起你们从我们手里抢走的东西，我们现在要求的还算少呢。"这个印第安人的话被利兹打断，开始愤愤不平地抱怨起来，也忘记了给凯斯一行人指路。好在此时他们也离那些变异人有一段距离了，他们不知道变异人在外围想要干什么，但是这个威胁总归是暂时缓解了一些，众人也开始有些松懈下来。只有凯莉端着枪，一边走，一边用警觉的目光打量着四周。

地上有许多碎木屑和石头，这里看起来像是有人居住的样子，但不知道为什么却静谧得可怕。凯斯本能地感觉到这里似乎很危险，但是他却没有说出来，只是与米雪儿对视了一眼，各自默默地向前走着。老实说，凯斯觉得自己对这个世界来说无论什么时候都像是个局外人，哪怕是在这种危险的境地下，他也没有格尔那种情绪，更多的是陷入困境的无奈。他在头脑中分析了自己现在的处境，虽然他现在和高个子男人、凯莉、利兹，以及摩卡等人捆绑在一起，但是他们彼此之间并非那样齐心协力。尤其是他还知道，高个子男人和凯莉到此的目的是寻找"神谕"，只是因为这小小的威胁，还不至于让他们放弃"神谕"金属片，虽然凯斯也不知道他们要这些东西有什么用。或许这些暴君们和孩子一样，大家都有的自己也要有吧，他们抢夺这个东西，就像抢夺一个玩具一样，虽然每个人都荷枪实弹，但内在的本质和一场游戏没有区别。当然，这些暴君们玩儿游戏也是全力以赴的，他们这场游戏里会让一些人丧命，会让一些人受伤，然后他们会用钱来补偿这些人。

其实，不管是"神谕"也好，还是什么别的东西也好，凯斯本人对此并没有什么兴趣。他唯一的需求就是，在自己需要的时候刚好有钱，这些钱不需要太多，但是也不能太窘迫，他不想为管理任何东西操心，所以他连自己侦探所里的家具都采用租借的方式。自从上过战场之后，他对这个世界总是带着深深的敌意，因为他在战场上就已经明白了，他不过是那些发动战争者的工具，当然并非所有的人都这么看。在士兵里也有一些人，希望通过战争来改变自己的命运，他们原来就是一些投机倒把分子，并不像凯斯的父亲那样有一份正式的工作。他们懒得靠好好努力来累积财富，战争这种快速重新分配财富和地位的活动，对他们而言是最好的。原本这些人就幻想着一夜暴富或者通过什么其他的方式来把富人拉下马，好让这个社会重新洗牌——只是他们个人的力量太渺小，确实没有办法做成这件事儿，战争给了他们最好的理由和借口，凯斯看见他们借着战争的掩饰对一些手无寸铁的平民烧杀抢掠，真的是恶心无比。当然，那几个人第二天就被炸死了，因为他们太冒进。只不过他们并不是被敌人炸死，而是在城市里因为抢夺财物擦枪走火，内部火拼的时候被自己携带的手雷炸死了。每次想到这里，凯斯就觉得十分讽刺。

"停一下，建议你们不要再往前走了，你们现在快要到群落的中部了，不要在日间从那里穿行。我建议你们在附近随便找个地方休息一下，等过了下午六点再出发。"印第安人看见凯斯他们的行动，出声提醒了一句。

"上午不赶路，反而要走夜路，这是什么道理？"摩卡疑惑地看了视频摄像头一眼。老实说，他接触过几个区域外的变异人，因此他自己觉得，他在变异人这一层面更有经验一些。现在他已经从拉莫尔的死亡中清醒过来了，他感觉自己的头脑也正在恢复理智，严肃地分析一些变异人的相关知识。

"你们爱信不信。总而言之，区域外的生物，他们的很多习惯都和我们相反，你们如果真的要保命，按我说的做就可以了。"印第安人的语气缓和了一些，大概想起了自己还没有拿到钱就这样态度恶劣可能不太好。当然，还有一个原因是，这个印第安人似乎也看出了摩卡并不是白人，他的长相和口音更像是一个墨西哥人，这一点使他感到亲切。

"你是说，这里生活的，都是区域外的生物？"摩卡有点儿难以置信，但

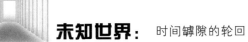

是他随即想起，自己当初每次送这些区域外的变异人上岸时，都被要求放置在这附近。只是他送过来的变异人大体上都和那一个差不多，虽然有敏捷的速度、尖利的牙齿，但是智商却并不很高的样子。可是这个印第安人却说这里还有其他区域外的生物，按摩卡的理解，这些生物应该就是变异人了。但是他实在想不出来，这些其他种类的变异人到底是怎么来到这里的，他们来这里的目的又是什么？

凯斯看了看附近，他们现在所在的位置附近，有一些低矮的房子，但是看起来似乎荒废了很久，不像是有人居住的样子。他们现在还没有往这个群落聚集地深处走，并不知道中心地带会是什么样子，到底能遇到什么人或者什么怪物之类的。总而言之，凯斯不大相信有正常人会住在这种地方。

"怎么办？"凯斯看了高个子男人一眼，不知道是不是因为他原来就是一国之主的缘故，这个高个子男人一直到现在都很镇定，并没有露出任何惶恐或者恐惧的意思。他的姿态令凯斯想起了一句话：敢于戏耍别人生命的人，一定也敢于戏耍自己的生命。这一点令凯斯说不上是佩服还是嗟叹，总而言之，如果说他非得在这群人中找出一个能和自己商量什么事情的人，他觉得这个高个子男人是首选。剩下的那几个，利兹过于浪漫主义，拿不出什么实质性的决策，虽然他也说不上烦人；弗里曼似乎总是愁眉苦脸地在思考着什么技术难题一般；而米雪儿的记忆缺失了一环，她那些琐碎的记忆有时候会耽误很多事情。剩下的摩卡、凯莉和格尔，凯斯实在不能想象，他们能提出什么有用的建议。

"我不喜欢被人教育我应该怎么做。"高个子男人看了视频里的印第安人一眼，"但是我想，即使群落深处有人，也不一定是朋友。还有，你的手机不一定能支撑到下一个能扎营的地方。"

凯斯听他说完，低下头看了一眼。他这才注意到，自己手机上的电量似乎真的快要见底了。刚才自己一直在向这个印第安人咨询极地的情况，丝毫没有注意到手机电量的问题。

他想了想，决定就在这个废墟附近宿营。当然，米雪儿肯定是跟他一起的，格尔应该也不会跟着另外一些人。利兹和弗里曼听完凯斯的决定，两个人对视了一眼，也决定留下来。毕竟他们面对的是一群未知的变异人，而在这里，即使凯莉和高个子男人手里有枪，但多多少少也是同类。虽然心存疑虑，但是摩卡也决定留下来，他觉得如果自己敢离开这群人，必死无疑。

为了使众人放心，高个子男人决定在其他人休息的时候，放上两个岗哨：

一组是他和凯莉，另一组是凯斯和米雪儿。虽然在有光的大白天里，他也觉得这么做多此一举，但又觉得这样可以安定人心。

弗里曼负责给凯斯的手机充上电。幸好他和利兹出来的时候携带的设备十分齐全。

利兹在附近架起了各种监视器和警报器。看过了那些变异人之后，他本能地觉得，这些变异人比生化人危险多了。生化人的智力太过低下，机械臂也好，武器也好，都是人工安装的，离开了人的控制，这些生化人脆弱得像一摊泥一样，但是这些变异人却是从内部变异的。

利兹架设好一切之后，按了几个按钮，屏幕上出现了清晰的图像，他输入密码，屏幕上出现"WELLCOM"的字样。他重新将那台三脚架的摄像机架起来，抽空向三脚架上的摄像机看了一眼，见上面的红灯已亮。他按下载波键，屏幕上出现"SATLOK"，这表明已经与通信设备连通。接下去有六分钟的时延，这是锁定返回电波所需要的时间。

这样操作，这台摄像机可以将他们看见的这些东西录下来，借助凯斯手机里的微弱的网络，能够将这里发生的一切上传到公共网络上去。有了这些大家会感觉安心很多，不管这里会遇到什么人，发生什么事情，哪怕会遇到那些威胁他们生命安全的东西，至少不至于没有一个人知道。

在他做这一切的时候，凯莉一直站在旁边冷冷地看着他。

"这个东西有什么用处？"凯莉看见利兹做完这一切，抬头问了一句。

利兹简短地向凯莉介绍了这个东西的功能。

"这些东西听起来都太虚了，"凯莉说，"还是我手里的枪比较实在。"说完她将手中的一支枪解下来，顺势扔给了凯斯。

"我跟主君先去巡逻，你们在这里待着。"凯莉看了凯斯一眼。

"带上这个。"利兹交给凯莉一个对讲机，"这个东西的信号源靠这些铁架子里的就能行，有问题你可以用这个东西呼叫我们。"利兹拿出了手中的另一个对讲机。

凯莉将信将疑地接过利兹递给自己的这台对讲机，将对讲机别在了腰间，和高个子男人一起向外走了过去。

第六十章

利兹看着他俩走出去的背影，心里突然感觉一阵茫然。说实话，利兹本来也想给高个子男人一个对讲机的，但不知道为什么，他觉得这个高个子男人一定会拒绝。他本能地觉得这个高个子男人并不好接近，因为他从这个高个子男人身上感到一种居高临下的冷漠感。但是同时他又觉得这个高个子男人不会暗箭伤人，倒不是不会，而是不屑。他并不像凯斯那样已经知道这个人是死神复活的暴君，只是本能地感到这个人和普通人不一样而已。

凯斯倒是很平静地坐在一侧。在泰西尔－埃西普尔公司的潜艇上，他们休息了差不多快一个小时，这个时候也并不觉得有多疲惫。只是那时候被人拿枪指着头，精神上有些紧张，现在是外面不知道隐藏着什么未知的威胁，总而言之，一切似乎都差不多。只是相比其他人而言，凯斯自己的状态似乎要好很多。对凯斯而言，自从他上过战场之后，就再也不能像之前那样轻易入睡了，一来是因为在战场上他总是不得不保持一种警觉，以便部队要转移的时候随时都能醒过来；二来是他做侦探做久了，见过很多外表老实巴交内心却有一副蛇蝎心肠的混蛋，这些都令他对这个世界充满了不信任。这些东西似乎在无形中已经渗透了他的神经，结果就是导致凯斯很难入眠，或者他始终只能浅睡，像格尔这种倒在一个地方就能睡着的本领，他只有羡慕的份。

当然，米雪儿也是一副心事重重的样子。这一路上发生的事情让她开始产生自我怀疑，她的来历、她的社会关系，还有她那些碎片化的记忆，都是她怀疑的对象。她感觉自己之前的某些认知似乎已经被瓦解了，剩下的那些也值得怀疑，但是有一点她仍然确定，拼凑完整她那些记忆碎片的话，关于她哥哥的死，她或许能从自己之前的记忆中找出某些线索，或者她也可以将这些记忆中翻寻出来的线索提供给凯斯，让凯斯从这些线索之中找到这个案件的真凶。不知道为什么，米雪儿一直相信，这件事并不是意外，而是谋杀。她想不到什么人会跟他们结仇，什么人会用这样的方式杀掉他们。本来她以为在泰西尔－埃西普尔公司会找到答案，可是当她见到尼禄之后，又开始不确定了。对她来说，尼禄看起来虽然也像是一个心理变态，但是尼禄却是个做大事的人——是的，这一点是她不得不承认的。她能判断出来，如果尼禄真的要杀某个人，不会用这种谋杀的方式，他会真刀真枪地去杀这个人，因为他完全有这种自信。

弗里曼打开自己的平板电脑，不知道在研究什么东西。他和利兹刚下船不久，虽然走了一段的路，也经过了变异人抓他们的那一段紧张刺激的环节，但这些东西对弗里曼似乎没有任何影响，他是一个喜欢收据数据、分析经验的人，现在的这一切令他困惑。他研究过肉人改装的生化人，但是这种基因发生变异的，他还是第一次见。这种新的发现令他有一种兴奋和新奇的感觉，似乎这是某个未知的科学领域。当然，他自己并不是基因生物编程的专家，他只是研究程序的研究员，不过技术领域范畴的人，有些习惯还是差不多的，他会学着父亲的样子，把眼前所见的东西记录到自己的电脑中，以便保存第一手的研究资料。

利兹看着高个子男人和凯莉离去，自己却开始无所适从了。他蹲在那些机器面前，想看看雪地里到底会发生什么。老实说他一直到这个时候还是认为那个印第安人不过是在危言耸听罢了。他和弗里曼去过很多地方也见过很多人，他知道有些人在做向导的时候会玩儿些小把戏以便多收一些钱，这样的事情他见得很多，他认为自己原本有机会说服高个子男人，让他相信这个印第安人不过是个骗子而已，但是不知道为什么，话到嘴边他却咽下去了。反正不是自己出钱，利兹想，那个高个子男人看起来很有钱的样子，如果说有谁应该挨宰，那就是他了。

这种傲慢的人，总是应该付出一点儿代价的。利兹也不知道自己为什么会对高个子男人有这么大的敌意，或许是因为他看见凯莉总和他在一起，心里就涌起一阵不痛快的缘故。

摩卡似乎在他们的世界之外，对这一切都是一种迷茫的状态。他从口袋里掏出了一支烟，顺手又扔给凯斯一支，却并没有给利兹他们。他像个局外人，高个子男人和凯莉谈论的"神谕"金属，他今天是第一次听见。他心底有点儿懊恼，如果自己不接这个活儿，或许拉莫尔就不会死——现在他已经完全冷静下来了，他觉得自己要对拉莫尔的死负责任。自从他们偷渡到 M 国之后，他们俩就一直在一起——他们一起接了很多这样的单，但是直到这一次才出事。他觉得这一切都是因为高个子男人和凯莉来搅局，不然的话，他和拉莫尔已经离开这个鬼地方上船了，而不是现在被困在极地一个不知名的群落里——所以，他对高个子男人和凯莉怀着某种恨意，他知道凯斯和米雪儿似乎也是这两个人的敌人，对他们也就亲近了很多。

这一切不过是权宜之计，等他出去之后，他会把之前运送变异人赚来的钱取出一部分，用作律师的诉讼费来起诉高个子男人和凯莉。他们在极地可以为所欲为，但是他相信回到 M 国，他们也一样会受到法律的管控和制约。

一阵轻轻的嘟嘟声引起了他的注意。凯斯也听见了，他向利兹投去询问的目光。发射设备上一个红灯开始闪烁。利兹站起身，朝自己安装监控器的方向走去。他知道如何操作，因为他在米兰德研究所的父亲一定让他把它当成"应急手段"来学。他在那台有绿色发光二极管的黑色监控器旁边蹲了下来。

"必要的时候，这个东西是可以发送求救信号的。"利兹看凯斯和摩卡都向自己的方向望过来，就本能地开始解释起这个东西的用途来。他知道这个东西对他们两人而言应该并不常见。弗里曼当然不用说，他熟悉这些东西就像熟悉自己的双手一样。

摄像机镜头里掀起了一阵寒风，地上的积雪被吹得飘舞起来，镜头显得有些模糊。利兹和凯斯等人盯着镜头，看见了几个人影出现在雪地里。摩卡心中一阵惊喜，如果这里还能有其他同伴，那就再好不过了——这些人一个也不靠谱，他要赶紧回到船上去，过那种普通生活。

利兹通过摄像头看到了这几个人的动作，心里有些纳闷，他们似乎在找什么东西；但是这几个人从外形上看起来明显不是变异人的模样，这一点又令他安下心来。凯斯并没有说话，只是盯着这几个人的动作。他本能地感觉到这几个人正向着他们所在的地方走来，这几个人在找他们，凯斯想。可是这几个人长得并不像是变异人的样子，只是看起来肤色有些白。凯斯知道，在气候异常的地方，或许也有一些相貌上有所变化的人群，但是看这几个人的样子，却都和正常人类差不多。只不过，在这里突然出现几个正常人，对凯斯而言，才是最大的不正常。

"我出去看看。"突然看见同伴的摩卡压抑住内心的狂喜的激动，自告奋勇地想要出去看看。

他心里怀着一丝希望，或许破冰船上已经有船员发现他和拉莫尔没有归位，所以特意派人出来找寻他。他从摄像机镜头的屏幕里，看不清楚这些人的长相，但是看见他们也是普通人类，他就放心了。从他的角度考虑，这附近不会有别的人类出现，大概率应该就是从船上下来的人了。

想到这里，摩卡就一阵激动。他并不想在极地冒险，他本来就只想和拉莫尔赚一笔钱。现在发生的一切，纯属意外。如果能回到船上，他有可能还要告他们。

"最好别去，观察一下再说。"凯斯好心提醒摩卡，但是摩卡脸上的表情有点儿不屑。凯斯从他脸上读懂了这个意思。大概在摩卡心里，如果有其他可能性，他是无论如何也不想和他们待在一起的。

"我们现在没有任何防身武器，你不知道这些人是从哪里来的，会有什么危险。"虽然知道摩卡不会相信自己，但是凯斯还是忍不住想提醒他几句，这么多年的侦探经验令凯斯本能地相信一点：越是看起来无害的东西，往往潜藏着越大的危险，因为他们看起来无害，人们才不会去防备他们。

"总得有个人去看看。"摩卡从模模糊糊的影像里，看见他们似乎穿着破冰船上那些船工的衣服。确定了这一点，摩卡激动得差点儿叫出来，现在他更加迫不及待了，他要立即出门，和这些人一起离开这个鬼地方。

"好吧，如果你一定要出去的话，最好把这个带上。"凯斯四下看了一眼，也没有找到什么可以防身的东西，只有两截旧木头和一些废置的铁架子，看起来像是以前路过这里的人扔下来的。

"我想我用不着那些东西。"摩卡干脆地拒绝了凯斯，"我得走了，你们如果要待在这里也随你们的便。"

几个人争执的声音把格尔吵醒了，他睡眼惺忪地揉了揉眼睛，呆呆地问了一句："你们在干什么，我为什么睡着了？"

弗里曼也从他的平板电脑上移开了眼睛，和利兹对视了一眼，两人都有点儿想要阻止摩卡的意思。

"虽然我不知道外面是什么人，但是总觉得这样出去不太好。"弗里曼开口说了一句。

"是的，这个当口出现这种事儿，还是不要相信为妙。"米雪儿也附和了一句。

"好吧。"利兹看了摩卡一眼，他们确实没有阻止摩卡的动机和必要。

凯斯看见摩卡急匆匆地拉开了厚厚的防冻门，就要向门外的暴风雪中钻了去。

第六十一章

"等一等。"醒过来的格尔把他们的话听了个八九不离十，趁着众人不注意，他从屏幕镜头里看到了那几个人的身影，现在看看正要推门出去的摩卡，心里也明白了八九分。

他看了凯斯和米雪儿一眼。他本来是想去 dormer 庄园寻宝的，他和摩卡一样，只想有点儿钱，然后能做点儿自己想做的事情，最起码不用过得这么憋屈，但是他没有想到中间会有这么多波折。在泰西尔－埃西普尔公司的议事厅里，他见到了尼禄，听到了尼禄的那番演讲，然后又和凯斯他们一起被抓到极地来，这会儿，他已经不想再要什么"神谕"了。他这一天受到的惊吓，比他前半生加起来的还要多——他不想再这么麻烦了，如果没有这些破事，他现在应该已经吃过食物发放机里的食物，躺在温泉旅馆的小床上，舒舒服服地看着电影了，而不是在这个鬼地方担惊受怕。他想要和摩卡一起离开，趁着那个高个子男人和凯莉回来之前。他现在已经基本上确定了，凯斯和米雪儿不会随便杀人，他们的枪只是用来给自己脱困——但是他认为那个高个子男人和那个名叫凯莉的坏女人不会这样，所以，如果有其他人来了，或者说，跟着摩卡有逃走的希望，他虽然有些犹豫，但是内心也还是想选择离开。毕竟这会他已经不想要什么钱了，但是跟着凯斯他们却不知道还有什么危险，他实在受不了这种担惊受怕的感觉。

"干什么？"摩卡转过头，疑惑地看了格尔一眼。说实在的，如果不是格尔出声，摩卡几乎已经要走了。在摩卡心里，凯斯他们都是危险分子，甚至他觉得这一群人都是危险分子，只有格尔才算是个正常人。

"那个……我……我想跟你一起离开这个地方。"格尔的声音非常小，小到他几乎都不确定摩卡是否能听见他在说些什么。好在摩卡竟然听见了。

"你确定，你能和我一起走？"摩卡用怀疑的眼光扫了一眼凯斯和米雪儿两个人。

"是的。"格尔艰难地看了凯斯和米雪儿一眼，虽然他知道自己这样做有点儿不厚道，但是现在这种情况下，他必须这么做。他才不想跟着凯斯他们冒险呢，他要回到他的马普尔去。至于他们这些人，爱干什么就干什么吧，总而言之只要他跑了就行。

"那个，谢谢你们，但是我想我应该回家了。就是……那个……这个东西给你们……如果这里面的资料对你有所帮助的话。"格尔看了凯斯一眼，将他背着的那个电脑包取了下来，放在了屋内的一角。

凯斯看了格尔一眼。

格尔觉得，凯斯似乎已经用眼神把自己洞穿了。但是现在的情景，他也只能硬着头皮和摩卡一起离开。其他的装备他倒是一点儿也没有留下，包括手电筒和他那些盗窃的工具。他觉得如果雪地里万一真的有什么危险——虽然他现在也不能完全确定——凭借着这些东西，至少能找到一点儿逃命的机会。

"祝你们好运。"凯斯看见格尔把电脑包放在了墙角，也不再劝阻他和摩卡了，而是用他那种一贯讥讽的语调说了一句话。

"再见。"摩卡似乎十分焦急，他害怕高个子男人和凯莉会突然回来。如果他们回来了，自己就走不了了，只能眼睁睁地看着这一步之遥的希望破灭掉，他必须阻止这种事情发生。

想到这一点，摩卡急忙向风雪之中走去。格尔紧跟在摩卡身后，两人一前一后走进了雪地之中。

"你觉得他们的命运会如何？"利兹看了一眼出去的两人，忍不住轻轻问了一句。

"如果真的按电影剧本之中的节奏的话，那多半是凶多吉少了。"弗里曼回答他的问话。这句话是利兹的口头禅，他竟然无意之中也学会了。

"好吧。那我们只能为他们祈祷了。"利兹低声说了一句。

"我看你是想为凯莉祈祷吧。别以为我没有看出你的心思，不过我应该提醒你一句，虽然她看起来凶巴巴的，但是她身边的那个高个子男人才是个真正不好惹的人。"凯斯看了利兹一眼，出声提醒了一句。

"这都被你看出来了，不愧是干侦探的。"利兹不以为意地回了凯斯一句。

"说起来，他们两个人为什么还没有回来？刚才如果他们遇到了这些人，应该会和他们说话的，至少我觉得，他们也应该向这些人询问一下才是。"米雪儿看了一眼摄像显示屏里的几个人，总觉得有些莫名的诡异。

"或许是没有遇到这些人吧？"弗里曼耸了耸肩，他对机器和技术了解得比别人要多。

"应该不太可能。"米雪儿皱着眉头，又看了一眼显示屏中的几个人，总觉得这几个人有些莫名其妙的诡异。在她看来这几个人人似乎是专程出现在他们这个镜头里给他们看的，而并不是真正的就来到了这附近，但是仅凭这种猜测，她也阻止不了摩卡和格尔，更何况她并没有阻止他们的义务。格尔跟他们称不上朋友，摩卡是他们无意中在雪地中遇到的，她完全没有任何理由阻止他们的行动。

"先看看再说吧。"利兹盯着显示屏中的影像。现在摩卡和格尔也走入摄像范围了，从这个显示屏幕上，四个人可以清晰地看见这两个人在风雪中迈步的身影。

"有这东西监控着，如果出现了什么问题，我们也可以想想办法。"利兹看着显示屏里他们两个人行走的身影说了一句。

凯斯点了点头，格尔留下的电脑包里有一个打火机，他试了试，还能用。他点燃了摩卡走之前给他的那根烟，看着显示屏里的图景。他对这群人为什么会在这里出现，也有些好奇。

摩卡在前面飞快地行走着，他现在已经认定了这群人就是从破冰船上下来的，他害怕自己错过，所以着急地想要去找到他们。

他顶着风雪前行，也不觉得冷。这个时候他有点儿感谢死神放在食物发放机里的那些食物。说真的，他正是因为吃了这些食物，所以御寒能力强了很多，莫斯特伯阿米克时代基本上都是这些雨雪天气，但是这个时代的人，因为吃了这些东西，才并没有像以前的人类那样容易生病。他们的御寒能力也强了许多。摩卡所在的破冰船公司自上几个世纪就开始营业了。他看过以前留下来的照片，那个时代的人，在极地的衣服都裹得厚厚的，他们对这种严酷的寒冷并不像莫斯特伯阿米克时代的人这样适应。

他一边在雪地之中拔腿前行，一边想着破冰船上的种种。老实说，一想到破冰船和自己在船上的房间，以及他在船上的种种物品，他前进的动力顿时大了许多。他得快点儿赶到那个地方去，破冰船只在极地港口停留一周的时间，如果他不快点儿赶回去，他就要被困在这个鬼地方了——想到这里，摩卡前行的速度更快了一些。

格尔跟在他身后走着，风雪有点儿大，他都快要看不清走在自己前方的摩卡了。这个时候他又有点儿后悔自己跟着摩卡出来，说真的，重获自由并没有他想象的那么快乐，他想这或许是自己没有见到摩卡所说的破冰船的缘故。

　　格尔走神了一两秒钟，再抬头时，却没有看见前面的摩卡。

　　他站在原地，愣了愣神。忽然有个东西轻轻地打在他的胸口上。起初格尔还以为是被风吹起来的冰团，但他低头看了看自己的卡其布外衣，伸手抹了一把，只觉得上面有点儿黏，果然一个小冰块顺着他的衣服滚到雪地上，将雪地砸出了一个小坑。

　　格尔看了看那个冰块，弯腰把那个砸中自己的东西拾起来，这时他才意识到这并不是什么冰块。他手指上捏着的是一个带着黏稠的透明血液、滑溜溜的人的眼球，白中带着黑，背后还连了一截白色的视神经。

　　格尔只看了一眼，就差点儿吐了出来。他像是被烫伤一样飞快地把那颗眼珠扔掉，然后呜哇呜哇地向凯斯他们所在的小屋的方向跑去。

　　凯斯从监视镜头里看见格尔挥着手向他们的方向跑来，但是却看不清格尔到底从地上捡到了什么东西。摩卡不知道什么时候已经消失在镜头里了。凯斯只看见格尔一个人惊恐地在原地挥手大叫。他招呼了利兹一声，两人从地上捡起一根铁钎，拉开屋子的防冻门向外面走去。

　　格尔在雪地上跑了几步，听见自己的靴子在雪地上发出吱嘎吱嘎的声响。他觉得自己几乎是用连滚带爬的方式向凯斯他们所在的屋子奔去的。这时他又听见雪地之中传来了一阵喘息呻吟声。这声音听起来很轻，但是很怪异。

　　他抬起头，只见前面横着摩卡的身体。摩卡没有死透，只是他两颗眼珠都不见了，眼窝深深下陷，里面糊满了透明黏稠的血液。他的脑壳被来自两侧的力量打烂了，脸部的骨头被打碎，脸变得又窄又长。

　　格尔靠近他的时候，雪地里有一种诡异的静谧，似乎连风雪声都听不见了，摩卡的呻吟声缓缓地停了下来。就在摩卡彻底死亡的那一瞬间，四周的风雪声又开始尖利地呼啸起来，格尔被这突如其来的风声吓了一跳，他猛然跳起，尖叫了一声。

第六十二章

"你们先待在这里！"凯斯和利兹刚拉开门，就感觉到一阵寒风夹杂着雪片，向着室内呼啸而来。

他俩看向米雪儿和弗里曼，脱口而出了同样的一句话。

弗里曼看了看监控显示屏里的画面，上面的画面突然消失了，只有一片惨白的雪花。

米雪儿顶着迎面呼啸的寒风应答了一句，外面的风声太大，凯斯几乎没有听清楚她说的到底是什么。

"那两个混蛋只给我们留了一把手枪——"凯斯骂了一句，回身和利兹对视一眼，双方都有一种不好的预感。但利兹始终不好意思说凯莉的坏话——毕竟自己被那些兽化的变异人追击的时候，是凯莉开枪救了他一命。

"反正待在这里也没什么别的事情，干脆大家不要分开。万一……万一真的有什么危险，人多点儿也保险些。"米雪儿看了看外面的风雪，忧心忡忡地说了一句。

这句话凯斯倒是听清楚了，米雪儿永远都是简单直接的，凯斯倒是想得很复杂，他只怕这里的危险并不能靠人多来解决。但是他并没有直接反驳米雪儿，他也觉得他们还是一起行动为好，至于凯莉和那个暴君的死活，他才不会管。

几个人迎面穿过风雪呼啸的空地。在他们出来之前，凯斯在防冻屋里找到了一根铁钎，他把铁钎作为手杖拄在地上，顺便也探测一下积雪下面有没有什么别的危险。这些下意识的动作，都是他在战场上养成的谨慎习惯。暴风雪呼啸之中，他有点儿看不清前方到底有什么，但是这些警惕危险的本能却似乎已经变成了某种肌肉动作。他和利兹顶着风雪向前走，时不时回头看对方一眼，这个时候，他们都忍不住会从心底感谢食物发放机里领到的那些食物，这些食物难吃归难吃，但是自从他们吃了这些东西之后，似乎一部分生理机能也随之改变了，对寒冷、潮湿、疾病的抵御都有所提升。凯斯想起自己在电子产品上看到的各种历史图片存档，深深明白在莫斯特伯阿米克降临之前，那些人是不可能像自己这样只穿着一件大衣就能在风雪之中穿行的，这大概也是莫斯特伯阿米克带来的唯一好处了。

虽然雪下得很大，但是一点儿也不影响他们前行的节奏。虽然几个人一致认为外面太危险，但如果能尽早解决这件事儿那就最好了。在凯斯心里，格尔毕竟也是一个活生生的人，况且他和自己同行了这么久，就这样看见格尔在自己眼前死去，凯斯心里多多少少有点儿于心不忍。

"等等。"利兹出声打断了凯斯的遐思，"不要走得太快，我感觉这里的时间流逝和空间结构，似乎都跟别的地方不一样，不知道这是我的错觉还是真的。"利兹皱了皱眉，提高了声音对凯斯说道，"这个地方的这些小孔，你看看，像不像你刚才用铁钎插出来的孔洞？"

凯斯低下头，用手中的铁钎重新插进去比画了一下，发现大小和深度果然匹配。他拔出铁钎，利兹的眼中映照出了两人一模一样惊恐疑惑的神色。两人同时想起了那个印第安人说的让他们晚上出行，尽量不要白天在这里停留的那句话。那时候他们一致认为他在危言耸听。

"现在几点？你不是带着手机吗？"利兹看了凯斯一眼。

"十一点半。"凯斯从大衣口袋里掏出了手机，看了一眼，对利兹说道。

"那个印第安人不是说过吗？一天最危险的时候就是白天的正午。"他看了利兹一眼，很明显他也想到了这一点，眼里同时闪过一阵惊恐的神色。

"你是怎么想的？"凯斯看着利兹，在那个屋子里他已经知道利兹也是从米兰德研究所出来的。能进这个研究所的人，大多都拿过物理和数学的高等学位，这些时间、空间相关的东西，对他们而言只是基础知识罢了。

"这里的磁场应该被人为改造过……"利兹沉吟着，"这里是一个无限循环的空间，虽然我现在也不知道是谁造出来的，"利兹打量四周，"但能造出这个空间的人无疑是个绝顶聪明的混蛋……说实话，如果不是亲眼看见，我简直不相信这是人类智慧能达到的成就。"利兹一边用最通俗的语言向凯斯解释，一边忍不住赞叹。

"你的意思是，这是一个时间倒流的循环空间？"弗里曼看了看四周，试探性地问了一句。

"不然这一切怎么解释？我们在监控器里看到的那些人，他们虽然一直在往前，但是却始终在原地打转。还有，你忘了那个印第安人说过的，这里'白天最好不要出来活动，夜晚才安全'的警示了吗？"利兹既像喃喃自语，又像是在对其他人解释。

"这里的概率波可能的确和别处不一样，量子的循环流动构建了循环空间，是不是很符合线性空间的线性映射规律？极地的量子参数，可以建构出不同的循环空间，而且，根据相对论的原理，物质和时间（时空）会发生弯曲，时空弯曲的是质量造成的结果，万有引力是时空弯曲的表现。可能格尔他们就被困在这个循环空间里。"弗里曼看了看四周的茫茫雪域，努力用自己在米兰德研究所学到的知识分析。

"所以，通俗意义上说，每一个到这里的人，只能是在自己固有的时空区域里打转，永远也走不到另一个折叠空间吗？"凯斯忍不住打断他们的对话，插了一句。

"这么说，我们在 LED 屏里看到那些人虽然在往前走，但是其实只是在原地打转，永远都被困在那个空间里？"凯斯又追问了一句。

"如果按照量子波动里时空连续性的原则来看，引力场的变化会使整个时空变形，物体的大小、长短、距离在光速状态下会统统消失。所以，现在我们所在的地点，很大可能上，时空循环也是有可能存在的。我和利兹要用器械测量一下，看看这些量子的位置和速度的相对性，然后看看能不能找到一个弯曲点。"弗里曼看着利兹，眼神里透着想要得到答案的真诚。

"是的。"利兹郑重地点了点头，"所以我们看起来和他们离得很近，但是其实是在两个平行空间里，永远也不可能相遇。"

"那这里，像这样的平行空间到底有多少？"凯斯担心地望了望四周，仿佛他们已经被困在一个平行空间里。

"这个很难说。"利兹向四周看了一眼，"按照物理学的原理来估量的话，量子的折叠是一个以真空基态为界，形成同维空间异矢量方向上的世界。它们是以巨大的速度差分隔开。即在同一空间中，两个不同的宇宙相互叠在一起，以相对极限大的速度差彼此分隔开，这是量子力学的一种，但是如果是以量子位单位进行空间测量的话……不瞒你说，大概需要很长时间。"利兹皱了皱眉。

"那个，各位，我不想打断你们，但是我觉得，关于这件事儿，你们是不是想多了？或许我们看到的那段视频只不过是别人一开始录好的而已。"米雪儿听见他们讨论起时空的事情，虽然她不明白他们到底在说什么，但是她总觉得并不是那么回事。

"这没有你想的那么简单。"凯斯忧心忡忡地四下张望。他上过战场，他见过更多比这更匪夷所思的事情。

"如果这里真的是人为设计出来的，那这个空间最好的用途应该被用来当监狱。"凯斯略带讥讽地说了一句。还能有比这里更好的监狱吗？凯斯感受着呼啸的风雪，虽然这里只是极地占地极小的一个群落，但是空间和时间被折叠后，或许这里困住了更多乱七八糟的东西。

"你可真敬业，还能联想到监狱上去，不愧是当侦探的。莫斯特伯阿米克之后，连联邦调查局的那帮家伙们都不大管事了。"利兹看了凯斯一眼。他说这句话时并不像凯斯那样会对所有的东西都抱有一种讥刺的语调，大概因为他自己也是一个爱看电影的浪漫主义者，在电影中看多了警匪戏，连带着对凯斯的职业也抱有某种天然的憧憬和好奇。

"现在所有的争端都源于资源的匮乏，资本家们游说穷人把钱掏出来，作为他们的研发资本，一旦他们真的搞出点儿什么来，你以为他们还会管这些穷人的死活吗？"凯斯拄着铁钎，又用他那种一贯嘲讽的语调说着。

老实说，利兹也是这样想的。当初从老弗里曼手中收购米兰德研究所的时候，利兹还对这些人抱有期待，但随着事情的发展，当他越来越了解这些资本家之后，他也越来越相信凯斯所说的了。只不过当他听到"资源"这两个字的时候，他脑海里忽然闪过一丝灵光。

"等等。"利兹叫住凯斯，"我想，我可能知道这里为什么能建造出一个不受自然法则影响的磁场了。"

"什么原因？"凯斯听见这句话，马上又追问了一句。

"你知道'神谕'这种金属吧？"利兹犹豫了一下，才将这两个字说出来。说真的，他不确定凯斯知道这个名字之后会有什么反应，也不知道凯斯到底对这个东西知道多少，如果不是现在和凯斯一起困在这里，他可能一辈子也不会把这个东西的秘密告诉除弗里曼以外的人知道。之前他和弗里曼架设着窃听设备的时候，他已经知道了凯斯和米雪儿也是来找这个东西的，但是具体这个东西到底有什么用处，他敢发誓，可能到目前为止，也只有米兰德研究所对这个东西的研究是真正领先世界的。至于泰西尔－埃西普尔公司之前的那些做法，简直白白地浪费了一块"神谕"金属。

凯斯看着利兹，虽然明白他为什么迟疑，但还是毫不犹豫地点了点头。

"米兰德研究所的这些科学家们一致认为，我们能在'区域内'的空间里生存，可能和'神谕'金属释放的能量有关。虽然我也不知道这些'神谕'金属到底是从哪里来的，可能莫斯特伯阿米克之后它们就在这里了——但是这些金属的能量很大。"利兹犹豫了一下。

"大到能改变空间磁场的地步？"凯斯挑了挑眉。

"应该还不仅仅只有这个功能。"利兹思考了一下，煞有介事地说道，"我分析过泰西尔－埃西普尔公司这两年裁员的数据，这两年人员流失幅度明显大过前几年，但是那些裁员的补偿又要超过以往很多，所以……我不相信他们是真的被裁掉了。"利兹透过风雪，眼睛一眨也不眨地盯着凯斯，似乎是在观察他的表情，他想假装不经意地透露出这件事儿来，但是看到凯斯的表情，他马上就觉得凯斯似乎已经洞悉了一切。

"这么说，这些人应该不是被裁员，只是有可能已经变异了？"凯斯显然已经领悟了利兹话里的另一层含义，很快就说出了自己的想法。

"如果没有其他可能性的话，这就是最大的可能性了。"利兹摊了摊手。

第六十三章

"你还可以说得再隐晦一点儿的。"凯斯的话里不无讽刺，但是利兹却一点儿也不以为意，他似乎感受不到别人的情绪，他只在乎和别人沟通的具体内容。

"所以，这两年泰西尔－埃西普尔公司的财务有点儿吃紧，因为他们那里的那块'神谕'金属的能量似乎已经消耗完了，而新的能量块又还没有找到。他们之前的很多业务都是基于'神谕'的辐射功能展开的，如果他们找不到新的'神谕'金属，泰西尔－埃西普尔公司造出来的科技神话故事，就快要讲不下去了。"

"所以，尼禄他们才这么着急找'神谕'金属，还会用那些和基因密码有关的歪门邪道的科技成果来窃取坎贝尔家族的财产。"凯斯点了点头，似乎明白了整件事儿的前因后果。

"如果我猜得没错的话，这些变异人应该是被泰西尔－埃西普尔公司关在某个地方，或者说，私下处理掉了。如果他们敢公开这件事，那他们的股票明天就会跌到冰点了。"利兹冷静地分析着。

"尼禄的那种疯狂劲儿，不能光用资本家的思维来界定。"米雪儿听到这里，终于忍不住插了一句话。

"我不认为女人对这些事儿有多少发言权，你觉得呢？"弗里曼看了凯斯一眼，看似在询问他的意见，但是他话里的讽刺意味却显而易见。显然他对刚才自己介绍空间理论的时候被米雪儿插了句话感到十分不满。

"所以说，我们想要离开这个鬼地方，得先找到藏在这个地方的'神谕'？"利兹挑了挑眉，似乎在认真思考这件事儿。

"或许正是因为'神谕'改变了这里的空间磁场，所以才造成了这个地方时空错乱。"弗里曼望着凯斯和利兹说了一句。

281

"嗨，我想说，虽然你们都不同意，但是我还是坚持认为，事情或许并不是你们想得那样。我觉得我们不应该受这些雪洞的干扰，或许只是某个人无聊做出来的……"米雪儿听见弗里曼煞有介事地谈论着这件事儿，还是忍不住又插了一句嘴。

"嗯嗯，你说的可能也是其中的一个方面，但是我们还是想考虑一下其他的可能性。"弗里曼敷衍着米雪儿。

"米兰德研究所的数学专家和物理专家们都是世界一流的。"利兹补充了一句，似乎是强调他们在这件事儿上的专业性。

老实说，前几个小时前，利兹用窃听器也并没有听到什么关键信息，他只知道，目前参与抢夺"神谕"金属的似乎是几个被复活的暴君，他对"神谕"金属的所知仅限于自己曾经在米兰德研究所供职的父亲留给他的那些材料，在他从破冰船上下来之后，才知道有暴君们被复活这回事，一直到他跟凯莉他们待了一段时间后，他才真正接受了暴君复活这个概念。当然，这些也没什么关系，利兹相信，凭他和弗里曼掌握的资料，他们一定是能最快找到"神谕"金属的人。虽然看电影是他的业余爱好，但他是一个地质勘探和材料研究的专家，还粗通物理和数学，他相信，自己认识到的东西一定比米雪儿这种女人要强得多。至于凯斯这样的侦探嘛，寻找"神谕"金属又不是找人，他相信用不到太多侦探知识。

"要从折叠空间出去，需要找到关键的解码定律。弗里曼，我想，我们应该测试一下这里的量子波动情况，然后观察这个空间的曲率，找到弯曲点。"利兹郑重其事地拿出他背包里的那些高档器材，看样子，估计是打算在这里进行什么实验。

"我来帮你。"弗里曼上前去，帮利兹把些零零碎碎的实验器材组装好。

凯斯和米雪儿只能站在一旁眼睁睁地看着两人忙碌，有一种完全插不上手的感觉。只不过凯斯凝神专注地看着两人的动作，米雪儿却有些心不在焉，大概在米雪儿心里，仍然觉得他们在 LED 屏幕里看到的只是障眼法，而并非真的有那么一回事，但是她也看得出来，这些男人们有他们自己的想法。

"我说，如果我们从这里出去之后，我是说如果我们能出去的话，"弗里曼像所有的工科出身的人一样不停调整着自己语言的准确度，"我是说，假如是我们抢先拿到'神谕'金属，你觉得这些暴君们会有什么反应？"

"别的人我不知道，我历史学得不好，我是行动派。"凯斯摊了摊手，他对讨论这种没有发生的事情毫无兴趣。

"事情如果真的发展到那种地步，这个资本家会不惜发动战争的——反正他也没有怎么在乎过人命。所以，即使我们率先拿到了'神谕'金属，也不能让任何人知道。"米雪儿听见他们岔开话题，又接了一句。

"现在只知道'神谕'金属有维系和更改空间的功效，其他更多的功能，我也不知道。也许这些暴君的复活和这个'神谕'金属也有点儿关系？"利兹小心翼翼地看着凯斯和弗里曼，他相信，在这一点上，凯斯知道的肯定比他多。

"这些恐怕只有万能的死神大人才清楚吧。"凯斯又用他那一贯略带讽刺的语调说了一句。

弗里曼和利兹一边继续安装手上的空间测量仪器，一边比对和调试着各种精准度。

"听我说，米雪儿小姐，我们要先测量出这里的重力分布，观察这个空间的量子运行情况，还要看看这个空间的弯曲点在哪里。所以，如果你现在暂时没什么事情的话，也可以帮我们来做一下测量。"弗里曼看见米雪儿一直用一种不屑的眼神盯着自己手上的动作，略带不悦地说了一句。

"你们查看的时候，注意空间边界。不知道下个空间里有什么，最好不要贸然闯入。"利兹紧张地说了一句。

"嗯。"凯斯点了点头。

弗里曼飞快地拨弄着这些器材，同时用自己手中的电脑记录着各种测试数据。

"虽然我并不认为事情有你们说的那么玄乎，但是我还是愿意帮你们去看看这四周到底潜伏着什么可怕的危险。"米雪儿耸了耸肩，"事实总会证明到底谁才是对的。"

"去吧，女人。你看吧，我一向都认为不会有多少人能搞懂量子力学和循环空间曲率研究这类东西，女人就更不可能了——到时候你就会知道，事实会证明我这种看法确实是对的。"弗里曼连看也没有看米雪儿一眼，也没有停下手中的活儿，只是不屑地补充了一句。

"带上这个。"利兹从背包里翻出一个对讲机扔给凯斯，"如果不是隔得太远，都能通过这个对讲机来呼叫我们——弗里曼刚才把天线架起来了，对，就是这根。"利兹一边说，一边弹了弹他们那堆实验器材中的天线。

凯斯接过利兹扔过来的对讲机，按下开关，里面传来刺啦的声音。凯斯调试了一下，听见利兹那边的扩音器里面传来一声清晰的"你好"声后才又将对讲机关上。

　　"我的呢？"米雪儿挑了挑眉。

　　"你跟着男人一块儿去就行。"弗里曼看了米雪儿一眼，继续忙着安装仪器，大概是不打算再和米雪儿解释。

　　"如果不是被困在这该死的鬼地方，信不信我揍你一顿？总得让你知道女人的厉害，你才会学会尊重女人。"米雪儿感觉自己胸腔之中有一种被轻视的怒气。

　　"女人在无法用道理说服对方的时候，通常就会采取这些蛮不讲理的手段。"弗里曼耸了耸肩。

　　"赶紧去吧，女人。你应该把你的这股泼辣劲儿用来对付外面那些爬行的变异人。"利兹不失时机地提醒了一句。

　　凯斯听得出来，利兹是想化解米雪儿和弗里曼之间剑拔弩张的气氛，但是很明显他并不擅长做这件事儿。

　　"先去看看再说。或许我们去看了就会发现，并不需要像他俩这样大费周章。"凯斯安慰了米雪儿一句。在他看来，米雪儿再怎么说也是他现在的雇主，虽然他心里也觉得弗里曼和利兹说的那些理论更靠谱，但是这样的表面功夫也需要由他来出面维持。

　　"好吧，我和你一起。我相信，事实总会证明你们男人的愚蠢。"米雪儿跟随着凯斯的脚步向外走去。

　　"在你给不出更合理的解释之前，我们也只能暂时先相信循环空间的这个假设和推论了。"弗里曼对着米雪儿摊摊手，他一向不耐烦给行业外的人解释自己的专业问题。对于那些没有数学和物理基础的人，他觉得自己怎么解释也是徒劳，还不如省下一点儿口水来做自己手上的事情。

　　"带上这个。"利兹从他那一大堆实验器材中又拿出一个东西扔给凯斯。

　　"这是什么鬼东西？"凯斯皱了皱眉接过，利兹扔给他的这个东西有点儿重。要带着这个东西去周围巡视，万一真的遇到什么危险，拖着这种玩意儿跑都来不及。

　　"这是量子接收器，"利兹一边拧动着手上的一个螺丝，一边对凯斯说，"一会儿你走到对讲机能接受到信号的范围内，我可以在这边测试空间密度，然后，看看能不能找到这个平行空间的出口。"利兹解释道。

"好吧。"凯斯接过了那个笨重的机器，将它挂在身上，看起来有些滑稽。

"走吧。"米雪儿似乎也不愿意在这里和他俩多纠缠。那些量子和空间理论，她的确闻所未闻。虽然她不愿意相信这件事儿有这么复杂，但是以她的知识，确实无法给出更合理的解释。她有点儿后悔自己从前没有下点儿功夫在物理学上，但是她相信人生哪怕重来一次，自己还是不会对那些东西有多少兴趣。

她跟在凯斯身后，两人一先一后地向雪原外走去。

她感觉，这时的雪似乎下得小了一些，风也渐渐停了，并没有刚来时那种猛烈的感觉。

凯斯仍然拿着那根铁钎防身。

两人在厚厚的积雪之中前行，一路上没有任何阻碍。两个人一直走到了这个群落的外围，并没有任何奇怪的发现。格尔的踪迹已经被新的积雪掩盖了，凯斯和米雪儿叫了几声格尔的名字，却发现他们的声音被淹没在风雪的呼啸里。

第六十四章

"看样子，这里真的像那两个傻伙计说的一样，是个平行空间。"凯斯看着米雪儿，发出了一句感慨。

"我倒不这么认为。"米雪儿仍旧摆出一副拒绝的姿态。

"可惜你也说不清楚到底为什么会这样。所以，我也不得不暂时相信他们说的那些就是真的。至少他们理论依据听起来更靠谱。"凯斯摊了摊手，他了解米雪儿的性格，知道自己也拿她没有什么办法。

"你可以坚持你的观点，但是我并不一定就非得同意。"米雪儿皱了皱眉头。

凯斯手中的对讲机忽然传来了一阵刺啦刺啦的声音，他连忙将对讲机的天线拉开，以便更清晰地接收到信号。果然，天线拉到一定的长度时，他就听见利兹的声音从里面传来。

"喂，喂，凯斯，你能听见我说话吗？"利兹在对讲机那头叫了两声。

"暂时没问题。但我估计再走远一点儿应该就不行了。"凯斯又向前走了两步，果然利兹的声音开始模糊起来。他找到了一个风雪小一点儿的地方，对着对讲机回复了几句。

"好的。我们现在来用量子接收器，看看能不能找到你们说的这个关于空间的曲率点。"凯斯又将对讲机拿回到能接收到信号的位置。

"是弯曲点。"利兹一板一眼地纠正着凯斯。

"找到了弯曲点就找到了这个循环空间的缺口，我们得从那个缺口才能出去。"弗里曼的声音从对讲机那头传来，是在补充利兹的话。

"那你的意思是，如果这里真的像你说的那样，有这么多该死的平行空间的话，我们还要一个个去试？"凯斯忍不住皱了皱眉头。

"现在不光是平行空间的问题——"弗里曼继续说道，"还有量子波动的不同曲率造成了时间差，以及不同的折叠空间之间不同的质量、密度及量子参数，可以建构出不同的循环空间。而且，根据相对论的原理，物质和时间会发生弯曲，时空弯曲的是质量造成的结果，万有引力是时空弯曲的表现。现在，每个空间的读数可能都是不尽相同的，这一切都要等测试之后才知道。"弗里曼又将他那一套物理学的理论摆了出来。

"行吧。反正我也不知道你说的那一堆到底是什么玩意儿，不过你别太久，我可不想背着这样的玩意儿像傻子一样在冰天雪地里不停地转圈。"凯斯对着对讲机说了一句。

"好的，就位。"利兹的声音从对讲机那头传来。

凯斯背着那台机器，面色凝重地慢慢向前走着。对讲机里不时地传来一阵刺啦声，证明他的对讲机仍然可以接收到利兹的信号。

凯斯一边背着这个量子接收器向前走，一边伸手摸了摸口袋，想要掏出一支烟来——但是他伸手下去时，却发现口袋里空空如也。他想起来了，自己的那些烟早就抽完了，现在他伸手过去，不过是下意识的动作而已——在他那个破旧的侦探所里，每次当他要思考什么问题的时候，他都会先抽一支烟来定一定神。

米雪儿没有任何动作，只是偶尔向凯斯所在的方向投过去一种像看傻子一样的眼神。

凯斯一边背着那个所谓的量子接收器向前走，一边凝神听着对讲机里利兹的指示。

米雪儿听见对讲机的另一端，弗里曼和利兹讨论着什么数据和波动信息的声音断断续续地传过来。

凯斯背着量子接收器绕了一圈后，利兹终于想起来这个该死的测试器沉重无比，让凯斯可以暂时歇歇。

凯斯关掉了对讲机，站在原地。

"凯斯，这件事儿，我必须和你谈谈。"米雪儿看着凯斯，严肃地说了一句，"你真的打算帮这两个大傻子找尼禄所说的那个'神谕'金属吗？"

"严格地说，如果我们现在不和他们合作的话，能不能从这里走出去都有点儿难说。"凯斯皱了皱眉头。

"虽然我觉得我哥哥他们的死或许和尼禄有某种隐秘的联系，但是我总觉得卷到'神谕'金属的事件里有点儿得不偿失……我的意思是说，我们也可以从别的地方找证据的。"米雪儿耸了耸肩，"这些暴君们性格都很古怪，我一点儿也不想跟他们打交道。"

米雪儿的话，让凯斯想起了她在佛理森特的那栋旧楼里的保险柜和她银行账户里的那些钱。

老实说，当凯斯第一次在联邦调查局的警署里听到索婆阿腾纳斯教派的那些信徒们所说的那些话时，他也觉得那不过是些白日梦胡话，但是现在他完全不这么看。

西蒙他们这些人，应该是最早一批通过小道消息知道暴君被复活这些事儿的人，只是他们不知道这些暴君和死神之间的关系罢了。此外，那些高层肯定也是知道暴君复活的消息的……至于那些下层民众，凯斯想，他们永远都是最后知情的那批人。如果这个世界上真的会有什么见鬼的"外星移民计划"被实现的话，这些出钱去买泰西尔－埃西普尔公司和坎贝尔家族股票的底层民众大概想都没想过，他们到底有没有"上船"去外太空的资格。

"实话告诉你，在我见到尼禄之前，我也不相信有复活暴君这件事儿。但是目前看来，莫斯特伯阿米克时代确实比我们想象还要复杂——这些暴君，还有那些变异人，说实话，在我见到他们之前，也只当他们不存在，如果谁敢跟我一本正经地提起这些，心情好的时候我会冷哼一声，至于心情不好的时候，我会直接照着他们的鼻子来一拳的。"凯斯沉吟了片刻，接着说道，"我被警察们拉过去问话的那一天——对，就是那天，我在警局的高档会客室里，无意间听到几个警察提过一个叫作索婆阿腾纳斯的教派，这个教派似乎跟这些复活的暴君有点儿关系。教派里的那些人，就是暴君的信众，所以，他们应该早就知道暴君复活的消息了……但是这些暴君为什么要抢'神谕'金属，我现在也不知道。像尼禄那样的疯子，他能干得出来任何事，至于西蒙背后的暴君，可能在密谋着自己的军事计划……"

"这么说，那个名叫凯莉的女人，"米雪儿看着凯斯，接着问道，"她身边的那个高个子男人，可能也是个复活的暴君？"

"显而易见，除了那些暴君，谁会有那种变态的癖好和性格？你忘了和那个印第安人谈价钱的时候，他那一副不谙世事的样子？"凯斯总是习惯用这样反讽的语调说话。本来在他听到"凯莉"的名字的时候，他以为米雪儿要问的是关于凯莉的事，他想，果然女人们对漂亮女人总是格外注意。如果不是这个凯莉喜欢拿枪指着他的话，凯斯也可以承认，从某种程度上来说，这个女人长得也还算不错。

"你觉得他会是谁？"米雪儿问了凯斯一句。

"这种问题，不是侦探范畴内的问题。"凯斯摊了摊手，"不过，你之前给我的钱还有富余，如果你真的想要知道他是谁，我倒是可以帮你查一查。"

"如果可以的话，你应该让赛洛想想办法，联络一个救援队，"米雪儿说了一句，"我可不相信那两个傻子说的什么平行空间。"

"如果要联络救援队的话，就需要另外付费了。"凯斯半开玩笑半认真地说了一句。

凯斯边说边将高个子男人的特征发给了赛洛。当然，请赛洛帮忙联系救援队的信息他也一并说了。

米雪儿看着凯斯发完信息，心里觉得这大概算是自己今天看到过的最正常的一件事儿了。

"无论如何，离开这里之前，我们得先找到摩卡和格尔再说。对我而言，人命比那个该死的'神谕'金属要重要。"凯斯合上手机，对米雪儿强调着。

"找救援队的钱我来付，只要价钱不是太离谱就行。如果你非得救回那个胆小鬼的话，那应该由你支付百分之二十的费用。"米雪儿说了一句，紧接着她又笑了笑。

"很好，看不出来，你还是一个这么有良心的人。"凯斯看见米雪儿笑了笑，也哼了一声。

从某种程度上来说，他现在还受着米雪儿的委托，想要把那件和泰西尔－埃西普尔公司有关的谋杀案弄清楚，他就必须帮米雪儿找回她之前的那些记忆，而那些记忆很可能就和泰西尔－埃西普尔公司有关。目前，泰西尔－埃西普尔公司和坎贝尔公司都已经盯上他们了，他和米雪儿，已经成为众矢之的，现在再加上"神谕"金属……如果凯斯率先找到了"神谕"金属而不给他们，大概那些暴君会把他列为头号追杀对象吧。凯斯想到这件事儿，竟然还有某种滑稽的感觉。

"不过，如果我们想要找到格尔的话，就必须先从这个鬼地方出去。所以，听听他们俩的建议，很有必要。"凯斯又将话题重新绕回到了原地。

"好了，我该干活儿了。这样可以早点儿从这里出去。"凯斯重新打开了对讲机。

"数据差不多了，你们可以回来了。"利兹的声音再一次从对讲机里传来。

"好像有什么声音。"凯斯听到风雪中传来一阵窸窣的声音，但是转过头的时候，又没有看到什么人。

　　他低下头，看了看手中的对讲机，按下了关闭的按钮，觉得刚才的那阵响声可能是从对讲机里发出来的，大概是因为自己没有关好对讲机所导致的。

第六十五章

"你们实验数据收集得怎么样？多久才能找到你说的那个'晚点'？"凯斯拄着铁钎，背着那台量子接收器返回到利兹和弗里曼搭建实验器材的地方，米雪儿紧随其后。

"是弯曲点！凯斯，测试出弯曲点，才能找到这个循环空间的突破口，我们才有可能从那个地方出去。"弗里曼犹豫了一下，才听懂凯斯想要表达的是什么意思。

"好吧。不管是'晚点'还是什么'弯曲点'，我也管不了那么多，你们那些专业的玩意儿太深奥了。赶紧把这东西拿下来。"凯斯不耐烦地拍了拍背在背上的那台又黑又重的量子接收器。

"这玩意儿真重，就不能做成便携式的吗？"凯斯一边看着弗里曼娴熟的拆卸动作，一边皱着眉问了一句。

"这已经是目前最先进的量子接收器了。量子测量可不同于一般经典力学中的测量，量子测量会对被测量子系统产生影响，比如改变被测量子系统的状态；处于相同状态的量子系统被测量后可能得到完全不同的结果，这些结果只是符合一定的概率分布。观测者会影响量子的状态，这台量子接收器可以把精准度调整到最高。"弗里曼虽然不耐烦和凯斯这样的外行解释这些尖端物理学的原理，但是对于他自己发明的这台量子接收器却有一种掩盖不住的骄傲感。

"那你们不想看看这个波段的量子数据怎么样吗？"一个冷漠的声调从几个人的耳畔传来。

弗里曼正聚精会神地在电脑屏幕上敲着数据，听到了这个声音后，他头也不抬地说了一句："那你赶紧把数据发给我。"

"真是个货真价实的蠢货。"那个冷漠的声音再次响起来，这一次连弗里曼也听出了他话里的嘲讽意味，同时也明白了现在说话的人大概并不是利兹。

他抬起头，看见发出声音的地方站着一个人。他头上裹着一个印第安人常戴的纯色头巾，但身上却穿着一件混合了汉服和日本和服元素混搭风格的袍服，明显也是改良过的——衣服只是半袖，幅摆也只到脚踝，他双臂和双脚都裸露在外面，脚上套了一个泰国式的麻色凉鞋。他用一只手甩弄着挂在腰间的玉佩，瘦削的脸上显露一副无聊空虚的神情，脸上有两块人造的日式瘀斑，牙齿不知道被鲜血还是什么东西染成了血红的颜色。他的手指有点儿类似于老旧的枯藤，指甲又长又尖，看起来十分锋利。

利兹显然也看到了这个变异人的样子。这种装扮他在一个提到日本的千叶城的某本书里曾经看到过，但是在现实里亲眼见到还是第一次。那里的有钱人常常会请人给他们化这种妆。但是眼前的这个人和他们那些人还有点儿不一样，他的瘀斑四周刻画着某种细小的部落图腾的图案，配着他冷漠嘲弄的神情和血红尖利的牙齿，令人脊背发凉。

"你还需要什么数据来测量这个平行空间吗，科学家？"那人的语气波澜不惊，"我通过监控器看到了。"他轻描淡写地说了一句，"我管这些监控器叫戏弄蠢货的眼睛。"

弗里曼听出了他话里的讽刺语调，慢慢地涨红了脸。

"再跟你们玩儿一个好玩儿的游戏。"这个人咧了咧嘴，但是傻子都可能看出来，他并没有笑意，只是在做着某种下意识的嘲讽动作。

他从宽大的袖袍里掏出一个看起来很精致的仪器，用手轻轻地拨弄了两下，便从仪器的机身里缓缓伸展出了几个触手一样的东西。他拨动着仪器核心的仪表盘，触手的边缘缓缓升腾起了几条光束。

凯斯看着他的动作，本以为他是要对他们不利，但是没过多久却发现并不是如此。他从这个仪器的造型就可以判断出，这个东西比刚才利兹和弗里曼让他背着的那个大家伙要高级得多，至少看起来如此。他虽然并不懂什么科学和物理学的原理，但是这个东西的高级程度他还是能看出来的。

这个化着瘀斑脸的人调试着自己手中的仪器，众人看见他手中的仪表盘的两翼现在已经伸展到最大了，程序已经慢慢融入四周，变成了和四周一模一样的颜色。凯斯注意到，他手中仪表盘的颜色在几个人的眼皮子底下慢慢变得透明，但他仍能清楚地看见头上那闪着黑光的核心点。

那些透明的光束投射到地上，马上在相同的地方出现了几个和刚才一模一样的雪洞。

他又调整了一下投影仪，另一个地方也出现了雪洞。

弗里曼呆呆地望着他操作这仪器的场景。他与利兹对视一眼，两个人的神情都有些复杂。他们之前接触的那些科技产品算是最前沿的人类科技了，但却需要穿着那件触点科技服，戴上护目镜才能看到这么清晰逼真的投影显像，而这个人，仅仅需要一个和手表差不多大的仪器就能做出和现实差不多的投影，其中领先了他们多少倍的科技实力，他们俩有点儿难以想象。当然，这中间的差距，只有他们这种专业人员才能明白。

"再给你们变个魔术，让你们看看好不好玩儿。"这个人冷冷地把投影仪又转到了另一个频道。投影光束随着他的动作转换到了一片新的空地上，里面出现了几个不停向前移动的人的身影，这次利兹倒是认出来了，这几个人，正是他之前看到过的，在LED屏的屏幕里显示过的场景。

看到这个情景，利兹的脸也红了。他之前笃信这个是平行空间里的时空阻断，甚至还想用时间循环来推算这个东西，没想到只是一个小小的投影仪里的播放出来的录制画面而已。

"你们觉得这个魔术怎么样啊？科学家们！'识则不识，知而无知。铁壁银山，挨开者谁。'"瘀斑脸突然吟了一句释心月的《小师正恭写松源掩室并师山行图请赞》。

凯斯他们还没有反应过来这首诗的意思，瘀斑脸又接着说："量子的循环流动构建了循环空间，是不是很符合线性空间的线性映射规律？极地的量子参数，可以建构出不同的循环空间，而且，根据相对论的原理，物质和时空会发生弯曲。时空弯曲是质量造成的结果，万有引力是时空弯曲的表现……连这么愚蠢的女人都知道，这件事儿没有这么复杂，你们还搞出那么多破玩意儿来。"瘀斑脸的眼神缓缓扫过利兹和弗里曼架起来的那堆仪器，眼神中露出嘲弄讥讽的神色。

弗里曼刚才运算到一半的东西仍然显示在电脑上，那一堆仪器滴滴答答的声音还在，似乎在提醒着这几个人刚才的愚蠢举动。

"你应该背着这个黑得像屎一样的笨家伙再多跑几圈的，以便让你的这两位科学家更清晰地测算出量子波动的数据情况。"瘀斑脸看着凯斯，语气之中也是充满了嘲弄，"如果是以量子位单位进行空间测量的话……不瞒你说，大概需要很长时间……"瘀斑脸模拟着弗里曼说话时那种一本正经的腔调，但是现在几个人听了这番话，却忍不住越听越难堪。

"我早就说过了，这些东西并没有你们想的那么复杂。天呐！我简直不敢相信，你们还打算从量子力学和时间循环的角度去解决这个问题。现在到底谁是蠢货，真的是一目了然。"米雪儿看见这个场景，马上抓住机会讽刺弗里曼和利兹两人，她还记得刚才两个人是如何看不上她的，现在她有一种扬眉吐气的快意。

"你看，连女人都在嘲笑你们的愚蠢，可见你们确实蠢到家了。"瘀斑脸似乎很享受众人这种难堪的境地，玩味地看着每个人脸上的表情。

对他而言，众人被他戏弄得越难堪，他就越得意。这些人的滑稽感，品来犹如锈铁，触手之处就如同风拂过脸颊一般，令他很是快意。更重要的是，他原本就打算捉弄他们，现在他们这样的表情，对他而言，正中下怀。

瘀斑脸的眼神扫过米雪儿，发现米雪儿眼神中有着和他一样的嘲弄神情，大概是因为自己的出现印证了米雪儿之前的话，这样多多少少也令她有些得意。

"女人，你觉得你很聪明？"瘀斑脸看了米雪儿一眼。

"至少也没有像他们几个那样上当。"米雪儿不屑地答了一句。她承认，在某些时刻，她心中确实还有一点儿报复的快感。

"哦，原来是这样？"瘀斑脸反问了她一句，没等米雪儿答话，他又自顾自地说道，"在我看来，你的愚蠢也不会比他们少多少呢。"瘀斑脸看着米雪儿，冷漠地说了一句，"你能看穿这些东西吗？你只不过是一个头脑简单到只能用愚不可及来形容的人，你没有从量子力学和循环空间的角度考虑，只不过是因为，你根本就不知道这个世界上还有量子力学和循环空间而已。至于这个世界上还有什么比化妆、赚钱更重要的东西，你是从来都没有想过的，因为你一向都是愚蠢狭隘到只认识自己身边那三两个人的地步。"

瘀斑脸嘲讽完众人后，又一次切换了自己手中的投影装置，这一次他投射出来的则是一个小小的游泳池，在雪地里看起来特别突兀，泳池旁边安置了一张精致的靠桌。他缓缓向桌子前走去，端起投影仪投出来的一个酒杯，轻轻用手晃了晃，好像自己真的端着那杯酒一样。

众人看到，他投射出来的酒杯，以及杯子中倾倒的酒液，并不是他们常见的那种红色液体，而是淡蓝色近乎透明的质地。

他羞辱的言语让米雪儿也有些脸红，她想反驳这个瘀斑脸，却又找不到合适的词汇。凯斯看着瘀斑脸手中的仪器，听着他说的话，觉得这个人似乎对他们每个人心里的想法都了如指掌。

“谢谢你告诉我们这些事儿，如果没有什么别的事儿，我想我们也应该告辞了。”凯斯本能地感觉到这个瘀斑脸身上散发出来的危险气息，找了个借口想要离开。

“那可不行。你们既然已经闯进了啶瞻訬之地，就要陪我玩够了才能离开。”瘀斑脸一边晃动酒杯一边用他那种冷漠的语调说道。

“什么啶瞻訬之地？”利兹皱了皱眉头，“这个鬼地方还有名字？”

“当然。这里是我们圈养食物的地方。但是，只有最低等的食物才能被圈养在这里。”瘀斑脸望着几个人，不屑地说了一句。

第六十六章

格尔趴在原地，一动也不敢动。

他本能地觉察到有一双眼睛似乎正盯着自己，等着看他的笑话，他甚至感觉到自己的一举一动，都已经被这双眼睛尽收眼底。虽然他不知道自己为什么会有这样的感觉，但是他相信自己是对的。如果硬要解释这件事儿的话，只能归结为——胆小的人总是对外界的危险和嘲笑特别敏感。是的，格尔感觉那个人将自己的一举一动录下来，只是因为好玩儿。

那双无形的眼睛，似乎笼罩在这个空间上方，监视着这个空间的每一个角落。虽然摩卡死了，但是格尔却有一种滑稽的感觉，他感觉摩卡的死似乎是一种恶作剧，对方搞出这些花样来，是为了捉弄自己。

风雪渐渐肆虐起来，掩盖了摩卡的身体。格尔看见摩卡的尸体，但他向前跑了一阵后，却又听见了那低低的嗡嗡声。这嗡嗡声，就像是摩卡临死前发出来的呻吟声一样恐怖，那时候他应该已经脱离了格尔的视线——格尔从摩卡的伤口来看，摩卡似乎被他们在外面看到的那些兽态的变异人袭击了，但是格尔想破脑袋也想不出来，刚才那些徘徊在区域外的变异人，为什么突然又闯进来了——眼前的一切都令他费解，也不是他的脑袋能想象出来的。

正在前行的格尔，猛然听见一声怪异的尖叫声。这声怪异的尖叫声即使夹杂在暴风雪的呼啸中，听起来也十分清晰。他想要离这诡异无比的尖叫声远一点儿，这些恐惧充塞着他的内心，让他毛骨悚然，格尔觉得自己已经恐惧到极限了——这样一来反而有些豁出去的麻木。

他现在特别后悔跟着摩卡跑出来，早知道，自己应该待在凯斯他们身边的，至少他们人多势众，格尔也想不出什么好词来形容他跟凯斯、弗里曼等人待在一起的感觉。

现在他被困在这个地方，又一次看到了摩卡死去的情景，这情景实在太过逼真，逼真到让格尔怀疑自己的真实性了。他翻来覆去地想着自己跟着摩卡离开那个防冻屋的举动，他觉得如果再选一次，就算是有人打断他的腿，他也不会跑出来的。只是，现在已经出来了，他得想办法找到凯斯他们，至少人多一点儿，他可以不用那么害怕。

那种被人窥视的感觉，让格尔感觉到有人似乎在和自己玩儿那种在电影里看过的猫抓耗子的游戏。虽然他没有亲眼见过这些动物，但是他能感受到这种恶意。电影里的猫总是会把耗子玩儿到奄奄一息再吃它们。现在格尔感觉自己就像只可怜的耗子。

不过，既然已经这样了，格尔倒是能横下心来，他决定干脆向这尖叫声发出的地方去看看，只要能确认那是什么东西，他就能不再害怕。他忽然想起那个米兰德研究员写在电脑日记里的一句话——人类的一切恐惧都源于未知，所以我们要尽可能地去探索未知，这样做，是为了令我们不再恐惧。

格尔在心里暗暗下了决心，猫着身子，慢慢地向声音的来源处靠近。

他走到了一个雪堆后，远远地看见一个头上裹着印第安人常戴的纯色头巾、身上却穿着一件类似于汉服和日本和服混搭袍服、脸上有瘀斑的人正在操纵着手中的仪器——很显然，这嗡嗡声，正是从仪器里发出来的。

凯斯、米雪儿等人都一脸尴尬地站在那个看起来有些奇怪的人身边。

格尔用力拍了拍自己的脸，以确定自己看到的就是凯斯他们，而不是别人。

在看见凯斯他们的那一瞬间，他顺着这片雪地连滚带爬地向凯斯等人的方向奔跑过来，害怕下一秒自己又陷入孤绝的境地。这短短的距离几乎用光了他的全部力气。格尔睁大了昏花的眼睛看着凯斯等人，确定自己确实站在他们面前时，才渐渐平息了下来，神智略微清醒了一点儿。

格尔抬头看了看自己爬过来的地方，雪地被他的身体碾出了一道清晰的痕迹。

在他打破这个尴尬的局面之前，他听到的最后一句话是："你们既然已经闯进了啶瞻莎之地，就要陪我玩儿够了才能离开……"

格尔直愣愣地从地上爬了起来，望着凯斯等人。

瘀斑脸显然也注意到了突然闯入的格尔，不过他却没有凯斯他们那么吃惊。

"胆小鬼，想不想我和你玩儿个游戏？"瘀斑脸冷冷地望着格尔，将格尔脸上的吃惊、诧异、恐慌和不经意的狂喜全部收入眼底。

"什么？游戏？玩儿什么游戏？"格尔几乎是本能地反问了一句。

　　"你看看就知道了。"瘀斑脸冷冷地答了一句，也没有等格尔回答，就打开了自己手中的盒子，将刚才演示给凯斯等人的场景，又演示了一遍。

　　随着他的动作，格尔眼前的情景渐渐清晰起来。格尔抬起头，只见前面横着摩卡的身体。摩卡没有死透，只是他两颗眼珠都不见了，眼窝深深下陷，里面糊满了透明黏稠的血液。他的脑壳被来自两侧的力量打烂了，脸部的骨头被打碎，脸变得又窄又长。周围明明没有下雪，但是摩卡的呻吟声裹在一阵风雪声中发出一阵支离破碎的声响。

　　格尔被眼前的场景吓得大声尖叫，雪地里突然又出现了一种诡异的静谧，似乎连风雪声都听不见了。就在格尔想要看看摩卡是否已经彻底死亡的一瞬间，四周的风雪声又开始尖利地呼啸起来，格尔被这突如其来的风声吓了一跳，他猛然跳起，尖叫了一声，连滚带爬地往凯斯身边靠了过去。

　　摩卡死去的诡异的场景，让他感觉自己经历的这一切就像倒带一样，那些明明已经发生过的事情，在他眼前又重现了一遍。他静下来时，感到有一缕空气吹向他挂满汗珠的脸。他不敢回忆这个恐怖的场景，但是这个场景却一再地出现在他眼前。

　　他从光线的明暗里看不出任何虚假的迹象，整个雪地在格尔重新看到摩卡尸体的那一瞬间，一直都被这种死寂般的气息笼罩着。

　　老实说，凯斯等人在看到这个场景的刹那，也被惊得说不出话来。说真的，在某一瞬间，他们真的以为这是摩卡死在了他们面前，这个瘀斑脸对摩卡死亡的那种真实场景的模拟和投影，于他们而言，足以以假乱真。虽然凯斯不知道他到底用了什么技术，但是凯斯很清楚，靠着人类现在的技术，绝对不能模拟出这么真实的场景来。他甚至可以感觉得到摩卡死之前的那种痛苦。

　　利兹和弗里曼对视一眼，两人都感觉自己的汗毛都竖起来了。他们的感觉远远比凯斯和格尔复杂，对凯斯和格尔而言，他们更多的是被摩卡死亡的惨状所震撼。但是对他们来说，他们还震惊于这种技术的仿真性，按照他们现在掌握的技术，如果没有触感电极对大脑及眼球成图的辅助作用，他们无论如何也无法在别人眼中做出这么逼真的裸眼技术来。

　　"怎么样，胆小鬼，你觉得这个游戏好不好玩儿？"瘀斑脸拨动着手中的那个精密的仪器，收起了摩卡死亡的投影，轻轻地吹了一声口哨。

　　一个兽形变异人猛然从旁边蹿了出来，这个兽形变异人的动作非常迅捷，迅捷到凯斯等人几乎无法分辨出它是从哪里跑出来的。

瘀斑脸拿出了另外一个仪器，发出了格尔刚才听到的那种尖啸声，这个兽形变异人立刻就乖乖地围着瘀斑脸转起来。兽形变异人时不时露出自己尖利的獠牙来，发出一声嘶吼，而后又在面对这个瘀斑脸时，忍不住乖乖地收了回去，看得凯斯和利兹等人心惊肉跳的。

格尔这么迟钝的人也能看出来，这个兽形变异人，似乎很怕瘀斑脸。

"对了，我想，我应该给你们隆重介绍一下的，看到了吗？"瘀斑脸拍了拍自己旁边站着的那个兽形变异人："这就是我所说的啶瞻诊，高级食物。"

瘀斑脸一边介绍着自己身旁的兽形变异人，一边向凯斯他们解释着。

他冷漠的语调令凯斯等人十分不适。瘀斑脸前面几个词汇凯斯他们没有听清楚，但是这个"高级食物"，他们听懂了。在那一瞬间，凯斯和利兹等人似乎明白了为什么这些兽形变异人不敢跨过这个部落界石的原因。

"但见雪中之兽，令人垂涎欲滴。"瘀斑脸似乎非常享受这种戏弄别人的感觉，拉着这个兽形变异人，忍不住又吟诵了一句凯斯他们无法听懂的诗。

叮叮……凯斯口袋里的手机突然响了起来，打破了这种诡异的氛围。

凯斯掏出手机，看到了赛洛发过来的一条信息，上面写着"救援人员已到"这几个字。

凯斯和米雪儿对视了一眼，他俩都明白这条信息背后的含义。可惜，他们害怕瘀斑脸不会那么容易让他们离开。

"对了，你知道为什么我没有指挥啶瞻诊吃掉这个胆小鬼吗？"瘀斑脸一边抚摸着这个兽形变异人，一边用他那种居高临下的骄傲语调反问凯斯等人。

凯斯没有回答。他没有心思去听这个瘀斑脸说什么，他在想如何处理赛洛那条信息的事儿。当然，另一个原因是他知道这个瘀斑脸一定会忍不住把真相告诉他们的。

果然，沉默了不到一分钟，瘀斑脸又自顾自地说了起来："那是因为，我要和你们玩儿一个游戏，如果这个游戏里没有这个胆小鬼的参与，那就太不好玩儿了。好了，我得带你们去我的游乐场了。"瘀斑脸拍了拍那个兽形变异人，"顺便带走今天的食物。"

凯斯和利兹听完这句话，忍不住又对视了一眼，他们同时想到了一件事儿——大概让摩卡和拉莫尔运送这些兽形变异人的幕后人，就是这个瘀斑脸的部族。

第六十七章

"把那个东西关了。"瘀斑脸看了凯斯一眼，"和我一起玩儿这个游戏，才是现在最重要的事情。"

凯斯不动声色地将手机收了起来，虽然赛洛的这条信息回复得有点儿迟，但是对于凯斯而言却是刚刚好。他甚至有点儿庆幸赛洛没有立即回复他请救援队这个需求，刚才他背着那个笨重的量子接收器在冰天雪地里跑圈的时候，压根儿也没有想到过自己竟然是被一个高科技投影仪骗了。他有点儿庆幸瘀斑脸并没有在意自己到底收到了一条什么样的信息。

"对了，要玩儿我的游戏，这个地方可不合适。"瘀斑脸皱了皱眉，自顾自地说了下去，"走，你们和我一起去克莱尔庄园，才能愉快地玩儿这个游戏。当然了，如果你们输了，会付出一点儿小小的代价。"瘀斑脸郑重地强调着这件事儿。

在说到"愉快地玩儿这个游戏"时，瘀斑脸脸上闪现一丝天真的神情，但正是这种天真的神情，在凯斯等人看来，才是最恐怖、最令人毛骨悚然的地方。这个瘀斑脸似乎对人类的生命极其漠视，总是带着那种居高临下的睥睨姿态，但是在这种睥睨姿态的背后，却又是一种天真的残忍，就像孩子喜欢玩儿小虫子一般。

在看见赛洛信息的那一刹那凯斯就飞快地关掉了手机，同时适时地按捺住了自己狂跳不止的心脏。这部手机本来就有定位功能，赛洛既然帮自己找到了救援队，应该用不了两三天就能过来了。

"你想玩儿什么游戏？是不是又要像杀死摩卡那样杀死我们？"格尔虽然有些不明就里，但是却能感觉到来自瘀斑脸身上的那种带着某种天真意味的残忍。更何况，这个瘀斑脸竟然能随意使唤兽形变异人，这是格尔想都不敢想的事情，尤其是在他亲眼看到了兽形变异人吃掉了拉莫尔，杀死了摩卡之后。他刚才也听见瘀斑脸把这个变异人叫作"高级食物"的称呼。

"对了，"瘀斑脸像突然想起什么似的又看了看他们，伸出像枯爪似的手指，对着他们数了数，"现在人太少了，如果要一起玩儿，玩儿得不会那么有意思。"瘀斑脸侧着头，似乎在认真思考这个问题。

凯斯注意到，每当瘀斑脸露出这副表情时，脸上都会闪现一丝天真。一想到他这种天真的残忍是针对自己等人的生死安危时，凯斯就有点儿笑不出来了。

"最好再加上那么一两个人就好了。"瘀斑脸认真地说了一句。他的语气听起来就像是在跟凯斯他们商量似的，但是凯斯心里却很清楚，他根本就没有那个意思，这不过是他游戏的一部分，他用这种漠然的态度，将凯斯等人玩弄于股掌之中，看着凯斯等人不明就里又莫名担忧的神情，会令他觉得有一些作弄人的快感。

"对了，我想起来了！"瘀斑脸突然又露出了那种冷漠的神情，"欲行疑君在，天涯共此时。"瘀斑脸又吟诵了两句凯斯等人听不懂的诗，甩了甩他别在腰间的玉佩，做出了一副恍然大悟的表情。

"应该还有两个人，他们也在。加上他们两个，一定会更好玩儿的。"瘀斑脸一边甩着挂在腰间的玉佩，一边冷冰冰地对凯斯等人说道，"我得先看看他们两个到底怎么样了，你们也一起过来吧？"

利兹从听见"他们两个"时，就想到了凯莉和那个高个子男人，但他实在是有点儿难以置信。虽然他不知道这个女人的真正身份，但是在他躲避兽形变异人追踪的时候，他也是见过凯莉真正的身手，在他看来，不管是近身搏斗还是枪战，这个女人以一敌五问题都是不大的。这个瘀斑脸说的她好像一个被人捉弄的玩物一样——虽然他已经见过了这个人手中那令人惊叹的技术，但是亲耳听见他说这件事情，多多少少也让利兹有些吃惊。

"别担心，你们很快就会会合的，然后，我们一起去克莱尔庄园。在那里，没有什么人会打扰我们玩儿游戏。"瘀斑脸认真地说，搞得好像他真的很在意他们似的。凯斯想，按照这个瘀斑脸的性格，这大概是下一次戏弄的先兆。

"好了，现在可以出发去找你们的朋友了。"瘀斑脸低头看了看他手中的仪器。凯斯注意到，他似乎已经将投影、通信及一些日常的、事务性的功能需求都融合在这个仪器里了。

凯斯曾无数次地在佛理森特里听到过有人吹嘘说要实现这类技术，但是他从来没有看到过他们的智能设备做到过，他甚至不相信人类能实现这类技术——在他见到这个瘀斑脸之前。

不过，严格意义上来说，这个瘀斑脸，似乎并不像是人类，凯斯一直到这个时候才注意到这个问题。他对人类并没有多少同情心，正常的人类，哪怕是尼禄那种变态，多多少少还带有一点儿人情味，这个瘀斑脸似乎离人类的距离过于遥远，不光是物理距离上的，还有心理距离上的。

"该死的，时间不够了。我还得先把食物给那些老家伙送过去。"瘀斑脸看了看时间，突然变得有点儿愤愤不平，但是他似乎一瞬间就平复了自己的情绪，马上又恢复了那种近乎冷血的平静状态。

这个瘀斑脸一边说，一边从自己的袖袍里取出了一个类似手枪模样的新式武器。他将那个武器对准了凯斯，轻轻地扣动了扳机。

伴随着他的动作，凯斯感觉到自己似乎被笼罩在一个由电极组成的磁场中。这个由电极组成的磁场，像是无数个由光电组成的细小绳索，这些小绳索将他裹挟其中，令他无法动弹。接着又对着米雪儿、利兹、弗里曼和格尔各开一枪，将他们也困了起来。

格尔有点儿想逃走，但在这个瘀斑脸的武器下，他似乎也没有半点儿反抗之力。

"上路吧，时间要来不及了。"瘀斑脸牵动着手中的电极操纵盘，拉着凯斯五个人跟跟跄跄地向前走去。

"你看起来很不满。"瘀斑脸看了凯斯一眼，带着戏谑的语调对凯斯说了一句。

"如果你有一天也被人用绳子绑着在雪地里乱窜，你也会不满的。"凯斯没好气地回敬这个瘀斑脸。

"你们的科技太落后了，所以难免就被我们玩弄于股掌之中。"瘀斑脸看着凯斯，似乎是有点儿可怜他。

利兹注意到，瘀斑脸提到了一个古老的东方词汇，他虽然听不懂是什么意思，但是前面半句他还是听懂了的。

"我看过你们'区域内'所有科学研究的论文，我也研究过你们的新发明，我太了解你们'区域内'的局势了。"瘀斑脸说道，"我觉得，你们的那些研究简直太小儿科了，比如'黑色闪电'的性能，我们比你们领先三步。"

利兹听他提到"黑色闪电"，着实有点儿吃惊，这是近两年才研究出来的一款触感装置的衣服，研究者的论文也才刚刚在网上公开不久。这里面有一些最新的神经网络技术，算是目前最新的科研成果。

但是，在这个瘀斑脸徒手投影的仪器面前，"黑色闪电"的确像是该扔进垃圾堆里的陈年旧货了。

瘀斑脸端着捆缚枪，将几个人拉到了荒废群落的外围。凯斯注意到，那里的前端是一个雪崖，雪崖旁边是一望无际的冰面，冰面上停着一辆雪地车。

瘀斑脸率先进去，他把电极操纵盘放在膝盖上。凯斯一行人陆续爬了上来，改装过的雪地车空间很大，倒也不显得拥挤。凯斯思考着逃走的方法。

几个人坐上车后，利兹明显感觉到捆绑在身上的电极绳索束缚得更紧了些，紧到他几乎无法转身。

在钻进车厢之前，凯斯看见车里装置着一个薄薄的挡板，这个挡板将车内的空间分割成了两个部分。至于车厢后部到底装着什么，凯斯他们很难看见。

瘀斑脸按下了车内的一个遥控装置，挡板马上就如水一般向四周消散开去。

凯斯和利兹终于能看见挡板后装的什么了，不出他们所料，果然是凯莉和那个高个子男人两人。

同时，车的后门缓缓上升，瘀斑脸手中的仪器发出了刚才那种尖啸的声音，凯斯看见那个兽形变异人从雪地车尾端钻进了车内。瘀斑脸按下了遥控，车后门和那块像水一样的挡板变化了位置，将兽形变异人阻隔在了最后。

"我们出发了。"瘀斑脸按了按雪地车上几个遥控的按钮，雪地车立刻在冰面上自动行驶起来。

"我都迫不及待要跟你们玩儿这个游戏。"瘀斑脸的语气很兴奋，但表情却有些冷漠。

车开得太快，似乎远超设计速度，拐弯时头重脚轻，利兹干脆把身子探出车外来平衡。凯斯坐在右侧，所以左拐的时候倒没关系，但右拐时格尔就要从凯斯身上探出去，把他挤在座位上。

雪崖很快就被甩在身后，凯斯用眼角的余光看见宽阔的冰面飞速地向后退去，他们在茫茫的冰域上行驶。

他完全不知自己身在何处，每样东西看着都眼熟，却无法确定自己到底是不是见过这一段路。改装雪地车的六个轮子在冰面上悄无声息地滚动着，只听见电子引擎的声音，还有每当车子拐弯的时候，格尔都会压在凯斯身上，偶尔从他口中发出来的尖叫声。

凯斯抬起头来。这一望无际的雪域显得空旷而孤寂。其中传递出来的某种孤独感，和他在战场上的感觉十分类似。没有颜色的天空底下，看起来就像是一片波浪般的黑色废墟，从上方刺眼的光亮下隔绝出来的一片片暗影，这片暗影如同一块废墟一般。凯斯看着这个黑沉沉的天空和地面上冰雪反射出来的蒙蒙亮光，想象着远处雪原的波峰之上是城市高楼那褪色的、半熔化的残骸。远处连绵的雪崖和地面上的积雪连成一片，像是一张网，下面掩盖着的，是某种类似于废墟的质地。锈蚀的钢条扭曲成细细的网线，中间还挂着大块的混凝土，在一望无际的雪原上向前不断地延伸。

第六十八章

凯斯偷偷地将手机打开，他的上半身仍然动弹不得，但是他在黑暗之中靠着双手摸索到了赛洛给他设计的那个定位的开关。是的，赛洛是个好伙计，他的产品设计思路一向都是常人难以理解的——虽然这个东西看起来并不怎么样，但是使用的时候却比一般的手机强多了。

随着雪地车的前行，天色也变得越来越暗。虽然莫斯特伯阿米克降临之后，这个世界总是显得灰蒙蒙的，白昼都在炽光下，透过下端的黑幕带出来一点点朦胧的清光，这种清光混合着人造光，显出一种奇异的暖黄或者暗黄色，但是像眼前这种昏暗的情景，凯斯倒还是第一次见到。这里的一切都带着某种奇异的反差——这个瘀斑脸使用着最先进的武器，开着一辆充满了现代科技感的汽车，但是他们生活的地方却又充斥着某种原始意味。

"好了，我们到了！"瘀斑脸按下一个按钮，雪地车猛然停在了一座外形类似于神庙的庄园的门口。瘀斑脸用他手中的仪器向庄园内部发出了信号。

几分钟后，庄园的大门缓缓向两边拉开，隆隆作响。凯斯发现，庄园的大门是黄金加黄铜构建的，上面雕刻满了各种各样的东方图腾。既有泰式风格的三面佛，又有印度的梵天和湿婆，当然，还有东方的神龙和一个人面蛇身模样的女神。

庄园内部倒是很开阔。瘀斑脸把车停在一个空旷的地方。透过车窗凯斯能看见远处建筑物那影影绰绰的轮廓。

"我们应该接上设备来玩儿这个游戏，这样才更有意思。不过，在玩儿这个游戏之前，你们要先和我一起把今天的高级食物给老家伙们送过去，不然他们会把我烦死的。对了，你们应该顺便参观一下我们的标本博物馆。这里面都是些高级货，你们在别的地方见不到的。"瘀斑脸的语气里有一种冷漠的炫耀意味。

瘀斑脸用仪器发出指令指挥兽形变异人。伴随着他的操作，雪地车的挡板缓缓升起，那只兽形变异人温顺乖巧地跟在他身后。

利兹等人也跟着他下了车，凯斯看见那名叫凯莉的女人，她的嘴巴不知道被什么封起来了，大概是因为她骂过那个瘀斑脸的缘故，凯斯觉得她现在的模样有些滑稽，但是他却笑不出来。利兹用目光暗示着凯斯，让凯斯观察一下周围的环境。

瘀斑脸收起了手中的电极操纵盘，他觉得到了这个地方，已经没有必要再捆绑这些人了，反正他们也逃不出去。

凯斯看见灯光的时候，至少应该已经走了一千米。前面有一间地堡，不知是岩石还是混凝土建造，埋没在吹来的黑沙之中。入口低矮狭窄，没有门板，墙壁至少有一米厚。

"从这里下去，这里是我们的育婴室。"凯斯等人跟在瘀斑脸身后，茫然地向前走着。

"别试图逃走，不然的话，你们也会被制作成标本，陈列在我们的博物馆里。等下次有人来的时候，我也会带他们参观。"瘀斑脸用他那种天真淡漠的语气提醒了几个人一句。

待凯斯等人下到地堡之后，看到的却是另一幅景象：地堡很开阔，天空被建造出了不同的银色。瘀斑脸忍不住给他们炫耀起自己的知识来，他告诉凯斯他们，天花板上雕刻的神兽是象征着东方智慧的狴犴。地面中间留着一条空旷又宽阔的通道，通道两面是两排长长的玻璃柜，从凯斯的角度，暂时看不清楚玻璃柜里到底装了什么东西。

他们来到门前，瘀斑脸径直走了进去，凯斯等人只得跟在他身后。他们站到那条通道上，才看清原来玻璃柜里陈列的是一个个容器。容器里装着各种各样的溶液，溶液之中泡着同样的人形生物。容器外接着各种各样的管子，自动往里面输入着各种各样的营养液。

严格地说，凯斯觉得不应该称呼容器里面泡着的那些东西为"人"，因为他们的模样和自己曾经在电影之中看到的外星人有点儿类似，同时混合了动物和人类的某些身体特征。虽然对这些生物并不了解，但凯斯也能看出来，这些东西应该还处在幼年形态，因为他们的表皮看起来很嫩，皮下交织着一片红蓝相间的毛细血管，透过表皮的瘀斑色，看起来有些令人恶心。

其中有个变异人打了个呵欠，凯斯看见了他口中黑漆漆的尖牙以及血红的上颚，觉得头皮发麻。

"左手边的是男性，右手边的是女性。"瘀斑脸一边牵着兽形变异人，一边向凯斯等人介绍着两边玻璃柜的东西。

瘀斑脸一直在凯斯眼前晃动的情景，令凯斯想起了之前米雪儿在 dormer 庄园里听到金色头发男人提起过的那个信息——关于变异人或者人造人的耳后会镶嵌一根银丝来表明他们的身份——想到这里，他忽然想去看看，看看这个瘀斑脸到底是不是变异人。

但是，瘀斑脸的头现在裹在头巾里，凯斯看不见。一直到他们走完这条长长的通道，凯斯也没有找到能看见这个瘀斑脸耳郭的机会。

"这里躺着的，都是些丑八怪。他们还没有成年之前，你得一直喂养着他们。不过话说回来，他们也不是所有人都能成人的，只有一小部分能够真正成年，其他羸弱的那些，很快就会变成食物了。"凯斯注意到，瘀斑脸在说起这件事儿时，有一种幸灾乐祸的语气。

他甚至感觉到，这个瘀斑脸在提到自己的同类时语气里有一种厌恶和冷漠，似乎他们这个种族的族群与族群之间有些疏离。

"有生不幸遭乱世，弱肉强食官无诛……"瘀斑脸又开始吟诵着一句古老的诗。似乎他们每次在点评一些事情的时候，都喜欢用这样古老的东方诗句来进行总结，这大概是他们这个种族的某种特性。

"那你是男性还是女性？"格尔听着瘀斑脸的介绍，看着眼前这种恐怖的培育情景，竟然产生了好奇心。

瘀斑脸看了格尔一眼，没有回答。

格尔被他的眼神吓住了，不敢再追问。这里的一切都不在他能理解的范畴。如果不是有这么多人，他绝对不敢和这个瘀斑脸说话。

这句话似乎带来了某种尴尬，瘀斑脸不再和他们讲话，而是径直带着他们走到了一个类似于加工培育的小房间里。这个房间装饰得像病房一样。房间里冷冰冰的，没有半个人影，只有机器的轰鸣声。

玻璃长廊的两边，都有这样的小房间。小房间似乎连通着这个瘀斑脸族群所睡的那些盒子。

瘀斑脸按下了一个按钮，一个类似于凯斯在医院看到过的红外扫描检测舱缓缓从房间的一端伸了出来，这个红外舱里面拖着一个他们在外面看到的那种盒子。盒子里面关着一个类似于瘀斑脸的人形生物。瘀斑脸将这个人形生物在盒子中直接切成了几块，捞出来装在一侧的金属盒子里。

他像提着皮箱一样提着那个金属盒子，从培养室里面走了出来。兽形变异人似乎被眼前的景象吓到了，连低低的怒吼声也不敢发出来，偶尔会从喉咙里吐出几声粗喘的呼噜声。

"那些老家伙们就在这个地堡的背后，我得先把食物给他们送过去。"提到这件事儿，瘀斑脸的语气又变成了凯斯等人熟悉的那种愤恨，似乎这件事儿中间有什么令他十分愤愤不平。

"你们得在这里等着，你们不能进去。"瘀斑脸看了凯斯等人一眼，居高临下地对着凯斯等人发号施令，"要等你们和我一起做完了那个游戏，才能被制成标本或者是做成食物——不过，人类太难吃。"瘀斑脸皱了皱眉头，仿佛凯斯他们已经是盘中餐一样。

"人类的思想里混合了太多丑陋、自大、狡猾、无知的成分，会影响味道。还不如啶瞻诊。啶瞻诊更好吃。"瘀斑脸拍了拍他身边的那个兽形变异人。

他启动了墙上的按钮，凯斯和利兹等人看见，眼前这堵高大浑厚的黑色金属墙体，像水一样缓缓溶解掉了，墙面呈现出了一种半透明的金色。那堵金色的墙体缓缓向两侧滑动。

在瘀斑脸进去之前，凯斯从眼角的余光中瞥见，里面是一个十分典雅的餐厅。餐厅带着浓厚的东方的风格，只是不同国家的风格堆砌在一起，显得有些凌乱。餐厅的正中央摆放着和大门处一样的装饰，有泰式风格的三面佛和东方的神龙，以及印度的湿婆和梵天的雕像。一个和瘀斑脸长相类似的人推着一个老人从阴影里走出来，凯斯注意到，他用的是一个精致华丽的轮椅。轮椅被打造成了东方皇帝所用的那种龙椅的模样，有着精致的高轮，转动起来吱呀作响。这个老者被包在红黑条纹的厚毯子里，高窄的藤编椅背竖在他头上。他挽着一个古代东方人绾的那种发髻，头发略显花白。这个人看起来十分瘦小，众人看见他戴着一副金边眼镜，镜片外面包着雪白的微孔带，眼睛闪着空洞的光芒，头随着椅子的行进而晃动。

瘀斑脸在门口脱下那双泰式的凉鞋，赤脚走了进去。

"食物放在这里就可以了。"推轮椅的人对着瘀斑脸发话。

"知道了。"瘀斑脸有些不痛快地将手中提着的金属盒子放在了红漆的桌面上。

"'区域外'的运货员都处理了吗？"就在瘀斑脸放下盒子的瞬间，坐在轮椅上的那个老者忽然问了一句，语气很是冷冽。

"禀报长老，啶瞻跲咬死了他们。"瘀斑脸连忙收敛起自己刚才的愤恨，用恭敬的语气答道。

"很好。"那个坐轮椅的老者点了点头，语气稍微放缓，对瘀斑脸说，"你可以离开了。"

瘀斑脸出来后，身后的那扇大门缓缓关上，凯斯等人看见，那扇门变成了金色，然后又像水流淌过一样，慢慢恢复成了原来厚重的金属原色。

第六十九章

"你刚才，是为了给他送这些食物？"凯斯忍住想要作呕的冲动问了瘀斑脸一句。

"是的。啶瞻詥是我们的高级食物，当然，比啶瞻詥层级更高的，就是那些没有成年可能性的幼年变异人了。对于我们这个种族来说，那种人类怜悯弱小的情感是可笑的，这个世界，必须严格按照优胜劣汰的法则来进行，所有违背客观规律的事情都应该被否决掉。"他又恢复了之前那种漠然的语调，似乎在说一件别人的事情。

"你是说，你刚才是给他们送食物，难道，他们还会吃自己的同类？"米雪儿难以置信地问了一句，对眼前的这种现象，她实在是觉得有点儿难以接受。

"这有什么好惊讶的。弱肉强食是这个世界的底层逻辑，道德是那些上位者用来欺骗民众的，相信这个东西，纯属徒劳。"瘀斑脸用那种冷漠的语调回答米雪儿。

"你实在太蠢了，"米雪儿忍不住愤恨地看着这个瘀斑脸，"你们对自己的种族都毫无感情可言，你们这种在文明社会里还在残害同胞的家伙，和野兽有什么区别？"她虽然没有见过真正的野兽，但是大家都这么比喻，她便也学着这样说。

"一切情感因素都摒弃掉，科技才能进步。因为科技是从自然法则中来的。"瘀斑脸又强调了一句，"女人，你最好闭嘴，因为你的愚蠢已经到了我能忍受的边缘，如果你敢再多说一句，你就会和她一样。"

瘀斑脸一边说，一边看了凯莉一眼。凯莉的嘴巴仍然不知道被什么东西封着，凯斯想，她应该觉得十分难受。只是谁也没有恳求瘀斑脸将凯莉的嘴解封，对瘀斑脸而言，这样耍弄他们似乎能带给他某种乐趣。一旦他们恳求他，他一定会因为感到更有趣而进一步嘲弄他们。

"如果我没有猜错，平时应该也不允许你进这个地方吧？"凯斯忍不住用那种讥讽的语调询问瘀斑脸，"但是因为今天我们来了，你会忍不住想要炫耀你在这里的地位，所以才带我们进来。"

"不要在我面前显示你的聪明，所有喜欢自以为是的人都没有什么好下场。"瘀斑脸忍不住反唇相讥。

"咳咳。"米雪儿忍不住打了个圆场，"这里看起来不错。"

"那当然，这个世界上最聪明的那些人，都是从这里诞生的，所以，你们即将看到的，就是这个世界最豪华、最有品质、最伟大的地方。"瘀斑脸忍不住得意地炫耀起来。

凯斯看着瘀斑脸得意的模样，也不想再和他争执。他知道，瘀斑脸只是不可避免地有着这个世界上很多有钱人都有的通病，尽管瘀斑脸声称他们的种族已经掌握了这个世界上的绝大部分财富，甚至他们这个种族已经占据这个世界的绝大部分财富，但是他们还是克服不了某种原始的人性——比如在弱者面前炫耀自己财富的这种癖好。

"你们看好了，现在就让你们见识见识，这个世界上最伟大的种族是如何诞生的，怎么诞生的。"瘀斑脸一边说，一边念出了一串字符。

伴随着瘀斑脸吟唱的声音，整个育婴空间的灯突然亮了起来。

虽然瘀斑脸吟唱的声音凯斯只能听见几个字符，但是凯斯还是不可避免地从里面听出了几个奇怪的字音，这些字音之中夹杂着一些类似中文发音和日文片假名的东西。因为凯斯之前曾听过一些奇怪的东方节目，所以他对这些音符形成了某种奇怪的感觉——虽然他听不懂瘀斑脸到底在吟唱些什么，但是他肯定，瘀斑脸所唱的应该是某种类似东方的音调。

"这里看起来实在是太棒了……"伴随着整个育婴空间柔润的黄光次第亮起，利兹忍不住发出了一声赞叹。

凯斯抬头，这才看清，原来这个种族的整个育婴空间站看起来就像是一个广袤而又无边无际的星空一般，培育种族婴儿的摇篮被设计成星星的形状，挂在育婴空间站的上方。

悬挂这些育婴摇篮的金属管泛着蓝幽幽的光芒，在被设计成幽黑天宇的穹顶的衬托下，这些蓝色光芒如同流水一样缓缓向下游动，直至将整个星状摇篮都点亮，然后又缓缓熄灭。

"看起来实在太棒了。"虽然米雪儿并不知道这里的设计到底用了什么技术，但是女人的天性和直觉还是让她本能地发出了对生命本身的感慨和对这种鬼斧神工般设计技术的感慨和赞叹。

"所有的一切都在功能的基础上实现了美感。"瘀斑脸看到几人脸上震撼的表情，忍不住用他那种略带讥讽的语调介绍着，"想不到吧，就连输送营养的东西我们都设计成了整个风景之中的一部分。同时，这些婴儿的哭声我们也考虑过，进行了特殊处理，把他们的啼哭声加工成了某种音乐的转化和某种育婴的语言，目的就是为了让他们从婴儿时期就开始接受精英教育。这样的话，他们对金融、科技、哲学、法律的思考就会烙印在本能里，会比那些垃圾种族、底层人士要强得多。"瘀斑脸得意地向凯斯一行人介绍着这里的一切。

"对这个世界上的某些人来说，他们只能是规则的执行者，只有一部分人才能成为规则的制定者。在既定的秩序下，这个世界才能有条不紊地运行着，这些精英人士来决定这个世界将会往何种方向发展。"瘀斑脸望着凯斯等人，眼中充满了鄙视。凯斯觉得，他的眼神之中，有一种他平时看到的那种高高在上的精英人士看某种愚昧无知的底层人士的意味。

凯斯看着瘀斑脸的表情，心中有些震惊，但是更多的是不可思议。不管瘀斑脸的种族是否真的培养出了占据这个世界很多主要资源的精英，但是瘀斑脸这种表情，他在那些精英人士的脸上的确常常见到，他们看那些穷人，就像是看到瘟疫一样。尽管在莫斯特伯阿米克掌控这个世界之后，所有人的饮食都需要依赖食物发放机，但是这些精英人士还是以另外的方式很快掌握了很多其他稀缺资源，针对食物发放机和这个社会的运转秩序设计出了很多新鲜的剥削模式——就像瘀斑脸所说的那样，这个世界的主要运转规则仍然掌握在他们的手里。

而且，他们还有很多其他的盈利模式，正如瘀斑脸所说，就连这个莫斯特伯阿米克时代的降临都给了他们新的敛财理由——他们向民众宣称他们正在研究新鲜的食物，正在饲养肉人——以便制造出某种新鲜的食物品类。这样的话，那些民众就可以继续为他们提供更多的财富，他们就可以有源源不断的劳动力和食物资源来供养自己，把自己的后代培养成新一代的资本家。

想到这里，凯斯突然觉得有些好笑，瘀斑脸的表情让他想起了某种东方哲学中所说的原理，他开始思考瘀斑脸这个种族的命运。

"那你有没有想过，如果这个世界上只剩下你们这个种族，那你们一样会避免不了某种优胜劣汰的命运。因为只有用这样的方式，你们才能把整个种族的优势继续保持下去。"凯斯看了一眼整个育婴空间金碧辉煌又格调高雅的装饰，确信这的确可能是这个世界上最好的设计师设计出来的，但是他还是忍不住反唇相讥。

"那就是我们种族能保持某种优势的秘诀。"瘀斑脸似乎并没有听出凯斯话中某种反唇相讥的意味，他现在并没有那么深刻地理解某些复杂的人性，只是凭借天生的能力判断某些东西，所以他对凯斯的这种讥讽显得不置可否。

"你这种低劣的人种又怎么会理解我们这种精英种族的运行规则？"瘀斑脸用鄙视的眼神看着凯斯，"我们这个种族的确信奉着熵增的原理，我们现在所有的培育模式，都是这个世界上最优秀的人设计出来的。你们还远远没有掌握这个世界的运行规则，所以千百年来，人类的智慧几乎没有什么进步。不怕告诉你们，是因为，像你们这样的低等生物，即使告诉你们，你们也理解不了。"

瘀斑脸一边得意地展示着整个育婴空间的灯光变化，一边扬扬得意地向凯斯等人介绍："你们怎么会知道知识、经济，以及财富远远没有达到饱和，当然，这也给了我们这个种族生存空间。"瘀斑脸滔滔不绝地展示着，伴随着瘀斑脸的话语，整个星空上的图景也快速变化着，呈现出各种各样的跃动，像是在播放着世界的发展史一样。

"那就是人类发展之中知识、智慧、财富、资源熵增的过程，我们善于转化各种各样的物质，将这些东西转化成能为我们服务的东西，以扩大我们种族的影响力。"瘀斑脸十分得意。

凯斯不禁有些震惊。其实从瘀斑脸血红的牙齿来看，这个家伙最多也只有十来岁的年龄，但是让凯斯不可思议的是，这个家伙竟然掌握了这么多知识，他所谈论的这些东西，在凯斯生活的佛理森特，一个五十岁的人也未必能知道。所以，他不禁想到了一个问题，如果这个世界真的如瘀斑脸所说的那样，掌握在他们这个种族的手中，那赌博游戏，也是由他们这个种族设计出来——自己和其他人，也不过只是这种游戏棋盘上的某些棋子罢了。

"那你有没有想过，以你们这样的熵增的方式，如果这个世界上的人口不足，你们最终也会陷入某种自相残杀的地步？"凯斯反问瘀斑脸，"据我所知，如果熵增到某种程度，当然会不可避免地陷入某种无序之中。"

凯斯忍不住提出了自己的问题，当然，他内心深处并不愿意接受瘀斑脸刚才所说的那些东西，他想通过瘀斑脸表达的话语来寻找他们这些种族的某些漏洞——他想，这就是他作为一名军人的本能，就像上战场一样，他自动把自己划归为人类的一方，他希望找到奴役自己的那些人的弱点，以便自己在和他们发生冲突时，能够有着某种取胜的可能性。

　　"你以为你想到的问题我们这个种族没有想到过，是吗？你想找到我们的弱点，以便能胜过我们？"瘀斑脸似乎看穿了凯斯的心思，不禁让凯斯有些吃惊。

　　"你们对待自己的同类如此残忍，谈什么高贵？"虽然心中震惊，但是凯斯仍然忍不住讥讽着瘀斑脸。

　　"这就是你们那些低等种族不能理解我们的地方。我们之所以能成为这个世界上最优秀的种族，本质上就是因为我们这个种族从一开始就接受了这种优胜劣汰的设定——对，从出生开始，我们就已经接受了我们必须为这种智慧的熵增做贡献的设定，愚蠢的侦探，你不得不承认，优胜劣汰才是这个世界的本质。正是因为这些蠢人的反抗，才给我们增加了那么多的麻烦。告诉你们，我根本不在乎在这个优胜劣汰之中伤害自己人，正是因为我们从内心接受了这种设定，所以我们才不会被人类愚蠢又软弱的道德情感绑架，才能超越你成为优秀的种族。"瘀斑脸像发表演讲一般，滔滔不绝地说了一大段话。

　　"哼，我从来都不会因为需要牺牲自己而烦恼，我烦恼的是，为什么不能快点儿成为长老。我不想为这几个老家伙服务，为他们挑选食物。"瘀斑脸恶狠狠地说出这句话。

　　凯斯觉得，在他抱怨的时候，似乎有着某种恶毒又天真的孩子气，这种奇异的反差让凯斯不寒而栗。

　　"好了，我要挑选食物了。你们好好看看，看看我们这个种族是如何胜过你们的。"瘀斑脸脸上带着某种恶作剧的表情。随即他又开始吟唱起某种东方式的歌谣，伴随着他的吟唱，几个育婴篮降了下来，他从里面"提"出了两个装在蓝色保育液里的婴儿。

　　"你们看，不哭也不闹。他们对整个种族的选择是完全服从的。"瘀斑脸冷哼一声，不情愿地关上了育婴篮的阀门。

　　直到几人出去，凯斯依然想着瘀斑脸的话。瘀斑脸则一脸漠然地拎着这两个婴儿向长老所在的房间走去。

从长老所在的房间出来后，瘀斑脸一边带着他们往前走，一边思考着什么。

凯斯想，他肯定又会说一句诗了。但是这次，瘀斑脸的诗还没有说出来，就被铃声打断了。

"有人闯进了这个庄园，"瘀斑脸听着自己手中警报器发出的嘟嘟声，用他特有的语调说了一句，"正好，这个游戏，我觉得玩儿的人越多才越好，你们跟我来，要玩儿这个游戏，得有一些设备才行。"

瘀斑脸领着他们走到了一个电梯里，这部电梯比凯斯见过的所有电梯加起来还要豪华。电梯的四壁和头顶都铺着正方形的深色实木板。地板上铺着一整块颜色明丽的地毯，上面用蓝色和红色的毛线织出电子回路的形状，那是一块芯片的模样。电梯间正中有一个方形的白色玻璃基座，和地毯上的图案衔接得天衣无缝。

凯斯在计算电梯的造价之中来到了第二十层，他们从电梯出去，见到的是一个空中别墅。别墅门口不知道用什么材质造出了很多仿真的植物，植物的形态十分逼真，还有凯斯在书上看到过的藤萝及稀有的花花草草。植物后面还有一个仿古的喷泉。

"游戏别墅欢迎各位到来。"瘀斑脸带着他们走进这个地方，门口基座上一件镶满珠宝的头像用婉转的声音说，"这里是一座怪异的、向内生长的古老的东方迷宫式建筑。别墅内的每一个空间都有其神秘之处，无穷无尽的房间以通道和肠子般的楼梯相连，华丽的屏风和空荡荡的神龛之外，通道总会急转，挡住视线……"

"开门。"瘀斑脸直接发出了命令。

"是，提婆主人。你想要玩儿什么游戏呢？"门口基座的头像回答。

利兹和弗里曼听见这个基座上头像与瘀斑脸流畅的对话，起初被吓了一跳。在他们的认知里，人工智能虽然有了一定的进步，但是并没有思考问题和整合问题的能力。虽然他们知道这个头像里一定装置了某些人工智能的识别设备，但是能和瘀斑脸进行如此流畅对话的人工智能，他们确实是第一次见到。

"娜迦，把游戏规则报一遍。他们要熟悉这个游戏规则，这样我们才能玩儿得更开心一些。"瘀斑脸说话的内容就像出自于某个贪玩儿的孩子之口，但是腔调却是那种命令式的。就像他所说的那样，他似乎生活在一个等序分明的世界里，一切行为都必须按照规则来，他和任何事物之间，都毫无情感可言。

"好的。"娜迦口齿清晰地回答后，开始介绍，"第一条，进入游戏别墅之后，必须有提婆主人的命令才能出来。第二条，游戏别墅里的赌局规则和奖励的寻找，必须由提婆主人来制定。第三条，如果在规定的时间内，你们没有找到奖励，则视为赌局失败，你们要接受惩罚。惩罚的内容是，输家将会被制成人形标本。"娜迦用冷漠的语调将游戏规则报了一遍。

"听清楚规则了吗？"瘀斑脸对着凯斯一行人问了一句。

不等凯斯等人回答，瘀斑脸又说了一句："开门。"

凯斯想，大概他原本就没有等待他们回答，他是这个游戏规则的制定者，凯斯等人只能被迫参与。

"请进。"这个名叫娜迦的头像缓缓打开了游戏别墅的大门。

在大门洞开的瞬间，凯斯和弗里曼等人被眼前的景象吓了一跳，他们原本以为这座游戏别墅只是一个休闲的地方，但是一见才知道，里面是一座装饰豪华的东方住宅。只不过这座豪宅里的装饰物又是刚才那种混搭的风格，有玉饰，有红木椅子，还有一些挂画。看样子，这个瘀斑脸所在的庄园里，大部分都是这种东方风格的东西。

格尔看见里面的红木椅子，一屁股坐了上去。今天一整天都在担惊受怕，他早就已经累趴下了，现在即使这个瘀斑脸要吃掉他，他也要先休息休息再说。

啪的一声，打断了正在观赏别墅的众人的遐思。原来不知道什么原因，格尔竟然从椅子上摔倒在地上。

瘀斑脸冷冷地欣赏了一会儿格尔脸上尴尬又痛苦的表情才说道："这里的所有装饰都是投影。除了长老们，剩下的人都没有资格使用实体的东西，所以说，愚蠢的人总是分辨不了现实。镜花水月，都成空幻……"瘀斑脸说完，又吟诵了一句诗，作为这件事儿的总结。

"对了，我们玩儿这个游戏之前，你们可以欣赏一下，那两个闯进这里的傻蛋的表情。我想，或许你们也愿意欣赏的。"瘀斑脸发出了一条指令，把庄园里监控器的投影接到了游戏别墅的投屏上，凯斯等人的眼前立刻显现出了庄园外部的情景。

凯斯看见，一架直升机出现在了自己的头顶上空，如果不是瘀斑脸事先告诉自己这是投影，他几乎要以为那是架真飞机了。他想起了赛洛发给自己的短信，忽然有一种不好的预感。

那架直升机停在了庄园的一个空旷的平地上。有两个人从直升机上蹑手蹑脚地走了下来。

"这个坐标点到底在哪里，西蒙局长不是告诉你了吗？"

透过投影的扩音器，凯斯清晰地听见了他们两个人的对话，说话的是一个胖胖的警察，凯斯被囚禁的时候，似乎见到过这个警察。

"如果他没有弄错的话，那应该就是在这附近了。那个叫赛洛的家伙说，凯斯·史密斯的手机里有定位，我们只要追踪定位就行了。"另一个声音说。凯斯看到，这个警察是个黑人，和庄园的那种墨色几乎融为一体了。

"你说，是不是找到了那个叫凯斯·史密斯和那个叫米雪儿的女人，就能找到西蒙局长要的'谕'？"刚才说话的那个胖警察又问了一句。

"是'神谕'，不是'谕'。你有空的时候能不能多读点儿书，你再这么蠢下去，总有一天会把自己蠢死的。"黑警察有点儿不耐烦。

"他不会弄错的……不然的话，他不可能在复活的大人物身边待那么久，还被大人物委以重任。要知道，这些暴君的脾气，寻常人可伺候不了。"凯斯听见黑警察又接了一句。

凯斯注意到，他在提到"大人物"三个字的时候，语气十分恭敬。凯斯想，大概是因为西蒙加入了索婆阿腾纳斯教派的缘故，所以连带着他的手下提到这些复活的暴君们时，也会使用那种恭敬的语气。在赛洛的帮助下，现在凯斯已经知晓他们背后的那个暴君是谁了，他也知道了，西蒙一直都在为伊凡大帝服务。联想到尼禄手下的那些侍卫，凯斯总觉得，这些暴君似乎有某种另类的魔力，有让人心甘情愿地为他们去死的魔力。

"总而言之，我们要赶紧找到这两个混蛋，西蒙局长让我们伪装成救援人员赶过来，是为了那块'神谕'，而不是为了救他们两个人的命。但是要找到那个鬼东西，必须先找到那个女人。她身上有第二块'神谕'的线索。"那个黑警察压低声音解释了一大通，但是他无论如何也没有想到，自己所说的话，被凯斯等人甚至包括那个瘀斑脸都听得一清二楚。

"好了，让他们见识了这里高科技防御系统。一会儿等游戏结束了，可以把他们两个先制成人形标本。对了，你们还不知道人形标本的样子，我应该先给你们展示展示……"瘀斑脸一边说，一边打开了另一个投影设备。

随着他的动作，凯斯等人清晰地看见一个被压成"人干"模样的人被栽在花园中间，花园里，这个"人干"脸上惊恐的表情仍然清晰可见，但是头上却被做成了花冠的模样，四肢上则被做成枯藤一般的树枝。

"这些植物模样的部分，都是人造的，"瘀斑脸不无遗憾地叹息着，"所以和这些人形标本融合得不太完美。要是有真正的植物就好了，这样的话，可以将树种种在这些标本的身体里，让树干从这些标本的头顶上长出来。"瘀斑脸还在用他那种淡漠的语调介绍着。这幅画面，配合这样的语气令凯斯等人感到头皮一阵阵发麻。米雪儿已经把头别了过去，凯斯强忍着自己恶心的恐惧感，他觉得，自己在战场上虽然也见过一些死人，但是那些死去的人始终在他的理解范畴内，远远没有这个瘀斑脸所展示的"人形标本"带给自己的恐惧感那么深。

第七十章

"好了好了……人形标本或是赌局，我已经迫不及待要开一个了。"瘀斑脸不耐烦地按下了投影仪播放器的停止键，那些影像的展示随着他的动作全部都消失了。

"这些没什么值得听的，但是，我必须告诉你们的一点是，如果你们不懂得其中的某些规则，那一会儿你们输了可别怪我。"瘀斑脸摆了摆手。

"那你应该告诉我们这中间的门道。"凯斯看着瘀斑脸，不客气地说了一句。

瘀斑脸说："那当然，我不喜欢在我的赌局里作弊，因为那样即使我赢了，也没什么意思。所以，接下来的游戏规则，你们要注意听。"

"尤其是你们俩。"瘀斑脸看着利兹和弗里曼，又一脸不耐烦地补充了一句。

"如果你愿意听实话的话，我很想告诉你，我对你的赌局真的没什么兴趣，当然，你也不会觉得我是很好的赌友的。我前半生都和数学、物理、计算机待在一块儿，当然，他也一样。"弗里曼指了指利兹，"他的人生差不多和我一样，唯一的区别就是把计算机换成机械。"

"这一点，你以为我没有考虑过？我可不会蠢到像你们那样计算投影仪投出来的波动量子。不过嘛，我这个赌局和数学倒是有那么一些关联，所以我才找你们来。"瘀斑脸斜了弗里曼和利兹一眼，似乎对他们的回答很不满意。

"你是说，你的赌局和数学有关？"凯斯看着瘀斑脸，难以置信地问了一句。老实说，凯斯并不是个赌徒，但是如果是正常的赌局，他觉得他或许有那么一点儿赢的可能性。毕竟长期的侦探生涯已经让凯斯习惯了在危险的边缘游走，赌局和侦察有着某种性质的类似，危险有时候能让人的肾上腺激素和荷尔蒙飙升。

"你以为，我会用人类那种低级开奖方式来做赌局？然后在赌局开奖的时候，用那种可笑的所谓牛肉和一千万元来作为奖池里的赌注？"瘀斑脸有点儿不屑地看了凯斯一眼，接着说道，"我们种族的数学和学科研究，比你们领先了至少一个世纪，当然，这是因为我们一切以目的为导向。我早就说了，人类那种不必要的情感，只不过是妇人之仁而已。"瘀斑脸说完这一句话，忍不住又斜了米雪儿一眼。当然，虽然他的话里面充满了讽刺意味，但是他不认为米雪儿能听懂他引用的这个东方成语，这里面含有一个古老的典故。

凯斯听见他提到了自己曾参与过的那种网络赌局，也有些脸红。在那次赌局中，他利用赛洛做出来的一个小小的插件作弊了。虽然当时他并没有觉得这一点有什么不好——至少解决了他的一部分现实问题，但是这些东西从瘀斑脸嘴里用嘲讽的语调说出来，他多多少少会感觉有些怪异。

"好了，我不想在这些无关紧要的细枝末节上反复浪费时间，现在来说赌局的规则。你们知道，概率上有一个东西叫作弱差别原则。传统的无差别原则和大数定律认为，先验概率和随机现象的大量重复都趋于二分之一，而我们这个种族，则用一种由简单的钟算术发展了钟数学原理，得出了不完全相同的结果。"

"还有钟算术这种说法？这个到底是什么新理论？"弗里曼听到了这个数学理论，顿时有了一些兴趣，忍不住问了瘀斑脸一句。对他而言，新的数学定律能让他暂时忘记身处危险之中。

"当然，我会解释这个东西，但是你们不一定能听懂——如果你们理解不了的话，因为我不知道你们在数学方面的基础和理解能力怎么样。当然，从你们在雪地的表现看，应该不怎么样。"瘀斑脸不耐烦地看了弗里曼一眼，"别打岔，对于你们这种科技落后的种族而言，有些东西我和你们解释不清楚。但是如果你们因为不能充分理解规则而输了的话，我就能拥有新的人形标本了。"瘀斑脸脸上闪过了一丝期待的神色。

凯斯想起了自己刚才看到的那些所谓的"人形标本"，几乎有一种作呕的感觉。

利兹说："那你就当我是个对你所说的领域一窍不通的人，用最简单的话来说，什么叫钟算术？"

瘀斑脸："那好，在一般的算术当中，六加七等于几？"

格尔抢着回答了一句："十三。"

"你终于有机会证明你不是纯傻子了。"瘀斑脸看了格尔一眼，"答对一个这么简单的问题，还显得如此兴奋，真是让人不得不怀疑，你到底是不是一个真正的白痴。"

格尔红着脸，嗫嚅了两声，随即又低下了头。说真的，瘀斑脸表现出来的种种，都令他有些害怕。

"在钟算术当中，六加七等于一，因为钟面上的数字只有十二点，十二点过后就是一点，所以六点钟加七点钟是一点钟，六加七等于一。这是古老的东方智慧里十二时辰的排布，我们的一切科学计算法，都是以这个东西为基础的。"瘀斑脸解释着赌局的底层逻辑，虽然他是一个活生生站在凯斯等人面前的人，但是对于凯斯而言，他的声音比刚才门口的那个机器娜迦还要冷漠。

"注意，这里是六点钟加七点钟，而不是六个钟头加七个钟头。同样，用六减七并不等于负一，我们可以想象在钟面上将时针从六点倒拨回七点，结果是指在十一点上，也就是说钟算术的六减七等于十一。"

"一点钟正式的叫法其实也是十三点，至少在我们西方的计数法里面是这样的。"弗里曼有些不甘心地看了瘀斑脸一眼。

"这不影响钟算术的原理，就算六点钟加七点钟等于十三点钟，那么我又问，十六点钟加八点钟等于几点钟？你不能照这个说是二十四点，因为人们认为有二十点钟，超出二十三点又是十二点，或者说零点。钟算术的十六加八还是等于十二，这只是一种原理。"

"虽然听起来有点儿不合情理，我还是可以接受，你又怎样用这个钟算术得出弱差别原则呢？"

"你们总算能问出一个稍微有一点儿水平的问题了，真的不容易。"瘀斑脸的话里充满了讽刺的意味，"在一个有限的，十二点也好二十三点也好的钟面上自然得不出弱差别原则，但如果把这个有限的钟面推广为无限的钟面，情况就改变了。这当中包含了十分根本的关于有限和无限、连续和离散，还有实无限和潜无限的一对对数学矛盾，我正是解决了这些基本的数学矛盾，才在无限的钟面上运用有限的钟算术原理步骤，最后计算出了弱差别原则，得出新的大数定律。

"你要知道，你们低等族群，使用的还是四代和五代的计算机，而我们这个族群，早就已经升级到第十代了——当然，这些都是我们这个种族经过艰苦的大量复杂的计算和研究一步步得出来的，能设计这么完美的数理规则，我简直怀疑我们这个族群是神在世间的造物。"瘀斑脸对着他们几个发出了类似于诗人般的感叹。

"我们靠着自然与数的神奇巧合，又一次证明了以前无数科学家已经意识到的科学在本质上的简单、优美、和谐，这本身就像一个孤波。这个结果你也知道了，它恰好符合黄金比，先验概率和随机现象大量重复的极限值不是二分之一，而是二分之根号五减一，也就是约等于零点六一八。"瘀斑脸仍旧对凯斯他们重复着自己那种煽情的、诗性的赞美，当他表达的时候，丝毫不觉得自己重复啰唆。

"对数学一窍不通的人，当然也能理解这种使人屏息的简单到极致的美。"瘀斑脸看了凯斯一眼，"任何一个人通过这样复杂的过程得出这样纯粹的结果都会由衷地发出感叹。"瘀斑脸看了格尔一眼，那眼神也和看白痴差不多。

"掌握了这个小小的奥秘，就该知道世上为什么到处都充满不公平。沃尔夫冈·泡利说'上帝是一个弱左撇子'，我看上帝不但是一个弱左撇子，还是一个偏心眼儿。你别指望他会给世上所有人一半对一半的平等的机会，有的人总是能得到大于一半的零点六一八的机会，有的人只能得到小于一半的零点三八二的机会。我看起来每次都像在对别人打赌，其实不过是我每次都掌握了零点六一八的先验的机会，我和你们的赌局，就是看谁能抢先得到这个零点六一八的机会。当然，这也充分说明了，这个世界上，先进的种族，天生就要领先于落后的种族。"瘀斑脸用他一贯睥睨众生的眼神看了众人一眼。

瘀斑脸说完，扫视了一下旁边的空地，按了手上的一个遥控按钮，这一次地面上冒出来一个玩儿骨牌的长长的、豪华的桌子和两张遥遥相对的椅子。

凯斯本以为这又是虚拟物品，但是瘀斑脸率先挑了桌子一侧的一张椅子坐了下来。看样子这次的东西并不是虚拟的，而是实体的。

"看样子你是第一个理解这种原理的人，我还真有点儿不敢相信。那好，你先来，我和你先赌一盘怎么样？"瘀斑脸看似在询问弗里曼的意见，事实上，他根本就不会在乎弗里曼到底是答应还是不答应。

"第一把嘛，咱们可以玩儿小一点儿。"瘀斑脸看了弗里曼一眼，掏出了手中的电磁捆缚枪，似乎只要弗里曼不答应，他就要对弗里曼来一枪。

弗里曼看了一眼大门的方向，却发现正厅的大门紧紧地关闭着，似乎这道门从他们进来就已经自动关闭了。

第七十一章

"对了，这里还应该有点儿赌场的氛围。"瘀斑脸和弗里曼相对坐下，瘀斑脸扫了一眼周围傻站着的几个人，没头没脑地说了一句。

瘀斑脸又将他那个技术先进的投影仪拿了出来，随意按了几下。随着他的动作，整个游戏别墅中突然又多了很多东西。

刚才太空旷反而显得有点儿压抑人的大厅里，现在突然黑压压聚集了许多来来回回走动的人，一个个西装笔挺，打着蝴蝶结，并且全是深色，把现场的气氛搞得像葬礼似的。这一段在众人看来，觉得有些像电影里的场景，唯一不同的是，电影中的场景是平面的，而瘀斑脸用投影仪投影出来的则是3D的。利兹想，这一段应该是瘀斑脸在哪里刻录下来的，看着现场的情景和往来人群混搭的着装，利兹觉得有些混乱。

"高级的赌博是一种运动，一种最绅士的运动，比三大绅士运动的台球、网球和高尔夫球还要绅士——你们说是吗？"瘀斑脸用他那种特有的，慢悠悠的语调说着，努力想要营造出一种深沉的氛围来。

凯斯想，大概是瘀斑脸已经寂寞得太久了，所以才把一个赌博的游戏搞出这么多新鲜的花样来。瘀斑脸还在喋喋不休地宣讲着这种赌博游戏的高雅之处，他却不由得有点儿焦躁，他担心外面的事情——瘀斑脸已经启动了他们大本营里的追捕装置，相比于瘀斑脸这个种族的科技技术，眼前的这个华而不实的赌博游戏都像是某种华而不实的儿童把戏一样。

瘀斑脸欣赏着往来的人群，似乎对自己这一杰作感到十分满意。但是没过多久他便有些觉得不满意——主要是他从凯斯等人的脸上并没有读出多少惊艳的意味来，这一点令瘀斑脸多少觉得有点儿不舒服。他把这一切归结为凯斯等人看惯了这样的场景，所以才会对这种氛围没有多少惊艳的感觉，于是他又重新启动了自己的高级投影仪，将眼前的这些场景重新换成了东方园林的布景。

凯斯等人再次抬起头时，眼前的场景已经被置换成了东方的山水园林，凯斯等人随着眼前的桌子一起被安置到了一个古老阴暗的房间里，周遭全是森森的红光。

两支殷红的蜡烛跳跃在凯斯等人的身后，将整个房间也映照得红扑扑的。

"有点儿太暗了。"瘀斑脸不满地看了一眼，"这个屋子里的家具至少可以兑换两个亿——"凯斯注意到，瘀斑脸这次投影出来的屋子里摆放得满满当当的，有一张凯斯在中国的恐怖片里看到的那些檀木床，床前还点着两根红蜡烛。这个屋子单看确实有一股阴森森的意味，但是配上瘀斑脸这个有些现代气息的桌子，又显得十分滑稽。

凯斯等人知道，这些东西看起来虽然很真实，但其实也都是投影投出来的，真实的东西，只有瘀斑脸现在坐的椅子和这张桌子。

"可以开始了。"瘀斑脸拉出虚拟的女荷官，看着这些荷官们做着发牌和洗牌的动作。众人注意到这些女荷官都清一色穿和服，做着清纯的日本女郎的打扮。虽然是虚拟的，但是和真人的区别并不太大。

"这些荷官的动作和自动发放歌牌的装置是同步的，游戏别墅早就把这一切都调试好了。这里自动化的程度非常高。"

"好了——"瘀斑脸做着最后的宣言总结和慷慨陈词，"我们今天玩儿的这个游戏，是日本流行过的歌牌——"瘀斑脸拿出一把歌牌，在手中模仿着荷官们洗牌的动作。

瘀斑脸将洗好的歌牌扔到了桌面上。

桌面上的牌一摆好，凯斯等人就看见荷官分列于歌牌的两侧——凯斯等人知道，这是瘀斑脸打算现场演示这种歌牌的玩儿法。

"我们今天玩儿的这种歌牌，是《小仓百人一首》中一百首和歌制作而成的'小仓百人一首歌留多'。游戏参与者在听到读手读出读札（唱读牌）上所写的短歌后，需要迅速找出印有相应短歌之下句的取札（抢夺牌），速度快、找出取札多者为胜。赌局一共分为三场，由对赌双方各派出三名代表参加，每名代表在初始时可以拥有十个筹码，胜者可以赢取对方手中的筹码，每场有三局，采取三局两胜制。"

伴随着女荷官的介绍，几人头顶上的发声装置里传来了和歌之中的句子："天地寂寥中，同为可怜人。除却山樱外，复谁知我心。"

伴随着发声装置唱出和歌的一瞬间，其中一名电子女荷官将摆放在自己面前的一张牌抢到了手中。

另外一名没有抢到歌牌的女荷官瞬间化成了一摊血水。米雪儿看见这样的场景，忍不住皱了皱眉头。

瘀斑脸按了按手中的遥控器，那摊血水瞬间又消失了。

"可以开始了。挑自己想要的方位坐下来——"瘀斑脸扫了一眼凯斯等人，一半命令一半是宣告。

凯斯看了这些歌牌一眼，上面画着密密麻麻的日本文字。凯斯在他爷爷的笔记本里看到过关于这个东西的记载，他对这个东西并不陌生——因为他爷爷年轻的时候交过一个日本女友，他们曾经在一起玩儿过这个东西。后来他们分手了。

莫斯特伯阿米克降临之后，凯斯爷爷将这套歌牌作为遗物保留了下来。小的时候他爷爷就已经带他认识了这个东西上所写的所有文字了。

凯斯想到这里，忽然有点儿庆幸，幸好这个瘀斑脸并不会读心术。他心中冒出了一句古老的谚语："你所学到的每一样东西，在生命的某一刻，或许都能够用得上。"

瘀斑脸指挥着电子女荷官将歌牌一一摆好。瘀斑脸做了一个优雅的跪坐动作，像那些日本人一样。凯斯蹲下身子摸了摸这些歌牌，发现这些歌牌竟然是真材实料的。凯斯知道，在莫斯特伯阿米克时代，要搞到这些东西并不容易，虽然也不算太难。他开始有点儿明白这里被称为游戏别墅的原因了。

随着这些日本女郎的动作，凯斯看见，豪华的绿呢绒台面大赌桌上雪亮的巨型罩灯光圈也逐渐亮起。瘀斑脸按下了一个按钮，众人看见两人身侧两端的显示屏上分别显示了"一切正常"的字样。利兹知道这是瘀斑脸在向众人表明一切都经过高科技手段检测，没有任何利用现场设施作弊的可能。

瘀斑脸又按了几下按钮，地上升起来一个榻榻米，桌面缩小了许多，两人对坐的时候，中间正好可以摆满这些歌牌。

瘀斑脸跪坐在榻榻米上，摆出一副老手的姿态。

"我们这里的技术人员，会对这个牌桌上的每根电路都进行检查，它的程序保证了它在发牌时决不会作弊。"瘀斑脸扫了众人一眼，又强调了一遍自己不会在玩儿这个赌博游戏的时候作弊。

"另外就是，这里的所有电子自动装置，在我们的游戏期间，我全部都切换到了声控模式，一旦你决定要跟，就再也不能反悔。"瘀斑脸得意地扫了众人一眼，似乎对自己的这个安排很满意。

众人沉默着听完了瘀斑脸的介绍。

"好了，每个人十个筹码，每局下注不得低于三个筹码，输掉了所有筹码的人，就只能被做成人形标本了。现在就开始吧。"瘀斑脸伸手，示意弗里曼可以坐下来了。

弗里曼看了利兹一眼，坐到了瘀斑脸对面，他知道，自己想逃也逃不过去。这个歌牌上的俳句虽然有自动翻译成英文的装置模式，但是要在听到播报的那一瞬间就抢下一张歌牌，对他这样一个纯正的 M 国人来讲，实在是有点儿太难了。

凯斯仔细听着瘀斑脸的话。当然，凯斯精通各种赌术，在他进这栋别墅之前，他并没有想过竟然是这样的赌博游戏——有点儿类似于小孩子抢糖果。他想，瘀斑脸肯定没有想到自己还是个孩童的时候就已经把这些俳句的音节和样子都记下来了，虽然他并不知道这些歌牌的牌面都是什么意思——凯斯打算先看看再说。

瘀斑脸按了一下自己手中的按钮，一个女荷官走上前来，重新将歌牌摆好，现在他和弗里曼要进行第一局歌牌的抢夺。

女荷官顺便用英文报了一遍下注的规则。

按照瘀斑脸的规则，第一把双方必须都下注。刚才游戏里自动运输机器已经把弗里曼的那一份筹码运到了弗里曼身边。弗里曼从中拿出了三个放在了奖池之中，按照瘀斑脸的说法，这种筹码一个代表一百万——虽然凯斯也不知道真的赢了能不能在这个游戏别墅里把筹码兑换成现金，但是瘀斑脸这样说，他们也只好这样听着。

和弗里曼一样，瘀斑脸也在奖池之中放入了三个筹码。

凯斯刚才一直在观察着瘀斑脸所发的这些歌牌的牌面，他看到弗里曼拿起的牌面背后有一些红色暗花时，内心不由松了一口气。带着这种暗色花纹的歌牌，和他小时候玩儿过的那些歌牌一模一样。

同时，瘀斑脸和弗里曼已经开始了第一局的歌牌对赌游戏。"开。"瘀斑脸吩咐了一句，发声器里面报出了第一局里面的俳句："缘断从此难再逢，却犹为卿泪涟涟……"播报声音还未落幕，瘀斑脸已从这些歌牌之中抢出了自己想要的那一张来。

第七十二章

弗里曼听见发声器中那个女声播报的声音，但是他觉得自己实在听不出来这个女声到底说的是什么，他对日语一窍不通。

他看见瘀斑脸快速地从面前的歌牌中抢出了那张属于他的战利品，犹豫了一下，在话音落下之后赶紧抢出了自己的那一张牌。因为瘀斑脸告诉他，如果念唱俳句结束后三秒钟他还没有挑出那一张牌的话，那也算输。

弗里曼垂头丧气地和利兹对视一眼，瘀斑脸采取的是三局两胜制，从抢歌牌的状况来看，弗里曼觉得自己已经输了。

"哈哈！"瘀斑脸得意地看了看自己手中抢到的那张歌牌，看了一眼，放在了旁边。他摆放这张歌牌的动作很轻柔，似乎自己手上攥着的这张歌牌是他最心爱的玩具一般。

发声器里还在播报着第二局的抢牌规则。按照这座游戏别墅里的抢牌规则，从第二局开始歌牌的抢牌有三轮机会，每一轮都可以选择增加筹码或者不跟筹码，在游戏里，这样的做法叫作抬注。抬注必须在游戏开始前进行，赌的就是游戏参与者的心理素质。

凯斯也凝神听着刚才的播报，在瘀斑脸抢出牌的那一刻，他就知道瘀斑脸也很熟悉这个游戏，但是他相信，自己的肌肉记忆比他更快。这类游戏，是人身体本能的反应，瘀斑脸的高科技在这样的游戏里反而用不上。

"和自己记忆里的歌牌并没有严格的区别——大概是莫斯特伯阿米克降临之后，人类以前的很多生产工具都消失了，没有办法再继续推进，所以才保留了原来的玩儿法。"凯斯在心里默默想着。他觉得有点儿把握了，至少玩儿法上他很熟悉。当然，凯斯也注意观察了瘀斑脸在抢牌时的某些表现，他觉得，瘀斑脸说得没错，他确实没有作弊，只是运气更好而已。

"没关系，第二局你还有机会。"瘀斑脸看着弗里曼，他的语气里藏有一种天真的恶毒。他一边说话，一边按下了"继续"这个按钮，将奖池之中刚才的六个筹码全部收到了自己的面前。

"有时候，人多学一门语言并没有什么坏处。我们这个种族伟大的祖先，继承和吸收了所有的东方文化，同时也拨出了相应的资金来发展科技。当然，最重要的是我们总是能及时地淘汰某些垃圾，扫除某种落后的东西。"瘀斑脸板着脸，像是叙述着他们这个种族的某些生存法则。

"把自己种族里某些婴幼儿来当食物的种族也没什么好骄傲的。"米雪儿腹诽。当然她也只敢腹诽一两句，见识了瘀斑脸的科技手段后，她也无法将自己想到的东西说出来。

"好了，废话少说，我们开始吧。"瘀斑脸吩咐着几名电子女荷官。

"是。"女荷官应了一句，发声器也重启了和歌播报的频道。

伴随着瘀斑脸的话，女荷官又一次将两人面前的歌牌分别摆好。瘀斑脸和弗里曼又各自放了三个筹码在奖池中，弗里曼身畔的桌子上还放着四个筹码，按照瘀斑脸的规定，第三局他必须把所有的筹码都下到奖池之中。如果这一轮他再输的话，就意味着他很难有翻本的机会了。

"夜半云中月，匆匆无影踪……"电子发声器之中，悠扬的播报声再次传来。

众人都紧张地盯着弗里曼的动作，害怕他这次又拿错了歌牌。

瘀斑脸已经赢了一局了。这一轮，弗里曼不仅要抢自己面前的那张歌牌，还要抢夺瘀斑脸那一方的，两张都拿到后，他才能将奖池之中的筹码全部赢过来。

虽然利兹不抱希望，但是他还是紧张地看着弗里曼，其他人也是如此。说实话，虽然他们和弗里曼也不算特别熟悉，但是弗里曼毕竟和他们是同类，他们也会本能地为弗里曼感到担心，尤其是在看到瘀斑脸那个关于"人形标本"的画面之后。

播报声刚落，弗里曼抢先伸手去拿其中的一张歌牌，同时又迅速地从瘀斑脸那边抓取了一张歌牌。

与此同时，瘀斑脸也抢出了两张歌牌。随着两人动作的结束，发声器的播报也停止，瘀斑脸似乎迫不及待地举起了自己手中的那两张歌牌。

"看样子我的人形标本库里又要增加新的材料了。说实话，好久都没有人和我一起玩儿了，我都有点儿舍不得这么快把你做成人形标本，但是，我这个人从来都不会作弊，也不会说话不算话。那就这样吧。"瘀斑脸一边说一边上下打量着弗里曼，似乎在思考自己应该从哪里下手改造弗里曼为人形标本比较好。

众人听见他的这句话，向上望向两人桌台上方的四面体显示屏。果然，瘀斑脸抢到的两张才是正确的歌牌，这一下第二局剩下的不用再比了，弗里曼手中的三个筹码又全部成为瘀斑脸的了。

瘀斑脸看着弗里曼面如死灰的样子，显得十分兴奋。他再次滔滔不绝地将自己一开始制定的抢歌牌的钟理论说了一遍。

凯斯两眼望天，装着对瘀斑脸说辞不感兴趣的样子，他不能这么快就让瘀斑脸知道自己认识歌牌上的日文，甚至……他还有一项从他爷爷那里学会的撒手锏。他要沉住气才行。

瘀斑脸的赌局，采用的是三局两胜制。赢家就像他刚才介绍的钟时间里的概率一样，有百分之六十一点八的胜率，而输家就是百分之三十八点二的胜率，反正这些数字凯斯也不在意。他对赌局的规则一直都是十分清楚的，这种赌博，既赌人的运气，又赌人的胆量。当然胆子大或者胆子小的人，可能最终都会吃亏，这就要靠自己的判断了。

弗里曼呆呆地看着瘀斑脸将自己的三个筹码收走，他觉得他已经麻木了，反正瘀斑脸说的那些东西，他一句也听不懂。他现在就像一个陪着瘀斑脸玩耍的工具人一样任由瘀斑脸摆布，反正最后的赢家都是瘀斑脸。

凯斯也不知道瘀斑脸在这样必胜的赌局里玩儿起来有什么意思，他差点儿就想要开口询问瘀斑脸了。

就在凯斯想到这一点的同时，利兹已经问出口了。

"这种你必胜的赌局，赌起来还有什么意思？"利兹冷冷地看了瘀斑脸一眼。

"我说过，赌博游戏嘛，也是一种优胜劣汰的游戏。如果你们没有学习古老的东方文明，不会玩儿这种歌牌游戏，那你们被淘汰也是理所应当的。"瘀斑脸像个要赖的孩子一样看着利兹，但是他说话的语调却十分冷酷。

"别说这么多没用的。赶快开始第三局。进入了游戏别墅，只要游戏开始了，谁也不能提前下这个赌桌，更不能赖账，否则娜迦会通过电子网络对赖账者发布追杀令，用游戏别墅抽成的钱来支付杀人的赏金。"瘀斑脸又冷冷地威胁了众人一次。

虽然他说得很轻松，但是凯斯相信，这的确是这个游戏别墅设计者能做到的事情。

女荷官的播报声打破了众人之间尴尬的气氛。两名和服电子荷官将歌牌在弗里曼和瘀斑脸面前重新摆好。

按照电子设备中预先由瘀斑脸输入的下注规则来看，这一把，弗里曼可以自己选择跟或者不跟。如果弗里曼不跟，他就可以拖到第三局第二轮，或许还有赢的机会，如果他跟的话，第一轮输了，弗里曼的十个筹码就全部都没有了。

这一轮，对弗里曼本人而言，是关键的一轮。

瘀斑脸拿起了自己的四个筹码，在手中抛来抛去，得意地望着弗里曼，目光之中带着某种挑衅的感觉。

凯斯很清楚，这是一种赌博的心理战术，对手有时候会释放出各种各样不同的信号来迷惑对方，但是真正的情况，只能靠弗里曼自己来判断。

"不跟。"弗里曼看着瘀斑脸眉飞色舞的样子，似乎在大脑之中分析了很久，终于说出了这句话。

众人虽然不知道这一轮的结果到底怎么样，但听见弗里曼这句话，众人都松了一口气。弗里曼选择不跟，就表示他还没有完全放弃自己，他还想着能在这场必输的赌局之中翻本。当然，虽然他们也猜想有万分之一的可能弗里曼能赢，而瘀斑脸很有可能是在耍花腔，但是根据他们和瘀斑脸这一路接触下来，他们能感觉到瘀斑脸有一种瞧不起他们的自傲感。似乎这个种族天生就十分冷漠理性，他们按照食物链上的规则行事，瘀斑脸虽然还没有完全成为他们这个种族的长老人物，但是这样的特质却已经表现出来了。

系统接收到了弗里曼的信号，自动选择了退还弗里曼的四个筹码，这就意味着弗里曼即使在这一轮里赢了，也不会有筹码进账，如果弗里曼在这一轮继续跟注，他很可能就会输掉自己最后的四个筹码。而他不跟注，至少还能拖到第三局的第二轮。

一旦弗里曼跟注跟输了的话，他连翻本的机会也没有了。

"开局。"瘀斑脸吩咐了几个投影仪投出来的和服女郎一句。这些和服女郎对着瘀斑脸恭恭敬敬地行了个礼，然后才走到了桌边，恭恭敬敬地帮双方重新把面前的歌牌摆好。

"遥闻仙种不绝年，欲赏庭中似锦花。"

发声器之中，悠扬的女声再次响了起来。弗里曼听到中间，便伸手去抓自己面前的歌牌。现在庄家重新回到弗里曼身上，只要他抓对了歌牌，这一把就算他赢了。

随着播报声的停止，瘀斑脸也拿起来自己面前的那张歌牌。凯斯等人抬头，显示屏上已经显示出两人歌牌的牌面。

"不是吧！"利兹哀号了一声，他没有想到，这一次弗里曼选择的牌面竟然是对的，这也就意味着，弗里曼白白地放过了赢回四个筹码的机会。

"哟呵！又轮到我坐庄了！"瘀斑脸高兴地说了一句，将自己手中的四个筹码推到了奖池中。弗里曼与利兹对视一眼，庄家下四个筹码的注到奖池中，意味着弗里曼也必须下注四个筹码，这样一来，如果弗里曼输了的话，他手中就一个筹码也没有了。

第七十三章

众人遗憾地惊呼了一声。如果弗里曼刚才跟注，就能赢回来四个筹码，这样的话，即使他剩下的两轮输掉，也还能剩下两个筹码，不至于把庄家下注的主动权转给瘀斑脸。只可惜，弗里曼刚才真的被瘀斑脸吓住了，他没有跟注，不然的话就能将刚才输给瘀斑脸的筹码赢回来了。

现在，不管瘀斑脸下注多少，弗里曼都得跟注了。

"第三局第二轮。"瘀斑脸得意地看了几个人一眼，似乎对自己骗到了弗里曼感到十分骄傲。众人看到，他的眼神里还有全身上下都透露出一股兴奋劲儿来。

现在轮到瘀斑脸下注。他是庄家，这一轮之中，无论他下多少，弗里曼都非跟不可。如果这轮瘀斑脸赢了，弗里曼就连翻盘的机会都没有了。瘀斑脸看了看弗里曼面前的四个筹码，不怀好意地咯咯笑了两声，将自己面前的几个筹码全部推入了奖池之中。

弗里曼轻轻将自己手上的四个筹码推入奖池中，现在这种情况，他早已经没有其他选择了。

瘀斑脸看着弗里曼推入奖池的四个筹码，轻轻拉了拉嘴角，仿佛已经看到了弗里曼的结局。

"继续。"瘀斑脸吩咐了一句，几名电子女荷官立刻恭恭敬敬地将两人面前的歌牌摆好。

凯斯看着这些女荷官的动作。刚才几场比赛下来，他已经将这些牌面全部都记下来了。他想知道，在瘀斑脸设定的这种双人局里面，有多少张牌，自己要怎么样才能将损失减少到最低——毕竟，按照瘀斑脸的规则，三局里面是运气成分居多。他首先要保证自己不输，然后再想赢的事。虽然他会背所有的歌牌，但是他和瘀斑脸对赌局的需求不一样，瘀斑脸只要不输就行，而他要带着众人出去的话，就必须赢。

"仰望筑波岭，飞泉落九天。"

悠扬的女声再次从电子发声器中传了出来。这次话音刚落，弗里曼就已经抢到了一张歌牌，而瘀斑脸等女声报完了整首和歌，才缓缓地挑出了属于自己的那张歌牌。

众人紧张地看着瘀斑脸与弗里曼两人的动作，这一轮，是弗里曼的关键。

屏幕上显示出了这个赌局的结果，其实在播报器声音刚落的时候，凯斯就已经知道结果了。

瘀斑脸赢了。弗里曼不懂日文，他完全没有招架之力，这几乎是一场必输的赌局。

瘀斑脸已经迫不及待地将弗里曼面前的四个筹码收了起来。弗里曼面如死灰地跌坐在原地。

几个人看了看弗里曼，又看了看这个瘀斑脸，按照瘀斑脸刚才的规则，决胜局里，赢家必须下够对家全部的筹码，输家也必须将自己剩余的筹码全部下进去，这一局决定了两人最终谁是胜利者。只不过，如果这是拉斯维加斯里正常的赌局，如果弗里曼有钱的话，他可以重新兑换筹码来赌桌前继续翻本，而在瘀斑脸规定的赌局里，弗里曼只能拥有十个筹码，一旦这十个筹码全部输光了，弗里曼就再也没有任何翻本的机会了。

"看样子，我的人形标本库里又能增加一个新样式了。"瘀斑脸一边说一边准备按下电子捆缚枪上的按钮。

弗里曼面如土色，利兹则是一副准备扑上来和瘀斑脸拼命的架势。凯莉的手已经悄悄摸上了自己藏在靴子中的匕首，但是高个子男人看了看凯莉，凯莉又将自己的手收了回去。

说实话，现在和瘀斑脸打架，确实不是什么明智之举。

"好了，你可以滚下桌子了，别影响我跟下一个人开局。"瘀斑脸看了弗里曼一眼，准备毫不留情地将他赶走。

"你们想要赖可不行，这个游戏别墅里，只要是参与了我这个歌牌的游戏，任何人都不能赖账，否则我和娜迦会追杀你们到天涯海角，因为——"瘀斑脸故意拉长声调，"因为你们破坏了娜迦的规则，还想赖我的赌账。"

"谁说我们要赖了，你的赌局不是还没结束吗？"凯斯挑了挑眉，看了瘀斑脸一眼。

眼前的形势，他不得不说话。他知道瘀斑脸并不会磨叽什么，只要他说出来的那些话，他就一定会去做。

"不错。"瘀斑脸看凯斯摆出一副胸有成竹的姿态，顿时眯起他那泛着黄色的眼仁，里面闪动着一丝兴奋又狡黠的光芒。

"把我的十个筹码给我，如果第二场开始了的话，我想和你赌两把。"凯斯看着瘀斑脸，淡淡地说了一句。

他看完了三局，已经彻底明白瘀斑脸的歌牌套路了——但是他现在不能再等了，他必须赢瘀斑脸，如果现在换成是其他新手下场来赌的话，自己一会儿要把那十个筹码赢回来就更难。他虽然知道这些歌牌的全部牌面，但是具体到实际操作的层面，他也要试过才知道。凯斯觉得，自己在气势上不能输。

"给他。"瘀斑脸吩咐着凯斯身边一个托盘机器人。"如你所愿。"机器人答了一句，手中的托盘上立刻自动输送了十个筹码。

"啊哈，迫不及待地想给我的标本库再加一个新的标本。"瘀斑脸看着凯斯，不怀好意地说了一句。

凯斯说："你才是最会耍赖的。在你制定的游戏规则里，谁能够赢你？你这样赌，没有公平可言。你希望我输掉全部筹码，使我在接下来的这次赌局中按规则变为输家，成为你的人形标本，然后你还是很空虚，因为在那之后，没有人会继续和你玩儿了。"

"我可不在乎垃圾们怎么想，只要我开心就行。"瘀斑脸得意地吹了一声口哨。

"你凭什么这么有自信，觉得我一定会输？"凯斯看着瘀斑脸，似乎对他的自信有点儿不屑，"我倒是认为，如果一个人设下的赌局里，他自己总是赢，不会有什么意思。而且，一个人总是设定自己赢，是因为他输不起。"

"你才输不起！我设定赌博规则，因为这是我的赌局。没有人能在我的赌局里赢过我。"凯斯的态度很显然惹怒了瘀斑脸。

"可惜这次你很有可能输。"凯斯看着瘀斑脸，尽量用冷静的语气说着。

"不可能！"瘀斑脸忍不住大叫，"你不可能在我的赌局里赢过我！"

"如果我用我的筹码赢了你现在手上的二十个筹码，你不就输了吗？"凯斯一边说，一边将手中的三个筹码丢在了桌子上的奖池中，"你说过一个人只能拥有十个筹码，只要全部输掉了，就再也没有翻本的机会了。"

瘀斑脸扫了凯斯刚刚推进奖池中的三个筹码一眼，不屑地撇了撇嘴："第一局就把你这三个筹码赢过来，不过才三个筹码而已。"

凯斯："不错，只是三个筹码，但是这一局，你这三个筹码是我的，所以，下一局，我要跟十个筹码的注，那样就能把刚才那个蠢蛋输给你的十个筹码全部都赢回来了。"

弗里曼和利兹听到凯斯这句颇有英雄气的话，一瞬间对凯斯这个人简直要崇拜到五体投地的地步了。

这一次瘀斑脸却没有笑，只是冷冷地盯着凯斯："你在开玩笑？"

凯斯说："一点儿也没开玩笑。因为我会在这次赌局中每一把开牌都赢你，也就是说，我不会输给你，所以只需要三个筹码在第一局里下注就够了。剩下的牌局，我都会用赢过来的筹码下注，而我自己的这十个筹码都不需要动用。一旦我赢到刚才那十个筹码，就能换回他的命——"凯斯看了弗里曼一眼，"不是吗？"

瘀斑脸脸色发青，突然站起身来，向身边投影出来的和服女郎的电子设备系统之中输入了一条指令。众人看着瘀斑脸奇怪的动作，都默默不语。只不过这个瘀斑脸的脸色本来就被染成了瘀青，所以看在众人眼中，现在只不过是显得更青了而已。

和服女郎走到凯斯身边，用特有的电子扫描仪将凯斯扫描了一遍，似乎是在确定凯斯身上到底有没有作弊的装置。

"在我的游戏别墅里，任何人都不允许作弊。"瘀斑脸看着凯斯，发出了一句刻板的警告。

凯斯说："我没有说过要作弊，当然，如果你愿意，我们甚至还可以赌得大一点儿，这样，你这个游戏才会显得更加好玩儿一些，你说是吗？"凯斯拈起了手边的一个筹码，似乎在观察着这个筹码的某些部分一样。

"怎么样赌得更大？"瘀斑脸将信将疑地看了凯斯一眼。凯斯胸有成竹的表情令他有些不安。毕竟在此之前，他一直都觉得自己才是局势的掌控者，现在突然被凯斯影响了自己的情绪，瘀斑脸有些不安。

"既然是玩儿赌博的游戏，当然是赌得越大越好。"凯斯引诱着瘀斑脸。

"怎么赌得更大？"瘀斑脸虽然在心中提醒自己，凯斯现在只是在玩弄某种心理战术，但是他却还是忍不住上了钩。

"为了避免我们作弊，我还有一个提议。"凯斯看了瘀斑脸一眼。

"什么提议？"瘀斑脸虽然明白凯斯可能是用了某些激将法，但是还是忍不住发问。

第七十四章

"现在我有十个筹码，你有二十个。但是这个东西毕竟不能兑换成现金——说穿了，这像是某种小孩子的把戏。"凯斯一边说，一遍将手中的筹码扔回到了机器人手中的托盘里。

"这不是小孩子的把戏！"凯斯的说辞很明显激怒了瘀斑脸，他似乎特别反感别人称他为小孩子这件事儿。

"如果这个规则只能是你来制定的话，那这就是一种小孩子的把戏而已。"凯斯故意挑了挑眉。

他知道，瘀斑脸这个种族很理智，即使在玩儿游戏的时候，他们也会考虑一套对自己来说最优的方案。他应该不是个容易被激将的人。凯斯有点儿紧张，但是他知道，自己现在一定不能将这种情绪表露出来，他在等瘀斑脸接受自己的提议。

就连一直冷漠的凯莉，看到现在这样的情景，都觉得有点儿吃惊。大家似乎都觉得凯斯有点儿反常。和凯斯想的一样，没有人搭腔，他们对这件事儿的反应更多的是惊讶。

时间一分一秒过去了，依然没有人说话。

瘀斑脸沉默着，似乎在斟酌着凯斯的提议。他在飞快地分析凯斯的心理。他甚至扫了一眼站在一旁的众人。在他的认知里，这帮 M 国人，即使再加上凯莉和这个看起来有点儿像法国人的高个子男人，对歌牌这个东西的认知应该都和外星人差不多，他们不可能像他这个种族那样精通古老的日本文化，更不会知道和歌的真正含义。

"你疯了吗？"米雪儿听完凯斯说的话，忍不住担心地问了凯斯一句。

"男人说话女人最好不要插嘴。"瘀斑脸冷冷地看了米雪儿一眼，似乎在认真斟酌凯斯的提议。

"怎么样，不敢了吗？"凯斯看着瘀斑脸，又挑衅地问了一句，"还是说，你这里的这些装置可以作弊，永远只能判定我们为输家，你是赢家？你这样玩儿，是因为不相信自己的歌牌技术吗？"凯斯淡笑着看了瘀斑脸一眼。

"我刚才说过了，我们这里的技术人员，会对这个牌桌上的每根电路都进行检查，它的程序保证了它在发牌时决不会作弊。这些规则都是预先设定好的，不可能临时更改，那样会花费很多时间……当然，这里面的科学原理也不是你们这些跳梁小丑可以理解的——"瘀斑脸用他那一贯不屑的语气说着，"此外，只要这个命令通过声控输入，那你想反悔也是不可能的了。"瘀斑脸看着凯斯，但是眼神中却没有打量弗里曼的那种不屑。他似乎本能地感觉到，在赌博方面，凯斯不是弗里曼那样的菜鸟，非但不是菜鸟，他似乎还是个久经沙场的老手。

他们不是意气用事的种族，他本能地不想答应凯斯的提议，虽然他不知道凯斯用了什么样的方法显得如此志得意满。

"我是无所谓的，如果你害怕，你也可以不用设置这一条新规则，反正我赢了你面前的筹码，你就不得不放我们离开了。你说过，你从来都不会赖账的。"凯斯看着瘀斑脸，平静地说。

"那是当然。没有人可以在游戏别墅里赖账。"瘀斑脸自信地回复了一句。

"那你不敢输入这个指令，就是害怕了。嘿嘿，你也明白，真正的赌博，需要的就是刺激。如果筹码不够大，或者说，这件事儿不够刺激的话，那就太不好玩儿了。我也不喜欢我的同伴变成你的人形标本，所以，我会把你手上的那十个筹码，在第二把就赢回来的。你是害怕了。对了，你刚才说过什么，叫钟表算法，你说，你们这个种族掌握着百分之六十一点八的机会。别人我不知道，但是对于我而言，赌桌上只分为百分之百和零的机会，而我拿着这手牌，对于我来说就相当于百分之百会赢。你知道自己百分之百要输，所以我拿命来跟你赌你都不敢赌了？"

瘀斑脸被凯斯挑衅得双眼直冒火，这是他今晚以来第一次有了被羞辱的感觉。

"凯斯·史密斯，你可以侮辱我的智力，但不能侮辱一门科学。钟算法的零点六一八，是说我三局里面能够赢你两局，这是一种科学的统计规律，在赌桌上，没有人敢说概率等于百分之百。别说我用钟算法有百分之六十一点八的机会，就算我只有百分之三十八点二，也绝不可能一把都赢不了你，你只需要输一次就够了。这是你自己非要找死，不是我逼你的，你想变成人形标本，那我一定把你刻得漂亮点儿。"瘀斑脸一边咬牙切齿地说着，一边在赌桌边坐下。

"很好。"凯斯像瘀斑脸刚才赞赏弗里曼那样赞赏了瘀斑脸一句。

"输入指令——"瘀斑脸启动了自动赌桌上的输入装置，将凯斯刚才和自己谈判的赌本奖励输入了进去。

随着瘀斑脸指令输入结束，两人所坐的椅子发出了哐哐的声响，紧接着便有电流流动，似乎已经接通了电源。

瘀斑脸又发出了一条指令，现场和服女郎作为裁决方的技术人员仔细检查了凯斯和瘀斑脸两个人所坐的电椅，确认了这两把椅子是否已经通电，并且没有什么其他的机关。凯斯坐上了电椅，用电带扣住双脚，另一边的瘀斑脸也学着凯斯的样子，将自己的双脚用电带扣住。

瘀斑脸做这一切几乎是一气呵成的，但是在做完那一刹那，他却有点儿后悔了——他后悔自己为什么把凯斯提议的这个指令输入了游戏别墅的设定程序里，一旦他输了，这条指令就必须执行，否则他就再也不能进游戏别墅玩儿游戏了。在这个别墅里，没有人能赖账——他知道，娜迦会通过网络发布追杀令，追杀所有赖账的人，直到他们把欠下的赌债还完为止。

现场的人都没想到事情竟会演变成这样，他们对即将发生的情况有些担忧，格尔直接背过身去。他刚才已经见识到了瘀斑脸种种的厉害之处，并不相信凯斯能有赢过对方的运气——还有弗里曼和利兹，甚至包括米雪儿，都在等待着。尽管他们心里都充满种种猜测、疑虑，米雪儿甚至认为凯斯是真的活得不耐烦了，但事已至此，他们心里仍然残存着那百分之二三十的希望，觉得凯斯能赢，至少从目前凯斯的表现来看，他的确像一个老手。他们强迫自己看下去，为了那百分之二三十的希望。

随着开局的声音，和服女郎又重复了刚才的那个发牌动作，将所有的歌牌牌面一一在凯斯与瘀斑脸面前摆好。

伴随着瘀斑脸的指令，发声器里发出了咔嚓的对接声。弗里曼、利兹、米雪儿和格尔同时屏住了呼吸，高个子男人和凯莉的眼神也被吸引了过来。

"准备开始。"电子发声器中传来了温柔的日语播报。凯斯并没有听懂这句话的意思，老实说，他也不懂日语，他敢这样做，纯粹是一种心理套路。他背诵下来的，只是这些歌牌的牌面和样子而已，至于其中是什么意思，他实在不知道。

现场陷入了一种氛围诡异的沉默之中，只有机器人荷官刻板而无生气的声音不时响起。

"庄家先下注。"和服女郎面无表情地发出了指令。

凯斯和瘀斑脸的第一局赌局和弗里曼一样，只有第二局赌局上才会抬注，第一局完全是庄家占据主动权。因为刚才瘀斑脸赢了弗里曼，所以这一把的庄家自动轮换为凯斯。凯斯下注多少筹码，直接决定了瘀斑脸必须跟注多少筹码，没有退缩的余地。

凯斯看了看瘀斑脸，直接向奖池中投入了十个筹码。

众人疑惑不解地看着凯斯，看着两人上方的显示屏上写着"庄家奖池筹码总计为十"的字样，都有些疑惑不解。尤其是米雪儿，她简直要怀疑凯斯的脑袋抽风了。

瘀斑脸看着凯斯直接向奖池中投入十个筹码，脸色也变了变。众人将目光转向瘀斑脸，发现瘀斑脸的脸色更青了些。

庄家投入十个筹码，意味着瘀斑脸也要投入十个筹码才行。瘀斑脸看了凯斯一眼，似乎和米雪儿一样，也在判断凯斯是在故弄玄虚还是真的胸有成竹。

"我可以给你一个反悔的机会，让你仔细想想你是不是下注下错了。"瘀斑脸冷冷地看了凯斯一眼，从自己的二十个筹码中取出十个，却并没有投入奖池中。

"不用想，我没有下错。"凯斯冷冷地回敬了瘀斑脸一句，"我要一次性把刚才弗里曼输掉的筹码赢回来，然后，再把你手上的筹码赢光。"凯斯挑了挑眉，轻描淡写地说出了这句话。

"看你一会儿怎么死。"瘀斑脸听完凯斯这句话，也有些生气，当即将自己手上的十个筹码投入了奖池之中。

众人抬头，看见头顶上方的显示屏上显示筹码数为"二十"的字样。

凯莉与高个子男人对视一眼，凯斯现在的做法令他们俩也有些诧异，只不过他们与凯斯的关系并没有其他人与凯斯那么近，所以也没有显出其他人那样大惊小怪的情绪来。

两人从对方的眼神中看到了一丝好奇。

伴随着发声器中传来的咔嚓一声轻响，女荷官已经将凯斯和瘀斑脸面前的歌牌一一摆好。

"准备开始。"发声器中传来机械的英语播报。

众人紧张得屏住呼吸，凯斯反而冷静了下来。他觉得越是到了这个时刻，越是要冷静，尤其是自己已经坐上了赌桌开始赌的时候。他很了解东方的这种心理战术，他现在的做法，也让瘀斑脸感到了压力，他想要赢，而瘀斑脸却不能输。从这样的博弈成本来看，瘀斑脸孤注一掷的勇气并不比他大。

凯斯盯着瘀斑脸，尽量让自己看起来没有那么紧张。

第七十五章

　　瘀斑脸这个种族，在冷静方面的确比人类要有优势。凯斯看着瘀斑脸的样子，他似乎已经冷静下来了，正在专注自己眼前的歌牌，他似乎也在担心，害怕自己这一局没有什么优势。

　　利兹看了一眼，即使凯斯赢了，他也不过是保住了弗里曼的命而已，而这一轮里他还要连续赢下去，这样才能真正赢过瘀斑脸。所以接下来的这一局才至关重要。

　　"春色无暇赏，奈何花已残。忧思逢苦雨，人世叹徒然……"

　　电子发声器中的女声报出了一串和歌。大概是因为这一局下注太高，所以要连抢四张歌牌才能决出胜负。

　　凯斯飞快地从面前摆放的歌牌之中选出了四张。老实说，这个电子发声器报出第一声的时候，他就已经知道这些歌牌到底是哪一张了。但是到了这个时候，他也难免会有点儿紧张，几乎是用抢的手速从中挑出了那几张正确的歌牌花色来。

　　与此同时，瘀斑脸也选出了自己面前的歌牌。众人紧张地抬头，发现发声器中的播报声还没有完。

　　凯斯与瘀斑脸摆好了歌牌，两人都冷冷地盯着对方，想要从对方脸上找出一点儿恐惧的神情来。

　　随着电子发声器播报结束，两人上方的电子屏幕上显示出了"本局游戏结束"的字样。

　　电子女荷官走到两人身边，分别检查着凯斯和瘀斑脸两人抢出来的歌牌花色。众人焦急地等待着结果，尤其是弗里曼。这一局关系着他的生死，让他觉得自己比大考时还要紧张，至少大考并不要命，而且他还可以重来。

　　米雪儿、凯莉和高个子男人则是另外一番想法，如果凯斯这一局赢了的话，无疑会给瘀斑脸造成很大的打击，这样的话，接下来瘀斑脸可能会因为心理波动而犯错。只要瘀斑脸犯错的话，他们就有机会逃走了。

"本轮结果，凯斯·史密斯胜出。"身着和服的电子女荷官报出了结果，众人随即看见凯斯胜出的消息显示在了他头顶上方的机器显示屏上。

"赢了！"弗里曼与利兹击了一下掌，两人都对这个结果感到由衷的高兴和难以置信。

米雪儿激动地大叫起来，夸张地跑到凯斯身边，围着凯斯左看右看，似乎想看看他有什么魔力能赢了瘀斑脸。

格尔也激动地跑到凯斯身边，欣赏着凯斯面前的几张歌牌，像抚摸情人一样，将歌牌拈在手中反复地查看欣赏。

"你怎么做到的？"格尔颤抖着声音问凯斯。众人听着格尔激动的声音，不知道他是在哭还是在笑。

"我不同意。这个家伙在作弊！"瘀斑脸恼怒地将自己手上抢出来的几张歌牌摔在了桌子上。

"没有人能在游戏别墅里作弊。所有的游戏规则都在比赛之前已经全部作为指令输入了电子编码器中，在游戏别墅中作弊的人，将受到娜迦最严厉的惩罚。"电子女荷官听到了瘀斑脸的抱怨，这抱怨大概触发了它的某些机制，因此电子女荷官又开始机械地将自己程序之中设定的规则播报了一遍。

"我要确认！"瘀斑脸大声叫道。电子女荷官调试了一下几个人头顶上的显示器，显示器中用四倍速飞快地播放了刚才两人抢歌牌的画面。

画面在凯斯取回歌牌的那一刻定格。

电子女荷官用机械的声音播报道："据防作弊的电子监控设备显示，凯斯·史密斯先生在取歌牌的时候比您要快十秒钟。根据游戏规则规定，在双方牌面均正确的情况下，先取牌者胜。"电子女荷官又将规则宣读了一遍。

这一下轮到瘀斑脸泄气地靠在椅子上了。

"怎么，输不起了吗？我说过的，在没有赌完之前，就不要说你的人形标本库中增加了新的标本。"凯斯笑了笑，语气淡淡地说了一句。

他已经赢了，就没有必要再激怒瘀斑脸了。对于他而言，现在的每一步都在自己的预期当中。瘀斑脸这个种族虽然十分理智，可是以凯斯对人性的了解，他相信，再理智的人，在面对赌博的时候，也很难保持绝对的理性状态。当然，这种洞察力来自他的侦探生涯，却没有想到竟被自己用在了赌桌上。

弗里曼听着电子女荷官的话，才终于相信凯斯是真的赢了。他看着奖池之中的自动装置将二十个筹码自动归类到凯斯这一边，也高兴得大叫起来。

"是否要开始第二局第一轮？"电子女荷官望着沉默的瘀斑脸，又看了看凯斯，不知道自己是否应该继续。

"继续！我就不相信，你把把都有这么好的运气！"瘀斑脸几乎是有些歇斯底里地大叫了起来。

"收到。"电子女荷官依然用她机械的声音回应着，将两副歌牌在凯斯和瘀斑脸面前一一摆好。

这一轮是瘀斑脸坐庄。也就是，不管瘀斑脸下注多少筹码，凯斯也得跟注多少筹码，只有在第二局第二轮的时候，凯斯才有资格选择跟注或者不跟注。

电子女荷官的话，重新令几个人紧张起来。他们觉得自己高兴得有点儿太早了，凯斯虽然赢了第一局，但也只不过是将瘀斑脸刚才赢弗里曼的那些筹码赢回来了而已，凯斯自己和瘀斑脸的赌局才刚刚开始，到底能不能赢，依然还未可知。

发声器里又传来了咔嚓的声响，似乎是在提醒凯斯和瘀斑脸下注。瘀斑脸的双眼一直盯着凯斯。听见发声器提醒的声音，瘀斑脸从自己手边的盒子中取出了三个筹码，轻轻地丢入奖池之中。

凯斯看见瘀斑脸的动作，笑了笑，也从自己手边的筹码盘中取出三个筹码丢入奖池之中。

凯斯的笑容令瘀斑脸很不舒服。他一直都觉得，自己才是那个掌控全局的人，但是现在很显然他有点儿被凯斯牵着鼻子走了。他只敢下注三个筹码就很能说明问题。但是瘀斑脸毕竟不是那种会在赌博上红眼的人，他觉得，三个筹码已经足够他试出凯斯真正的虚实了。他不相信凯斯这个 M 国人会比自己还要了解东方文化，更熟悉日本的这种歌牌体系。

众人焦急地等待着第二次歌牌的播报发声。

如果这次凯斯仍然赢的话，无疑会给瘀斑脸造成很大的心理压力，瘀斑脸会认为运气在凯斯那边，或许这样第二局第二轮的时候，他就不敢再继续跟注了。但无论他第二局的这三轮中如何保守，拖到第三局，轮到凯斯坐庄的话，那不管瘀斑脸敢不敢，他都必须和凯斯跟注同样的筹码，所以这一局对两人来说都至关重要，将直接决定胜利天平向谁倾斜。

凯斯额头上也有一些冷汗。他知道，第一局的输赢很关键，赌博有时候不光是赌技的高低，还需要从气势上压倒对手。孤注一掷比缩手缩脚强。他就是靠着这个心态赢了第一局。但是第一局赢了，第二局反而会缩手缩脚。

第七十六章

"准备——"电子发声器中传来了一个拉长的女声。

"秋时千色已尽染，冬雨更可染何物？"

凯斯听见和歌的一瞬间，犹豫了片刻，瘀斑脸已经从面前抓起了一张歌牌。凯斯飞快地瞥了一眼瘀斑脸手中的歌牌，在和歌声音停止的前几秒，才选出了自己的那一张。

"二位是否跟注？"和服女荷官用轻柔的声调询问着，"根据规定，二位要在开牌之前就决定是否跟注。"

"你跟不跟？"瘀斑脸看着自己手上的歌牌，又将歌牌放下，似乎是为了避免让凯斯看见自己的牌面。

凯斯很了解瘀斑脸为什么会在赌博中规定这种抬注的办法，这个办法在手中牌面不好或者开局局面不利的时候，可以靠抬高赌注把对方吓退，全看个人怎样玩儿心理战术。如果凯斯像弗里曼刚才那样，被这样吓退一两次不跟——甚至用不着两次，他那十个筹码也就差不多了。并且，在这样的跟牌过程之中，瘀斑脸会看穿凯斯的底牌，这样双方的心理优势可能会转化，如此一来，那自己刚才的那一番表演也就等于白搭了。

"我跟三个筹码。"凯斯看了瘀斑脸一眼，往奖池中扔进三个筹码。瘀斑脸看着凯斯的动作，不由咧嘴笑了笑。他抢先拿到了那张正确的歌牌，如果凯斯跟注的话，即使凯斯挑出来的歌牌是对的，对他而言，也是没有什么意义的。

"下注。"凯斯看了瘀斑脸，似乎迫不及待地要和他开始。

瘀斑脸哗的一声将手中最后七个筹码也推到了牌桌上："咱们来试试看。这一把就叫你变成人形标本。"

和服女荷官在两人面前摆好了歌牌。

"我不相信这一次你又没有错。"凯斯看着瘀斑脸笑了笑，又拿出四个筹码放到了奖池中。

"我跟。"凯斯努力地表现出一副胸有成竹的样子。

瘀斑脸看着凯斯的动作，心中有点儿犹豫。他刚才推出七个筹码也只是吓唬凯斯，他并不舍得现在就把七个筹码全部都丢入奖池，虽然他相信自己最后一定会赢，但是他还是想再戏弄对手一番。至少，在他看来，他现在有足够的本钱去戏耍凯斯。但是现在凯斯既然已经下注了十个筹码，他也不得不跟注十个筹码。

瘀斑脸看着凯斯，但是凯斯的表情却并没有什么异常的地方。他想，凯斯或许还想把第一局的套路再玩儿一次，但是他觉得这一次没有那么容易了。第一次凯斯打了他一个猝不及防，现在他却对凯斯防范十足。

瘀斑脸看了看凯斯下在奖池之中的十个筹码，眯起眼睛，想要从凯斯的表情中发现凯斯的企图。老实说，这一局是关键局。现在凯斯已经把所有的筹码都下到了奖池之中，如果瘀斑脸现在就赢了凯斯，那电子别墅的系统就会直接判定凯斯输掉，剩下的一局也不用再赌了。

瘀斑脸觉得，自己能想到这一点，凯斯也不会不知道。但现在凯斯竟在明确风险的情况下下了十个筹码。这一下，瘀斑脸反而心里犯怵。无疑，这一把如果凯斯赢了，这场游戏就结束了。

"请对家下注。"电子女荷官的声音传来，催促着瘀斑脸把自己的十个筹码放入奖池之中。瘀斑脸听到女荷官的声音在自己的耳畔响起，才从探究之中回过神来。

瘀斑脸最后看了凯斯一眼，将自己手中的七个筹码全部扔进奖池。虽然这十个筹码是他在游戏初始规定的，也是游戏别墅之中提供的玩具筹码，但是要全部扔进奖池时，他还是和小孩子心疼玩具一样，竟然觉得有些舍不得。

他觉得，之所以会产生这样的情绪起伏，都是因为凯斯的缘故，如果不是凯斯跟注七个筹码，他就不必要跟注七个。瘀斑脸狠狠地瞪了凯斯一眼。

"双方下注完毕，可以开始了。"电子女荷官分别看了两人一眼，向发声器发出了指令。

"咔嚓。"发声器中设定的电子系统用上膛的声音来表示已经准备好了，随时可以播报歌牌的牌面的提示。

"准备开始。"电子发声器中传来了电子播报声。

"一出田子浦，遥见富士山。高高青峰上，纷纷白雪寒。"

随着电子女声播报完毕，凯斯和瘀斑脸分别拿出了自己的歌牌，众人也屏气凝神地看着凯斯和瘀斑脸的动作。开牌的这一刻，决定了凯斯和瘀斑脸两人的命运。

凯斯看了看自己手中的歌牌，将它放在了一边。因为两人都下注了十个筹码，所以这一次的播报，又是一次四连击。要在四连击下抢到歌牌，考验的不光是两人对东方文化的认知，还有对这种文化的熟悉程度，以及两个人的反应速度。

利兹和弗里曼看着凯斯的动作，心中百味杂陈。米雪儿和格尔则是紧紧地盯着凯斯放在一旁的歌牌，仿佛两个人用眼神就能给凯斯增加一些助力似的。凯莉和高个子男人则盯着瘀斑脸，这一次的赌注两人都下了十个筹码，他们本能地想到瘀斑脸会为了赢过凯斯而做出什么小动作，所以两人对视一眼后便一直紧紧盯着瘀斑脸。很显然，现在这种紧张的氛围，让他们都忘记了即使瘀斑脸要做出什么小动作，他们也没有办法阻止。

女荷官听到电子播报器中传出"播报完毕"的声音，又看了看将歌牌放定的凯斯和瘀斑脸，对着另外一个查验歌牌的女荷官发出了指令。

女荷官走向了凯斯和瘀斑脸，轻轻翻开了两人放定在桌面上的歌牌。大屏幕上分别显示出了两人的牌面。众人屏气凝神，将两个人的牌面与大屏幕上显示出的牌面一一仔细核对。米雪儿看见凯斯抢出来的几张歌牌牌面与和歌谜底均是同一个模样，忍不住欢呼起来。格尔显然也看见了，虽然他不知道这些东西是什么意思，但是他听见米雪儿的欢呼就知道凯斯拿对了。他看着米雪儿激动又紧张的样子，也跟着米雪儿欢呼了一声。

"凯斯·史密斯只是选对了，他赢不赢这事儿，还不确定呢。"凯莉冷眼旁观，看了格尔和米雪儿一眼。

米雪儿白了凯莉一眼，她对这个冷言冷语的女人没有什么好感。

女荷官又走到瘀斑脸身边，翻看瘀斑脸拿到的歌牌。众人看到了女荷官的动作，连忙紧盯大屏幕。瘀斑脸看了凯斯身边的几个人一眼，有点儿不屑。按道理说，瘀斑脸这个种族并不在乎这种和结果无关的情绪，但是瘀斑脸看到众人如此关心凯斯的牌面，又忍不住有点儿嫉妒。不过瘀斑脸很快就把这种情绪从自己的脑海中清空掉了，在他看来，比赛的结果比比赛之中产生的情绪要重要得多，这个游戏的本质是到底谁能获得最终的胜利——不管这些人再怎么关心凯斯·史密斯，最终输掉的还是凯斯·史密斯，因为人类会有情绪的波动，这种波动会影响他们在赌局中的判断能力。

瘀斑脸一边想着自己的心思，一边密切注意着女荷官翻牌的动作。

女荷官把瘀斑脸面前的歌牌一一翻了出来。众人紧张地看着屏幕，米雪儿甚至在心中小声祈祷着瘀斑脸能拿错一张歌牌，但是随着女荷官的播报声停止，她发现自己这种希望落空了——瘀斑脸实在太过熟悉这些歌牌的牌面，他并没有取错。

女荷官执行完了检阅程序之后，需要进入下一个流程中，她们要卡点瘀斑脸和凯斯取歌牌的时间，用最后的方法来分辨出两个人到底谁胜谁负。

当然，和第一局一样，凯斯和瘀斑脸二人抢牌的动作也在大屏幕上播放了出来。在取牌的一瞬间，电子操作系统自动停顿了下来，以便令众人看得更清楚。众人紧紧地盯着屏幕，看着凯斯和瘀斑脸的动作。

第一个动作，凯斯比瘀斑脸取得快。众人从画面之中看到，瘀斑脸在拿到歌牌的瞬间，似乎微微停顿了一下。

第二个动作，凯斯又比瘀斑脸快。

米雪儿盯着屏幕，如果第三个动作凯斯还是比瘀斑脸快的话，那他就稳赢了，毕竟一共只有四张歌牌，哪怕最后一张瘀斑脸比凯斯快，三比一，还是凯斯获胜。

所以，第三张歌牌到底是谁先取到的，对两个人来说，至关重要。在荷官要按下第三个动作的回放键时，几个人都看了瘀斑脸一眼。

瘀斑脸冷冷地回敬了几个人看向自己的目光。在刚才女荷官回放他和凯斯取歌牌的动作时，他看到自己一连两个动作都比凯斯要慢，心中已经有些不满了，如果第三个动作又慢半拍的话，这就意味着他这一局要把这十个筹码全部都输给凯斯·史密斯。

想到这里，瘀斑脸的脸又有些发青。

荷官女郎按下了第三个动作的回放键，众人盯着屏幕，看见瘀斑脸比凯斯慢了一两秒，这也就意味着凯斯在第三张歌牌抓取上又一次胜过了瘀斑脸。

"凯斯·史密斯胜出。"女荷官按下了停止键，用她特有的电子声播报出了最后的结果。

米雪儿欢呼了一声，同时挑衅地看了凯莉一眼，似乎是在报复凯莉刚才所说的那句话。凯莉接触到米雪儿的眼神，不置可否地冷哼了一声，虽然她心里也松了一口气，但是她并不愿意在这些人面前表现出来。

利兹和弗里曼听到了这句话，也长舒了一口气。尤其是弗里曼，他现在简直不知道自己是该高兴还是该悲伤了。

"他在作弊！"瘀斑脸恶狠狠地指着凯斯，这一下他彻底爆发了——在他输光了最后一个筹码之后，他彻底明白了凯斯的套路。凯斯所有的下注和赌法，都是在有预谋地挑逗他，凯斯知道他们两个对歌牌的牌面都很熟悉，单靠抢牌，凯斯很难赢过他，所以用这种方式，让他带着某种患得患失的情绪，这样的话凯斯才有胜利的机会。

第七十七章

"经过检查，凯斯·史密斯并未作弊。"电子女荷官冷硬的声音从机器中传来。

"不可能，他绝对作弊了！"瘀斑脸狂吼着，"你们这些电子白痴！他就是故意的，他先让我产生了负面情绪，然后就开始利用我这些情绪赢过我，这属于作弊，这不算！"瘀斑脸一边狂吼，一边伸手去抓放在桌子上的那些筹码。

"未经允许，不能随意乱动这些筹码。"电子女荷官冷硬的声音从机器中传来。

瘀斑脸还要伸手，电椅突然传来咔嚓的声响，将瘀斑脸锁入其中。

凯斯看了瘀斑脸一眼，对着女荷官问了一句："我想问一下，游戏结束了吗？"

女荷官礼貌地回答着："凯斯·史密斯先生，游戏结束。您是获胜者，现在您可以带着您的筹码和朋友离开了。"

"他不许走！"瘀斑脸狂吼的声音从另外一端传来，将凯斯等人吓了一跳。

"您是游戏输家，根据您自己定下的规则，您无权阻止任何人离开。"电子女荷官用她一贯冰冷而机械的语调回答瘀斑脸。

"现在您收回您所有的筹码，您就可以离开了。"电子女荷官看了凯斯一眼，向凯斯发出了最后的通告。

凯斯点了点头，伸手想去瘀斑脸处取他护在怀中的筹码。瘀斑脸看见凯斯走近，竟然抬起手中的电极，向着凯斯的方向用力按了下去。

在瘀斑脸对着凯斯发难的前一秒钟，电子女荷官走上前来，已经将瘀斑脸手中的东西挡了回去。凯斯看着电子女荷官，微微有些吃惊，随即他反应过来，这是娜迦在操作电子女荷官的防御系统。看样子这个瘀斑脸并没有骗他们，在这个游戏别墅里，确实没有人能作弊，包括瘀斑脸自己也不行。可是机器始终是机器，他们并不明白，影响人的情绪导致游戏结果出现差异也属于作弊的一种——从这个角度上来说，瘀斑脸所说的并没有错，但是如果把这一条规则也纳入游戏别墅，那实在是太复杂了。就像赛洛曾经告诉凯斯的，人脑有五十多亿对神经网络体系，如果电子全部都可以模拟的话，那现在就是电子科技而不是死神去统治这个莫斯特伯阿米克降临之后的世界了。哪怕是他们曾经见过的那个拥有了"神谕"金属的尼禄，对人脑的极限开发也仅仅限于将一部分人变成变异人，还是不那么智慧的变异人而已。想到这里，他觉得有点儿可怕，凯斯无法想象死神所在的领域到底是一个什么样的世界。他见过了尼禄那样的复活暴君统治下的变异者，也见过瘀斑脸这样拥有高级智慧的变异者，但是这些变异人或多或少的都有着自己的缺陷，始终没有得到完美进化。

"不许动我的东西！"瘀斑脸仍旧狂吼着，阻止着凯斯和那名电子女荷官走近。刚才娜迦对他的打击，已经令他有些愠怒了。在瘀斑脸的心里，只有他们这个种族的长老才有资格命令他，哪怕这些长老是用食用本种族幼胎的方式来防止像瘀斑脸这样的有智慧、有能力的幼崽影响自己的权威。

凯斯望着瘀斑脸，感觉瘀斑脸就像是一头护食的野兽一样。他现在有点儿明白为什么瘀斑脸这个种族只能住在这么寒冷又人烟稀少的地方了。

两名女荷官走到了瘀斑脸身边，绞着瘀斑脸的手，将瘀斑脸狠狠地按在原来的位置上。

另外一名女荷官启动了自动装置，将瘀斑脸面前的几个筹码统统都收到了属于凯斯的奖池中。

瘀斑脸拿起了手中的投影仪，似乎想要强行在游戏程序结束之前关停游戏，这样的话，凯斯刚才的游戏结果就算是作废了。他可以有更多的时间来重新启动这个游戏。

众人看到了瘀斑脸的动作，明白了瘀斑脸的意思。凯莉率先动作，正在瘀斑脸按下按钮的那一刻，已经将手中的匕首扔了出去，正巧击中了瘀斑脸的手臂。瘀斑脸手中的投影仪掉在地上的一瞬间，电子女荷官已经将瘀斑脸手中的筹码收走了。

"该死！"瘀斑脸站起来，准备用手中的电子捆绑设备来对付凯莉。在瘀斑脸心中，人类都是低等生物，只能被自己的种族玩弄，绝对不能对自己有一丝半点的反抗。他瞧不起人类这种低智商的生物，所以，他从一开始就没有把凯斯他们放在眼里，他从来都没有想到他们竟然能够赢过自己这个结果。

咔嚓一声清脆的响声，瘀斑脸被重新绑在了椅子上。同时，女荷官已经将瘀斑脸面前所有的筹码都收起来放在凯斯所属的奖池中了。电子女荷官口中吐出了瘀斑脸最不希望听到的几个字："游戏结束。现在是凯斯·史密斯一方获胜。"

　　"离开游戏别墅。"凯斯对着电子女荷官发出了指令。

　　"如您所愿。"娜迦的声音从电子女荷官的发声器中传来，轻轻回荡在游戏别墅的四周。

　　瘀斑脸拼命捶打着自己手中的电椅，想要解开电椅的束缚，但是电椅的捆绑却因为瘀斑脸的挣扎而变得越来越紧。众人此刻才明白凯斯和瘀斑脸对赌的意思，凯斯要的不是赌桌上的赢，而是希望瘀斑脸能够入他的局，对他而言，瘀斑脸能够入局，他们才有逃走的希望。

　　利兹和弗里曼倒吸了一口气，两人都没有想到，凯斯的胆子竟然会这么大，对瘀斑脸这样的人而言，要算计他实在不容易，凯斯需要完全挑起瘀斑脸的情绪。他从一开始就想好了，如果他一直按部就班地和瘀斑脸抢歌牌，恐怕现在谁输谁赢还说不定。

　　米雪儿看了凯斯一眼，她觉得自己对凯斯的聪明有了一种新的认知。她有点儿庆幸自己选择了凯斯来帮她查她哥哥的案子。

　　游戏别墅的大门在几个人眼前轰然一声被打开了。凯斯看了众人一眼，大家一起从游戏别墅中走了出去，瘀斑脸眼睁睁地看着几人离开了游戏别墅，恼怒地在电椅上不停地挣扎、怒吼着，甚至哭喊了起来——这下子他终于显露出幼崽的本性了——想要用声音把凯斯等人碎尸万段，但是作为输家又耍赖不认可自己输了，他必须接受惩罚，所以在凯斯等人离开游戏别墅后，娜迦又咔嚓一声将大门关上了，彻底把瘀斑脸的狂叫声阻隔在大门内。

　　凯斯从口袋中掏出了手机。上面有好几条赛洛发来的信息，还有一个赛洛的未接来电。凯斯连忙回拨过去，几声简短的响声之后，赛洛接通了电话。凯斯听见赛洛用急促的声音说出了西蒙派来的飞机的定位。挂断电话，凯斯用手机简单地标记了一下那个定位。

　　"我们现在向着这个定位的方向快点儿过去。"凯斯看了自己的手机一眼，"我不确定他们是不是还在那边等着，如果被这个瘀斑脸的种族发现，我们就跑不了了。"凯斯看着手机说了一句。

　　"他带我们偷偷来这里玩儿游戏，又怎么会让那些长老们发现。"高个子男人突然插了一句话。

"如果是那样的话就最好了。"凯斯领着众人飞快地向定位的坐标方向跑过去。他现在唯一担心的就是，如果西蒙派过来的那两个混蛋没有办法躲避瘀斑脸手中的那些小玩意儿就麻烦了。他们现在已经知道了西蒙背后复活的那名暴君是谁了，赛洛在电话里告诉过他，这个人就是伊凡大帝，虽然凯斯并不知道伊凡大帝控制的坎贝尔财团的目前的军事实力到底如何，但是有一点他可以确信，那就是这个人控制的这个财团的实力绝对不会只有外界显现出来的那么一点儿。他和尼禄一样，为了打别人一个措手不及，他们不会把自己全部的实力都昭告天下的。

凯斯一边想一边跑，手机上还有仅存的电量，他希望这点儿电量能支撑到找到那架该死的战斗直升机。

"在那边！"随着凯斯一起奔跑的弗里曼忽然插了一句话。

凯斯抬头，果然看见了西蒙派过来的直升机正在不远处螺旋旋转。直升机四周零零散散地落了一些东西，应该是刚才瘀斑脸派过来的那些攻击他们的小型武器。

凯斯松了一口气，从四周的灯光之中，他看到了直升机机身上有一些破损，应该是刚才交火弄的。看样子，瘀斑脸并没有拿出自己最好的武器，用瘀斑脸的话来说，他只不过是用了一些自己的玩具来对付这架直升机，为了让凯斯和自己赌博的时候增加一些紧张感而已。

第七十八章

"快点儿上来！就要来不及了！"操作直升机的托比冲着几个人怒吼，"这些该死的小垃圾们，不停地飞过来，真烦人！"托比恶狠狠地瞪了几个人一眼。凯斯向着直升机内部看了一眼，发现直升机内部的空间竟然还挺大的。看样子西蒙的确是拿出了诚意。凯斯望着直升机的装甲外壳，一瞬间竟然还有点儿感动，但是等他进入了机舱之后，他心中又本能地冒出了一个念头：为什么西蒙舍得派这么先进的战斗直升机来保护他和米雪儿？如果是为了"神谕"，那现在尼禄的人马还在外面，西蒙没办法确定凯斯他们就一定能拿到"神谕"，对于西蒙这种不见真金不下注的个性而言，这么做实在有点儿反常。

"怎么这么多人？"托比向着凯斯身后扫了一眼，眼神之中不自觉地流露出一丝嫌恶的神情。这种神情凯斯在之前和他还有琼恩接触的时候已经看到过很多次了，只不过那时候托比还是联邦警署派过来的技术工，他不可一世的样子让凯斯觉得十分讨厌。他们当场打了一架，是琼恩制止了这件事。凯斯没有想到他们会在这样的情形下见面。不过他也不觉得奇怪，毕竟西蒙手下的高科技人才并不多。

"没办法，如果这些人都走不了的话，那我也不会上直升机。我想，如果我和米雪儿不上直升机，你们也无法完成任务吧。"凯斯看了托比一眼，托比显得有些尴尬。如果不是看见凯斯的眼神，他几乎已经要忘了自己当初是怎么跟凯斯争执的事情了。

"真他妈的！他们得坐在机舱里！用安全带把自己拴好！让他们快点儿！"托比骂骂咧咧的样子和他戴着眼镜的感觉形成了一种奇异的反差，把利兹和弗里曼吓了一跳。

几个人看了凯斯一眼，似乎是在向凯斯求证托比到底是不是一个神经病。

"上吧。"凯斯冲着机舱内部撇了撇嘴，示意众人进入机舱。这是一架军用直升机。

凯莉和高个男人一进去就看到了机舱之中的各种装置，机舱是中空的，两边的座椅的安全带上绘着三色旗。

"叫这帮混蛋统一换上军用服装，这架直升机的航线是申报过的，如果中途有人路过，看到了军服就不会主动拦截，这样会给我们避免不少麻烦。"托比不耐烦地扫了众人一眼。

"最后确认一遍安全装置，山姆。"托比看见众人都陆陆续续地进了机舱，吩咐山姆启动着飞机的安全装置。凯斯看了看山姆的操作，记下了那几个按钮，他在很多时候都会多留一个心眼儿，尤其是现在，当他发现西蒙派来的人竟然是当初羞辱自己、抢走自己勃朗宁手枪的托比时，他也会自动启动自己的预警方案。

凯莉等人在机舱之中换好了军服。虽然长期食用死神食物发放机的食物让他们对冷热的感觉不那么明显，但是很显然在瘀斑脸这个种族所在的地方他们已经很久没有吃过东西了，所以身体热量的流逝令他们也产生了些微的疲惫感。

"你们手边的袋子里有压缩过的食物。"山姆确认完了飞机的安全装置，扭过头对众人轻轻说了一句。

凯斯看到高个男人拿起袋子，从里面抽出了淡红色的压缩饼干——很显然这是用那些食物发放机里的原料制成的。他皱着眉头咬了一口，其他人也打开了食物袋子。

利兹咬着红色压缩饼干抬起头时，正好看见了他的动作，利兹对着高个男人冷冷一笑。凯莉看了利兹一眼，似乎明白利兹嘲笑着眼前这个高个男人在这种情况下还这么挑剔。当然，她更明白，利兹对高个男人这种没有来由的敌意正是因为她。

直升机飞了一阵，众人不再说话。这架直升机的飞行速度很快，凯斯感觉，刚才那场赌局似乎是一场梦，瘀斑脸和他的族群，已经被甩在身后了。

"操作'盖伊号'直升机迅速下降。"托比吩咐了身边的山姆一句。山姆熟练地操纵着拉杆，凯斯则一边咬着食物一边站在两人旁边看着。他这个动作让托比很不舒服，但是托比却并没有和凯斯发生冲突，大概是因为西蒙交代过什么。

米雪儿找到了另一袋食物，给凯斯送了过来。机舱里有暖气，众人吃了这些东西之后，都感觉体力恢复了很多。

凯斯看见机舱中央有一个黑色的金属箱，金属箱外有一个电极保护层，显然里面装置着十分重要的东西。凯斯有点儿纳闷，他早就知道西蒙不会专程来解救他，一定是赛洛和西蒙之间有过什么交易，所以西蒙才会同意派出直升机——西蒙不会单纯来解救他的——凯斯很清楚，但是他不明白西蒙为什么会在直升机上带着一个这样的金属箱，更不知道这个金属箱里到底锁着什么。

机身随着气流产生了一波摇晃。格尔差点儿撞到高个男人，高个男人连忙向旁边让了让。

"那个，真的很不好意思，不过我想问一下。"格尔尽量让自己的语气听起来带着某种谦卑感，毕竟在这一群人之中，只有他没有自保技能。

"有什么问题？"凯莉挑了挑眉，显然对格尔打扰高个男人的举动感到有点儿不快。

"盖依号"战斗机小心翼翼地降落到隘口。

"那个，我们一起同路也有一段距离了，我想问一下，这位高个先生到底叫什么名字，我想，一会儿我们分别的时候，总不至于总是您啊您的称呼吧。"

凯莉看了高个一眼。格尔的话也吸引了凯斯等人的注意力，他们纷纷向格尔所在的方向转过头来。老实说，在凯斯他们这些莫斯特伯阿米克时代的人看来，高个男人的举止确实有些令人诧异，他们感觉这个高个男人跟他们并不是一个时代的人，但是这个高个男人显然和那些复活的暴君不一样，他只有凯莉一个随从，虽然他的举止有着统治者的优雅，但是他的做派却和尼禄以及伊凡大帝很不一样。

"塞克斯汀。"高个男人看了格尔一眼，他虽然是望向格尔，但是这句话明显是说给凯斯和利兹等人听的。

这是一个非典型的法国名字。其实凯斯一开始就预想到他有可能会报假名字，但是他没想到他竟然报出了一个这么敷衍的名字。

"我们到地方了。拿到那东西就走。"托比显得有些焦虑，按照他的原计划，他应该在赛洛发来的坐标点找到凯斯，结果凯斯他们一行人却被瘀斑脸掳走了，没办法，他和山姆只能将直升机开到了瘀斑脸的种族所在的区域，在那里又发生了一场小型战斗，一直到现在他和山姆才到达了坐标点。

"下来！"托比突然掏出了枪，对准了凯斯，与此同时，山姆也拿起了枪，指着机舱里的凯莉。他们刚才就已经看出来，这两个人算是这里战斗力最高的人，只要制服了这两个人，剩下的那些人都不值一提。

凯斯看着托比，又看了看山姆，举起了手，随着他们两人一起走下了飞机。

托比手中拿着一个像利兹和弗里曼那样的测量仪，似乎在测量着地下的某些东西。

凯斯看到了托比的动作，他忽然明白了，托比是在寻找"神谕"。凯斯看见，雪崖边，深深凹陷的峭壁上有个图形：什么人在岩石上刻出由两条线相连的两个圆圈。他突然明白西蒙为什么要派托比过来了。

"看着他们，别让我分心，山姆。"托比说。

"图形在那边。"托比的测量仪发出了尖叫声，大概是和"神谕"金属之间有着某种特殊的感应。

它认出了这个图形。很显然，那个叫塞克斯汀的男人也看到了这个标志。他看到这个标志的第一眼，心中有点儿犯怵。老实说，作为一个暴君他曾经天不怕地不怕，但是这个符号却令他有点儿畏缩。这个符号和死神有点儿关系。这样的标志不会轻易出现，但是他在被死神复活的时候，曾在死神居住的路克斯塔[1]看到过类似的符号，在自己被复活的那一瞬间，他看见塔上留下痕迹——或是巨塔的废墟，或是空阔的地洞，或是宽敞的竖井。

如果这里面真的藏着死神的东西，那他们这些人想要妄动还是真够愚蠢的，塞克斯汀往后退了一步，似乎这个符号之中也凝聚着死神的力量似的。人们总是这样，妄想着这背后藏放着价值惊人的财宝的人往往会死于自己的贪欲。

"等一等。"利兹和弗里曼显然也看出来了，托比是要开采"神谕"，这里应该是他们一直苦苦寻求的"坐标点"。

"什么事情？"托比转头，皱眉看着他们俩。他不喜欢自己在做一件事的时候频繁被人打扰。

"你应该先看看这个。"凯斯将手上的东西举到托比面前。托比看到了他那台旧的笔记本电脑的内容。

> 发现的第二个基地是未被触动过的。然而，刚设法找到直通那

---

[1] 路克斯塔，英文原文"lux"，引申为"光明、照明"之意，死神在地球世界上建造了一座路克斯塔，是与死神降临前所在的世界里的一座名叫黑暗塔相对应的。

里的大门，刹那间爆炸声响起，基地荡然无存。幸运的是，并无一人死伤。第三次，探察的人们异常谨慎。大家不从正门进入，而是在山岩间挖隧道潜入，看见了里面的'神谕'发出来的光亮。他们继而抓紧时间，想把'神谕'金属真正的样子拍下来。不料，警报声大作，尖厉刺耳，惊心动魄，使得探险队员们的神经承受不了，狼狈逃跑。最后一个刚刚离开，轰然一声巨响，基地便了无踪影。这便是人们所知道的全部情况。

托比的探测仪发出了丁零零的警报声，它在深深的裂罅中看见了黑黢黢的塌陷处旁边有块石板。

弗里曼望着托比手中的探测仪，这才明白，原来所谓的"零点坐标"并不是在极地，而是指这里。这里就是弗里曼的父亲，老弗里曼所说的"十号仓库"。

第七十九章

"曾经有一次地震,毁坏了基地的入口,又没有谁返回这里把它修复。所以,这个基地内部现在应该有一点儿塌方……"那台旧笔记本电脑上的字迹越来越模糊,后面的都有些看不清了。

"终于对上号了。"利兹极目望去,四周都是光秃秃的岩石黑山,但是看起来都不是很高,没有被风化的那部分裸露在地面上,远处则是一眼望不到尽头的漫漫黄沙。这里看上去就像是世界的尽头一样。利兹不知道自己为什么会产生这样的想法,但是这里苍茫的感觉,总是会让他觉得有些沉郁,他把这一切归结为自己实在太爱看电影,太过多愁善感的缘故。

"这里真像是世界的尽头。"凯斯感叹了一句,眼前的风景令他着实有些感慨,感慨到几乎已经忘了山姆正拿着枪指着自己的头。落地的那一刹那他们被这些山崖挡着,他并没有看到眼前的那些景象。现在直升机上的探照灯打开了,在晕黄的光晕照射下,凯斯终于看清楚了眼前的景象。

这里仍然笼罩在莫斯特伯阿米克时代的循环系统之中,只不过这里并没有都市里那些人造灯,所以凯斯他们刚刚看到的只是淡淡光晕下流沙的影子,并不能清晰地看到远处的情景。在直升机探照灯的照射下,他们才看清楚这里弥漫着漫天的黄沙,充斥着生物销声匿迹之后完全沙漠化的痕迹。

托比操纵了一下手中的遥控器,"盖伊号"直升机把探照灯光转向黑黢黢的塌陷处。随着"盖伊号"直升机灯光的转向,众人看到一些模模糊糊的大圆罐轮廓。利兹和弗里曼把背包里他们所知道的那些探险队队员们的报告全部都翻了出来,得知探险队队员们当初在这种大圆罐里藏着供直升机使用、能大大提高航速的超级燃料。

"应该在极地的格陵兰岛附近才对。"格尔跟在凯斯身后,不停地喃喃自语着。对格尔而言,他把当初看到的那个米兰德研究员留在笔记本电脑里的那本日记当成了所有的真相，现在突然在沙漠之中看到了这些光秃秃的黑山岩石板块以及探测仪在板块缝隙之中探测出来的基地遗址，他感到分外不可思议。

"别忘了，这是莫斯特伯阿米克时代了。"塞克斯汀突然插了一句，"当初死神大人把植物和动物都收走的时候，有些本来是海洋的地方早就慢慢干涸了，然后——这些地形地貌变形，也是很正常的事情，连人都能变异，更何况是水土的流失呢。"

"也就是说，死神大人觉得沙漠化的速度过快，所以才总是在中心城市下那些该死的雨？"凯斯看了塞克斯汀一眼，他本能地觉得，在这里出现的"神谕"金属，不会只是尼禄说的那么简单的东西，它应该还有着某些不为人知的作用。自从凯斯遇见这些被死神复活的暴君之后，他就开始注意收集关于死神的种种信息，他发现，这个世界还有很多东西是他所不知道的。

想到这里，凯斯抬起头，四周仍然被笼罩在类似于多云天气的黑暗中，高高的天宇在它的上方闪烁发光，强烈而近乎白色的光。墙，一堵堵巨大而带光斑的墙，光斑历历而过，十分炫目。

"把'盖伊'准备好，我要把这里炸开。该死的，我已经找到了基地，没理由在这个时候放弃。"托比既像一个疯狂的科学家，又像一个疯子一样喃喃自语。

"我现在拿枪指着他们的脑袋呢，先生。"大块头的山姆对于托比这些杂乱的指令感到极不耐烦。

"我们不会干扰你找'神谕'金属，至少我不会。"凯斯摊了摊手，说实话，他自始至终都对这个东西没有什么兴趣，不明白这一群人到底在忙活些什么，或许这个金属片对他们来说很重要，比如能卖一个大价钱，但是凯斯管理他办公室的自动办公桌椅就已经够头疼了，他喜欢赚点儿小钱，但是给他一个像坎贝尔或者是泰西尔－埃西普尔家族那样的公司让他管理，这几乎和杀了他没什么两样。

托比已经调整了"盖伊号"战斗机的位置，摆好了一门炮弹。他打算把这些无法风化的黑岩炸开。

"这里是不是那个瘢斑脸说的'区域外'？"米雪儿看着几个人，突然问了一句。

"没错。"山姆百忙之中，竟然还抽时间回答了米雪儿一个问题。

利兹和弗里曼对视了一眼，老实说，找到了"神谕"金属的这个坐标点，现在却要让他们放弃，对他们而言，有点儿太为难了。他们前面所做的，所研究的一切，都是为了找到"神谕"金属，而现在就因为弄错了一个坐标点，这个唾手可得的东西却被托比等人捷足先登，实在是太让他们不甘心了。

塞克斯汀和凯莉专注地看着两人的动作，众人没有注意到的时候，塞克斯汀朝着凯莉轻轻点了点头，两人似乎在无声地交流着什么。

"山姆，准备！我要把这该死的黑岩全部都炸开，然后把那开采到一半的'小乖乖'取出来。"托比从喉咙之中发出了一阵狂笑，似乎这基地里面埋藏的是他寻找多年的情人。

托比一边调控着手中的调试器，一边指挥着直升机掉转机翼上背着的炸弹筒对准了黑岩之中的缝隙。

"准备发射。"托比调试着最后的数据。

利兹和弗里曼盯着托比的动作，忽然有点儿明白他们为什么会败给这两个人了。他们埋在实验室里研究机械太久了，即使他们能够控制一两个肉人改造的生化变异人也于事无补——尽管当初利兹为自己能拆解生化人的技术感到有些自豪，他们完全没有想到，进入到这里需要这样大规模的杀伤性武器。当初那些科考人员在这里建立了一个基地——对，如果不是有一个海底基地，他们怎么能够在这里考察一两个月呢。利兹和弗里曼本来以为他们能够进入这个基地就可以拿到"神谕"金属，但是很明显，现在这里的危险性已经超过他们的理解范畴了。

山姆看了凯斯一眼，将指着凯斯头的枪撤掉了。他从凯斯的眼神中读出了凯斯对这里埋藏的这个叫作"神谕"的金属确实没有什么兴趣。倒是利兹和弗里曼，还有塞克斯汀和凯莉，这几个人都比较像危险分子。

"坐标定位已完毕。"山姆一边仔细观察着托比的操作，一边汇报着炸弹筒指向的定位进度。

"所有人，回到直升机上去。"托比命令凯斯等人。凯斯看着托比对着黑岩缝隙下军事基地的狂热眼神，这才明白了，托比并不是害怕他们知道"神谕"金属的秘密，而是害怕他们看到直升机上那个长长的金属箱子里装的东西。他把他们带到这个地方来，只是为了让他们远离这个东西，甚至托比还有一种作为联邦警署警察的本能，他会下意识地让他们待在安全的地方。凯斯想起当初自己作为犯罪嫌疑人被抓进警察局时所遭遇的一切，突然有点儿感慨。他现在已经明白，这是坎贝尔家族策划好的一件事儿，目的就是为了得到基地下面的东西。只不过，他到现在仍然想不通，这个东西和米雪儿哥哥他们的死因有什么关联，或许他找到了关键线索，这件事儿就能得到解答。凯斯很想把自己现在观察到的东西写在本子上，但是这通常是他的隐私行为，思考这件事儿，始终不适合在众目睽睽之下去做。

凯斯等人随着托比和山姆一起回到了直升机上。托比操纵着手中的摇杆，山姆则按下了发射的按钮。

炸弹向着黑岩的方向飞了过去。

众人感觉耳鼓一阵强烈的震动，仿佛听到某种怪物不断发出的喊声。

巨大的轰鸣声从黑岩的山体之中传来，像是某种野兽的怒吼。火光跳动了一会儿，然后汇聚成一股巨大的旋风，喷出了火焰。那淡蓝色贪婪的火舌迅速蔓延开来，其速度之快，犹如整个地底都是一堆干柴。

直升机的壁板被炸弹的气流冲击得不停震动，有的地方像骨骼、木棍断裂似的在噼啪作响。众人意识到这架战斗机似乎很脆弱，可谓不堪一击，幸好他们在上直升机的那一刻，托比和山姆就命令他们绑好了安全带。

凯斯看见，放在机舱中央的那个金属箱子，也被震动得发出了嗡嗡的响声，只是这个金属箱子固定得极好，并没有因为这种震颤而滑动。

凯斯不经意地向外看了一眼，炸弹爆炸的火光随同使人窒息的浓烟似乎穿透了他的心肺，令他想起了他在战场上的场景。

那时候他在装甲坦克里，敌军一个炸弹丢了下来，他在坦克里勉强撑持着才能坐稳。突然他的头重重地撞在炮弹架上，疼得要命。他用双手支撑着跪了起来，最新式的装甲车挡住了核爆炸。凯斯还没来得及庆幸自己捡了条命，壁板又一次震动起来，外面敌军新一轮的投射又开始了。

这时一阵颠簸再次向几人所在的战斗机袭来，格尔猝不及防，头重重地向舱壁撞去。凯斯忍住自己的应激反应，向外看了一眼，一阵烟尘落下来，打在直升机机身上，发出了下雨一般的沙沙声响。

第八十章

"其实我一直想知道，这个'神谕'金属到底有什么具体的作用，引得这些人趋之若鹜。"凯斯看了利兹一眼。

"说真的，如果让我说，我也说不出来什么具体的作用，我是指世俗意义上的。当然，泰西尔－埃西普尔公司把这个东西当成了激活人脑潜能的能量，也算是一部分作用吧——泰西尔－埃西普尔公司的维尔·多莫，不对，尼禄这么着急来找这个东西，或许不止这一个原因。虽然坎贝尔家族也在寻找这个东西，但是我总感觉，这两个暴君的目的似乎从某些意义上来说，并不一样。"利兹像模像样地分析着。

"从开始，维尔·多莫，不，尼禄收购米兰德研究所这件事儿的目的就在于让这些人帮他开发'神谕'的功效——但是我看过报纸，这件事儿在'神谕'金属的新闻被公开之前就已经在进行了。所以说，新闻和尼禄的泰西尔－埃西普尔这两件事儿里面肯定有一件事儿是假的。"凯斯敏锐地指出了问题所在。

"尼禄在报纸上公开了泰西尔－埃西普尔发现'神谕'金属，并且'神谕'金属会给人带来危害这件事儿，表面目的是炒一波泰西尔－埃西普尔的股票，让民众掏出更多的钱来购买泰西尔－埃西普尔的股票，他好继续投入研究'神谕'金属这件事儿，但事实上这件事儿远远不止这么简单。"凯斯拼凑着自己一路走来看到的所有线索。

"当然没有这么简单，这是蠢货都能想明白的事情。"托比从直升机的操控台上站了起来。

凯斯撇了撇嘴，他已经习惯了托比说话的习惯。

"所有被复活的暴君们，都知道'神谕'金属块和死神大人之间的联系，因为死神大人在金属块上做了属于他的标记。"托比用极不耐烦的语气向凯斯等人解释。凯斯望着托比的表情，深深地感觉到托比既像是要讽刺他，又像是想要在利兹和凯斯等人面前炫耀自己所知道的东西一样。

"说得好像你知道死神大人的事情一样。"凯莉冷冷地讥讽了托比一句。

塞克斯汀听到这句话，淡淡地笑了笑。

托比的脸一下子涨得通红，似乎马上就要发作，但是凯莉冷冷地看了托比一眼，立刻就摆出了一副不好惹的姿态，让托比犹豫着自己是否要上前。说实话，虽然托比和山姆现在算是联邦调查局的警员，但是对于凯莉这样的亡命之徒而言，警员的身份对她并不能构成什么实质性的威慑。

托比很快就判断出来，凯莉和凯斯不一样。凯斯仍然在治安管理的法条规范之中，所以当初自己才能羞辱他，缴下他手中的手枪，但是凯莉明显不吃这一套。她能夺下托比的武器击毙托比，她受过专业的格斗训练。

"我想，我们应该去基地内部看看。我们得在十天后赶到'圣泉'所在的地方去。错过这个时间，下次我们不知道还要等多久。"山姆适时地插话进来，打断了两人的对话。

凯斯注意到，山姆在说话的时候，总是会有意无意地向地上摆放着的那个金属箱子的方向望去。

"这个箱子里到底装着什么东西？"凯斯皱着眉头思忖着，深深地望了托比和山姆一眼。

"我们应该可以去基地了。希望不会有余震。"山姆看了托比一眼，顺手将机舱之中的储物间打开，费力地从中间拖出了一个大箱子。

"从基地到'圣泉'需要多久？"托比看着山姆弓着身子摇动着自己肥硕的屁股，费力地拖着那个金属箱子的模样，轻轻皱了皱眉头，露出了鄙夷的神情。

"大概需要十天左右。不能开飞机。到了'区域外'就没有办法启动导航了，而且'圣泉'附近的流沙太深，飞机无法降落。"山姆一边气喘吁吁地将箱子拖出来，一边对托比说着。

"我们得把这些补给装备都让这些人换上。"山姆一边说，一边从箱子里拿出了探照灯、测量仪、塑胶记忆防护服等东西。

"我一开始并没有想到有这么多人。有些没用的人，去不去基地没有什么关系。"托比用阴沉的目光扫了众人一眼，不情愿地补充了一句。

格尔往后缩了缩，生怕托比注意到自己，他觉得整个队伍之中就他最没用

了。塞克斯汀则仍旧是一副置身事外的样子。

"基地里面的供暖和电气没有被炸坏的话——我是说如果，我应该可以启动。然后只有下矿井的那些人才需要穿防护服，其他的人应该没有必要。"山姆耸了耸肩。

"你觉得哪些人应该下矿井？你觉得他们愿意为我们下矿井找'神谕'金属，你确定他们不会把那个东西抢走？"托比用讽刺的语调说着。

"我愿意下矿井，我确定我不会把那个东西拿走。"弗里曼站了出来。

"我也愿意和你们一起下矿井，我可以帮你们探测'神谕'金属的位置。当然，我也可以不要这个东西，前提是我得看看，这个磨人的小东西，让我们这些人魂牵梦绕、不惜动武力也要找到的东西到底是个什么玩意儿。"利兹看了看托比，也站了出来。

"找到十号仓库，拿到里面的东西，是我父亲的遗愿，所以，我必须下去。"弗里曼坚定地补充了一句。

"你确定你不会抢走'神谕'金属？"托比习惯性地用他怀疑的眼神看了看身边的那些人。

"只要你不拿枪指着我们的头，我们不会对你那玩意儿产生什么兴趣。"凯斯插了进来，"如果你联邦警员的身份还有效，且你不会滥用枪支的话，我们就不会对你有什么威胁。况且，你要开采那玩意儿，也必须有人给你帮忙。"凯斯望着托比。

"你呢？"托比看着塞克斯汀。凯斯、利兹和弗里曼的来历，他多多少少也都了解一些，哪怕是米兰德研究员，他也算是知道一点儿，唯有这个塞克斯汀，似乎自始至终都显露出一副神秘兮兮的样子。托比对这种人不会有什么好感。

"我的主人当然也会下去，还有我。"凯莉看着托比询问的目光，冷冷地回应了一句。

"女人没有资格碰'神谕'金属。虽然网络上所有关于'神谕'的报道都是尼禄的泰西尔－埃西普尔公司捏造出来的，但我们没有理由因为消息是假的就怀疑这个东西本身的真实性。就是因为真的有这个东西，所以它们才要放出假消息。"托比不耐烦地看了凯莉一眼，似乎并不打算解释自己为什么会这样说。

"我可以不要那玩意儿，但是我需要一个真相。"凯斯看着托比，"来包烟，山姆，如果这个补给箱里有的话。"凯斯客气地对山姆说了一句。

"虽然飞机上并不能吸烟，但是正好我偷偷带了一包过来。"山姆像个展示宝贝的孩子一样，将一包烟丢给了凯斯。

"谢谢。我需要这个东西提神，才能把某些事情想清楚。"凯斯用打火机点燃了烟，深深地吸了一口，感觉自己的头脑一瞬间清醒了很多。

"托比，你刚才说，网络上所有关于'神谕'金属的报道都是尼禄的泰西尔－埃西普尔公司捏造出来的，你是怎么知道的？"

利兹听到凯斯问到关键部分，也停下了换衣服的手，留神听着托比的回答。

"我们当然有我们的情报网络。"托比看了看凯斯眯起的双眼，不咸不淡地回复了一句。

"很好。"凯斯点了点头，"这个情报网络，是被复活后的伊凡大帝建立的，还是联邦警署的网络？"凯斯追问了一句。

这句话太过尖锐，虽然大家都知道答案，但是如果托比照实回答的话，那又会成为一个公共的丑闻。大家登记在联邦警署的信息竟然成了他们用来监视众人的工具，如果传出去，这件事儿一定会致使全民声讨。

"泰西尔－埃西普尔公司最大的问题就是，他们并没有选择和联邦警署合作。如果他们不是过于相信自己造出来的网络系统，也不会遇到今天这么多麻烦的。当然，这也是这些资本家的通病，他们需要政府的支持，却又始终和政府保持着距离。在不需要我们帮助的时候就想把我们一脚踢开，那可不容易。坎贝尔家族要聪明得多，懂得利用现有的资源，比如联邦警署的公共安全系统……如果泰西尔－埃西普尔家族只是希望别人不要靠近他们公司的话，完全用不着制造假新闻那么麻烦，我们会帮他们伪造一个凶杀案，告诉大家，在泰西尔－埃西普尔公司附近出现了一个杀人狂魔，然后再把这个消息放出去就行了……或者说，告诉别人'神谕'金属是放射性物质，对身体没什么好处，大家自然也就不会去关注这个东西了。"托比开始了他愤世嫉俗的宣讲。

"可惜，泰西尔－埃西普尔公司并没有领会到联邦警署办事的精髓，是吗？"凯斯的话里不无讽刺，"他们宁可制造一个假新闻，告诉众人，所有靠近'神谕'金属的人都会因为磁场的影响发生莫名其妙的车祸，或者说，产生某种幻觉，也不愿意告诉别人，'神谕'金属其实是某些能量物质，能激活一个区域，或者说，一个人的生命力，使人变得更聪明，能把大脑开发得更完善？"凯斯一边说，一边吐出了一口烟圈。

"如果你是泰西尔－埃西普尔公司的掌舵人的话，你也不会说的。这些人最核心的本领并不是科技开发，我以为你看到那些磁悬浮的汽车就应该了解到这一点的。"托比冷笑了一下，"他们这些人，最擅长的事情是讲故事——换言之，只要他们讲的这个故事能让民众相信，他们就能源源不断地推出自己的股票，在这个过程之中，他们当然会把这个东西包装得神秘一点儿。"

凯斯点了点头，托比的话一下子击中了问题的核心，让他明白了两个家族抢夺"神谕"金属的某些原因。但是对于这个能量块的具体作用，恐怕谁也不知道。

或许死神本人是清楚的——凯斯的大脑里忽然冒出了这样一句话，但是他很快就把这句话当成笑话清理掉了。他现在虽然见过了几个复活的暴君，但是对于死神的种种，于他而言仍然和神话差不多。

"别再废话了，换好了衣服，我们该出发了。十天之后，必须赶到'圣泉'。"托比不耐烦地看了正在慢腾腾换衣服的格尔一眼。

第八十一章

格尔飞快地换好了自己的防护服。

"怎么这个人也要下矿井？"托比皱了皱眉，他早就看出来了，格尔并没有什么战斗能力，带着这样一个人下矿井，对他们而言是个累赘。

"这件衣服太小了，除了女人就只有他能穿上了。"山姆在一旁解释着。

"至少我可以给你们说个笑话什么的。"格尔用祈求的目光望着凯斯和利兹。他也看出来了，这两个人算是整个队伍里最有正义感的两个人了，格尔知道，只要凯斯说话，多多少少能为自己争取一点儿空间。

"走吧。我不想留下谁在这里看飞机，没准儿回来的时候飞机已经没有了。"山姆插了一句。

众人提着灯，下了飞机，向着黑岩的方向走了过去。

凯斯看了看米雪儿，现在只有她和塞克斯汀还有凯莉没有换防护服了，对后两个人而言，换不换防护服好像也并不太重要。除了在瘀斑脸那个游戏别墅的时候，凯莉表现出跟他们同一阵营之外，剩下的时间里，凯莉几乎都守在那个叫塞克斯汀的高个子男人身边，仿佛凯斯他们是瘟疫，她并不愿意跟他们多说一句话。

此刻这两个人也从战斗机上下来了，山姆用密码锁将战斗机的门锁上了。

"他们并没有拿走那个金属盒子。"凯斯向后看了一眼，最后确认了这件事儿。但是他们对这个金属盒子很重视，凯斯在心里想着，重视到宁可让凯莉和塞克斯汀这两个讨厌鬼跟着自己，冒着"神谕"金属能量块被抢的风险，也不愿意把他们留在飞机上。

不知道为什么，在跟托比谈过之后，凯斯更愿意把这个东西叫作"能量块"（以下"神谕"金属称"神谕"能量块），现在他已经知道了尼禄那里那些变异人和这个能量块之间的关系了。那些变异人，或许不是大脑被能量块激活失败之后的副产品，而是尼禄并没有给他们吃下那些食物发放机里的食物，所以才导致了这些变异人的出现。凯斯忽然想到了一个问题——如果这些变异人和"神谕"能量块无关，那"区域外"没有食物发放机的地方，应该会有更多的变异人——这才是真正意义上的危险。

"你原来就知道'神谕'能量块能激活大脑吗？"凯斯意味深长地看了托比一眼。

"我当然知道。西蒙局长观看过坎贝尔家族的那些变异人实验，他们尝试过各种激活大脑的方式，但是那些肉人制成的变异人总是蠢笨至极，毫无能动性，一旦脱离了主脑连接器的指挥，就变成了一堆废肉，只能到黑市之中倒卖。"托比似乎并不怕凯斯他们知道自己的秘密，一股脑地全都说了出来。

"原来如此，黑市之中流传出来的肉人竟然是坎贝尔家族生意里的一部分，这一点我真的没有想到。"凯斯冷笑着，他想起了自己在旅馆中度过的那一夜，那时候他正为了明天的生计而发愁，靠着赛洛做出来的作弊软件小赢了一笔钱，而当时他记得，第一名的奖品是一块牛肉——据说是莫斯特伯阿米克降临之前保存下来的，但是很多人猜测那是肉人的肉。现在他听到了托比说的，终于把这两件事儿联系起来了。

"能够激活和维持人类大脑运转还能不让他们变异的东西，就是这个'神谕'能量块吧？"凯斯看了托比一眼，"我的朋友赛洛曾经告诉过我，人大脑里的神经体系有五十多亿对，这个东西很难被机器模仿，但是人却可以组装成机器，就像尼禄在泰西尔－埃西普尔公司里面做的那样，用这些东西激活他们的思考神经，然后再催眠他们，让他们夜以继日地为自己工作。"凯斯很快就找到了这些事物之间的联系。

"不然呢，你以为泰西尔－埃西普尔家族的'冰墙'是怎么造出来的，用手砌成的吗？"托比用看白痴的眼神看了凯斯一眼。

"用人脑来模拟电脑的运转模式，比用电脑来模拟人脑要好得多，只不过一般人没有那种基因。"凯斯忍不住讽刺了一句。

"尼禄那样的暴君，天然就带着这样的基因。很多人生下来就是为了这个世界做垫脚石的，没什么觉得不公平的。如果他们能把莫斯特伯阿米克世界的秘密研究得更加透彻，那 M 国政府会给他们记上一大功的。只有精英才有被送上祭坛的资格，剩下的那些庸众，只是给精英输血的垃圾而已——他们死了，或者他们活着，都没有什么人去关心。"托比冷冷地阐述着自己的价值观。

利兹和弗里曼并没有觉得托比说的有什么不对。在他们看来，科学从某种程度上而言，的确是一种牺牲。

"要知道，存储技术和信息整合本来就是未来的主要技术之一，我们要从中提纯出某些公式，制造更高级的武器，管理好那些庸众。有了'神谕'能量块，就可以把所有我想知道的事情都存贮在某个大脑中，或者是几个大脑中，简单的事物每个人都可以知道，但是深奥的事物只会存贮在少数几个人的脑中，如果我想要这部分知识的话，我可以将它找出来。"托比一边向前走着，一边滔滔不绝地发表着自己的演讲。

"你是以什么身份进入联邦警署的？"凯斯用意味深长的眼光打量了托比一眼。他总感觉，托比现在的这些宣讲，倒不像是一个信息警察在向着自由公民介绍这个国家最新的技术，反倒像是一种宗教宣讲。他又想起了当初在警局的高档会客室里听到的那个对话，死神复活了一些暴君之后，有一部分人建立了一个叫作"索婆阿腾纳斯"的宗教。在暴君复活后，有一部分人，通过讨好这些暴君来获得权利，他们都是狂热分子，带着这些暴君某一部分的信仰在世间行事。

一开始凯斯也只把这件事儿当成一个笑话，直到他亲眼见到了尼禄，并且看到了西蒙派了两个人带着伊凡大帝执掌的坎贝尔集团研发的战斗机和自己合作和营救自己。

"精英们大脑存储的信息，是那些垃圾的上百倍。有了'神谕'能量块，我可以激活某些君王的头脑，或者说，我也可以唤醒某个暴君的记忆，把他的能力放得更大，这样他就能更好地统治这些垃圾，给他们讲更多完美的故事，让他们贡献出自己手中的钱，为了某个虚无缥缈的希望。"托比谈到这件事儿，眼中放出了一丝狂热的光芒。

凯斯看到托比的样子，心头划过一丝疑云。他隐隐约约地意识到，或许这才是西蒙派托比来的目的，坎贝尔家族内部也并非铁板一块。

"纵观人类的历史，真理往往掌握在少数不被社会大众认可的人的手里，而正是这些人最终取得了成功，并且改造了我们的世界。剩下的那些人，并不需要思考，他们只需要重复他们现在的生活就行——从死神大人提供的食物发放机里领取特定的食物，然后干好他们自己手上的活儿，明白吗？"托比转头看了看格尔和米雪儿一眼，对他们没有认真聆听自己的宣讲感到有些不满。不过他很快又释然了。

至少在托比心里，格尔基本上可以等同于他所说的"垃圾"，至于米雪儿这样的女人嘛，托比从来都不认为女人在这类事情上能有什么见解和认知。像自己这种崇高的理想，米雪儿和凯莉这样的女人能听到，已经用光了她们的幸运了。

利兹和弗里曼对视了一眼，双方都从对方的眼中看到了一点儿诧异。利兹感到，托比把他心中某种隐秘的东西宣之于口了。

以前他研究某些东西的时候，他也曾这样想过——那些庸众不过是服务于科学的——他们不需要思考，只需要干好自己手上的事情，被那些精英领导就可以了。像他和弗里曼这样的精英，包括那些米兰德研究所的研究人员，都可以代替他们去思考这个世界上某些深奥的道理，只不过，这些暴君把这个理念贯彻得更加彻底一些罢了。利兹甚至知道，凯斯所说的"尼禄的那种基因"是什么，这种基因，应该是愿意抛弃道德底线承担某种骂名的勇气——利兹当然没有凯斯那种属于侦探的正义感，在他看来，要成就某些事情，让一部分人来做出适当的牺牲确实是必要的。

"小心脚下！"在前面引路的山姆突然发出了一声警示。

众人低头，这才注意到他们脚下有很多碎石，这些碎石的断口还很锐利，并没有被风化，应该是刚才被托比用炸弹炸下来的。

托比一脚将一块小碎石踢开，仿佛这块小碎石就像他所说的垃圾一样。

"我先看看前面到底是什么情况。"山姆推了推挂在额头前的探照灯，向纵深处照去。

众人顺着山姆探照灯的方向望了过去，看到眼前的石壁上被凿出了无数深洞。这些深洞看起来就像是新西兰人建在山洞里的房子一样，带着某种魔幻的意味，唯一的区别就是这些深洞看起来就像蜂巢一样一个连着一个，有些洞里面还放着一些铁架子床或者一些研究器材，看样子应该是米兰德研究所的那些探测员们当时用过的。

"看看你那些笔记里有没有关于这里危险性事物的介绍。"托比看了利兹一眼。

"就算有，现在也早就变了。"凯斯一边检查这些空洞一边说了一句，"米兰德研究院探索'神谕'能量块是莫斯特伯阿米克刚降临的时候，那时候死神大人刚把这些生物收走，这里的生态系统还没有完全发生变化。现在，鬼知道会有些什么东西。"凯斯一边说，一边用手轻轻敲了敲墙壁。

像是为了回应凯斯的话，墙壁的另一面，竟然传来一阵叮叮咚咚的响声。

第八十二章

几个人听见了这叮叮咚咚的声音，周围气氛陡然紧张起来。凯斯和米雪儿对视了一眼。塞克斯汀则看着前方的栈桥，密切地注视着一切。

这个基地看起来就像是一个巨大的洞穴，那些孔洞上密密麻麻的小孔，使得这洞穴看起来就像是一个巨大的复眼。

利兹和弗里曼默默地站在旁边，用探照灯观察着这些孔洞，想象着当初建造这些东西时的不易。

"下面是空的。"

山姆向托比打了个手势，托比将手中的一根绳索慢慢地垂下去，绳索另一头上的探照灯，照亮了地底的平台。众人这才看见，原来栈桥下面还有一个巨大的探测平台。这里看起来就像当初在海洋之中建造出来的一个巨大的气泡一样，只是现在海洋变成了沙漠，但是这个气泡体仍然还在，只不过是中空了一点儿而已。

众人缓缓爬向地底的平台，依次钻入了平台上停靠的潜艇的内部。

"这里的控制室还可以使用。"弗里曼走进了潜艇的控制室，坐在仪表台前。他打开了仪表开关，各种各样的指示灯在他面前闪亮。他把录音机和绿色的示波器接通，在示波器上立即显示出一个银色的光点。

"我们应该可以通过这台仪器监测看看。"

"你会使用？"托比疑惑地看了弗里曼一眼。

"当然，我从出生开始，就看着这些图表长大。"弗里曼看了仪表一眼。虽然这些东西都真真切切地显示在眼前，但是他还是有点儿不敢相信。

弗里曼拂去了仪表盘上的灰尘，操纵着手上的操控台，想要移动这个潜艇。潜艇底部联动着平台上的升降仪器。

弗里曼试了试平台的灵敏度。这个升降平台还能用，只是时间有点儿久，在向各个孔洞移动的时候，偶尔会发出一声吱嘎声。

数字深度显示器上标出"15"之后继续下降。银色的光点在绿色的屏幕上移动，一根微型针在坐标纸上画着。

"注意，这里以前是深海。"凯斯看着弗里曼的动作，提醒着弗里曼。

"我知道。现在已经变成了沙漠和黑岩了。"弗里曼启动了操作台，潜艇向着崖底的那些孔洞旁慢慢靠了过去。几人乘坐的潜艇在陡峻的悬崖峭壁间缓缓移动着，有点儿像游乐园的观赏车。

显示器标出"150"，然后渐渐地接近"200"。

利兹拿着话筒，不停地读着深度数字："快要下潜到六十多米深了……"

突然，仪表上的数字停止了跳跃。屏幕上的数字在"200"和"201"间跳动起来。

弗里曼停下了手中的操纵杆说："可能就在这附近。"

利兹检查了一下他所携带的仪器，轻轻点了点头。

众人从潜艇上下来。四周漆黑一片，凯斯率先打开了手中的探照灯，他环顾四周，绿色的双眼在黑暗中闪闪发光。他听见底部传来不同的声音：近处，奇异的嘀嗒声和一些轻微的呼吸声；远处，可怕的叮叮叮咚咚声。

托比走近那发出叮咚的声音之处，举起探照灯，看见上面有些碎石子不停地下落。他这才明白，原来这个巨大的"石头气泡"也已经开始风化了，只不过当初建造这里的那些人，用了一些特殊材料，所以风化的速度很慢，而且这里被埋在了沙漠附近，鲜少有人靠近。

山姆招了招手，众人沿着一个海底陡坡滑下去，托比把脑袋贴在石壁上。嘈杂声越来越响，好像还听见某种奇怪的叫声，是一种可怕的、连续不断的、抑扬顿挫的奇怪声响。

"或许这里以前是个很有生气的世界。"凯斯走到托比身后，看着托比的动作发出了一句感叹。

"不管什么样的世界，最后都未必能留下什么痕迹。人类总是自视甚高，以为自己达到了高度文明的顶端，天下无敌。"托比冷冷地哼了一声。

"别忘了，你也是人类。"凯斯心中又升腾起了一股想要揍托比的冲动。

托比狡猾地闪了闪眼睛："你得承认，有时候人和人就是不一样，有些人负责思考和统治，而另外一些人负责做垃圾。"

利兹和弗里曼没有听到两人在说什么，他们在黑暗之中，靠着探照灯的灯光，沿着一堵大墙的墙根慢慢地走着，地上的红灯渐渐地变成了绿色。

高墙旁边有一个大厅。他们跨进大厅，发现内部十分宽敞。山姆用探照灯看了看，发现大厅的墙壁上显出凸凹粗糙的岩石，大厅的四周放着许多复杂的机械。在大厅的中央，由上至下悬挂着一幅巨大的世界地图，上面画着红、蓝、黄等颜色的舰艇模型，标明各国潜艇和导弹巡洋舰的位置。

微弱的灯光下，众人看见这里已经积满了灰尘，但是利兹和弗里曼能够想象当初米兰德研究所的研究员和科学家围着他们的监听装置正在大厅里紧张工作的情景。

"你看，"托比对凯斯说，"这里现在不就是这样吗？我们在这里冒险，而这个世界上绝大部分人对此一无所知。他们仍旧在浑浑噩噩地生活着。我研究了人类这种动物——不是从书本上，而是亲自进行考察。根据我判断，人类已经没有希望，只能一切重新开始，创造出一个谦逊礼貌的有纪律的新型世界。你同意我的看法吗？"

托比望着凯斯说："就拿你自己来说吧，你也痛恨战争，痛恨资本家，痛恨某些领袖为了他们自己的利益做违心的事情。所以，换成暴君统治世界，只是为了加速这个世界的工作效率。事实上，和现在这些自私自利者统治的世界从表面上看，并没有任何分别，而且这些暴君能保证某些东西严格执行。"

"比如说那两个人，"托比看了看利兹和弗里曼，"他们希望有一个追求纯科学的机会，也许将来有一天他们会如愿以偿。

"如果我们的计划能成功，可以使更多的人的生活变得没有痛苦，没有烦恼，不需要像你那样，患上战争应激创伤的病症，每天都睡不着，靠着那些无聊的事情寄托自己的灵魂。"说完，不等回答，托比又狂笑起来。

"你调查过我？"凯斯皱了皱眉头，"当心我告你侵犯个人隐私权。"

"随你告去吧，我不会害怕的。"托比看了凯斯一眼，"等我办成了这件事儿，这个世界的法律、格局，全部都要改变。"

托比一边说，一边从鼻孔之中冷冷地哼了一声，不再理会凯斯。

米雪儿走到凯斯身边，二人对视一眼。

凯斯想起了他们当初打的那一架。托比说的是真话，他从托比的眼神之中看出了这一点，但是他不明白托比为什么会有这种自信。现在他唯一的已知信息就是：托比是联邦警察局的技术研究员，他是西蒙派过来的，他背后的主子是伊凡大帝。

但是现在，凯斯听见托比说的话，感觉又有些奇怪。他像个狂热的宗教分子一样，似乎自己是掌握了真理的先知，成了死神的代言人。但是据凯斯的了解，托比本人并没有什么奇特之处。

　　利兹和弗里曼站在了中央大厅之中。山姆蹲下，似乎在检查大厅之中的这些照明设备能否再次启动。这些设备当初是用洋流势能来启动的，现在全部都绞在一起了。山姆费了很大的气力才把这些东西一一拨开。

　　"过来个人帮忙！"山姆一边维修眼前的器械，一边冲几个人叫唤。

　　凯斯走到山姆身边，蹲下来帮助山姆。说实话，比起喋喋不休又狂妄的托比，凯斯觉得山姆更可亲一些。

　　利兹指着仪器和仪表继续说："你瞧瞧这些东西，它们都来自极端秘密的俄国间谍、M国中央情报局的飞机和法国人的超级潜艇。当初米兰德研究所的那些人找到他们，重新组装，然后又投入使用。所以才造出了这个十号仓库。"

　　"你是怎么知道的？"弗里曼听见利兹的话，觉得有些疑惑。

　　"我在笔记里看到过。"利兹抚摸着自己眼前的仪器，就像抚摸情人一样细致。

　　"你的父亲，真是一个聪明的废物利用大王。"托比走到了两人面前。与此同时，山姆扭开了地上的地灯，强烈的亮光照射过来，刺得几人几乎睁不开眼睛。

　　"还好这东西用的是核能发电，我刚才试过了，还能用。"山姆开心地搓了搓手，像办成了一件了不起的事情似的。

　　"废物能利用的话，当然是最好的了。因为只有这样，才能用最快的速度达成目标，提高这个世界的运作效率。当然了，这件事儿的前提是——他们得有一个合格的领导者。"托比接着山姆的话说，像是某种双关句。

　　"你到底还找不找'神谕'能量块？如果你要找的话，我建议你马上闭嘴。"凯莉看了托比一眼，似乎对他的喋喋不休感到极不耐烦，"否则的话，我不知道我自己会做出什么样的事情来。"

　　托比转头，冷冷地上下打量了凯莉一眼，但是却识趣地不再说话。

　　利兹和弗里曼正在检查大厅之中的各种设备。

　　"嘿，伙计们，我说，如果要拿到'神谕'能量块，恐怕我们有两个人得下潜到这个大厅的底部。那东西就在下面，我刚看了，（0，0）的坐标系，原来是指这个大厅正中央的底部。"利兹看着众人，大声地说了一句。

第八十三章

"这个操纵台设计得真精致……"利兹看到了操纵台，不由得发出了一声感叹。

众人这才注意到，原来这个大厅里的操作台竟然还能使用。弗里曼来到仪表板旁，将一把钥匙塞进了锁里。一个充满各种键钮的密室被打开，在一排排标明用途的键钮盘上，弗里曼按下了第一个键。

"这里用的是模拟蜂巢的结构和技术，整个都是。这在当时是最精巧的结构。"弗里曼一边转动着手中那个老旧的罗盘，一边回应利兹。虽然他从来没有来过这里，但却对这里非常熟悉。随着弗里曼的操作，大厅操作台上的灯光亮起，操作台的程序缓缓启动。

"喂，我想知道，谁下去开采那该死的东西？"山姆看到了墙角放置的一个特制的小型潜水器，马上明白了这个东西的用途。

利兹和弗里曼显然也注意到了小型潜水器。

弗里曼向操纵台底部丢了一颗石头。石头向着操纵台底部滚下去时，弗里曼听见了扑通一声响，原来更深的地方还有一些水。也不知道这里当初有多深，是不是把地底都钻穿了。他和利兹对这里有一些特殊感情，似乎这里还带着米兰德研究所当时的味道。

"我要下去。"托比看了看那个小型的潜水艇，又看了几个人一眼，似乎害怕众人跟他抢。虽然他现在明白大家可能对这个东西并没有多少兴趣。他尤其关注塞克斯汀，不知道为什么，他总觉得这个人是个危险人物。

"那我和你一起下去。"塞克斯汀看了看托比，突然说了一句。托比用怀疑的眼神看了塞克斯汀一眼，似乎并不愿意让塞克斯汀和自己一起下去。但是他扫视了一下其他人，见其他人确实没有要下去的意思，这才相信他们是真的对那个"神谕"能量块没什么兴趣。

"我不会要你那个东西的，我下去，只是因为我想弄清楚，这个东西到底长什么样。"塞克斯汀看了托比一眼，语气淡漠，仿佛真的对一切都没有兴趣。

托比看了看山姆，似乎是在征求山姆的意见。

山姆接触到了托比的眼神，立刻明白托比的意思。托比虽然暂时相信了这些人，但是他心里还是害怕自己进入潜艇之后这些人会有什么小动作，所以特意让自己留在上面看着，这样他在开采"神谕"能量块的过程之中，多多少少也会放心一些。老实说，越是到了离梦想只有一步之遥的时候，托比越是感觉有些紧张。他觉得眼前的一切看起来似乎都有点儿不真实。

"怎么样？"塞克斯汀看着托比，似乎算准了其他人并不会和他一起下去。利兹和弗里曼看见托比看着潜水服，似乎是在沉思。塞克斯汀向凯莉点了点头，凯莉走上前来，帮助塞克斯汀换那套老旧的潜水服。

弗里曼仔细操作着操控台上的拉杆，水底似乎装了扫描摄影的装置，随着他的操作，水底的三维图像清晰地显示在了显示屏上。利兹走上前来，帮助弗里曼一起调试着各种数据。虽然两人在微型设备上模拟过很多次，但是像现在这样真正在"蜂巢"设备上实操，对他们而言，还是第一次。

利兹和弗里曼一边监视着小型潜水艇下潜时可能没入水中的位置，一边仔细记录着操控台上的仪表盘上的数据。

"怎么样？你如果不下去，那我就独自下去了。"塞克斯汀看了看托比，率先钻进了潜水艇，坐在了潜水艇驾驶舱中的一个位置，绑好了安全带。

托比见其他人实在没有上潜水艇的意思，只能恨恨地换上潜水服，钻进了潜水艇的驾驶舱，绑好安全带。

"一会儿到达坐标点的时候，可能还需要再往前游一段距离。"弗里曼一边观察着操纵台上的数据一边说。

"先下潜再看看。"弗里曼仔细操作着操纵台上的拉杆，像对待情人一样体贴。

随着弗里曼的动作，操纵台上的拉杆缓缓将潜水艇提起，慢慢向下输送而去。塞克斯汀和托比仔细观察着潜水艇下潜的位置。

随着拉杆的投放，两人乘坐的潜水艇哐当一声，进入水中，托比被这巨大的冲撞感弄得十分难受。大概是刚才心中愤愤不平的缘故，托比的安全带并没有系得十分牢固，巨大的冲撞导致他向前猛冲而去，一头撞在了玻璃罩上，头盔裂开了一道缝隙。

从弗里曼操作的三维图上可以看到，两人乘坐的潜水艇正在缓缓接近目标点。

"接近目标点。"弗里曼的声音从潜艇的音箱之中传来。

"你们现在得从潜艇中出来，潜游前行。"弗里曼从显示屏中的监控之中监视着两人的动作。

"前面有一道黑岩阻挡，这个过道儿太狭窄了，你们得潜游才能穿过去。"弗里曼播报着前方的情况。

两人潜入水中。不一会儿，托比的头盔突然传来开裂的声响，似乎有些水灌进了他的潜水服中。

托比像在陆地上一样甩了甩头，想把头盔之中的水甩出去，但是头盔中的水似乎并不能甩掉。

随着潜水服中的水越来越多，托比也越来越惊恐，拼命想把他的头抬起，脸色看起来就像死了一样苍白。托比不停地呻吟，刚才的万丈豪言现在全部化成了恐惧。

山姆听到了托比急促的呼吸声，赶紧让弗里曼监控托比的潜水状态。两人看到托比的头部已经灌满了水，他正昂着脖子，尽量不让那些水浸入鼻子中。

托比从来没有想过，这里的水竟然会这么冷。

序列机的屏幕上闪跳着数字，这些水马上就要接近托比的呼吸设备了，屏幕上显示只剩下最后十分钟，情况有些紧急。

"深深吸一口气，不要乱动，坚持忍耐一会儿，否则这些冰水就会呛入你肺部。"山姆通过对讲机向托比说道。

山姆让托比赶快返回潜艇中换一套备用的潜水服。红灯、监听器和序列显示器的指示灯全部亮着，他目不转睛地盯着操纵台上显示的数字和各种水下监视器上的标记，以便更好地掌握托比现在的状况。凯斯与米雪儿对视一眼，两人虽然并不喜欢托比，但是也不忍心看到托比现在的样子。

弗里曼紧紧盯着操纵台，在他眼前，序列机上已经闪现出 04：50。托比必须在这个时间内返回潜水艇，更换自己的潜水服。

"注意前方。"随着托比的动作，弗里曼手中的操纵台突然发出了嘟嘟的声音，一连串的数字跳了出来。山姆显然也听见了这个异常的声响，连忙转过脖子，凑上去看了一眼。

这显然并非托比潜水服上的监控提示，而是探测仪上探测到的另一串数据。这种奇怪的嘟嘟声吸引了所有人的注意力，大家都把头凑了过来，看到屏幕上闪烁的亮点，这个亮点在屏幕上发出了幽幽的蓝光。从它发出声音开始，屏幕上其他幽暗的地方都被点燃了，似乎是在一瞬间仪表盘上所有的程序就被激活了。

"就是这里！这就是'神谕'能量块！拿走它就可以了！"利兹和弗里曼看到屏幕上闪烁的数据，忽然明白了这是什么东西。利兹激动地叫出声来。很显然，塞克斯汀已经接近了这个"神谕"能量块，塞克斯汀潜水服中联通操控台的监视器扫描到了"神谕"能量块之中的能量！

众人紧紧盯着屏幕上闪烁的那个蓝色光点，似乎在等待着某种神圣的时刻。只有山姆一个人急得抓耳挠腮，现在托比被困在了潜水服中，他必须马上救他的命，但是偏偏在这个时候，这个叫塞克斯汀的家伙已经接近了能量块。

显示器上的数字仍然在闪现：00：41，00：40，00：39……山姆焦急地注视着。托比现在顾不得抢占"神谕"能量块的先机，他得先救自己的命。

山姆看见托比慢慢接近潜艇，同时潜水服中的氧气也在慢慢耗尽。他明白，如果潜水服中的氧气耗尽的时候没有进入潜水艇的话，托比就很难活下来了。

山姆注视着托比的行动，其他人则紧紧盯着屏幕上的接近"神谕"能量块的塞克斯汀。现在这两个人都在水下，不管他们遇到什么样的情况，都只能靠自救，其他人只能监控而无法帮忙，这种无力感让山姆十分痛苦。

托比昂着头，已经游到了潜艇盖处。他需要掀开盖子，才能进入潜艇。

山姆紧张地盯着屏幕上的数据，托比还有两分钟的时间，如果这两分钟他不能进入潜艇，他就会在水下因为窒息而死。

砰的一声，托比终于触到了潜艇盖。他从上端扭开潜艇盖，随即又啪的一声摔进潜艇内部。山姆从显示器上看到了托比的动作，终于长长地舒了一口气，他看见，仪表盘上显示托比潜水服中的氧气数字停在"01：03"上。

与此同时，塞克斯汀也越来越接近那个小蓝点。

第八十四章

托比趴在地上深深地吸了一口氧气，缓解自己刚才因为身处险境而带来的恐惧和慌乱。

山姆指示他行动的声音仍然回荡在潜艇前端的音响之中。托比愤愤地站起来，一把扯掉了头盔。

很显然，他也从显示屏中看到了那个叫塞克斯汀的家伙正在一步步地接近那个蓝点，毕竟这里和上面那个显示器都是联通的。

他从小型潜艇的舱窗望过去，模模糊糊地可以看到塞克斯汀穿着蓝色潜水服穿过黑岩岩缝的身影。那一块"神谕"能量块，应该就镶嵌在地底的某一处石壁上。

托比拉开了潜艇的壁柜，从里面找到一套新的潜水服。他一边紧紧盯着屏幕上显示的画面，一边迅速地换上潜水服。虽然他明白，现在即使换上了潜水服可能也无法抢先得到"神谕"能量块了，但是他还是想过去看一眼。

他表情冷漠地看着塞克斯汀接近"神谕"能量块，眼神阴郁，连山姆叫了他几声都没有听见。

塞克斯汀缓缓游动着，他已经来到了这个蓝色光点的旁边，拉开了罩在这个蓝色光点上的保护铁闸盒。盒子上面装置了一些按钮，随着塞克斯汀的操作，盒子上方的盖子自动打开。他小心翼翼地看着保护外壳里面所罩着的那个东西，眼中第一次流露出了赞叹的神色。

"这就是那种可以唤醒那些数量少、精明能干、智慧更高的新型人类的东西……"塞克斯汀在心里想着，完全沉醉在"神谕"能量块的能量磁场中。他想起了自己被死神复活的那一刹那在路克斯塔里见到的那些奇观，在这一刻，他似乎又重新感受到了那些神迹。

托比望着那些键钮，它们似乎每一个都亮着。他感到十分遗憾，甚至有些痛苦。原本现在感受到"神谕"能量的人应该是他，但是现在却被这个塞克斯汀抢先了。

塞克斯汀关掉了铁闸盒附近的保护措施，取出了铁闸盒中的那块"神谕"能量块。

他将这个小东西小心翼翼地放在了自己的口袋中，缓缓向小型潜艇的方向游了回来。老实说，在看到他身形移动的那一刹那，托比有一种想要把潜艇开走的冲动，可是他并没有那么做的原因是，他虽然愤恨这个塞克斯汀竟然能抢先一步拿到"神谕"能量块，如果可以他也想甩掉这个塞克斯汀，可惜他抵抗不了亲眼看到"神谕"能量块的那种诱惑，只能将小型潜艇的舱门打开，让湿淋淋的塞克斯汀进来。

塞克斯汀小心地穿过了两块黑岩的夹缝，踩在潜艇的入口处，门在他背后自动关上，带着一摊冰冷的水。塞克斯汀将"神谕"能量块握在手中就往潜艇舱室内走，连潜水服都没有脱下。他进入了舱室，看见了面色阴郁的托比。

"你应该把'神谕'能量块放在盒子里。不然的话，我也不敢保证会发生什么事情。"托比看了塞克斯汀一眼，冷冷地说了一句。因为塞克斯汀先他一步取到了"神谕"能量块，现在他几乎把这个塞克斯汀当成仇人。当然，这个名叫塞克斯汀的家伙神秘兮兮的，这一点也令他很烦。

塞克斯汀看了托比一眼。

现在这两个人站在同一个房间里，鼻子对着鼻子，眼睛对着眼睛，但谁也没有使用暴力，而且互相表现得相当尊敬。但是明眼人都看得出来，两人的这种对峙好像下棋，看看谁才智过人，谁略胜一筹。

"零点坐标系号，准备什么时候返航？"舱室之内，弗里曼不带感情色彩的声音传来。

他的声音回荡在舱室之中，但是塞克斯汀和托比都没有回答。

托比向前走了几步，将自己刚才取出潜水服时找到的盒子递到了塞克斯汀面前。塞克斯汀看了托比一眼，并没有行动。托比一边走近一边说："说起来，你是随着我一起来访问这里的客人，要是你不愿意把'神谕'能量块交出来的话，我可以用激光光束在你的头上穿出洞来，我可以用强光射瞎你的眼睛，我可以用超声波把你烧焦，使你像沙漠里的那些变异的家伙一样，因缺水而死亡。"他觉得他的话足以使塞克斯汀感到震惊，于是一手拿着自己刚刚找出来的盒子，一手从舱室的控制台上摸了一把枪，倏忽一下，便对准了塞克斯汀。

控制室里的众人从控制台上的音响里听到了托比的声音，疑虑地互相对视了几眼。

山姆有些不好意思地看了看众人，能做的就是焦虑地关注着小型潜艇控制室里的情况。

众人听见托比大声对塞克斯汀说："不用担心。我决不会随意处置'神谕'能量块的。你要相信，生存不仅是对于适者的报答，而且也是一种义务。看在你找到了'神谕'能量块的面上，我决定你是那个有权参观仪式的人。当然，那个仪式肯定会让那些不太重要的人们离开，让另外一部分有资格的人留下来。就像我之前说的，这个世界原本就是一部分人奴役另外一部分人，被奴役的那部分人，他们并不需要知道太多东西。"

塞克斯汀的大脑正在高速运转着。正如众人所说的那样，这个名叫"神谕"的能量块，在他伸手触碰到的那一刹那，就已经激活了他脑海中的很多东西——他感觉，自己曾经亲历过的那些事情，在眼前快速闪过，纤毫毕现，让他有一种飘飘欲仙的感觉，以至于托比的盒子和枪顶到他的头顶时，他都没有丝毫的察觉。

"把这东西，放进盒子里！快点儿！"托比威胁的声音，就像是从虚空之中传过来的一样。

塞克斯汀看了托比一眼，冷漠又事不关己的眼神之中，第一次流露出了一点儿不耐烦的情绪。但是出乎托比意料的，塞克斯汀并没有反抗，而是按照托比所说的，将自己手中的"神谕"能量块放进了盒子中。

托比盖上了盒盖，将"神谕"能量块揣在了自己的怀中，似乎害怕迟一步塞克斯汀就会反悔似的。

"神谕"能量块蓝幽幽的光芒，在托比盖上盒盖子的那一刹，从几个人的屏幕上同时消失了。

弗里曼有些遗憾地望着桌面上的那个操控台，后悔自己没有多看一眼这个开采的过程。虽然他并没有亲自接触到"神谕"能量块，但是这么多年的寻找终于有了一个结果，心里的一块石头终于落地。他转头望向了利兹。利兹脸上，同样带着意犹未尽的遗憾。

凯斯拍了拍利兹的肩膀，走下了操控台。从战场上下来的时候，他就已经明白了人的这种感情。有时候的确是这样的，人陷入在某种目标之中，会产生狂热的情绪——很多时候，人追寻的并不是目标，而是这样一种情绪生发的快感，在目标达成的那一刻，他们反而会觉得存在着某种遗憾。就像凯斯自己，战场上朝不保夕的日子虽然令他作呕，但是在他得知战争结束的那一刻，首先感受到的并不是开心，而是茫然。他的神经已经绷得太久了，久到他已经忘了放松应该是一个什么样的状态。

"零点坐标系号，准备返航。"托比紧紧护着自己怀中装着"神谕"能量块的盒子，飞快地系上了安全带，然后才对着操控台上的启动器喊了一句。

"收到。"弗里曼的声线里带了一丝因为激动而混合进去的颤音。眼前的一切恍如梦幻一般，他几乎不敢相信，自己竟然会以这样的方式找到"神谕"能量块和十号仓库，追寻了太久的东西一旦实现了，似乎都有种莫名其妙的恍惚感。在找到这东西之前，大家把这个东西渲染得像神话似的，一旦实现了，好像什么也没能改变。

塞克斯汀也已经系好了安全带。小型潜艇带着两个人重新浮向水面，精准地送到了弗里曼操纵的拉杆爪之中。

弗里曼用颤抖的双手操纵着操控台上的设备，山姆和利兹则站在一旁作为他的副手帮忙。

凯斯一直在注意观察着几人的动向，丝毫没有怀疑过"神谕"对几人精神的影响。

伴随着吱嘎的清响和小型潜艇发动机隆隆的声音，潜艇终于被缓缓拉回了大厅之中。

在潜艇落地的那一刻，托比已经解开安全带，护住了怀中的盒子。塞克斯汀则看了托比一眼，缓缓地解开了安全带。

两人一前一后跳下了潜艇。托比已经走到了山姆身边，向山姆轻轻点了点头。

山姆看到了托比的眼神，明白那是"东西拿到了"的意思，顿觉松了一口气。

凯莉在塞克斯汀下来的那一刹那就已经迎了上去，帮助塞克斯汀脱下潜水服。凯斯的目光被两人的动作所吸引，他仔细看了看塞克斯汀换潜水服的情景，感觉有些奇怪——这个名叫塞克斯汀的法国男人，似乎并不是因为某种高傲，而是他好像真的不太懂这些生活琐事一样。

看到这些细节，凯斯现在几乎已经可以百分之百地确定他也是被复活的暴君之一了。这个人身上的很多说不清道不明的东西，都和那些被复活的暴君差不多——只不过他喜欢单独行动而已。

"塞克斯汀……"凯斯在心里默念这个名字。他想搞清楚他是谁。他刚才通过小型潜艇和控制台上的联动的音响已经知道这个名叫塞克斯汀的男人放弃了"神谕"能量块的事情。他本来也是来这里找这些东西的——可是现在他竟然把这个东西交给了托比。他并不是因为害怕托比手中的枪，凯斯有这种直觉。可是现在他竟然放弃了，那是什么原因呢？

　　凯斯觉得，这些人都有点不像他们本来的样子了，他们彼此照应，和谐无比，而这一切似乎有点儿……太顺利了，顺利得都不像是真的。

　　他感觉自己眼前的画面有些模糊，就连意识似乎都受到了某些影响，他不确定这是什么原因，周围显得有些安静，众人的声音慢慢模糊起来，只有水流的声音清晰地传入耳中。

第八十五章

凯斯盯着屏幕上的那个蓝点，如果按照屏幕上的显示，现在塞克斯汀已经拿到了这块"神谕"能量块。

但是凯斯总觉得哪里不对，虽然他说不清楚到底出了什么事情，但是他觉得，这件事儿一定不会那么简单。他盯着利兹和弗里曼的动作。

凯斯看着弗里曼和利兹的动作，他感觉那个蓝莹莹的东西似乎正一点儿一点儿地渗透到他脚下站着的这座大厅之中——令凯斯奇怪的是，这个情景他虽然并没有亲见，但却从他的意念之中逐渐渗透了进来。随着那个叫塞克斯汀的男人越接近那个蓝幽幽的光点，凯斯的这种感觉就越强烈。他眨了眨眼睛，眼前的情景又恢复成了自己刚才进来时的那样，似乎他看到的那道幽蓝又深邃的光芒从缝隙之中渗透进整个大厅，像一个茧把大厅包裹起来的情景，这仅仅只是凯斯意念之中的某种想象。他晃了晃脑袋，想要把这种梦幻的想象从脑海中挤压出去。作为一个凡事讲证据的侦探，他不应该产生现在这样的想法，可是只要一看到屏幕上闪烁着的那个蓝光，这种念头似乎就会自动从他的脑袋之中冒出来。眼前的这些场景，还有眼前的这个时空，似乎都已经在他的脑海中渺渺茫茫，翻转成了一个另外的模样。

"这里的磁场似乎已经被这个'神谕'能量块影响了。"利兹看了一眼弗里曼的动作，喃喃地说了一句。弗里曼手上仍旧一刻不停地操作着那个控杆，似乎完全沉浸在寻找"神谕"能量块的快感之中，连利兹刚说了什么，他似乎都没有听见。

托比独自待在潜艇之中，山姆透过三维图，将托比的动作看得一清二楚。

"嘿！嘿！"山姆通过托比腰间挂着的信号器呼唤着托比，似乎在催促着托比赶紧起来。他一边通过那个信号器发出嘿嘿的声音，一边催促着托比，让托比赶快去取走"神谕"能量块，但是自从托比回到了那个小型潜艇中后，整个人就像是虚脱了一般，靠在潜艇的地板上一动也不动，似乎连站起来的力气也没有了。

山姆又呼唤了两声，托比仍然没有反应。他连忙走到弗里曼那边，想要看看弗里曼他们有没有什么办法拉响小型潜艇中的警报来唤醒托比。

弗里曼沉浸在操控探测器接近蓝色光点的曼妙之中，似乎现在并非他在控制手中的拉杆，而是手中的拉杆在控制着他。

"你刚才说什么，我并没有听见。"弗里曼疑惑地看了利兹一眼，"你知道的，我全神贯注地干某些事情的时候，是很难被打扰的。尤其是我马上就要引领塞克斯汀接近'神谕'能量块了……你不明白这种感觉，这是一种掌控一切的感觉……"弗里曼迷醉地说着。凯斯看着弗里曼的表情，感觉弗里曼似乎已经沉浸在他做的事情之中了，周围的一切都无法干扰他和这种能量之间的联结。凯斯注意到，弗里曼脸上似乎有一种朝圣的神情，这种神情他只在狂热的托比和某些瘾君子的脸上看到过，当托比谈起他的理想和瘾君子吸食完毒品之后，他们全部都是这样一副表情，似乎沉浸在某些难以言喻的世界之中，时而迷醉、时而心神激荡，迫不及待地想要把他们看到的一切告知给所有人。

凯斯看了弗里曼一眼，他脑海中突然响起了一阵话语。凯斯抬头，"神谕"能量块之中的蓝光似乎从四面八方渗透了过来，这些光芒一开始是蓝幽幽的，后来变成了白炽的状态，似乎整个大厅在这道蓝底的白色炽光之中被挤压成了一块一块的碎片，凯斯并没有刻意控制自己的意念，他知道，这或许是一种引导。他任由这种意念对自己引导，他忽然也有些好奇起来，他想要看看，如果任由这个所谓的"神谕"能量块来引导自己的话，他到底会进入到一个什么样的世界之中去。

凯斯闭上眼又张开眼，感受到了大脑的意念似乎将他带入了另外一个时空。

"控制造币厂和法庭让贱民去拥有其余的一切。"凯斯似乎走进了一个广场。这里站立着很多人，大多数人都戴着一个黑色的兜帽，似乎在聆听着主教的训斥。

凯斯将自己的大衣的领子往上提了提，以便让自己的脸在人群中显得不那么突兀。他惊异地发现，自己竟然也戴上与所有被训斥者同样的兜帽。他伸手触碰了一下自己的脸庞，他的脸上也有了和他们一样的东西——一个黑色的金属面具。

凯斯抬起头，这里显得幽静而空旷，但是四面八方都透出一股死气沉沉的黑气来。

帕迪沙主教正在训话。凯斯的脑海中突然冒出了一条这样的信息，这令他的意识有些混乱。这条信息似乎原本就在他的脑海里，他站在这群黑衣人当中，冒着淅淅沥沥的雨，听着主教在训话，而另外的一些事情似乎变得很遥远，但是在他另一个意识里，他应该是凯斯·史密斯，被托比和山姆等人劫持到了一个叫作"十号仓库"的大厅中。在那个大厅中，利兹和弗里曼正操纵着拉杆，引导着托比和塞克斯汀接近"神谕"能量块，指挥着他们俩用特殊的方法将"神谕"能量块开采出来，但是弗里曼似乎又被某些奇怪的能量波动所影响，连和利兹说话也开始变得气冲冲的。

"你没事儿吧，凯斯？"米雪儿看到凯斯露出了少见的恍惚神情，连忙走到了凯斯身边，轻轻问了一句。

凯斯耳中恍惚听见了米雪儿的声音。他正要应答，身边的一个身穿黑色长袍、戴着兜帽的人冷冷地看了凯斯一眼。他的眼神充满了责备，似乎是在怪凯斯不应该乱动。

帕迪沙主教向着两人所在的方向看了一眼，眼神中的冷意让凯斯不寒而栗。凯斯轻轻掐了掐自己的手臂，感到一丝疼痛。他这才意识到，他看到的场景，是联动着自己的痛感神经的。他忽然想到，如果自己在意识之中被杀死了，那自己在现实之中的身体虽然没有死，但是还是会感觉到同样的疼痛的。这一点令他联想到了尼禄养在箱子里的那些人，他在这一刻忽然明白了这些人的工作机制，尼禄利用"神谕"能量块产生的磁场，让这些人的意识完全进入了一个不知是虚拟的空间还是真实存在过的地方。身体上的痛感和眼前画面的清晰度让凯斯觉得，这里或许是真实存在过的。至少他在掐自己的时候有强烈的痛感。他低下头，能看见衣服上栩栩如生的纹路。这些东西，或许残留在自己基因里，是他，或者说是他的先辈在某一个时空里清晰的记忆，现在只是被这个"神谕"能量块激活了。

尼禄一定激活了那些人关于工作的记忆，凯斯想。不知道尼禄实验过多少次，才把这些能量磁场调整到了正确的频道上来。凯斯想起了"德尤斯 A 区"的那些变异人，应该都是尼禄实验失败之后的产物。

米雪儿轻轻地将手搭在了凯斯的手臂上。从她的视角望过去，她只能看到凯斯站在原地一动不动，就像陷入了某种沉思一般。

在搭上凯斯的一瞬间，米雪儿感到那股炽热的蓝光似乎穿透了整个大厅，进入了她的整个大脑，眼前的一切，一瞬间变成了无数个碎片。

米雪儿抬起头，她似乎也来到了这个广场上。

"如果你想获得巨额利润，你就得掌握统治权。"托比腰间挂着的对讲机不时地出现着这个提醒的声音。

托比靠在小型潜艇之中，他朦朦胧胧地感觉到自己似乎站了起来，正在以某种审视的目光看着躺在地上的那个人。

他的脑海中像电流一样流过了一段话，这段话令他感到十分熟悉，就像是他自己说过的那样。

托比一抬头，他似乎来到了一个中世纪的场景里。他穿着黑色的衣服，戴着兜帽，正仰视着眼前的演讲者。

"所有的事物中，都有一种倾向成为宇宙某部分的模式。这种模式具有调和、精美和优雅的性质，这些性质只有在真正的艺术家所捕捉到的模式中才可以找到：在季节的交替中，在沙沿着沙脊的流动中，在树的年轮中，以及在树叶的花纹中，才可以找到这种模式。在社会生活中，我们尽力模仿这种模式，追求节奏、舞蹈和安抚的形式。然而，在寻找最终完美的过程中，可能会遇到危险。很明显，最终完美包含着其本身的固定。在这样的完美中，一切事物都走向死亡……"

托比感觉到，自己似乎从这里面听到了某些植物的名称，这些植物，他只是在历史书上见到过，而这个演讲者却拿它们做比喻，这简直比他自己还要离谱。他想起了自己在对那些蠢人演讲的情景。

托比伸手碰了碰自己的脸，却只触摸到了一个冷冰冰的金属铁块，这个铁块是一个面具。他抬起来头，忽然明白了，自己现在正在聆听着另外一个人的演讲。托比想要嘲笑那个人，却发现自己无法发出声音。他不自觉地被那个人的演讲所吸引。

这是帕迪沙主教。托比和凯斯一样，心中突然涌起了一阵熟悉的感觉，似乎这个情景只是他某一段生活经历的再现。他感觉自己来到了潜意识深处的某个世界，一个一切体力限制消失的超自然的世界。

"一些人，按照他们对你的看法，可以分成若干类型。"台上的帕迪沙主教缓缓开口。

"在它诞生时，在它变成了现实的压力时，宇宙就有了它自己的生命力，并产生出它自己难以捉摸的差异。可怕的目的仍然存在，种族意识也仍然存在。所有这一切，都出现在这腥风血雨的疯狂的护教复仇战争中。"帕迪沙主教深沉的声音像细沙一样灌入了众人的耳朵，当然，也包括托比的耳朵，这奇怪的气场让托比感到了某种威压。他似乎听见了山姆的呼唤声和自己腰间挂着的对讲机的提醒声，还有他一贯说的那句话：

"如果你想获得巨额利润，你就得掌握统治权。"

但是他已经沉沦在眼前的场景之中，更确切点儿说，他似乎已经和眼前的这个场景融为一体了——他被眼前的场景深深地吸引，山姆遥远又细微的呼唤声，根本无法将他从眼前的场景中拉回到现实。

第八十六章

"当法律和职责被宗教统一起来时，你永远不会清醒。"帕迪沙主教的话自几个人的头顶上传来。

凯斯转了转脖子，他感觉自己的意识似乎寄生在这个戴着黑色兜帽的身体里，而且这个身体和他的意识似乎又融合得很好，仿佛这个身体原本就属于他一样。

"你是谁？"凯斯感觉到自己附身的这个人大脑之中似乎冒出了一句莫名其妙的话。

这不是自己在说话，凯斯想，他感觉得出来。他的意识始终是凯斯·史密斯，而现在问话的这个人，似乎是这个身体原本的主人。他似乎对凯斯意识的寄生有点儿莫名排斥。

凯斯抬起头，大概是因为他动作幅度太大，身边另一个穿着黑色斗篷戴着黑色面具的人扭过头来看着凯斯。

凯斯从她的眼神之中读出了一点儿米雪儿的意思来。大概是被自己的意识牵引，米雪儿在意识之中也来到了这个莫名其妙的地方，听到这番莫名其妙的演讲。凯斯注意到，这些人所戴面具的风格十分诡异，很像自己看到的那些索婆阿腾纳斯教的那些雕塑：黑黝黝的铁面上插着两根长长的铁条，面部也被扭曲的金属线条一分为二，看起来带着中世纪哥特式的暗黑风格。

米雪儿向凯斯轻轻点了点头，示意凯斯不要东张西望。凯斯抬起头，看见广场四周的高台上，站着许多头戴面具的人，那些人背着弓箭，手持长刀，目光锐利，似乎在寻找着人群之中的叛徒，并随时准备对这些人进攻。主教两边的高台上，站着另外两个人，他们将长刀提在手中，似乎随时准备展开一场杀戮。凯斯只能看见这些战士的面具和眼睛。那些人站立的姿势和攻击的准备状态告诉他，这是一群训练有素的战士。

他们有着和法国人差不多的蓝眼睛。凯斯心想。"法国人"这三个字令凯斯心中忽然升腾起了一个莫名其妙的想法。他想起来一件事儿——那个已经在慢慢靠近"神谕"能量块的塞克斯汀，正是一个法国人。或许"神谕"能量块激活的，正是他残留在记忆之中的某些潜意识……但是在凯斯的意识中所寄生的这个人，似乎又令他十分熟悉。凯斯抬头，冰冷的雨水淅淅沥沥地落下来，让他清醒了一些。他能感觉到，自己寄生的这个人，似乎跟他有着某种关联，或许，他的前世正是中世纪的某个异教徒——这样的想法令凯斯着实吓了一跳。他想制止自己这种莫名其妙的念头，勒令他的意识重新回到大厅的凯斯身上去，却发现他现在已经办不到了。

这一刻，他的意识似乎已经和"神谕"能量块产生的能量磁场牢牢地捆绑在了一起，除了看台上帕迪沙主教的话，他几乎已经感受不到其他任何东西。

"如果你再这样东张西望的话，我会被你害死的。"凯斯意识里的那个声音忽然冷冷地说了一句。

"什么？"凯斯有些疑惑。他现在已经确定这具身体里的意识还具备与自己对话的功能，他原本以为他只是受"神谕"能量块产生的能量场的影响，而被塞克斯汀拉到了他的某段回忆之中了。现在凯斯确定了这个黑袍里原本的"意识"能和自己的对话，不由得有些诧异。

凯斯的声音引起了一阵不小的响动，身边的几个人纷纷向凯斯所在的方向侧目。

"你，现在，马上给我闭嘴，不要乱动。如果我们敢在帕迪沙主教演讲的时候发出某些奇怪的声音的话，那你就会被教廷中的人用最严厉的方式进行处罚。不要以为你戴着兜帽和面具他们就认不出你是谁了，站在这里的每个人都被标记了，每个人，大家都互相认识，只要有移动，那些隐藏在人群里的刽子手马上就会按照教廷的法规对你进行严格处罚。"

凯斯从这个警告声中听出了某些和自己类似的说话风格来。

"说了，让你不要乱动。"那个声音又警告了凯斯一句。

"你们曾经听到我父亲讲过宗教的力量，任何风暴、任何生物，以及任何东西都不能阻挡我们的真神——"帕迪沙主教的声音穿透了淅淅沥沥的小雨，穿透了凯斯的耳膜。

凯斯的手被这冷雨打湿了。他抬起头向远处眺望，只能看到主教的红袍。主教身后是阴沉的天色，黑色的云层压在了他身后那些哥特式的建筑物上，让凯斯产生了某种清冷又阴郁的感觉。

米雪儿继续用眼神向凯斯打着招呼。自从她来到了这个场域，她的感觉就和凯斯一样。这个地方令她有一种陌生又熟悉的气息，似乎这个场景是她曾经经历过的，现在只是回顾一般，但是她的意识又是新的，是清醒的，就好像自己在观察着另外一个时空的自己。她也不知道自己为什么会有这样的想法，似乎从来都没有人跟自己说过，这些想法就自然而然地从她的大脑之中冒了出来。

米雪儿寄居的那个身体之中的"意识"显然也感觉到了自己身体的失常，凯斯看到米雪儿的失常，又看到了米雪儿将自己的头转了过去，马上就明白米雪儿或许是遭遇到了和自己一样的问题。

凯斯尝试着让自己的意识平稳下来。虽然这种身临其境的感觉令凯斯十分不适，但是对这具身体里原本存在的意识的那种亲切感，让凯斯还是决定不要做出太过引人注目的动作。他凝神听着周围的一切，想要通过他作为侦探的视角观察判断现在的情形。

当他安静下来的时候，他发现广场上十分安静，只有帕迪沙主教的声音。

凯斯轻轻扭了扭头，发现自己四周聚集了许多人，人群之中散发着某种冷硬、压抑和恐怖的情绪，凯斯从这些人的眼神之中读出了某些隐藏着的紧张和不安。凯斯宁愿相信他们是因为恐惧才会保持这种反常的安静。

"你猜对了。如果你能像他们那样安静，或者我能活得更长一点儿。"凯斯身体里的那个"意识"通过脑海中的意识和凯斯默默地交流着。

凯斯学着这些黑衣人的样子安静地低下头。一阵风吹了过来，凯斯看见这些穿着黑色斗篷的人挤在一起，那些黑色的斗篷，在风的吹拂下就像一道黑色的波浪一样。

"如果每个人都受到了'神谕'能量场的影响，那他们应该都会看到这个场景的。"凯斯的脑海中又冒出来一个想法。

"什么叫能量场，还有，'他们'是谁？"凯斯脑海里的声音似乎能在瞬间就感受到凯斯的想法。

"这个……要解释起来实在太难了。"凯斯在意识里飞快地和那个声音交流着。如果这个意识和身体真的和自己有一定的联系的话，那他应该能通过自己的思维读取到自己现在的想法，凯斯心想。这种"心灵"般的交流，比他之前的交流要快多了。

"你们要知道，你们这里有些人，如果追随我，和我一起，那么在我得到

本该属于我的那些皇室的权力时，你们在吉拉斯也会拥有重要的地位。"帕迪沙主教的声音突然高亢起来，打断了凯斯和那个声音的继续交流。

"斯格尔特就是这些人中的一个。这并不是我想收买他，也不是因为要感激他，尽管我是他救过命的许多人中的一个。是因为他的聪明才智和强壮，也是因为他用他自己的智慧而不仅仅是通过纪律来统率着那些不愿意思考的民众，他用军队去鞭挞他们，让他们不得不劳作——只有死亡才能让那些蠢人们克服他们的懒惰。很早就掌握了这个真理的人，才能明白怎样推行他们的思想，你们说是不是？"帕迪沙主教突然向凯斯所在的方向看了一眼。

凯斯听着这半截的演讲，感到一头雾水。这个帕迪沙主教似乎在动员着什么，但是他却并不能从"意识"之中读取前面的信息。

"你不用找了。"凯斯感受到"意识"之中传出一条信息，"他说所的斯格尔特就是教会新晋的一名主教，我从来都没有见过，当然没有关于他的记忆了。"凯斯感受着意识之中那个声音在提到"斯格尔特"时那种熟悉的讽刺语调，竟然还觉得有些亲切。

随着帕迪沙主教话音的落幕，凯斯看见了一个身着黑袍的人拨开人群向高台上走去。那人拾级而上，他的背影却令凯斯莫名其妙地想起了托比。

托比……凯斯在心中默默地回想着托比的那些说辞，觉得托比的这些认知和这个帕迪沙主教刚才的演讲有些异曲同工之妙。没准托比前世就是一个狂热的教徒呢，凯斯心想，他某些时刻的种种表现，真就像是最极端最狂热的宗教分子。

"让你们的统治者授予你们最好的荣誉。你们帮助他获取财富，杀死敌人，用你们最残酷的手段去对付敌人。我要对你们说，要团结起来，去杀那些我们真正的敌人，去获得你们的鲜花、女人和荣耀！"

帕迪沙主教一边说，一边将手中的一个花冠递给了走上了前台的那个斯格尔特。

凯斯看见了给斯格尔特戴上花冠的所谓的君主——他是这群人之中唯一没有戴着面具的人。

在他抬头的瞬间，凯斯看见了那个和塞克斯汀一模一样的脸，当然，他身边站着那个冷着脸的凯莉。不过，这个凯莉似乎和凯斯平时见到的那个冷美人不太一样，她竟然带着某种亲切的笑容。

"真是见了鬼了，这该死的神谕，不会把所有人都搞到这儿来了吧，它到底想要干什么？"，凯斯从心里发出了一声哼哼，他知道这一切都是"神谕"能量场的影响，他想要摆脱，却又无能为力。

斯格尔特戴上了帕迪沙主教给自己的花冠，他的脸上流露出了凯斯常见的那种得意。

"我很感激我今天得到的一切，当然，在我正式为帕迪沙主教和国王服务之前，我需要清除掉我们自己队伍之中的某些叛徒。"斯格尔特扫视了细雨之中站着的众人一眼，凯斯觉得，他的眼神在自己和米雪儿身上停留的时间格外长。

"该死的，他认识我！还有米雪儿！他是托比！"凯斯从鼻孔里冷哼了一声，想起了之前脑海之中"自己"的警告，突然冒出了这个念头，他这才意识到问题的严重性。

他深吸了一口气，强迫自己冷静下来观察地形，不管是逃离这里，还是逃离这个可怕的场景，他都必须马上做出反应——因为他已经猜到托比接下来将要做什么了。

第八十七章

显而易见，托比并没有打算放过他们。不，在这个时空里他应该叫作斯格尔特，现在正向着他们的方向看过来。

"该死！"凯斯和米雪儿对视一眼，两人立刻从对方的眼神中领会到彼此的意思，在大主教手下的黑衣剑士提剑之前，就已经拔腿从人群中钻了出去，以极快的速度拐进了身侧的一个阴冷小巷之中。

凯斯感到了身体里那个"意识"的愤怒，但是他已经来不及解释这么多了。幸好这个意识和他的理念是互通的，他和这个意识之间以极快的速度就达成了某种共识。

身后的东西飞快地向后退去。凯斯和米雪儿钻进了那条窄窄的巷道之中，身边是古旧的哥特式建筑。两人在阴冷潮湿的通道之中向前奔跑，凯斯发现通道的尽头还有一扇门，连忙拉着米雪儿向通道尽头的那扇门跑了过去，在他接近门的一刹那，忽然被人拉进了一个巷子之中。

米雪儿慌忙地跟了上去。那人带着凯斯和米雪儿跑了一段路，在一个肮脏的巷子中钻进了一间屋子。

凯斯摘下自己黝黑的铁面具，这才看清楚，将自己拉进门口的人是利兹。凯斯转头，看见弗里曼正在室内摆弄着一堆瓶瓶罐罐。

室内较暗，只有一点儿幽微的火光，壁上挂着一个被烟火熏坏了的马灯。凯斯抬头，虽然屋子看起来有些幽暗，但是还是能借着火光看出这个暗室的基本轮廓。凯斯借着微弱的火光，打量着自己眼前的这个利兹。

"别看了，我也不知道这是哪个时空的自己。"利兹摊了摊手，看样子这应该也是某一个时代的利兹。

"该死的，这怎么回事？"凯斯打量着四周脱口而出。

弗里曼听见这句话，有些疑惑地抬头："我们也不知道，应该是塞克斯汀受到'神谕'能量块的影响太大，所以产生了能量波动吧。"弗里曼用他一贯的慢条斯理的语气回答。在他看来，凯斯应该很清楚这是怎么回事，毕竟他们的意识是清醒的，他们明白在那个大厅之中发生了什么事情，现在他们的意识只是穿梭到了某一个世纪的"自己"身上而已。

"刚才那句话不是我问的，这是我这具身体原来的主人问的。"凯斯有些抱歉地耸了耸肩。

"我们已经知道了，并且我们还从以前的记忆里调取了关于这个世界的详细知识。"弗里曼耐心地解释道。

说起来凯斯也觉得挺抱歉的，他只不过是凯斯·史密斯的意识，他很清楚，他的身体还在那个黑黢黢的大厅里，却不知道自己的意识为什么会看到法国的波旁王朝。但是对这个身体原来的"自己"而言，他被追杀却是切切实实的，凯斯都不知道自己要怎么收场。

"托比对'神谕'的执念和愤恨被放大了，他要追杀每一个接近'神谕'的人，他的意识被嫁接到了波旁王朝的斯格尔特身上，现在我们每个人都是他的仇人，要回到我们来时的那个大厅，首先得唤醒托比。"利兹一边看着弗里曼摆弄着那些瓶瓶罐罐，一边对凯斯说着。

"你就不能停下你那该死的动作再解释这件事吗？"凯斯皱了皱眉，对弗里曼这种漫不经心的语气似乎感到有些不满。现在他和"波旁王朝"的自己共用着一个身体的感觉，令凯斯觉得自己像个精神分裂症患者。他的意识瞬间被"自己"读取，原来的"意识"终于安静了下来。

"我们得喝下这些药水才能保持头脑清醒。他很快就会过来追杀我们，我们所有人。他应该喜欢这个世界，他想留在这里，在这里他拥有权力，所以我们要在自己还算清醒的时候赶紧想法子离开这里。"弗里曼一边说一边将自己配好的药水递给凯斯等人，"我在这个世界里是一个传教人员，热爱化学研究，恰好是斯格尔特打压的人。"

"意思就是现在不管从哪方面来说，你都是托比的仇人了？"凯斯疑惑地问道。

"没错。所以我们都得赶紧想办法离开。"

凯斯想到弗里曼还在操纵着那个大厅之中的指示器，不由得吸了一口凉气。弗里曼现在摆弄这些瓶瓶罐罐的动作，像极了大厅之中操纵那些指示器的动作。

"现在到底应该怎么办？我只是碰了一下你，就来到这里了。"米雪儿也摘下了她的黑铁面具，露出了一张秀美高贵的面庞。

"我也不知道，那片蓝色的炽光影响了我的意识，然后我就到了这个该死的地方。现在我们得想办法从这里回到大厅去。"凯斯看了看四周，说出自己的判断，"如果托比真的像你说的，只是因为'神谕'影响了他的意识的话，那我们回去把他从潜艇之中唤醒就可以了。"凯斯冷静地分析着。

"我想，大概是离那个玩意儿越近，受到的影响也就越严重。"利兹皱了皱眉头。

"我有点儿后悔对'神谕'能量块产生好奇心了。"米雪儿打量了四周，忍不住说了一句抱怨的话。

"早知道你就留在飞机里就行了。女人本来就不应该去冒险的，她们只擅长坐在屋子里等待，说一些不着边际的闲言碎语，品评着别人的衣服和首饰，八卦着某些无聊的东西。像研究'神谕'这类工作，有女人参与进来，本来就是一种耻辱。"弗里曼有些不满地看了米雪儿一眼，用他一贯嘲弄女人的语调品评了一句。

"现在我们在哪一段时空里？"凯斯适时地打断了二人的聊天，再让他们说下去，肯定会吵起来。

"大概是法国波旁王朝吧。塞克斯汀受到'神谕'能量场的影响太大了，所以把我们所有人都带回了这个时代，我们的意识不能凭空飘浮，只能回到波旁王朝的'自己'身上。当然，这只是我的推测。不过应该八九不离十。"利兹摊了摊手。他有点儿庆幸这个时代的自己历史学得还不错，当然，这个时代的自己对政治格局也相当了解，在他被带回波旁王朝的一瞬间，就已经读取了相当多的信息。

"当然了，塞克斯汀离那个玩意儿最近，所以他意识之中被那东西影响的部分也最多了。"弗里曼补充了一句。

"小点儿声，弗里曼，别被那些追兵听见。"利兹顺着门缝看了一眼，一队骑兵从门口掠过，撞翻了好几个坐在门口看热闹的人。

利兹看着那些穿着厚重铁甲的士兵从门口奔跑过去，才又谨慎地回到了几个人身边。

"你们是否知道，塞克斯汀是一个被复活的暴君——路易十六。"利兹耐心地向众人解释着，他第一次感觉到自己意识之中储存着这些知识的好处。

"好吧。我们想想现在我们应该怎么回去。"凯斯轻声问了一句。虽然现在身边的几个人都是自己原本就认识的人，但是他却总是感觉有些陌生，大概是这些面孔都是自己不熟悉的，虽然他对利兹和弗里曼的感觉是熟悉的，但是两人的前生后世同时重叠在一个身体里，总是让他觉得怪怪的。

"我们的意识已经依附在曾经的自己身上，看样子塞克斯汀一时半会儿也醒不过来，我想，要想让我们的意识和身体脱离，可能需要我们在前世的肉身完全死去才行。"利兹摊了摊手，他也知道，这样对前世的自己而言，实在是太不公平，但是就目前的形势来看，别人似乎也没有什么更好的办法。

"你确定这个办法可行吗？"凯斯有些疑惑地望着利兹，虽然现在他有自己这具身体的使用权，但是要杀死曾经的自己去拯救那个站在大厅的自己，他有些迷茫，觉得似乎没有什么必要。

"当然。这里并不是真正的波旁王朝，凯斯，这只不过是塞克斯汀的记忆。因为塞克斯汀是这个时代的人，所以他理所当然的，把我们也带回了他这个时代，因为别的时代他没有经历过。"利兹笃定地说。

"你怎么知道得这么清楚？"虽然利兹说得煞有介事，但是作为侦探的本能，凯斯还是有些怀疑。

"我真得感谢自己，前世竟然是一个政治史爱好者——当然，书也看了不少，恰好也看过这方面的书。"利兹深深地吸了一口气，他没有告诉凯斯和弗里曼的是，自己的前世竟然是个牧师，平时除了看那些杂书之外，竟然还热衷于编故事，自己的前世曾经编过一段后世意识闯入的故事，而这段故事竟然恰好现在还留在这个身体的意识里。利兹怀疑，大概正是因为自己的意识回到了前世的身体里，这段记忆也残留在这个身体的意识里，所以他才能读取这些东西。当然，利兹在意识之中读取的这段故事里，意识共生的双方是控制躯体从高处下坠，这样才能将后世的自己送回原本所在的时空之中，但是他实在是不敢把自己得到这条信息的来源告诉凯斯他们，如果他们知道这只是一个揣测，大概率会暴揍他一顿。

"好吧。"凯斯摊了摊手，虽然利兹的这套说辞并没有完全说服他，但是眼下除了这种方法之外，他们也实在是不知道还有什么好方法。

"坏的办法也比没有办法好——现在这样的情形，只能先试试了。"利兹的前世似乎很喜欢说话，虽然他让弗里曼小点儿声音，自己却一直滔滔不绝地向凯斯和米雪儿两人解释着。

"我们需要爬到最高的地方，然后向下跳。"利兹看了凯斯一眼，"但是我们首先得躲过那些追兵。"

"该死的，看样子看到自己的前世真的不是什么好事情，尤其是在被人追杀的情况下。"凯斯皱了皱眉。

"没办法，如果我们跳下去的时候能看见一片幽蓝的光芒，应该就能回到那个该死的大厅里了。"利兹详细、耐心地解释着步骤，并小心翼翼地提出自己的设想。不管怎样，现在他的提议还有他们几个人的做法，看起来都和疯子没有什么两样。

第八十八章

"噢，天哪，我宁可被托比抓住杀掉。"米雪儿有些绝望。她觉得自从和凯斯遇到了这些人之后，发生在她身上那些奇奇怪怪的事情越来越多，也越来越令人不可接受。

"怎么了？"凯斯有些疑惑地看了看米雪儿。

"我恐高。"米雪儿犹豫着向凯斯解释。

"现在也没有其他办法，我们先这样吧。"弗里曼看着米雪儿，眼神之中也闪过一丝不耐烦的神色。他对米雪儿在这个时候提出这样的说法感到不耐烦，自己的意识来到这个时空，而另外一边的自己还在操纵着那些拉杆，他害怕如果出了什么纰漏，塞克斯汀和托比乘坐的潜艇回不来的话，怕是他自己的意识也无法回到大厅之中的身体里的。尤其是他发现自己在这个时空的身份竟然是一个铁匠，这个发现让他大为恼火。

虽然利兹的意识找到了前世的自己之后马上就来到了这个铁匠铺寻访弗里曼，并在千钧一发的时刻救下了凯斯和米雪儿，但是弗里曼内心深处仍然觉得让凯斯和米雪儿看到自己这么窘迫的模样有些难堪。在他看来，连米雪儿这样的女人的前世都是主教使团里面的人物，而自己却仅是一个铁匠，实在是让他有点儿难以接受。

"我们一会儿从后门绕出去——"利兹拉开了后门，偷偷从门缝看了一眼，确定空旷幽冷的街道上没有其他人之后，他才伸手招呼米雪儿和凯斯等人围到桌边。

凯斯低下头，看到桌面上摊着一张简易的巴黎地图，他这才意识到，自己身处的地方竟然是十八世纪的巴黎。地图之中有一座哥特式的建筑，用法语标注着"巴黎圣母院"几个字。

米雪儿也看到了这张地图，这才发现自己居然认识法语了。她一眼就认出了眼前的这几个字，也反应过来刚才气他们的对话都是用的自己前世那个年代的法语，但是彼此间居然也都知道对方在说什么。这也挺神奇的，她希望自己的意识回到本来的身体后也会法语就好了。

"那边有一条小路，可以直接绕到巴黎圣母院——当然了，这个前提是得快速地从地下通道穿过去，中间没有惊动任何士兵。接下来顺着下水管道旁边的石沿爬到墙边，能从墙边翻进这个塔楼里面去。管道每隔两个小时会关闭一次，这个关闭的时间只有半个小时，你们必须在这半个小时从管道里面爬出来，不然就会被冲进塞纳河。进了塔楼之后，躲藏的地方会多一些，因为那时候会有很多可以隐蔽逃亡者的遮挡物。当然，如果我们能不惊动那些骑兵是最好的，谁也不想像火烧屁股一样被那些拿着铁杆子的混蛋追着跑的。"利兹一边讲解地图上各项标识性建筑物，一边向凯斯等人讲解应该如何行动。

"当然，如果中间咱们惊动了骑兵的话，我也不知道最后的结果会怎么样。"利兹小心翼翼地看了凯斯和米雪儿一眼，老实说，他对自己的这个计划也不抱太大希望。

"先就这样办吧。"凯斯无奈地叹了一口气。

"我觉得前世的你比大厅的那个要有趣得多。"凯斯看着利兹小心翼翼地收起了那张巴黎地图，开玩笑似的说了一句，"如果你一直都是这个性格，我想那个叫凯莉的女人也会看上你的。"

"说起来，凯莉到底有没有来这里？你们见到她了吗？"米雪儿问了一句。

"没有。如果我能见到她，我是说如果，我肯定能一眼就认出来的。"利兹肯定地说。但是他却隐隐感觉，即使他在这个时空里见到了凯莉，她的反应也应该是先刺自己一剑而不是投怀送抱。

利兹脖子上挂着的一个金属挂坠忽然嘀嘀嘀地响了起来。

这个金属片上镶嵌着一个裸女，这个裸女有着十分夸张的乳房和屁股。

凯斯和米雪儿听见声音，转过头看着利兹。米雪儿一眼就看见了报时器上的那个裸女。

利兹连忙用手指滑动着裸女的两个乳房，里面果然藏着一个报时器，利兹连忙伸手将报时器关闭。

"这是我的前世，不，是我自己平时搞的一些小发明，只是一个简单的报时器，一旦到了那个时间，就会自动发出声音。"利兹一边尴尬地关掉报时器，一边向凯斯和米雪儿解释。

"你如果能把这玩意儿带到大厅，说不定能按古董的行情卖个好价钱。"凯斯又用他一贯的语调调侃着。

"我倒是渴望真的有这么个东西。"利兹匆匆将报时器塞进了衣服里，"我们得赶快走——'神谕'能量块影响塞克斯汀越久，他在自己的这段意识之中沉睡得也就越深，如果他像尼禄那里的那些人一样进入了深度睡眠，只有脑波活动的话，那我们就得和这个世界的前世一起生活在他记忆中的这个巴黎了，虽然我觉得这样也不错……"利兹摊了摊手。

"不行，我们得回去。"弗里曼马上拒绝了利兹的这个提议，他可不想在这里当铁匠。一想到他将永远带着现代的意识在这个铁匠铺里度过自己接下来的生活，他便感到极度恐慌。

"我也得走，现在我还在被托比追杀呢。"凯斯皱了皱眉，想到了托比讨人厌的样子，他甚至有点儿想要跟他打一架。新仇旧怨加在一起，只有干翻托比才能让他解气。

"先出去再说。"利兹将头伏在门上听了听外面的动静。确定外面没有人，便冲着凯斯招了招手。

"我们从那边的房顶爬上去——从那儿可以找到出路。"利兹指着前方一条通道对凯斯和米雪儿说。

"我们得先换上铁匠的衣服，这样比较不容易被人发现。"凯斯冲着弗里曼点了点头。

弗里曼会意，他从脏兮兮的衣服堆中找了几件充满油污的衣服扔给了凯斯和米雪儿。

看见米雪儿换上了那件充满油污的衣服，弗里曼心中就有一些恶作剧的快意。

凯斯和米雪儿将他们的面具扔进了火焰中，又将身上的长袍脱了下来。他往米雪儿身上抹了一些油污，因为他们是临时改扮的，所以看起来有些假，当然从凯斯侦探的眼光来看，这两个铁匠身上有着太多破绽了，但是现在他们只需要走过对面那条街就行。

衣服上的油污味儿冲上鼻子，凯斯感到自己脑海中翻腾着不满，他明白那是自己前世的"意识"在作祟，只能将这种不满强压下去。

"还得带上几把武器才行。"凯斯和弗里曼说了一句。

弗里曼又蹲下身子，从自己的那堆破烂之中找到了几根还算称手的铁棍，将其中的一个铁棍扔给了凯斯。

"不行，不能带着那东西，拿着那东西走在路上太惹眼。"利兹看了凯斯和弗里曼一眼，忍不住提醒了一句。

凯斯思忖了片刻，将手中的铁片放了下来。

利兹拉开门，几人从后门跑了出来。凯斯低下头，尽量让自己看起来不那么惹眼。雨已经停了，路边有一些平民坐在门口，看着凯斯一行四人从里面走出来，都用好奇的目光打量着他们。

地上有些污秽泥泞，米雪儿小心翼翼地绕了过去。利兹扯着自己的法式长袍，神情轻松地对路边投过来好奇目光的人客气地笑了笑。借着外面的光亮，凯斯才看清楚，利兹也穿着一件法式的长袍，看起来似乎是一个有点儿地位的体面人。

"这件衣服不错。"凯斯看了看自己身上充满油污的衣服，又看了看利兹，用他讽刺的语调说着。

几人走了一段路，凯斯在路边看到了两个铁甲兵在检查行人。

"管道就在前面——"利兹指着前方说，他又掏出自己的报时器来看了一眼，"还有十分钟水闸关闭，我们得在那之前就躲进去，然后，在对岸开放的时候我们趁着水势绕到墙边。"

凯斯抬头看了一下，果然看到了河对岸的几条管道。

"走。"利兹引着他们，沿着河岸走到了管道边。弗里曼率先进去，他迫不及待地想要摆脱前世的自己。

米雪儿第二个进去。凯斯看了看，这个管道很大，能容得下一人直立，也进去了。

三个人一起向着管道的另外一端跑了过去。利兹说过，这个管道的水闸关闭时间只有半个小时，他们必须在半个小时之内跑到墙边上去，然后才能沿着墙面爬到他们的目的地去。

"该死的！"凯斯抹了一手泥，他毫不犹豫地在衣服上把手擦干净，擦完之后他才想起来这是弗里曼的衣服。

弗里曼也觉得有些郁闷，如果不是"神谕"能量块的影响，自己前世的意识把自己引入这个世界，他现在应该站在那个黑黝黝的大厅里，指挥着自己手上的那台控制仪器，而不是在现在这个波旁王朝的巴黎。

利兹拎着袍子站在岸边，看着凯斯他们进入了那个管道中。

第八十九章

"我一会儿去塔楼和你们会合。"利兹有些依依不舍地看了凯斯和弗里曼等人一眼。

凯斯听见了利兹说的话，这才想起来，托比追杀的是自己、弗里曼和米雪儿，利兹的确没有必要从管道之中钻过去——他想要进入塔楼，只需要光明正大地从那条泥泞街道走到塔楼去即可。

凯斯和米雪儿扶着管道向前走去。他们双手都湿漉漉的。管道之中倒是没有什么淤泥，只有一些水垢冲刷过的痕迹。虽然这条管道并不算长，凯斯仍然感觉到心里有一股无明火，虽然他说不清楚为什么会这样，但是这种感觉就是存在，凯斯在意识之中将这归结为前主人对自己的意识占据这具身体的不满——虽然从某种程度上来说，他们是一个人。

几人跌跌撞撞地向前走去，管道之中有些滑，稍微不小心便要摔倒。凯斯看了看弗里曼的神情，觉得他应该是他们这几人中最郁闷的一个。好在管道并不算长，凯斯等人很快就走到了管道的中部。

一阵刺啦的声音传来，带着某种金属的沉重。

"这是什么声音？"弗里曼神情紧张地问了一句。

"这是骑兵在我们头顶上行走的声音。"米雪儿白了弗里曼一眼。虽然弗里曼一直看不上她，但是她穿梭回来的身体竟然也是一名宗教使徒，而且她惊异地发现自己身体的前主人竟然对这座城市还有一定的了解。

"如果不是我清楚地知道自己是米雪儿，你是凯斯，我简直要怀疑这里到底是由塞克斯汀意识引动的世界，还是我们真的在这个地方活过——"米雪儿看着凯斯，喃喃地说了一句。

"假如这里不是塞克斯汀的意识，我也希望真的是和你在这座城市里生活过。"凯斯看了米雪儿一眼，他并不像弗里曼那样觉得女人有什么问题。虽然他也认为女人们经常会制造麻烦，但是像米雪儿这样的漂亮女人，他却一点儿也不觉得麻烦。只有弗里曼那样的理工大脑才会排斥漂亮女人，因为他的脑袋里已经只剩下科学研究这一件事儿了。

凯斯想象着那些穿着盔甲的士兵在自己的头顶上方走过的模样。

"什么声音？"一个熟悉的声音从凯斯头顶上传了过来。凯斯、米雪儿和弗里曼听见了这句话，连忙屏住呼吸，贴紧管道站着。

"或许是老鼠吧。"另一个士兵恭恭敬敬地回答，同时凝神听着管道之中窸窸窣窣的声响。

"嗯。"问话者轻轻嗯了一声，虽然对这个回答感到有些不满，但是似乎也没有深究的意思，而是带着这队士兵继续向前走去。

凯斯与米雪儿听着上面两人的对答，听着他们走远的声音，对视后，轻轻地松了一口气。

"继续往前走。"凯斯用眼神目视着米雪儿和弗里曼。利兹说过，他们只有半个小时的时间。

凯斯听见了澎湃的水声和远处的一声奇怪的声音。几人又摸索着向前走了几步，眼前变得亮了一些，这里的天空和莫斯特伯阿米克时代不太一样——凯斯想起了头顶上那个人说的"老鼠"，不禁有些迷惘，大概这是波旁王朝自己没见过的某样东西。

他脑海中刚冒出这个念头，随即又浮起了一个形象，他马上想到，这应该是波旁王朝时代自己脑袋之中原本就存在的某种"意识"。

管道之中安静得可怕，只有他们三个向前爬行时发出来的声响。凯斯隐隐约约觉得似乎哪里有些不对劲儿，发问者的声音听起来有些像是托比。凯斯心里觉得，托比并不是一个好糊弄的人。

"出口就在前面。"弗里曼看到了管道的另一头，那里果然像利兹说的一样，在管道的尽头有一道墙沿，只不过这道墙沿有些窄，一次只能容得下一个人走过。

弗里曼率先钻了出去，随即发出了一声惨叫。

凯斯眼疾手快地将弗里曼重新拉回了管道之中。弗里曼的肩膀已经被一支长矛戳伤了。弗里曼伸手捂住了伤口，米雪儿连忙从他身上撕下一条布条帮他包扎。弗里曼肩头被戳伤的地方涌出了红色的血液，这令凯斯感到有些讶异，他们在莫斯特伯阿米克时代，血液是透明黏稠的，他只是在爷爷的笔记之中看到过人类拥有过红色的血液，这还是他第一次亲眼见到红色的血液。他忽然有一个新奇的想法，他不知道自己的血液是不是也是红色。

"他们在上面，那些该死的士兵——"弗里曼咬着牙，痛苦地说了一句。

"我看到了。"凯斯冷静地回答了。他早就知道托比是个阴险的家伙，却没想到托比竟然在管道的出口等着他们。现在他们有两个选择：要么掉到水里，要么被那些士兵的长矛戳中，但是不管哪一个看起来都不是太好。

"下去看看，他们就躲在管道里。"托比的声音从凯斯的头顶上冷冷地传了过来。

"是，斯格尔特大人。"士兵一边应答一边从围墙上方翻落下来。凯斯想起了自己在主教宣讲时听到的那个名字，是的，那个该死的混蛋托比在这个时代竟然是新晋主教，还拥有能调遣皇家卫队的资格！想到这一点，凯斯就有些难以忍受。

"早知道我们就应该带上那些铁棍。"凯斯看着士兵从上面跳下来的身影，找准了他的落点，一边说着，一边抬起自己的双脚，一脚将士兵揣进了河水中。

他现在发现，自己"前世"的这具身体竟然十分好用，大概是因为平时就是宗教使徒养尊处优的缘故，说不定还伴随着一定的格斗术训练，凯斯想。当然这个意识又是自己前世的身体灌输给自己的。

如果他在第一次和托比见面的时候就有这样的格斗术，他就不会被托比那个混蛋用枪指着自己的头羞辱了——凯斯有些后悔自己当侦探的时候没有好好锻炼身体，只是不停地自我消耗。

三个人听见管道下面传来了扑通一声重响，应该是刚才的那名士兵掉落在水中的声音。

米雪儿想象着那名士兵穿着盔甲向上爬的样子，忍不住笑了起来。又有两名士兵从围墙上爬了下来，凯斯和米雪儿两人看到这两名士兵，想像刚才一样在他们落地之前就将他们踢到水中。但是有了前车之鉴，这两名士兵向下爬的同时，让自己头顶上的士兵用长矛向管道口戳。

管道之中隐隐传来了流水声。

凯斯和米雪儿对视了一眼，大概是两人都听到了管道之中的流水声。凯斯心中一沉，他们三个同时想起了利兹说过的那件事儿——这条管道半个小时会开一次水闸。

"我们得想个办法，马上从这里出去。"凯斯看了米雪儿一眼，又看了看几个闯进来的士兵。

"利兹说过，到塔楼之后河沿上的一条路，那里最快，只要我们爬到墙边就进入塔楼了。"弗里曼捂住伤口，忍痛看了看闯进来的士兵。虽然疼痛的是自己前世的身体，仍然带着前世的意识，但是他还是难以避免地感觉到刺痛感。

"那些士兵全部从墙上爬下来还要一阵。他们穿着这些铁质的铠甲，太过于笨重。现在退回去也不大可能了，托比那个混蛋肯定也派人去管道的另一头了。现在我们唯一的办法就是从墙沿上的小道上冲过去。"凯斯看了看眼前的形势，冷静地分析着。

"现在他们已经下来了，我们怎样才能冲过去？"米雪儿忧心忡忡地看着士兵。虽然凯斯说得很有道理，但是她实在是想不出他们几个人应该怎么从士兵的包围圈之中冲出去。

凯斯看了一眼那几个爬下来的士兵，大概是为了更方便进入管道，他们将自己左手中的盾牌扔在了管道之中，右手仍然握着的铁质长矛。凯斯向米雪儿使了个眼色，示意她向那些盾牌靠拢。

米雪儿接收到了凯斯的眼神，在那些士兵们跳下管道的一瞬间，飞速拿起一块盾牌，在士兵们反应过来之前将他们从管道口撞了下去。

与此同时，凯斯也拿起了一块盾牌，拉着弗里曼向着墙沿的小道冲了过去。

弗里曼也学着两人的样子抓起了一块盾牌，和冲进来的那个士兵扭打在了一起。大概是因为手臂受伤的缘故，弗里曼的动作显得有些迟钝，但是滑溜的管道让那个士兵也显得有些笨拙，弗里曼抢起盾牌便将那名士兵撞了下去。弗里曼看了一眼从管道上掉下去的士兵，感到有些兴奋，大概自从意识到这个世界之后，这是他第一次因为自己是个铁匠而感到兴奋。

凯斯听见管道下又传来扑通的几声响声，与此同时，桥上也传来一阵喧哗，那些士兵见发生了意外，对凯斯三个人加大了抓捕力度。

"他们已经封锁了整个道路，但是他们不知道我们要去哪里。"米雪儿向凯斯传达自己听到的信息。

"从这个墙沿上的小道冲过去大概需要十分钟，我们顶着盾牌向那边冲过去。只要保持平衡的话，冲过去会很快。"凯斯将盾牌举在了头顶。

米雪儿和弗里曼也学着凯斯的样子将盾牌举在了头顶。

"我先看看，一会儿我们一起向对面跑。"凯斯一边向前移动，一边看着前方，大喊一声，"快跑！"

第九十章

三个人顶着盾牌，低头向着前方极速跑了过去。

凯斯头顶上传来一阵金属撞击的哐哐声，这是托比指挥士兵用长矛戳到凯斯三个人头上顶着的盾牌传来的声音。

凯斯用力向上托举着盾牌，尽量让自己靠着墙，以免被长矛撞下去。他们本能地向前移动，透过眼角的余光看见身边来回晃荡的各种东西，感觉自己随时都有掀翻到河水中的危险。

"跳！"离矮墙还有一步距离的时候，凯斯突然吩咐了一句。三个人鼓起勇气，向着矮墙的方向陆续跳了过去。

凯斯看见弗里曼扑通一声掉入水中，连忙伸手将弗里曼拉了起来。

"好吧，正好把这一身的铁味洗洗。"弗里曼似乎有些不以为意，对他来说，落入水中这件事儿并不算什么。凯斯看着这个弗里曼，忽然觉得这个人比之前的那个可爱多了。

几个人翻过矮墙，从昏暗的颜色之中，凯斯可以清晰地判断出对面正是巴黎圣母院。

他们敏捷地攀爬上窗户，悄悄溜进了塔内。利兹正在里面等着他们。利兹仍然穿着那件长袍，看起来一副道貌岸然的样子。

"快走，我们得在他们追过来之前爬上那座高塔。"利兹一边分派任务，一边一马当先地向着塔楼上飞跑过去。

凯斯看着利兹的动作，有些讶异利兹穿着长袍竟然还能跑得这么快。他跟在利兹身后，瞬间想起了利兹胸口挂着的那个裸女像的钟表。

米雪儿和弗里曼跟在两人身后。凯斯跑上塔楼的那一瞬间，不由得轻轻舒了一口气。他有点儿庆幸，米雪儿似乎对周围的情况变化总是适应得很快。虽然让这样一个美女跟着自己逃跑并不是什么好事——但是一个不添麻烦的美女是故事里的标配。凯斯想起了自己看到的那些三流的电影。

四个人一起奔到塔楼顶上。

"这里曾经诞生过这个世界上最伟大的文学作品。"利兹忍不住发出了一声感叹。

"我们得快点儿行动了。"凯斯听见那些穿着铁甲的士兵们噔噔上楼的声音。他们的铠甲很厚重，压得整个木质的地板嘎嘎作响。

利兹忍不住欣赏了一眼远处的风景。他放低视线，望向河流冲积而成的平原，看见了这座城市之外留下的印记：那条大河在深沟底部流淌着——这是挖掘河泥烧制砖石造成的后果，还有城池之南那一排又一排早已不再升火冒烟的砖窑。

"这里和莫斯特伯阿米克时代很不一样。"利兹感慨了一声，似乎对现在的身份和现在的生活有些恋恋不舍。

"没时间说那么多了——我们得赶快跳下去，如果你的办法可行的话。"凯斯白了利兹一眼。在这个档口弗里曼一直沉默着，他心中也觉得早点儿离开这个地方比较好，可是他也不想直接去反驳利兹。

"听我说，伙计，我在书上看过的——对了，书上是这么写的，在下坠的过程之中，你会看到无数纷乱的幻想，你得想着那个你想要回去的地方，然后保持一颗虔诚的心，这样你才能得偿所愿。"利兹有点儿胆怯地望着凯斯，现在他们已经到了这个地方，他不得不把真实的情况告诉凯斯。

"这么说，你也不知道这个办法是不是真的可行？"凯斯皱了皱眉头，感觉怒气正在从自己的脚底升腾。他觉得头昏脑涨，好像脑袋上挨了重重一击似的。他强忍住了自己想要揍利兹一拳的冲动。

"难道还有更好的办法吗？"利兹摊了摊手。

见两人迟疑不前，利兹看了一眼远方说："来吧。害怕的话，你们可以先趴下来，再向塔外看。"

弗里曼已经走到了塔边。

"我先跳。"凯斯看了他们一眼，他知道，如果他不带头干这件事儿是不行的。他看了一眼下面黑沉沉的迷雾，想象着自己跳下去粉身碎骨的样子。

"真正的凯斯还在那个该死的黑黢黢的大厅里站着呢。"凯斯在心中自我安慰着。

"想着你要去的那个地方。千万不要走神。在大厅我观察过，我们的意识，都是附在你身上的。"利兹努力让自己的声调听起来严肃一些。

"也就是说，我到哪里，你们都会跟着过来？"凯斯挑了挑眉。

"应该是这样的，我们会去你所有去过的时代，前世来生，至少我那本书里是这么写的。不对，我得把这个作为结论也记录下来。"利兹努力向凯斯解释，现在大家都是孤注一掷的心态。

凯斯听见了门口的大叫声，大概是托比带领的那些铁甲士兵已经追上来了。凯斯想起了托比和自己初次见面时趾高气扬的样子，忽然生出了一点儿勇气。如果利兹说的是真的，只要他跳下去，托比也会跟着死去的话，那就好办多了，不管怎么样，他至少结束了托比这看起来不可一世的样子。

想到这一点，凯斯马上闭上眼，不管三七二十一便纵身一跃。风在凯斯耳边呼呼作响，他感觉自己正在急速下坠，甚至觉得自己可以数清流逝的时间。随着阴影接近，它变得越来越快。

弗里曼跟着凯斯跳了下去，他是无所谓的，反正他认定了真实的自己现在就在大厅之中，操纵着那些拉杆。他相信自己只要跳下去，就能回到那个大厅中。

凯斯还没来得及眨一下眼睛，阴影已经掠过了他。他眼前出现了无数的幻想，有集市，有山岭，有荒漠，有河流。他还看到了很多自己只在电子杂志和影视剧中看到的动物的虚影，这些东西有的面目狰狞，有的却冲着凯斯微笑。他再往下坠时，感觉自己的脑海周围似乎出现了一条宽阔的大河，河水之中似乎还有各种各样的鬼影正在扑腾纠缠着自己。

凯斯被眼前的景象吓出了一身冷汗。他感觉自己的灵魂似乎在和自己操纵的这具肉体剥离。他不再多想，完全将自己交给了自然界的客观规律。他已经从利兹口中知道了，这些东西竟然是自己每一世所经历过的场景。

"想着你想去的那个地方……"凯斯在心里默念着，想让他纷繁暗涌的大脑安静下来，但是他眼前看到的只有这些乱七八糟的景象。这些东西就像电影镜头一样，纷纷往他的脑海里面涌。

这一点让凯斯感到极为痛苦，他越是想要忘记这些场景，这些东西便越是向他的脑海中涌入。

如果是利兹遇到了同样的情形，他会怎么办？凯斯在大脑里搜索着利兹在自己跳下来之前对自己的某些交代，但是发现自己竟然完全想不起来。

凯斯看着眼前几只晃来晃去的生物，在脑海中搜索了半天才想起来，这个东西竟然是自己曾经在电子杂志上看见过的那种叫作"羚羊"的动物。这一瞬间的失神令凯斯脑海中的意识加速旋转，那道蓝色的炽光又一次将凯斯包裹起来，将他整个卷入到了这片蓝焰背后。

他心中知道不好，但是张口想要出声时，却只发出了和羚羊一般的咩咩的叫声。这种叫声凯斯以前只不过在电影和电视节目之中无意中听到过几次，现在竟然从自己的喉管之中发了出来。与此同时，凯斯的意识似乎也被拉到了这只羚羊身上，他竟然能感受到这只羚羊对于外界的一切体验。

"不是吧……"利兹似乎感受到了凯斯的意识波动，现在这个莫名其妙的"神谕"能量块控制着凯斯的精神世界，凯斯任何意识的波动，都会把他们这群站在他身边的人牵引向一个未知的地方——其中就包括凯斯曾经轮回过的每一生、每一世。但是利兹对此的了解也仅止于此，这些还都是以前研究过"神谕"的米兰德研究所留下来的二手资料。至于"神谕"能量块到底是什么，或者具体对人产生了什么样的影响，米兰德研究所的二手资料中从来都没有记载过，利兹也无从得知。

老实说，在被托比他们用枪押着来到那个地下大厅的时候，利兹曾经想过要把自己此前的研究资料分享给托比，但是托比似乎对此并没有什么兴趣。托比迫不及待地想要拿到那个"神谕"能量块，并坚信他对这个东西的研究才是权威。托比趾高气扬的样子，直接打消了利兹想要和他交流的欲望——但是现在凯斯的意识被这个叫"神谕"的能量块牵引到一只羚羊身上，确实让利兹一点儿也没有想到。

"咩……"凯斯又一次发出了一声羚羊的叫声，他抬起头，竟然还是凯斯的意识——他看见利兹等人也都伴随他一起变成了羚羊。

"现在怎么办？"凯斯有点儿歉疚地望着利兹。

"我也不知道。"利兹摊了摊手，"神谕"能量块影响了凯斯的意识，他们只能随着凯斯的意识波动来到凯斯所经历过的那些轮回或是某个时空之中——至于具体到哪里，却是随机的——具体要看那些东西对凯斯的影响有多大。

第九十一章

"也就是说，一定要凯斯自己意志够坚定，我们才能拿到'神谕'能量块？"弗里曼叹了一口气，用"羚羊语"和利兹交流着。

"大概率来说，就是如此。"利兹叹了一口气。

他想象着自己是人的时候如果听见这种类似于"咩咩咩"的羚羊语，大概率上只会觉得吵闹吧。现在因为自己的意识附着在羚羊身上，竟然还能听懂"羚羊语"，这种体验虽然并不是什么好的体验，但对利兹而言却也还有一点儿新鲜感。而且他们的很多对话还不仅是通过咩咩叫，还通过肢体语言和闻对方身上的气味儿，这应该也是动物交流的方式吧。

"我们意识的附着体，都是随着凯斯的意识变化而变化的。这些东西，全是凯斯经历过的轮回，当然，某些轮回还在另外的时空里——也就是，和我们现在完全不一样的平行宇宙当中。如果你们也看过那些科幻的电影的话，应该理解我说的是什么意思。"利兹用无奈的语气解释着。他的意识竟然附着在一只母羚羊身上，这一点真是令他难以接受。

"我本来以为下一世会风光一点儿的——看样子是我想多了。"弗里曼摊了摊手，他现在不是铁匠了，却又变成了一只公羚羊。

"噢，凯斯的前世竟然都是这些奇奇怪怪的东西，真让人受不了。"米雪儿皱了皱眉。与利兹和弗里曼比起来，她应该算是最好的了，至少她在性别上并没有太大的误差，她的意识仍旧附在一只母羚羊的身上。而且从利兹和弗里曼的羚羊的角度来看，米雪儿现在附着的这只母羚羊，和前世的米雪儿一样，也算是一只美貌的母羊。但是作为米雪儿自己来说，她实在是接受不了自己身为一个美女，现在却作为一只母羊存在。

"凯斯的意识在哪里产生波动，我们就会被牵引到他哪一世的时空当中来。"利兹摊了摊手，"现在只能听天由命，我们也没有更好的办法。"

"你以前看到过关于'神谕'的笔记，那上面是怎么说的？"弗里曼有些后悔自己当初只专注于数学和计算机研究，却没有仔细钻研过那堆笔记。对他而言，那堆笔记上记载的都是某些凌乱的、私人化的东西，并没有什么研究的价值。在他看到"神谕"有可能会影响人意识波动时，他一度以为这是哪个为了给米兰德研究所解闷的家伙编出来的鬼故事。

"'神谕'会影响它选中的那个人的意识，而这个人的意识又会影响和他在同一时空的那些人。也就是说，我们会随着凯斯意识的波动看到凯斯所有的轮回，他进入哪个轮回，或者哪个时空，我们也得跟着他一起进入。除非他有办法离开，不然的话，我们会一直困在这些轮回的时空和这些不同时空的环境里，把凯斯所有轮回过的经历一遍。"利兹尽量用所有人都能听懂的语言解释着，因为他注意到在自己解释这一切的时候，凯斯一直都没有插话，似乎凯斯也为自己会到这只羚羊的身上感到十分懊恼。他从来没有想过，自己的某一世竟然是一只羚羊，而自己刚才因为意识的波动，竟然把意识附在了这只羚羊身上。

"我真的没有想到，竟然还有比当铁匠更糟糕的事情。"弗里曼听懂了利兹的解释，忍不住抱怨了一句。他现在既是弗里曼，又受到羚羊意识的影响，觉得有些奇怪。他脑海里忍不住渴望着某些没有听过名字的食物，据他有限的生物知识来判断，他应该是渴望着食用某些植物。

一阵低吼从远处传来。

"这是什么声音？"这种声音让身为羚羊的凯斯脑海中产生了一丝莫名其妙的恐惧感。

"这是狮子的吼声。"米雪儿惊呼了一句，在她听见这个吼声的刹那，几乎从脑海中本能地闪过了这样的意识。虽然她并不知道狮子是什么样的生物，但是现在她的意识附在这只母羚羊的身上，这种吼叫声会令她本能地感觉到害怕，并忍不住从她那个属于羚羊的脑海中浮现出了"狮子"这个词来。

"什么？不是吧？"利兹吓得大惊失色。虽然他现在仍然保存着利兹作为一个人应该有的意识，却也不可避免具有了羚羊本身对狮子的恐惧。更何况这几个人之中大概只有利兹一个人看过《狮口惊魂》这部电影，此刻他听见了狮子的吼叫，竟然本能地感觉到害怕。

"狮子是什么？"弗里曼这种生活在莫斯特伯阿米克时代的人，几乎对狮子没有任何概念。

"看样子你变成了羚羊也是一只笨羊。"凯斯鄙夷地看了弗里曼一眼，"虽然我也不知道这玩意儿具体是个什么东西，但是我知道这个东西绝对不是什么友善的玩意儿。所以，我觉得，我们现在应该赶快跑才对。"凯斯看了利兹和弗里曼一眼，率先撒开腿跑了起来。

"幸好自己这一世是个身体健壮的公羊——"凯斯一边跑一边想着，他忍不住回头望了一眼，只见利兹紧紧地跟在自己身后，弗里曼和米雪儿则落在后面。大概因为他们是母羊的缘故，虽然跑得也不算太慢，但是比起那个叫"狮子"的生物所带来的恐惧感，显然他们这种速度是不够的。

"快点儿，米雪儿，被那东西逮到我们就死了。"凯斯呼叫着米雪儿，似乎这样就能让米雪儿加快速度似的。他还是不习惯说"狮子"这个词，毕竟这在莫斯特伯阿米克时代并不是什么常用词。看到变成一只羚羊的米雪儿奔向自己，凯斯忍不住想起米雪儿当初给自己三千五百元的事情，那时候自己觉得拿米雪儿的三千五百元他赚到了，但是现在发生了这么多事情，凯斯有点儿后悔没有向米雪儿多收一点儿钱。

"我已经在跑了，凯斯！"米雪儿气喘吁吁地奔到凯斯身边，忍不住有些抱怨。凯斯从弗里曼的眼神中看到了一丝不满，大概弗里曼觉得是因为凯斯的意识波动太大，他们才会来到这个轮回世界中受这种罪。

弗里曼的眼神让凯斯想起了格尔，幸好格尔并没有来——凯斯想，如果格尔也随着自己的意识来到这个世界，大概率上会被这个叫狮子的动物追上，然后，变成这个猛兽的腹中美餐吧。

"这真是一趟远古之旅——大概唯一的收获就是我算是在现实中看到了这种叫'狮子'的玩意儿。不过我可不认为这是什么好的体验。"利兹看着凯斯，发挥着他不怎么高明的幽默感。

"我想，没有人想亲自面对这个玩意儿。"凯斯一边奔跑一边看着前方。他们已经跑过了几个荒野了，前面是一个深涧，凯斯跨过这个深涧，努力向上跑去。

"我想，来这个鬼地方的第二个收获就是我好久都没有跑得这么快过了——"利兹一边跑一边用"羚羊语"扯着嗓子喊。

"如果你不想死于话多的话，最好闭上嘴向前冲。"凯斯已经越过了深涧，向着前面一道山岭跑了过去。

他已经从这只羚羊的意识中弄明白，这种叫狮子的他们没有见过的生物，体形比较大，而且母狮极喜欢成群结队地围攻猎物。

"它们已经快要追上来了。"弗里曼一边跑着，一边忍不住回头看了一眼。就在他回头的一刹那，一只母狮子已经猛然扑了上来，差点儿将弗里曼的脖子咬断。

"我的天！我宁可当铁匠也不愿意被这玩意儿咬一口！"就在母狮子要扑倒弗里曼的瞬间，弗里曼也不知道从哪里迸发出了一股力量，向前猛然一跃，一下子跳过了深涧。

"我们向山顶上跑。"凯斯看着自己眼前的山谷，招呼着身后的三个"人"，"利兹，是不是只要我从高处跳下去，意识就能脱离现在的身体？"凯斯一边跑一边大声询问着利兹。

"如果我研究的那堆笔记没有骗人的话，应该就是这样。现在看来，很显然这个方法能奏效。"利兹想起了凯斯从巴黎圣母院铁塔上跳下来的场景。

"往山岭上跑。"凯斯沉着地说了一句，巧妙地避开了一只狮子的包抄。那里视野开阔，而且羚羊的跳跃能力不差，如果可以，他们三个可以率先跃过山谷，凯斯来断后。

"我来断后，你们几个先跑。"凯斯对米雪儿和利兹说道，"一会儿我从山谷上跃下去，这样的话，意识就能从这只该死的羚羊身体里脱出来了。"

"拜托，凯斯，你的注意力一定要集中一点儿才好。"米雪儿忍不住有些埋怨。她倒不是害怕狮子的追逐，而是她实在忍受不了自己的意识竟然会跑到一只羚羊身上，不管这只羚羊是不是一只"美羊"，米雪儿都觉得自己实在是不堪忍受，尤其是她发现自己在这种紧要关头居然还控制不住拉起羊粪来。

"我只能尽量。"凯斯一边跑，一边迎着风回答着米雪儿。

"'神谕'对意识的影响很大的，"利兹一边跑一边对米雪儿说着，"要不然也不会这么久都没有人拿到这玩意儿。而且那东西具体是什么形态，从来都没有人真正见到过，如果他能这么轻松就摆脱这玩意儿的影响，那'神谕'也不是'神谕'了"。

"难为你一边跑还一边和这个女人解释了这么多。"弗里曼冷不丁地插了一句。

说话间几人已经跑到山顶，凯斯放慢了脚步，独自站在最后。

几只母狮已经追了过来，正对着凯斯龇牙咧嘴。

"你们赶紧跳到对面去。"凯斯冷峻地说。

"如果我们在你意识脱离羚羊之前被狮子吃掉了，我们会怎么样？"米雪儿忧心忡忡地望着凯斯。

"谁也不知道，所以最好不要做这种实验。米兰德研究员的笔记本里面也没有记载过。那个被'神谕'影响过的研究员已经死了，具体他遇到了什么事情，都是身边的人通过他的口述整理的。当然，如果你想要实验一下，我们也不介意，我们会把你献身科学的事情记录下来的。"利兹用最快的速度说了一整段话。

"快跳！"在几只母狮子飞扑过来的瞬间，利兹大声喊了一句。

伴随着利兹的声音，三个"人"绷直了身子，向着对岸跳了过去。凯斯则闭着眼睛，向着峡谷跳了下去。

第九十二章

一只母狮向着凯斯扑了过来。凯斯向着山谷之中一跃而下，就在他冲向山谷的瞬间，凯斯感觉自己的意识又一次飘起来。

但是那只母狮子也踩着凯斯的背压了下来，恍惚之间，凯斯竟然从意识之中看到了自己和瘀斑脸打歌牌的场景。那是凯斯的得意之作。他靠着对瘀斑脸情绪的干扰，成功赢下了这场赌局。凯斯看到了自己正在赌桌前冥思苦想的样子，他稍微失神了片刻，忽然感觉自己身体飘浮了起来，意识竟然钻进了刚才打扑克的那个"凯斯"的大脑之中。

他感觉到这个"凯斯"的身体微微抖动了一下，连带着双手也微微抖动了一下。

"该死！他的意识偏离设想了！"利兹惊呼一声，忍不住跟着凯斯一起钻入了赌局的空间中。

伴随着凯斯的意识，三个人一起坠落到了他们逃离不久的游戏别墅中。利兹看到了自己，他的意识不由自主地被吸引了过去，然后是弗里曼和米雪儿。凯斯看了看利兹和弗里曼，又看了看米雪儿，对他们投去了一个抱歉的眼神。

"还好这里没有什么危险。"凯斯耸了耸肩，这是他们经历过的事情，如果和之前一样，他应该会很快就赢过这个瘀斑脸，然后他们会跟着托比和山姆开过来的飞机，从这里逃出去。

凯斯有些得意地想着自己刚才的动作。他一边思考一边听见了电子播放器女荷官唱牌的声音。凯斯手轻轻一抖，抢了一张歌牌。如果他没有记错的话，这应该是最后那一局的牌面。这一局过后，他就会赢过这个瘀斑脸，当然，这个瘀斑脸也很不甘心，这是个狡猾、多疑、生性冷酷残暴的家伙，凯斯觉得，把这种家伙称为人类都是抬举他。

“凯斯先生，你输了。”电子女荷官恭恭敬敬的声音从机械之中发了出来。

“什么？”凯斯有些错愕。他放下了手中的歌牌，不可置信地看着眼前的一切。

和凯斯一样，瘀斑脸面前也摆着几张歌牌，正是自己最后一局中和他对垒时瘀斑脸所拿到的牌面。

“我不相信！我要重新检查！”凯斯气急败坏地望着那个播报的女荷官。他并没有注意到自己现在的态度和当初瘀斑脸的表现简直一模一样。

“如您所愿。”女荷官对着凯斯鞠了一躬，礼貌地将两人刚才抓取歌牌的视频放了出来。

对面瘀斑脸的脸上洋溢着得意的笑容，似乎在讥讽着凯斯的愚蠢。

“让他看看自己的蠢样。”瘀斑脸得意地吹了一声口哨，对于凯斯这个人形标本，他很满意。

“这里是另一个时空，凯斯。”利兹走到凯斯身边，小声提醒着他，“你真正的身体，还在那个黑黢黢的带有‘神谕’能量物质干扰的房间里站着呢。我想，如果我没有记错的话，或者说，如果科学的记载没有出错的话，整个宇宙有四千八百多万个平行时空，这些时空里，每一次你做的事情，结果都不尽相同。”利兹尽量压低声音，以免让瘀斑脸听见。

“这该死的混蛋，他是靠作弊的方式才赢了这个赌局。”凯斯像是没有听见利兹的话，仍旧愤愤地盯着眼前这个大屏幕。在这个大屏幕上，他和瘀斑脸赌局的过程正在一一放映着，为了让凯斯看得更清晰，电子女荷官甚至将这个屏幕调整成了慢动作，以便让凯斯看得更加清楚一些。

“不管怎样，我们的意识得回到自己的身体里才行。我们不能离开自己真正的身体太久。”利兹忧心忡忡地看了凯斯一眼。他对凯斯现在的状态感到十分担心，更何况他是受“神谕”能量块影响最深的人，他们都是受凯斯的意识牵引才来到这个时空的。

“我知道了，我会回去的。”凯斯的语调之中透露着一股心不在焉的情绪，眼睛仍然盯着屏幕。

“怎么样？看完了，就可以安心做我的人形标本了。”瘀斑脸不怀好意地看着凯斯，对他而言，凯斯和他的朋友们已经是死人了。

“你游戏玩儿得不错。我很高兴，冲着这一点，我一会儿会让你们几个死得痛快一点儿。哦不，也不能太痛快，你们死得太痛快了，血会把我的标本制作台弄脏的，得慢慢地一点儿一点儿地把你们的血放掉，风干肌肉才行。"瘀斑脸描述着这个过程，就像在制作一道美味的菜肴一样。

凯斯听见瘀斑脸的话，忍不住感到胃里一阵阵恶心。

他刚才确实很愤怒，他以为是自己的记忆出了偏差。在前面的赌局里，他明明已经赢过了瘀斑脸，但是现在自己却输给了他，这让凯斯十分恼火。利兹看见了凯斯的表情，又在凯斯身后碰了碰他。

"如果这里算是一个平行世界的话，会不会有山姆和托比？"凯斯趁着利兹绕到自己身后观看视频的档口偷偷问了一句。

"我也不知道。据我所知，平行世界里发生的事情和我们曾经经历过的场景即相同又不相同。"利兹耸了耸肩。

"好吧。看样子我得想办法逃走了。"凯斯努力让自己冷静下来，说真的，他宁可面对托比和山姆那张脸，也好过面对这个瘀斑脸。至少他认为那两个人和自己是同类，会遵守联邦警署的法规，至于这个瘀斑脸，凯斯知道，自己从心里从来都没有把他当成人类看过。

"好了，你确认完毕了吧？"瘀斑脸冷冷地望着凯斯，想要从凯斯脸上看出一点儿恼怒的痕迹来。仅仅是赢了这场赌博游戏，对瘀斑脸而言还不算高兴，他必须要把对手玩弄于股掌之中才会开心。

"当然，我的确输了。"凯斯淡淡一笑。利兹的话倒是提醒了他，对于现在的他而言，他只不过是一段"意识"，瘀斑脸做梦也不会想到，自己已经经历过一场这样的比赛，而现在他只是看到了另一个时空的自己和瘀斑脸在赌博而已。

想到这一点，他觉得瘀斑脸的人形标本也没有那么可怕。凯斯在四周环视了一下，这个空间里，竟然没有塞克斯汀和凯莉。凯斯想起塞克斯汀已经接近那块"神谕"能量块，心中有些不安。如果从距离上来看的话，那东西对塞克斯汀的影响比对他的影响要大得多。

"塞克斯汀和凯莉应该停留在他们的意识界里。现在那个玩意儿正在开发我们的大脑，我们的每一次意识波动，那个叫'神谕'的玩意儿都应该捕捉到。"利兹在凯斯身后，轻声细语地说了一句。

"我明白了。"凯斯点了点头，利兹的解答多多少少解开了一些他的疑惑。那个叫"神谕"的东西会影响人的精神，开发人的大脑，将人体的某些潜能激发到极限。难怪尼禄能用那玩意儿创造出那么多先进的科技来。

凯斯感到一阵剧痛，紧接着一种极度亢奋的感觉侵袭过来。他在亢奋之中似乎看到了自己站在大厅之中的虚影。想到了这个时空之中赢了自己的瘀斑脸如果发现他赢了四个假人，凯斯觉得有些好笑。他这样想着，忍不住扯了扯嘴角。

"你在笑什么？"瘀斑脸警惕地看了凯斯一眼。他警惕又敏感地捕捉到了凯斯嘴角的笑意。凯斯并没有像瘀斑脸设想的那样惶恐，另外几个人似乎也不怎么害怕，这让瘀斑脸多多少少感到有些疑惑。

"没什么。"凯斯淡淡地看了瘀斑脸一眼，"如果你需要将我制作成人形标本，那就动手吧。我没有什么意见。"

瘀斑脸被凯斯的话激得一愣。他本来以为凯斯等人会想办法逃走的。这样一来，他可以继续和他们玩儿一个猫抓老鼠的追捕游戏，但是现在凯斯竟然不动声色地坐在椅子上，反而让瘀斑脸有些摸不着头脑了。

"跟他说用电击的方式……凯斯，拜托。"利兹的声音带着某种隐隐约约的恳求意味。凯斯坐在椅子上，刚才冷静下来的时候，他脑海中的意识和眼下的这位"凯斯"融合在一起了。

确切点儿说，他从这位凯斯的大脑中，读到了之前发生在这里的事情。从调取的记忆中，凯斯看到了刚才那几局歌牌的赌局。刚才输掉的那个人，竟然不是弗里曼，而是利兹。

凯斯看了利兹一眼。难怪他这么想要脱离这个地方——他刚才输掉了所有的筹码，在凯斯赢回来一局之后，因为利兹的情绪干扰，又输给了瘀斑脸。凯斯想起了他们刚才在以前的法国街头看到的那个利兹，又看了看眼前的这个，一瞬间觉得十分滑稽。

"娜迦，收起游戏别墅，我现在要对输家进行惩罚。"瘀斑脸恶狠狠地瞪了凯斯一眼。不知道为什么，这个瘀斑脸虽然本质上和那个时空的瘀斑脸一样，却并没有用言语继续吓唬凯斯，大概是凯斯的表情令他疑惑，或者是他感觉到自己即使吓唬凯斯也不太管用吧。

瘀斑脸瞪着眼睛，仔细地打量了凯斯一眼。他掏出了自己的电子捆绑仪，随着他轻轻地按下按钮，电子捆绑仪中吐出来的电丝立刻将凯斯和弗里曼等人一一捆绑起来。

瘀斑脸将弗里曼和米雪儿带到了凯斯身边。三个人交换了一个眼神，有了上一次的经历，他们对眼前要发生的事情也不怎么觉得害怕。毕竟，对他们而言，现在他们只是一段"意识"，平行时空发生的一切，虽然和他们有关，但是又不是他们这段"意识"真正的人生。

随着瘀斑脸的拉扯，电丝上的火花刺啦一声缠绕在凯斯身上，凯斯感到身体一阵痉挛。

"得先把你们带到我的实验室去。让你们见识见识，我比你们人类先进八倍的科技。"瘀斑脸伸出舌头，得意地舔了舔嘴唇。凯斯被他拉得踉跄了一步，忍不住跟着瘀斑向前走去。

"不是领先十倍吗？"弗里曼忍不住问了一句。在之前的那个世界里，那个瘀斑脸与他们第一次在雪地见到投影仪的时候曾经说过，他们这个种族的智慧是超群的，因为他们没有情感羁绊，是彻底的实用主义者，因此他们这个种族的科技要比人类领先十倍。

"很快就突破到十倍了。等我们发明出实效投影仪出来，你们就能见识到我们这个种族科技的厉害之处。"瘀斑脸扬扬得意地说。

第九十三章

利兹与弗里曼对视一眼，瞬间明白了其中的关窍。在现在的这个世界里，他们在雪地之中见到过的那种投影仪，瘀斑脸和他们的种族暂时还没有发明出来。

"就是那种能在雪地上投射出真人影像的投影仪器？"弗里曼试探性地问了一句。

"你怎么知道雪地？"瘀斑脸想起了自己这个种族喂养在雪地的啶瞻訬，马上变得警惕起来。这么多年，他们一直在秘密收购这种变异人，并没有人类知道这件事儿。

"没有，我随便问问。"弗里曼显然也从意识之中读取到了这里之前发生的事情，立刻将这件事儿岔了过去。虽然他并不怕死，但是如果激怒了瘀斑脸，他不对他们进行电击，利兹让他们意识返回到大厅的计划就不能奏效。

凯斯看到瘀斑脸又一次带着众人穿过了那个画着神像和各种东方图绘的大厅，和他们刚进入这里时不同，这个大厅里现在泛着一丝蓝幽幽的光，将整个大厅的风格衬托得犹如鬼狱。

"看样子，这个时空里并没有雪地上的事件发生。"趁着瘀斑脸摆弄自己手中的电索，凯斯低头，悄悄和利兹耳语了一句。

"干什么？"瘀斑脸将利兹扯了扯，将他拉离了凯斯身边。不知道为什么，自从自己在歌牌游戏中获胜了之后，他总觉得哪里怪怪的。但是具体是什么问题，他却又说不上来。

难怪这个时空里也没有塞克斯汀和凯莉。凯斯想通了这一点，连忙在意识之中搜索自己被瘀斑脸抓来的记忆。在这个时空之中，他和利兹、弗里曼乘坐了同一艘游轮，他们刚下游轮就被瘀斑脸这个种族追捕，随即关押，而瘀斑脸出于孩子的好奇心把他们从这个种族特制的监狱中捞了出来，和他们玩儿游戏。

瘀斑脸将凯斯等人牵到了他的实验室中。凯斯抬起头，他记得这里，这里曾经养了许多像瘀斑脸一样的幼儿，瘀斑脸他们把这些幼年的族人当成食物送给长老们。

"好了。我要在这里制作我的人形标本了。"瘀斑脸按了一下自己手中的捆缚电索，将凯斯等人轻轻地推到了桌台上，"你们这种低劣的种族，一定没有见过我们这么高级的实验室。"

瘀斑脸将凯斯等人固定在原地，也不知道启动了一个什么按钮，凯斯四个人的脚边地面上立刻出现了一个闪着蓝光的塑料脚环，将凯斯等人锁在了原地。

瘀斑脸也不管凯斯他们，只是吹着口哨，自顾自地开始摆弄那些制作人形标本的器材。

凯斯看见瘀斑脸打开了一盏灯，连接各种各样的器材。利兹见瘀斑脸没有注意到自己几人，用眼神暗示凯斯看看瘀斑脸手边的那些电击设备。凯斯偷偷看了一眼，对着利兹比了一个 OK 的手势。

瘀斑脸一边摆弄那些东西一边哼歌，凯斯听得出来，瘀斑脸的歌声之中透着一些轻快。

似乎感觉到了凯斯的动作，瘀斑脸转过头，狐疑地打量了凯斯和利兹一眼，想要看看他们到底有什么勾当。

凯斯在心底冷冷一笑，虽然瘀斑脸这个种族的确很聪明，但是他大概做梦也不会想到，自己在这个时空里只是一段"意识"，所以对于他接下来的动作，他并没有那么害怕。凯斯想起了雪地之中瘀斑脸嘲弄几人的样子，心里有一种报了一箭之仇的痛快感觉。

瘀斑脸看见凯斯仍然是一副不以为意的姿态站在原地，转过身又开始准备自己制作人形标本的那些实验器材。他的动作十分麻利。

凯斯从他身后冷冷地盯着这个瘀斑脸的背影。凯斯想，如果这个瘀斑脸的城府再深一些，或者说，这个瘀斑脸再年长一些，或许也和他们种族的那些长老一样，变得像他们那样冷血无情、喜怒不形于色的话，他一定会发现凯斯他们几个人的变化的。凯斯从他们吃掉种族的幼童就可以想象出来，这些人已经完全变成了异化的机器，当然，他们很聪明，因为他们所有的目标都是为了进化和实用主义的。只可惜，现在面对着他们的是个幼崽，虽然他也很可怕，但是毕竟不像那些长老那样能洞悉人心。

凯斯想起了自己参加过的那场战争，虽然他只是其中的一个炮灰，但是人干很多事情的原始驱动，就是生存的欲望和对死亡的恐惧。只不过对凯斯这样的普通人而言，参军打仗不过是变成实现别人欲望的炮灰罢了。从这一点上，他觉得托比或许有他的道理，只是大家接受不了他那种赤裸裸的语气。凯斯觉得现在能维持一点儿基本秩序的原因，大概是因为那些资本巨鳄们还没有把最后的那块遮羞布揭下来。

"你，先过来！"瘀斑脸盯着凯斯，恶狠狠地说了一句。凯斯这副漫不经心的样子总是令他感觉有些莫名其妙地火大。

凯斯看了瘀斑脸一眼，无所畏惧的眼神让瘀斑脸感觉自己几乎要被打败了。不知道为什么，瘀斑脸每次和凯斯的眼神接触的时候，他都有一种被人嘲弄的感觉，这种感觉令他觉得格外不爽——明明他才应该是这个空间的主宰者，凯斯和这几个混蛋都应该跪下来向他求饶才对，但是现在倒好，他每次看到凯斯的时候，凯斯反倒像是这里的主人一样。而且瘀斑脸隐隐地感觉到，凯斯这一伙人对自己的高级实验室和即将被制成人形标本，似乎有些不屑一顾。

"你，对，你这个该死的小伙计，对，过来躺在这个台子上。"瘀斑脸一边说着，一边用自己的电子捆索将凯斯拉了过来，推推搡搡地把凯斯按倒在实验台上。不知道瘀斑脸启动了一个什么按钮，实验台上马上伸出了四个塑胶环，咔嚓一声，将凯斯的双手双脚一起锁在了看台上。和刚才锁住凯斯等人的脚环一样，这个塑胶环也发着幽幽的蓝光。

"我已经迫不及待要启动我的人形标本装置了——"瘀斑脸从鼻孔之中哼了一声，又得意地吹了一声口哨。想要营造出那种毛骨悚然的氛围。

凯斯躺在实验台上，望着头顶上的炽灯，觉得脑袋之中有些空荡荡的。他并没有感觉到害怕，也没有感觉到那种即将回到那个黑黢黢的大厅之中、回到那个真实的凯斯身上的欣喜，他现在反而有一种虚无的情绪。他想起刚才下坠过程中自己看到的一切，忽然觉得现在的人生也并没有那么不堪。

当然，他也看到了自己变成了某种以前在电子杂志之中看到的植物、动物。这其中唯一令凯斯惊讶的就是，他并不知道以前的世界有这么丰富多彩的东西。他出生在莫斯特伯阿米克时代，自打他出生，这个世界的天空就是上面有无数炽眼的白光，下面则是黑沉沉的天幕，这种背景板同样也让凯斯感觉到自己生活在虚空之中。

"一会儿你会很享受的，小伙计。"瘀斑脸露出了一丝不怀好意的笑容。他又启动了一个按钮，凯斯的脖子也被锁了起来。凯斯虽然没办法抬头，但是他透过瘀斑脸的语气感觉到笑容背后的森森恶意。

"我希望你不要用电击——如果你真的想要把我制成一个完美的人形标本的话——"凯斯故意用颤抖的声音说。就在刚才的档口，他一直回想着利兹在大厅里告诉自己的话。

"为什么？"瘀斑脸皱了皱眉头，仔细观察着凯斯的表情，似乎想要从凯斯的表情中找到一点儿端倪。

"因为电击会把我变煳。我想，你也不希望你的人形标本失去它本真的颜色吧。我们人类种群里，把标本当成一种艺术。对，就像埃及那些制作木乃伊的人那样。"凯斯平静地回答着，"当然了，我不认为你有什么艺术细胞，看看你的穿着就知道了。"

"你这个死到临头的混蛋杂种，竟然敢质疑我们这个高贵族群的品位。"瘀斑脸恶狠狠地瞪了凯斯一眼，随即扯开嘴角，用他枯枝一样的手指刮了刮凯斯的额头，像魔鬼在打量自己的猎物一般。

凯斯明白，瘀斑脸这个种族拥有普通人难以想象的智慧——如果自己一早就开口请他使用电击的模式或者求他不要用电击模式，他反而会怀疑自己别有用心，想出新的花招来对付自己。但是如果自己现在躺在这个实验台上，请他不要用电击，或许他才会认为自己是真的害怕了。当然，这些是凯斯临时想出来的，这一切的前提都建立在从这个平行空间的"凯斯"脑海中读出的、基于他和这个空间之中的瘀斑脸接触之后对瘀斑脸的行为做出的判断。

"不要用电击的方式？"瘀斑脸皱了皱眉头，思考着凯斯说这句话的意思。他不会简单地认为凯斯是在请求自己。在他看来，凯斯是一个狡猾的人，对于凯斯的任何提议，他都应该先想一想，然后再做出判断。

瘀斑脸低下头，在和凯斯的目光接触的时候，后者配合着露出了害怕的表情，这让瘀斑脸感到很满意，因为他觉得自己的恫吓终于得到了应有的效果。

瘀斑脸满意地打了个响指，在凯斯的身上接通了各种电击的设备。

凯斯躺在实验台上，暗暗松了一口气。在利兹告诉自己想办法让瘀斑脸用电击的时候，凯斯就已经觉察到了利兹的意思，对于这个时空而言，他们仍然只是一段"意识"，如果要让意识脱离这个时空的"自己"，除了从高处再次坠落，那就是用电击的方式强行将他们的意识从身体上剥离出来。凯斯在心中暗暗想着。他希望瘀斑脸不要从自己的话里解读出别的意思来——他有些庆幸，瘀斑脸这个种族虽然聪明，但是也并非没有弱点。像瘀斑脸这种年轻的幼崽，并不能像这个种族的长老们那样控制好自己的情绪，也无法像他们那样做到纯粹的老奸巨猾。凯斯想，利用瘀斑脸的年轻，这应该是自己唯一的脱身机会。

瘀斑脸挂好了电击设备，低下头，似乎准备仔细欣赏凯斯临死前惧怕的表情。在他看来，让凯斯露出害怕的表情，证明凯斯刚才的一切都是伪装，比马上杀死凯斯更加令他满意。

凯斯看着瘀斑脸那双凸出的眼珠，果然露出了一丝害怕的神情。但是他想起瘀斑脸的特性，立刻又移开了视线，强装镇定。

第九十四章

瘀斑脸对凯斯脸上的表情和反应有些不满，他按下实验台上的另一个按钮，一股电流穿过了他刚才挂好的那些电流线，直击凯斯的后背。

凯斯感觉到自己的大脑在燃烧，脊椎火辣辣的刺痛感穿过背部，在电流流过他背脊的那一瞬间，他什么也看不见，什么也听不见，头脑一片混沌。

利兹、弗里曼和米雪儿看着电火花顺着整个线缆流动，在凯斯身上的铁环上发出了噼里啪啦的声响，都觉得有些不忍心。

瘀斑脸望着凯斯扭曲的神情，发出了恐怖与歇斯底里的狂笑。

凯斯产生了幻觉：种种说不出的恐怖包围着他，历历在目，清晰得不可思议，剧烈冲突。一定是幻象，不是肉体的暴力，而是精神上的分裂。他感觉自己在无数的空间里轮回着。

瘀斑脸扭动了身边实验台上的按钮，加大了电击凯斯的强度。凯斯几乎感觉到自己的灵魂要从身体之中脱离了。

瘀斑脸满意地欣赏着凯斯的表情，突然将电流断开了。最后的关头，凯斯感觉到一道炽热的蓝光滑进了自己的大脑中，有些像他在那个黑黢黢的大厅里最后看见的光芒。那是"神谕"能量入侵他的意识之前散发出来的光芒。

"我觉得我们应该休息一下，我有点儿累。然后，咱们继续。"瘀斑脸满意地欣赏着凯斯痛苦的表情，显然他并不知道凯斯刚刚在意识中经历了什么。

凯斯只觉得自己的眼前一片模糊，头脑中那个喧嚣的咆哮声又开始了。自己真正的身体还在那个黑黢黢的大厅里站着——凯斯这样安慰着自己，现在一切都只是"神谕"引导出来的幻觉——但是他不得不佩服这玩意儿对人精神的操控，他刚才几乎要崩溃了。这个东西似乎在引导他想起了自己最沉重的那段记忆——关于上战场时的创痛感，这个感觉几乎要将凯斯撕裂。

"好了，我们可以重新开始干活儿了。"瘀斑脸伸了一个懒腰，得意地望向凯斯，准备再次接通他身边的这些电击设备。

"我们应该加点儿料。"瘀斑脸拍了拍面前的实验台，像突然想起了什么似的给凯斯头部接了一根管子。瘀斑脸看了凯斯一眼，往所插的管中添加了一些青色的药剂。

利兹看着那些青色的药剂慢慢流入凯斯的身体，吓得脸色发白。虽然他不能辨认这些玩意儿到底是什么化学药剂，但是看起来就令人害怕。

"药物突破临界量。"瘀斑脸面前的操作台上，发出了一声电子播报声。

瘀斑脸看了看凯斯，这才关掉了添加药剂的仪器。

"很好，这样才符合我们东方人制作标本的美学原理。如果仅仅是简简单单地杀人的话，那样实在是太无趣了。"瘀斑脸看了凯斯一眼，不由自主地吟诵了一句诗，虽然凯斯他们听不懂瘀斑脸到底在叽叽咕咕地说些什么，但是用脚指头想也知道应该不是什么好话。

做完了这一切，瘀斑脸又重新扭动了他身畔的电击按钮。凯斯脸上重新露出了痛苦的表情，这点令瘀斑脸十分满意。

就在瘀斑脸扭动按钮的那一刹那，凯斯又一次感觉到那道蓝光扑面而来，这一次他倒是感觉没有先前那么疼痛，身体四周反而有一种暖洋洋的感觉。他感觉自己的整个意识似乎已经悬浮起来，正沐浴在这道不算炽烈的蓝光之中。

意识悬浮的凯斯低下头，看见那具身体正躺在瘀斑脸的实验台上，电流正从他的身上穿过，应该是马上就会变成瘀斑脸所说的那种"标本"了。他暗暗松了一口气，看着自己像是死去的那番模样，也不知道心里是什么滋味儿。

他现在明白了，这一切都是因为自己的意识受到了"神谕"这种莫名其妙物质的波动和影响，这个东西正在快速地开发自己的大脑，让自己在瞬间领悟到几生几世的时光轮回，但是这其中受到的种种折磨，让凯斯忍不住想要作呕。

刹那间，那道炽热的蓝光又一次张开，将凯斯的意识包裹其中，随着瘀斑脸电击的程度加重，凯斯脑海中意识所受到的冲击也越来越大。他感觉自己似乎沉浸在某种可以随意变化的空间，一会儿被搓圆一会儿被拉扁，之前在坠楼时看到过的几生几世的场景，一下子又出现在他眼前。他一会儿变成了地狱之中的恶魔，一会儿又变成了水沟之中那个叫作"老鼠"的东西，一会儿又变成了一个毒枭，最后那一下，他整个人似乎都已经粉身碎骨，变成了一堆烟尘。

与此同时，凯斯的大脑也在急速运转着，他似乎理解了自己的思维机制，确切地说，他似乎认识到自己了解事物的过程。他从前和现在的所有经历像幻灯片一样在他的脑海中反复播放、清晰无比，他看到这一切就像一场清晰、带着痛觉的电影一样，只不过这些场景的主角都是他自己。而引导他意识的"神谕"能量似乎带着某种恶意，越是令凯斯痛苦的场景，越是要让他反复验证观看。

凯斯看着眼前的这些场景，不由自主地产生一种自我毁灭意识。他竭力止住联想，可是这些记忆无法被抑制。他仿佛从高峰坠落，不得不目睹这个过程。

在观看的同时，凯斯的耳边反反复复地响起了一句莫名其妙的话："对自我的认识无比精微，不是一步步地、无休止地去了解，而是直接领悟极限。反观自身，清明朗照。掌握了'神谕'，你就会对'自我意识'这个词有全新了解的，我会重新清洗你的人生，带领你走向全新的世界……"

这个声音模拟着人声，似乎是从某个空旷的空间之中传来的，声音带着碰见某种回音壁时产生的余音激荡。凯斯听得出来，这是某个空灵的女声。"意识"之中的那个凯斯觉得自己慢慢凝固出了身形，似乎像猛然掉进了某个空间之中，凯斯猛然睁开了双眼，刚才脑海中的一切已经退散。

瘀斑脸疑惑地望着躺在实验台上、一动不动的凯斯，忍不住伸手推了推他。按理说，他给凯斯灌入的药剂量已经远远大于常人的了，但是眼前的凯斯似乎还有呼吸，甚至他的意识也比常人要清醒，瘀斑脸从自己的实验台上能清晰地看见凯斯脑部的电波活动信号，这表示凯斯的意识正在高速运转。但是从他的实验台之中显示出的数据来看，眼前的凯斯又的的确确是死了。这一点令瘀斑脸百思不得其解。

他看到那些青色的药剂渗入凯斯体内，这意味着凯斯的身体要慢慢凝固成一种类似于远古时代那种叫"植物"的东西，然后他的躯干会和这些青色的液体共同生长，变得僵硬。一旦等凯斯的这个人形标本完成之后，瘀斑脸就会完成其他三个人的人形标本。他要把他们种在一起，作为自己赢下这场赌局的某种纪念。

利兹看见瘀斑脸望向凯斯时脸上某些疑惑的神情，心里觉得有些好笑。利兹的意识已经从这个"利兹"的身体里读到了刚才赌博的所有过程。他本来是最悲惨的一个人，却因为他并不是这个时空之中的利兹，反而侥幸逃过了一劫。利兹正在想着自己的心事，瘀斑脸突然转过头，看到了他脸上挂着的笑意，恼怒地将他也拉了过来。

"你，还有你，你们都要马上变成我的人形标本！"瘀斑脸将利兹、弗里曼和米雪儿同时拉了过来，将三个人一一推倒后固定在那个实验台上。

瘀斑脸将电击设备接到了三人身上，将自己实验台上的那个电源扭动到了最大功率。

利兹发出了和凯斯一样的嚎叫，他感觉到电流穿过了自己的身体，一下子将他的整个人都击穿了。

就在利兹感到电流流过身体的瞬间，一道和刚才凯斯看到的一样的炽热蓝光马上将利兹拉了起来，他的意识和凯斯一样，也变成了某种虚化的部分，飘浮到了他身体的上空。他转过头，看见米雪儿和弗里曼的意识也同样悬浮于空中。刚才缠绕在凯斯眼前的那道蓝光一下子变得更加强烈，伸展开来，将他们四个人包裹起来。

凯斯的意识最先汇入了这道炽烈的蓝光，紧接着他看到了弗里曼、利兹和米雪儿。三个人都跟了上来，凯斯的意识和他们简单地打了招呼。凯斯感觉到，他似乎进入了一个纯白的空间，这个空间十分空旷，除了一扇扇发着那种炽蓝色光芒的门，几乎没有任何东西。

利兹抬起头，他也看到了那些门。

"打开看看。"利兹对着那扇门说了一句。凯斯轻轻推开了其中一扇门，马上进入一个热闹喧哗的空间之中。飘浮在整个场景之中的凯斯眨了眨眼，总觉得眼前的一切带着某些熟悉的意味，像是前不久刚刚发生过的事情。

"你会看到你想看到的。"凯斯和利兹几个人的意识刚刚落地，那个声音就在凯斯耳边响了起来。

眼前的场景瞬间变成了凯斯熟悉的那个战场。放眼望去，到处都是焦土和残肢。

凯斯呆呆地站在原地，这个地方他再熟悉不过了。

"你的意识被'神谕'能量侵扰得太久了，凯斯，这个东西已经学会了我们人类的意识和思考方式，它会引导你到你内心深处最恐惧的地方去。如果不能清醒过来，你就会永远被困在自己的意识轮回之中。"

与此同时，凯斯看见另一个自己从装甲坦克之中爬了出来，脸上的表情十分得意，看样子像是刚打了一场胜仗一般。凯斯的意识似乎也能感受到这个"凯斯"的意识，他能从这"凯斯"的内心深处感到他那种志得意满和溢于言表的兴奋之情，他的意识一瞬间被这个"凯斯"吸了过去，他们融为了一体。

伴随着凯斯的动作，利兹、弗里曼和米雪儿也纷纷找到了他们自己的"意识融合体"。

第九十五章

凯斯揉了揉眼睛。有那么一瞬间，他觉得有些恍惚，虽然自己来到的这个时空、看到的这个"凯斯"和自己几乎是一模一样的——但是他却知道，那个人并不是真正的自己。眼前的这个"凯斯"看起来并没有自己那么颓丧，甚至还有些趾高气扬。

在他的意识附着到"凯斯"身上的那一刻，他立刻读取了这个身体里面的很多想法，这个"凯斯"满脑子都是战争的信息，他在思考着如何打赢一场仗，思考着自己可能马上要从上校变成将军。

凯斯的意识感受到了这个身体所有的想法，但是这具身体似乎感受不到凯斯意识的存在；或者说，这具身体的意识本能地觉得，凯斯就和自己是一体的。凯斯觉得自己的意识在"神谕"能量块的影响下发生了进化，自己自从被那个东西影响之后，每一次感知到的东西都是不一样的。现在他的意识一次比一次强大，一开始只能附着到自己前世的身体上，后来可以附着到自己前世的另一种形态上——比如羚羊那样的动物，现在竟然能感知到另一个平行时空之中的自己。想到在另一个时空里自己和瘀斑脸的那场比赛竟然是自己输了，凯斯觉得有些郁闷。

在他读取到这具身体之中的某些想法之后，凯斯本能地有些排斥这具身体里的种种意识。如果说和瘀斑脸赌博的那个时空的"凯斯"和自己还有某种性格上的联系，那这个"凯斯"和自己很不一样——他脑袋里有很多关于战争的设想，甚至有一些关于战略部署方面的计划，这是以前的凯斯从来都没有想过的事情。他在战争期间一直就是个小兵，每天只是尽量让自己能活过当天，他连想都不敢想过，自己有一天竟然能成为一个运筹帷幄的上校。

凯斯抬眼看了看四周，他要尽快地熟悉周围的环境，找个地方，能从这里脱离开。眼前的战场仍旧是自己熟悉的。虽然这件事儿过去了很多年了，但是每次凯斯回忆起来，都能清楚地记得，自己在梦里曾经无数次地梦到过这个场景——那颗炸弹投下来的场景——当时是凯斯的战友救了他。得救了的凯斯也因此患上了战争的应激创伤综合征，最突出的表现就是他每每会在睡梦之中梦见自己被炸弹炸死的情景，这一点对于凯斯而言实在是太痛苦了。这件事儿令他在睡觉时也带着某种不安，也常常因此而不敢进入深度睡眠，似乎自己一闭上眼就回到了战场上，那颗丢下来的炸弹正好落在了他所在的区域，他被这颗炸弹炸得血肉横飞。

他不知道自己为什么会这样想——虽然已经被救下来了，但是他常常会回想这个场景，因此他从来都不敢熟睡。因为这场战争打了好几年，他们常常要在半夜起身逃跑，导致后来凯斯的睡眠也变得很浅。

"凯斯·史密斯，现在我给你设计的指令由一连串知觉组成，这些知觉单个是无害的，但我却可以将它们成批地植入你的大脑，你在这里，会看到一些和你以前看到的不一样的东西。"

那个声音再次在凯斯耳边响了起来。

凯斯知道，这一切都是那个"神谕"能量块对自己意识的侵袭，是这个鬼东西在干扰自己的意识，所以自己才会重新回到这个战场上。他现在已经感受到了，这个"凯斯"的确和自己不一样。以前的他不过是战场上的一个数字，一个炮灰，而现在的这个"凯斯"，他的意识之中似乎对战争带着某种兴奋感和嗜血的渴望。

"你以为这是假的？"那个空灵的女声又一次响了起来，"不，不是假的，这就是你某一世经历过的事情。只不过，我可以让你看到它们不同的结果而已。我可以让你抵达你的高光时刻，也可以让你一直身处于黑暗之中……"那个女声又一次在凯斯耳边轻轻说着，"好好欣赏吧，凯斯·史密斯。"

伴随着女声的落下，凯斯的双眼猛然睁开了。眼前的一切没变，确实是凯斯曾经打过的那一场仗的战场。凯斯想到了利兹所说的，关于"神谕"这个东西对人意识的影响，心中产生了一丝恐慌，这玩意儿越来越厉害了，在瘀斑脸那里只是让他看到了最坏的结果，而现在，他觉得这个东西已经开始影响到他的想法了。

"凯斯，嘿，伙计，你得听我说。"找到了附着体的利兹向凯斯走了过来，忧心忡忡地望着凯斯，"你现在受这东西的干扰越来越明显了——你得自己想办法从这里退出来——要不，我们就在这个战场上被人炸死，想办法从你意识的轮回之旅中脱身。"

"我之前只是听说过这场战役，没想到现场竟然这么惨烈。"弗里曼扫视了一眼周围被烧焦的尸体，忧心忡忡地说了一句。

"不行，我现在还不能离开这里。"凯斯看了几个人一眼，拒绝的话脱口而出。

他吃了一惊。作为凯斯的意识而言，他并不想拒绝利兹，但是自己的意识竟然会被这个战场上的"凯斯"侵袭。这个战场上的"凯斯"对打仗这件事儿似乎颇有心得，自己的意识刚附着他身体不久，竟然就已经被他影响了。

"大概最惊险的电影也没有今天这么刺激，竟然一天之内玩儿遍了所有的死法，看到了形形色色的凯斯的人生。"利兹打了个响指。

"如果可以，咱们应该先上那里面待着去。"利兹指着凯斯面前的那辆装甲坦克，"至少那里面会安全一些，虽然咱们不会死，只是意识会经历轮回，可是疼痛一点儿也不会减少。"想起了自己刚才作为羚羊被狮子追着跑的经历，利兹忍不住皱了皱眉头。

"走吧。"弗里曼无奈地叹了一口气，他没有想到自己竟然会经历比当铁匠还要痛苦的事儿。

凯斯呆呆地站在原地，似乎在发呆。他已经认出了弗里曼和利兹的军衔，这两个人都是普通的士兵。米雪儿还没有走过来。凯斯在脑海中搜索着那个炽热的蓝光所在的光源。他原本还想要再听听这个女声对自己那种类似于神启的告诫，但是这个女声似乎再也没有对自己说过一个字。他现在已经有些明白了，自己每次意识模糊之前看到的那道炽烈的蓝光应该就是"神谕"这个神秘物质带来的，就是这个东西一直在干扰着自己的意识，引导着自己经历不同的轮回和前世。他想起了一个致命的问题——既然这个"神谕"是蓝色炽光的形态，那个叫塞克斯汀的家伙又该如何拿到这个东西呢？

"报告！"就在凯斯遐想的时刻，一个士兵跑到了几个人跟前，指着凯斯刚才路过的那辆装甲车对凯斯说，"上校，您应该上那辆车。"

凯斯迟疑了片刻，这才想起了自己肩上的军衔是上校。他在这个时空里已经当上了上校，现在指挥的这场战役取得了胜利，他即将有可能晋升为少将。

"罗格，你为什么站在这里？还有，我刚才看见了，你对上校说话竟然没有敬礼！"那名跑过来的士兵用鄙夷的眼神看了利兹一眼，似乎有些疑惑。"上校刚刚打赢了这场仗，你要小心一些，说不定凯斯上校回去就会升职为将军了。"那名跑来的士兵用狂热又崇拜的眼神看着凯斯。

凯斯对他轻轻点了点头，和被称呼为"罗格"的利兹用眼神无声地交流了一番。幸好有了前几次的经验，他用不着说话利兹也能看懂他想要表达的意思，因此两人只是轻轻地交换了一个眼神之后，凯斯便随着那名士兵一同离去。

"哦，天哪，我要和你们这两个臭男人一起挤在那个狭窄的坦克里，还要从这些断肢上开过去？"米雪儿望着地上的那些残肢，崩溃地说了一句。

利兹和弗里曼看见凯斯随着那名士兵走远，这才回过来头。

利兹看了快要崩溃的米雪儿一眼，这才看见原来米雪儿的意识竟然附在一个男士兵的身体里。米雪儿正在用手触碰着这具身体，似乎对这具身体感到极为不满。

"不然你以为呢？"弗里曼几乎不放过每一个鄙视她的机会，"我们也不可能把你一个人丢在这里不管吧。"

"如果我们在这里被人看出端倪，是会被军法处置的。"利兹看了米雪儿一眼，"当然，我们不会死，但是有可能会被送到某个隐秘的监狱关起来。我现在也不知道如果我们离凯斯的意识太远到底会怎么样，如果到时候回不去，恐怕你就要留在这个世界里了。"利兹看了米雪儿一眼。

"我可不要留在这个臭烘烘的男人身体里。"米雪儿一边抱怨一边跟着利兹和弗里曼向坦克的方向走了过去。她刚才一直在适应这具身体，竟然都忘记了要跟凯斯交代，让凯斯赶紧把意识从这个时空中脱离出去，她可不要变成这个臭烘烘又满脸络腮胡子的男人。

"留在男人的身体里也比附在地上的残肢上好，起码这个男人的身体是健全的。"利兹用他那并不幽默的语言宽慰米雪儿。

"快走，不然一会儿跟不上凯斯了。我还得从这个叫罗格的男人的脑袋里读取这场战争的信息呢。"利兹一边说，一边从坦克的顶层钻了下去。他看着自己眼前的这些仪表盘，心中隐隐有些庆幸，还好这个叫罗格的男人会开坦克。

第九十六章

就在装甲车向前开走的时候，一个念头不由自主地钻入凯斯脑海中：前一刻，是他——凯斯·史密斯指挥着军队打赢了这场仗，现在，他被那些人簇拥着，坐着坦克开向营地。他现在是上校，而等他回到营地，不，回到 M 国的战争指挥中心，那里会有一场盛大的晚宴，还有一场美好的受封仪式在等待着他，等待着凯斯·史密斯。他将晋升为将军。想到这一点，凯斯心中也有些飘飘然起来。

利兹用罗格脑海中残存的意识驾驶着眼前的这辆坦克，紧紧跟在凯斯所坐的装甲车后面。他和弗里曼还有米雪儿现在都只是普通士兵，没有资格距离凯斯所坐的装甲车过近。

"唉，我现在才知道，或许当铁匠也有当铁匠的好处。"弗里曼一边配合着利兹驾驶坦克，一边在口中嘟囔抱怨着。

"没想到现在你的要求这么低了。"米雪儿不失时机地讽刺了弗里曼一句，"你之前不是看不起铁匠，迫不及待地想要回到自己科学家的身体上去吗？"

"当铁匠至少比当低阶士兵好，甚至还不如那种叫羚羊的动物自由——至少不被狮子追的时候，我也是快乐的。"弗里曼看了米雪儿一眼，眼神之中带着某种无奈的幽怨。

"伙计们，注意，目的地已经在前方了。"利兹抬头，看见前方的营帐上飘扬的旗子，认出了 M 军的营帐。

营地里面已经挂满了各种彩带，似乎在庆祝这场来之不易的胜利。凯斯所在的部队取得了这场战役的大捷，凯斯·史密斯上校居功至伟。这次的活动，与其说是庆祝会，倒不如说是为凯斯举办的庆功会。

利兹按了一下按钮，将坦克停在了路边，和弗里曼、米雪儿从坦克中钻了出来。他们远远地看着凯斯从装甲车中走了下来，被一群人簇拥着向远处走了去。

"所有的士兵都集合，你们要向这边走。"有人拿着大喇叭向着利兹和弗里曼的方向喊着。

利兹和弗里曼看着凯斯的背影，只能无奈地跟着队伍向前走去。

凯斯莫名其妙地被众人簇拥进了一个房间中。这是营地的房间，看起来有些简陋，并不像凯斯平常在电子杂志或是电影之中看到的那些豪华展厅那样气派。但是他能看出来，这是经过精心布置的——整个大厅看起来十分舒适，地板上铺着厚厚的地毯，沙发上也有柔软的靠垫，近在咫尺的矮咖啡桌，墙上挂着绚丽多彩的壁毯，头顶则是发出柔光的黄色球形灯。

"您的任命书今天上午就已经送达了。这场战役您功不可没。"一个戴着贝雷帽的女兵走到了凯斯面前，向凯斯轻轻躬身，将手中一杯看起来像酒一样的液体递给了凯斯。

凯斯有些发蒙，但是还是接过了这名女兵递过来的高脚杯。他轻轻抿了一口，这酒的味道有些怪，和自己在莫斯特伯阿米克时代饮用的那些酒很不一样。这个酒的颜色看起来是透明的琥珀色，而不是莫斯特伯阿米克时代的那种淡淡的红色。

看着凯斯端起酒杯，又有几个人过来敬酒。凯斯置身在灯光和掌声之中，有一种恍惚的感觉。某一瞬间他似乎感觉眼前的这一切才是真实的，而自己作为侦探的那个凯斯·史密斯的人生反而是一场梦。但是意识之中关于那个凯斯·史密斯的记忆依旧很清晰，给他那种无法克服、身处异乡的感觉。凯斯瞥见了地毯下的泥地，真正的凯斯·史密斯的意识就像这块泥地一样，虽然被地毯和壁毯极力隐藏，但是内核的质地就是如此粗糙。

一阵丁零当啷的声音隐约地从房间深处传来，将凯斯的思绪拉回到现实。凯斯知道这是庆贺自己即将晋升为将军的庆典仪式。那些前来庆贺的士兵已经从房间的另一侧鱼贯而入，凯斯装作不经意地向那些士兵们扫视着，想要从人群中分辨出利兹、弗里曼和米雪儿三个人。现在他只知道，利兹的意识附着在那个名叫罗格的士兵身上，弗里曼和米雪儿叫什么名字，他似乎都想不起来。凯斯从这个身体的意识深处了解到，这个世界的凯斯·史密斯虽然是个上校，但是他本人却并不喜欢这些士兵，对他而言，这些士兵只不过是他手下的炮灰而已，他只需要指挥这些人作战就够了，然后，利用这场战争的胜利，来获得属于自己的荣誉。现在他终于如愿以偿了，要被军方的最高首领封为将军。

凯斯感到自己目光所到之处，似乎每个人都在看着自己，每个人都在为自己取得的成绩鼓掌。他从他们的脸上看到的全部都是笑容，似乎每个人都是真心祝福自己的，但至于他们心底到底是怎么想的，恐怕只有他们自己知道。凯斯觉得，原来的这具身体一定不会这么想，这是独属于他——那个作为侦探的凯斯·史密斯所有的骄傲。他觉得，自从经历过那场失败的战役，成为一个潦倒的侦探之后，他总是习惯性地用这样的冷眼来看待这个世界。在作为侦探的凯斯·史密斯眼中，这一切都是一场属于另外一个人的表演。

　　"但是你也很享受这样的表演不是吗？你不得不承认，你内心深处也是渴望荣耀，渴望财富，渴望女性身体的，而现在，在这个世界里，你能轻而易举得到这一切。你看到的，都是你自己真实经历过的，只要你愿意，这一切你都可以代替他享受。"就在凯斯望着眼前这些人的时候，那个声音再次从凯斯的耳边响了起来。

　　还是那个女人的声音，这个女人的声音似乎是电子合成的，有点儿像凯斯在游戏别墅里听到过的娜迦的声音，但是娜迦的声音比她要甜美一些，是用男性最喜欢的女音合成的某种电音，而这个声音似乎带着某些严肃的警告意味。

　　凯斯将手中端着的酒一饮而尽，以掩饰自己的内心世界。干扰自己意识的这个"神谕"似乎在对他做出某种引诱，但是凯斯本人对这些东西并没有什么兴趣，他觉得，自己骨子里就应该是一个穷困潦倒的侦探，生活不会比流浪汉好多少，至于将军什么的，他从来没有想过，总觉得这种职位上的人并不会比一个流浪汉更快乐。

　　"你知道吗？凯斯·史密斯，人类只有各有立足之地，只有各自知道自己应该站在怎样的地方，知道自己能够取得怎样的成功，方能懂得生活的真谛。你只是一个潦倒的侦探时，你会鄙视那些资本家，那些政治骗子；而现在，你也拥有了同样的权力和地位，你可以尽情地做你想要去做的事情。"凯斯耳边又想起了那个空灵的声音，听起来余韵袅袅，似乎回荡在某个空旷的房间之中。

　　凯斯觉得她所说的这段话，似乎是已经洞悉了自己刚才的想法而做出的某些回应。凯斯感觉到，随着自己的前世或者说是异世之旅经历得越多，这玩意儿对自己的干扰也就越来越明显。现在这个叫"神谕"的意识已经能够发声，并且能用人类世界所渴望的东西来引诱自己，实在是一件让凯斯感到极不可思议的事情。

　　"祝贺您，史密斯将军。"又一个身材高挑的女人举着高脚杯走了过来，对凯斯抛了个媚眼，凯斯从意识深处读取了这个女人的信息，这个女人竟然是凯斯·史密斯原来的情妇。

凯斯觉得自己的大脑似乎有些宕机的感觉，他感觉一时半会儿接受不了这么多的信息。

高台上有几个人正在忙碌着，他们在调试音箱和话筒，为一会儿的晋升仪式做准备。

凯斯感觉自己就像是一个道具，从那个侦探凯斯·史密斯的角度，只能形成这样的判断。

"你觉得你是道具吗？这个世界上，并没有什么人是特殊的。英雄，普通人，每个人都是这个世界的道具。事情从来都不在于公正与否。公正需要的是诉诸法律，像面对喜怒无常的情人一样，听任司法之人依靠一时之念和片面之见进行决断。事情往往在于公平与否，这个概念远比公正更加深奥。受裁之人必须能够感受到决断的公平之处，事情方能得到妥善解决。就像我对你所说的那样，你要自己亲自感受到这样的高光时刻，然后你才能知道自己在成功的状态下是什么样子，那时候你做出的选择才是真正的选择……"

"别像个长舌妇一样喋喋不休。"凯斯在自己的意识深处骂了一句。这个女声实在太烦人了，虽然他知道那个女人想要引诱自己，但是他对于对方总是想要在自己耳边灌输那些类似于哲学道理一般的句子感到厌倦。

"各位，各位，请安静一下，晋升仪式即将开始。"房间中，刚才招呼士兵们列队入内的那个人又用大喇叭喊了几句，将众人的目光吸引到了台前。

话筒边，刚才向凯斯敬酒的那个高个子美女——确切点儿说，这个时空里那个属于凯斯·史密斯情妇的女人正举着话筒，用迷人的声音介绍着凯斯指挥的这场战役的经过，其中不乏对凯斯的许多溢美之词。

第九十七章

　　凯斯远远地望着那个戴着贝雷帽的女兵嘴巴一张一合的样子，感觉自己似乎在听另外一个人的光荣简史。

　　女兵说完了凯斯的历程，将话筒交给了身边的人——看样子应该是这场宴会的主持人。主持人用夸张的语调介绍了几个在这场战役中做出了贡献的人，每次他点到一个人的名字，人群之中就会响起一阵欢呼声。

　　他介绍的最后一个人是凯斯。众人将目光纷纷投向凯斯。在他念到凯斯名字的时候，欢呼声是最大的。灯光也向凯斯的方向照了过来，人群中响起了呼喊声，有几个人望着凯斯，甚至有些热泪盈眶。这样的场面令凯斯有些尴尬，至少，在他是一个侦探的时候，他从来都没有独自面对过这样的场景，但是看到所有人都用热烈的目光望着自己的时候，凯斯的脑海深处，却又忍不住泛起了一丝得意之情。

　　这场战争已经扭曲了这些人的心态了。自从食物短缺引起了人类的危机之后，无数人都在寻找着自己应对这场危机的办法，有人是通过打仗的方式，有人是组建各种各样的教派，相信只有宗教能够拯救末日。人们带着某种狂热的、自毁的情绪进行着一些活动，这是一种典型的不思来日的做法。

　　凯斯冷眼看着周围的一切，虽然他是这个宴会的大主角，但是他还是有一些莫名其妙的不确定感，他情绪很复杂。就在凯斯刚才上装甲车前的那一刻，他又扫视了一遍战场上的情形——他确定这个战场和自己曾经经过的那个战场一样惨烈。但是结果截然不同的是他自己，凯斯·史密斯，指挥着这支部队在这场战役中取得了关键性、决定性的胜利。这一切简直就像是做梦。但是做梦不会有这么清晰的场景，也不会有满目的香槟——要知道这玩意儿在莫斯特伯阿米克时代只有像尼禄和坎贝尔那样的大财阀才会有机会从旧时代遗留下来的物品拍卖会中高价拍来，普通人根本想都不敢想。但是在这个世界里，这一切都清晰地呈现在凯斯面前，所有人都端着香槟，向他投以热烈的目光，报以亲切的问候，感谢解救他们生命的大英雄。

"现在，凯斯·史密斯将军的晋升仪式正式开始。"主持人的长篇大论终于落幕，所有人都将目光投向了凯斯。与此同时，房间里的灯光也集中到了凯斯的脸上。

凯斯看了看四周，众人一边鼓掌，一边向着凯斯的方向望去。凯斯从意识之中读取了颁奖者的信息，这是这场战役的最高指挥官，也是 M 国唯一一位七星上将。他的头发已经花白了，肚子也有些凸出，一身军装穿在他身上显得有些紧。凯斯看着这个穿着军装的七星上将，莫名其妙地想起了伊凡大帝。凯斯所在的那个莫斯特伯阿米克时代，他现在控制着坎贝尔集团，研究着某些新型的武器。

"凯斯·史密斯，祝贺你，现在请你走过来。"七星上将看了凯斯一眼，似乎对凯斯在这个当口走神感到某种不满。他现在要将少将的军衔授予凯斯。凯斯望着眼前站着的这位头发花白的七星上将，机械地迈步向着领奖台的方向走去。

"祝贺你，凯斯·史密斯，你的英勇配得上这份荣誉。"七星上将看着凯斯走近，对凯斯行了一个标准的军礼，将手中的任命书递给了凯斯。

凯斯下意识地向这位七星上将行了一个军礼。宴会厅里响起了热烈的掌声，有几个人甚至激动得流下了眼泪。

"现在轮到凯斯不想回到那个黑黢黢的大厅里了，现在这个少将的职位，可比那个侦探要风光多了。"弗里曼看着台上风光无限的凯斯，一边随着众人一起鼓掌一边小声嘟囔着，"是不是他的意识不离开这个地方，我们就都无法回去？"

"差不多就是如此吧。"利兹听见了弗里曼的抱怨，低下头解释道，"因为他的意识受'神谕'的影响，除非用前几次的方式，他带着这个时空的凯斯·史密斯死去，他的意识才能完全脱离这个身体——不过现在'神谕'已经影响到他的意识了，所以到底我们会看到什么，也只好听天由命了。"利兹摊了摊手，看到身边几名老兵的目光频频投向自己和弗里曼这边，只能随着众人一起鼓掌。

"天哪，我觉得我们应该做点儿什么，拜托凯斯快点儿摆脱这个道貌岸然的家伙吧，我还是习惯那个说话总是带着讽刺意味的侦探。"米雪儿瞥了一眼凯斯嘴角含笑的样子，内心有些崩溃。她本来是请凯斯去查她哥哥的死因，没想到却来到了这种莫名其妙的鬼地方。

七星上将满意地看着凯斯，似乎在欣赏着自己的某件得意之作。凯斯被他看得有些发毛，忍不住往后退了一步。

"祝贺你，希望你能为我们带来更大的胜利。"七星上将伸出手来，和凯斯握了握，在凯斯想要把手的抽离的那一瞬间，对方却将手紧了紧，似乎故意摆弄凯斯一般。

"我相信你会带我们走向更伟大的胜利的，凯斯·史密斯少将。在上次战役里，你能大胆地根据战场的实际情况，果断下决定扔下战略核弹，说明你是一个有胆识有决心也有担当的指挥官！"七星上将盯着凯斯的眼睛，一字一句地说着，仿佛眼前的凯斯真的化身军神一般。凯斯忍不住一阵恶寒，在这个时空里，竟然是他扔下的那颗核弹！

"这帮混蛋所说的东西，一个字也不能相信。"凯斯在心中默默地想着，他们大概谁也想不到，自己曾经作为一个炮灰参加过这场战役，差一点儿死在了刚才的战场上。当然，原来的凯斯·史密斯只不过是微不足道的士兵，现在，因为他晋升为少将，成了这场战役中不可或缺的人物，这真是一种莫大的讽刺。

"好了，现在大家可以开始庆祝了。"七星上将拍了拍手。

他的话音刚落，人群之中便爆发出了一阵欢呼声，众人走到桌前，端起了属于自己的酒杯。

利兹看了看周围的人群，也举起了自己手中的香槟，和眼前的弗里曼碰了一杯。利兹看了看手中的香槟，对弗里曼说了一句："看起来味道不错。"

弗里曼似乎并没有听到利兹所说的话，只是忧心忡忡地叹气。自从他的意识穿梭在各个时空，看到各个不同形态的凯斯，体会到不同时代的生活后，他几乎没有开心过。

"罗格，你为什么要理会这个史蒂夫？"一个小个子士兵看见利兹和弗里曼两人交头接耳，走过来拉走了利兹，疑惑地问了一句。

利兹怔了片刻，这才明白，他说的史蒂夫正是弗里曼意识依附的这名士兵。他连忙从意识深处读取了关于史蒂夫的信息。

"整个军队里，没有人会喜欢跟史蒂夫这种盲目自大的家伙接触。"那个小个子士兵碰了碰利兹，对着利兹使了个眼色。

这个人的眼神让利兹有些发毛。

"啊哈哈，哦，我这应该是高兴，高兴。"利兹一边答话一边端起手中的一杯香槟酒预备向口中倒下去。

"你干什么？"小个子士兵看了利兹一眼，"你今天也有些奇怪，罗格。"他不满地从利兹身边走了过去，似乎是在和利兹赌气一般。利兹已经从这个叫罗格的士兵脑海深处读取了他跟这个小个子士兵的关系，不由得在心中绝望地哀号了一声。他忍不住想起了凯莉，也不知道凯莉现在怎么样了。

米雪儿也挤到了两人身边。从她的视线望去，凯斯现在正被一群人簇拥着，这些人将凯斯围在中间，虽然她听不清他们说些什么，但是用脚指头想也知道应该是些恭维的话。

"现在这种情况，比变成羚羊还要棘手。"弗里曼看着人群中的利兹，不满地抱怨了一句。

米雪儿忍不住回头用鄙夷的眼光看了他一眼，似乎他真的沾染上了那个叫作史蒂夫的家伙的某些坏脾性。

小个子士兵回头，见罗格并没有向自己追过来，不禁有些失望，端着酒杯又向着几个人的方向走过来。利兹看见他走过来，忍不住后退了两步。弗里曼显然也从史蒂夫的意识之中读取了两人真正的关系，也不知道该哭还是该笑。

"看样子你还是当书记员比较快乐，利兹。"弗里曼晃了晃自己高脚杯里面的香槟，看着利兹假装不动声色地向人群中退去，努力想要回避这个小个子士兵追逐的模样，有些忍俊不禁。

就在利兹钻入人群中的一刹那，几人头顶上的彩灯扑闪了几下。

"怎么回事？"欢呼的人群看了看头顶上的彩灯。

"应该是电路的问题。"凯斯转头，看见了刚才那个拿大喇叭的人放下手中的香槟，看了看头顶上的彩灯。

"不太像是电路问题。"凯斯放下手中的香槟，扒开人群走了过来，他的父亲曾经就在电力公司工作，他对这些东西很了解。

"去看看外面的岗哨还在不在。"凯斯瞬间反应过来。他话音还没落，头顶上的彩灯忽闪了两下，竟然彻底熄灭了。

"是有人切断了电路！"人群之中也不知道谁喊了一句，激起了一阵尖叫。凯斯听见了嘶嘶的声音从营帐的缝隙之中传来。

"不好，是催眠瓦斯！"凯斯从这具身体的意识中分辨出了这种味道，冲着人群大喊了一句。

　　尖叫声和乒乓的声音此起彼伏，刚才还在欢呼的人群连忙向外冲了出去。

　　砰！凯斯听见一声枪响，率先冲出去的人被躲在暗处的狙击手一枪击毙。

　　"糟了，是手雷！"凯斯低下头，就着手中打火机的微光，看到了躲在暗处的敌人向凯斯等人聚集的宴会厅中扔的一颗已经拉开保险栓的手雷。

　　利兹和弗里曼等人看见凯斯向着手雷的方向奔了过去，连忙也跟了上来。人群之中的尖叫此起彼伏，众人在慌乱之中连滚带爬地向外涌去，却听见几声枪响，不知道被埋伏在外面的敌人击毙了多少人。刚才的欢乐现在已经全部化成了恐惧。

第九十八章

"这群人是在搞自杀式袭击！快过来！"凯斯克服恐惧，扑向了地上的手雷。在微光中，凯斯通过手雷的样式弄清楚了来人的身份，现在袭击他们的这股敌人并不是战争中的残余力量，而是一支毒贩武装。

利兹和弗里曼拨开人群，向着凯斯的方向跑过去。

在他们临近凯斯的刹那，手雷猛然炸开，激起了地面的一片尘土。凯斯被手雷掀起的气浪猛地冲到了墙上。他感觉自己的身体似乎被炸穿了一个洞，右手和右腿都被炸飞了。凯斯伸出左手，摸到了从身体里汩汩流出的血，他想要低头看看自己的胸口，却发现自己脖子僵直，连动也不能动。他用眼角的余光瞥见了自己肩膀上那个少将军衔的肩章，意识也慢慢模糊起来。

凯斯闭上眼的一刹那，他的意识猛然抽离出来。那道蓝色的炽焰又一次卷了上来，混乱之中，凯斯的意识被那道蓝色的光焰包裹着，正在重新凝聚。他感觉自己随着那道蓝色光焰的包裹，正在不停地向某处坠去。黑暗之中，凯斯定了定神，现在除了那道刺眼的光焰，他什么也看不见，四面八方都是一片混沌的黑暗。

"凯斯，凯斯！"米雪儿急切的声音从凯斯头顶上传来。她现在终于脱离了那个男人的身体，但是却和利兹、弗里曼两人跟随着包裹着凯斯意识的蓝色炽焰坠入了这片无边无际的黑暗之中。

"我在这里！"凯斯一边下坠一边回应着米雪儿的呼唤。

"还好我们离你近。终于从那个战场的时空脱离出来。"利兹想起那个小个子士兵幽怨的眼神，现在还有些后怕。要知道，他可是个性取向正常的男人。

"当上将军的第一天就被恐怖分子炸死，你应该被载入史册，凯斯。"弗里曼用开玩笑式的戏谑语气对凯斯说了一句。

"应该换你来试试才好。"凯斯虽然看不到弗里曼，但是忍不住用他一贯嘲讽的语调回应了一句。

"不知道打赢这场战役你会不会得到奖金，如果没有领奖金就被炸死，那你实在是太亏了。"利兹惋惜地感叹了一句。

凯斯想起了当初米雪儿付给自己的三千五百元，也有些后悔自己没有开口多向她要一些钱，他想起自己初见米雪儿时，米雪儿贴紧他身体的那一刹那，又觉得内心有些澎湃起来。在那之后凯斯竟然睡着了，当然，他在梦中梦到了这场战役，当时凯斯被他的战友营救，侥幸躲过了那个炸弹的袭击，只不过那时候凯斯是个炮灰。但是这次凯斯虽然当上了少将，却被炸弹炸成了碎片。

"这个世界还真讽刺。"凯斯在口中嘟嚷了一句。

"更讽刺的事情还在后面。你马上就会看到了。真理往往伴随着谬误，像是不懂得黑暗而去寻找光明，那是不可能的事。"那个女声又一次在凯斯耳边响起，说着一些似是而非的话语。

伴随着这道蓝色的光焰，凯斯感觉自己坠入了一种游离的意识状态。

那个声音继续在凯斯耳边说道："你现在已经看到了，动物为了逃脱狮子追捕，会放弃其中的某些老弱病残，这是兽类的一种伎俩。但人类会留在陷阱里，忍痛装死，以便伺机杀掉设置陷阱的人，解除其对同伴的威胁。所以，你们要得到'神谕'能量块，完成整个人类的进化，也需要放弃掉其中的某些人。好好看看吧，凯斯·史密斯。"

那个女声说完，猛然将那道蓝色的光焰从凯斯的眼前撤去。凯斯的眼前出现了一片影影绰绰的浓雾。他抬起头，像是走近了欧洲中世纪某个吸血鬼盘踞的小镇，眼前是一片灰蒙蒙的状态。

与此同时，米雪儿、利兹和弗里曼也落在了凯斯身边。

"我感觉现在我们像是在恐怖片里。"利兹打量了一下四周的景物，身边的一根枯枝吱嘎一声，断在了地上。

"凯斯，你的胸口！"米雪儿注意到，凯斯胸口仍然开着一个大洞，但是却并不影响凯斯的行走坐卧。

"你们现在已经在饿鬼道了，凯斯·史密斯。"那个女声发出了一声咯咯的轻笑声，"你们的食物是人类的排泄物。阳光、符咒、圣水、火焰都会给你们带来巨大的痛苦。好好享受吧！"那个女声发出了夜鸮一般咯咯的笑声，似乎离凯斯四个人很近，似乎又离他很远。

"往前走，看看有没有出去的地方。"凯斯试图穿过这片迷雾。

"米兰德研究员的笔记里，有没有提到他们接近'神谕'能量块时会看到这些场景？"凯斯疑惑地看了利兹一眼，想要从利兹口中得到更确定的信息。

"我真的不知道。米兰德研究员只是写了'神谕'能量块对他们意识的影响，并没有提到这些。"利兹向弗里曼身后缩了缩，这里的静谧让他觉得十分可怕。

凯斯抬起头，他眼前有一栋哥特式的建筑，雾气之中，一扇古旧的大门紧紧关闭着。凯斯等人走到了古旧的大门前，伸手推了推门。门却是虚掩着，凯斯轻轻一推便开了。凯斯看了看眼前的水池，映入眼帘的一幕让他几乎作呕。碧绿色的水池之中泛着发酵一般的恶臭，似乎全是由人类的排泄物堆积而成，碧油油的，水池中央挤着各式各样姿态的饿鬼，争抢着吮吸着水池中央的水。

弗里曼看着眼前的一幕，忍不住作呕起来。

"看样子变成了男人还不是最坏的。"米雪儿后退了几步，想要从门中退出去。

身后的大门似乎能感受到米雪儿的意图，就在米雪儿退后的时候，哐当一声竟然关上了。水池中的饿鬼浑身沾满了绿油油的水藻，已经看不出原本的面貌。

"糟了，这些饿鬼要把我们也拖下水！"凯斯看着眼前的场景，拼命忍住想要呕吐的感觉。

一个饿鬼扑了上来，抓住了米雪儿的右手。米雪儿尖叫着摆脱这个饿鬼的抓咬，将它一脚踢向了远处。凯斯伸手将扑向他的饿鬼推开，那个饿鬼龇牙咧嘴地抓住了凯斯的手腕。凯斯用左手拼命扑打，终于将那个饿鬼推了出去。

凯斯低下头，看见自己的右手被抓之处留下几个黑黢黢的爪印。灼痛感从手腕处蔓延上来。他一迟疑，水池之中饿鬼成批地涌了过来，将凯斯等人的手脚抓住，向池水之中拖了过去。凯斯感觉自己左手的指甲已经深深扎进了掌心。他试着弯曲右手的手指，可是却完全动弹不得。

一阵阵的痛楚传到了他的手臂，他的额头渗出了一粒粒汗珠，脑中的每一根神经都在呐喊，想要从这些饿鬼手中挣脱出来，逃离这个火坑……弗里曼和利兹正喘着粗气将靠拢自己的那个饿鬼蹬开，想要逃离这些饿鬼的抓捕，想要呼吸，却发现自己做不到。

凯斯被一群饿鬼拖进了水池中，在没入这绿油油冒着烟雾、散发着臭气的水池的那一刹那，凯斯感觉自己的世界变成了一片空白，只剩那只沉浸在剧痛中的手。

他觉得自己能感到那只手的皮肤正被烧黑、蜷曲，肌肉被烤酥，一块块地脱落，最后只剩下焦黑的骨头。他惊讶地看着自己的蜕变，他正在慢慢变成和水池中那些饿鬼一样的形态。

他身上所有的东西都蜕变成了和那些饿鬼一样的黑色，仿佛关上了某个开关，疼痛消失了。他的手也变成了一样的鬼爪。他转过头，看见米雪儿和利兹等人也变成了同样的姿态。现在，他们和刚才那些饿鬼一样，也站在这个碧油油的臭水池当中了。

凯斯看了那个臭水池一眼，刚才堆积在臭水池当中的粪便，现在在凯斯的眼中变成了美味佳肴。凯斯吸了吸鼻子，刚才那堆排泄物，在他变成了浑身乌黑的饿鬼之后觉得闻起来似乎也挺香的。

就在他愣神的时候，绿油油的水池之中突然又冒出一堆排泄物。凯斯嗅到了排泄物的味道，和其他饿鬼一样向着这堆排泄物猛扑了过去。这些饿鬼的身体扭曲成各种形状，向着凯斯所在的方向追了过来，将凯斯紧紧压在了身下。

凯斯猛力从饿鬼身下抽动着自己的手，想要挣脱这些恶灵的束缚，但是身上的饿鬼却一层叠加着一层，像是要把凯斯压碎一般。凯斯伸手，拼命地想要抓住那摊排泄物，但是却被其他饿鬼打了回去。无数双脚从凯斯身上踩了过去，将他压成各种各样的形状。等凯斯抬起头时，那摊排泄物已经被其他饿鬼吞食得干干净净。

"真让人作呕！"弗里曼显然没有适应自己现在的身份，他感觉凯斯意识的轮回一次比一次让人难以接受。现在竟然看到了凯斯身为饿鬼时的种种情景，他真的不知道该怎么用言语形容自己现在的心情了。

"这些都是他轮回时在潜意识里面留下的记忆，所以才会把我们引到这里来。现在唯一的办法就是脱离，想办法脱离。"利兹看着眼前碧油油的水池和飘来飘去的黑色饿鬼，无奈地解释着。

"怎么才能从这里出去？"凯斯忍不住询问利兹，看着自己全身黑乎乎的骷髅模样，他现在也有些崩溃。虽然那些排泄物他闻起来还不错，但是实在是无法克服自己内心的障碍去吞食。

"这个地方是被封印过的。"利兹看了一眼门上的十字架，对凯斯说了一句，"看到那个十字架了吗？我在书上看到过关于这个东西的描述。据说还是信上帝的年代里，这东西能把这群饿鬼困在这里的。我们帮你抵挡住其他饿鬼，你去触摸那个十字架，你的意识应该就能从这个轮回之境里面出去了。"

"好吧。"凯斯一边应答一边想起了自己刚才被鬼爪抓破手臂时那种火辣辣的疼痛感，想起了电影之中十字架触碰饿鬼时那些饿鬼化成黑烟的场景，忍不住也有些担心。但他还是咬了咬牙，悄悄向着十字架所在的方向飘了过去。

有几个饿鬼看到凯斯的动作，无意识地尾随着凯斯拼命想要拉住他。弗里曼看准时机，将其中一个饿鬼一脚踢开。利兹则绕到后面，拽住了一个饿鬼，将它向远处掷去。

第九十九章

凯斯趁机向着那个十字架的方向爬过去。左侧一个饿鬼看到凯斯的动作，又来拉凯斯的手。凯斯狠狠地将这个饿鬼甩开，又向十字架的方向奔了几步，眼见凯斯的指尖要触到十字架，几个饿鬼又向凯斯的方向奔过来，拼命想要将凯斯从十字架的方向拉开。

"这些玩意儿可真烦。"凯斯望着再次纠缠过来、将身体拧成麻花状的饿鬼，使劲用脚将它们蹬开。

米雪儿飞扑过来，拉住了其中一个饿鬼。那个饿鬼将头拧了一百八十度，一口咬在了米雪儿的胳膊上。

米雪儿忍痛将这个饿鬼拉开，弗里曼和利兹也赶过来帮忙。

"快点儿，凯斯！"利兹大声叫了一句，催促着凯斯赶紧去抓那个十字架。

利兹的声音引起了不小的响动，水池之中纠缠的其他饿鬼注意到了这边的动向，纷纷向凯斯的方向涌了过来。

"别回头！"利兹看见凯斯的指尖已经触摸到了那个十字架，连忙又喊了一句。

凯斯双手撑墙，向上飞跃了一步，将整个身体贴在眼前的十字架上。在他这个饿鬼的身体和十字架接触的那一瞬间，凯斯感觉到胸口与十字架贴合的地方冒出了一阵浓烈的黑烟，像是有一把滚烫的利剑插进了自己的胸口，将他烫得血肉模糊。凯斯强忍着痛苦趴在十字架上，他的身体被烫成了半透明的红色，那几个本来抓住凯斯黑色脚爪的饿鬼被凯斯身体传导出来的热量烫得嗷嗷叫唤，连忙放开了抓住凯斯脚踝的双手。

利兹等人见状，连忙向凯斯所在的方向扑了过去。在接触到凯斯双脚的那一刹那，几个人感觉凯斯身上传导过来的痛苦就像是穿肠毒药，将毒汁整个输送进了三个人的五脏六腑之中，一种火辣辣的痛楚让利兹忍不住大声尖叫起来。

"怎么回事，前几次都不会这么痛苦！"利兹一边抱怨一边大声叫着，他感觉抓着凯斯那个如饿鬼一般的漆黑脚腕，就像握着一块烧红的烙铁一样。

"前几次从来都没有死得这么慢过……"利兹一边发出痛苦的呻吟，一边解释。他闻到了那个碧色的，带着铁锈一般的水池之中又一次出现了一摊排泄物，这种味道对于身为饿鬼的他而言竟然带着某种致命的诱惑力。

其他饿鬼显然也闻到了这股味道，尖叫着向着那摊排泄物所在的方向跑了过去。

凯斯乘机将这块被叫作十字架的东西抱得更紧了一些，他感觉自己的意识正在慢慢模糊，从眼前的这个饿鬼身上缓缓抽离出来，向着虚空之中晃了过去。就在凯斯的意识脱离这个黑色饿鬼身躯的一刹那，那道蓝色的光焰再一次将凯斯的意识包裹起来。

"只有你看到了完整的人生，你才能真正领悟当下。凯斯·史密斯，你永远无法拥有完全的自我意识，因为你以为的东西，并不是你真正看到的那样。你不过是这个宇宙某次轮回之中的一个再普通不过的个体，不必执着于你的当下，就在这个虚空之中成就你无限美好的人生吧，你会得到一切你想要的。"凯斯耳边，那个女声又一次响了起来。

"你真是个喋喋不休的长舌妇。"虽然被那道蓝色的光焰包裹其中，但是凯斯还是忍不住骂了一句。

他的意识仍旧被蓝色的光焰牵引着，也不知道要将他牵到哪里去。凯斯感觉自己的意识缓缓地随着那道蓝色的光焰向虚空之中飘去，也不知道飘了多久，他终于感觉到自己的身体凝成了实体，双足重新踩踏上了坚实的地面。

"这是什么地方？"凯斯犹豫地看了看四周。虽然他的意识还有些模糊，但是鼻尖已经闻到了淡淡的、清甜的香味儿。

"天堂。"凯斯身边的那个女声一边回答凯斯，一边咯咯笑了起来，凯斯听得出来，这个女声的笑声之中带着某种嘲弄的意味，似乎在为凯斯接下来的命运担忧。

"我不相信你能把我带到天堂来。"凯斯想起了刚才在那个碧油油的水池之中看到的饿鬼们，忍不住一阵作呕。

"你低头看看，就知道我有没有骗你了。"那个女声再次响了起来，用那种惯用的嘲弄的语调。

凯斯疑惑地低头看了一眼，他发现，自己站在浓郁的白雾之中，并不能看清楚自己手臂的模样。这些白雾环绕着凯斯，将凯斯整个包裹其中。凯斯感觉自己的手臂上似乎仍然有一些火辣辣的痛楚，刚才被那个叫十字架的玩意儿烫伤烧焦的感觉令他记忆犹新。理智告诉他，他抬起手，现在看到的将是一截焦黑的断肢，但是出乎凯斯意料，凯斯将手抬起来时，发现自己竟然毫发无伤。皮肉上没有一点儿受伤迹象，他举起手来转了转，弯弯手指。

"诱导你在意识之旅中所产生的疼痛，"那个女声再次响了起来，"不可能损伤真正的人——只会开发你的大脑，让你领悟到更多的道理，这样你才能真正了解这个世界，看清轮回。道理很简单，有很多人想要花大价钱得到'神谕'的秘密。但是他们却不知道这个东西到底有什么用处。"那个女声说完，又一次咯咯地笑了起来。

"这么说，你知道那玩意儿怎么用？"凯斯疑惑地问了一句。

"我当然知道。因为我和这个东西，本来就是一体的。我是这个东西凝结出来的虚拟身体，所以我当然知道'神谕'到底是什么，对这个世界有什么样的作用。但是我不会告诉你。"那个女声用讽刺的语调说，"人类总是妄想掌握'神谕'，总是妄想去做替代神祇、超越神明的事情，事实会证明，你们到底有多愚蠢……"

"你说，你是'神谕'凝结出来的虚拟人？"凯斯还想追问，但是那个女声逐渐小了下去，只有一些刚才话语的回声余韵在凯斯耳畔响着，再过片刻，这点儿余音也消失了。

"你在哪里，凯斯？"利兹的声音远远地从另一边传来。

"我在这边。"凯斯一边回应着利兹的呼唤一边站了出来。他看见利兹、弗里曼和米雪儿三个人向着自己所在的方向走了过来。

"这次总算是来了一个不错的地方。"弗里曼一边用目光向四周扫视一边说着。经过了前面的几次事故，现在他对凯斯潜意识之中引导的轮回之旅简直有些害怕了。虽然他现在已经知道他们不会死，但是想起自己竟然会对排泄物感兴趣，仍然有些后怕。

"这衣服真奇怪。"米雪儿低下头来，看着自己身上的宽袍大袖，"看起来倒是有些像那个瘰斑脸的衣服，不过这些衣料倒是比他身上的好。"米雪儿一边说一边扯着自己身上的衣袖看了看。

凯斯听见了两人的话，这才从云雾缭绕之中抬起手来看了一眼。他注意到，自己身上穿着和他们一样的纱衣，但是自己这身纱衣上绣的花纹看起来似乎要比他们两人身上的精致得多。

"这次轮到你也是女人了。"弗里曼看着凯斯身上的奇怪装扮，忍不住嘟囔了一句。凯斯听见弗里曼话里那种嘲弄的语，伸手摸了摸自己的胸口，发现自己胸脯竟然真的高高隆起了。

"哦，该死！"凯斯忍不住骂了一句。他已经习惯了自己是个硬汉，现在突然变成了一个女人，让他觉得自己有一种被戏耍的感觉。

"终于可以欣赏一下你自己把自己坑了的表情。"弗里曼看着凯斯，忍不住哈哈大笑。

"你这身行头看起来不错，凯斯。唉，总算有一世你做了一个有头有脸的人物。"利兹走上前去，从头到脚细细打量着凯斯。凯斯感觉利兹的目光对准了自己的胸脯，忍不住飞起一脚，将利兹踢开。

"你们在干什么？"凯斯抬起头，看到围绕着自己的烟雾慢慢散去，一个长得有些像变异人的家伙从一个环状的门里走了进来。凯斯觉得，这个"变异人"看起来没有瘀斑脸那个种族那么可怖，只是一副方头大耳的模样，让凯斯觉得他看起来有些可笑。这个人的打扮也显得有些怪异，凯斯注意到，他一只耳朵上戴了一个环装金属，另一只耳朵上却是空的。这个"变异人"的衣服样式也和瘀斑脸有些类似，但是却是金属制成的，上面有一些亮闪闪的金属片。

"变异人"走到了凯斯面前，利兹、弗里曼和米雪儿三个人低下头，站在凯斯身后，眼角的余光却在偷偷观察着这个"变异人"。

"变异人"走到凯斯面前，用审视的目光打量了凯斯和身后的三个人一眼。他的眼神不算凌厉，但是凯斯触及这个人的眼神时，总觉得哪里有些怪怪的。

"你们几个，先到别处去。"凯斯听见"变异人"吩咐利兹、弗里曼和米雪儿三个人。

三个人无奈，只能顺着那个环状的门向外走去。米雪儿低下头，感觉"变异人"的双眼紧紧盯着自己的后背，似乎要把自己的后背灼出一个洞来。

"变异人"看到三个人出了环状门，转向凯斯，看着他嘿嘿笑了两声。

凯斯看见"变异人"走向自己，露出了和刚才利兹一样不怀好意的目光。凯斯注意到，这个"变异人"的双眼在自己的胸脯上反复扫视，似乎想要从凯斯身上看出什么端倪来。

"现在他们都走了，我们可以好好说话了。""变异人"拉着凯斯向前方的屋子中走去。在他拉起凯斯的一瞬间，故意用手臂蹭了蹭凯斯的胸脯。

凯斯忍住了想要踢他一脚的冲动，挣脱了这个"变异人"的钳制。他已经从这个身体的脑海深处读取到了过往发生的一切。他看到的这一世的自己，竟然出生在一个拥有法力的世界里，是一个住在月亮之中的精怪——凯斯想起了北欧神话之中那个摘下了月亮，把月亮变成了一枚银币的神——当然，他也读到了关于这个"变异人"的信息。这个"变异人"竟然是这个法术世界的将军，一直垂涎自己的美貌，现在他刚打完了一场仗，马上就来自己这里上下其手。

"我现在要出去找我的兔子。"凯斯看了这个"变异人"一眼，脱口拒绝了这个所谓精怪将军的殷勤。虽然他也不知道这个"兔子"是个什么东西。但是潜意识里，他觉得自己应该这样回答。

第一〇〇章

凯斯用力挣脱了这个"变异人"的拉扯，提起自己身上的纱衣向外跑去。他的意识似乎悬浮在半空，是一个旁观者的姿态，但是他本人却已经从这个女精怪的意识深处读取了所有关于这里的信息——这个女精怪所处的世界的核心地带有一口井，这口井似乎连通着另外一个世界，只要他们从井口跳下去，就能回到另一个世界中去。

读取到这段信息的凯斯直接向着井口所在的方向跑了过去。他追上了意识附着在其他几名女精怪身上的利兹、弗里曼和米雪儿。还好几个人都没有跑太远。

"这个地方有一口井，我们得从井口跳下去才能脱离这个地方。"凯斯用最快的速度将地形向几个人解释清楚。

"变异人"尾随着凯斯追了过来，凯斯望着这个"变异人"，意识深处浮现出了一个类似于"猪"的词汇，虽然这个东西他在莫斯特伯阿米克时代只是在电子杂志上看到过，但是现在他却不由自主地想到了这个词。

"快点儿跑，那头猪追上来了。"凯斯回头看了一眼，"变异人"的速度很快，像是贴着风向几个人的方向飘过来。

"总是来这些奇奇怪怪的地方。"弗里曼一边摸着自己的胸脯，一边说了一句。

"我是不是可以理解为，你这是自己占自己的便宜？"米雪儿向弗里曼投过去一丝鄙视的眼神。自从弗里曼的意识依附在这个女人身上之后，弗里曼总是有意无意地将自己的手摆放在胸脯的位置。

"一直往前走就到那口井的位置了。"凯斯一边飞快地在脑海中读取这个女精怪的意识一边向着井口的方向跑过去。令凯斯感到奇怪的一点是，这个女精怪的头脑之中并没有觉得自己是精怪，反而认为自己是"神仙"。不过对凯斯而言，她是什么都不重要，这不过是自己在某个时空的一段经历罢了。重要的是凯斯现在要马上找到那口井。

"小心！"凯斯向前跑着，似乎急于摆脱那个像猪一样的"变异人"的纠缠。虽然他感觉这个像"猪"一样的"变异人"对自己并没有很大的恶意，但是凯斯只要一看见他那张脸，就从心底涌起一阵厌恶之情。

"你们几个，去那边看看！务必要把月仙子找出来！"凯斯听见那个像猪一般的"变异人"的声音远远地传过来。

"赶紧躲起来！"凯斯拉着身边的米雪儿，以极快的速度蹲伏在一块山岩下。凯斯听见身后的风声，他偷偷转头望过去，看见自己的身后有一条又宽又浅的沟壑。沟壑上长着一丛丛幽蓝幽蓝的水晶，看起来就像凯斯曾经在电子书看到的蓝色草一般。沟壑里面飘荡着泛着蓝色雾气的幽蓝色水流。

凯斯转头看了看自己身旁，那里长着很多发光的条状物。[1]这些条状物上同样结着类似于水晶一样的结晶，同样散发着淡淡的蓝光。这些蓝光洒向了盆地，将整个盆地照得忽明忽暗。但是盆地之中仍然很冷，夜幕留下的干燥刺骨的冰寒，一阵阵地向凯斯躲藏的石头背后袭来。

利兹和弗里曼双手紧紧抱着胸脯。米雪儿看见两人的动作，悄悄地向一侧挪了挪。

"小心点儿，别被那个人听见。"凯斯按了按米雪儿，提醒米雪儿动静不要太大。

"你似乎很讨厌那个人。我感觉他对你并没有什么恶意。"米雪儿看了凯斯一眼，对凯斯的举动十分不解。

凯斯低下头，厌恶地看着几个举着铁剑的甲兵从自己的身旁走过，听见他们橐橐的脚步声，凯斯觉得有些恶心。这几个挂着铁剑的士兵并没有发现躲在石头后面的凯斯，从他身边走了过去。

"晚上最好不要穿过'禁林'。月仙子知道这个禁忌，她应该不会到这片'禁林'里面去的。"凯斯听见其中一个带剑的士兵说了一句。

"那也说不准。我看她为了躲避将军什么事情都能干出来。"另外一个士兵一边整理自己身上的扣带一边说了一句。

---

[1] 这些条状物其实是没有叶子的树的形状，但是因为在故事的世界观之中凯斯等人没有见过植物，所以并不知道。

"好吧。我们去'禁林'里面找找看。"那个士兵似乎对这个提议十分无奈，只能随着他一起向"禁林"的方向走去。

　　凯斯躲在石头后面，看见两人在"禁林"的外围转了一圈，又向着自己所在的方向走了过来，连忙又向石头后面缩了缩。弗里曼和利兹看见凯斯缩向他们所在的地方，也向后挤了挤，这一下利兹正好贴在了弗里曼的胸脯上。

　　"小心点儿，别碰到我！"米雪儿将靠拢自己的弗里曼向一侧推了推。

　　"没有什么异常。"那名士兵冲着另一个士兵挤了挤眼睛，"你那边呢？"

　　"我这边也是，没有发现任何异常，可能是月仙子根本就不在这个地方吧。"另一名士兵领会到了这个士兵的意思，随声附和了一句。

　　顺着凯斯的角度望过去，这两个人根本就没有进入"禁林"。

　　凯斯悄悄地趴在石头背后，看着两人离开了'禁林'，慢慢向自己跑过来的方向走了过去。

　　"没想到所谓'神'和'精'也会骗人。"米雪儿看着两人远去的方向说了一句。

　　"还好他们会骗人。如果真的找过来反而麻烦了。"凯斯竖起耳朵，听着四下没有什么动静，悄悄站了起来。

　　"我们要穿越他们说的这个叫'禁林'的地方才能找到那口井，利兹。"凯斯看着蓝雾弥漫的"禁林"，显得有些忧心忡忡。凯斯潜意识里总觉得这个地方似乎就像那道蓝色炽光之中那个女声所说的那样，现在经历的只是曾经某一时刻经历过的画面，是自己潜意识中某段记忆的重现和回放。这些经历，像是为了提醒自己人生的种种真谛，又像是对自己大脑的一次激活与开发，用痛苦和快乐的经历来诱发自己的思考。

　　"我难以想象，尼禄那里躺着的那些人，他们的意识是不是每时每刻都在这种轮回里，或者从自己的潜意识里、另一个宇宙、另一个时空之中寻找某些可能性？"凯斯一边猫着腰穿过"禁林"，一边询问利兹。

　　"如果我没猜错的话，应该是吧。一切科学规律都源于对宇宙规律的模仿。经验的镌刻是无可替代的。他们强迫人的意识进入这种轮回，在轮回中体验各种经验，再用这样的办法来开发他们的大脑。这些人躺在那里的体验，比普通人几生几世还要多，所以他们能开发出那些尖端的科技产品也不奇怪了。"

　　"泰西尔－埃西普尔公司应该每周都会有专人对他们进行唤醒。我不知道他们用什么样的方式把'神谕'能量块控制住的，这应该是他们公司的核心机密了。"弗里曼听见两人的谈话，也插了一句嘴。

"他们收购米兰德研究所，应该就是为了研究这些东西。可惜，在资本压榨和人性的欲望较量之中，到底什么更胜一筹，也很难说清楚。你们的父辈应该都是米兰德研究所的科学家吧？"凯斯看了两人一眼。

"不错，十号仓库的事情就是弗里曼的父亲在临终前告诉我们的。这个世界有太多秘密了，可惜人的寿命太短，有些事情我们穷尽一生也未必能弄懂它们的运作逻辑。"利兹叹了一口气。

"这么说来，托比想要复活某个暴君的愿望也是有他的正确性的？"凯斯忍不住挑了挑眉。

"是不是你每一世的轮回都会做这个动作啊，凯斯？"利兹看着凯斯挑着眉毛略带讥讽的神情，忍不住开了一句玩笑，"现在你穿着这身衣服做这个动作，看起来真的很奇怪。说起来，你在这一世轮回里虽然是个女仙，看着倒也挺漂亮的。"

"也许是你的审美出了什么问题。"凯斯白了利兹一眼。他们几个人一边说一边轻手轻脚地向前走去。

"前面就是他们说的'禁林'了，凯斯。"利兹抬头，眼前的条状物有一条主干，主干上生发出各式各样的细条，上面结着和地上一样蓝色的类似于水晶的结晶，结晶上散发着幽幽的蓝光，忽明忽暗地闪动着。

凯斯看了看"禁林"之中的缭绕的雾气，总感觉这里面透着一丝诡异。但是现在他们必须要穿过'禁林'才能抵达那口水井——他们得从那口水井井口跳下去，意识才能脱离现在这个身体。

"小心点儿，我感觉这些东西有毒。"凯斯小心翼翼地向"禁林"深处走去。他感觉现在身上穿的这身衣服实在是太麻烦了，一不小心就会被身边的这些细条挂住。看衣服上的花纹似乎这衣服价值不菲。

"这个女仙看起来像是东方面孔。"利兹借着树条上蓝幽幽的光看了凯斯一眼，"看起来还挺漂亮，难怪那个'变异人'要追你了。"

"赶快走！"凯斯听见身后传来哼哧哼哧的声音，似乎有什么东西在用鼻孔拱着地面。

"哦，上帝！恐怕用走还不行，得赶紧跑，凯斯！"利兹显然也听见了这个哼哧哼哧的声音，忍不住回头看了一眼，发现一个庞然大物正向着他们的方向追过来。

"这东西的外形真像我们在电子杂志上看到的那种叫猪的动物，只不过那些电子杂志上的猪没有它这么长的牙！"弗里曼看到利兹的动作，也忍不住回头看了一眼。这一眼把他吓了一跳，那个东西显然也窜进了"禁林"，紧紧跟在几个人身后！

　　"这个当口你还有闲心研究怪物的长牙，快跑啊！"米雪儿叫了一声。

　　凯斯三下五除二地将自己身上那些披披挂挂的丝带扯开，穿着一身内衬向着自己意识之中井的位置奔了过去。

　　"这样利索多了。"凯斯舒了一口气，却发现"禁林"之中那些长条也开始摆动起来。

第一〇一章

"这些东西也会动,凯斯!"利兹惊恐地看了自己身边的条状物一眼,发现这些东西不但在迎风生长,还向着几个人所在的方向延伸过来。

夜色之中,凯斯听见整个"禁林"之中传来各种沙沙的枝条蔓延的声响,似乎有无数细条正摆动着向几个人的方向伸过来,要将几个人抓住。

"我们可以把这头猪引向'禁林'的中央,凯斯!"利兹看着离几个人越来越近的怪物,情急之下叫了一句。

"谁来做诱饵?"凯斯看了几个人一眼。

"这个怪物的目标是你,凯斯,只能你去把它引开!"弗里曼一边从地上摸了一块碎石扔给凯斯一边叫了一句。

"你这个提议可真够糟糕的!"凯斯想起这只怪物看着自己那种色眯眯的模样,忍不住对着弗里曼骂了一句,但是他仍然向着"禁林"中央的最大的那个条状物走了过去。

果然,那只像猪一样的怪物看见凯斯,马上就放弃了其他几个人,直接向着凯斯的方向奔了过来。凯斯手中紧紧握着弗里曼丢给自己的碎石,向"禁林"深处跑去。

他已意识到这片"禁林"中心的那个最大的条状物才是其他所有条状物的核心枢纽,正是这个东西摆动,才指挥着其他条状物的动作。凯斯猛然间从这个身体的意识深处想起这个条状物的名称,却发现这个东西叫作"神树",并没有什么别的名称。

凯斯绕过那些缠向自己的小型条状物,向着神树的方向跑了过去。神树上的蓝色结晶比其他条状物的结晶要大得多。枝干随着风的摆动,也散发着忽明忽暗的光亮。

那棵神树似乎长着眼睛,看见凯斯接近,树上的枝条立刻向着凯斯的方向延伸过来。

与此同时，那只像猪一样的怪物看到了凯斯的动作，也向凯斯的方向猛扑过来。弗里曼和利兹看见怪物壮硕的四蹄踢飞了一片泥土，都被这个怪物吓了一跳。

"快点儿，凯斯！"米雪儿看着凯斯在神树摆动的枝条之中穿来穿去，为他捏了一把汗。

凯斯向神树枝条摆动的方向跑了过去，那只像猪的怪物也向凯斯的方向追了过来。凯斯看准了一个时机，将手中的石块向身后扔了过去。神树听见石块飞过来的声音，马上伸展枝条向着石块落地的方向缠了过去。

与此同时，那只像猪一样的怪物也向着凯斯的方向飞扑而来。凯斯向前跳动了一步，那棵神树的枝条正好缠在了猪状怪物的身上。

"还好这个身体比较轻盈。"虽然意识附在一个女人的身体上让凯斯十分不爽，但是这个身体跑跳起来都不算慢，也算是让他舒心了一点儿。

"这种东方的精怪一向就是这样。"利兹看着那个被神树枝条缠上的巨型猪怪，后怕地接了一句。现在那只像猪的怪物正在挣脱这棵神树的枝条，但是这些枝条的柔韧性似乎很强，它越是挣扎，这些枝条反而缠得越紧。但是这只像猪的怪物的力气似乎也很大，两颗獠牙顶在地上，竟然将神树的其中一根枝条啪的一声扯断了。

"我们得赶快到那口井那边去。"弗里曼看着那只像猪的怪物在枝条之中挣扎，总觉得它会很快挣脱似的，连忙说了一句。

"该死的，一会儿如果这只像猪的怪物挣脱了枝条，你去把它引开！"凯斯想起了弗里曼刚才的那个提议。

"快走吧，凯斯！"米雪儿拉了拉凯斯。

"禁林"之中的雾气似乎越来越浓郁，凯斯抬头看了看，浓雾中"禁林"之中的风景若隐若现，仍然带着某种妖异的氛围。

凯斯从意识深处调出那口井的位置，带着弗里曼和利兹向着前方跑去。几人穿过了"禁林"之中那些沙沙作响的枝条，小心翼翼地绕开了地上那些像蓝色水晶的植物，终于跑出了"禁林"。

三个人抬起头，前方空旷的一处原野上泛着朦胧的白光，原野的中央果然有一口井。

凯斯一马当先地跑到了井边，几人走近了才看见，井水边虽然雾气缭绕，但是井中似乎很平静，一丝波澜也没有。

"我们得从这个地方跳下去，才能回到那个该死的、黑洞洞的大厅之中。希望那时候那个叫塞克斯汀的家伙已经回来了，不然的话，我们还要想办法潜到那块金属所在的水底去。"凯斯一边说，一边爬上了井沿，"这是这个地方的时空之门，从这里跳下去就行。"

凯斯说完，向着井水之中跳了下去。井水瞬间没过了凯斯的头顶，但是那些水纹瞬间又恢复了平静。

利兹、弗里曼和米雪儿相互对视了一眼，也鼓起勇气向井水之中跳了下去。

凯斯感觉冰冷刺骨的井水似乎已经灌入了自己的五脏六腑，在跳下去的一瞬间，他感觉自己意识依附的月仙子身上的法力慢慢消散，他的意识又重新飘荡到了虚空之中，那道蓝色的光焰又一次向凯斯袭来。

"感觉怎么样，凯斯·史密斯？"蓝色光焰之中，那个声音又一次响了起来，"伟大是一种转瞬即逝的体验，绝不会始终如一。它部分依赖于人类创造神话的想象力。体验伟大的人，必定能感觉到他所身临其中的神话般的光环。你很会自嘲，凯斯，这种自嘲能让你省察自身，这也是我挑中你的原因。"

"我可没心情也没时间和你一起玩儿这种愚蠢的游戏。"凯斯不耐烦地打断了蓝色光焰之中的那个女声。

他感觉冰凉的井水灌进了自己的鼻子，灌进了自己的耳朵，甚至灌进了自己的肺部，让自己喘不过气来。

"只有集中意念你才能回到那个大厅中去。"凯斯想起了利兹对自己说的那句话。

"好吧。"凯斯在心底叹了一口气。

他感觉自己眼前像过电一样，似乎又一次划过了许多形形色色的场景——这些场景之中有东方的有西方的，有各种各样的形态，还有形形色色的男女，现在他已经知道了，这些场景就是自己每一生每一世，有些甚至是自己在其他时空之中经历过的事情。

"集中意念……扩张动脉血管……摒除一切杂念……只余下自己选择的那部分意识……血液变得充实，迅速流向负荷过重的区域……"凯斯尽量让那些东西对自己不造成大的影响。

凯斯感觉自己的大脑似乎在光速之中运转，他努力集中精神，想着自己来到这里之前的那个大厅。

那个蓝色光焰之中的女声，还在凯斯耳边喃喃自语着："单凭本能并不能使人获得食物、安全、自由……人类意识无论怎么延伸都无法超越特定的时刻，也不会让人类产生猎物可能会灭绝的念头……人类破坏，但不生产……人类的快乐，始终是有局限的……快感始终接近感官层次，达不到感性的层面……人类需要一个背景网，通过该网可以看清自己的宇宙……有选择地控制意念，这便会架构起你的网……依照细胞需求产生的最深层次的渴望，血液有规律地流动，肉体也随之保持完整……天地万物、生灵、人类都非永恒……为了川流不息的永恒奋争……来跟随我，让你体验到极致的快感，只要你留在意识的世界，我会让你看到一个完美的世界。只有在意识之中经历的东西，才算是永远属于你的。来吧！凯斯，来这个属于我们的世界里吧。"

凯斯努力让自己的意识集中，尽力不让自己受蓝焰之中那个女声干扰。

"只有那个黑黢黢的大厅才是我的目标。"凯斯集中念力，努力在自己的脑海中勾勒那个大厅的模样。那个鬼地方有一座桥，需要穿过一堵高墙才能入内，里面的能源驱动是核能……

凯斯努力回忆着关于大厅的细节。他感觉到自己的脑袋似乎在发热，眼前关于大厅之中的一切也慢慢清晰起来，他的鼻子中终于漏进了一丝空气。

时间像是停滞了几秒钟。

一丝亮光慢慢渗进了双眼，哗啦一声，凯斯听见水声从自己的耳畔传来，新鲜的空气猛然进入了凯斯的肺部。

他努力睁开眼，发现自己终于站在了大厅之中。一阵冰冷的空气从凯斯耳朵后面传了过来，让他忍不住打了个激灵。凯斯感觉整个大厅里的人又重新开始活动起来。

咚！弗里曼的意识重新回到了大厅之中站在操作台前操作潜艇和观测"神谕"动态的弗里曼身体之中，大概是冲力过于猛烈，竟然将弗里曼撞得向前跟跄了一步，头差点儿撞上了操作台。

利兹舒展了一下双手，大概是也回到了这个大厅之中。

米雪儿放下了她触碰凯斯手臂的双手。

凯斯感觉到自己的脑后传来了一阵凉意，他想应该是自己在那个井水之中待了太久的缘故。

"你下去，把那个叫'神谕'的玩意儿想办法给我拿上来。"下一秒，他却听见了托比的声音。凯斯想要往前走，托比黑洞洞的枪口已经指向了凯斯的后脑勺。

　　"你什么时候上来的？塞克斯汀呢，他不是还在下面吗？"凯斯本能地举起双手。

　　"别问那么多。我的意识比你们回归得早得多。我把潜艇开上来了，现在潜艇在我手里，拿不到这个东西，你们都别想从这里出去。"托比表情狰狞地望着凯斯，恶狠狠地说了一句。

第一〇二章

"行，行，行，先不要那么激动。"凯斯看了眼前的托比一眼，"说吧，我怎么才能拿到那个东西？"

"穿上潜水衣，带上这个盒子。然后在'神谕'试图控制你的时候，你的意志要比它更强大，不能受它的任何蛊惑和影响，直到它真正成形，你把它装在这个盒子里就行了。"托比一边说着，一边将手中的一个盒子抛给了凯斯。

"这个盒子是从哪里来的？"凯斯接过托比抛过来的盒子，拿在手中看了一眼。这个盒子四四方方的，看起来小巧玲珑。凯斯注意到在这个盒子上，雕刻着一个和城市中心的食物发放机一模一样的花纹。

"那艘潜艇中，有米兰德研究所留下的研究资料。靠着这个资料，我找到了你手上的这个玩意儿。没有这个东西，那个塞克斯汀永远也拿不到'神谕'。所有的东西都藏在最显眼的地方，但是那些蠢货是发现不了的。"托比一边转动着自己黑洞洞的枪口，一边对凯斯说了一句。

"哼，让你们在巴黎圣母院的塔顶逃脱了，现在还是一样被我抓住。"托比用他冷嘲热讽的眼神看了凯斯一眼，似乎凯斯等人就是他掌中的猎物一般。

凯斯有些错愕，他并没有想到，托比竟然把意识穿梭之中发生的事情也算在他们头上。好吧。凯斯在心中冷笑了一下，他并不是第一天认识托比，从他第一次见到托比时，托比就是一个小心眼儿又自以为是的蠢货。凯斯看了看托比顶在自己脑袋上的黑洞洞的枪口，他不想和托比计较。

"你在那个世界也不过是皇帝的跑腿小弟而已，当别人工具的人，有什么好嘚瑟的！"米雪儿看了托比一眼，忍不住出言讥讽，现在这个世界里，托比毕竟还是联邦警署的研究员，只要自己还有合法公民的身份，她相信托比不敢真正开枪。

砰！托比向地上放了一枪，将站在他身边的几个人吓了一跳。

"如果我的枪发生了什么意外，擦枪走火了，我想，这样的报告也没有人会追究它的真实性。如果我们中间有些人因为受伤而死在沙漠里，我想，应该也不会有人认真追究的，你说是不是？"托比看了看自己冒着烟的枪口。

利兹向后退了一步，发现格尔正歪倒在角落里呼呼大睡。他想起了自己和凯斯的意识之旅，不禁有些羡慕起格尔的状态来，现在他大概摸透了这个叫"神谕"的东西的某些规律——似乎心思越单纯的人，越不容易受这个东西的影响。凯斯的经历太复杂了，所以他反而是这群人中受到"神谕"影响最深的人。

"动作快点儿！"托比不耐烦地催促凯斯。他看见凯斯正在穿戴那些潜水设备。

凯斯想起了在那个时空里看到托比的样子，似乎托比的意识受这趟时空之旅影响，变本加厉了，变得更刻薄和歇斯底里了。凯斯想起了蓝焰之中的那个声音，自己已经有过一次战胜那个玩意儿的经历，并在这个过程之中沿着时间网络层层展开，曾经无数次见过自己的在其他时空的模样。唯一的遗憾大概是他每次在死亡之前意识就脱离了自己的身体，但却从没见过自己死亡的那一刻。

利兹和弗里曼看着凯斯，似乎也对托比的命令感到不满。凯斯已经换上了潜水衣，他不知道他们在这个大厅之中待了多久，如果已经超过一个小时的话，塞克斯汀背上的那罐氧气瓶不一定够用。他用眼角的余光瞥了一眼操作台上的时间，发现只过去了半个小时。还好，看样子意识穿梭确实就像自己在蓝色光焰之中见到的那个女人所说的那样，这中间领悟到的东西会比之前快几倍。

"放他下去！"托比看见凯斯已经把潜水服换好，指挥着山姆将潜艇的门打开。

米雪儿看着凯斯坐进了潜艇，不由得有些担心。她和利兹等人对视了一眼，总觉得托比似乎有些什么东西并没有说清楚，但是现在他们即使开口询问，大概率上托比也不会告诉他们。凯斯想起了自己在意识之中听到的那个蓝焰的女声，琢磨着是不是这东西告诉了托比什么不为人知的秘密。

凯斯看了看三个人，示意他们不用担心。他的目光最终落到那个叫凯莉的人身上，她已经被山姆和托比绑起来了。凯斯看见身材高挑、皮肤白皙、金发碧眼、有一张颇具贵族气质的漂亮脸蛋儿、傲慢中带着古典美的凯莉流露出对这两人不屑的表情。她看上去并没有流过眼泪，完全是一副不可战胜的神情。

但是她紧锁的眉头还是出卖了她的内心世界。

"放心吧，我会把他带回来的——如果他还活着的话。"凯斯看着凯莉说了一句，凯莉接触到凯斯的目光，冲着他轻轻点了点头。

"我会看好你的。"弗里曼走上前来，拍了拍凯斯的肩膀，重新回到了他的操纵台上。山姆拿出了另外一把枪，逼着弗里曼和利兹重新启动了这艘潜艇。

凯斯感觉到潜艇在慢慢下沉。他看着仪表盘上的读数，感觉自己离那块黑色的岩石已经越来越近了。

潜艇行驶得十分平稳。

弗里曼通过操控台启动了潜艇之中的热能设备，对凯斯的潜水服和氧气管进行了扫描。

"一切正常，可以向目标地点进发，凯斯。"弗里曼的声音从凯斯的头顶上方传了过来。

"收到。"凯斯接收到弗里曼所发过来的信号，从潜艇中钻了出来，向着黑岩的方向进发。他抬起头，看见自己的正前方闪动着蓝色的光焰，那个东西似乎就是"神谕"的本体。

凯斯缓缓地从那块黑色岩石的缝隙之中潜了过去。他感觉自己离那个东西已经越来越近了。冰冷刺骨的水隔着衣服刺激着凯斯的感官，他感觉自己又像回到了那口井中。

"接近目标点，接近目标点。凯斯。"利兹的声音从凯斯的防水耳机中传了过来。

"收到。"凯斯简短地回复了利兹的信号，向着蓝色光焰的中心游了过去。他感觉那道蓝色的光焰中心似乎像是一团高温的火苗，但是这个东西并没有带来任何温度，反而令他周遭的水比井水更刺骨。自从吃了食物发放机之中的那些食物，凯斯已经没有那么怕冷了，但是这个东西附近竟然第一次让他有了冰冷刺骨的感觉。

那道蓝色炽光向着凯斯所在的方向卷了过来。凯斯感觉自己周身的水似乎在这道炽光之中极速退去，他又重新遁入了一个无垠的虚空之中。

"凯斯·史密斯，我们又见面了。"那个女声又一次在凯斯耳边响起。

"你知道为什么每次你可以通过死亡的方式跃入另一个时空之中吗？"那个女声尖细的声音钻了凯斯的耳朵，让他有一种魔音穿脑的感觉。

这个问题让凯斯心中一凛。利兹一直告诉他可以用这个方式，但是利兹并没有说过原因。

"如果你猜中了，你就可以拿到这个东西了。"凯斯抬起头，看见一个浑身冒着蓝色光焰的电子姬从虚空之中走了下来，向着自己的方向走过来。两人之间隔着一段距离。

凯斯低头，看见地上躺着一个人，竟然是之前穿过这道黑色岩石来到安放"神谕"能量块的塞克斯汀。他看起来像是睡着了。

那个"神谕"虚拟出来的电子姬冷傲地看了地上的塞克斯汀一眼，对凯斯说道："他并没有死，你放心，只不过，他在回答我的问题时出现了致命错误，所以现在他还在他的意识时空里被各种各样的危险包围着、追逐着，直到他想到正确的答案为止。我可以化身千万，引领每个想要接近真理的人开悟。"电子姬用引诱的语调在凯斯耳边呢喃。

"我已经知道了你的答案。"凯斯想起了自己在井水之中的那段经历，又联想到自己的时空之旅，脑海中忽然冒起了一个大胆又离奇的念头。

"哦？"被蓝焰包裹的电子姬显然有些意外，她没有想到凯斯竟然这么快就知道了自己的答案。

"是的。既然你说你能引导人洞悉自身的秘密，而人类最大的秘密，无非就是生与死。"凯斯淡淡地说，"既然你是系统的产物，那所有活人的信息你都能够采集到，只有死人的信息，是你采集不到的，因为死人的意识是不会波动的。如果要拿到'神谕'，你必须终结我的命运，对吗？终结了我的命运，我才能接近这个'神谕'，因为那时候这个东西已经影响不到我了。"凯斯看着这个电子姬，一口气将这些话说了出来。

"不错，不错。"电子姬缩进了那道蓝色的光焰之中，在凯斯眼前慢慢凝结成了一个正方体的深蓝色结晶。这个深蓝色结晶漂浮在水中，似乎散发出了立体的光焰。

凯斯打开盒子，迅速将这个深蓝色的正方体装进了托比给他的盒子中。盒子一阵剧烈的摇晃，巨大的冲力几乎让凯斯拉失去了平衡。

塞克斯汀漂了过来，猛然睁开了双眼。两人身后，取出"神谕"的地方，似乎泛着红光。

"这是海底的岩浆，你们得快点儿走！"弗里曼从监控台中监控到了这一切。

凯撕扯拽着塞克斯汀的衣领，将他向潜艇的方向拉了过去。

"快点儿，凯斯！"利兹从监控台和凯斯潜水服身上所装的摄像头上看到了这一切。连托比也忍不住过来看了一眼。弗里曼正想奔向潜艇的方向，托比马上举起枪，拦住了弗里曼。

　　凯斯猛力向着潜艇的方向游去，身后传来一声巨响，岩浆的热浪从水底喷薄而出。凯斯双脚猛蹬，最后的时刻钻进了潜艇之中，在热浪扑过来之前启动了潜艇，向大厅前面的支架旁开去。利兹和弗里曼见状，连忙启动了潜艇助推器，将潜艇拉了上来。

　　热浪席卷而来，又被大厅底部的海水卷了回去。

　　凯斯推开门，从潜艇中走了下来。托比紧紧盯着凯斯怀中的盒子。

　　"把那个盒子扔过来给我。"托比用枪指着凯斯的脑袋，对着凯斯恶狠狠地说了一句。

第一〇三章

回去的路比来的时候感觉要近得多，大概是因为这几个人谁也没有想到自己竟然会这么愉快地就把这件事儿解决掉了吧。托比和山姆在最前方领路，其余的人跟在两人身后，感觉他们的脚步也轻快了许多，似乎刚进行了某一场朝圣般的旅行。

凯斯跟着托比等人从黑岩处钻了出去。一阵风从东南方吹来。风势很小，经过屏蔽墙山（其实就是那些黑岩）的阻挡，已成强弩之末。屏蔽墙山高高耸立。傍晚的光晕把黑墙的边缘染成了某种淡淡的黑黄色，光线里飘荡着薄雾般的灰尘。虽然在莫斯特伯阿米克的天色下并非完全不能视物，但是恰恰是这种暗淡的光线，反而有一种令人伤感的氛围。

米雪儿跟在众人身后，温热的风吹在她的面颊上，勾起了阵阵思乡之情。虽然这是她第一次来到这个沙漠，但是她却有一种熟悉的感觉。

"上飞机。"山姆招呼众人重新坐回直升机上去。托比一路上抱着那个盒子，似乎生怕别人将他的盒子抢走一样。对托比而言，这个东西几乎承载了他的梦想，凯斯难以想象，如果托比对这个东西的预估失误了之后将会怎么办。

直升机在沙漠的上空飞着，山姆正在操纵着直升机的仪表盘，带着凯斯等人向着沙漠之中神庙的方向飞过去。

塞克斯汀虚弱地靠在一旁，凯莉一直在他身边照顾着他。凯斯看了把玩着装着"神谕"盒子的托比一眼，眼神之中流露出了一丝鄙夷。自从他们从那个黑洞洞的大厅中出来后，托比就一直抱着这个盒子，似乎这个盒子里的东西比他的命还要金贵。

"不要再耽误时间了，有这个东西就足够了，我们应该赶紧去沙漠中央的神庙里朝圣。"托比走到山姆面前说了一句，语气之中略带焦虑。自从他得到了这个东西之后，一直都是这副样子。

凯斯看着托比，想起了一句古老的谚语：人类总是看到眼前的利益而忘记身后的危险。虽然凯斯现在并不能完全推理出那个叫塞克斯汀的暴君为什么没有触碰这个能量块，但是他从他的表情之中可以感受到，这个东西绝对不会像托比他们想的那样好。人们总是对那些显而易见的宝物趋之若鹜，对那些真正的宝物却置若罔闻。

"我们坐直升机过去。你把我们送到神庙所在的地方，然后，你在外围等我们就行。神庙那边自然会有人来接你。"托比看着山姆，似乎在与他商量着一件什么大事。他的语气明显轻快了很多，大概是因为他已经把那个叫"神谕"的东西拿到手了，凯斯想。

直升机平稳地飞着。那个黑色的金属盒仍然放在几个人中间，就像是一口棺材一样。

"这口棺材里装的是什么？"凯莉缓缓站起来，似乎是要活动筋骨。

凯斯听见她直接说出了"棺材"两个字，错愕之余又有点儿好笑，似乎凯莉并不把托比的命令放在心上。

"与你无关。对于你这样没有信仰又没有智慧的人而言，永远只能看到表象，我懒得花那个工夫给你解释。"托比的好心情似乎被"棺材"两个字破坏了，忍不住冷冷地回应了凯莉一句。

"我才懒得知道你的那些东西呢，我只不过觉得这个东西放在这里，实在是太碍事了。"凯莉踢了踢那个铁盒子，顺势走到了玻璃窗边。

直升机飞得很低，从凯莉的角度看过去，能看见下面那些影影绰绰的景物。这里虽然是"区域外"，但是似乎还残留着一些过去的建筑物。她想起了很久以前听过的一句话，是野蛮的弗瑞曼人说的："有四件东西是隐瞒不了的，那就是爱、烟雾、火柱，以及在开阔沙漠上行走的人。"那时候，她很希望这个叫作塞克斯汀的男人能陪着自己一起来看看沙漠，但是他并没有那样的时间分给她，现在她终于可以看到沙漠了，虽然是以这样的方式。

塞克斯汀走了过来，顺着凯莉的目光一起向窗下望去。很早以前他曾答应过凯莉，要陪她去看看沙漠，但是他却没有兑现过这件事儿，现在竟然以这样的方式实现了。

凯斯看着两人的背影，觉得这个名叫塞克斯汀的暴君似乎和其他人并不一样。

"这里有什么好东西吗？"米雪儿想起了自己那阵恍然如梦的熟悉感，也走了过来，突兀地问了一句。

"对于有些人而言，或许没有；但是对另外一些人而言，这里恰恰是最好的。"塞克斯汀淡淡地笑了笑。

凯斯听见了几个人的对话，想起了自己知道的其他的几个被复活的暴君。伊凡大帝和尼禄似乎在延续着自己以前未竟的事业，而这个名叫塞克斯汀的男人却不一样，他应该是想要过一种和原来完全不一样的生活。大概每个人都有每个人的追求吧，凯斯感叹着。

凯斯也向下张望了一眼。沙漠的表层还有一些类似于金字塔的建筑物。这些东西让利兹和弗里曼感到十分新鲜。他们大半辈子都是在实验室里过的，像这样的长途跋涉，还是第一次。现在他们已经看到了"神谕"，对于他们而言，这个东西似乎并不像他们想象的作用那么大。现在他们反而有一种卸下包袱的轻松感，能好好地欣赏脚下的这些景物。

"你知道吗？我以前在书里看到过对这里的描述。我是说，莫斯特伯阿米克降临之前对这里的描述。香客们一天比一天多，神庙低处的游廊被他们塞得满满的。小贩们在香客间游走叫卖。许多低级术士、占卜僧、预言者也在那儿做生意……当然，有些好莱坞的老电影里面也有过同样的场景，我看到过的。"利兹指着下面几个能看到塔尖的金字塔说着，"当然，现在这里什么也没有了。"

"这里曾经有很多异域情调的东西，也有一些美丽的女人，还埋藏着一些神秘的力量。"利兹对着下面能够看见的金字塔轮廓抒发着感慨。

"或许，这里还有某些变异人，能把你追得四处逃窜。"凯斯打断了利兹抒情模式的长篇大论，"要知道，这里是没有食物发放机的。"凯斯提醒利兹，在看过瘀斑脸和他们那个种族所谓的"食物"之后，凯斯已经对那些变异人心有余悸了。当然，瘀斑脸的种族只是暗地购买那些变异人，而他们现在却真真切切地来到了"区域外"。尽管这架直升机上还有两个联邦警署的警察，但是在这种不毛之地，警察反而比什么都危险，凯斯在心里默默地想着。

"有些人注定了鼠目寸光，而有些人注定要引领未来。"托比又恢复了他冷漠讽刺的语调，"就像这个区域曾经流行过塔罗牌一样。很多人没有想到过，为什么塔罗牌偏偏在这个时间、这个地点大行其道？人们用它预测未来？其实，预测对于很多人而言并没有任何用处，大部分人即使知道未来会怎么样，他们也改变不了什么东西，在这个世界上，只有少部分人能掌握自己的命运。

当然，那些能引领世界上其他人命运的人就更少了。"

"好了，我们可以下去了。"山姆看看战斗机屏幕上显示出来的那些数据，又看了看沙漠之中的景物，笃定地说了一句。

"你们所有人，都回到自己的座位上，绑好你们的安全带！一会儿如果有人被风吹下去的话，只能说是自己活该了。"托比冷冷地说了一句。

凯莉瞪了托比一眼，对托比打扰自己观赏沙漠景致的行为有些不满，但是她也明白托比确实是在提醒他们，只能和塞克斯汀一起回到座位上，重新系好了安全带。

"你们得用绳子吊下去。先把你们放在金字塔塔顶，然后再慢慢爬进塔里才行。"山姆一边缓缓往金字塔塔顶降落，一边向众人解释说明。

"你确定这里就是神庙的位置？"托比一边拨弄着手中的平板电脑，确认自己是否来到了神庙，一边疑惑地询问山姆。

"应该没有错。"山姆又看了仪表盘一眼，似乎是再次确认自己是否找对了位置。

"测试一下直升机能否停到神庙当中去。"托比看了看神庙入口的那个洞口，想用肉眼丈量出距离来。

伴随着他们的话语，直升机盘旋着，发出嗡鸣。

"我先测试一下这里的承重再说。这里流沙太厚了。人不能接触地面，陷进流沙马上就死。"山姆一边说，一边密切注视着自己手中的仪表盘。

"这个东西怎么办？应该先把这个东西吊下去。"托比看了看放在直升机正中央被固定好的那口"铁盒棺材"，皱了皱眉。

"一会儿用绳子吊进金字塔里面去，你在那里看着就行。神庙的高度我早就测试过的。"山姆一边操纵着直升机向金字塔顶降落一边吩咐了一句。

"每个人，用绳子把自己拴好，一会儿需要自己爬到金字塔里面去。如果有谁从塔顶上滚落，我们概不负责。"托比看了几个人一眼，冷冷地说了一句。山姆操纵着机箱，将机器内部的底板打开，两侧的自动装置立刻将放置在底部的那口"铁盒棺材"挂了起来。在他打开底板的一刹那，众人听见下面呼啸呜咽的风声，感觉到那些被掀起的黄沙似乎扑面而来。

凯斯透过战斗机的玻璃窗向下望去，从影影绰绰的亮光中，他可以清晰地看见金字塔顶部的入口和里面空旷的内部结构。

机舱之中的绳索很长，山姆一边缓缓降落，一边将那口"铁盒棺材"吊在了直升机下面。

"洞口的距离刚刚好。"山姆欣喜地发出一声赞叹。凯斯看着山姆操纵着直升机向下降落的动作才明白，原来山姆说的是金字塔的洞口的大小刚好可以容纳直升机的升降。

"这里风化的速度太快了，上个月这个洞口的大小都还不够。"托比望着自己平板上的显示数据，随口接了一句。

第一〇四章

"对我们来说却是刚刚好——"托比得意地说，他把这一切都看成是神迹。从自己找到"神谕"到他们来到神庙的这段旅程，对他而言不吝于神迹的展现。他所期待的一切都是那么顺利，这一切只能用神迹来解释。只要一想到这些事儿，托比甚至觉得眼前的这些人都不那么令人讨厌了。

山姆操控战斗直升机缓缓在入口处降落。随着直升机降落，绳子上挂着的"铁盒棺材"也缓缓落入了金字塔底。凯斯等人听见哐当一声轻响后，直升机发出了低缓的轰鸣声，山姆操纵着拉杆，缓缓地将绳子收了回来。

"注意间距，山姆。"托比叮嘱着，这是凯斯第一次听见他不用讥讽的语调说话。

"明白。"山姆一边回答一边收回了钩子。

"越是到关键时刻，越是应该谨慎行事。"托比扫视了一眼众人，"少数人的暴政隐藏在多数人政权的面具下，"托比用朝圣般的语气说着，他的声音中有些幸灾乐祸的意味，"这是民主的堕落。或者会被它自己的过度行为所推翻，或者被官僚主义所吞噬。"

"你们应该记住这些话，因为……明天你们就能亲眼见到神迹。要知道，这些暴君们其实是牺牲者，他们才是真正为了推动这个世界做出贡献的人——当然了，大多人理解不到这个层面。"托比伸手做了一个嘘的姿势。

凯斯注意到他们已经进入了神庙内部。这里显得清幽而空旷，透过直升机的玻璃窗，依稀可以见到一些石柱和一些还没有完全被完全风化的石像。

从这些石像现在的模样来看，凯斯可以想象得出来，当初在建造这些石像的时候耗费了多少人力物力。

"你们每个人，带上自己的绳子，从这里下去。"托比看了坐在直升机中的众人一眼。

"绳子在你们座位旁边底下。"山姆补充了一句。

"现在不是可以降落在神庙内部吗？为什么还要带上绳子？"米雪儿看了说话的两人一眼，有些疑惑地问了一句。

"你可以不用带。"托比白了米雪儿一眼，"我不会允许有女人触碰到暴君神圣的圣体，哪怕隔着铁片都不行。"

"我也不稀罕做你所不允许的那些事情。"米雪儿撇撇嘴，赌气没有拿绳子。

利兹拉开了座位下面的盒子，果然在里面找到了一根长绳。看样子他们早就把这些东西都准备好了。

直升机缓缓降落在了空旷的神庙内。凯斯等人从直升机上走了下来。从凯斯的角度上望去，他们正站在一个空旷的石台上，正对面是一个硕大法老的雕像。风化的作用将这个法老的面貌侵蚀了一些，看起来有些恐怖。他们下面是一级长长的台阶，看起来似乎很长。

"照我说，山姆，这直升机就不应该开进来。虽然这洞口风化的间距大小刚好，但是把这些现代化的东西拿到这里来，这些东西，都会影响神庙肃穆的氛围，破坏这里的仪式感。"托比皱了皱眉头。

他的话引起了凯斯的注意。确切点儿说，是他的话让凯斯有些诧异。托比本来是联邦警局的通信员，也是技术工程师，但是他却对这些原始的东西如此迷信，实在是令凯斯有些难以置信。当然，凯斯想起了自己此前对那些东西也是一种将信将疑的态度，这种态度持续到自己亲眼见到了几个被复活的暴君之后才有所改观，现在他觉得托比会有现在这样的表现，也不奇怪了。

"如果我不把直升机开进来，一会儿他们得帮忙把圣体抬到神庙的祭坛上去。"山姆嘟囔着，相比于托比口中所说的仪式感，他更看重这件事儿的结果。

"现在可以告诉我们，你这个铁盒子里装的是什么了吗？"凯斯一边卷起了自己的那根绳子，一边询问托比。

"有些事情，还是留下一点儿悬念比较好。"托比看了凯斯一眼，他可不喜欢现在就把这些东西全部说出来，相比于视觉的震撼，他觉得言语是无力的。

米雪儿果然没有拿那根绳子，剩下的几个人倒是都拿了，就连一向冷言冷语的凯莉和胆小的格尔都把绳子拿在手中。

"一会儿如果有什么需要绳子的地方，我用你的。"米雪儿看了凯斯一眼，她可不想在托比这种家伙面前示弱。

"放心吧，不会有什么特别需要绳子的地方。"凯斯抬起头，看了看横在众人下面那道长长的石阶，接着说了一句，"如果我没有猜错的话，他让我们拿绳子，是有另外一个目的。"

"如果你不介意我说出来的话，我想我已经猜出你想要干什么了。"凯斯不经意地瞥了一眼放在众人脚边的那个"铁盒棺材"。

"当然。如果你自己猜出来，可以另当别论。反正明天你们就可以见到神迹了——比我预想的要早很多。如果历史有任何重复模式，这就是其中一个，恍如鼓点般密集的重复。首先，公共事务法似乎是纠正过度煽动以及修复毁坏系统的唯一办法，可这只是它的表象，是彻头彻尾的谎言。其次，权力的积聚却发生在选民们无法触及的地方。最后，还有贵族阶层。有了这些东西，就需要一个暴君来统治他们。当然，如果我能做成这件事儿，我想，我也会像坎贝尔和泰西尔－埃西普尔家族一样，把这件事儿做成产业的……不过，我可不会像他们那样傻呵呵地想着搞发明创造，我可以想办法请来更多的暴君，只要他们带着他们的暴君思维，他们就能把这个世界治理得更好……"

凯斯看着托比，他在托比的这个论断中听出了托比的意图。凯斯看了塞克斯汀一眼，他几乎已经可以猜出来这个"铁制棺材"里放的是什么东西了。

到了这个地方，托比已经完全不必再谨慎了。凯斯听见托比的声音回荡在神庙之中，带着某种恐怖又神秘的意味。这里的空旷把他的声音又放大了好几倍。凯斯望着托比状似疯狂的模样，大脑里似乎自动滚动播放着托比的疯狂演讲时的声音。

托比的话令他想起了当初他在战场上的那些事情。对他而言，战场上的那些事情和托比说的并没有什么两样。一些人只是另外一些人的工具，为了另外一些人口中所谓的真理贡献出自己的生命——而那些煽动民众相信某些大道理的人，往往躲在背后谋划着自己的利益分配。

凯斯觉得，自己从战场上下来时，就已经看透了这一点，但是听见托比这个敌视自己的人赤裸裸地把自己心里的想法说出来，对凯斯而言，多多少少还是有些不舒服。

"你知道那里面到底放了什么东西吗？"格尔拉了拉凯斯的衣角。

"应该是某个暴君的身体。如果我没猜错的话。"凯斯回答格尔的话，眼睛却一直看着托比，似乎在等待托比的确认。

"你猜得没错。但是你绝对想不到这里面到底放的是哪个人。这个人以前统一过整个欧洲。"托比看着凯斯，不经意地说了一句。

"如果只是想用炮来轰 M 国人的话，我想尼禄和伊凡大帝也能干好。而且，我觉得他们应该很乐意干这样的事情。"凯斯耸了耸肩膀。

"也就是说，你想模拟死神的功能？"塞克斯汀看了托比一眼，突然插了一句。他一直冷眼旁观，但是现在突然开口，似乎是对托比的这种疯狂感到不可思议。

"不，我才不会像死神大人那么麻烦呢。虽然我觉得死神大人也很伟大。我这么做，只是因为我们领会了死神大人的意图。你对暴君的理解太肤浅了，塞古斯汀，从我第一眼看见你的时候，我就已经知道了你的浅薄。"托比看了塞古斯汀一眼，对塞古斯汀感到十分不屑。

"如果你能真正理解暴君对这个世界的意义，你就知道我为什么这么干——我希望把这个世界变成一个更疯狂的世界，这才是我的终极理想。死神对人类还有怜悯，所以他还给人类留下了食物发放机，还保留了中心城市。而我觉得，对于那些庸俗到只剩下自私的人类而言，这样的怜悯也不必。对我自己来说，我只希望这个世界更加疯狂，让每个人都暴露出他们该有的丑态，在这些暴君的统领下高速运转，直到他们必然毁灭……这才是我的愿望。在毁灭或者是重生的边缘，才是人类最适合的生存状态……"托比突然说出了一句类似于呓语的话来，似乎已经完全沉浸在自己的遐想世界里。

"如果你真的见过死神大人，就会知道自己有多么可笑了。"塞克斯汀耸了耸肩，他并不想和托比争辩，但是他并不认为托比能成功。他对托比本身要做的事情倒是没有什么意见。

"人类总是妄想超越生死，或者说，某些人总是喜欢把自己想象的和别人不一样。事实上，本质上并没有什么差别。"凯斯不屑地看了托比一眼，虽然他也不喜欢和某些人待在一起，但是他觉得没有人有权力决定别人的生死，也无法代替别人做出选择。

"到时候你就知道了。你比那些愚蠢的人好就好在你有运气见证神迹。"托比不耐烦地将绳子拴在了"铁盒棺材"上，准备将这个盒子抬到祭台上去。利兹和弗里曼看见了托比的动作，也学他的样子上前帮忙。

第一〇五章

"如果帮你做苦力也叫运气的话，那这种运气我很情愿送给别人。"凯斯冷冷地看了托比一眼，但是仍然将他手上的绳子套在了"铁盒棺材"上。他明白，像托比这种疯狂的人，如果真的惹火了他，大概他什么事情都能做出来。

山姆打开了手上的照明灯，绿色的灯光照亮一个圆形区域。在倾斜的黑暗中，一大片被灰尘遮蔽、显得朦胧的星空图案，被镶嵌在了整个平台上。地面上的星空图案已经被时间覆盖上了一层沙，被几人踢开了之后，显现出几颗原来雕刻出来的星星。

对弗里曼和利兹而言，对这个"铁盒棺材"的好奇要远远大于对这件事儿本身的兴趣。凯斯明白，他们只想知道"神谕"的功效，至于这个"铁盒棺材"里的暴君是不是真的能像托比所说的那样被他复活，他们根本就不关心。

格尔则呆呆地盯着那个法老的神像，似乎被这里的空旷、神秘所震慑。

凯莉注意到，在祭台的前方刻着一行字：星光不能取代黑夜，每一处阴暗里都充满着危险。黑色是一种盲目的梦，你应该注意倾听各种声音，倾听过去追逐你祖先的那些人的喊叫声。

利兹的目光追寻着凯莉，同样也看到了祭台上刻着的这行字。下面则是一段拉丁文，应该是这个法老的名字和这个神庙的名字。

卡纳克神庙——人类所有的思维都僵死和失落于此。

利兹一边向祭台上拖举手中的"棺材"，一边将下面刻着的这段文字念了出来。

"父亲曾经告诉我，尊重真理是接近所有道德准则的基础。真理不会产生于无根据的事。如果你了解真理是多么的不稳定，就值得你进行长时间的思考。"

"我想知道，这里面装着的到底是谁。"几人合力将"铁盒棺材"抬到了神庙的祭坛上后，利兹望着他们的劳动成果，忍不住问了一句。

"你念书的时候，历史一定学得很差劲儿。"凯莉看了利兹一眼，似乎对利兹的疑问感到十分不屑。事实上她和塞克斯汀一样，在托比说"这个人以前统一过整个欧洲"的时候，他们就已经知道这里面的人是谁了。只不过她和塞克斯汀一样，他们并不相信托比能成功，因为这是只属于死神的荣耀。她甚至怀疑，如果托比妄想窃取神的力量，对于托比而言，应该会带来不小的灾祸。

"当然，我把大部分时间都花在数学上。这是总结规律、预测未来的学科。对于那些已知的、需要我背诵下来的科目，我觉得大半都没有什么用处。"利兹老老实实地回答着。

"但是你还是去看电影。对于大部分人而言，这个东西本质上作用也不太大。"凯莉冷冷地看了利兹一眼。

"那不一样，电影能激活我的想象力，尤其是在我长时间思考之后，电影可以让我轻松下来。当然，这种思考和你的体能训练有很大的差别。"利兹讨好般地和凯莉对答。

"还是我来告诉你吧，如果我没有猜错的话，他想要复活的应该是成吉思汗。"塞克斯汀突然插进来一句话。

"看样子你的历史一定学得很好。"利兹对塞克斯汀突然打断他和凯莉的话感到有些不满，尽管他知道他们俩的关系。但正是因为如此，他才对这件事儿感到更加不满。

"我不相信一个暴君的力量能对这个世界有多少改变。当然，连我也不得不承认，这个世界上有些人是不值得被拯救的。"弗里曼拍了拍利兹的肩膀。对于这件事儿，他们的看法是中性的。甚至这些人都想要看看，托比手中的"神谕"能量块是否能具备复活这些暴君的效果。

"看看时间，山姆。仪式必须在晚上八点准时开始。在那之前我们得把'神谕'的能量完全激活。"托比看着放在祭坛的铁盒棺材，言语之中不可避免地带着某种激动。

在山姆手中照明灯的光照下凯斯才看清，原来这个棺材上的花纹和自己曾经在警局高档会客室里看到的十分相似。棺材的外部被漆成了深黑色，上面镶嵌着扭曲的金属骷髅，有些只剩下半张脸，有些则呈现出非常痛苦的姿态，这些雕像都形态不一，分别镶嵌在了棺材的两壁上。

几人收起了自己的绳子，朦胧的天光从顶端的洞口漏了下来，洒在雕像的岩石轮廓上，使一切都染上淡淡的青色。天气很冷，是黑夜留下的干燥、刺骨的寒冷。凯斯曾经在书上看到过，说沙漠之中的白天很炎热，但是晚上则很冷。现在气候已经变了很多，在他们下来的时候，这里一直刮着暖和的风，但此时很冷。

这里安静了许多，只有山姆安装某些东西的声音。凯斯看见山姆似乎把什么东西缠绕在那个"铁盒棺材"上，随着山姆的动作，"铁盒棺材"两壁镶嵌着的雕像似乎也被点亮了一些。山姆的动作很虔诚，如果不知道他和托比到底要做什么的话，凯斯几乎要被他这种认真的劲头感动了。

"加快速度，山姆。"托比催促着，似乎对山姆这种慢腾腾的动作感到十分不满。他一边滑动着手中的平板电脑测试着激活"神谕"的各项功能，一边催促着山姆。

凯斯注意到这些丝线都是通往棺材内部的。也就是说，托比的思路和他在尼禄的实验室中看到的一样，虽然他并不懂得其中的科学原理，但是从面上能够想象，托比和山姆应该是通过激活这人的脑容量来激活生命体的潜能。只不过他在尼禄那里看到的这些人是活人，这些活人在催眠的状态下大脑就像计算机一样不停地被输入信息，在不停地进行思考，将他们思考的结果通过潜意识的办法被计算机读出来。尼禄在吹嘘自己的这项发明时曾经说过，他把这些人设置为催眠状态，是为了尽可能地减少他们的身体对大脑的消耗。凯斯并不知道反过来能不能成功。从这个角度而言，他对托比现在的行为，也产生了某种程度上的好奇。

山姆在测试自己安装的每一条丝线。他跟着自己的设置走到第一个箭头，看见在接触开关时变暗，当松开手时，另一箭头亮起来，似乎有着某种向前的流向。

"很好。"托比看着眼前的情景，心情也开始跟着激动起来。他似乎已经有些迫不及待想要看到"神谕"能量块和"铁盒棺材"里那个人相连的场景，他已经迫不及待地要等待看到那一刻。

"每一个先知都是比普通人更快一步的。因为他们把它揭示出来的现象和各种限制结合在一起，立即变成准确而有意义的思想方向的源泉。受干扰的模糊理论显示出他所看到的，并改变他所看到的东西的能量消耗。"托比念着自己平板电脑上的教义。到了这个时候，他觉得自己似乎也变成了一个只知道喊口号的狂热分子，那些科学的东西，在这些原始的力量面前，几乎什么也不是。

"我相信，只要找对了方法，每个人能都有无限接近神的力量。"托比喃喃自语，似乎他已经接近了这样的境界，"'神谕'能量块就是其中的媒介，这种连接体，能把你自己都不知道的潜能开发出来，前提是你找对了方法。但是，这种方法只有我们索婆阿腾纳斯的人才知晓。"托比神秘兮兮地说了一句。

凯斯抬起头，整个空旷的神庙已经在托比和山姆的操作下呈现出了某种科技与古老交织的状态。

托比小心翼翼地将那个装置着"神谕"能量块的盒子掏了出来，将其中的能量块取出来，镶嵌在了"铁盒棺材"的盖子上。

众人注意到，在他将"神谕"能量块放上去的那一刹那，整个"铁盒棺材"似乎都被笼罩在了一阵朦朦胧胧的光亮里，"棺材"周围的那些雕像在那一瞬间似乎都活了过来，用它们狰狞的目光直视着凯斯等人。

"你们知道吗？这些头盖骨，每一个都是他亲自动手杀掉的人的。"托比抚摸着笼罩在淡淡的微光之中的"铁盒棺材"的边缘，抚摸着带着黑暗气质的雕像。

"你从来没有想过，或许觊觎神的力量本来就是一种错误？"塞克斯汀用他一贯冷淡的语气问托比。

"我现在，本来就是执行神的旨意。"托比冷冷地望着塞克斯汀，他并不喜欢自己的行动受到任何人的质疑。

"你错了。你并不是在执行神的旨意，而是你自己的。你希望把自己变成神，这样你也可以成为像尼禄和伊凡大帝那样的人，至少你的潜意识里就是这样想的。"塞克斯汀看着托比，丝毫不在乎托比敌视的眼神。

"即使是这样，那也和你无关。"托比拿着自己的平板电脑继续测试各项性能，山姆则不停地从他的工具箱往外掏东西。

"走开，别在这里碍事。"托比重重地从塞克斯汀身边撞了过去。

"我等着看你失败。"塞克斯汀淡淡地笑着，似乎并没有被托比的动作激怒。

"我会成功给你看的。"这几个字几乎是托比从鼻孔里哼出来的。

第一〇六章

凯斯听着托比和塞克斯汀两人的唇枪舌剑，深吸了一口气。他现在也不确定托比能不能行，但是他也有一种想要看好戏的心态。他心里是不希望托比成功的。如果托比真的成功了，这应该是一个灾难；如果托比没有成功，他觉得才更合理。

"你只用等着看好戏就行，闭上你的嘴，收起你那道貌岸然的笑。一会儿等你见到圣体复活，你就什么话也说不出来了。"不知道是不是带着"神谕"能量块的时间太久了，凯斯感觉托比神经有些癫狂。

"山姆，确定一下，激活系统是不是已经开到了最大功率。"托比语气里似乎带着某种恨意。

"刚才不是已经看过一遍了吗？"山姆有些奇怪地回了一句，他已经走到了台阶的另一头，正准备检查能量传输的线路。

"如果有问题的话我们就前功尽弃了，所以，再怎么小心也不为过。"

山姆看了托比一眼，忍不住摇了摇头，但是还是按照托比的吩咐又走了过去。虽然他是个大个子，但是性情温和，对于别人的要求，一般只要是他能办到的，他都不会怎么拒绝。

利兹和弗里曼看到山姆重新将整个激活系统的功率测试了一遍。山姆再次确认无误之后，才又重新转向了那些线路，用手中的工具试探每一段线路的通电的状况。

外面的沙漠上，莫斯特伯阿米克时代特有的夜幕已经降临。但是这里，在这个神庙的洞厅里却是永久的黄昏。

"我们应该先祈祷，山姆。虽然我也不喜欢那该死的祷告文，但是现在每一个环节都不要出错，这样才能保证我们的成功率。科学的手段有时候还要辅助一些神秘的原理才行。"托比像是在解释又像是在喃喃自语。

"我给予这个世界银色的天空、金色的沙漠和它那闪闪发光的岩石，以及将会变成绿色的原野。我把这些给予人们，为的是让人们不要忘记，他们是这个世界的仆人。在这种族的典礼仪式上，让这些重要的使命降落在圣体上，让一个暴君将要承担他该承担的罪行，以帮助死神大人来净化这个世界。"

托比祈祷完毕，对着那个"铁盒棺材"画出了一个奇怪的符号。他在进行这件事儿的过程中所发出的声音，都与黑暗之中自然界的声音融在一起。凯斯等人听见了托比的祈祷。他呢喃的声音落在了凯斯的耳中，似乎还真的带有几分虔诚的意味，这种感觉令凯斯对眼前的托比和他平时认识的那个托比产生了某种印象上的错位。这种错位感让他觉得奇怪而不是好笑。至少在这个时候，他已经笑不出来了。他看了看其他几个人的表情，觉得他们应该也是同样的想法。不管托比是不是故弄玄虚，他的这种态度还是令他们这些人感到了一丝复杂的情绪。

虽然他也不希望托比能成功，但是现在听见了这些祈祷词，他觉得，如果托比失败了，这个结果对托比这个人而言实在是有些残忍，好在这件事儿马上就可以知道结果。

托比开始念他的第二段祈祷词。

"每一个物种都小心地被种在独属于它自己的坑里，坑内装满了光滑的椭圆形的五彩塑料，光使它们变成白色。如果你从高处往下看，你能看到，它们在黎明的曙光中发亮，白色的反射光。但是当太阳离去时，五彩塑料在黑暗中变得透明，它极迅速地冷却，它的表面从空气中浓缩出水汽，水汽滴下去，维持着我们的这个世界的运转，希望死神能将这种力量赐予我们，让我们看到您的神迹。"

"八点快要到了。"山姆低下头，看了看自己手中的平板电脑，仍旧用他那一贯平缓的语调说着。

托比念到最后一段的时候，他的声音也颤抖起来，他对这一刻等待已久。

山姆已经接好了一切设备。他轻轻扭动了一下自己手中的按钮，整个平台都被照亮了。凯斯看见众多的丝线就像人体的血管一样连进了整个"铁盒棺材"，正在"神谕"能量块的辉映下发出蓝幽幽的光芒。

照明灯同样把整个祭台照亮了。凯斯这才看清，整个祭台上画满了各种各样奇怪又古老的符号，这些符号或许曾经代表了某个文明，在这种暗黄色灯光的照耀下，给人以某种古老又神圣的感觉。

"搞得还煞有介事。"米雪儿不屑地撇撇嘴，还沉浸在托比刚才讽刺自己的语调里。因为相貌的缘故，她很少被男性这样对待，但是现在身边的这几个人对另外一些事情的兴趣似乎比对女人的兴趣要大得多。

"当然，你肯定不知道这其中包含的某些真理，我也不屑于跟女人们解释这些事情。对于神迹，你应该学会闭嘴，只用观看就好了。"托比极其不耐烦看了米雪儿一眼，认为她在这个时候插嘴特别不合时宜。

"还有五分钟就到八点了。"山姆沉稳的声音从管线的另外一头响起，提醒托比。

"时间刚刚好。"托比欣慰地点了点头，对自己的安排感到十分满意。

"幸好洞口风化的大小刚好，如果直升机没有办法降落，我们得等到下个月才能把这些东西都准备好呢。这种情况，真的不能不说是死神庇护。"托比摩拳擦掌，迫不及待地想要看到仪式被启动的那一刻。

"也许是死神想要早点儿让你发现你的愚蠢和无知也说不定。"塞克斯汀又冷不丁地插了一句。

"小伙计，我想，没有人会嫌自己活得太长的。我不管你是从哪里来的，背后有没有什么大人物来帮你撑腰，现在除了死神大人本人之外，其他任何人破坏了我复活圣体的仪式，我都会请他吃一颗枪子的——如果一颗不行，我也不会吝啬请他吃两颗。"托比冷冷地警告塞克斯汀。

"那你也得先问问你的枪能不能快过我的拳头。"凯莉走上前来，冷冷地看了托比一眼。

利兹听了凯莉的话，连忙走了过来。尽管他们都对抗不了托比和山姆手中的枪，但是他想，自己站在这里，至少气势是足够的。

"让他这么干吧。如果不亲眼看到结果，我想他是不会死心的。"凯斯漫不经心地说了一句。现在已经到这种程度上了，不管这件事儿结果如何，托比都会硬着头皮干下去。

凯斯扫了"铁盒棺材"上的那些雕塑一眼，又一次想起了自己在西蒙的办公室看见的那些模样扭曲的雕塑，黑洞洞的眼眶正对着凯斯的双眼，面目狰狞的模样，还有从中间劈开的那些缝隙……这些雕塑给他的感觉都是同样阴郁沉重的。西蒙自己并没有亲自来，这个狡猾的混蛋，他连信仰这该死的索婆阿腾纳斯教都要给自己留一条后路，凯斯几乎可以想到，他就是在等待这件事儿的结果。如果托比他们真的把这件事儿做成了，那这件事儿就可以算是他指挥得力；如果托比他们并没有把这件事儿做成，那他没有亲自参加，又可以把自己撇得一干二净。

"时间到了。"托比低头看了一眼。他的平板电脑已经被调到了时钟的界面，他就连和塞克斯汀斗嘴也一直都盯着自己平板上的时钟，生怕自己错过了复活圣体的最佳时刻。

"启动装置，山姆。"托比高声吩咐了一句。

"收到。"山姆受到托比的感染，声音也变得有些高亢。他按下了手中的按钮。

凯斯看到一阵幽蓝色电流一样的东西从山姆手中所按下的方向流向了"铁盒棺材"的方向——

就在这些蓝色光焰流动的那一刹那，托比也关上了自己的平板电脑，他正对着这个"铁盒棺材"，似乎在低语着某些古老的咒语。在这一瞬间，凯斯感觉，自己看到的是这个神庙里时间的似乎也凝结在了某一处，各种轻微的声音似乎交织在一起。众人看着托比，眼睛一眨也不眨。整个神庙的空间都安静了下来。似乎最细微的眨眼动作、随随便便的一句话、错放的一粒沙都可能移动这能撬动未知世界的巨大的杠杆。

每个人都在等待最后的结果。他们对"铁盒棺材"之中的圣体到底会如何变化十分有兴趣，如果托比真的能成功的话，他们将会亲眼见证一位暴君的复活。托比的说话声和整个蓝焰的流动交织在一起，他似乎害怕自己行为的结果受到多重变量的影响，甚至怕他任何细微的动作会使这种模式发生巨大的变化。

凯斯也沉浸在"神谕"能量块被激活的巨大引力之中。他已经见过了好几位暴君，感受过他们复活对自己带来的冲击力，也见到过尼禄关在实验室之中那些被催眠的"人脑计算机"，他本来以为自己当时看到的就已经是未知部分的全貌，但是"神谕"能量块的激活似乎令这个空间发生了新的变化，让凯斯对某些东西又有了新的理解，感到了这个东西和周围空间的某些流动的感应。虽然那些丝线并没有缠绕在他身上，但是他在那一瞬间也感觉自己身体里的某些能量被激活了。

第一〇七章

"铁盒棺材"的深处发生了一阵震动，似乎那里面有什么东西要冲出。随着蓝色光焰不停地向"铁盒棺材"深处流动，这声响动也越来越大，像是来自亘古洪荒的某种深切的低吟声。这个声响打断了凯斯和"神谕"的精神连接，让他不由自主地向连接"铁盒棺材"的"神谕"所在的方向看了一眼。

"神谕"上释放的蓝色光焰正有条不紊地向着"铁盒棺材"的方向流动着，这些蓝色光焰像水一样流淌着，慢慢汇聚到"铁盒棺材"的深处，催动着里面装载着的那位暴君的意识复苏。

托比正急切地望着眼前的这一切。虽然他佯装淡定，但是他的表情还是出卖了他。隔着空气凯斯都能感觉到他精神上传递出来的焦虑感。对他而言，似乎成败在此一举。

"把功率再加大点儿，山姆。"托比催促山姆，似乎对眼前的结果感到非常不满。而且他似乎已经有那种强烈的、自己即将失败的预感了，他听到自己声音之中的干涩无力，仿佛现在的一切都是在做无谓的垂死挣扎一般。

"已经开到最大了，托比。"山姆不厌其烦地回答托比。他在联邦警署的时候就是托比的助手，并为托比服务，他跟着托比学会了很多技术上的东西，他对他几乎唯命是从，但是眼前的状况显然并非托比能够控制的。

"铁盒棺材"内也充斥着蓝光。凯斯感觉到缝隙之中透露出自己在意识游走时看到的那种蓝色的炽光，不由得感到一阵后怕，但同时也明白了托比他们的意图。他们要用"神谕"对人意识的影响来强行引动这个肉体的精神能量，让他能重新焕发出光彩来。但是凯斯想起了蓝色炽光之中那个女声对自己所说的话，一切能量的反应都建立在原本的自我意识上，这些自我意识决定了凯斯最终会遇到什么样的问题，大脑开发到什么样的程度——凯斯听着"铁盒棺材"之中的响动，又看着托比的神情，感觉自己似乎看穿托比的虚弱。

机器联动"铁盒棺材"的地方发出了哼哧哼哧的响动，托比听见响动，不由得眼前一亮。

"把那东西打开，山姆！"托比急切地命令着。

随着山姆的动作，"铁盒棺材"的盖顶被揭开，一道炽烈的蓝色光焰从中透了出来。凯斯感觉到意识在一瞬间受到了震荡。好在这样的情形并没有持续太久，随着铁盒棺材深处的声音消失，那道蓝色的光焰也逐渐暗淡了下去。托比看到那些蓝色的光焰如水流一般向"神谕"所在的方向倒退而去，连忙向着"铁盒棺材"所在的方向跑了过去。

出于某种好奇心，凯斯和利兹、弗里曼也向着"铁盒棺材"内部望了过去。

出乎所有人意料，这里面只剩下一具焦黑的尸体。

只有塞克斯汀没有动，他似乎早就已经意料到了这个结局。

看到这种情形的凯斯和利兹、弗里曼交换了一个眼神，虽然他们早就想到可能会有这个结果，这一切都很滑稽。凯斯不想看托比的表情，他笑不出来，毕竟托比努力了这么久却只得到了这样的结果。

"我早就说过，死神的旨意并不是人类能够揣测的。人总是妄图模仿神，却不知道正是他们这样的举动，才给自己带来了灾难性的结果。"塞克斯汀还是一副冷冷的表情，并未想要解释这结果背后的东西。

"你似乎就是为了来看笑话的？"凯斯挑了挑眉，对这个人他说不上来喜欢也说不上来讨厌，但却从心底有一种反感。

"我来是为了帮死神取回原本属于他的东西。他已经赐予人类很多东西了，但是人类总是贪得无厌，一旦他们的生活有了间隙，就会开始蠢蠢欲动，妄图模仿神明的动作，或者说，揣测神的动机。人类中有太多骗子、小偷、妓女，这些人有高明的也有低劣的——别以为很多人穿上那身衣服做出道貌岸然的样子就不是骗子、妓女和小偷了。那些政客、商人、资本家也同样是骗子、妓女和小偷，这些都是人类自己伤害自己带来的结果。死神大人呼唤这些暴君来管理他们，是为了让他们不要过度膨胀，让他们领悟到这个世界的本源而已。当然，如果不让人类去验证自己的愚蠢，他们也不会甘心的。"塞克斯汀轻蔑地看了托比一眼。

"我可不管什么神明不神明的，我只知道，留着这玩意儿不知道又会引发多少欲望和争端。"凯斯走到那个已经化成一个立方体的"神谕"前面，盯着

这个东西仔细看了一眼，转向托比说了一句，"既然你这个东西并没有什么好用的，干脆现在就把它收起来，扔到一个没有人知道的地方，省得伊凡大帝和尼禄那些人知道。到时候他们说不定会用这个东西制造出无数的麻烦和争端来。"

托比似乎并没有听见凯斯所说的话，反而一个人呆呆地望着前方，也不知道在想些什么。复活"铁盒棺材"的暴君失败对他打击很大。从看到"铁盒棺材"里那具尸体开始他就一直在发呆。凯斯并不知道的是，托比的脑袋现在正在高速运转，他在意识之中复盘着每一个环节，在竭力地思考自己到底是什么地方出了问题以至于这个实验最终失败了。山姆也显得十分沮丧，他和托比一样，曾是索婆阿腾那斯教的信仰者，眼前的失败对他们而言无异于是世界末日。但是他在这件事儿上付出的心力和对这件事儿的执念远远不如托比那么深，所以他本人对此似乎比托比要好接受许多。

凯斯看了利兹和弗里曼一眼，向他们点了点头。两人向着托比和山姆安置"神谕"的地方走了过去。托比和山姆看了两人一眼，似乎并没有注意到两人的动作。凯斯相信利兹和弗里曼应该和自己一样对这个东西已经有些后怕了，他们不愿意这个东西再坑害更多的人。不，应该也不能叫坑害，这个东西本身是无害的，但是这玩意儿拥有巨大的能量，而大部分人不能抵抗这个东西对他们的诱惑，所以他们有理由相信，这玩意儿一定会被别有用心的人利用。

"把那个盒子给我。"凯斯走到山姆面前命令山姆。山姆看了托比一眼，又看了看凯斯他们，见托比并没有反对的意思，点了点头，从托比怀中掏出那个托比用来装"神谕"的盒子，本能地递给了凯斯。

利兹和弗里曼从年少的时候每天听到的都是和这个"神谕"有关的信息，他们的父辈用毕生的精力研究的也是这个东西，他们也被这个东西影响过意识，现在看到托比在这个东西面前失败，彼此都有些唏嘘。他们现在已经知道了这个东西的一部分功能，也知道这个东西是怎么样对人脑进行开发的，但是他们并不希望对自己的大脑开发到那种程度——科学的确是一个很好的东西，但是如果把自己全部交给这个东西，他们就彻底沦为了科学的奴隶，完全不能再保存人性的那一部分——这个结果也不是他们想要的。

"把这个东西装进去，然后坐上直升机，把它丢得远远的。"凯斯看了托比和山姆一眼，见两人没有反对的意思，便继续自己手上的动作。

"不得不承认，这些人说得有他们一定的道理。有时候人不需要进步，不需要了解那么多东西会过得更好。科技本来是为人服务的，人不能沦为科技的奴隶。"凯斯一边将"神谕"装在盒子里，一边喃喃自语。不知道为什么他突然想起了当初自己去地下的酒吧赌博时看到的那些悬磁浮的飞车，那些资本家用所谓的高科技产品来给每一个人洗脑，让他们感觉拥有了某样东西自己就和别人不一样，但事实上，这些东西本身并没有给他们带来任何本质的不同，人需要在自己的领域生活。

化成正方体的"神谕"被凯斯装进了盒子。在"神谕"被装进盒子的一刹那，凯斯感觉到"神谕"在盒子内部的挣扎，这个东西似乎也不甘心被盒子束缚，想要挣脱出来继续引诱人类的意识。

"米雪儿，快来帮忙按住这个东西！"凯斯呼唤米雪儿，利兹和弗里曼也过来帮忙，几个人一起盖下了这个盒子的盖子。凯斯将盒子递给了利兹。他是这群人之中唯一一个比较淡定又了解"神谕"的人。在利兹伸手的一刹那，凯斯这才注意到，这个盒子上有米兰德研究所的标识。

"把这个玩意儿沉入海底，和米兰德研究所的遗址一起，不要做标记，也不要写任何东西，这样就没有人知道这个东西到底是什么，也不会有那么多麻烦了。"

凯斯看了托比一眼，托比还是直直地盯着"铁盒棺材"之中那具毫无生机的尸体发呆，似乎全身的理智已经被抽干了。

"这就是人类妄图模仿神的后果。"塞克斯汀看了两人一眼，用他那一贯冷冷的口气说道。

"山姆，这个东西不适合放在这里，我提议把这玩意儿扔了。"凯斯看了山姆一眼，现在托比这么魂不守舍，凯斯俨然已经成了这个团体的首领。

"就按你说的办吧。"山姆回应了一句。

"今天先在这里休息一个晚上，托比现在的状况也不适合上路。"凯斯看了托比一眼，虽然托比是个混蛋，但是毕竟还是他们的同类。经历了尼禄和瘀斑脸那样的人，又看到了自己的前生来世，凯斯觉得自己对眼前的一切都宽容了许多。

山姆点了点头，从直升机上又取下来不少物资。现在这个地方既没有要追他们的人，也没有瘀斑脸的威胁，如果要休整的话，这里的确是合适的。凯斯和米雪儿接过山姆递过来的物资，彼此对视了一眼。自从米雪儿的兄长死去之后，他们就一直疲于奔命，现在终于可以休息一阵了。

利兹和弗里曼把毯子铺开，两人也背靠背躺了下来。凯斯望着天空，感觉自己不知不觉又潜入到了水下的那个地方，那道蓝色炽光包裹了凯斯的意识，将凯斯整个卷了进去。

第一〇八章

　　飞机的轰鸣声吵醒了凯斯，他迅速爬起来，穿好衣服。凯斯抬起头，看了看沙漠之中的天色，感觉自己对这个东西有些反应过激，刚才的一切仿佛只是一场梦。他在梦里听到飞机在头顶上盘旋，似乎又准备往他们睡觉的地方丢下一枚炸弹。曾经他只要一听到这个声音马上就用飞快的速度爬起来，第一时间穿好衣服、背好补给物，躲到掩体下面以防备敌人的轰炸。这些动作残留在他体内，几乎让他形成了肌肉记忆。

　　这些都是那场该死的战役留下来的后遗症，凯斯有些懊恼。他入眠很困难，但是刚才应该还是睡了一小会儿的。他梦到那道蓝色的光焰又一次把自己卷入其中，他重回了曾经的战场，梦境里的一切，就像他在意识之中经历过的那样清晰。当然，他也还是当上了将军，但是这一次凯斯切切实实在那个勋章授予会上被炸死了。

　　他记得那是一小撮恐怖分子。他们把炸弹丢下来，正好落在营地之中那个张灯结彩的帐篷里，那里所有人都被炸成了碎片。凯斯捏了捏自己的肩膀，感觉到自己完好无损的身体，长长地松了一口气。好在这一切都是梦。

　　其他人听见响动，也陆陆续续爬了起来。凯斯看见托比和山姆靠在"铁盒棺材"上，也不知道是睡着了还是没有睡着。托比的眼神有些涣散，似乎还没有从自己失败的打击之中恢复过来。

　　"休息得差不多了，我想我们该走了。"凯斯招呼几个陆续从地上爬起来的人，利兹和弗里曼看起来精神奕奕，好像睡在哪对他们都没有太大影响。就连格尔看起来也比之前好了许多，昨天听了凯斯的话，他感觉自己似乎马上就可以回到马普尔的温泉旅馆了，至于他是不是从泰西尔－埃西普尔公司偷窃到了自己想要的东西，现在他已经不在乎了。

　　"好像少了两个人，凯斯。"米雪儿一边向四周看了一眼，一边收拾起自己盖过的毯子。从她醒过来之后，她就一直在密切注视周围的情景。

她的话提醒了凯斯，凯斯向周围扫视了一圈，很显然塞克斯汀和凯莉已经不在这里了。

"塞克斯汀，凯莉！"凯斯叫了两声。

"噢，不是吧！"米雪儿起身走到了放"神谕"的箱边，打开箱子，发现装"神谕"的盒子竟然不见了。

"塞克斯汀和凯莉，这两个家伙偷走了'神谕'！"弗里曼看着昨天几个人藏"神谕"的箱子惊叫着。

凯斯快速向之前安置"神谕"盒子的地方跑过去，那里果然什么都没有了。

"塞克斯汀、凯莉！你们这两个该死的混蛋，你们在哪里？"凯斯的目光在神庙的阴影中搜索，似乎这两个人就躲在神庙的暗影之中，而他们身上就带着那个装着"神谕"的盒子。

"我昨天就觉得这两个混蛋有些不对劲儿。"弗里曼气鼓鼓地说着。

利兹感觉到有些沮丧。他对凯莉一直有一些说不清道不明的想法，但是现在凯莉和塞克斯汀一起逃走的举动无疑是给他当头浇了一盆冷水，让他感到些许被背叛的痛苦。

凯斯忽然想起了什么，他从地上把自己的大衣扯起来，手伸进口袋摸了摸，那里果然什么也没有了。那两个该死的混蛋拿走了赛洛送给自己的手机。凯斯记得自己用最后的电量和山姆他们联系上了之后就一直把手机放在口袋里，再也没有掏出来过。自己在问路的时候那两个该死的家伙看到过他使用手机，凯斯想到了这一点。他快步跑到了山姆停在平台上的那架直升机之中。其他人看见凯斯的动作，也收拾起自己的东西，陆陆续续地向直升机走了过去。

凯斯跑进机舱内。机舱内有一个电瓶，这是山姆平时用来给直升机充电的。凯斯拿起电瓶检查了一番，发现电瓶里的电果然消耗了不少。这两个家伙是昨夜就谋划好了的，他们应该是通过另外的途径走的，因为他们害怕启动直升机会吵醒其他人。

"不知道他们还用手机联络了什么人。"凯斯有些犹豫地看着眼前一片狼藉的场景。

"那家伙很有钱，这里离那个瘊斑脸他们所在的地盘并不远，如果他联系的是之前我问过路的那个土著的话，这件事儿就不奇怪了。"凯斯很快就推理出了事情的原委。之前他用手机向那个熟悉瘊斑脸地界的土著问过路，当时是塞克斯汀承诺付钱的。这个叫塞克斯汀的家伙有很多钱，他完全可以用钱买通那个土著，让他给自己想到一点儿什么办法从这里逃出去。

"好吧。现在他们偷走了'神谕'，而且我们也不知道他们到底去了哪里。如果他真的像你所说的那样，可能过不了多久，就又会多一个像坎贝尔或者是泰西尔－埃西普尔那样的公司了。"利兹摊了摊手，还好他和那个叫凯莉的女人之间没有发生什么关系，不然他会比现在更加郁闷的。

"照我看，那家伙应该没有多少兴趣创办什么公司。他已经足够有钱了，他曾经是个暴君——路易十六，所以他才化名为塞克斯汀跟我们在一起。"凯斯拿出自己的笔记本，看着自己曾经在上面标注的那些关键词。

"一个人的本性不会那么容易改变的，要分辨他们谁是谁，只要稍微分析一下就可以了。"凯斯有点儿得意，他之前利用赛洛给他的那个手机在网上搜索过这些信息，现在他们所有人似乎都需要向他求教。

"什么暴君？"托比忽然插了一句嘴，"暴君"这两个字似乎刺激到了他。

"没什么。"山姆连忙抚慰托比，生怕他因为这两个字的刺激而做出什么出人意料的举动。

"现在我们应该怎么办？去追他们，还是回到我们各自原本的生活？"利兹看了看凯斯，又看了看眼前的众人。他们现在已经没有"神谕"了，这个东西也和他们的生活无关了，他们不会再因为这个东西受到伤害或者追捕，只要他们现在驾驶直升机回到 M 国那所中心城市，就可以过着他们原来的生活，每天从食物发放机之中领取他们应该领取的食物即可。

"这两个家伙不会拿着这个东西去创办公司的，他没有这个兴趣。这个叫塞克斯汀的家伙，他拿着这个东西是想去讨好死神。别忘了，所有复活的暴君都和死神有关。"凯斯想起当初自己在警局里无意中听到的对话，又回忆起塞克斯汀所有的言语，觉得自己想的应该没错。

"按你这么说，这家伙得罪了死神吗？"弗里曼有些好奇，虽然凯斯是个侦探，但是他对凯斯的这些推理还是半信半疑。

"应该没错。"凯斯一边在自己的笔记本上写着塞克斯汀所说的那些关键词，一边头也不抬地回答弗里曼。

"这家伙很有钱，却并没有获得相应的权力，他谈起死神的样子，也让人感觉到他对死神似乎有些害怕。死神复活了他，是为了让他和伊凡大帝、尼禄那些人一样——帮助他管理这些民众，而不是让他只顾发泄自己变态的统治欲望的。你还记得尼禄身边那个侍卫所说的吗？他们要震慑民众，让他们感觉到害怕，所以不能离他们太近，因为他们必须要让民众对他们保持一定的敬畏。"凯斯努力串联着自己所获得的信息，尽量把这些拼凑完整。

"这家伙在历史上就是个变态人物。他没有什么宏图伟业的计划，只想着自我满足了。"山姆听见几个人的谈话，适时地插了一句，"死神大人应该后悔复活了这家伙吧，唉！"山姆看着托比呆滞的神情，忍不住叹了一口气。

"你懂什么？一味残暴的那些暴君并不是真正意义上英明的人，暴力只是他们的手段而已。他们做这些事情的目的，是为了震慑那些自私自利的人类，因为这些人太过卑劣，用怀柔的政策根本就是助长他们的劣根性，他们需要暴君，死神大人才会复活暴君来统治他们。"托比听着众人不停地谈论死神、暴君等字眼，突然站起身来，声嘶力竭地吼着。

"看样子你才是死神大人的知己。"凯斯看了看托比额头上青筋暴起的模样，显然他的精神有些不正常了，虽然他有些同情托比现在颓废的模样，但是却并没有报仇的快感。

"那是当然。我完全了解死神的意图，不仅如此，我还要帮死神复活那些暴君，让他们来代替死神管理这个世界。这些暴君才能把这个世界管理得井井有条。"托比显得有些得意。

"如果他们偷走'神谕'真的是为了献给死神，我觉得我们应该把他们追回来。"米雪儿看了看几个人，认真地提议。

凯斯看了米雪儿一眼，他明白米雪儿的心思。米雪儿一直对自己的身份耿耿于怀，从尼禄那里得到的那些信息让米雪儿怀疑自己的身世是不是和"神谕"催动意识之后产生的那些变异人有关，她觉得这些事情跟她哥哥阿姆塔奇被害有关。她为了这个缘故一直对这个叫"神谕"的东西感到十分好奇，但是现在"神谕"却丢了，这多多少少让米雪儿的内心感到不安。

"我也觉得应该把那东西追回来。那东西放在他们手里，不知道又要祸害多少人。而且，我想我们对那东西的功能也并没有彻底了解，现在我们只知道这个东西会影响人的意识，但是为什么这个东西所在的区域会出现变异人，我们也不知道。"利兹看了几人一眼，走上前来说了一句。

"我也希望能把一个东西的功能完全了解清楚了再把它扔掉，这样至少没有什么遗憾。不管那个东西对我而言有没有危险，但是研究这个东西是一个科学家的使命。"弗里曼也站了出来。

“好吧。”凯斯摊了摊手，“难得大家意见这么一致，就按你们说的做。你怎么想，格尔？”凯斯看了一眼瑟缩在角落的格尔一眼。

“那个，我……我觉得还是回到温泉旅馆，不过我可以把背包还给你们。”格尔嗫嚅着说了一句，将自己身上挂着的背包递给了利兹。凯斯知道这里面有一台米兰德研究员曾经用过的电脑，这个电脑之中也记载了一些关于“神谕”和泰西尔－埃西普尔公司开发“神谕”功效的日记。或许利兹和弗里曼可以研究出点儿什么。

“那好吧。”凯斯看了众人一眼，每个人都有自己的使命，这样的结果似乎皆大欢喜。

山姆和托比对视了一眼，托比对着山姆点了点头。山姆重新坐到了驾驶的位置上，驾驶直升机向着头顶上方升起。

第一〇九章

仪表盘上响起了几声嘀嘀嗒嗒的声响，一个红点慢慢在仪表盘上显现出来。凯斯一个激灵，从座椅上站了起来，快步跑到仪表的旁边，盯着那个若隐若现的红点。

红点正在缓缓向前移动。这是这么多天来，这个红点第一次显示在他们的追踪器上。赛洛告诉过凯斯，只要这个红点发出声音，就证明追踪器追踪到了塞克斯汀和凯莉偷偷拿走的那部手机的位置。

红点嘀嘀的声音也吸引了利兹和弗里曼的注意。几个人对视一眼。弗里曼重新调整了直升机仪表盘上的状态，定位了红点所在的方向，调整直升机向红点定位的方向飞过去。

凯斯走到直升机边缘，抬头向着前方看了一眼。直升机开着夜间灯，在朦胧的青黑色的天光之中一闪一闪的。凯斯极目望去，天幕之中仍然是黑黝黝的模样，但是在天幕的上方却又有炽眼的亮光。

他们已经出来很多天了。这段时间，凯斯他们把当初他们去过的地方重新排查了一遍，当然是秘密地想要找到塞克斯汀和凯莉两个人的行踪，但是都没有找到。这两个人似乎从这个世界消失了。

格尔已经回到了温泉旅馆，现在直升机之中坐着凯斯、米雪儿、利兹和弗里曼四个人。托比进了精神病院，山姆在那里照看他。弗里曼正在驾驶直升机，利兹则在副驾驶的位置上给他帮忙。

凯斯专门抽时间回了一趟佛理森特，这个自由之都还是老样子，脏兮兮的。白天看起来还像样，夜晚却是妓女、骗子、吸毒者的天堂。凯斯也回自己租住的地方看了一眼。那里似乎什么都没有变过，他的那些智能桌椅和该死的侦探所租住的房子又要缴费了。米雪儿之前支付的那三千五百元只花了五百元就搞定了这一切，房产的电子管家们对凯斯的态度友好了许多，大概是因为这一次他付钱比较快，它们怀疑凯斯不在的这一个月，是不是在哪里发了一笔横财。这让它们对凯斯的态度有些犹豫，甚至带着某种示好，似乎想要弥补之前和他吵架闹出来的不愉快。

米雪儿找他恳谈过一次。米雪儿告诉凯斯，这三千五百元可以当成是订金，这件事儿结束之后，如果他还需要钱，她也表示自己可以继续提供给他。当初阿姆塔奇死去的时候，米雪儿似乎得到了很大一笔钱，这些钱她都放在那个保险箱里，到现在为止似乎也没有用多少。在自由港的那几天，凯斯看见米雪儿用手机在自由贸易的市场上买了许多新衣服，这里面有不少都是莫斯特伯阿米克时代来临前剩下来的名牌。

他们还花了一点儿钱去赛洛那里给之前的手机做了一个定位。凯斯有点儿庆幸自己当初出去的时候带了赛洛给自己的这个手机。赛洛用他的黑客技术在自己所有的手机之中都装了定位和追踪系统，这个追踪系统不会那么容易被检测出来，赛洛检测到塞克斯汀和凯莉并没有扔掉这个手机。他们应该不知道赛洛的那些技术，以为这个手机和普通的手机一样——这也为凯斯等人争取了一些时间。

直升机是之前托比开过来找他们的那一架，利兹和弗里曼把直升机开到了他们之前做研究的秘密基地检查了一番，这架直升机并没有什么太大的问题，只是有些小毛病，稍微整理一下，还可以继续使用。他们花了一点儿时间把直升机重新修整好的同时，赛洛也帮助他们在直升机上安装了一个追踪器。靠着这个追踪器，他们能够追踪到塞克斯汀和凯莉的行踪。

"追踪器感应到他们现在的位置了，如果他们没有扔掉那个手机的话，我们大概多久能追踪到他们的准确位置？"凯斯低下头，看着眼前的那个红点，急切地问了一句。赛洛告诉过他，如果追踪器能感应到这两个人的位置，就会发出嘀嘀的警报声，他们追踪了这么久，警报声都没有响起过，现在终于出现了警报声，这个声音在凯斯听来不吝于天籁。

"这个红点在移动，这说明他们应该没有扔掉这个手机。如果这个追踪器显示的距离是正确的话，那他们在离我们不远的地方。"利兹看着屏幕上的红点说了一句。

凯斯看了看外面的天色，好像塞克斯汀和凯莉就在他们周围似的。但是从他的视角望去，外面什么也看不见。只有和直升机探照灯相应的朦胧的天色，自从莫斯特伯阿米克时代之后，他看到的天色就一直是现在这样。

"凯斯，我们得找个地方降落。"弗里曼操纵着直升机，熟稔得就像抚摸自己爱人的手臂似的，他一边引导直升机降落一边对着凯斯喊了一句。

"下面是什么地方？"凯斯有些迟疑地问了一句。

"不知道。探测仪检测四周都是海水。但是海中央有一座孤岛，面积不小，应该有合适的降落环境。"弗里曼一边说着，一边将探测雷达全部打开。他已经熟悉了这架直升机的所有装置，加上他本来就是机械工程师，稍微练习了一番就掌握了这架直升机的全部功能。

"我现在才觉得，你真是个玩儿机器的天才。"凯斯看着弗里曼熟练的动作，忍不住赞叹了一句。

"所以，幸好我们在这个时代相遇，不然你就只能看我打铁了。"弗里曼笑了笑，想起了他和凯斯当初因为"神谕"的影响去另一个世界的情形。在那个时空里，弗里曼只是个铁匠，这让他十分懊恼。

"这座岛面积有点儿大。"弗里曼感觉自己的直升机似乎穿过了某个集结的云层，钻进了一个光圈笼罩的世界之中。

直升机发出了低低的轰鸣声，慢慢向下降落。螺旋桨旋转着，带起了一阵狂风，凯斯听见周围传来一阵哗哗的响声，这种响声自己之前从未听见过。

"把安全带系好，凯斯，直升机马上就降落了。"利兹一边看着仪表盘上显示的各项数据一边提醒凯斯。他低声向弗里曼汇报眼前的各种数据，好让弗里曼随时掌握周围的动态。

"下面有些什么东西？"弗里曼皱了皱眉头。直升机已经慢慢靠向地面了，机身上的探照灯映出了地面上的状况，弗里曼和利兹看到地面上有许多又深又高的条状物被直升机上的螺旋桨吹动，向四周飘动。螺旋桨将这些柔软枯黄的条状物吹开，露出中间的一大片空地来。

"这是些什么东西？"利兹显然也看到了地上长着的那些柔软枯黄的条状物，这些东西有点儿像他们当初在意识之中看到的"禁林"边生长的那些东西，但却和那些东西又不尽相同。

"这东西叫草，只不过已经枯萎了。"凯斯用手机拍了一张那东西的照片，在自己的手机之中辨识了一下，赛洛给他装置的电子识别器马上就识别出了照片中的事物的名称。这是赛洛在他手机中装载的新功能。

"这东西是植物？"利兹惊奇地望着地上的那些被螺旋桨吹开的长条，总觉得这些条状物看起来似乎很奇特。

"不是说莫斯特伯阿米克时代除了人以外所有肉眼可见的生物都已经被收

走了吗？"利兹诧异地望着眼前这些被螺旋桨吹开的枯草。

他咬了自己一口，手臂上传来的疼痛感很真实。他要确定自己是不是在真实的世界里看到这些草。他想起来之前和凯斯的意识一起去那个所谓的"精怪的宇宙"，在那里他们也看到过某些植物，后来利兹回来的时候特意在互联网上查找了一下，却并没有查出那些东西的名称。说真的，他到现在也不确定自己当初在意识之中看到的那些东西到底算不算植物，毕竟由凯斯的意识引领的轮回对他们而言很多东西都是扭曲的。

"有一个地方，或许还有。"凯斯有些迟疑地看了看周围，又低头看了看自己的屏幕。屏幕上正显示着草的单词。旁边还配着一些图片，画着各种的草类植物，其中一种和他们现在看到的样子差不多。

"什么地方？"凯斯的回答引起了利兹的好奇心，他不假思索地追问了一句。

"当初收走生物的死神。他所居住的地方，应该还保存着这些东西。"

直升机上追踪器的红点还在叫唤着，显示着塞克斯汀和凯莉就在他们附近不远的地方。

弗里曼已经把直升机慢慢降落在这些枯草中央了。机身上的螺旋桨也缓缓停了下来，发出吱嘎吱嘎的声响，最后归于平静。

凯斯解开了安全带，米雪儿也将一副墨镜架在了脸上。这个墨镜是他们回到自由之都的间隙米雪儿在网上买的，现在看起来大小正合适。

弗里曼也从直升机上走了下来，有些惊异地打量着周围的风景。几个人面面相觑，眼前的这些情景，都是他们在电子杂志和电视上看到过，但是现实之中从来都没有真正见到过的东西。

他们打开了手机上的探照灯，不停地用手机拍着眼前的事物，将这些图片输入到赛洛之前装载的那个识别系统当中去。

草场的周围有很多树木，这些树木已经长得十分高大了，拥挤在一起形成了一座密林。凯斯不停地对着这些树木拍照片，识别这些树木的名字。眼前的新奇景象一时让他们几个人忘记了来这里的目的，直到凯斯听见树林之中的一阵响动，这才想起来，并不是只有他们来到这里。如果赛洛的追踪器没有出错，塞克斯汀和利兹应该也来到了这个地方——死神的居所。

第一一〇章

"我们得回到直升机里去！"凯斯听见树林深处传来一阵哗啦啦的响声，本能地觉得有些害怕。虽然他并没有真正见到过任何植物，但是人类那种恐惧的天性已经融入了他的基因之中，他从心底对那些自己看不到的东西感到了某种说不清的恐慌和畏惧。

"我赞同你的提议。"利兹附和凯斯，他也感到了同样的恐惧。毕竟他们现在闯入了死神的地盘，他们对这个莫斯特伯阿米克时代的统治者本能地有些敬畏，尤其是想起他们每周从中心城市领取的那些食物发放机里面的食物都是来自死神，他们就觉得有些不可思议。至少在他们这些人心灵深处，死神虽然无处不在，但是却又是神秘而遥远的。

"如果可以，我想我们应该离开这。"弗里曼一边拉开了直升机驾驶室的门一边说。他又打开了雷达探测器，想要看看周围到底是什么状况。雷达发射出来的信号回声很长，穿过了整个草场，到达密林边上，却不知道被什么弹了回来。

弗里曼低下头，显示屏发出了一阵刺啦的声音，紧接着出现了一片雪花点。弗里曼听见刺啦的声音，连忙把显示屏关掉。

利兹见状，连忙低头检修信号接收设备。设备是正常运行的，并没有任何问题，看样子是受到了这个空间的磁场的干扰。凯斯上前帮忙，和利兹一起维修信号搜索器，这个信号搜索器是赛洛加强过的，和摄像扫描装置连接在一起，通信过程之中只要打开显示屏，就可以看到监测对象大概的样子。

"显示屏好了吗？弗里曼！"利兹一边低下头摆弄，一边高声问了一句。

"我看看。"弗里曼一边应答一边打开了自己的显示器屏幕，上面的画面又重新清晰起来。他又一次启动了自己的雷达探测系统，但是和上次一样，屏幕上显示的信号到了密林边上就再也无法前进了，似乎被什么东西弹了回来。

屏幕上追踪器的红点倒是还在，只是一直发出警报声，显示着塞克斯汀和凯莉的位置。

"这两个家伙应该躲在密林之中。"凯斯看了看手表，上面显示是凌晨四点。他向窗外张望了一下，关掉了自己座椅上的灯，看见外面有一些朦胧的亮光[1]透进了机舱，机舱内部的很多设施在这个微弱的亮光下显得影影绰绰，但是大体的结构也还是能够看得清楚的。

凯斯感觉这里的天光似乎和莫斯特伯阿米克的那些中心城市有点儿不一样，这里并没有那么多路灯和人造的照射器，但是这里的光源却更亮，也令人的眼球更加舒适。

这道亮光多多少少也减少了凯斯自己的一些恐惧感，他觉得被这些朦胧的光覆盖着，密林里的东西也没有那么可怕了。

利兹和弗里曼显然也注意到了覆盖在这整个区域的光芒，两人的注意力从显示屏上移开，看了看外面的天色。

"这里的天色和中心城市的有些不一样。虽然还是雾蒙蒙的，但是感觉这里的光源似乎更温和，也更亮一点儿。"利兹看着外面的天色，在光源的照射下，这里很多东西已经能看清楚一个基本的轮廓了。

"这里的光源，像是……"利兹仔细看了看外面，迟疑着说了一句，"像是阳光。"[2]

"这里竟然还有阳光？"米雪儿把她架在脸上的墨镜摘了下来，惊异地站了起来。和凯斯他们一样，米雪儿只在电子杂志上看到过、听到过阳光的存在，也见过很多抽象画派绘制的阳光，但是在现实之中看到切切实实的阳光，这是第一次。

米雪儿伸出手，让阳光洒落在她的手心和手背上，感受着这种只在电子书上见到过的"光源"的神奇。

随着时间的流逝，外面的阳光似乎又更亮了一些。凯斯已经可以清晰地看见之前那座密林之中的那些枯草和散落在地上的枝枝杈杈了。他拿出手机来又

---

[1] 这里主角团看到的亮光其实是阳光，但是因为他们之前并没有见过，所以没有办法分辨。

[2] 主角团通过各种信息得知了阳光，也是第一次见到阳光。在莫斯特伯阿米克的空间里他们看到的天色是一片漆黑的，在天幕的上方又是炽光，他们的世界里只有各种人造光源交错，这是他们第一次看到阳光。

远远地拍了几张图片，输入到赛洛设置的那个识别系统当中去。机器很快就识别出来这是某种蕨类植物，此前只有在海洋深处才有，但是这里的蕨类植物竟然生在了密林之中。

凯斯惊讶于眼前的这些神奇景象，有点儿不知道该说些什么。只是直升机周围的这些生物都已经让他们目不暇接了。几个人感觉自己像无知的孩童一样，看着这神秘的场景，不知道该赞叹还是讶异。

显示屏上的追踪器又一次发出了警报声。

"他们在移动，凯斯！"弗里曼喊了一声，虽然这个信号器被周围的磁场干扰得厉害，但仍然能检测到塞克斯汀和凯莉的行踪。

凯斯跑到机舱的尾部，想要透过玻璃窗看看他们两个人到底躲在哪里。密林之中传来各种各样的声音，有风声还有一些枝叶的响动，远处还有流水潺潺的声响。

从凯斯的视角望去，远处的平原上有一座高塔，虽然从曚昽的天光之中只能看到一点儿影影绰绰的影子，但是他仍然能感觉到这座塔的伟岸。

"他们应该在向塔的方向移动。"凯斯看着远方的塔，又看了看追踪器上移动的那个红点，说了一句。

"我们现在要追过去吗？"利兹看了凯斯一眼，老实说，他现在对这座岛周围环境的好奇要比追这两个人大得多。他迫不及待地想要下去看看，这里有阳光，有流水，还有阴森茂密的丛林，这一切他以前只在电影上看过。

"我们先下去再说吧。"凯斯穿上了冲锋衣——那是米雪儿网购的——她给他们所有人都买了一件。

他们跳下了直升机，外面的天光已经大亮了。枯草上沾着一些露珠，打湿了凯斯的双脚。枯草外围有一条满是尘土的小路，远远望去，密林深处带着原始森林的阴森、冷郁和潮湿。

"他们应该是向那座塔的方向走过去的，我们只要向着那个方向走，应该就能追上他们。"凯斯打开了自己的手机定位，这里面赛洛也帮他装上了同样的追踪和定位系统，只要他启动其中的一个软件就能看到。

"这是我第一次在现实之中看到光合作用的结果。要不是来到这里，我都怀疑以前米兰德研究所的生物老师是在骗我。"利兹蹲下身子，仔细研究那些草尖上的露珠。

弗里曼抬起头，那塔就浮现在他们的视线里了：一根像亚麻线一样的细条，摇曳在闪着微光的热腾腾的空气中，耸立在远处的地平线上。

"真不敢相信，这些东西是我在现实之中所见到的。"弗里曼赞叹着，虽然他研究过很多其他人可能一辈子也没有见过的东西，和利兹一起漫游过很多地方，但是他们确实是第一次见到鲜活的生物。

"没有什么创造能比拟大地创造生命的神奇，弗里曼。"利兹看着眼前那座高耸入云的塔，也忍不住称赞了一句。

"我们距离那里大概十千米的样子，走路过去只需要花半天的时间。但是我想，半天我们应该走不到那里。"弗里曼一边从直升机上取下一些行走时可能用到的工具，一边对几个人说了一句。

"的确，每个来到这里的莫斯特伯阿米克时代的人应该深恨自己少生了一双眼睛。"利兹一边抚摸着地上的草类，一边望着远处那些缠绕着枯藤的古老的蕨类植物感慨着。

"走吧伙计们，希望我们在中午之前能抵达那座塔。"凯斯接过弗里曼扔给自己的工具，在身上装备好。

米雪儿也拿着两个登山杖，又背上了一把枪，这才向着丛林深处走去。之前米雪儿依托赛洛的关系从黑市之中购回了几把枪，分给了几个人。

四个人跨过了一条河流，河边上长满了青苔，又湿又滑。利兹对青苔表现出了超乎常人的好奇，他调整自己的手机的角度，又拍了许多照片才罢休。

又行走一段时间，他们眼前出现了一面巨大的围墙。如果把这围墙看作一个巨大的硬泥壳的话，那么，塔身就好像正破壳而出的一根柱子，带着某种哥特式的神秘与奇诡，直直地耸上了云霄。

"这座塔好像没有顶似的。"米雪儿感叹了一句。像很多女人一样，她的手机里也拍了许多风景照，不过她和利兹他们不一样，利兹他们纯粹是因为好奇，米雪儿则准备拿这些照片当样本在一些网络平台出售，以卖个好价钱。

他们只有仰着脖子才能看见这座塔的上端，把视线收回到地面时，便只能看见塔身和建造在高塔外围的那面围墙。这座塔的地基非常稳固，似乎插向了地心。

"这里是个孤岛，竟然能竖起来这样一座高塔，也是厉害。"凯斯赞叹了一句，他虽然对建筑不太懂，但是仍然能感觉到这座塔的伟岸之处。它伸进无边的天空中，最后，高得连自身也像被天空吸进去一样，什么也看不见了。近距离看到这座塔，凯斯感觉到这塔似乎是天空的支柱。一行人就这么仰着脑袋走路，在强烈的阳光下眯缝着眼睛。

"这座塔看起来挺近，真的走起来倒也还挺远的。"弗里曼擦了一把汗。虽然眼前的景物也让他有些讶异，但是他对周遭的东西一向没有利兹那么大的好奇心，只想着赶快抵达目标。

"或许，我们会在这座塔里面见到死神大人。"凯斯沉吟着说了一句，老实说，贸然闯入死神的地界，他也不知道会有什么样的结果。

第一一一章

"不是说半天就能到吗？"凯斯一边拨开一个蕨类植物的叶子，一边沿着土路向着高塔的方向走去。

地面很湿润，踩上去有些滑，没有办法走得太快。凯斯用登山杖撑着向前走。几个人穿过了一丛粉色的刺玫瑰，利兹又停下来拍了许多照片。凯斯看到前方有几个废弃的房屋。

这里离塔基已经很近了。凯斯看了看手机，手机上显示代表着塞克斯汀和凯莉的红点已经停在原地不动了。

"他们应该已经到地方了。"凯斯看了一眼自己手机，向身边几个人汇报这两人的行踪。

"真不知道这座高塔里还有什么新奇的东西。"利兹一边赞叹着一边又打开了手机。

"利兹，留着一些电，一会儿进入塔内万一走散了我们怎么联系你。"弗里曼看着利兹的动作，无奈地叹了一口气。他觉得利兹在这些方面就和一个孩子差不多。

凯斯率先走过了一座木板搭建的桥梁。他用手中的刀砍开了地上缠绕的一些藤蔓，它们的尾端缠绕在石头上，看上去似乎已经生长了很多年，和石头连在了一起。凯斯拔开了几个藤蔓，那座木头建构的板桥终于被疏通了。

一座荒废的、有点儿类似于庙宇的建筑矗立在木板桥的另一头。庙宇自身本应也是个辉煌的所在，可现在，它却那么灰溜溜地蹲在那里，看起来已经荒废很久了。

"感觉这里像过了好几百年的时光一样。"凯斯一边用登山杖辅助自己跨过木板桥一边感慨。他们感觉自己在这个空间里一天见到了别人四季才能看完的风景，见到了不同时代的植物。

"你们以前听过死神居住的这座塔的传说吗，利兹？"凯斯一边跨过木桥，一边问了一句。

"我喜欢浏览那些神秘的网站，当然也有人记录过。"利兹抬头看了那座塔一眼，这个塔现在离他们又近了一些。从他们的角度，可以清晰地看到塔身的某些部分。

"搜索一下就知道了。"弗里曼打开手机，搜索利兹说的那些神秘网站。

进入一个网站，网页打开很快。几人眼前出现了一张手绘的石塔的图案，但是和眼前的这座塔感觉并不相像。图案下面配着一些文字，似乎是对这座塔的说明。

"塔就不一样了，不等你靠近去触摸它，就已经感到一种纯粹的坚固与力量。所有的传说都认为，死神建造这座塔的目的，是为了获得一种力量，这种力量是任何一座以前的庙塔都未曾拥有的。普通的庙塔只是用太阳晒干的泥砖制成，只在表面装饰经过焙烧的砖。这座正等他们去攀爬的高塔却全部用被窑火煅烧得十分坚硬的砖堆砌而成，一块块砖被沥青胶泥黏合起来，塔身直耸云端，死神就居住在这座高塔的顶层……"

弗里曼一边向下划拉着网页一边将这些字念了出来。

"我怎么感觉写这篇介绍的人像是在写小说呢？"凯斯有些犹疑地看着两人，"关于这座塔的介绍写得似是而非，就像之前那些给人占卜算命的人一样，总是说一些很奇怪的话。这些话都是似是而非的，可以从各个角度去理解，一旦人们看到那个真实的东西，就会觉得和自己之前获得的信息互相印证了。"

"你是侦探，当然习惯性地对任何信息进行推敲，或者说，保持怀疑。"利兹看了凯斯一眼，又看了看眼前的这座高塔，他倒觉得，形容得很形象。

凯斯凑过去看了一眼，看到很多人在网上把这座塔叫作'巴别塔'，他觉得这个名字就挺扯的。这个名字来源于一个人写的一部科幻小说，小说之中说，人类要建造一座通天塔，这座塔直上云霄，联通着他们居住的大地和云端上的神。凯斯觉得，这种说法本身就挺扯的。

当然，网页上还有很多其他的文字，讲述着人们关于这座神秘塔的种种猜测。中间还配了一些故事。弗里曼还在往下划拉网页，凯斯看着他屏幕上显示的那些文字，想起了儿童时代听过的故事，那些大洪水泛滥之后的神话。

还有一些经历过倒计时时代的人，他们把死神设定的那种死亡前的倒计时提醒描述成了一种恩赐。把人类最终痛苦地结束自己的命运归结为人类自己的自私自利导致的恶果。

弗里曼将这些描述逐字逐句念了出来。

"我感觉这些混蛋描述这些事儿的语气特别像托比。"凯斯听着这些话，忍不住又拿出了他讥讽的语调，"对他们那套精英主义和独裁主义进行大肆吹捧，深信不疑。"

弗里曼念完了这些东西，收起手机，学着凯斯的样子，借助登山杖走了过来，跳了一步来到庙宇的旁边。

"要到那座塔所在的地方，需要穿过这片丛林。"弗里曼关掉了介绍那座塔的网页，重新设定了几个人的定位，估算着塔的位置，以及到塔的距离，又重新规划了一下路径。

"没有别的路吗，弗里曼？这片密林看起来有点儿危险。"凯斯皱了皱眉头，看了看眼前的密林，这片密林看起来有些幽暗深邃，里面不知道隐藏着一些什么东西。

"把武器都拿好。"凯斯向密林深处看了一眼，把枪从背上取了下来。他感觉这密林深处藏着一点儿什么不为人知的东西。

利兹和弗里曼看着凯斯的动作，也把枪从背上取了下来。

几个人端着枪走入密林。他们穿过了正前方的一片花丛。这丛花是幽蓝色的，叶子翠绿，花朵很小。花丛的远处有夹杂着一些花树，这些花树虽然生长在密林之中，却似乎被专人打理过，花树上开满了花。可能这里唯一和他们在那些讲生物的杂志上看到的不一样的地方在于，这些花似乎是从世界各地搬到这片区域来的，现在竟然生长在了同样的一片土地上。这里的植物品种，比他们平生在电子杂志上看到的加起来还要更多。

"沿着溪流走，凯斯。那座塔似乎在这个山涧的源头那里。"弗里曼一边用手机定位一边叮嘱几人。这里的信号总是受到这个磁场莫名其妙的干扰。

凯斯看见有些会动的东西向着这些盛放的花朵飞了过去。他认得那些东西，电子杂志上说过，很久以前的人——大概是凯斯他爷爷的前辈，他们管这些玩意儿叫作蝴蝶。这些蝴蝶有各种各样的颜色，看起来很漂亮。米雪儿的目光很快就被这些蝴蝶吸引过去，她也拿出手机拍了起来。

凯斯和弗里曼无奈地对视了一眼，两人看着不停地忙活的利兹和米雪儿，觉得他们说了也是白搭。

密林深处传来了一阵窸窸窣窣的响动，似乎有什么东西正躲在里面。凯斯警觉地抬头，他一瞬间想到了自己在意识之旅时看到的那个名叫"狮子"的东西。不过在那个时空里，凯斯只不过是一只叫作"羚羊"的动物，而现在他是凯斯·史密斯，他的手里有现代化的人类武器。

凯斯端起枪，向着密林深处响动的地方放了一枪。凯斯听见了一声奇怪的尖叫，似乎有什么东西向着密林深处逃窜了去。

"你把这些蝴蝶都吓跑了，凯斯。"米雪儿有些不满地抱怨了一句。凯斯刚才的那一枪，将几朵停在花上正在采撷花粉的蝴蝶吓得飞到了密林深处。

"有个什么东西在我们附近。"凯斯向着密林深处看了一眼。他有一种被捕猎者盯上的恐惧感，就像他早上在直升机附近感觉到的那样。

"我们不是'羚羊'了，凯斯，我们来这里，是为了找塞克斯汀和凯莉那两个混蛋。当然，如果有点儿什么其他的意外收获，我也不介意。"米雪儿一边说，一边继续对着眼前的这些花花草草猛拍。

从花朵上传来了各种香味儿，熏得凯斯有些头晕。米雪儿倒是很喜欢这些味道，一直在花朵旁边转来转去，丝毫没有觉得这里会有什么危险。

"过去看看！"弗里曼也听见了刚才那个声音，他和凯斯一样，对丛林里那个东西感到了一丝警觉。

"你们小心一点儿！这里有很多我们没有见过的东西。"利兹嘴上和两人搭腔，手上却继续忙着拍照，丝毫没有停下来的意思。

凯斯端着枪，和弗里曼一起向丛林中追了过去。

两人警觉地走进了丛林里。弗里曼也摘下了自己背上的长枪，和凯斯一起在丛林之中寻找刚才逃跑的那个生物。

"这里有血迹。"凯斯有些犹疑地蹲下身子，看到地上那些枯叶上沾着一些红色的液体。在意识之中他曾经看到过弗里曼身上的伤口渗出这种颜色的血液，和莫斯特伯阿米克时代的人的血迹不太一样，这些血迹没有那么黏稠，也不是那种透明的液体。

"小心一点儿，凯斯。我觉得这里看起来有点儿危险。"弗里曼端着枪，向着密林深处走去。

第一一二章

凯斯低下头，地上的枯叶上，蜿蜒出一道血迹。那个东西似乎已经被他打伤了，滴了许多血在这些枯叶上。这些血液带着某种腥味儿。

他和弗里曼循着血迹追了过去。这个东西似乎从早上就开始监视他们，一直在他们周围窥伺。

利兹和米雪儿看到两人的动作，也连忙追了过去。现在只有弗里曼能够操作这个手机的定位系统，他们的手机屏幕受到周围某些电磁波的干扰，总是会时不时地发出一些刺啦的声响。

"这东西跑了。"凯斯一边说一边在手中比画，他在提到这个东西时，脑海中本能地想到了自己在意识当中看到过的狮子的形象。

"这东西不一定会伤害我们。如果要伤害我们，早就伤害了。你不应该贸然出手的，凯斯。"米雪儿忍不住抱怨凯斯。她一直想多拍几张照片，凯斯开枪的动作打扰了她拍照。

"没办法。这里有太多我们没有见过的东西了，谁知道这东西到底是不是有害的，只能先下手为强。"凯斯回敬了米雪儿一句，他有点儿后悔自己带米雪儿到这个地方来了。他现在终于明白，为什么弗里曼一直觉得女人太麻烦的原因，带上一个女人，的确会多很多不必要的麻烦。

"这东西没准儿是什么人豢养的。"利兹从地上捡起一片枯叶，用手指弹了弹上面的血迹，"我在电子杂志上看过，那些野生的生物，"利兹一边说一边环顾了一下四周的景物，"通常会具有很强的攻击性。"

"所以你的结论是？"凯斯挑了挑眉。

"像这种一直在旁边监视我们，中了一枪又逃走的生物，电子杂志上说是少有的。所以，我想，这或许是某些人豢养的。"利兹放下了树叶。

"你猜对了。"密林深处一个声音冷冷地响了起来，这声音像是从冰窖之中传出来的，天然带着几分冷气。

凯斯和弗里曼循声望去，看见密林深处不知道什么时候多了一个人。这个人穿着黑色的衣服，头脸都包裹在衣服当中，脸的位置绘制着奇怪的图腾，看起来有些狰狞。他眼睛处是类似于骷髅的空洞，眼窝之中有一团红色的火焰，这种暗红看起来有些像凯斯他们从食物发放机之中领取的食物的颜色。不知道为什么，想到这一点令凯斯有些恶心。

来人赤着双脚踩在叶子上，正向着凯斯等人所在的方向走过来。在他身后，还跟着一个会动的庞然大物，应该是凯斯他们在电子杂志上看到的某种动物。凯斯觉得，这个动物看起来有些像他在电子杂志上看到的老虎，身上有着猫科动物独有的花纹和特征，但是又有点不同，这个东西的牙齿太长。

利兹偷偷掏出照相机，趁着那个黑衣人不注意，对准他身后那只动物拍了一张照片，输入到了赛洛之前设定的那个识别器当中。

听到利兹手机的咔嚓声，这只庞然大物发出了低低的怒吼声，昏黄的眼珠瞪着利兹。

"住嘴。"蒙着头面的黑衣人用他暗红色的眼睛瞪了身边的动物一眼。

"不用识别了，这是剑齿虎。"来人似乎从利兹掏出手机的那一刻就洞悉了利兹的心思，不紧不慢地说了一句。

他向凯斯他们走近了几步，那只剑齿虎温顺地跟在他身后，只在靠近凯斯的时候发出了低低的怒吼声。它似乎知道刚才是谁开枪打中了自己。

"你是谁？"凯斯看着来人，有些疑惑地问了一句。他感觉这家伙似乎不是人类，至少凯斯从他身上散发出来的那种气息感觉他并不像是人类。

"我是死神使者。"来人冷冷地看了凯斯一眼，眼窝之中深红色的火苗发出了忽闪忽闪的红光，随着他言语的节奏律动着，"死神已经知道你们来这里了，所以派我带你们去死神大会的现场。"

"什么？"凯斯后退了两步。虽然他们闯到了这个地方，看到了这座塔，但是他们仍然认为死神应该是某个传说当中的人物，现在死神使者竟然来到了他们面前。

"剑齿虎是冰川纪的动物，凯斯。"利兹在凯斯身后悄悄说了一句，"我看这家伙的样子，如果我们拒绝了他，他应该会马上放这个玩意儿来咬我们。"利兹又在后面加了一句。

"走吧。"来人两个空洞的眼窝之中重新闪动着火光，看了看他们，并没有给他们开口拒绝的机会。

凯斯懵懵懂懂地跟在黑衣人身后。这个人似乎有着某种吸魔力，吸引着他们不得不跟他走。

米雪儿和利兹对视了一眼，两人也跟了上去。

"收起你们手上的那些铁玩意儿，我想，死神大人不会高兴看到那东西的。"黑衣人转过头，冷冷地看了凯斯一眼。

凯斯被他的眼神瞅得有些发怵，他乖乖地收起了自己手中的长枪。

黑衣人带着剑齿虎和他们四人向塔的方向走去。他们谁也没有说话，只是默默地跟在这个人身后向前走着。密林之中只有几个人脚踩在树叶上嘎吱嘎吱的声响。凯斯不小心踏到了一截枯枝，惊到了一个原本栖息在树上的动物，凯斯看见那个动物怪叫着，扑打着翅膀向密林深处飞去。

"那是鸟类。"利兹一边在凯斯耳边低声科普，一边掏出手机，想将这个东西重新拍下来。

只不过他动作慢了一步，只拍到了一个模糊的影子。

"我们得加快速度，这样才能赶上死神大会。"身着黑衣的死神使者对他们冷冷地说了一句，"如果不能赶上死神大会，谁也不知道会有什么样的后果。"

凯斯和利兹面面相觑，虽然这个身着黑衣的家伙说话的语调不快不慢，但是他们却对他冰冷的语调感到某种本能的畏惧。

他们加快了脚步，黑衣人很快就带他们走出了这片密林。这片丛林很深，里面有各种各样的生物，它们都姿态各异，似乎从亘古时期就生长在这里。

他们还路过了一个山谷，黑衣人带着凯斯他们从山谷之中蜿蜒而行，又爬上了另一端。

"你的定位不是很准，弗里曼。如果不是死神使者，这条路我们十天也不能找到。"凯斯一边迈过一丛草，一边对弗里曼低声说了一句。

那座塔看起来近在眼前，但是走起来竟然还有这么长一段路。

"这条路不是人类的科技能够定位的。只有死神使者才能带你们抵达路克斯塔的位置。"死神使者听见了两人的对话，冷冷地说了一句。

"原来那玩意儿的名字叫路克斯塔。我就说，网页上那帮人是无知的，他们根本就不知道塔的名字，只是胡编乱造而已。"

"没有死神使者的带领，普通人不可能抵达路克斯塔。即使他们来到了这个密林，也只不过是在这片密林之中胡乱转悠，最后死在这里，成为这些动物的食物和植物的肥料而已。"死神使者又冷冷地说了一句。

凯斯与弗里曼互相对视一眼，两人不再说话。不知道为什么，这个死神使者每次开口，他们都感觉像是阴冷的刀锋从心头划过一样，带着某种死寂般的恐怖气息。他们宁可自己闭嘴也不想让这个死神使者再说些什么。

几个人沉寂了一小阵，紧紧跟随着死神使者在林中穿行。这里有着各种动物和植物，几个人却感觉四处潮湿、冷寂和阴森。凯斯只觉得自己似乎在原地绕圈，虽然每次走的路并不一样，周围的植物也不尽相同，但是他却感觉自己始终没有走出过这里。

这里似乎隐藏着整个生物圈漫长的编年史，凯斯跟随死神使者穿行过了一个捕猎现场。从冰原上，他看到了几只凶猛的生物正在撕咬着几只羚羊。凯斯想到自己曾经在某一世也做过羚羊，不由得感到一阵后怕。

他们又穿过了一片水域。水域里，鳄鱼正在扑食几只在水边晃荡的水鸟。

这是自然界的生物圈，凯斯此前只在电子杂志上看到过。利兹、弗里曼和米雪儿也看到了同样的场景，几人感觉到有些害怕，再也没有把手机拿出来过。他们又走了很长一段路，一路上都是这样的情景。

"我们快到了。"在沉寂了很久之后，死神使者终于再次开口。凯斯抬起头，他看到不远处又一次出现了大片的、自己早上曾经看到过的阳光。

这些阳光洒在一片草地上，这里的草丛看起来比早上他们直升机停靠的地方还要茂盛许多。

草场后面是一面围墙，整面围墙散发出黑铁一般的气息，将整座路克斯塔围了起来。

塔底有一个巨大的正方形平台，大约长十多腕尺、高三四腕尺。上面是第二个平台，就是从那里开始，塔身拔地而起。

塔身是正方形的巨柱，上面缠绕着一条斜面，就像缠在鞭子手柄上的皮条。不对，不是一条斜面，而是两条；缠绕着塔身。凯斯发现，只要自己望向塔顶，这座塔就能吸引他的目光一直往上看。他看到的是永无止境的交替出现的斜面和砖，砖和斜面，直到最后就什么都分辨不出来了。而塔却还在向着天空上升、上升，不停地上升。凯斯看得脑袋眩晕，他的视线离开塔的时候，步子都有些踉跄。

"没有普通的人类可以直视路克斯塔。"死神使者看到了凯斯的动作，冷冷地说了一句。

第一一三章

"好吧。"凯斯晃了晃脑袋，跟随在死神使者身后。

死神使者向着塔基上的平台走去。他们靠近路克斯塔的时候，头顶上的阳光渐渐隐入了云层之中。随着死神使者靠近那座塔基，幽暗的雾气也渐渐笼罩了上来。凯斯抬起头，看见几个人头上乌云翻涌，整座塔瞬间笼罩在幽冷阴暗的气质下。

"这是死神大会的前兆。"死神使者感觉到周围氛围的变化，带着凯斯一行四人穿过塔基来到门前。

塔前有一座高大的石门。这座石门看起来已经有些年代了，石门上镌刻着各种各样的图腾，狰狞的模样在若隐若现的雾气之中看起来越发扭曲，似乎随时要从石壁上飞扑出来。

"这些都是地狱里有名的恶鬼。"利兹附在凯斯身后小声地说。这些图像虽然镶嵌在石壁上，但是看起来比真实的还要吓人。

"路克斯塔一共有九层。死神大人住在第十层上。"死神使者冷冷的声音再次在几人耳边响了起来，听起来就像石磬敲打在骨头上，比刚才更加阴冷刺耳，让利兹从心底有些发毛。

"你们马上可以看到第一层。"死神使者带着凯斯等人登上了一条黑色的狭窄的楼梯。凯斯闻到一股发霉的味道。楼梯的两侧悬挂着各种各样的挂画。

几人穿过了这道楼梯，凯斯感觉自己的视野一下子开阔起来。塔的第一层上竟然是个开阔的原野，这里生长着凯斯他们从来都没有见过的那些农作物。当然，其中有些凯斯曾经也在电子杂志上看到过，只是他不知道它们叫什么名字，也不知道这些植物有什么用。几个人看到很多幽灵在原野之中穿梭忙碌着，这些幽灵模样丑陋，但是动作却很轻柔，仿佛在这里居住了很久。

其中有些幽灵推着车，车上装载着各种各样的口袋。

"这些口袋里面装着大麦、小麦、小扁豆、洋葱、海枣、黄瓜等各种各样的农作物。"死神使者冷冷的声音再次响了起来，"当然，还有许多硕大的陶罐，里面盛满了水、酒、牛奶、棕榈油。车上还有青铜容器、芦苇篮子和亚麻布。这些都是幽灵们生产出来的生活必需品。"

凯斯还看见，其中一些幽灵正抓住几只肥壮的动物。这些动物看起来比死神使者身边的剑齿虎要温顺得多。

"那些是牛和山羊，我在电影之中看到过，我认识。"利兹看到这些动物，忍不住又向凯斯解释了一句。

"你说得没错，这些都是预备送给死神大人的，它们是死神大会上的祭品。"

凯斯点了点头，他看见其中几只幽灵正用布条将这些牲畜的眼睛蒙住，以免它们登塔时看到下面而受到惊吓；到达塔顶后，它们将成为祭品。

当然，还有些拖车用来装上矿工幽灵们的镐头和锤子，以及一些可以装配出一个小煅铁炉的元件。工头还叫幽灵往拖车上装木头和芦苇。

凯斯站在一辆拖车旁，看着其中一个高大的幽灵飘了过来，把装上车的木头用绳子系紧。弗里曼忍不住问了一句："这些木头是从刚才的密林里砍伐的吗？"在他看来，这些木头都是非常好的可用于制造的材料，他曾经制作自己使用的物品时，只能从黑市上收购那些从古旧的桌椅上拆卸下来的木材。

"在北方有一片树林，有一群幽灵专门在那里采伐，砍下的木头顺着河漂流下来。"死神使者冷冷地回答了一句。

弗里曼忍不住站在那些木材旁边啧啧称奇，对他而言，这些东西有着某种致命的吸引力。有了这些东西，他的很多器械设备都能做成，如果莫斯特伯阿米克的空间里也有这些东西该多好。

米雪儿向远处看了一眼，刚才的密林看起来就像一团绿色的烟雾一样，离他们已经很遥远了。

"我从来没有站得这么高，以至于能够俯瞰这下面的一切。"米雪儿忍不住感慨道。虽然远处的东西看起来很模糊，但是还是令她心神开阔。

"走吧，上第二层的电梯都准备好了。"死神使者冷冷地提醒几个人。他随手一挥，身边的剑齿虎向着原野奔跑过去，冲那些幽灵低声怒吼着。这些幽灵看到剑齿虎都很害怕，纷纷向四周躲开。

"你就留在这一层监工，米勒。你不能参加死神大会。"死神使者冷冷地对剑齿虎吩咐了一句。凯斯这才知道，原来这只剑齿虎的名字叫米勒。剑齿虎低吼了一声，回应了死神使者的话。凯斯从它的吼声之中听出了某些不情愿的意思。

另一边，所有幽灵在其中一名幽灵的指挥下，都配成两人一组，每一组都配上一辆拖车。

"记住，"死神使者看了凯斯几人一眼，叮嘱他们，"跟前面的车保持十腕尺的距离。"

凯斯和弗里曼对视了一眼，两人看见拖车边的那些矿工幽灵都弯下腰，把拖车的绳子吊在肩膀上，然后一起直起腰来，把拖车的前端抬离了地面。

凯斯继续跟随着那些幽灵向前方走去。也不知道死神使者用了什么方法，凯斯他们面前也同样出现了一个类似于矿区的老式电梯，死神使者带着凯斯他们进入了电梯，这个老旧斑驳的电梯很快就向上升起。凯斯感觉他们周围只剩下凛冽的风，和弥漫在浓雾之中的影子。

第二层的气温比下面的第一层要低很多。在下面凯斯他们能看见原野空间之中洒在地上的阳光，那些阳光很刺眼，似乎是为了集中照射。

第二层是一座阴冷、幽暗的城市。

"这座塔看起来真高，不知道是怎么建成的……完全不符合建筑原理。"利兹忍不住感慨了一句。

从他们的角度俯瞰，可以看见第二层塔之中的整个城市。城市之中密密麻麻的街道与建筑构成迷宫般的图案，而在整个城市之上，闪耀着石膏涂料的白色光芒。

"等你们到达塔顶后，你们可能还会觉得这塔不够高。"死神使者听见了两人的谈话，冷冷地插了一句。

第二层的城市之中也有很多人正在忙碌着，这座城市比凯斯他们居住的自由之都显得还要繁华。凯斯仔细看了一眼，整个城市之中往来的仍然是那些幽灵，这些幽灵像自由之都的那些人类一样，正在这座城市生活，维系着这座城市的运转。凯斯看见他们也在进行某些工业生产，似乎这一层是整座塔里的工业区。但是这些幽灵使用的工具是凯斯从来都没有见过的。凯斯想起那个告诉过他们自己种族的科技很发达的瘀斑脸，但是现在看来，眼前的这一切比瘀斑脸他们种族的科技要高明十倍。

弗里曼目不转睛地望着整座城市工业系统的运转。死神使者给他们安排的那座老旧的电梯从整个城市的上空滑过，他们可以细致地看见整个城市的各种工业设施的细节。

"这里的每一个环节，都比我看见的要好得多……"弗里曼用力赞叹着，简直不知道用什么样的语言形容。他现在才知道，比起现在这座城市里的科技水准，他在其他人那里看到的那些技术，简直连下脚料都不如。更让他和利兹感到可怕的是，这些幽灵简直不知疲倦。

"这个电梯可以一直通往第四层。五层以上，是那些暴君，死神大人要在死神大会对他们进行最后的审判。"死神使者如同骨头敲磬的声音再次响了起来。

"什么叫最后的审判？"虽然这个死神使者的声音令利兹极不舒服，但是对他而言，什么也不能打败他的好奇心。

"因为这一届的死神大人即将卸任，新的死神大人将接替他的工作，由他来统领这个世界。"死神使者简短地回答了利兹，冷冰冰的语调和原来一样，不带任何感情。

凯斯有些吃惊。现任的死神即将卸任，多多少少让他产生了一些复杂的感情，他想起了自己在中心城市领取食物的场景，还有当初那个欺骗自己的侏儒，这件事儿已经过去很久了。凯斯有时候想起前尘往事，惊觉自己竟然对那种混乱的场面和城市之中低级生态有种莫名其妙的依赖感。

死神使者说完这两句话，不再理会他们，用手覆盖了那座老旧电梯上的某些按钮，指挥着电梯继续向上攀升。

随着电梯的上升前行，凯斯等人的眼前再次笼罩了一片黑暗。凯斯只能透过这座老电梯的缝隙观察周围的情景。当他们来到与太阳同一水平的高度上时，周围已经一片漆黑。

这段路比他们之前走过的那两段要长很多，似乎坐着电梯都走了半天之久。凯斯和弗里曼在电梯之内坐了下来。

死神使者按下了一个按钮，几人头顶上的电梯的屏障变成了某种透明的状态。透过电梯的屏障，凯斯能清晰地看见外面的夜空。

这里的夜空和莫斯特伯阿米克时代的夜空也很不同。这里的夜空之中挂着许多明亮忽闪的东西。就像在夜幕的黑毯上镶嵌了无数的宝石。

"这是……星星？"米雪儿也看见了那些挂在天幕上的东西。

听见米雪儿的惊呼声，利兹也赶忙抬起头，这些星星也让他吃了一惊，他把手伸进口袋，想摸出手机来拍下眼前的场景。死神使者冷冷地看了利兹一眼，利兹被他的眼神吓了一跳，又怔怔地把手放了下来。

"抱歉，忘记了，忘记了。你说过的，这里不能拍照。"利兹慌忙打着圆场。

凯斯仔细盯着这些曾经在电子杂志上看到过的星星。现在，星星就在他们头顶上方，像一个个小火团，又像是一颗颗珍珠，向整个天幕铺展开来。在这里，星星并不那么密集，也不是全部分布在同一个水平高度上，它们一直向上延伸。很难辨别它们到底有多远，因为没有恰当的参照物。凯斯感觉，他们这个老旧的电梯像是在星星周围穿行。

第一一四章

死神使者召唤来的那架旧电梯还在缓步上升，他们头顶上似乎有一根无形的绳索在拉着这架电梯，但是他们又无法看见这个绳索到底装置在哪里。这些星星都停在整座塔的第三层。凯斯感觉整座三层都笼罩在云雾之中，就像自己在轮回之中见过的那个所谓的"月中仙子"居住的地方一样，他们穿行过这些星星所在之处，仿佛随手可以将其中一颗采撷下来。但是这里和"月中仙子"居住的地方还有点儿不同，那个地方的东西并没有这里这么丰富多样。

他们路过其中一些星星的时候，感觉到了某种炽热的温度，似乎这些星星也带着某种余温。

凯斯看见其中一颗星星从夜幕上坠落下来，向下面密林的方向坠落而去。

"那是流星，凯斯！"米雪儿抓住凯斯的手臂尖叫了一声，显得十分激动。这是她第一次在现实之中亲眼看到流星坠落。

"什么是流星？"凯斯有些犹豫地望着那颗星星坠落的方向，犹豫着望着米雪儿。这又是一个他没怎么听过的单词。自从他来到这里，看到的都是之前记载在书上的那些东西。他对这些古老的、莫斯特伯阿米克以外的名词一向不怎么关注，他并不像米雪儿那样喜欢看那些八卦的东西，在凯斯看来，这些东西离他的实际生活太过遥远。

"很久以前，是一个多世纪以前。是一个当地居民讲的故事，当时他的祖父在现场。他们亲眼看过流星坠落的画面，然后把整件事儿记录了下来，当然，他们把过程描述得很美。"米雪儿激动地叙述着。

凯斯看着米雪儿的表情，怀疑米雪儿是在哪本电子杂志之中刊载的爱情小说之中看到的这些信息。他可不相信米雪儿还有考据那些历史信息的癖好。

透过电梯的缝隙，可以看到星星坠落在地上，还带着火焰般的尾巴，在密林之中闪动着某种忽明忽暗的光芒，接着又缓缓黯淡了下去。

它燃烧着坠落的那一瞬间，凯斯听见一声巨响，在掉落到密林的时候这道光膨胀到了最亮的程度，明亮得让人根本无法正眼看它。

"我真想下去把那东西撬出来。"弗里曼呆呆地望着星星坠落的方向喃喃自语。对他而言，这里的每一样东西都是至宝。

"几个星期后，它才冷却成一块黑色的疙疙瘩瘩的天堂金属。有一个人双臂环抱在一起那么大。"弗里曼努力向凯斯描述着自己曾经在做研究时读到过的那些关于星星的论文，他曾经对电子杂志之中描述的这些天文类的东西产生过强烈的兴趣。

"记得我以前看的那些电子杂志之中写过，以前当星星落到地面上时，也能找到小块的天堂金属，比最好的青铜还坚硬，人们通常用它打造工具。当然，这东西也是很好的研究材料。"弗里曼眼神直勾勾地望着落在密林之中的那颗星星，似乎对此感到万分惋惜。凯斯看着他的表情，心中想着，如果不是现在这个升降梯是封闭的，弗里曼也不会操作这个升降梯的话，他几乎要马上从这个升降梯上跳下去了。

死神使者看了弗里曼一眼，这次却并没有开口说话，但是眼神之中警告的意味却十分明显。也不知道这个死神使者做了一个什么样的动作，凯斯感觉升降梯向着顶部快速飙升，他明显地听到外面的风声尖厉了许多。

大概又走了半个小时的样子，升降梯终于速度减缓了下来，升降梯上那种黑铁一样的颜色又开始慢慢隐去，呈现出某种透明的部分来。凯斯伸手摸了摸，这些透明的材质有点儿类似于他在尼禄那里曾经看到过的那种材料。

隔着这种透明材料，凯斯看到了自己曾经在电子杂志之中看到的那种蔚蓝色的天空。随着他们上升的高度越来越高，天空的色彩变得越来越柔和，到最后，这种蓝色也渐渐稀释了，变成了某种苍白的颜色，又走了一阵，越来越苍白的天空现在看上去像是一层白色的天花板，在他们头顶高处铺展开来。

凯斯抬头看了看，觉得他们已经非常接近这座塔的塔顶了。现在这座塔的塔顶显得特别巨大，就像一个固体的壳，封住了整个天空。凯斯听到塔顶传来了闪电和雷声的轰鸣，每一声都让整个塔身也跟着发出了巨大的震颤。

现在连利兹都不敢大声说话，盯着天空目不转睛地看，露出白痴一样的傻样，也因此受到米雪儿的嘲笑。

"我们快要到了。"死神使者引导着几人乘坐的升降梯，冲破了闪电背后翻滚的黑云，向着塔顶所在方向疾驰而去。他突然像飙车一般的加速让凯斯差点儿摔倒在升降梯之中，米雪儿也忍不住尖叫了一声，抓住了凯斯的大衣。

也不知道加速了多久，升降梯突然停在了某一处。凯斯听见了和他们上升降梯时同样的一声咔嚓声，升降梯的门自动向两侧拉开，出现了一座石桥。

凯斯踏上石桥，在雷电之中走向了高塔上的另一处平台。平台上同样弥漫着黑色的浓云，浓云的四周亮着各种各样的石灯。凯斯他们走过的地方，浓云自动散开。凯斯想向浓云之中寻找一个目标点，但是他感觉这片浓云笼罩的平台似乎无边无际，不管他转向哪个方向，最终都延伸到了某个无边无际的地方。

此情此景让四个人感觉到有些眩晕。

"跟着我走。"死神使者那种像骨头敲打着石磬的声音再次传来，让几个人周身又升腾起了那种不寒而栗的感觉。

森冷恐怖的气息环绕在四个人周围，让他们感觉到有些莫名的恐慌。

"死神大人在里面等你们。那些暴君们应该也已经进去了。"死神使者继续用他那冷冰冰的声音向几个人介绍着。

当他迈步向前时，他身边环绕着的那些浓云便急速地散开，为他让出一条道路来。

他带着凯斯他们走近了一扇和塔底一模一样的大门。这扇门有点儿像凯斯在尼禄的泰西尔－埃西普尔公司地底看到过的那扇门，但是尼禄那里的那扇门只是对此进行了某种拙劣的模仿而已。大门上绘制着那些面孔黔黑、形态恐怖的骷髅，也有点儿像凯斯在索婆阿腾纳斯教之中看到的那些图腾的标识。

"到了。"死神使者不知道用了什么样的方法，轻而易举地就推开了那扇大门。

凯斯一行四人跟随着死神使者的脚步踏进了这座殿堂之中。这座殿堂幽暗、漆黑，只在死神安坐的宝座后面漏下了一丝亮光，这丝亮光从死神的背后射过来，将死神整个笼罩在阴影之中，让人看不清他真正的面目。凯斯看见死神全身都被包裹在他的黑袍之中，身边安放着那只精巧的镰刀，这是他用来收割灵魂的。

四周的座椅上已经坐满了人。这些人无一例外地披着黑袍，戴着铁面罩，只有两只眼睛留在外面。虽然只是远远地望了一眼，凯斯却感觉到这些人浑身都散发着某种冷寂的死亡气息，这比凯斯当初在意识之中进入轮回时见到的那些饿鬼还要阴森恐怖得多。

　　大厅中央有一大片空地，空地上方修建了一座拱顶，拱顶也笼罩在黑云之中。凯斯忍不住看了那个拱顶一眼，当他注视拱顶时，觉得整个世界都在虚空中翻转。而且，头上的拱顶也带有一种令人压抑的重量，它像整个世界一样重，却又没有任何支撑。凯斯体会到了前所未有的惊恐：拱顶随时会从头上倒塌下来。

　　那些黑云随着凯斯的目光也不断翻滚，时不时露出黑云外的闪电光芒，凯斯听到的雷声就是从拱顶上方传来的。

　　压抑、不安的情绪笼罩着整个大厅。凯斯近距离地感受着这座路克斯塔最核心地区域散发出来的气息，觉得脚有些发软。他在中心城市领取食物，还有他生活的那片区域，都是由眼前这个死神掌管的。

　　凯斯听见了利兹和弗里曼牙齿打战的声音，这些无处不在的恐惧感让凯斯头晕目眩的感觉暂时消失了。

　　死神使者伸出手，凯斯四人的身上突然多了一件和看台上众人一样的黑色袍子，他们的面部也被同样的铁面罩罩了起来。死神使者将四人引到其中的几个空位上做了下来。

　　死神挥了挥手，他的座椅忽然出现在了大厅中央的那座高台上。高台越升越高，死神端坐其上凝视着下面的一切。缥缈的雾气散去后，头顶上的雷声也缓缓停止了。在他们头顶，悬浮着的是这个世界的屋顶。伴随着他的动作，死神使者也站在了他身边。

　　死神扫了一眼坐在台上的暴君们。

　　死神使者缓缓开口，冷冷的像骨头撞击石磬的声音再次响了起来："现在，死神大人站在世界的最高处，在这个创造所有根源的地方，对你们这些暴君，进行离开前的审判。"

第一一五章

大厅之中散发出某种如同死亡一般的冷寂。凯斯不安地看了一眼自己的正前方，却也只能看见乌压压的一片黑衣。

大家连动都不敢动，仿佛每个个体都在等待死神宣告自己的命运，等待他最后降下来的惩罚。神殿之中弥漫着某种可怕的、诡秘的岑寂。凯斯忽然觉得有些滑稽，他想起这些暴君曾经也是左右着别人的命运，掌管着很多人生死的人，现在他们也一样被死亡的气息笼罩着。

"路易十六，把你口袋里拿着的那样东西交出来。"死神使者冰冷的声音再次响起。伴随着他的声音，他的视线也转向了这群人中的某个地方。

坐在大厅之中乌乌泱泱的众人的目光也随着死神使者的目光落到了其中一名黑衣铁面之人的身上，发出了某种哗啦声。

"这是那个塞克斯汀。"利兹偷偷地把头转向凯斯，低声说了一句。他们身边坐着的那个黑衣人听见两人在交头接耳，忍不住用他掩藏在铁面之后的眼睛狠狠地瞪了凯斯和利兹一眼，仿佛这两人的交头接耳会给他惹来某种杀身之祸。

死神使者挥了挥手，路易十六的座位就已经空了。下一秒，凯斯就看见穿着黑衣、戴着铁面的路易十六匍匐在了死神的脚下。环绕着死神的那些浓郁的烟雾早已经散去，似乎都已经被吸上了拱顶。凯斯抬头看了看，伴随着死神的怒气，穹顶上似乎再次云气翻涌，云层之中的闪电雷鸣若隐若现。

凯斯顺着死神的座位望下去，只见死神的袍子垂地的一端缠绕着很多枯藤，这些枯藤似乎也具备某种生命力，一直在不停地蜿蜒摇晃。

路易十六将手伸进了自己的衣服，战战兢兢地把自己藏在怀里的东西拿了出来，向前递了过去。凯斯和弗里曼对视了一眼，路易十六拿在手上的，正是他们曾经见过的那个装置着"神谕"的盒子。

死神使者挥了挥手，盒子自动向着死神的方向飞了过来。也没见死神如何

522

动作，盒子便自动打开了。凯斯看见，曾经影响了他很久的那块"神谕"自动从盒子之中飘了出来，在死神挥手的动作下变幻着各种各样的形态，有时候看起来像是一道纯粹的蓝光，有时候看起来又像是一块儿纯蓝色的透明水滴，更多的时候像是一道纯粹的、蓝幽幽的烈焰。

只不过，那道烈焰终究还是慢慢熄灭了，变成了死神手中一个像是立方体一样的块状物。凯斯和利兹对视了一眼，想起他们当初为了抓住这个"神谕"时所耗费的气力，觉得自己有点儿可笑。

死神将"神谕"还原成了那个透着蓝色光焰的能量块，轻轻挥了挥手，这个"神谕"凝结成的立方体能量块就悬浮在半空之中。

"我想，在座的各位暴君，你们在管理人类世界的时候，或多或少也都听说过'神谕'这个东西，但是你们对这个东西的作用，可能还是一知半解的。所以，你们中间有的人对这个东西起了贪念。妄想着染指神的权力。"死神使者看着死神的动作，缓缓开口。凯斯注意到，他在提起这些事情的时候的声音显得比以前更加尖厉，几乎是用尖铁敲打着骨头的声响，像是用锤子在锤打着人的心脏一般，他每说一句话，凯斯都能感觉到心脏瓣膜之中的那种震动感。

死神使者扫了厅中安坐的众人一眼，他在说这些事情的时候，他的眼窝之中忽明忽暗的红色火苗不停地跳动着。蒙在黑色袍子之中的死神，眼窝之中的火苗也同样时明时暗，仿佛他眼中的这团火焰也有自己的某种自主意识。

"你们的一举一动，死神大人都了然于胸。"死神使者看了跪在地上的路易十六一眼，将"神谕"重新收回到了那个盒子之中。

"你完全没有领会死神大人的意图。你以为你拿着'神谕'，就可以求得死神大人的原谅吗？要知道，'神谕'本来就归死神大人所有。死神大人收走了这个世界的生物之后，就降下了五个'神谕'，分列于这个世界的五个地方，用来稳定这个世界的生态，当然，也为了让那些没有生存空间的人类暂时有一个稳定的生态环境。死神大人还要对人类进行进一步的观察，以调整他对人类的策略。你们却自作聪明地将这东西挖了出来，作为献祭给死神大人的礼物，可想而知，你们即使作为管理者，也摆脱不了人类那种愚蠢的习性。"

死神使者望着匍匐在地上的路易十六，说了很长一段话。这次他似乎又换了一种声音，听起来有些飘忽，仿佛是自地底生发出来，飘荡在整个大厅的上空一样。

路易十六连头也不敢抬，只能匍匐在死神的脚下接受死神使者的训斥。死神使者说完这句话，眼神之中的火苗再次黯淡下去。

端坐在黑漆漆的铁椅子上的死神突然抬头，直勾勾地看了匍匐在地上的路易十六一眼。伴随着死神的动作，在铁座下蜿蜒缠绕的那些黑色的藤蔓突然也直了起来，发出了像钢铁摩擦地表时那种声响，藤蔓上冒着黑色的雾气，将路易十六整个包裹其中。

凯斯听到一阵剧烈的惨叫，这种叫声比他在战场上听到地那些惨叫还要剧烈十倍，让他不寒而栗。

但是这种惨叫并没有持续太久，只持续了片刻工夫。那团黑色烟雾飘散开去，缠绕着路易十六的藤蔓自动缩回到了死神的座下，无风自动。凯斯感觉到这些黑色藤蔓仿佛每一根都有生命力，监视着坐在座位上的每一个人。

随着路易十六死去，死神挥手，那个装着"神谕"的盒子突然也消失在了空气之中。

死神眼窝之中的那团黑色的火焰再次燃起。

死神使者的眼窝又一次向大厅中央扫去。凯斯明显感觉到坐在自己身边的利兹身体往后瑟缩了一下，好像生怕自己会被死神使者的视线捕捉到一样。凯斯心中则是另外一番想法，自从他遇到这个路易十六之后，他就知道路易十六对"神谕"抱有极大的兴趣，但是他并没有想到，他竟然会因为"神谕"这么轻而易举地死去了。

不过凯斯没有看到他的尸体，或许死神把他的尸体转移到了某个地方，而把他的灵魂留在这里劳作，凯斯想。

死神使者的视线在大厅之中那群黑压压的人之中的某一处停了下来。

死神使者再次开口了。

"尼禄，你知道为什么你虽然用了这个东西，却并没有受到死神大人的惩罚吗？"死神使者的视线对着黑压压众人之中的某一个位置。

凯斯明显感觉到坐在自己后面的黑衣人松了一口气，大概他害怕死神使者这次点到的姓名会是自己。

凯斯的目光也追随着他望了过去，他知道，死神使者看向的那个位置一定坐着尼禄，那个创建了泰西尔－埃西普尔公司、曾经化名为维多·多莫，建造了整个 dormer 庄园的人。这个死神使者好像有着某种透视的能力。在看到死神使者让路易十六把手中的"神谕"交出来的时候，凯斯就知道，大概尼禄也不会有什么好结果——因为他曾经也拥有过这个叫"神谕"东西，还对这个东西大加利用。

下一秒，凯斯看见尼禄的座椅也空了，尼禄似乎也被死神使者用某种法术从他所在的位置位移到了死神的脚下。

尼禄像路易十六一样匍匐在死神脚下，似乎在等待着死神对他的审判。比起路易十六的恭敬，尼禄倒是显得更加害怕，凯斯看见尼禄被黑袍遮盖的身体正在发抖。不过他觉得尼禄会如此也并不奇怪，可能在挖出这个能量块之前，尼禄本人也不知道"神谕"是属于死神的东西——他只不过是利用这个东西开发了人类的能量，并且把这种能量用在了开发科技上而已。当然，他也利用这个东西赚到了比坎贝尔家族更多的钱，他们一直不知道他的秘密，不知道他到底用什么样的方法取得了在神经网络开发系统上突飞猛进的进步，他们只是觊觎他得到的一切，并在明里暗里想着用各种各样的手段从他手中把这个东西抢过来……

尼禄额头上的冷汗涔涔而下，如果不是他把自己隐藏在铁面背后，几乎所有的暴君都要看到他惊恐的表情了。他感觉到自己的冷汗灌注到了铁面之中，沿着脖子流了下来。他还记得当初死神复活他的情景，死神要他帮助自己管理那些人类，威慑他们、稳定他们，让他们不至于在无序的状态下暴乱，同时也让他们不至于放大自己的自私、贪婪和懒惰。这些暴君们就像是一个符号，一个悬在那些普通人头上的一把利剑，有了他们，整个人类才能稳步向前，克服掉他们身上的某些陋习。

当然，他明白，这也是这一届死神的策略。他利用这种策略赚了一点儿钱，让自己享受生活。他现在才明白，自己的这点儿心思并没有逃过死神的法眼，他完全知道自己在干什么，只是并没有戳穿而已。

尼禄微微发抖，在他看来，路易十六比他还要幸运一点儿，至少路易十六还能交出"神谕"，而自己却已经把这个东西彻底开发完了。如果死神真的要追究责任，可能他只能再次变成一具尸体。他不想变成尸体，但是一想到如果死神要回收他现在拥有的一切，这比变成一具尸体还要让他难受。

尼禄的大脑运转得飞快。

"你揣测不了神的意图，尼禄。虽然你曾经尝试模拟一个神，但是你毕竟不是真正的神。"死神使者看了匍匐在地上的尼禄一眼。

凯斯知道，尼禄这个家伙比路易十六要清醒，路易十六完全没有想过领会死神的意图，他只是一心想要回到自己当初身为暴君的那个时代好为所欲为，尼禄，多多少少也做了一点儿事情，凯斯想。

第一一六章

"死神大人花心思复活你们，是为了让你们帮助死神大人处理那些麻烦的。让那些人类安分守己，需要恩威并施，在这一点上，你做得还算不错，所以，即使你挖出了'神谕'，死神大人也不会找你的麻烦。但是你挖出'神谕'，破坏了死神大人维系的人类生存生态，导致许多人类变异，所以，嘉奖你，延续你的寿命，你可以继续掌管你的庄园，再多活三十年。但是，也要对你进行惩罚。"

死神使者冷冷地看了匍匐在地上的尼禄一眼。死神座下那些缠绕着的黑色藤蔓又一次发出了咝咝的声音，仿佛随时准备着攻击尼禄。死神挥了挥手，那些黑色藤蔓立刻安静了。

尼禄听见死神使者说出"惩罚"两个字，也有些发抖，他知道，他所说的这个"惩罚"，一定不是自己脑袋之中能想出来的那些东西。

"为了惩罚你挖走'神谕'，改变死神大人设置好的那些生态，导致众多的人类变成变异人，所以，你在剩下的三十年生命里，也会以变异人的形态存在。"死神使者宣告了尼禄最后的命运。

随着他说完这些话，那些缠绕在死神座下四周的藤蔓再次摆动起来，释放出刚才那种黑色的雾气，将尼禄包裹其中。但是和刚才路易十六不一样，尼禄并没有全身没在这团黑色的雾气之中，而是只有下半身被拖进了这团黑色的烟雾里。

凯斯听见了尼禄的惨叫声，似乎比刚才路易十六的还要大。

"这家伙以前折磨别人的时候，一定没有想到自己也会有这么一天的。"米雪儿趁着尼禄尖叫的间隙，附在凯斯耳边说了一句。

尼禄的尖叫声也并未持续太久，凯斯看到死神挥手收回了他座下缠绕着的深黑色藤蔓，同时也抽走了那团黑色烟雾。

尼禄向着死神所在的方向匍匐着，看起来像是一具尸体。凯斯想起尼禄当初坐在轮椅上的样子，又觉得有某种反差式的滑稽。

死神使者挥了挥手，尼禄像一块破旧的毯子一样，黑色的长袍悬垂，悬浮在空中向着自己原来的座位飘了过去。虽然不知道死神对尼禄施加了什么样的变异惩罚，但是看见其他暴君铁面后空洞的眼神之中流露出某种惊恐的意味，凯斯也觉得惩罚应该很可怕。

坐在凯斯身边的米雪儿听到"变异人"三个字，忍不住伸手摸了摸自己左耳下面那道痕迹。不知道为什么，她一直觉得自己似乎也和变异人有关系，但是她的种种表现，又不像是变异人的样子。这一点一直让她耿耿于怀。

死神使者将尼禄送回到座位上，视线再次向座中其他人扫去。每次他的视线扫过，众人都感觉到身上飘过某种森冷的寒意。但是这一次他的视线并没有前两次那样吓人，似乎带着某种搜寻的意味，就像凯斯他们第一次在密林之中看到他那样。

随着他的动作，穹顶上浓密的黑云再次翻涌，隐藏于云层之中的电闪雷鸣也开始再次响动了起来。凯斯看见云层之中的闪电向着这些人端坐的椅子上蔓延，形成了某种有形有质的电流，照亮了整个大厅。

"惩罚说完了，应该奖赏其中的某些人。"随着闪电向四面蔓延，死神使者眼窝中那团红色的火焰也再次忽明忽暗地闪动起来。

凯斯看到，随着他视线的移动，云层之中的闪电也快速地在座椅之间流淌，就像是一道带着光的绳索一般，慢慢滑向了其中的某个黑衣蒙面人。

这名黑衣蒙面人被流过的闪电击中后，这道闪电如同绳索一般将他全身束缚起来，向着死神所在的座位飞了过去。

"没有活人能直视死神大人，就像没有活人能够直视这座路克斯塔一样。"死神使者用冷峻的语调说，"但是我现在特意赐给你这种殊荣，因为你领会了死神大人的意图，把死神大人的理念贯彻得十分彻底，虽然你不能完全领会死神大人的意图，但是作为一个凡人的暴君，你只要做到了你该做的，死神大人就不会亏待你。"

凯斯看见这个裹着黑袍的暴君被这道闪电缠绕着，飘浮在端坐于王座的死神的正前方，这才明白这道闪电是死神加诸他身上的殊荣，为了令他能够看到死神的模样。

端坐于漆黑宝座上的死神挥了挥手，他眼前的空气之中再次出现了一个盒子，正是刚才装置着"神谕"的那个盒子。凯斯原本以为他已经将"神谕"收了回去，将来会重新安置在最开始米兰德研究所那些人开采"神谕"的地方，却没有想到死神竟然会现在就把它拿出来。

"这个'神谕'会给你。人类总是觊觎神的宝物，想要掌握神的力量，但是他们对神的力量一无所知。拿走'神谕'的区域会制造出大量的变异人，正是'神谕'维系着世界生态继续正常运转，这是死神大人在用黑线收走生物之后安放在这个世界的神器。死神大人可以把这个东西赐给他想赐给的人，但是却不允许有人未经死神大人的允许去取走它们。"

死神使者冒着红色火苗的眼睛再次开始闪动，用他特有的声音语调对着厅中坐着的每一个黑袍人说着。

随着死神挥手的动作，装置"神谕"的盒子发出了炽眼的蓝色光芒，随即又黯淡下去，变成了一个普通的旧盒子的模样。

死神使者看了那个装着"神谕"的盒子一眼，盒子向着那个被闪电捆绑着、悬浮在两人面前的暴君身前飞了过去。那个盒子悬浮在此人的身前，盒子内的"神谕"再次爆发出蓝色的光焰，不停地旋转飘浮着。

凯斯忽然有些好奇这个暴君的身份。自从他在索婆阿腾纳斯教派的那两个警察那里听过这些关于复活暴君的事情之后，他对这件事儿从一开始的好笑怀疑到逐渐接受，也花了不小的时间。其间他曾经遇到了丧心病狂的尼禄和隐藏于坎贝尔家族背后、坐镇指挥西蒙和他的警察局去控制 M 国民众的伊凡大帝，也和化名为塞克斯汀的路易十六同行了一阵，但是在他短暂的旅途和有限的冒险历程里，他并没有见过其他的暴君。当然，那个躺在铁盒棺材里的成吉思汗不算。凯斯觉得，那只能算是一具暴君的尸体，不能算是某位暴君。

伴随着死神使者的动作，缠绕在那人身上的闪电绳索突然解开，那名穿着黑袍的暴君也缓缓坠落下来，像尼禄和路易十六那样，匍匐在死神王座的脚下。

"这个人会不会是掌管坎贝尔家族的伊凡大帝？"利兹看着这名黑袍人的背影，偷偷凑过头来，向弗里曼询问了一句。

"我也不知道。应该是吧。"弗里曼心不在焉地答了一句。眼前的这些东西极大地超出了他的认知范畴，让他一时之间有些答不过来，毕竟在他曾经的认知里，科学体系能够解释这个世界上的一切。更何况，他们这一路上过来，见过的、听过的暴君，也不过就那么两三个而已，但是现在看来，他们完全错了，整个大厅之中乌乌泱泱的黑袍人应该都是历史上曾经有名的暴君，这些暴君，有些他听过名字，有些他没有听过名字。

"铁木真，你拿到了'神谕'，要代替死神大人更好地管理那些人类，威慑他们，让他们不敢犯上作乱；同时也要管理他们，让人类世界维系正常的运转。你要继续做一个让民众敬畏到不敢靠近却又不得不服从其命令的君主，要始终相信那句话，深信不疑加上思想极其狭隘，会赋予某个拥有声望的人以强大的力量。不过，只有满足这些条件，才能无视障碍、表现出坚强的意志，这样的暴君才会受到死神的嘉奖。群众本能地从这些精力充沛、意志坚定的人当中找到他们都永远需要的主宰。科技只是一种辅助的手段，有了这种辅助的手段，你才能更好地管理你的民众。"

死神使者又发表了一段长长的宣讲。凯斯明白，他的这些宣讲，不仅是针对现在匍匐在他脚下的这个叫铁木真的家伙，还针对坐在这些座椅上的，所有身穿黑袍、头罩铁面的暴君。

"不是吧……这个人，他竟然……就是成吉思汗……"利兹看着眼前的这个黑袍人，眼见他摘下了自己黑袍上的兜帽，取下铁面，对着死神行礼的动作，忍不住在口中喃喃自语。

"这……是托比要复活的那个暴君？"凯斯听见了利兹说的话，犹疑着问了一句。

"对……"利兹还沉浸在自己的讶异之中没有回过神来，但是刚才恐怖的一幕让他本能地压低了自己的声音。

凯斯想起了自己在托比运过来的那具铁盒棺材之中看到的尸体，又看了看眼前这个身材魁梧的暴君，觉得容貌上的确有些相似之处，但是仔细看，应该还是有所区别的。

"我听说那些东方人喜欢把他们的样子画在画像上，但是绘画部分，总是会有一些失真的地方。或许托比就是被那些画像骗了。"利兹见死神正在将装置"神谕"的盒子赐给那个叫"铁木真"的暴君，见缝插针地凑过来说了一句。

"好吧。"凯斯听了利兹地解释，觉得自己越发有些同情起托比来。

两人再次抬头时，死神的赐盒仪式已经完成了，那些闪电再次流动起来，将这个名叫铁木真的暴君缚起，带着他飘向了自己原本的位置。

第一一七章

"时间到了。"死神使者看了一眼被闪电束缚着飞回自己座位上、身着黑袍的铁木真，缓缓说了一句。

死神眼窝之中的幽暗的火焰再次腾起，他轻轻挥了挥手，坐下的藤蔓开始疯狂地生长，将身穿黑袍的死神整个包裹其中。黑色藤蔓将死神整个包裹成了一个厚厚的茧子，伴随这些藤蔓的生长和蔓延，死神端坐的那把黑色的椅子下也开始蔓延出了大量的烟雾。这些烟雾向着端坐在大厅之中的那些暴君们涌了过去，很快就把他们湮灭了。凯斯端坐其中，这些黑色的烟雾也向他和米雪儿、利兹、弗里曼涌来。烟雾遮挡了凯斯的视线，朦胧中，凯斯只能看见被黑色藤蔓整个包裹的死神王座。

这些黑色的烟雾一直涌上了穹顶，在这些黑色烟雾与穹顶接触的那一刹那，凯斯似乎听见这些藤蔓发出了咝咝的吼叫声，似乎正挣脱某种束缚，扎根大地，并向大地深处蔓延。

随着这些藤蔓枝条向着大厅的地底钻去，整个大厅发出了皴裂的声响。这些皴裂的声响和凯斯头顶上穹顶之中黑云翻滚里的轰鸣雷声混淆在一起，让整个大厅都动荡起来。

伴随着眼前这些黑雾弥漫，凯斯转过头，看见他身边的那些暴君们的座椅上空了不少。这些暴君有些被黑色的浓雾裹挟着，不知道被死神带到了哪里。凯斯看见这团黑色的烟雾还在继续弥漫，弥漫到其中一位暴君的脚下，将这名暴君裹挟其中，然后拉着他向死神的座位飞去。

黑雾飘动，彻底遮住了凯斯的双眼，凯斯感觉到这团黑雾向着自己脸上戴着的铁面罩之中钻了进来，熏得他双眼有些模糊。好在这些黑雾并没有什么味道，但是身在这种黑雾之中，凯斯不可避免地从心底生出了一些恐惧，仿佛自己置身在无边无尽的幽暗地狱一般——虽然他也并未见过什么地狱，但是他脑海中却莫名其妙地产生了这种感觉。

在黑雾的遮挡下，凯斯身边的东西也变得影影绰绰，模糊之中，他只能看见自己身边坐着的暴君越来越少，眼角的余光之中，只能瞥见为数不多的几个黑色身影。凯斯焦虑地转过头，看见利兹、弗里曼和米雪儿这三个人还在自己的身边，稍微松了一口气。当然，在这样的地动山摇之中，他们三个也像凯斯一样恐惧，紧紧抓住自己座椅的扶手，生怕自己在这种摇晃之中摔下整个大厅。凯斯感觉黑雾慢慢向自己的脚下渗透，脚下也传来了一股冰凉的冷意，整个人像是被浸泡在极地的海水之中，冷得他牙齿直打战。

他拽了拽利兹，利兹也和凯斯一样，感觉到他们整座大厅似乎都要在这种晃动之中塌陷下去。他感觉那些黑色的藤蔓似乎已经穿透了整个审判大厅的地板，沿着地板向着整个塔底蔓延，想要扎根到塔底的深处。

凯斯都能感觉出利兹对这件事儿的恐惧透过黑袍和铁面发散出来。凯斯心中也有一种想逃走的冲动。他抬起头，本能地想要在黑雾之中搜索出一条出行的路径，不提防头却撞在了座椅上。凯斯这才看见，原来这些座椅竟然是悬空在整个大厅上的。伴随着这些黑雾的渗透，死神使者带领凯斯进入大厅时的实地已经变成了这些虚幻的烟雾。

凯斯瞬间想起，他们是跟随死神使者来到这个大厅，如果自己真的要离开这里，首先得想办法从这座高塔上下去才行。这个认知让他有些懊恼。

凯斯在座椅的晃动之中努力搜索着死神使者的位置，却发现大厅之中的黑雾越来越多，也越来越浓密，尽管凯斯抬头努力搜寻，最终也只能看见死神使者眼窝之中那团若隐若现的红色火苗。他发现每当有黑雾裹挟的黑袍暴君靠近死神那个黑黢黢的座椅，那团红色火苗就会跃动，发出忽明忽暗的光芒。凯斯清楚地知晓，只要自己看见红色光焰的跃动，那就意味着死神使者正在发表着什么宣判。或许就像他之前说的，他正在对这些人进行着死神大会上的审判。但是在这团黑雾的包裹之中，他似乎已经隐藏了他的声音，或者说，他现在的宣判内容，只有死神、那些被审判的暴君和他本人才能听得见。

伴随着他们的动作，整个大厅之中的黑雾越来越浓郁，天空之中雷声越来越响，闪电也一次比一次更亮。凯斯看见闪电穿过了整个大厅的黑雾，似乎要将死神和暴君们所在的整个大厅劈开。

凯斯感觉到自己的座椅发出了剧烈的震荡，这种震荡几乎要将他从座椅上震动下来。凯斯紧紧地扒住了座椅。下一刻，座椅的摇晃让凯斯几乎整个翻转了过来。那些黑雾已经灌注了整个大厅，和整个拱顶上的黑色浓云纠缠在一起，两者互相渗透，将整个大厅变成了一团混沌的、被电闪雷鸣包裹着的、充满着黑色雾气的球体。

凯斯和弗里曼已经被这团流转的云气卷了进去。米雪儿看到凯斯被卷入到黑云和雾气当中，连忙伸手拉着凯斯的黑袍。这个动作直接将她也卷入到了这团流动的夹杂着电闪雷鸣的球状雾气之中。利兹虽然死死地扒着座椅，但是在片刻之后，连人带整个座椅被卷入到这团黑雾之中。凯斯感觉这团黑雾变成的球体流转得越来越快，那些身着黑袍的暴君们似乎已经整个变成了一道道黑色的幽灵，融入了整个雾气之中。起初的时候凯斯还感觉到自己在这团黑色的雾气之中晃来晃去，但是随着这种晃动越来越剧烈，凯斯的意识也越来越模糊。迷迷糊糊之中，凯斯感觉自己和利兹、弗里曼也一起化成了一个黑色的幽灵，渐渐融入了这团黑雾，似乎变成了黑雾之中的一部分。

幽暗之中，凯斯感觉两道红色的火苗忽闪忽现。不知道又过了多久，他才重新睁开了眼睛。

一束光从缝隙之中透了过来。凯斯看见这束光，感觉这束光似乎有点儿像利兹所说的那种"阳光"。他揉了揉眼睛，站了起来。他的身体很轻盈，像是获得了某种新生。凯斯抬头，扫了整座大厅一眼，这座大厅很空旷，里面除了中央区域有一个黑黢黢的铁椅子之外，别无他物。这个铁椅子像是用黑铁浇筑的。凯斯看着这个黑色的铁椅子，觉得这座大厅似乎有些眼熟。

死神使者来到了凯斯身边，冷冷地看了凯斯一眼，眼中红色的、幽暗的火苗轻轻跳动了一下。

这个瞬间让凯斯想起了之前的经历。他和利兹、弗里曼还有米雪儿三个人在密林之中遇到了这个死神使者，在他的带领下，他们来到了这座路克斯塔，并在这里经历了一场死神大会。

凯斯打量着这个大厅，这个大厅和自己刚才看见的那个大厅有些类似，只是穹顶上并没有翻腾的黑云，只是雕刻着普通的图腾，就像凯斯在巴黎看到的那些建筑一样。整个大厅之中空荡荡的，只有死神使者站在自己的身边。

凯斯找寻米雪儿三个人的踪迹，却发现他们并不在这里，整个大厅之中就只有自己和死神使者。

"他们在另外的空间里，和我的分身在一起。他们也会获得和你同样的信息。"死神使者眼窝中的火苗跃动，凯斯没有见到死神使者张口，却听见了他发出的声音。

"死神大会已经结束，新的死神即将降临，莫斯特伯阿米克时代终结了。"死神使者仍然用他那种冷冰冰的口气说着，他的声音十分飘忽，和凯斯之前感受到的那种如同骨骼敲击石磬的声音有着很大的区别。

伴随着死神使者的声音，整座大厅正中央突然出现了一个身影。凯斯怔怔地望着转过来的那个面庞，发现他脸上涂抹着某种各种各样的类似于油彩的颜料，嘴角似乎被什么人用画笔勾勒出一个笑容的弧度。伴随着他的动作，那个原本黑黢黢的、像是生铁浇筑过的椅子突然变成了舞台上那种可以随意转动的高脚的椅子，一瞬间整个大厅重新被填满了座椅，只不过这一次座椅上坐着的却是那些欢欣鼓舞的人。新死神挥了挥手，他身边出现了许多和他一样绘制着小丑妆容的人，这些人围绕着他又唱又跳，似乎像是在进行着某种表演。一瞬间整个大厅变得像个欢腾的舞池一般，充斥着炫目的闪光灯、刺耳的尖叫声和欢腾的热闹的氛围。

凯斯呆呆地看着这一切，一时觉得有些难以适应。一个时代就这样悄悄落幕了，而自己经历过的那一切，就好像是一场幻梦。

"他们在其他空间里，看到的也是同样的场景。"死神使者看了凯斯一眼，又一次从凯斯脑海中读出了凯斯的所思所想。

凯斯感觉那个坐在座椅上的小丑模样的死神不停地挥动着自己的双手，在这个类似于狂欢舞池的大厅之中挥着手又唱又跳，身旁围着的那些小丑也做出了和他同样的动作。

伴随着这个小丑的动作，整个大厅背后出现了巨幅的屏幕，一幕幕闪过的镜头，就像凯斯曾经在电影之中看到过的那些场景一样。自由之都在这些镜头之中一掠而过，凯斯看见，自由之都上空恢复成了自己在电影之中看到过的那种蔚蓝的天空。有几只他在密林之中见过的"鸟类"从自由之都的上空飞过，虽然他叫不出这种生物的名字来，但是他却本能地感到某种亲切。

"是时候该走了，我会指引你回到你的世界。"死神使者看了凯斯一眼。

"等一等……"凯斯疑惑地望了望眼前的死神使者，又抬眼看了看四周的一切。

"这一切，究竟是一场梦，还是真的发生过？"凯斯心里想着还没问出口，死神使者便淡淡一笑："东方有一句话叫'是耶非耶'，你也可以将发生过的事情看成是现实世界在某个虚空之中的投影。当一种文明形态高于另一种文明形态，一种科技领先于另一种科技时，这种文明和科技对你们来说，或许只能用神秘学来解释。但事实上，所有管理你们的主宰，只是一种称谓、一种科技生物，你们想要把他们称为'死神'也罢，想要把他们用你们所熟悉的表述和科学领悟解释也罢，对这种科技和文明的本质，也不构成什么侵害。毕竟，人这种生物的精神世界，需要逻辑自洽，才能说服自己。好了，回到你该去的地方吧。"

死神使者轻轻抬了抬手，他眼中的火苗向全身蔓延，最终变成了一团红色的烈焰。凯斯看着这团红色的烈焰，意识再次模糊起来。

凯斯感觉到自己在迷迷糊糊之中似乎重新回到了直升机之中。这架直升机和他们来的时候一模一样，仍然停在那片草场上。凯斯的头动了动，感觉自己像是刚醒过来一样，但是当他想要站起来时，却发现自己全身像被撞击过一样酸痛。

阳光已经透过直升机的机舱洒了进来。虽然凯斯在莫斯特伯阿米克时代从来都没有见过阳光，但是当他从梦中醒来的时候，他却本能地感觉到这种光应该叫阳光。虽然他也不知道自己到底是从哪里得知这个单词的，但是他觉得他的理解应该没有错。

"该死的！直升机在降落的时候撞到这片草地上了。弗里曼，你应该再多加点儿缓冲的，你下降的时候太急了！"利兹揉了揉自己的额头，忍不住向弗里曼抱怨了一句。

凯斯站起身来，在他抬眼的那一刹那，他似乎看到有两团细小的红色火焰的东西消失在密林之中。这两团火焰转瞬即逝，不等凯斯细看就已经消失了。

"真奇怪，我竟然梦到我们看见了那个给我们发放食物的死神。"弗里曼也抬起了头，嘟囔了一句。

米雪儿的撞击似乎最为严重，她到现在还没有醒过来。凯斯对米雪儿进行了一番急救，她才悠悠转醒。

"该死的，这个追踪器上的红点消失了！"几个人说话的当口，弗里曼低头看了一眼屏幕，这才发现之前一直困扰几个人的红点和追踪器上发出的报警声已经消失了。

"反正那个'神谕'对我们来说也没有什么大用……"利兹看了凯斯一眼，迟疑着说了一句话。

四个人互相看了看彼此，想起了自己在梦里所见的情景，最终还是决定以直升机损坏为由，将直升机开回自由之都，放弃对塞克斯汀和那个叫凯莉的女人的追踪。

第一一八章

返回自由之都已经是一个月以后的事情了。弗里曼驾驶着直升机，再次穿行过他们此前经过的那个沙漠，凯斯站在玻璃窗边看了许久。这一次，他们并不需要直升机上的安装的探照灯就能清晰地看见沙漠之中的景色。

中间他们停在格陵兰岛之前的那个小镇上休憩了大半个月。直升机落地的时候受到的冲撞比他们想象的要严重，小镇上交通不方便，利兹和弗里曼跑了很多趟才把修理的工具采购完备。不久之后，格陵兰岛又碰上了暴雪天气，等待直升机能起航时，半个月已经过去了。

凯斯透过直升机的玻璃窗，看见漫漫无际的沙海向天际蔓延，觉得一切恍如隔世。上次他们是为了取走"神谕"而来，现在他终于有点儿闲暇欣赏这里的风景。

回到了自由之都之后，凯斯在家里休息了一天。他决定去找西蒙。凯斯想，没有了"神谕"这样的鬼东西惹来争端，他和西蒙间的关系应该能改变不少。有联邦警署给自己提供信息，米雪儿的哥哥——阿姆塔奇被杀的案子应该能很快就查找到新的线索。

在回自由之都的路上，凯斯已经和赛洛通了一个电话，他请赛洛帮自己黑进了联邦警署的户籍系统。在这个户籍系统里，凯斯查到了米雪儿的信息。米雪儿仍然还是正常的 M 国公民，并没有和其他的莫斯特伯阿米克时代的变异人一样遭到狩猎和追捕，甚至被某些有心人豢养，成为黑市上肉人的一种。在凯斯不在的这段日子里，他听赛洛说，黑市上供应的那些肉人已经有了新的亚种了——除了之前让他们尝鲜的那些肉人之外，现在还有一些可以供男人们赏玩的女肉人。这些女肉人身材火辣，模样姣好，性情还很温顺，只不过这样的女肉人比较难以培育，在黑市上也要有关系才能弄到一个。

凯斯想起了之前被复活的那个坎贝尔，或许以他的手段，他应该能够弄到一个。当然，西蒙应该也可以弄到。这些道貌岸然的家伙们，背地里干的都是那些非法的勾当——虽然他们现在的关系缓和了一些，但是凯斯始终相信，某些人的本质应该没有那么容易改变。

下直升机的那一刻，凯斯站在蔚蓝的天空下，感受着莫斯特伯阿米克时代远去之后的新鲜空气。他看见了自己曾经在小丑所在的那个大厅之中看到的，水鸟从自由之都码头的上方飞过天空的场景，这个场景让凯斯有种恍若隔世之感。

凯斯与利兹、弗里曼告别，租了一辆车，向着他租住的那个侦探所开去。沿途的一切还是和他离开时一模一样，仿佛他经历的一切都从来没有发生过。他终于在阳光之中看到对面那座大厦上的霓虹做出来的字样。这些字样看起来已经十分老旧了，除了已经掉落的部分之外，剩下的那些彩色字上也落满了灰尘。大厦外观上油漆斑驳，到处都是皴裂，有些地方甚至露出了里面的白灰，像是几个世纪之前就荒废在自由之都的这个角落一样。

M国人一向喜欢这些有点儿年代感的东西——凯斯想，虽然这个东西看起来又脏又乱，却令人有着某种熟悉的亲切感。凯斯一边向着自己那个破旧的侦探所走去一边打开了手机。

他滑动手机，想从手机上找到自己熟悉的那个网页，以便查询一下自己那些智能桌椅还有多久的租期。他顺便也看了一眼自己银行账户上的数据，米雪儿之前支付的三千五百元还剩下两千三百五十元，这些钱也够他用好一阵子了。

网页跳了出来，上面有客服的连线服务。凯斯直接接通了客服的视频。视频上是一个猫的头像。凯斯本以为接电话的会是之前羞辱过自己的那个电子管家，但是视频打开，跳入凯斯眼帘的却是一个人身猫头的女人。幸好凯斯曾经在电子杂志上看到过猫咪，知道猫咪这种动物并没有什么害处，不然他还以为这是什么怪物呢。这个女人操着熟练的英语和凯斯打招呼，询问凯斯需要什么服务。

凯斯以为自己出现了幻觉，他有点儿茫然地挂断了视频电话，又低头看了看那个管家的个人资料。这个猫头像的女人叫多莉。多莉在视频网页上也用了一个猫咪头像来作为自己的个人头像。一开始凯斯以为她是从电子杂志上整个下载下来的图片来替代自己的头像，但是仔细看下去，却又觉得并不是那样，这个头像动态的样子，和自己刚才看到的多莉本人竟然有些类似。

这个发现让凯斯吃了一惊。他拨通了西蒙的电话，想要问问他这到底是怎么回事。电话接通的瞬间，凯斯听到西蒙的声音，这才感觉回到了自己熟悉的领域。

"我也不知道，但是一个月之前就已经这样了。"西蒙无奈的语气透过电话传了过来。

西蒙在电话里告诉凯斯这里发生过的一切——起初是食物发放机被收走了，紧接着之前被收走的那些生物突然重新出现。但是街道上出现了许多具备和人类同样意识的动物——当然，他们的外形和人类不一样。政府最开始把这些动物当成变异人，派出警力追逐了一阵，但是这些动物似乎具备和人类一样的思维模式，他们组成了各种联盟，向政府抗议、积极地参与社会活动，很快就渗透进人类的工业体系中。这些人类化后的动物也会使用武器，和人类一样能使用科技产品、电子产品，他们有组织地控制了一小股部队，向政府发动了武装袭击。为了防止事态进一步扩大，政府派出组织代表来与他们和谈，承诺给这些动物人划定一定的生活区域，提供一定的工作岗位，以暂时稳住这个新出现的群体。

"所以，就是我现在看到的这样？"凯斯有些吃惊。

"大体就是这样吧。"西蒙毕竟适应了一个月，他似乎已经完全接受了这个事实，"政府强制要求那些企业给动物人提供一定的岗位，如果企业为动物人提供岗位，会给他们某些税收上的优惠。"

"所以说，那些资本家很快就接受了这一点，然后就和这些动物人融洽相处了？"凯斯想起了那个猫头的多莉，心理上还是觉得有些难以适应。

"不然还能怎么样呢？"西蒙无奈的声音响了起来，有点儿让凯斯意外的是，西蒙突然问起了米雪儿的事儿。

凯斯迟疑着说出了米雪儿的事情，他从自己第一次见到米雪儿开始叙述。当初米雪儿和他哥哥错把凯斯当成了皮埃尔，在他们从皮埃尔那里搞到了一个保险箱之后，米雪儿的哥哥阿姆塔奇还有和他们同行的两人全部被杀了，凶手似乎至今还逍遥法外。米雪儿告诉凯斯自己和阿姆塔奇是从 dormer 庄园逃出来的，为此凯斯特意和她一起跑了一趟。当然，这中间还发生了许多意外和转折，有些是西蒙知道的，有些凯斯也并没有详述。

"政府让我们排查这些动物来源时，我们突袭了自由之都，在那里发现了一帮流窜作案的毒贩——可能是从黑市上来的。这帮毒贩听说有个人靠着作弊软件赢了一大笔钱，然后他们在某天夜里喝醉之后，想要袭击那个人，顺便把他赢的那些钱抢过来。但是根据那些毒贩的口供，他们那天晚上好像走错了楼层。"西蒙语速飞快地告诉了凯斯这件事儿。按道理来说，他是不应该把这些事情告诉凯斯的，但是现在警署本身似乎还处在动荡的时期当中，所以他也就无所谓了。

"如果有什么其他线索，我会通知你的。如果是你们那栋楼的话，你可以留意一下，之前有什么人去酒吧赌博过。琼恩是你们那片区域的巡逻警察，有什么发现你也可以打电话给他。一会儿他会把案件传真发给你。"西蒙简短地交代了凯斯一句，随后便有些疲惫地挂断了电话。凯斯错愕地站在原地，想起了米雪儿哥哥被杀的案子，只觉得头脑嗡嗡作响。

他的脑袋里一瞬间飞出了许多念头，自己当初在酒吧时用赌博软件作弊的情景，还有他和米雪儿这一路的经历，当然，还有当初来找自己的琼恩和托比。凯斯怀疑西蒙背后的支持者可能换了，他想起了自己在路克斯塔时的那段经历，暗自揣测着那些暴君的去向——如果莫斯特伯阿米克时代已经结束了的话，或许现在坎贝尔家族的实际控制者已经不是伊凡大帝了。他随即晃了晃脑袋，不管这个人是谁，都和自己无关，他不过是个住在佛理森特的小侦探而已，如果接不到新的案子，他很快就会再次为生活发愁了。

一个司机差点儿撞上了站在马路中央打电话的凯斯，他冲着凯斯骂了一句，打着方向盘将车从凯斯身边驶离，只留下汽车尾部弥漫的烟尘。凯斯抬起头看了看，四周的人渐渐多了起来，人群之中混杂着一些像动物一样的人，这些动物人有的夹着公文包，有些推着婴儿车，正在等待红绿灯变灯。其中有些动物人正在低着头和旁边的人交头接耳，凯斯侧耳听了一下，发现西蒙说的没错，这些动物人们操着的也是一口纯正的英语。一个穿着西装的马男看到凯斯，自动让出了一个位置给他，显得彬彬有礼。

凯斯冲他点了点头，马男也礼貌地回应了凯斯。

凯斯一边想一边回到了自己居住的地方。侦探所之中还是凌乱不堪，地面上各种资料散落了一地，凯斯无心收拾，躺在他那个还未被搬走的智能旧沙发上休息。这个沙发破了一个洞，是他当初用枪打的。

凯斯放在桌子上的传真机响了起来，凯斯走近看了一眼，是西蒙安排琼恩传过来的结案资料。

凯斯看了那个结案资料一眼，把结案资料放在桌上，拨通了米雪儿的电话。电话很快就接通了。凯斯把案件详情简短地告诉了米雪儿，并邀请米雪儿到自己的侦探公寓来。

做完了这一切，凯斯又一次躺在沙发上，呆呆地望着天花板上那些斑驳的斑点。

又过了一会儿，门口传来敲门声。

凯斯走到门边，拉开门。门外站着的竟然是米雪儿。米雪儿和凯斯在机场就分手了。凯斯看着米雪儿脸上的精致妆容和她隐藏于烈焰红唇后的美貌，觉得米雪儿回家大概只做了化妆和换衣服这两件事儿，他看着米雪儿，想起了当初他们被打扰的那次亲密。

米雪儿似乎读出了凯斯的心思，主动向凯斯贴了上来。凯斯搂着米雪儿，脱掉了自己那件脏兮兮的旧大衣，和米雪儿一起跌进了那张有个破洞的沙发上。

两人很快纠缠到了一起。凯斯又一次感觉到了自己当初在蓝色炽焰之中的心旌神摇，在路克斯塔顶层时的那种动荡——当然，这一次是在米雪儿的身上。

完事之后，凯斯迷迷糊糊地睡了过去。等他醒来的时候，米雪儿已经走了，和她一起消失的还有桌子上的那份结案报告。凯斯的手机还在原地，凯斯拿起手机，想要拨通米雪儿的电话，却发现里面所有和米雪儿有关的信息已经全部被她删除了。

凯斯奔到楼上去，看见之前皮埃尔的东西已经被扫荡一空，保险箱门洞开着，里面的钱已经全部被人拿走了。他又看了看自己的手机里面的银行存款，那两千三百五十元倒是还在。

"该死！"凯斯骂了一句，随后装作若无其事的样子，将手插在口袋里，吹着口哨走下楼去，重新躺回了他那个破了一个洞的沙发上。

但是这一次，他却无论如何也睡不着了。

"所以呢，你觉得偷盗我珠宝的人到底应该是谁？"凯斯对面的女人歇斯底里地吼叫着，飞溅的唾沫几乎喷到了凯斯脸上。

姑且称呼这个女人为鹿小姐，她的口水星子要比一般的人多得多。当然，比起昨天来的那位猪小姐，凯斯觉得这还算是好的了。

毕竟这个人没有猪小姐那样的一口黑牙，他只能勉强这样自我安慰。

自从小丑死神接替原来的大主宰之后，这个世界就变成现在这样了。凯斯抖了抖自己手中的烟蒂，继续听这个女人反复述说丢失的珠宝对自己有多重要。

"如果可以的话，我希望您能多告诉我一点儿关于案件的信息。"凯斯无奈地耸了耸肩。

虽然自从小丑死神降临之后，他就不得不接受这个世界上某一部分人变成了现在自己看到的样子——但是他仍然对眼前的情景感到有些不习惯。

他也是回到了这个世界才知道，小丑死神虽然将动植物归还给了这个世界，却又带来新的变化——他随机抽取了一些人类，并随机将他们中间的某些人变成了人身动物头的模样。

凯斯在心里嘀咕着这个案子的案情，自动忽略了这位鹿小姐的抱怨。自从这个世界恢复了某种秩序之后，事情却开始往更加无法预测的方向发展了——因为适应不了物质的空前繁荣，人们竟然变得彬彬有礼起来。当然，凯斯也接触过另类的案件——比如那种躲在屋子之中很久不出现，最终因为孤独死去的一部分人。

"至少食物短缺的时候，人们还有为生存搏斗的活力。"凯斯含着烟斗，忽然觉得自己竟然还有些怀念莫斯特伯阿米克时代。

因为现在找他的人多了些，所以他也从之前的佛理森特搬了出来。如今他的侦探所终于开在了大街上，这是一个两家合租的店面，另一半是卖珠宝的。珠宝商是位银发黑眼的大汉，偏偏长着一个马头，每天都会戴上各种各样的珠宝在门口拉客。

凯斯大概看了一眼，他手上戴的金链子大概就有五条，鼻子上还穿着一个鼻环。总而言之，只要是能挂上挂饰的地方，他几乎都挂满了——他看着凯斯皱着眉头，虽然什么也没有说，但是嘴角隐隐浮起一丝心照不宣的微笑。

为了让自己的侦探所看起来有品位一点儿，凯斯专门找人在地板上铺了一层厚厚的蓝色地毯，摆了几张蓝色安乐椅，每张旁边有高脚烟灰缸，买了几套真皮书衣的书散放在窄茶几上，还买了几本自己永远也不会翻开的书放在玻璃柜里。此外，他还在店里装了一扇单门隔板，将店隔成前后两个空间，把自己所有的杂物都堆在了后面。

侦探所的角落摆了张小桌，桌上放置着一盏有灯罩的台灯。据说这样可以让来访者有效放松——虽然凯斯并没有感觉到这个东西到底有什么效果。

说话间，这位鹿小姐突然站起来，婀娜多姿地理了理自己头上的毛发，紧致的大腿裹在吸光的黑色紧身连衣裙里。虽然顶着鹿头，但是她的睫毛膏涂得很厚，耳上仍然戴着大黑玉耳环，头发在耳环后飘曳，指甲也涂得银光闪闪。

"案情就是如此，您帮我找到了我的东西，钱我一定会尽快付给您的。"鹿小姐用自己都不相信的轻佻语气对凯斯说。

鹿小姐说完，从自己的钱包里抽出一张钞票递给凯斯。

"放心吧。我一定会尽心尽力的。"凯斯接过钞票，强忍着自己的不耐烦和鹿小姐握了握手。

"您这个地方可真够简陋的。"鹿小姐不屑地说了一句，"要不是他们都说你这里不错，看到这里的装修，我都不会进来的。您抽空儿得好好装饰一番了。把这些椅子都挪到另一个地方去。这里应该放两盆花，还有那里的挂画……"

"夫人，这里不是您的家。"凯斯礼貌地打断了鹿小姐。

"哦哦，我忘了。那就请您尽快帮我找到我丢失的珠宝。"鹿小姐轻蔑地笑了笑，踩着高跟鞋旖旎而去。

凯斯看着鹿小姐离去的背影，轻轻揉了揉自己的头，预备挂上"今日歇业"的牌子。

他走到门边，听见对面的乔治和长着猫头的维利安又开始吵闹起来。

这两个家伙是新近搬过来的一对双胞胎，据凯斯观察，他们目前应该都是没有工作、游手好闲的家伙。

"喂，你别把我的东西弄坏了。"

乔治十八岁，生得皮肤黑黝黝的，中等个儿，但是由于比较瘦削，所以显得比实际上要高一些。

维利安一点儿也不比他矮，但是因为生得粗壮，又长着一个猫头，所以看起来十分滑稽。凯斯知道，乔治私下里称呼他为"小胖子"。但是维利安本人对这个名字十分敏感，他喜欢自己的正式名字，并强迫人们叫他的姓——特瑞维利安，或者这个姓的任何体面的变音。好像为了进一步证明自己已经长大成人，他固执地蓄起了鬓须和短撅撅的两撇小胡子。

从凯斯的角度看，维利安非常紧张，浑身冒着汗，乔治（这时维利安已经不再叫他"卓季"，而是从喉咙里含混地咕哝出"乔治"这个声音）看到他这个样子竟觉得非常有趣。

他们仍然站在街道对面，正在喋喋不休地说着什么。

特瑞维利安把身体探过来说："我真不懂，干什么让人这么等着。"

"还不是形式主义！"乔治说，"哪儿也免不了这一套。"

维利安说："你怎么能够这样处之泰然？"

"我没有什么着急的。"

"哎呀，老弟，你简直让我觉得讨厌。我真希望你最后什么也当不成，只能做个合格的施肥员；到那时候我倒要瞧瞧你的脸色。"说完，他的目光焦急不安地把四周的人扫了一遍。

凯斯明白，他们在谈论着他们要报名参加的一个什么演员的竞选，这些游手好闲、无所事事的家伙总是幻想着自己能一飞冲天。

"我觉得，我就是他们需要的特型演员。"维利安低声说着。

"如果你能减减肥，我想你的胜算会更大的。"乔治也向周围看了看，似乎对维利安的说法心不在焉。

凯斯看着对面那张残破的海报，对两人的期待不以为然。从这张海报上他就能分析出来，这个号称自己是影视投资者的家伙十有八九是个骗子。当然，凯斯的判断并不能阻止那些年轻人在外面排着长队。

于是，从凯斯的角度望过去，只能看见各种动物的头在自己眼前晃动着。

这些人一个个皱着眉头，显得很不自然。他们拿起各自的衣服和随身携带的东西到对面的那间屋子里去探询结果。

每个从那间屋子里走出来的人，都被仍然等候着的小伙子围住。

"怎么样？"

"你有什么感觉？"

"你想你会成个什么样的演员？"

"你觉得跟以前有什么两样吗？"

凯斯听见乔治的话语声中流露出无限向往，乔治实在无法克制自己的渴慕心情。

乔治的脸庞本来就不胖，大概是由于最近吃不饱饭——凯斯想，他看起来更加瘦了一圈。他的身躯比较瘦小，但是一双蓝眼睛却仍然像过去那样炯炯有神。他的手放在自己手中拿着的宣传单上，半握着拳头，给人以囚禁在樊笼里的感觉。

凯斯听见维利安挑衅似的说："我想你应该忘了上次自己在另一场演员竞

选之中是怎么被打击的吧。瘦猴——这就是主考官对你的评价。"

说话间，一个长着猴头的人向两人所在的方向望了一眼。

"这是一次新的选拔，他们并没有判断出我真正的潜力，"乔治暴躁地说，"这是事实。我已经告诉过你——"

"不错，你已经告诉过我，但是你心里也明白，关于你的事儿，任何人也没有弄错。"

"难道因为谁也不肯认错就能说没弄错吗？你认为，如果不对他们施加一些压力，他们会承认把事情办错了吗？——哼，我就要给他们加点儿压力。"

"负责分析的人是绝对不会弄错的。"维利安用猫鼻子嗅了嗅。

"绝对是他们弄错了。难道你对我的智力还怀疑吗？"

"智力同这件事儿毫无关系，不是已经多次同你谈了吗？难道你还不理解？"维利安回复着，"我竞选的是特型，特型演员，他们只要长着猫头而不是人脸的人。"维利安的语言之中透着得意的劲儿。

乔治显然也感觉到了他这种得意，他冷冷地说："你过去想到过你会落到这步田地吗？"

"什么叫这步田地？我是准备在这次选拔之中大展宏图。"维利安几乎是用怒吼的腔调说这几句话。

"所以你就知足了，你就心满意足。你还挺高兴，你喜欢这种生活？你不想到别的地方去了？"乔治气得咬着牙，牙龈都龇了出来。

凯斯冷冷地关上了自己侦探所的门，将这场无聊的谈话隔绝在了门外。当然，他也懒得去看那些长着动物头的人类，每当这个时候，他都会照照镜子，庆幸自己并不是被小丑死神随机选中的那一分子。

好在凯斯几天后就要去往罗马，暂时远离这个海港城市中心的一切。老实说，他实在受不了这些恶俗的动物头在自己的眼前晃来晃去。

抵达罗马的时候是周一的下午。凯斯无所事事地待了几天之后，发现自己竟然在某几个瞬间，还有些想念起中心城市庸俗又喧闹的生活来。

他强压下了自己的这个念头。

罗马城中也处处可见动物头人身躯的动物人。只是这些动物人的举止比凯斯之前待的地方的动物人的举止要优雅得多。他是来这里确定鹿小姐的珠宝的原产地的。从凯斯内心而言，他第一次见到鹿小姐之后，对这个女人的感觉就不太好。他不相信这个女人所说的珠宝值那么多钱，所以他特意来罗马跑一趟，确定这款珠宝的珠宝设计师和设计年份。

完成任务之后，他越发感到无所事事。他觉得自己还是在中心大道那个闹哄哄的地方更自在，于是便急不可耐地跑到大街上，到处去寻找酒吧、妓院，以及一切可以寻欢作乐的地方。

他从来没有忘掉当初米雪儿的笑声和她那从不让外人看见的伤疤，更没有忘记黑市之中那个嗜酒如命、头发蓬乱、泪眼模糊的浪荡相好露西。

凯斯抽了一支烟，想起了那女人总是穿着一件橘黄色的缎子衬衫，从来不扣扣子，胸脯上紧紧束着一只白色乳罩。她的手上总是戴着一枚橙红色浮雕宝石戒指。裙子撩得高高的，露出她那修长的大腿。

罗马的街边也有一些这样的夜莺。自从小丑死神降临到这个世界以后，凯斯真正理解了夜莺的含义，也明白了为什么莫斯特伯阿米克时代以前的人会把这些女人叫作夜莺。

他在这里也找了几个女人。其中有一个待人十分和气的胖女佣，说话的时候总带着一些口气。她说有人点了自己，简直高兴极了，可凯斯却并没有和她发生什么。因为这里的人都带着一种提不起劲儿的感觉，完全不像自由之都的人那样生机勃勃。当这种事儿都让凯斯觉得自己打不起精神来时，凯斯只好在自己所住的宾馆之中独自早早上床睡觉。醒来时他依然感到无聊，吃罢早饭在公寓里找了一个活泼、丰满的矮个子姑娘草草了事，完事儿后就把她打发走了，自己接着睡觉。

他睡到午饭时间，决定上街去给自己旁边的书店老板买礼物——尽管他怀疑他不过是用书店的幌子在进行某种见不得人的交易——但是这不是他应该管辖的范畴。凯斯还给胖女佣买了一条围巾，让她感激得不知道怎么做才好，一个劲儿地拥抱他。这下子又勾起了他对中心城市的那个画着浓眼妆妓女的欲火，并最终促使他订了回去的机票。

回到了中心城市后，凯斯惊奇地发现，对面的演员招募竟然还没有结束。那种有点儿幸灾乐祸又有点儿看热闹的情绪又一次涌上了他的心头。他以最快的速度放下包，连礼物都没有来得及给旁边的那个书店店主，就迫不及待地去黑市找露西。遗憾的是，凯斯没有找到露西。

露西的兔头伙伴告诉凯斯，露西前几天被几个大人物带走了，看这些人身上戴着的徽章，她可以确定他们是坎贝尔家族的人。

是的，这些凯斯熟悉的家伙们在小丑死神降临到这个世界之后，摇身一变，重新变成了这个世界的钻营者。虽然凯斯不知道他们的操作过程，但是他知道，这些人背后，一定还是有某些见不得人的勾当。

据露西的兔头伙伴描述，那天晚上，一帮已人到中年的军方大人物把黑市的妓女扣在一家旅馆里，她不说"认输"两个字就不让她走。之前露西的几个相好，赛洛应该也认识，这几个人喝得醉醺醺地去找那帮人打架，要把她救出来。赛洛说什么也不愿意跟他们去。凯斯知道，倒不是说赛洛本身没有血性，而是那家伙本身对电子产品的兴趣要比女人大得多。在小丑死神成为这个世界新的主宰者之后，这个世界忽然多了很多新鲜材料，就这些东西就够他研究一阵子了。

因为这件事儿，凯斯决定还是出面去和坎贝尔家族的那几个家伙交涉一番，毕竟他从来都不是那种见死不救之人。

他决定去找赛洛，让赛洛帮助自己引荐'夜鹰'那几个管事的家伙，毕竟只有这几个家伙能和坎贝尔家族在这里的军方势力对话，虽然凯斯也不太喜欢这几个人。

出于对朋友的道义，赛洛很爽快地答应了凯斯。他新近研究出了一些程序，隐隐有些黑白通吃的迹象了。

凯斯很感激自己能遇到赛洛这样的朋友，因为赛洛现在的生意已经渗透进坎贝尔家族，所以"夜鹰"的这些家伙对他也客气了许多。

在凯斯提出了自己的想法之后，赛洛很快就答应了凯斯，他们一起来到了"夜鹰"的总部。

"我为什么要仅仅为了救她出来而给自己惹麻烦呢？"塞尔达傲慢地质问道，"毕竟，我听说，我兄弟互助会里一个重要的兄弟看上了她。"塞尔达晃动着自己那颗黄鼬脑袋，用尖锐的声音对凯斯和赛洛说道。"据我所知，我兄弟不过是要让那个叫露西的妓女说出'认输'两个字，才肯放她走而已。"

"说'认输'。"他们对她说。

"你们所谓的认输，是让她出卖灵魂，而她是个有尊严的妓女。"凯斯冷冷地瞪着塞达尔的脑袋，觉得塞尔达摇头晃脑的样子显得十分可笑。

"你还是不明白，这个邋遢的侦探。那个妓女不应该有她身份不该有的尊严，他们不过是想给她一点儿教训，因为她得罪了坎贝尔家族的人，她不服从'夜鹰'的规定。"

"什么规定？"凯斯问。

"别这么不识时务好吗？"塞尔达露出了一丝嘲讽的笑意，"没有得到足够的教训，他们是不会放她出来的。"

凯斯听着眼前这个傻黄鼬脑袋的塞尔达的话，忽然有点儿明白自己为什么会看上露西了，这个女人和自己一样，有着某种不会屈服的倔强。

他和赛洛对视了一眼，很显然，赛洛也明白了凯斯在想什么。

"不，这样也没有用。我们的话根本进不了她的脑子里去。我们让她说'认输'，需要那个女人低头，但是她一点儿都不在乎。他们必须让她心服口服之后才会放她出来，同时也会让其他人知道，对抗这些大人物一点儿好下场也没有。"

"几个军人去对付一个手无寸铁的妓女，你们可真够厉害的。"凯斯的话里不无嘲讽。

"冷嘲热讽并不能改变什么，出于某种真心的建议，凯斯，我说真的，劝服她才能让她少受点儿苦——如果她真的是你的相好的话。我说真的，你应该能做到这件事儿。"黄鼬脑袋的塞尔达望向凯斯，似乎在等待他松口。

"你们现在也只有对付一个妓女的能耐了。"凯斯恨恨地说。

"我不介意你说什么，但是你的朋友必须为她的所作所为付出代价。据我所知，她对我的兄弟一点儿也不在乎，这一点弄得他心烦意乱。她看起来对什么都不在乎，甚至当他们威胁说要把她从窗口扔出去时，她也无所谓。她竟然敢对伺候坎贝尔家族的人这件事儿感到厌倦。她只不过是和另外两个姑娘一块儿来供他们寻欢作乐的。她告诉我的兄弟，这一切全都这么难以理解，这么令人厌烦。"

"他们喜欢这种桀骜不驯的女人，所以他们不会那么快就让她死去的。"塞尔达微微一笑，努力表现出一副运筹帷幄的模样。

"走吧，我带你去见她，记住你的任务，这样至少能让她少受点儿苦。"黄鼬脑袋的塞尔达抓起桌上的衣服，开门带着凯斯和赛洛出去。

两人跟着塞达尔来到了关押露西的地方。

凯斯看见，露西麻木地坐在长沙发上，神情恍惚，嘴微微张着。她所有的衣服都扔在地板的一个角落里，仿佛从亘古的时期她就已经坐在这里了，如果没有人打扰的话，她还会一直在这里坐下去。

"瞧瞧你这副脏样。"赛洛突然说出了一句话，打破了平静。

塞尔达走上前去，似乎在跟站在屋子之中的军官驴头邓巴解释凯斯和赛洛的来历。

"这样也好，毕竟死神大人规定了，这个世界不允许有恶性事件发生。如果你帮我们劝服她的话，那倒是件大好事儿。"长着驴头的邓巴冷冷地扫了凯斯和赛洛一眼，走到一边坐下，点燃了自己的高级雪茄。

"我们帮你劝服她？恐怕得把这个'服'字去掉。"凯斯反问了一句。他想要把这军官的锐气给挫下去。

"你是在故意重复我说的话吗，侦探先生？大主宰只是规定了不能发生恶性事件，却没有禁止我揍你。"邓巴的驴眼之中闪着寒光。

"我要揍你一顿。"露西突然重复着这句话，然后看着邓巴的驴头哈哈大笑，将整个屋子里的人弄得莫名其妙。

凯斯突然明白了露西笑的原因。老实说，邓巴这个驴头，他看到时也觉得十分好笑。

"我想我知道她的原因了。"凯斯忍住笑意，"这个女人绝对没有对邓巴上校不敬的意思，她只不过是，对现在这种状况不太适应……对。"凯斯十分用心才没有让自己笑出声来。

老实说，面对邓巴这样一张长了驴头的脸，任何一个人都没有办法屈服顺从，没有办法不流露出一丝一毫的鄙夷神态来，尤其是，露西还是带着一点儿倔强和骄傲的姑娘。

"真该死。"带凯斯和赛洛两人过来的塞尔达明白了凯斯和露西的意思之后，虽然内心极为恼怒，不过还是很有礼貌地劝诫他们俩。

"我想，露西小姐还是应该道个歉的。不过，邓巴上校也不是什么小肚鸡肠的人。"塞尔达努力做出一个体面人该有的样子。

"当然要道歉，我们再蠢也不会蠢到以卵击石，你们放心。"赛洛笑了笑，"大不了下次你们需要的那些东西，我以更低廉的价格卖给你。"

凯斯明白，他们这边已经开出了自己的条件，就剩下的对方的态度了。

"那么，现在，露西小姐，你去向邓巴上校道歉吧，就现在，当着我们大家的面。"黄鼬头塞尔达努力表现出一副循循善诱的模样。

说话间，凯斯已经将露西从地上拉了起来。

"好吧，既然是这样，那我道歉。"露西站了起来，忍住不去看邓巴那张脸，省得自己忍不住笑出声来。

"盯着地面上的某一处，这样他就会以为你是因为畏惧才会如此虔诚。"凯斯在拉起露西的一瞬间，附在她耳边低声说了一句。

"好吧。"露西垂下头，努力不去看邓巴的那个驴头，以免自己因为忍不住而再次笑出声来。

她按照凯斯的指示来到了邓巴的面前。

"那个……"露西深吸了一口气，随即马上又想起了凯斯告诉自己的那个方法，立刻盯着眼前的那小块地方，努力让自己表现出顺服又虔诚的样子来。

"我想，我应该向您认输的，邓巴上校，是我的错。"露西憋住笑，尽量不去看他那张驴脸，终于一口气把这句话全部都说了出来。

"算了算了。"驴头邓巴摆了摆手，"既然你已经道歉了，你可以走了。"

"谢谢邓巴上校。"露西又深深吸了一口气，两肩耸动颤抖下，终于将这句话说完了。

凯斯几乎不用看露西的表情，仅仅从声音就能判断出她到底在想些什么。

"好了好了，既然是这样，那我们就走了。"黄鼬塞尔达看着几个人憋着笑的古怪表情，眼里露出了一丝疑惑，赶紧将几个人拉着离开。

"以后再让这几个人登门拜访。"塞尔达看着眼前的几个人，皱了皱眉头，说了一句客套话。

"走吧。"邓巴上校挥了挥手。

塞尔达连忙抓起桌子上的外套，带着几人离开了。

四个人几乎用最快的速度回到了"夜鹰"大本营。黄鼬塞尔达坐了下来，将自己的大衣重新挂在了挂衣钩上，扫了扫眼前的几个人。

凯斯注意到，这个黄鼬脑袋的塞尔达，自始至终也没有穿过这件衣服。

"我想，如果没有什么别的事情，我们是不是可以走了？"凯斯望着眼前的塞尔达。

"走吧。不过，别忘了你答应我的交易。"塞尔达意味深长地望着赛洛。

"放心，你需要的数据，我一定会交到你手中。"赛洛点头答应。

三个人一直走出了"夜鹰"总部那个五光十色的大门，凯斯才忍不住询问赛洛这件事儿："你到底又答应他什么交易了？"

"只不过是国会政府官员的私人数据而已。他需要保留这些东西，在他们找麻烦的时候，用来解决自己的麻烦。总而言之，每个人都要有自己的生存方式。"赛洛摊了摊手，不以为意地说。

"好吧，我有时候觉得有你这样一个朋友真不是件坏事。"凯斯耸了耸肩，接过赛洛递过来的烟。

"我想，你应该也可以走了，露西小姐。"凯斯拍了拍露西的肩膀。

"谢谢你。"露西冲着凯斯微微一笑。

凯斯有点儿庆幸，自己没有生着一个驴头。不过，凯斯望着大街上往来的人群，其中也不乏生着动物头的同类，却并不像驴头邓巴上校那样好笑。

露西看着凯斯的眼神，明白了凯斯在想什么。随后她在凯斯的脸上轻轻一吻，发出了咯咯的笑声："好吧，我要走了。回头见。"

露西冲着凯斯和赛洛挥了挥手，轻盈地离开了。

凯斯摸着自己被露西亲吻的脸颊，忽然觉得内心有点儿异样的感觉。一瞬间，他觉得自己想着的那点儿事情有些恶心，甚至都忘了露西原本就是个妓女。

"好吧，虽然我不知道女人到底有什么好，但是这件事儿总归是解决了。我也得走了。凯斯，回头见。"赛洛对着凯斯挥了挥手。

"回头见。"凯斯回过神来，拍了拍赛洛的肩膀，"谢谢你。"

目送赛洛离去后，凯斯一路走回了自己的侦探所。大街上已经没有那些来回晃动的动物头了，只有几张被撕毁的纸落在地上，上面被踩上了几个脚印，仔细看的话，还能看出来原来是那个自称为影视公司的招聘广告。

凯斯走到自己侦探所门口，看见那个长着熊头的书店邻居冲着自己侦探所里面努了努嘴。凯斯觉得有点儿诧异，推开门时，他才看见里面坐着两个人。

"您好，请问有什么是我可以帮助你们的？"凯斯疑惑地望着眼前坐着的两个人，显然他们是侦探所的来访者。

两人看见凯斯进来，放下了手中本来正在翻阅的宣传资料，疑惑地望着凯斯。凯斯看着两人的脸，舒了一口气，总算今天自己不用再看动物脸了。

"我是说，我就是这里的……侦探。如果你们愿意这么称呼我的话。"凯斯向两人介绍自己。

"是这样的。我总是感觉到自己浑身冰冷，因为我最近生病了，对，是这样的，但是我不知道我为什么一直感觉到浑身冰冷。这是我的主治医生，不，现在他不能算是个医生，应该是个凶手。他叫丹尼尔，我怀疑他在我的药里掺了什么可怕的东西。"

丹尼卡医生猛地抬起头来，愤愤地望着他，疑惑不解地问："你说什么，有本事你再说一遍。"

"好了好了，人们总是声称自己是无辜的，但是事实是否如他们自己所说的那样，还需要侦探来进行一番调查。"凯斯摆了摆手，平息两人的怒气。这两个人显然要打起来了，他实在不明白，刚才这两个人是如何心平气和地坐在一张桌子上看资料的。

"你已经死了，内斯长官，"丹尼尔指着刚才说话的人重复道，"也许这就是你总是感到身体冰凉的原因。"

"你究竟在胡说些什么？"凯斯注意到，一开始说话的那个人尖叫起来。显然他就是那个叫内斯的家伙。

凯斯听着两人的对话，忽然有一种不好的预感，这两个人虽然没有长着动物头，但是这两个人显然精神有些不太正常。

"这是真的，长官，"丹尼尔接着说道，"我查过你的飞行记录，记录表明，你为了统计飞行时间，上了某架飞机。而且，你没有跳伞降落，所以飞机坠毁时你肯定牺牲了。"

"你胡说！"内斯连忙上前，一副气冲冲的样子，似乎马上要和对方打起来。

"是啊，长官，"丹尼尔对此毫不在意，"你居然还有体温，你应该高兴才对。"

"我要把这个犯上事件原原本本地报告给军队医务处，罢免你的职位。"内斯盯着丹尼尔的眼睛，恶狠狠地说。

"就是我的上级通知我这件事儿的，"凯斯注意到那个叫丹尼尔的家伙摊了摊手，"陆军部已经准备通知你的妻子了。我劝告您，在军方就您的遗体安排做出某种决定之前尽量少露面。"

"两位，我想，你们要开玩笑的话，恐怕找错了地方。"凯斯皱了皱眉，打断了两人的谈话。

"你这里不是侦探所吗？"内斯露出了奇怪的表情。

"是的，没错。"凯斯努力用礼貌的语气回答他。

"如果是的话，那就是了。我要委托你调查我死亡的真相。"内斯一本正经地对凯斯说道。

"那您得先把费用支付给我。"凯斯故意用戏谑的语气回答他。他决定，如果这两个家伙继续在这里胡闹的话，他就要警察来赶走他们。

没想到内斯竟然严肃地点了点头，从钱包之中抽出了三张五百面值的钞票递给凯斯："既然如此，那就麻烦了。"

凯斯怔怔地接过三张钞票。触手的瞬间，他觉得这些钞票绝对是真钱，这回轮到他自己瞠目结舌了。

"我下周来询问案情结果。"内斯拍了拍凯斯的肩膀，用语重心长的语气说道，似乎把什么了不起的事情委托给了凯斯。

"先生，不管你相不相信，我已经确证过了，您的确已经死了。作为一具尸体，您像现在这样跑来跑去，恐怕不是什么好事。"丹尼尔医生忍不住跟在他身后喋喋不休。

"如果你胆敢再多说一句，即使你是我的主治医生，我也怕自己会忍不住要揍你。"内斯转过头，恶狠狠地盯着丹尼尔。

"您不能这样质疑一位医生的专业性，甚至这样剥夺一位医生的尊严。"丹尼尔医生也不甘示弱。

"既然我们谁也说服不了谁，那一切以侦探先生的调查为准。"内斯收回了自己的拳头，转头望向凯斯。

"好吧。"凯斯听见他说得如此一本正经，只好也一本正经地点了点头，就当是看在钞票的份儿上，他心想着。

"我发誓，我一定是看在钞票的份儿上才会理会这两个疯子的。"凯斯在电话之中努力向赛洛解释。

当然，他也把那个看起来神叨叨的内斯给自己的三张面值五百的钞票分了一张给赛洛。不仅因为赛洛能帮他查找这个人的相关记录，还因为赛洛今天已经帮过他不少忙了。

"很显然，这个人并没有动物化，所以，从这个特征，可以排除很多同名同姓的人。"毕竟，这个世界上叫内斯的人不在少数。

"是的。"凯斯一边和赛洛通电话，一边尽可能详细地描述这个人的特点，"他的朋友圈里应该有个叫丹尼尔的家伙，是个大夫，把条件缩小到这个范围，应该会详细很多。"凯斯解释着。

"好吧。"赛洛一边开着电话，一边快速地在自己的系统之中查找着。"嘿！"赛洛那边传来了一阵惊喜的声音，"我找到了！"

"快说来听听。"凯斯急切地答复。

"他的确不在活着的名单里,确实在死亡名单里。"赛洛向凯斯解释自己的发现,"得知内斯的死讯后,内斯的妻子梅利卡太太非常难过。当她收到陆军部通知内斯阵亡消息的电报时,她悲痛欲绝,尖厉的恸哭声刺破了宁静的夜空。女人们前去安慰她,她们的丈夫也登门吊唁。而这个人的主治医生,正是叫作丹尼尔。几乎整整一个星期,这可怜的女人完全心神错乱。随后,她慢慢地恢复了勇气和力量,开始为自己和孩子们的未来做通盘打算。后来他们全家在丹尼尔医生的帮助下搬到了谭城……"

"停。"凯斯打断了赛洛的念词。

"怎么了,后面还有一大段呢。"赛洛有些不满地嘟囔着。

"这个人只不过是在死亡的名单里,而并没有真正确认死亡,真正通知他死亡消息的人是这个丹尼尔医生?"凯斯迅速地抓住了整段报道之中的关键疑点。

"反正报道里是这么写的。"电话那头的赛洛一边扫视着眼前的信息,一边回答凯斯。

"接着读下去。"凯斯一边思考着整件事儿之中的疑点,一边要求赛洛继续念电脑屏幕上的信息。

"冷酷的现实的确使内斯的太太失去了自己的丈夫,不过,她搬到谭城后,她的悲痛多多少少减轻了几分。当然,包括她搬到谭城这件事儿,都和这件事儿有关。因为在此之前,她收到了一份来自首都的通知,那上面说,她的丈夫曾在谭城买过一份保险,而她本人和孩子们是她丈夫一万元保险金的受益人,这笔钱她随时可以领取。她意识到自己和孩子眼下不会挨饿了,脸上不禁露出一个无所畏惧的微笑。"

"能找到的消息就只有这么多。"赛洛关掉了新闻,"剩下的,可能需要你自己顺着这个线索去查找了,毕竟我也不知道哪些信息会对一个侦探有具体的用处。"

"这样就已经很好了。"凯斯谢过了赛洛。赛洛随后把网站的地址发了过来。网页下面的链接里有相关的新闻和具体的事件的关键词,凯斯顺着这些关键词,能搜索到很多自己需要的信息。

就在第二天,退伍军人管理局来函通知内斯太太,由于她丈夫的牺牲,她今后有权终生享受抚恤金,此外还可以得到一笔二百五十元的丧葬费。来函内附着一张二百五十元的政府支票。

凯斯眯了眯眼睛，敏锐地察觉到了问题所在。毫无疑问，因为这些钱，内斯太太的未来一天天光明起来。同一星期，社会保障总署来函通知她说，根据之前颁布的一条法令，她和由她抚养的十八岁以内未成年儿女都可以按月领取补助费，由于她和内斯先生育有四个孩子，所以除了保险赔付之外，她因为丈夫的死亡还可以领取五百五十元的丧葬费。她以上述政府公函作为丈夫的死亡证明，申请兑付丈夫内斯名下的两张保险金额均为十万元的人寿保险单。

这些东西已经完全冲淡了内斯太太对丈夫死去的悲伤，她在亚瑟街的某处租赁了一所大房子，她和她的孩子们就在那里住下了……

内斯太太的申请很快得到批准，各项手续迅速办理完毕。补助费和赔付每天都给她带来出乎意料的新财富。她得到一把保险箱的钥匙，在保险箱里找到了那几张面值十万元的人寿保险单，以及一万八千元的现金。这笔钱从来没有交纳过所得税，而且因为内斯先生的死亡，现在永远也不必交了。

亚瑟街道附近的人很快注意到了这位富有、慷慨又优雅的太太。她很快在这里有了许多新的女友。女友们的丈夫开始和她调情。事情发展成这种结局，内斯太太开心极了。她甚至把头发都染了，又买了一些新衣服，让自己看起来比实际年龄更加年轻。她把剩下的钱存在银行——因为保险公司的赔付，那笔惊人的财富仍在不断增加，她不得不天天提醒自己，没有丈夫来和自己分享这笔源源而来的巨款，是一件让人十分开心的事儿。

当然，这些描述是从她的邻居们口中说出来的，没有人知道她们这样说是不是出自某种诋毁的需要。总而言之……

凯斯省略了随即而来的大段大段的关于内斯太太的描述，直接跳到了中间的部分。他知道，这件事情能够被如此详细地描述出来，一定是其中发生了某些意外。

他顺着链接下面的关键字点了进去，发现了更多的消息，这个消息是保险公司发布的，是一则讣告，关于内斯太太的讣告。

"谭城亚瑟街的某一家出租屋内，四十多岁的内斯太太于清晨死在自己的房间之中。据警方坚定，这位太太是饮酒过量自然死亡，在银行尚有三十万的保险赔付和十万元存款收益，希望受益人能迅速来认领。"

凯斯关掉了这个网页，随即又打开了另外一个网页。

这个网页里面有对内斯太太大女儿的采访。显而易见，她对自己的母亲独占所有财产，并没有填写受益人，导致自己无法获得财产的事情感到十分不满。她向采访自己的那位长着狐狸头的记者透露了一个关键信息。

就在内斯的太太渐渐听天由命地接受了丈夫的死亡事实后，举家搬到了谭城亚瑟街道之时，她遇到了一个人，这个发现犹如一个晴天霹雳——这个人长相酷似她已经亡故的丈夫。这件事儿把内斯太太惊得目瞪口呆。所以，她们有理由怀疑自己的父亲内斯先生还没有死亡，所有的一切都是一个意外。只要确认内斯先生还没有死亡，那这些保险的受益人将会重新变成内斯先生。但是据她女儿所说，她们遇到那位酷似内斯先生的人看起来精神有点儿不大正常。

凯斯梳理着自己查找到的信息，用逻辑推想着这些信息之间的关联性。

从自己昨天看到的情况来说，这个叫内斯的人显然还活着，而他身边还跟着一个关键人物——当初在军队之中为他治病的丹尼尔医生。

凯斯将昨天那个叫内斯先生的人给自己的钱从自己的钱包里抽了出来，发现了一些端倪。其中一张钱的一角上染上了一个红印章的痕迹。

凯斯用放大镜看了看上面染上的红印章，发现这个印章的字迹放大了之后，正是丹尼尔先生的名字。

很显然，这些钱原来应该是属于这个丹尼尔医生的。凯斯迅速将整件事儿梳理了一遍，已经有了大致的想法。

他走到桌边，拿起丹尼尔先生留在桌子上的一张写着电话的卡片，拨通了上面的那串数字。

不出凯斯所料，电话很快就接通了。

电话那头，丹尼尔医生的声音传来，正是自己昨天见过的那个人。

"我想，我知道你们希望我做什么了。"凯斯不紧不慢地说出了自己的想法，"你们希望我能证明内斯还活着，好拿到那笔钱，成为合法的资金受益人。"

"你是一个很聪明的侦探。"丹尼尔医生肯定了凯斯的想法，鼓励凯斯继续往下说。

"但是很显然，内斯先生现在精神不大正常，所以，他需要有一个帮他理财的委托受益人，而这个受益人，如果是他曾经在军中长期为他治病的丹尼尔医生的话，一切就再合适不过了。"凯斯捋了一下思绪，缓缓说出了自己的想法。

"这些都是你自己猜出来的，但是我不得不说，你猜得很对。一开始我也没想过申报内斯先生死亡这件事儿。我只不过是，在给他做手术的时候，出了一点儿小小的失误。他在我这里做的是大脑的手术。很不幸，我想，有件事儿你应该知道，这种手术的风险一向很大，而那天又不知道发生了什么，这个世界突然又变了……"丹尼尔先生解释着，说出了一个日期。

凯斯核对这个日期，赫然发现这正是小丑死神降临的日子。

"我明白了，我可以帮你确定内斯先生活着这件事儿，也可以帮你找出证据证明这件事儿完全是意外。但是，相应的，你必须像现在一样照顾内斯先生，直到他死亡为止。"凯斯望着自己手中两张五百面值的纸币，说出了自己的条件。

"这是自然的。因为，如果内斯先生真的死了的话，这笔抚恤金也会停止供应的。"丹尼尔医生一瞬间就明白了凯斯的选择。

凯斯挂断了电话，长长舒了一口气。

电话铃声突然又响了起来。凯斯本以为是丹尼尔有什么要补充的注意事项，接起来才发现是之前那位鹿小姐打来的。鹿小姐告诉凯斯，她的珠宝在家中的某个角落找到了，原来是孩子们拿去玩儿的时候不小心掉到沙发背后去了。

末了，鹿小姐还在电话里给了凯斯一个飞吻。凯斯挂断电话，点燃了一支烟，望着自由中心外面那些闪烁的霓虹灯和间或飞驰而过的汽车，忍不住在心中骂了一句：这是个 × 蛋的世界。

当然，他的想法，影响不了任何东西。就在凯斯转身离去的瞬间，绿灯重新亮起，一名长着鸟头的绅士开车离去。

尾声

　　时间一天天滑过，距离上次凯斯和米雪儿分别不知不觉又过去了三个月。这三个月里并没有什么新鲜事发生，凯斯也没有接到什么新的案子。他每天下午都躺在自己那个破了一个洞的沙发上玩儿自己手机上的那款游戏。

　　他还是总会卡在那个地方，就在自己要摸到那个女领队的屁股时，游戏网页里就会弹出某个关卡，让凯斯去完成任务之后再过来。这个任务凯斯一次也没有完成过——游戏的设计者似乎有意刁难针对，不管凯斯气得如何跳脚，游戏仍然卡在这一步。

　　自由港仍然还是小偷、妓女和骗子的天堂。只不过和莫斯特伯阿米克时代不同，当初他们的罪恶被掩盖在黑暗里，现在他们的罪恶被暴露在阳光下。大家换了一种方式生活，也很快适应。这些妓女、小偷、骗子很快就回到了他们熟悉的世界里。中途有人找上门来，竟然花十元请凯斯帮忙抓一个小偷。他们搞不清楚侦探和片区警察的区别。

　　凯斯看了看手机，米雪儿当初支付的三千五百元已经花了一大半，余下的钱只够支付侦探所下个月的房租。在此之前，那个猫脸多莉一直对凯斯彬彬有礼，但是凯斯难以想象如果自己没有钱付这个租赁公司的租金之后她会是一副什么样的嘴脸。

　　凯斯一边想一边打着自己手中的游戏。游戏卡在了同样的环节，气得凯斯将手机摔在了沙发上。

　　门外再次传来了敲门声，凯斯有些讶异地站起身来。

　　他走到门边，拉开门的一刹那，竟然看见琼恩站在门外。琼恩身边站着山姆，自从凯斯他们和山姆分别之后，他就再也没有得到过山姆和托比的任何消息，据说他们已经从联邦警署辞职了。

　　琼恩现在是自由港整个片区的巡逻警员，他负责这个片区的治安。但凯斯了解他，根据琼恩的习性，他应该很快会和那些犯罪分子打成一片，在应该管制他们的时候对他们加以提醒，在他们闹过火的时候对他们进行某种管制——这是琼恩作为一个警员的生存哲学。当然，那些已经变成动物样貌的人类也在警署备案了，现在他们同样受琼恩的管辖。

山姆递给凯斯一个快递包裹。凯斯有点儿讶异，他已经很久都没有和任何朋友联系过了，竟然还有人给他邮寄包裹。

"打开看看。"山姆云淡风轻地说。离开警局之后，他似乎生活得不错。琼恩告诉凯斯，现在山姆的主要工作是在疗养院照看托比，他在疗养院认识了一位小姐，他们现在马上就要结婚了。

凯斯看了一眼包裹上的邮寄者，发现给自己寄包裹的人竟然是远在马普尔的格尔。格尔在和凯斯他们第一次分别之后就回到了温泉旅馆，起先还给凯斯发过一封电报，说是凯斯和瘀斑脸赌博的场景给自己留下了深刻的印象，现在自己正在研究东方文化。但是凯斯当时并没有把这封电报当成一回事。他印象之中，格尔还是那个胆小怕事的人。

格尔给凯斯寄来的东西是一本研究笔记。这本笔记上面剪贴了很多图片，有些是从网上打印下来的，格尔把它们贴在了笔记本上。

"我们先走了。"山姆现在看起来平和了不少。

凯斯点了点头，低头翻看着格尔寄过来的笔记。这本笔记装订得十分整齐，但是模样有些古旧，看样子应该被摩挲过很多遍。扉页上工工整整地写着"东方文化研究"几个大字。凯斯翻动笔记，看见第二页上写着一个句子——人死重于心碎[1]。格尔在下面备注，说这是他很喜欢的某位作家死的时候，朋友们对这位作家的评价。他说他要用这个句子来纪念他和凯斯、米雪儿他们之间的冒险经历和那段友谊。

凯斯继续往下翻，格尔在这个笔记本里面对东方文化做了非常详细的注解和说明。他在里面告诉凯斯，当初他们在瘀斑脸身上看到的那种瘀斑，是日本独有的一种敷面文化，瘀斑脸的麻鞋是泰国的产物，但是瘀斑脸所穿的袍子则是印度的制式。至于瘀斑脸念出来的那些句子，有些是日本的俳句，有些则是来自遥远的中国诗人们写下的诗词。笔记里还提到了他们在瘀斑脸那个大厅里看到过的雕塑，这个是源自东方的佛教文化里面的地藏王菩萨，掌管亡者，引

---

[1] 原文：Dead man are heavier than broken heart. 这句话引自钱德勒的作品《长眠不醒》。

渡亡灵，瘰斑脸他们对此顶礼膜拜。格尔在下面的注解之中将瘰斑脸结结实实地嘲笑了一顿。

笔记的后面纯粹以介绍中国文化为主。凯斯在这本笔记里看到了一个熟悉的画像——自己当初在意识轮回境之中看到的那个东方的女精怪。格尔特意在这个精怪的名称旁边配了一幅图，还写了大篇幅的详细注解。凯斯惊异地读着这个故事，发现自己在轮回的平行世界里所变的人用中文发音应该叫"嫦娥"，而追逐自己的那只猪形怪物的中文名则叫作"猪八戒"，他们当初进入的那片密林则叫蟠桃园，只不过当时不是蟠桃挂果的时节。

凯斯仔细地将格尔给自己的笔记本认真地读了几遍，终于搞清楚了这中间那些似是而非，或者说令人啼笑皆非的某些部分。他从下午一直看到了黄昏，直到自由港对面那几个霓虹大字又重新亮了起来。他看了看外面的天色，将笔记本和他那堆标注着"重要资料"的乱糟糟的文件放在一起，拿起大衣，看了一下手机的电量，关上门，向汤匙酒吧的方向走去。

（全文完）